本书为北京第二外国语学院中国文艺评论基地
"当代中国文学精品海外译介推进计划"成果

当代中国实力派作家国际名片

An Introduction to
Contemporary
Chinese Powerful Writers

李林荣 主编

北京第二外国语学院中国文艺评论基地 编译

作家出版社

主　编

李林荣（北京第二外国语学院文化与传播学院教授）

副主编

龙　云（北京第二外国语学院英语学院教授）

李焰明（北京第二外国语学院欧洲学院教授）

许传华（北京第二外国语学院欧洲学院教授）

张　欣（北京第二外国语学院欧洲学院副教授）

杨　磊（北京第二外国语学院亚洲学院教授）

郭　旭（北京第二外国语学院欧洲学院讲师）

撰译者

汉语撰稿:

林　玮　刘雅芝　刘禹晨　黄清清　王雪婷　高苗苗　金　博
郭聪聪

英语译校:

龙　云　李素杰　赵　元　康学琨　黄　敏　刘生　黄　雪
张　于　杜陈强　熊花平　董　博　罗　星　郑春晓　汪　非
范欢欢　韩新颖　余　欢　张斯琪　陶　瑛　孟　悦　刘禹晨
王雪婷

法语译校:

李焰明　张逸琛　黄欣桐　陈　帅　王晓晨　马一凡　易晓倩
沈玉龙　张　曼　杨　艺　彭　杰　〔法〕Muckensturm Thibault
〔法〕Chusseau Mathieu

德语译校:

张　欣　袁克秀　杨稚梓　钟　慧　王洋涛

俄语译校:

许传华　〔俄〕Кристина　Аммосова

西班牙语译校:

郭　旭　张培婷　罗恺凯　纪　红　杨明蕊　张曦文
〔墨〕Irma Alejandra Clemente Romagnol

朝鲜语译校:

杨　磊　〔韩〕金宣希

目录

石一枫（1979— ）

李成恩（1983— ）

前　言

中国文化走出去，已是在舆论媒体上流传多年的一句老口号。伴随着这口号，确实已有很多样式、很多形态的中国文化走了出去：餐饮、瓷器、影视、书法、国画、服饰、工艺品，还有杂技、功夫、中医和舞台表演艺术，以及关于旅游名胜和历史古迹的种种言说和故事。文学在这之中，算是相对抽象、相对深沉，也相对不那么热闹、不那么容易赢得可观的人气和火爆现场效应的一个小众品种。尤其是隔了语言文字的鸿沟，能够直接阅读和欣赏我们中国文学作品的域外人士，远不及吃中餐、穿唐装、看杂技和学书法、练功夫的人那么多。

文学的跨国越境传播，必须穿过语言的种类界域，同时又必须携带、必须保留由特定的语言传统而来的那份独异的精神韵味。哪怕仰仗了翻译，在归化上总不能做到百分之百，而异化也总不可能彻底排除的跨语际转译过程中，真正显示着翻译作为一个事件或一项实践的那点根本价值的，恰恰只能是对于异质的意义、异样的体验、异己的语用习惯和思维方式的导入和引进。如果不是这样，翻译就像是在语言和精神的世界里，听着门外的吆喝，而翻腾自家的箱底，挑拣可以兑换现钱的旧物件似的。对人对己，充其量这都只是在发掘既有存货里的残余价值。其实这已不能算是翻译，至少是不属于鲁迅所说的那种可有窃火煮肉之用的翻译。最多只能说这是一种借他人酒杯浇自家胸中块垒，或者借题发挥、趁便敷演的新形式。

各国各语种间的文学跨界越境旅行，实际上的状态，往往却多以这种做起来比较容易、效力也比较明显的形式最为常见。通俗的大众化、类型化作品总是占据着各国文学翻译中的大宗地位。也正因此，非通俗、非大众化的作品，必须先瞄准或先找到自己跨国越境传播的特定受众群体，然后才谈得上如何有针对性地进行有效的介绍，包括作品本身完整、准确的译介，也包括与作品相关的时代背景、话语形态和社会意义赖以生发及获得理解、认知的文化情境的译介。这正像对水土条件要求苛刻的奇花异草，在移植外地时，需要更多地考虑把有助植株根系存续生机和活力的土壤成分与酸碱、温湿度等因素，都一概附带着给予保障。

换句话说，在文学跨国越境的传播与接受中，通俗化和大众化程度比较高的一类作品，适应不同文化语境和社会土壤的能力也会比较强。因为他们原本表达和包含的就是超越或连通在国家、种族、语言、文化和媒介疆界之上的那些共感、共情和共识。在表达的出发点上，它们就没有多少立足于某一确定的国家、种族、语言、文化方位或社群和媒介层次的特殊意识，所以整个作品最终呈现出的风貌和内容，也就具有一种不受国家、种族、语言、文化、社群和媒介差异阻隔的性质。而通俗化、大众化程度不高的一类作品，既在国家、种族、语言、文化、社群和媒介层次上占取了明确的定位，那么，对于它们的理解与认知，顺理成章也就需要牵连着对国家、种族、语言、文化与社会等各方面背景的精准把握。

在当下中国，一如新文化运动与文学革命百年前兴起之初的情形，纯文学或所谓严肃文学的受众，仍是主体在青年。而且这部分青年，又以高校文科各专业所集纳的在校生为主。尽管从常年执教文学课程的不少一线教师的直感来讲，即便是在正就读于文学专业的大学生中，阅读文学经典和文学新作的人数及频率，也较之理想指标或期待数据有极大落差。但纵使如此，谁又能设想，在文学本身的话语场和影响面已从整个社会生活空间里严重收缩了的今天，还有别的哪个群体能比大学在读的文科生更认真、更细致，也更深入地去关注、阅读并且体察文学作品中的一切。一百年的奋斗，一百年的发展，精英文学的大本营和根据地，依然在学院文化和高等学府里相对安静的一角。

四年前，我随北京作家协会代表团访问欧美，在巴黎龚古尔兄弟故居，也是今天巴黎"文学与作家之家"的办公地，与巴黎的几位诗人和出版家见面交流，一位有名的文学出版社的负责人，白发苍苍、气质优雅而又谦和的老者，在谈话末了，忽然小心翼翼地提了一个问题，问我们王蒙是不是还在进行文学创作。乍听之下，我们一行人甚觉奇怪。再一聊，才知道这位老出版家早在二十世纪八十年代就曾策划出版过王蒙小说集的法语译本，不过之后三十年再没有机会获悉王蒙的消息。现在见了北京来的作家，忍不住打听一下。而那些天，实际上正有一场中国书展在法国举办，王蒙等几位作家都应邀出席，国内的主流文学媒体上已做了报道。

当时，我的感慨是：我们自以为很强势、很显眼的许多对外文化、文学交流活动和相关的新闻报道及宣传推介讯息，散播、折射到国外自有其明暗强弱的流脉节奏和能见度配比的社会舆论总体格局中，或许常常只是微不足道甚至无人瞩目的一丁点儿泡沫。就算都在文学这同一名目所指涉的社会行当和社会话语的圈子里，一位法国的文学行家，接连二三十年不特别去关切、搜罗一下他一度感兴趣的一位中国著名作家的消息，这又有什么可奇怪或可责怪的呢？这和我们不会主动去追踪了解某位在法国当代文坛名声响当当的作家，也没什么不同。没有任何"他者"的存在或介入的文学生活世界，无论对于那位巴黎的资深文学出版家，还是对于我们这些在中国以文学为业的人来说，都是正常的，也都是运行无碍、出入无虞，满可以自给自足、自圆其说、自成一体的。

但文学本有和应有的天地，分明并不止于此。就像门窗外偶尔会响起的那一两声呼唤或吆喝，虽然来时总在我们无意间，但一旦来了，却也总带着几分似乎就是特地冲我们而来的刻意和必然，突袭似地探询、质问或扰动着我们的常识和习惯。这样的时刻，无法避免，也无法杜绝。这正像我们在最平淡不过的生活常态间隙，也会偶尔出门远行，带着我们的文学去外面的世界寻找或者邂逅它们小众的知己。

在这部定名为《当代中国实力派作家国际名片》的书稿里，近年活跃于中国文坛前沿的八位分别主攻小说、散文、儿童文学和诗歌等不同体裁的实力派作家——宁肯、徐坤、祝勇、周晓枫、星河、史雷、石一枫、李成恩，和上世纪八九十年代至新世纪初，在小说、散文创作领域都取得了突出实绩的著名作家史铁生，展现了各自的文学履历和代表作概况。有关素材，都来自作家本人或其家属。撰写这些文稿的，则清一色是大学在校生。中文初稿由北京第二外国语学院中国语言文学专业的本科高年级学生和中国现当代文学专业的硕士研究生写出，英、法、德、俄、西、朝六个语种的译稿由相应语种的文学专业硕士研究生和外籍学生及教师完成。在作家提供的第一手材料基础上，这些年轻的撰译者都尽力在文稿中表露了他们对作家作品的特别理解。

作为一所以语言人才的培养为传统特色的大学里的就读者和任教者，他们都懂得：在确定的素材和内容框架之上，叙述、阐释性质的语句措辞本身，也会"说"出自己的一些"话"来。甚至更进一步，在介绍和评述的行文语句里，意义是同时体现在介绍、评述的对象和介绍、评述的形式中的。期望这些当今中国文学主体受众中的作者和译者，通过这本书所传达的他们对于史铁生、宁肯、徐坤、祝勇、星河、周晓枫、史雷、石一枫、李成恩这九位作家的描述和认识，在英、法、德、俄、西、朝各语种文学和海内外华文文学的广阔空间里，都能遇到同声相应的知音。

李林荣

2019年5月于北二外勤学楼

史铁生（1951—2010）

曾璜 摄

文学肖像

史铁生的创作以散文和小说为主，他命运坎坷，自称生病是主业。史铁生是当代最具形而上色彩的作家。他在作品中探寻生与死的意义，探讨命运与轮回。邓晓芒教授称其为："一位作家，一位真正的创造者，一位颠覆者，他不再从眼前的现实中、从传说中、从过去中寻求某种现成的语言或理想，而是从自己的灵魂中本原地创造出一种语言、一种理想，并用它来衡量或'说'我们这个千古一贯的现实。"[①]

史铁生1951年在北京出生。在这里他度过了相对无忧的童年和少年时期。"文革"初期，十八岁的他作为知青到延安一带插队。在这一年的4月，史铁生在这里患上了腿疾。人们为了照顾他，让他负责比较轻松的喂牛工作。几个月后，史铁生因腿疾加重返京。陕北的风土人情和在这里开始的病痛给史铁生留下了深刻的记忆。日后回忆起这段日子，他将这段经历写在了小说《我的遥远的清平湾》中。

双腿的残疾使他备受打击，他开始了在轮椅上的后半生。在自暴自弃的时候，是写作给了他生活的希望。通过写作他找到了自己的生活方式与人生意义。然而，命运并没有因为他失去了双腿而对他更加温和。史铁生又因急性肾损伤患上尿毒症，不得不靠着透析维持生命。面对苦难的命运，史铁生展现了生命的坚强和韧性，如他的名字"铁生"两个字所展现的那样。

史铁生的作品具有哲思意味。他擅长书写日常生活平凡的小事，但能从其中

---

① 邓晓芒：《灵魂之旅——九十年代文学的生存境界》，湖北人民出版社1998年版。

发掘出有关生命、死亡、灵魂等终极话题。也许是病痛使他多思，也许是坎坷的命运使他超脱，史铁生乐于讨论因果轮回、终极审判、生与死等终极问题，含混了佛教、基督教和存在主义哲学的色彩。这些问题有的可以从心中找到答案，有的可能永远无法回答。但他从未停止思索。难能可贵的是，他的作品并不难懂。史铁生的语言平易近人，不讲究华丽的文采而以朴素的真情见长。同时，在他的作品中，他毫不吝惜地表达着自己的爱：对于家人的爱，对于朋友的爱，对于社会中个体的关切至爱和对生命的爱。史铁生的作品是生命的留言、是形而上的反思和形而下的关怀。

同时，史铁生也是一位先锋性很强的作家，他的早期作品具有很强的实验性和先锋性。《墙》和《没有太阳的角落》曾发表在北岛创刊的民间刊物《今天》上。《宿命》《一个谜语的几种简单的猜法》等小说，带有神秘主义的色彩，展现了命运的偶然性与不确定性。《礼拜日》《务虚笔记》等小说在形式上也带有先锋色彩。《礼拜日》中的每个章节都是具有某种寓意的象征符号，如谜语一般；《务虚笔记》中的人物没有完整的姓名，而是用字母代替，并且采用了多线叙事的手法。在史铁生的其他作品中，他也常常打破文体的界限，人称这些作品为"诗化小说"、"散文化小说"。

2010年12月31日，史铁生魂归地坛，但他生命的光辉已凝结于他的文字中，在读者的心中永存。

《我与地坛》（1991）

　　《我与地坛》是一本散文集，收录了《我与地坛》《秋天的怀念》《好运设计》等篇目。其中的《我与地坛》一文是中国当代散文中的经典之作。韩少功高度赞扬了这篇散文在文坛的意义："《我与地坛》这篇文章的发表，对当年的文坛来说，即使没有其他的作品，那一年的文坛也是一个丰年。"足见这篇散文的重要性。

　　二十一岁对于普通人来说应该正是享受青春、计划未来的年纪。也就是在二十一岁的时候，史铁生被告知双腿无法医治，今后不能像正常人一样生活、工作，只能在轮椅上度过后半生。面对这种境遇，史铁生并不能坦然接受。身体的病残使他暴躁，他冷淡地对待母亲的关心，听到"跑""踩"这些有关腿的词也会神色黯淡。在最失魂落魄的时候，他推着轮椅，来到了地坛。春去秋来，就是在这古老又宁静的地坛中，史铁生观察园子一年四季的景色，也旁观别人的人生。在这里，他一连几个小时专心致志地思考死亡、命运、生命和欲望。在地坛的这些思索成就了之后的史铁生。地坛也成为了史铁生一生牵挂的地方。

　　这部散文集体现了史铁生对苦难的哲思和向死而生的生命哲学。对于他来说，命运是偶然的，没有苦难也就无从得知幸福的含义。腿疾与病痛是他的罪孽也是他的福祉。不怕死并不等于要选择死亡。死亡是一个终将会降临的节日，而生命是不熄的欲望。对于人类整体的生命历程而言，个人的消逝大可忽略不计。他的文字使人更了解生命，也让人在不惧怕死亡的同时更加珍爱生命。

同时，这部散文集的感人之处也并不仅是直面生死的勇气。除了哲思外，这些散文中也处处可见史铁生的真情。《我与地坛》《秋天的怀念》与《合欢树》饱含着对母亲的怀念。对于史铁生的病，母亲是最揪心的人。但当时的史铁生忙于和自己斗争，忽视了母亲的辛酸，直至母亲去世后才幡然醒悟。在这些篇章中，史铁生书写了一位心酸的母亲无私的母爱，和一位疾病缠身的儿子的忏悔与无尽的思念。

史铁生特有的超然和深度与他坎坷的命运息息相关。他的写作是与他的生命勾连在一起的。他的词句中渗透了苦难中的挣扎和挣扎后的坚韧。这部散文集是史铁生生活、精神轨迹的记录，也是史铁生独特世界观的文字体现。这些作品是中国当代散文中的经典之作，很多都被收入了中学课本或被列为必读篇目。这些散文饱含哲思，又不乏真情，感动了无数读者。

《务虚笔记》（1997）

《务虚笔记》是史铁生首部长篇小说。小说由二十二个片段组成，是一部半自传性质的小说。所谓"务虚"就是思考虚无，思索那些看似与现实生活脱节却又无时无刻不萦绕在人们心中的问题。很难用简短的话语界定《务虚笔记》的类型，因为其中包含的内容太过深厚。这是一部有关人类境遇的小说，也是一部书写心灵、人性的小说。如果你也有过一些难以名状、解释不清却又始终无法摆脱的执念，那么这本小说将带给你心灵的震撼。

《务虚笔记》中的人物都是符号化的。他们没有名字，只是生命的符号。残疾人C、医生F、画家Z、女教师O、诗人L、青年WR就是故事中人物的名字。史铁生书写了这些生命符号的命运轨迹和心灵世界的变化过程，并在这个过程中思索了人生、命运、爱情这些看似"虚无"的命题。

这是一部有关心灵的小说。其中的人物没有真实的姓名，但他们却有着复杂、交错、纠结不已的心灵世界。史铁生深刻而细腻地剖析了他们的内心世界，展现了他们生存的困境和精神的孤独。残疾人C渴望爱情，但貌似理解他的爱人X走进他的生活后他却没有因此满足，反而陷入了患得患失的恐惧中。医生F曾有一位恋人N，但却由于"文革"时期种种原因被迫分开。这一段恋情成了F心灵的枷锁。在之后的漫长岁月中，他除了沉默依旧是沉默。画家Z童年去豪宅中看望一个小女孩儿的时候被她的父母称作"野孩子"，在之后的人生中，他无法释怀这段记忆，执着地追寻着"高贵"的艺术，不断地画着白色的羽毛，不择手段地追求"高贵"。

这些人身处历史洪流中，难以违抗时代的趋势。对于"文革"时期的不合理的境遇，他们无力反抗，只能眼看着创伤落在自己身上。他们都有难以忘怀的事物，这些事物驱使着他们不断地寻觅。这些没有名字、看似符号化的人却展现了人类真实的生存困境。他们在自己的心灵世界挣扎，也在命运中挣扎。他们或是被追求的东西束缚，或是在创伤中产生欲望，进而被欲望所累。理想与非理性在他们的心灵中相互拉扯，产生了极大的张力。在这些挣扎中，我们看到了对历史的考问，对人性的质疑和对人生意义的思索。

《务虚笔记》虽名为"务虚"，却展现了人类真实的生存困境。这些人物不仅活在史铁生的虚构中，也活在我们每个人心中。生活在现实中的我们也会有这样或那样的"心魔"，也会为欲望所累。《务虚笔记》是一部剖析了灵魂的动人笔记。

《我的丁一之旅》（2006）

在《务虚笔记》推出十年后，史铁生又写下了《我的丁一之旅》这一长篇力作。这是一部探讨爱情与人生的小说。这部小说以丁一的爱情之旅为主线，交织着书中人物的情感纠葛，延续了《务虚笔记》的寓言化特色，显露出了史铁生式的终极哲思与追问。

《我的丁一之旅》中第一人称"我"并不具体指生活中的某个人，而是一个漂泊不定的灵魂。偶尔会寄居在某个人身上，因此会受到这个人经历、情感的影响。但"我"又总是超越具体的"个人"，是一个"永远的行魂"。而"丁一"这个人物对于"我"来说，是这一次选定的寄居对象。"丁一"是肉体，而"我"是灵魂。

"我"既能从当事人的角度叙述故事，又能置身事外，做一个局外人。"丁一之旅"是一次精神的自由旅程，是对爱情与欲望的探寻之旅。

《我的丁一之旅》延续了史铁生小说看似碎片化却又囊括万千、十分饱满的特点。小说从伊甸园写起。亚当夏娃被逐出伊甸园后流落人间，苦苦相互寻找。于是世间的人们也因为自己的另一半而感到幸福、痛苦、纠缠，为探寻爱情而挣扎。在小说中，史铁生通过发生在不同时代、不同人、不同人生阶段的爱情故事，探索性与爱的本质和它们之间的关系。丁一从小就是被欲望和爱情困惑着，因为人类在欲望和爱情上有着太多的掩饰与遮盖。"我"和"丁一"一直有一种难耐的渴望，渴望冲破所有的遮蔽，穿越所有的墙壁，让心灵彻底地自由。丁一是一个情种，他与女友秦娥谈论裸体之衣，谈论爱情的本质。人和人之间如此相互防备、相互遮掩，在这样的环境中如何寻觅爱情？爱情一定要限定在两个人之间吗？如此美妙的事情为什么一定要限制人数？他将自己的爱情理想写入剧本《空墙之夜》中——一个男人和两个女人的故事，并将它讲给秦娥和吕萨听。他在秦娥的房间里与秦娥和另一位女性吕萨演绎了一场三个人的爱情戏剧。丁一追逐着自己的爱情理想，追逐着自己的"夏娃"，但理想终究是理想，在现实中不能完全实现。秦娥想要过一种正常的生活，选择退出这场实验性爱情戏剧。丁一激烈反对，但又不能违背初衷剥夺秦娥的自由，最终饱受折磨，旧病复发，撒手人寰。而"我"也将脱离这副躯体，开始新的旅程，去寻找新的答案。

《我的丁一之旅》中展现了爱情的多种面孔：叛徒与烈士的爱情，背叛者的爱情，多人之间的爱情。史铁生以一种圣洁的笔触去描写这些爱情，他不回避欲望，也敢于书写欲望。他所写的爱情是一种广义的爱情，是贯穿人类生命始终的一种情结，是联结不同灵魂的纽带。这种爱情是一种哲理性的爱情，是理想的爱情。丁一的爱情戏剧最终以失败落幕，但"我"这个游魂还在不断追寻。不知此时的史铁生在另一个世界里有没有找到理想的答案。

（林玮 撰文）

Shi Tiesheng 英语版

Most of Shi Tiesheng' s works are essays and novels. A writer whose fate was so tough, Shi often joked that being sick was his main business. The most metaphysical writer in modern China, Shi Tiesheng seeks for the meaning of life and death, exploring human destiny and the cycle of life in his works. Professor Deng Xiaomang calls him "a writer, a true artist, who subverts the tradition because he no longer tries to find a ready-made language or ideal from the present reality, legends or the past, but searches his own spiritual being for a language and ideal to measure and 'narrate' the consistent reality."

In 1951 Shi Tiesheng was born in Beijing where he spent his carefree childhood and teenage years. During the Cultural Revolution, Shi went to live and work in the countryside in Yan' an at the age of 18. In April, 1969, Shi Tiesheng started to suffer a leg disease. He was then assigned an easier task of feeding the cattle. As his leg condition worsened, Shi Tiesheng returned to Beijng a few months later, carrying with him a deep impression of the local customs in Northwestern area and the physical pain his leg developed there. As part of the reminiscence, he wrote this experience into a novel *My Remote Qingping Bay*.

The handicap he suffered later hit Shi Tiesheng very hard and he had to live the rest of his life in a wheelchair. It was writing that gave him the hope of living when he was about to give up himself. Through writing he found meaning and a way to live his life.

However, the fate did not spare him after he lost his legs. Shi Tiesheng suffered from uremia due to acute kidney injury, so he had to rely on dialysis to sustain his life. In such hard circumstances, Shi Tiesheng showed his strength and toughness as his name "Tiesheng" (literally Iron-made) indicates.

Shi Tiesheng's works contain philosophical reflections. He was good at writing about the plain everyday life, through which he questioned life itself, death, the transcendence of human soul. Perhaps he learned to think about the pain, or grew detached from hazards of life. Shi Tiesheng was often more than happy to discuss issues like karma, final judgment, life and death, mixed with the colors of Buddhism, Christianity and the philosophy of existentialism. Some of these issues can be answered. Others may never find an answer, but Shi Tiesheng never stopped thinking. Yet his works make no hard reading. Shi Tiesheng is known for his crystal clear language devoid of polish and pretension, best as the carrier of genuine human empathy. His works are never reluctant to express a love for family, for friends, for individuals and for life. They are the messages a life leaves behind, both metaphysical and sympathetic.

A pioneering writer, Shi Tiesheng's early works are highly experimental and avant-garde. *The Wall* and *The Corner of No Sun* were published on *Today*, a privately funded magazine founded by Beidao, a poet in China. *Fate, Several Simple Guessings of A Riddle* and Shi Tiesheng's other novels, tinged with the color of the mysticism, reveal the contingency and uncertainty of the fate. *Sunday, Retreat Notes* and other novels are also pioneering in form: each chapter in *Sunday*, like a riddle, is a fully-loaded symbol; the characters in *Retreat Notes*, a multi-narrative story, have no Chinese names and are indicated by English letters instead. Others works of Shi Tiesheng often break the stylistic boundaries and are known as "poetic novels" or "prose-style novels".

Shi Tiesheng died on October 31, 2010, but his writings remain and continue to inspire readers.

The Temple of Earth and I

The Temple of Earth and I is a collection of essays, which includes well-known pieces such as *the Temple of Earth and I, Fond Memory of Autumn, Design of Good Fortune*. Among these works, *the Temple of Earth and I* is the classic of Chinese contemporary prose. Han Shaogong, a Chinese critic, spoke highly of the literary status of the essay: "The literary world of that year would have boasted itself with the publication of *The Temple of Earth and I,* even if no publishing appeared after that."

For an average man, the age of 21 is the time of enjoying youth and planning the future. But it was then that Shi Tiesheng was told his leg problem was incurable, that he could not live and work like others and had to spend the rest of his life in a wheelchair. Shi Tiesheng could not accept the hard situation. He grew irritable at his physical disability, coldly treating his mother's concern and not able to bear words like "run" and "stamp". At the most disappointed and desperate time, he came to the Temple of Earth in wheelchair. It was in this ancient and serene Temple of Earth that Shi Tiesheng observed the scenery of the garden throughout the years and watched other people's lives. Here, he spent several hours thinking about death, fate, life and desire. The meditating days in the Temple of Earth made Shi Tiesheng the writer and he cherished a life-long tenderness towards the Temple of Earth.

This collection of essays reflects Shi Tiesheng's thinking toward sufferings and his philosophy of "being-towards-death". For him, life is full of accidents. Without sufferings the meaning of happiness cannot be known, so his handicap and pain are hard but also his blessing. He learned that not fearing death does not mean choosing to die. Death is a holiday that finally will come. Life is propelled by great desires, even though in the history of human beings, the disappearance of individuals is negligible. Shi's words help people learn more about life and value life better.

The courage to face life and death is not all that makes this collection of essays so impressive. Apart from the philosophical thinking it reveals, Shi Tiesheng's real feelings that can be felt everywhere in these essays is also very appealing. *The Temple of Earth and I*, *Fond Memory* of *Autumn* and *Acacia* are full of the memory of his mother. When Shi Tiesheng was ill, his mother worried the most. Yet until she passed away, Shi Tiesheng was too busy struggling with himself to notice his mother's sorrow. In these essays, Shi Tiesheng wrote about a sad mother's selfless love, and the regret and memory from a wheel-chaired son.

Shi Tiesheng's unique detachment and depth are closely related to his frustrating fate. His writing grows out of his life. His words come through his sufferings to reveal his struggle and toughness. The essays are not only the record of Shi Tiesheng's life and spiritual progress, but also the textual presentation of his very world view. These works are among the best of Chinese contemporary prose, some of which have found it way into high school textbooks or school reading list. Philosophical, retrospective and compassionate, they touch a wide audience.

Retreat Notes

Retreat Notes is Shi Tiesheng's first novel, a semi-autobiographical one composed of twenty-two parts. To "Retreat" is to withdraw from the busy world to think of those problems that are seemingly detached from real life, but actually constantly lingering in people's mind. *Retreat Notes* covers too wide a range to be defined in a few phrases. A novel about the condition of man, human consciousness and human nature, it is your choice if you have some nameless, unexplainable and inextricable obsessions.

Having no name, each of the characters in *Retreat Notes* is given a letter: the disabled C, doctor F, painter Z, female teacher O, poet L, young WR, who together serve as symbols in life. Shi Tiesheng wrote about their fates and the changes coming through spiritual worlds, during which the author thought about life, fate, and love, these seemingly "empty and useless" topics.

It is a novel about our innermost worlds. The nameless characters have complex, intertwined, and tangled spiritual needs. Shi Tiesheng dived into their inner worlds, revealing their predicament and the emotional loneliness with a scrutinizing and penetrating eye. Disabled C is longing for love, but he is not satisfied with X, his lover whom he initially thinks would understand him when she walks into his life. He is caught in fear and worries about the outcome of their relationship. Doctor F has a lover N, but they are forced to separate due to circumstances in the Cultural Revolution. A shackle on F's mind, he keeps silent in the long years thereafter. When painter Z, still a young boy, goes to see a girl in a mansion, he is called "bastard" by her parents. In the rest of his life, painter Z cannot shake off this memory, dedicating himself to the pursuit of "noble" art. He constantly paints white feathers, an attempt of him to appear "noble" in others' eyes.

In the midst of social change and turmoil, these people can barely fight against the trend of the times. They can do nothing to resist the mad situations of the Cultural Revolution, only to wait the wounds fall on their lives. They all have unforgettable memories that drive them on the road of pursuit. These nameless symbols demonstrate the real plight of human existence. They struggle in their own spiritual world and destiny, either bound by the things they pursue, or burdened by the desires that grow in frustrations. Hopes and illusions entangle with each other in their hearts, resulting in tremendous tension. Through these struggles, we can see the interrogation with history, questions about human nature and explorations in life.

Although *Retreat Notes* is named after "retreat", it shows the true dilemma of a busy human existence. These people not only live in Shi Tiesheng's fictional world, but also live in the hearts of every one of us. In real life we would also have "demons" inside and get restrained by desire. *Retreat Notes* is a touching note of exploring the souls.

My Trip with Ding Yi

Ten years after the publication of *Retreat Notes*, Shi Tiesheng wrote another masterpiece *My Trip with Ding Yi*, a novel about love and life. It follows Ding Yi's love experience. Intertwined with the emotional entanglements of several characters, it continues the analogical features of *Retreat Notes*, revealing Shi Tiesheng's another attempt at philosophical thinking and questioning.

The first person "I" in *My Trip with Ding Yi* does not refer to any real person, but a vagrant spirit. It occasionally resides in a person and therefore is influenced by this person's experience and emotions. But "I" always transcend specific "individual", being a "forever walking ghost". Choosing a man as a carrier, "Ding Yi" is the body, and "I" am the soul. "I" not only can tell story from the view of Ding Yi, but also can stay aloof as an outsider. Ding Yi's trip is the journey of a free spirit and the journey of searching for love and desire.

My Trip with Ding Yi carries the characteristics of Shi Tiesheng's previous novels, seemingly fragmented but panoramic in nature. The story starts with the Garden of Eden, from which Adam and Eve are expelled. In exile Adam and Eve try to find each other. So it goes that people on the earth would feel happy, sad, and restless for their other half and struggle to seek love. Through the love stories that take place in different times, among different people and at different stages of life, Shi Tiesheng explores the natures of sex, love and the relationship between them. Ding Yi is confused by desire and love from childhood, for human beings tend to cover up and disguise their desire and love. "I" and "Ding Yi" always have an irresistible desire to break through all the covers and walls and become completely free. Ding, a passionate man, talks about naked body and the nature of love with his girlfriend Qin E. How could humans find love with so many pretensions and covers? Must love be confined to two persons? Why does such a wonderful thing as love have to be limited by the number of people? Ding writes his ideal of love into the script *the Night of the Empty Wall*, a story of a man and two women, He tells the story to Qin E and another woman Lv Sa, and they three play a three-person drama in Qin E's room. Ding Yi chases his ideal of love, and pursues his own "Eve", but the ideal cannot be fully fulfilled in reality. Qin E wants to live a normal life and chooses to withdraw from the experimental drama. Ding Yi strongly opposes her choice, but he cannot go against his own principle to deprive Qin of her freedom. Eventually he suffers a lot and dies when an old illness overwhelms him. "I" will get out of the body and start a new journey to find new answers.

My journey with Ding Yi shows multi-faceted love: the love of a traitor and a martyr, love of betrayers, love among several characters. Shi Tiesheng described the love scenes with unusually pure sentiments. He did not shun the desire, but bravely wrote about it. The love he wrote is a love that transcends the mere love of man and woman and goes through cycles of life to connect different people. It is a metaphysical in nature and ideal. Ding Yi's love drama ends in failure, but "I", the spirit, continues to search for answers, which Shi Tiesheng in another world perhaps has already found.

（Translated by Huang Min, Zheng Chunxiao）

Shi Tiesheng 法语版

Portrait de i'auteur

La création littéraire de l'écrivain chinois Shi Tiesheng repose principalement sur la prose et la nouvelle. Sa vie fut des plus mouvementées et il aimait à dire de lui-même qu' il était 《 malade de profession et écrivain à ses heures de loisirs 》. Tiesheng est considéré comme le plus métaphysique des écrivains contemporains. Dans ses œuvres, il explore le sens de la vie et de la mort, évoque le destin et la réincarnation. Le fameux critique littéraire chinois Deng Xiaomeng voit en Shi Tiesheng : 《 un écrivain, un authentique créateur et un renverseur 》, car 《 il ne recherchait pas la langue ou le rêve et l'idéal dans la réalité perceptible, ni dans le passé ou les mythes et légendes mais puisait plutôt dans les tréfonds de son âme afin de créer dans une grande originalité une nouvelle sorte de langage et une nouvelle sorte d'idéal capables de mesurer et d'apprécier notre réalité immuable.

Né à Pékin en 1951, Shi Tesheng eut une enfance et une adolescence relativement heureuses. Il a 15 ans lorsque débute la révolution culturelle. C'est en 1969, à l'âge de 18 ans qu'il sera envoyé à la campagne à Yan'an en tant que 《 jeune instruit 》 afin de se former auprès des paysans. En avril de la même année, il contracta une maladie des jambes. Afin de mieux ménager ses douleurs, on décida d'alléger sa charge de travail, et on lui confia la responsabilité de l'affouragement des vaches. Quelques mois après, sa maladie s'aggravant et ses douleurs empirant, il rentra à Pékin. Cette expérience au sein des mœurs et coutumes paysannes du nord-ouest de la Chine où débuta sa terrible maladie le marquera profondément et lui laissera des souvenirs indélébiles dans lesquels il puisera son inspiration pour composer en 1983 sa nouvelle, intitulée 《 Mon lointain Qing-pingwan 》. En 1972, après une opération, il devint paralysé des jambes et l'idée de vivre le reste de sa vie en fauteuil roulant lui affligea un choc terrible et douloureux. Chaque fois qu'il se laissait ronger par la fatalité et le désespoir, Il se réfugiait dans l'écriture, son havre de paix, qui lui redonnait espoir et réconfort. Et c'est dans la création littéraire qu'il retrouva un sens à la vie. Mais le sort, indifférent à sa paralysie des jambes semblait vouloir s'acharner. Quelques temps plus tard il fut atteint d'urémie suite à des lésions rénales aiguës. Désormais sa survie allait dépendre d'un traitement par dialyse. Face au drame terrible que fut sa vie, Shi Tiesheng fit preuve de force et de tenacité comme jamais, et se montra digne de porter son nom qui signifiait : 《 vie de fer 》. Les œuvres de Shi Tiesheng revêtent une signification philosophique. Il excelle à décrire la vie quotidienne et les petites choses mais dans lesquelles il exhume des sujets suprêmes comme la vie, la mort et l'âme. C'est probablement la maladie qui lui aura insufflé de profondes réflexions et son destin tragique qui l'aura transcendé. Shi Tiesheng prend plaisir à discuter de transmigration des âmes, de la vie et de la mort, sujets teintés de bouddhisme, de christianisme et d'existentialisme. La réponse à certaines de ses questions pourront se trouver dans le fond du cœur tandis que d'autres resteront à jamais impénétrables. Cependant, Shi Tiesheng ne cessa jamais de réfléchir et de tenter de comprendre l'insaisissable. Ce qui est appréciable, c'est que ses œuvres ne sont pas difficiles à comprendre. Son style simple et son écriture accessible ne s'embarrassent point de grandiloquence ou d'artifices mais décrivent simplement des sentiments sincères et authentiques. De plus, dans ces œuvres, il se dévoile entièrement et n'hésite pas à exprimer son amour ; l'amour envers sa famille, envers ses amis, sa sollicitude envers les individus de la société ainsi que l'amour de la vie. Par leurs soucis et leurs réflexions métaphysiques, les œuvres de Shi Tiesheng sont de véritables odes à la vie. Shi Tiesheng est un vrai avant-gardiste comme le montrent ses premières œuvres fortement imprégnées d'expérimentalisme et d'avant-gardisme comme *le Mur* （《墙》） et *un Coin sans so-*

leil （《没有太阳的角落》） publiées dans la revue littéraire populaire *Aujourd'hui* créée par l'écrivain chinois Bei Dao. Des nouvelles comme *Fatalité* （《宿命》） et *Les simples façons de résoudre une énigme* （《一个谜语的集中简单猜法》） sont empreintes de mysticisme et dans lesquelles on peut voir la contingence et l'incertitude du sort de l'humanité. Son *Dimanche* （《礼拜日》） et ses *Notes sur des questions abstraites* （《务虚笔记》） se revêtent également d'avant-gardisme. Le lecteur lira dans tous les chapîtres de *Dimanche* des symboles allégoriques qui nous semblent de véritables énigmes ; les noms des protagonistes dans les *Notes* se présentent sous forme d'initiales et l'auteur utilise une narration muti-linéaire. Dans nombre de ses œuvres, Shi Tiesheng brise souvent les frontières stylistiques et c'est la raison pour laquelle ces nouvelles sont appelées nouvelles en prose ou nouvelles en poèmes.

Le 31 octobre 2010, l'âme de Shi Tiesheng retourna définitivement au temple de la terre. Mais sa vie lumineuse brille encore dans ses œuvres et se perpétuera à jamais dans le cœur des lecteurs.

Le temple de la terre et moi

Le temple de la terre et moi est un recueil d'essais qui comprend 《 Le temple de la terre et moi 》, 《 Nostalgie d'automne 》, 《 Le projet de la chance 》 etc. 《 Le temple de la terre et moi 》 est considéré comme une œuvre classique dans le cadre des essais contemporains chinois et dont l'écrivain Han Shaogong en fit le panégyrique dans le cercle littéraire en ces termes : 《 Si l'année 1991 n'eut pas d'autres publications littéraires que *Le temple de la terre et moi*, le monde littéraire aurait par la simple présence de cette œuvre récolté une année de grand cru 》. Nous pouvons donc sentir le poids et l'importance de cet essai. À 21 ans, l'âge où tous les jeunes profitent pleinement de la vie et font des projets d'avenir. C'est aussi l'âge pendant lequel Shi Tiesheng fut paralysé et qu'il apprit qu'il devrait passer tout le reste de sa vie en chaise roulante. Boulversé par la cruauté du sort qui allait l'empêcher de se mouvoir et de travailler normalement, il ne put se résigner à accepter cette triste réalité. Il devint violent et irritable, traitant sa mère qui lui manifestait tant d'amour, tant de sollicitude et qui était toujours au petit soin pour lui avec froideur. Dès qu'il entendait un mot en rapport avec le mot jambe comme courir, fouler, coup de pied, il devenait blême et déprimé. Alors qu'il se trouvait dans un état psychologique des plus critiques, poussant son fauteuil roulant, il se rendit au parc du temple de la terre. Le printemps s'en allant et l'automne s'en revenant, c'est dans ce temple ancien et paisible que Shi Tiesheng admira les paysages des quatre saisons et observa la vie des visiteurs d'un point de vue extérieur. Il aimait à y passer ses journées, méditant des heures durant sur la vie, la mort, le destin et le désir. Ce sont ces réflexions nourries par la beauté du temple qui feront de lui plus tard un écrivain de talent et de renom. Tout au long de sa vie, le temple de la terre ne cessa d'être pour Shi Tiesheng source d'obsession et de préoccupations.

Ce recueil d'essais présente des pensées philosophiques confrontées au malheur ainsi qu'une philosophie de vie : « né pour mourir ». Pour Shi Tiesheng le destin n'est que hasard. Si nous ne connaissons pas l'infortune et l'adversité, alors il nous est impossible de percer la signification du bonheur. Sa paralysie et ses souffrances sont pour lui aussi bien des injustices que des bienfaits. Ne pas craindre la mort ne veut pas dire avoir le choix. La mort est inéluctable et arrivera à chacun un jour ou l'autre, tandis que la vie est le désir incessant. Pour l'Histoire de l'humanité, la disparition d'un individu est insignifiante. Ainsi Shi Tiesheng nous apprend à mieux connaître la vie, à ne pas craindre la mort et dans le même temp à chérir la vie. Ce qui nous touche le plus dans ce recueil, ce n'est pas seulement le courage de l'auteur dans son combat direct avec la mort ou ses réflexions philosohiques mais c'est surtout la révélation des sentiments et des émotions purs de l'auteur. Dans *le Temple de la terre*, *Nostalgie d'automne* et *Albizia Julibrissin* nous ressentons profondément la nostalgie qu'il éprouve pour sa mère. En effet, à l'époque, sa mère était la seule personne qui s'occupait de lui, qui le réconfortait et qui l'aimait. Cependant, trop occupé à se combattre lui-même, il n'avait jamais pris le temps de penser aux ressentis, aux souffrances et aux difficultés que son état pouvait causer à sa maman jusqu'à ce qu'elle décède. Ainsi, dans ces trois nouvelles, l'auteur raconte l'amour maternel désintéressé d'une mère attristée, les regrets d'un fils hanté par la maladie et par une nostalgie inaltérable.

La pensée profonde et détachée de Shi Tiesheng est intimement liée à sa vie tourmentée. Son écriture est enchaînée à sa vie. Ses récits nous entraînent dans sa lutte contre l'adversité et la souffrance ainsi que sa persévérance après le combat. Ce recueil est la transcription de sa vie, de la trajectoire des ses pensées ainsi que sa vision particulière du monde. Dans le domaine des essais contemporains chinois, les œuvres de Shi Tiesheng sont désormais perçues commes des classiques. Aujourd'hui certaines d'entre elles figurent dans les manuels chinois pour lycéens, car ses réflexions philosophiques et la nature de ses sentiments émeuvent un grand nombre de lecteurs.

Notes sur des questions abstarites

Les *Notes sur les questions abstaites* est le premier roman de Shi Tiesheng. C'est un ouvrage semi-autobiographique composé de 22 parties. Le terme 《 Wu Xu 》 invite à la réflexion sur le néant, méditation qui semble perdre le contact avec la vie réelle mais qui résonne toujours dans nos têtes.

Ce roman est difficile à définir en quelques phrases tant le contenu est riche et profond. Les *Notes* évoquent aussi bien le destin de l'humanité que l'âme et la nature humaine. Si vous avez des pensées que vous ne pouvez ni définir, ni expliquer, ni dégager, ce roman vous insufflera une stimulation de l'esprit à n'en pas douter. est Les Notes est un roman qui traite du cœur et de l'esprit de l'homme. Les personnages n'ont pas de noms réels et leur monde intérieur est compliqué, embrouillé et entortillé. Shi Tiesheng décrit et analyse leur psychisme d'une manière profonde et détaillée et s'attache à montrer leur difficulté à exister ainsi que leur état de grande solitude psychologique. Ainsi on trouve le handicapé C qui aspire à l'amour jusqu'à ce que son amour X entre dans sa vie. Mais au lieu de se satisfaire de ce bonheur tant espéré, il n'a de cesse de songer aux gains et aux pertes que peuvent lui apporter cette relation. Il y a encore le médecin F qui est follement amoureux de la jolie N et qui verra son amour pour elle totalement détruit par la révolution culturelle qui les séparera brutalement. Cette séparation douloureuse sera pour F comme des chaînes emprisonnant son esprit et il se retranchera dans son mutisme des années durants. Et puis il y a aussi le peintre Z qui pendant son enfance aimait aller rendre visite à une fillette et dont les parents prenaient à un malin plaisir à l'appeler 《 l'enfant sauvage 》. Cet épisode de sa vie l'a beaucoup meurtri et ces tristes souvenirs l'ont amené à la poursuite d'un art 《 noble》. Plus tard, il n'aura de cesse de peindre des plumes blanches et de rechercher par tous les moyens 《 l'élégance absolue 》.

Les personnes du livre se trouvent tous dans le courant de l'histoire. Il leur est difficile de faire autrement que de suivre la tendance de l'époque. Face aux situations absurdes de la révolution culturelle, ils n'ont d'autres choix que de se résigner à la fatalité et d'endurer impuissants le malheur qui les frappe. Ces personnages sont tous traumatisés par les blessures du passé qui les obligent à s'interroger sans cesse. Ces protagonistes sans noms et symbolisés nous démontrent le dilemme de la survie de l'humanité. Ils se débattent aussi bien dans leur sort tragique que dans leur monde intérieur. Soit c'est parce qu'ils sont entravés par ce qu'ils poursuivent, soit c'est le désir provenant de leur traumatisme qui les épuise. Ils se débattent entre un idéal et un irrationnel, ce qui engendre en eux beaucoup de tension et de frustration. Dans tous ces combats, sont exposés la torture de l'Histoire, la mise en cause de la nature humaine et la réflexion sur le sens de la vie.

Malgré son titre, 《 Wu Xu 》, ce roman manifeste bien la difficulté de l'existence humaine et tous les personnages du livre vivent non seulement dans la pensée et l'imagination de l'auteur mais également dans le cœur de chacun ; nous qui vivons dans la réalité, nous pourrions aussi être confrontés à nos démons intérieurs et voir nos désirs nous exténuer. *Notes sur des questions abstraites* est un roman qui dissèque l'âme de l'humanité.

Mon séjour en Dingyi

Dix ans après la publication des *Notes*, Shi Tiesheng composa *Mon séjour en Dingyi*, autre grand roman qui porte sur l'amour de la vie. Ce roman prend comme axe principal le voyage d'amour du héros Dingyi et dans lequel se manifestent tous les enchevêtrements émotionnels des protagonistes. Ce récit poursuit la caractérisque allégorique des *Notes* et révèle les pensées et questionnements philosophiques ultimes de l'auteur. Dans ce roman, la première personne 《 je 》, n'indique pas un personnage particulier dans la vie, mais représente un esprit qui voyage dans le temps en séjournant dans les corps des personnes qu'il investit successivement. Ce 《 je 》 est donc influencé par les expériences et les émotions des peronnages qui l'incarne. Mais il est aussi toujours au au-dessus d'un individu en particulier, c'est un esprit toujours en voyage. Pour le 《 Je 》, 《Dingyi 》 est une personne qu'il choisit d'investir. 《 Dingyi 》 est corps tandis que 《 je 》 est l'esprit. Ainsi le 《 je 》 peut aussi bien être le narrateur de l'histoire tant un personnage extérieur à l'histoire comme un étranger. Le séjour en Dingyi est non seulement un voyage libre de l'esprit mais aussi un voyage de recherche sur l'amour et le désir.

Dans ce roman, Shi Tiesheng poursuit son style d'écriture qui nous paraît fragmenté mais riche en effets. L'histoire se passe dans le jardin d'Eden, d'où Adam et Eve furent expulsés. Tombés sur terre, ils se retrouvent séparés et se recherchent désespérément. Il en va de même dans la vie des hommes qui éprouvent à la fois du plaisir et de la douleur dans la recherche de l'âme-sœur et luttent avec tenacité pour touver l'amour. Shi Tiesheng explore ici la nature de l'amour et du sexe et tente de rechercher la relation entre ces deux entités via des histoires d'amour vécues à différentes époques, chez différentes personnes et à travers différentes étapes.

Depuis l'enfance, Dingyi fut troublé et fasciné par le désir et l'amour car il avait très tôt remarqué que les Hommes s'efforçaient à les dissimuler ou à les refouler. Ainsi 《 Je 》 et 《 Dingyi 》, ont depuis longtemps une envie à laquelle ils ne peuvent résister, celle de briser les barrières et de traverser tous les murs afin de pouvoir jouir d'une complète liberté de l'esprit. Dingyi complètement amoureux, parle du nu et de la nature de l'amour avec sa compagne Qin E. Il se demande comment nous pourrions nous aimer réellement si sur ces sujets-là nous sommes toujours sur nos gardes et que nous ne nous dévoilons pas franchement l'un à l'autre. Il se demande si l'amour doit se limiter à deux personnes et pourquoi une chose aussi belle et pure que l'amour ne pourrait pas embrasser plusieurs personnes à la fois.

Ces questions seront les thèmes d'une pièce de théâtre au sein du Roman et qui permet à l'auteur d'exposer sa vision de l'amour idéal. Dingyi va donc présenter sa pièce de théâtre intitulée *La nuit du mur vide* à Qin E ainsi qu'à Lu Sa, pièce qui raconte justement l'histoire d'amour entre un homme et deux femmes. Les deux femmes vont accepter de jouer cete pièce d'amour entre trois personnes et ce dans la chambre même de Qin E. Dingyi poursuit son idéal de l'amour et sa propre《Eve》. Cependant il sait pertinemment qu'un idéal n'est souvent qu'une utopie et qu'il ne se réalise que très rarement dans la réalité. Qin E qui voulait vivre une vie normale et ancrée dans la réalité décide de quitter ce théâtre de l'amour expérimental. Dingyi s'oppose avec acharnement à ce départ mais sait aussi qu'il ne peut pas aller à l'encontre de la volonté de Qin E de reprendre sa liberté. Dans sa colère, il ressuscite son ancienne maladie qui finit par le tuer. Puis le《je》s'extirpe du corps de Dingyi et commence un nouveau voyage pour de nouvelles expériences et rechercher de nouvelles réponses à ses questions.

Mon séjour en Dingyi explore les différents visages de l'amour : l'amour entre le traître et le martyr, l'amour de l'infidèle, l'amour pour plusieurs ou entre plusieurs personnes et Shi Tiesheng les décrit avec une un style noble et sacré. Il n'évite aucunement le sujet du désir qu'il décortique même avec minutie. L'amour qu'il décrit est un amour global, un complexe qui traverse toute l'humanité et qui relie différentes âmes. Sa conception de l'amour est purement idéale et philosophique. Lorsque le théâtre de l'amour de Dingyi s'achève par un échec, l'esprit de voyage et de transmigration《je》poursuit sa quête de l'absolu. Mais nous ne savons pas si Shi Tiesheng de son vivant est parvenu à trouver les réponses à toutes les questions qu'il se posait.

（Traduit par Shen Yulong）

Shi Tiesheng 德语版

Shi Tiesheng schrieb hauptsächlich Prosa und Romane. Ihm war ein mühsames Leb- en vorherbestimmt. Er bezeichnete sich hauptberuflich als krank. Shi Tiesheng ist ein metaphysischster Schriftsteller der Gegenwart. In seinen Werken erforscht er die Bedeutung vomLeben und Tod und erörtert das Schicksal und dieReinkarnation . Herr Professor Deng Xiaomang nannte ihn „ EinenSchriftsteller, einen echten Schöpfer, einen Umstürzler, weil er nicht mehr aus der Realität vor den Augen, aus den Sagen, aus derVergangenheitnach irgendeiner lebendigenSprache oder einem Ideal sucht, sondern aus seiner eigenen Seele eine Sprache und ein Ideal hervorbringt und sie verwendet, um unsere beständige Realität zu messen oder „auszudrücken ".

Shi Tiesheng ist1951 in Peking geboren. Hier verbrachte er eine relativ unbeschwerte Kindheit und Jugend. Während der Kulturrevolution wurde er im Alter von 18 Jahren als Gebildeter Jugendlicher nach Yan'an entsendet. Im April diesesJahres litt Shi Tiesheng dort an einer Beinkrankheit. Weil man sich um ihn sorgte, bekam er verhältnismäßig leichte Arbeit, wie das Füttern der Kühe. Nach einigen Monaten verschlimmerte sich die Beinkrankheit von Shi Tiesheng und er kehrte nach Peking zurück. Das Empfinden der natürlichen Begebenheiten im Nordwesten des Landes und die dort beginnenden Krankheitsbeschwerden hinterließen bei Shi Tiesheng eine tiefe Erinnerung.

Später erinnerte er sich an jene Zeit, als er diese Erfahrungen in seinem Roman „ Meine ferne Qingping-Bucht " niederschrieb.

Die Behinderung seiner beiden Beine hat ihn hart getroffen. Er begann in der zweiten Hälfte seines Lebens im Rollstuhl zu sitzen. In seiner verzweifelsten Zeit wurde er schriftstellerisch tätig, um seinem Leben Hoffnung zu geben. Durch das Schreiben hat er eine eigene Art und Weise zu lebensowie den Sinn des Lebens entdeckt. Dennoch war sein Schicksal nicht gutmütiger zu ihm, da er beide Beine verlor. Shi Tiesheng litt daraufhin infolge einer Nierenverletzung an Urämie und war auf die Dialyse angewiesen, umweiterzuleben. Angesichts des bitteren Schicksals demonstrierte Shi Tiesheng im Leben Standhaftigkeit und Belastbarkeit, was sich auch in den beiden Zeichen inseinem Namen „Tiesheng " (übersetzt: aus Eisen hervorgebracht) widerspiegelt.

Shi Tieshengs Werke haben philosophische Bedeutung. Er versteht sich die einfachen Geschichten des Alltagslebensniederzuschreiben und aus ihnen die sensiblen Themen, die mit dem Leben, dem Tod, der Seele usw. in Verbindung stehen, freizulegen. Vielleicht führte die Krankheit dazu, dass er viel nachdachte, vielleicht führte sein mühevolles Schicksal zu seiner Unkonventionalität. Shi Tiesheng spricht gerne über das Karma, das # endgültigen Urteil, das Leben, den Tod und andere sensible Themen wie eine Mischung von Buddhismus, Christentums und Existenzphilosophie. Die Antworten zu diesen Fragen können im Herzen gefunden werden, sie könnten vielleicht auch niemals beantwortet werden. Aber er hörte nie auf sich über etwas den Kopf zu zerbrechen. Das bedeutende an seinen Werken ist, dass sie einfach zu verstehen sind. Die Sprache, die Shi Tiesheng verwendet, ist den Menschen leicht zugänglich und er verwendet keinen blumig literarischen Ausdruck, sondern drückt sich einfach aus. Gleichzeitig drückt er in seinen Werken auch uneingeschränkt seine Liebe aus: Liebe zu seiner Familie, zu Freunden, Sorge um die Individuen in der Gesellschaft und Liebe zum Leben.. Shi Tieshengs Werke sind eine Botschaft des Lebens und eine metaphysische Reflexion und Fürsorge demgegenüber.

Gleichzeitig ist Shi Tiesheng auch ein starker Pionier der Schriftsteller. Seine frühen Werke sind höchst experimentell und avantgardistisch.*Mauer* " und *Die Ecke ohne Sonnenschein* wurden bereits in Zeitschriften wie „ *Heute* " veröffentlicht. Romane *wie Das Schicksal*, Eine einfache Methode zum Erraten von Rätseln usw. beinhalten Mystik und zeigen die Zufälligkeiten und Unsicherheiten des Schicksals auf. Die Romane *Sonntag,*

Rückzugsnotizen usw. bringen mit ihrer Form auch avantgardistische Farben mit sich. In jedem Kapitel des Romans *Sonntag* sind eine Art allegorische Symbole sowie allgemeine Rätsel enthalten. In *Rückzugsnotizen* haben die Figuren keine vollständigen Namen, sondern diese werden mit einem Buchstaben ersetzt. Außerdem wird eine Erzähltechnik mit mehreren Erzählsträngen verwendet. Die anderen Werke von Shi Tiesheng brachten ihn oft an seine stilistischen Grenzen und werden daher auch als „ poetische Romane " ", „prosaische " " Werke bezeichnet.

Am 31. Oktober 2010 ist Shi Tiesheng Erdtempelgestorben. Seine Seele kam zum Erdalter zurück, in dem er früher lange Zeit verbrachte. Aber die Herrlichkeit seines Lebens lebtfür immer in seinen Texten und in den Herzen seiner Leser weiter.

Der Erdaltar und ich

Der Erdtempel und ich ist eine Essaysammlung, die unter anderem die Essays *Der Erdtempel undich , Dem Herbst zurücksehnen, Für das Glück gibt es keinen Plan* usw. enthält. Der darunter enthaltene Essay *Der Erdtempel und ich* ist ein literarisches Werk, das zu den zeitgenössischen chinesischen klasisschen Essays gehört. Han Shaogong bewertete die literarische Bedeutung des Werkes hoch: „Das Jahr, wo *Der Erdtempel und ich veröffentlicht wurde, war* für den zeitgenössischen literarischen Kreis ein literarisch gutes Erntejahr, auch wenn es in diesem Jahr keine anderen Werke gäbe. " ErdtempelDaraus wird ersichtlich, wie bedeutend dieser Essay ist.

Normalerweise soll man im Alter von 21 die Jugend genießen und die Zukunft planen. Mit 21 Jahren bekam Shi Tiesheng die Nachricht, dass seine beiden Beine nicht mehr geheilt werden können und er in Zukunft nicht wie die anderen Menschen leben und arbeiten kann, sondern seine zweite Lebenshälfte nur im Rollstuhl verbringen kann. In Anbetracht dieser Situation war es Shi Tiesheng nicht möglich dies zu akzeptieren. Seine körperliche Behinderung ließ ihn reizbar werden. Der Umgang mitder Sorge seiner Mutter war teilnahmslos. Als er die Ausdrücke „laufen ", „treten " od-er andere Ausdrücke hörte, die mit den Beinen in Zusammenhang standen, verfinsterte sich sein Gesichtsausdruck. In seiner verzweifelsten Zeit fuhr er mit seinem Rollstuhl zum Erdtempel. Die Jahreszeiten zogen beim Erdtempel vorüber und Shi Tiesheng beobachtete die Landschaft der vier Jahreszeiten sowie das Leben der anderen Menschen an diesem alten und ruhigen Ort. Hier widmete er sich stundenlang den Gedanken überTod, Schicksal, Leben und Begehren. Diese tiefen Gedanken prägten das spätere Leben von Shi Tiesheng. Der Erdtempel wurde zu einem Ort, den Shi Tiesheng lebenlang vermisste.

Diese Sammlung von Essays spiegelt Shi Tieshengs philosophische Gedanken zu Leiden und die Philosophie über Leben, Tod und Schicksalwider. Seiner Ansicht nach ist das Schicksal unerwartet. Ohne Leiden erkennt man die Bedeutung von Glück nicht. Die Beinkrankheit und der Schmerz sind seine Sünde und auch sein Wohlergehen. Er fürchtet nicht den Tod und wartet nicht auf eine Alternative. Der Tod ist ein Festtag, der immer näher rückt und das Leben macht keinen Halt vor der Hoffnung. Vom menschlichen Leben als Ganzes her gesprochen kann jeder über den Tod hinwegschauen. Seine Texte führen zum besseren Verständniss für das Leben und zu mehr Hochachtung vor dem Leben, während man keine Angst vor dem Vod hat.

Gleichzeitig ermutigt die Essaysammlung die Menschen und diejenigen, die keinen Mut haben, dem Leben und dem Tod zu begegnen. Außer den philosophischen Gedanken zeigt überall in diesem Essay die Liebe von Shi Tiesheng zu seiner Mutter. In seinen Werken *Der Erdtempel und ich, Dem Herbst zurücksehnen* und Seidenbaum sind voller Trauer um die Mutter. Was die Krankheit von Shi Tiesheng betrifft, war die Mutter die besorgteste Person. Aber Shi Tiesheng war damals mit seinem eigenen Kampf beschäftigt und übersah den Schmerz seiner Mutter. Erst als seine Mutter starb, wurde er sich dessen bewusst. In diesem Essay schriebShi Tiesheng von einer traurigen Mutter mit selbstloser mütterlicher Liebe und einem mit Krankheiten übersäten Sohn, der es bereut und sie unendlich vermisst.

und sein Leben sind miteinander verbunden. Seine Worte und Sätze sind von Mühsal der Anstrengung und von der Härte des Mühsals durchdrungen. Diese Essaysammlung ist das Leben Shi Tieshengs, die Aufzeichnung seines Geistes und es ist die einzigartige Weltansicht von Shi Tiesheng, die sich in seinen Texten reflektiert. Diese Werke sind

Klassiker in den zeitgenössischen chinesische Essays. Sehr viele Lehrbücher der chinesischen Mittelschule beinhalten seine Werkeund sie wurden zur Pflichtliteratur. Diese Essays enthalten philosophische Gedanken und es mangelt ihnen nicht an Wahrheit. Zudem haben sie unzählige Leser berührt.

Rückzugsnotizen

Rückzugsnotizen ist der erste Roman von Shi Tiesheng. Der Roman besteht aus 22 Kapiteln und ist ein semi-autobiografischer Roman. Der sogenannte „Rückzug " ist das Nachdenken über das Nichts. Es scheint, als ob das Nachdenken darüber nicht mit dem realen Leben in Verbindung stehen und nicht in den Problemen der Menschen vorkommen würde. Es ist schwierig, mit einfachen kurzen Worten die Textsorte von diesem Roman zu definieren, weil der Inhalt sehr tiefgründig ist. Dieser Roman über die menschlichen Begegnungen ist auch ein Roman über die Seele und über die Menschlichkeit. Wenn die Leser/innen auch unbeschreibliche, nicht konkret erklärbare und zudem stets eine Besessenheit haben, von der sie nicht loskommen, wird dieser Roman ihre Seeleerwecken.

Die Figuren in diesem Roman sind mit Zeichen benannt. Sie haben keine konkreten Namen, sondern sind nur ein Symbol im Leben. Der Behinderte C, Arzt F, Maler Z, Lehrerin O, Dichter L, Jugendlicher WR sind die Namen der Figuren in der Geschichte. Shi Tiesheng beschreibt den Veränderungsprozesses des Schicksals und der geistigen Welt der Leben dieser Symbole und aus dem Verlauf des Lebens, des Schicksals, der Liebe usw.wird die These des „Nichts " " ersichtlich.

Dies ist ein Roman über die Seele, in dem die Figuren über keine echten Namen verfügen. Aber sie haben eine komplexe, ineinandergreifende, verwickelte Seelenwelt. Shi Tiesheng untersucht ihre innere Welt tiefgründig und t gründlich und leg die schwierige Situation ihres Lebens sowie geistige Einsamkeit dar. Der Behinderte C sehnt sich nach Liebe, aber nimmt fälschlicherweise an, dass er gegenüber Frau X, die ihn versteht, nachdem sie in sein Leben getreten ist, nicht gerecht wird. Vielmehr gerät er in die Falle der Angst. Der Arzt F hat bereits seine Liebste N. Aber wegen verschiedenen Gründen der Kulturrevolution wurden sie gezwungenerweise voneinander getrennt. Diese Liebe wurde zu einer Fessel von Fs Seele. Lange schwieg er nur. . Der Maler Z, der in seiner Kindheit einmal ein Mädchen in einer Luxuswohnung besuchte, wurde damals von den Eltern des Mädchens als „wildes Kind „ bezeichnet. In seinem späteren Leben konnte er diese Erinnerung nicht vergessen, welche sich durch seine „edle " Kunst zieht. Er malte ununterbrochen weiße Federn (Symbol für Reinheit und Adel) und verfolgt skrupellos das „Edle ".

Diese Figuerenbefinden sich im reißenden Fluss der Geschichte und es istt schwierig, sich dem Trend der Zeit zu widersetzen. Aufgrund der unzumutbaren Situation während der Kulturrevolution konnten sie sich nicht widersetzen, sondern nur sich selbst dabei zusehen, wie die Wunden in ihre Körper eindrangen. Sie können die Dinge nur schwer vergessen. Diese Dinge bewegen sie auch dazu, unaufhörlich zu suchen. Diese ohne Namen und wie Symbole erscheinenden Figuren zeigen die wahre schwierige Situation der menschlichen Existenz auf. Sie kämpfen in ihrer eigenen Seelenwelt und kämpfen auch mit dem Schicksal. Sie verfolgen oder werden von diesen Dingen verfolgt oder bringen im Trauma Wünsche hervor. Dann sind sie von ihren Wünschen erschöpft. Das Ideale und das Irrationale geraten in ihrer Seele aneinander und erzeugen ein hohes Maß an Spannung. In diesen Kämpfen sehen wir die historische Entwicklung, das Nachdenken über die Fragen nach der menschlichen Natur und dem Sinn des Lebens.Obwohl der Roman*Rückzugsnotizen* mit „ Rückzug " bezeichnet wird, #, zeigt er dennoch das Mühsal des wahren Lebens der Menschen. Diese Menschen leben nicht nur in der Fiktion von Shi Tiesheng, sondern auch in den Herzen von uns allen. In unserem Leben in der Realität besitzt jeder von uns diesen oder jenen „ Dämon ", der auch eine Bürde der Wünsche ist. *Rückzugsnotizen* sind sowohl rührende Notizen und als auch Analyse der Seele.

Die Reise meiner Ding Yi

10 Jahre nach der Veröffentlichung von *Rückzugsnotizen* schrieb Shi Tiesheng erneut ein Meisterwerk *Die Reise meiner Ding Yi*. Es ist ein Roman, der die Liebe und das Leben erörtert. In diesem Roman bildet die Liebesgeschichtevon Ding Yi den Haupthandlungsstrang. In diesem Werk sind die Figurenemotional miteinander verflochten, was die fabelhaften Eigenschaften von *Rückzugsnotizen* weiterführt und die philosophischen Gedanken und eine eingehende Untersuchung von Shi Tiesheng enthüllt.

Das „Ich " in diesem Roman weist auf eine beliebige Person im Leben hin und ist eine umherirrende Seele. Gelegentlich lebt „Ich " auf den Körpern anderer Personen, so dass „Ich " von den Erfahrungen und Emotionen des entsprechenden Menschen beeinflusst wird. Aber das „Ich " hat immer etwas „persönliches " an sich. Es ist eine „ewig umherirrende Seele ". Dieses Mal lebt „Ich " im Körper von Ding Yi. „Ding Yi "ist ein Körper, und das „Ich "ist die Seele. Das „Ich "ist bereits von der Erzählung der Beteiligten determiniert und ist auch eine unbeteiligte außenstehende Person. „ Die Reise von Ding Yi " " ist eine freie Reise des Geistes, eine Reise, die sich auf die Suche nach Liebe und Sehnsucht begibt.Der Roman „Die Reise meiner Ding Yi führt die unzählige Fragmentierung in Shi Tieshengs Roman fort und weist eine Vielzahl von Besonderheiten auf. Der Roman beginnt mit der Geschichte der Garten Eden. Adam und Eva wurden aus dem Garten Eden zu einem Leben auf der Erde vertrieben. Mühsam suchten sie einander. Die Menschen auf der Welt suchen nach ihren Partnern /innen, sehnen sich nach Glück und Liebe, so dass sie auch leiden und verwirrend werden.. In dem Roman untersucht Shi Tiesheng das Wesen der Liebe und der Sexualität sowie ihre Beziehungen mittels der sich in unterschiedlichen Zeitaltern, unterschiedlichen Personen, unterschiedlichen Lebensphasen ereigneten Liebesgeschichten. Ding Yi sehnte sich schon von klein auf.

Er war von der Sehnsucht und Liebe verwirrt, weil die Menschen hinsichtlich der Sehnsucht und Liebe viel verschleiern und verbergen. Das „Ich “ und „Ding Yi “ haben eine unerträgliche Sehnsucht, die alle Zufluchtsorte und alle Wände durchbricht, um der Seele gänzliche Freiheit einzuräumen. Ding Yi. sprach mit seiner Freundin Qin E über den nackten Körper und das Wesen der Liebe. Wie können die Menschen untereinander, die sich auf derartige Weise versuchen voreinander schützen und sich ge- genseitig verbergen, in dieser Umgebung Liebe finden? Muss die Liebe zwischen zwei Menschen beschränkt sein? Warum muss sich diese schöne Sache auf eine Anzahl von Menschen beschränken? Er hat über seine eigene Liebe ein Drehbuch *Leere Wände der Nacht* geschrieben, das von einem Mann und zwei Frauen handelt, was er Qin E und Lv Sa vorliest. Er interpretiert im Zimmer von Qin E mit Qin E und einer anderen Frau namens Lv Sa das Liebesdrama zwischen den drei Menschen. Ding Yi verfolgt ihr ei- genes Ideal der Liebe. Sie verfolgt ihre eigene „Eva “. Aber das Ideal bleibt letztendlich nur ein Ideal. In der Realität kann es nicht vollständig umgesetzt werden. Qin E möchte ein normales Leben leben und entscheidet sich aus dem experimentellen Theater der Liebe auszutreten. Ding Yi widerspricht dem ganzen entschlossen, kann aber Qin E ihrer Freiheit nicht berauben und wird letztendlich gefoltert, wird rückfällig und tot. Auch das

„Ich “ “ wird vom Körper gelöst und beginnt eine neue Reise zur Suche nach neuen - Antworten.

Ши Тешэн 俄语版

КРАТКО ОБ АВТОРЕ

Основное место в творчестве Ши Тешэн занимают эссе и романы, у него нелегкая судьба, сам себя называл одержимым работой. Ши Тешэн — это один из самых трансцедентальных современных писателей. В своем творчестве он ищет ответы на вопрос о смысле жизни и смерти, изучает вопросы о судьбе и круговороте. Профессор Дэн Сяоман считает, что Ши Тешэн «писатель, настоящий творец, революционер, потому что он не ищет готовые слова или идеалы в действительности, в легендах, в прошлом, а создает собственные язык и идеалы из глубин своей души, оценивает или ‘рассказывает’ о нашей неизменной действительности».

Ши Тешэн родился в Пекине в 1951 году. Здесь он провел относительно спокойные периоды детства и отрочества. Во времена Культурной революции он будучи 18—тилетним образованным юношей был отправлен на перевоспитание в деревню недалеко от Яньаня. В апреле того года у него заболели ноги. Люди, заботясь о нем, дали ему наиболее легкую работу — смотреть за коровами. Спустя несколько месяцев он вернулся в Пекин из — за осложнения болезни. Нравы и обычаи северо — западной части Китая и начавшаяся там болезнь оставили глубокий след в душе Ши Тешэна. Впоследствии свои воспоминания о тех днях он опишет в романе «Моя далекая и мирная гавань».

Паралич ног сделали Ши Тешэна инвалидом, это стало для него большим ударом, всю оставшуюся жизнь он проведет в инвалидной коляске. Когда он потерял верю в себя, именно творчество подарило ему надежду. В творчестве он находит способ существования и значение своей жизни. Однако судьба не намеревалась быть милостивой к нему из—за того, что он потерял обе ноги. Ши Тешэн из — за повреждения почек будет страдать уремией, буден вынужден с помощью процедуры диализа поддерживать жизнь. Несмотря на свою нелегкую судьбу он демонстрирует упорство и стойкость духа, даже его имя, состоящее из двух иероглифов "железо"и "жизнь", говорит об этом.

Произведения Ши Тешэна можно назвать философскими. Он умеет мастерски описывать обыкновенные явления повседневной жизни, но при этом умеет затрагивать вопросы о жизни, смерти, душе и др. Возможно болезнь заставила его много размышлять, заменить на предлог а нелегкая судьба помогла ему освободиться от уз. Ему нравится рассуждать о карме, круге жизненных перевоплощений, жизни и смерти, смешивая понятия буддизма, христианства и экзистенциализма. Ответы на некоторые из этих вопросов можно найти в своем сердце, а на некоторые вопросы возможно никогда не удатся найти ответ. Но Ши Тешэн никогда не перестанет размышлять над ними. Похвально, что его произведения легко читать. Его язык доступен для понимания, его сила не в красивом слове, а в изложении простых истин. В то же время в своих произведениях он не скупясь выражает любовь к семье, друзьям, человеку и жизни. Произведения Ши Тешэна — это записи, оставленные жизнью, метафизическое переосмысление и материальные заботы.

Одновременно Ши Тешэн передовой писатель, его ранние произведения отличает экспериментальный характер и авангардизм. «Стена» и «Угол, куда не заглядывает солнце»были напечатаны в первом номере народного периодического издания «ССегодня», основанного Бэй Дао. Романы «СПредназначение», «СПростой метод угадывания загадки»и др. пронизаны мистицизмом, рассказывают о случайности и неопределенности судьбы. По форме романы

«СВоскресенье», «СТеоретические записки» являются авангардисткими. В каждой главе романа «СВоскресенье»скрыт аллегорический символ, например загадка; а имена персонажей романа «СТеоретические записки» являются неполными и заменены буквами, кроме того здесь использован метод многолинейного повествования. Ши Тешэн в других своих работах часто не придерживается жанровых разграничений, его романы называют "стихотворными", "прозаическими".

Ши Тешэн покинул этот мир 31 октября 2010 года, но он будет вечно жить в своем творчестве и сердцах читателей.

ИЗВЕСТНЫЕ ПРОИЗВЕДЕНИЯ

Я и Храм Земли

«Я и Храм Земли» — это сборник эссе, куда вошли «Я и Храм Земли», «Воспоминания об осени», «Проектировать удачу» и др. Среди которых «Я и Храм Земли» является классическим произведением в современной китайской литературе. Хан Шаогун высоко оценил его значение: «Издание этого эссе стало большим событием в литературе того года, хотя не появилось других значимых работ, тот год можно считать урожайным», из чего мы можем увидеть судить о важности произведения.

21 год для обычных людей является временем, когда можно наслаждаться молодостью, строить планы на будущее. Но Ши Тешэн в 21 год узнал о том, что он никогда не будет ходить, не будет жить и работать как нормальные люди, а убрать это слово проведет весь остаток жизни в инвалидной коляске. Он не мог спокойно примириться со своим уделом. Физические страдания сделали его раздражительным, безразлично относился к тому, что мать заботилась о нем, а

также он мрачнел, когда слышал такие слова, как "бегать", "прыгать", напоминающие ему о ногах. Когда ему становилось особенно тягостно, то он приходил в парк Храм Земли, передвигаясь на своей коляске. Время скоротечно, в этом древнем и тихом парке Ши Тешэн наблюдал за сменой времен года и жизнью других людей. Здесь он долгие часы сосредоточенно размышлял о смерти, судьбе, жизни и надежде. Эти размышления сформировали его как писателя. Храм Земли стал для него особенным местом.

В этом сборнике эссе нашли отражение размышления Ши Тешэна о страданиях и его жизненная философия. Для него судьба значит случайность, без страданий нельзя познать цену счастья. Болезнь для него и мука, и счастье. Не бояться смерти отнюдь не равносильно тому, что нужно выбрать. Смерть — это момент, который обязательно в конце концов наступит, а жизнь — это надежда вопреки всему. Относительно истории всего человечества жизнь одного человека это ничто. Ши Тешэн учит нас понимать жизнь, не бояться смерти и в то же время дорожить ею.

Но достоинство этого сборника заключается не только в храбрости, с которой говорится о жизни и смерти. Кроме философской составляющей, в этих эссе мы видим правдивость писателя. «Я и Храм Земли», «Воспоминания об осени» и «Акация шелковая» содержат его воспоминания о матери. Мать больше всех беспокоилась о его болезни. Но тогдашний Ши Тешэн был поглощен борьбой с самим собой, и не замечал горя матери, только тогда, когда она ушла из жизни он вдруг понял это. На этих страницах он, с раскаянием сына, подавленного болезнью и вечной тоской, пишет о бескорыстной материнской любви.

Особая независимость и глубина Ши Тешэна обусловлены его нелегкой судьбой. Его творчество неразрывно связано с его жизнью. Его произведения пронизаны агонией страданий и твердостью характера. Этот сборник можно рассматривать, как записи о жизни и душе Ши Тешэна, а также как литературное воплощения его особого мировоззрения. Эти произведения считаются классическими в современной китайской литературе, многие из них вошли в учебники для изучения в средней школе или в список произведений для обязательного прочтения. В них содержатся философские размышления, они правдивы и трогают читателей.

Теоретические записки

«Теоретические записки» это первый роман писателя. Роман состоит из 22 глав, носит полуавтобиографичный характер. Так называемая "теория" означает размышления о небытии, обсуждение тех вопросов, которые казалось бы оторваны от действительности, но однако во все времена волновавшие людей. Очень трудно четко определить жанр «Теоретических записою» из — за чрезмерной глубины содержания. Это книга о судьбе человечества, в то же время затрагивающая вопросы о душе и человеческой натуре. Если у читателя есть неразрешенные вопросы, а также упорство, то этот роман может стать для него душевным потрясением.

Все действующие лица романа «Теоретические записки» изображены условными знаками. У них нет имен, только знаки. Инвалид обозначен буквой С, врач — F, художник — Z, преподавательница — О, поэт — L, молодой человек — WR. В романе Ши Тешэн рассказывает о переменах жизненного пути и духовного мира этих людей, заодно затрагивает вопросы о жизни, судьбе, любви, т.е. вопросы о небытии.

Это роман о душе. У действующих лиц нет настоящих имен, но зато они обладают сложным духовным миром. Ши Тешэн глубоко и тонко анализирует их внутренний мир, разворачивает перед нами картину о безысходности их существования и душевного одиночества. Инвалид С жаждет любви, но когда в его жизнь входит любимый человек Х, которого считает понимающим его, то это не дает ему удовлетворения, а наоборот он впадает в состояние постоянного беспокойства. У врача F когда — то была любимая женщина N, но они были вынуждены расстаться из — за событий Культурной революции. Эта прошлая любовь сковала душу F. Спустя долгие годы он по — прежнему остается молчаливым. Когда в детстве художник Z пришел в гости к одной богатой девочке, то был прозван ее родителями "беспризорником". Даже став взрослым, он никак не мог забыть об этом случае, он настойчиво стремится к "высокому" искусству, без конца рисует перья белого цвета, добивается "благородства", не брезгуя никакими средствами.

Их судьбы уносятся потоком истории, трудно противиться течению времени. Они бессильны противостоять нерациональным обстоятельствам периода Культурной революции, могут только смотреть на раны, которые она им наносит. У всех есть воспоминания, которые трудно забыть, и это заставляет их постоянно искать. Эти не имеющие имен люди, а только знаки, показывают нам реальную безысходность существования человечества. В своем духовном мире они борются из последних сил, также и в своей судьбе делают судорожные усилия. Они либо оказываются связаны тем, что они искали, либо обретают надежду несмотря на раны, и затем становятся обремененными своими желаниями. В их душе идеалы и иррациональное тянут друг друга, образовав огромное растяжение. В этой агонии мы видим попытки допросить историю, подвергнуть сомнению человеческую природу и размышления о смысле жизни.

Несмотря на свое название, роман «Теоретические записки» правдиво изобразил безысходность существования человечества. Эти персонажи не только живут в воображения Ши Тешэна, но и живут в наших сердцах. У нас, которые живут в действительности, также могут возникнуть разные "внутренние демоны", также можем устать надеяться. «Теоретические записки» это волнующие записи, в которых анализируется душа человека.

Мой путь в теле Дин И

Спустя 10 лет после выхода «Теоретических записок», Ши Тешэн написал роман "Мой путь в теле Дин И", в котором исследует вопросы любви и жизни.

Главной сюжетной линией является любовное путешествие Дин И, в которую переплетены запутанные взаимоотношения действующих лиц. Этот роман также иносказателен, как и «Теоретические записки», показываем нам те мысли и вопросы, которые волнуют Ши Тешэна.

В романе "Мой путь в теле Дин И" первое лицо "Я" не только указывает на конкретного человека в жизни, но еще более означает душу, скитающуюся по свету. Иногда эта душа может поселиться в пишется без пробела человеке, тогда она подвергается воздействию переживаний и чувств этого человека. "Я" всегда нечто большее, чем конкретный "человек", и является "вечной душой". А персонаж "Дин И" — это объект, выбранный "Мной" в этот раз, чтобы поселиться в нем. "Дин И" — это тело, а "Я" — это душа. "Я" может рассказывать историю с точки зрения непосредственного участника, в то же время может наблюдать со стороны как посторонний человек. Путешествие Дин И — это свободный полет души, путь в поисках любви и надежды.

В романе "Мой путь в теле Дин И" сохранены особенности литературного стиля Ши Тешэна: кажущаяся фрагментация, но в то же время объемность содержания, крайняя насыщенность. Роман открывается рассказом об Эдеме. После изгнания из райского сада, Адам и Ева скитались по миру, упорно разыскивая друг друга. Таким образом люди на земле стали испытывать счастье и боль ради своей второй половинки, они боролись из последних сил, чтобы найти любовь. В романе Ши Тешэн через любовные истории, происходившие в разные эпохи, с разными людьми и в разные периоды их жизни, исследует сущности секса и любви, а также связи между ними. Дин И с детства терзался мыслями о любви и вожделении, потому что люди, говоря о любви и желаниях, умалчивают слишком много. "Я" и "Дин И" все время испытывают нестерпимое желание, желание сорвать все маски и преодолеть все преграды, чтобы полностью освободить душу.

Дин И — страстная натура, он со своей девушкой Цинь Э рассуждает об обнаженности и сущности любви. Если люди не доверяют друг другу, не говорят открыто, то как в таком случае искать любовь? Должна ли любовь оставаться в рамках отношений двух людей? Почему обязательно нужно ограничивать в количестве такое прекрасное чувство как любовь? Он хочет описать свой идеал любви в пьесе «Ночь на пустынной стене», истории об одном мужчине и двух женщинах, и рассказать ее Цинь Э и Люй Са. Они собираются в квартире Цинь Э, чтобы вместе с Люй Са сыграть драму о любовном треугольнике. Дин И стремится к своему идеалу, преследует свою "Еву", но идеал в конце концов лишь идеал, который невозможно полностью воплотить в реальном мире. Цинь Э хочет жить обычной жизнью, поэтому она отказывается играть в этой экспериментальной пьесе о любви. Дин И яростно сопротивляется этому, но он не может вопреки первоначальному намерению лишить Цинь Э свободы. В конце его ждут страдания, болезнь и смерть. А "Я" покинет это бренное тело, чтобы начать новый путь и найти новые ответы.

В этом романе автор раскрывает разные стороны любви: любовь изменника и героя, любовь предателя, любовь между многими людьми. Ши Тешэн чистыми штрихами описывает эти истории любви, он не только избегает темы вожделения, но и осмеливается писать о нем. Любовь, о которой он говорит, это любовь в широком смысле, это чувство, которое проходит через всю человеческую жизнь, это нить, связывающая разные души. Такая любовь является философской, это идеальная любовь. Пьеса о любви Дин И, в конечном счете, заканчивается провалом, но "Я", блуждающая душа, все еще продолжаю поиски. Мы незнаем, нашел ли Ши Тешэн идеальный ответ в другом мире.

(Перевод: Кристина Аммосова)

Shi Tiesheng 西班牙语版

Retrato literario

Las obras del escritor Shi Tiesheng se concentran mayoritariamente en ensayos y novelas. Tiene un destino lleno de baches y hace de la enfermedad su profesión. Shi Tiesheng es uno de los escritores contemporáneos más metafísicos. En sus obras investiga el significado de la vida y la muerte; el destino y la reencarnación. El profesor Deng Xiaomang comenta sobre el escritor lo siguiente: "un autor, un real creador, un subversivo" porque ha creado un nuevo lenguaje desde su propio espíritu, lo cual provino de su alma y le pertenece enteramente. Luego lo utilizó para contar la realidad inmutable que se desarrolla a través de los siglos.

Shi Tiesheng, nacido en Beijing en 1951, tuvo una infancia y juventud un poco tranquila. Con 18 años, como uno de tantos estudiantes chinos que fue enviado a Yan'an a trabajar con los campesinos durante la Revolución Cultural. Sin embargo, en abril de ese año, durante su estancia en aquel lugar padeció problemas de salud que afectaron una de sus piernas. Considerando su estado de salud, la gente de allí le otorgó un trabajo más ligero: alimentar al ganado. Después de unos meses, perdió la movilidad por completo y tuvo que regresar a Beijing. Las costumbres locales y la efusividad de la gente del noroeste le dejaron una impresión muy profunda. Al recordar esos días escribió la novela llamada Mi distante Bahía Qingping, en memoria de esta experiencia.

Debido al gran impacto causado por sus piernas paralizadas, pasó el resto de su vida en silla de ruedas. Durante su desesperación, lo único que le trajo consuelo fue la escritura. Fue justamente de esa manera que encontró la motivación y una fuente de ingresos para vivir. No obstante, el destino no hizo ningún cambio favorable. Shi Tiesheng padeció de un síndrome urémico, dolor agudo en los riñones, por lo que tuvo que hacerse diálisis el resto de su vida. Frente a las penalidades, Shi Tiesheng mostró su tenacidad, haciéndole honor a su nombre: en chino significa voluntad de hierro.

Las obras de Shi Tiesheng son filosóficas y meditativas. El escritor posee una capacidad increíble para escribir sobre nimiedades ordinarias y poder descubrir argumentos sobre temas trascendentales como la vida y la muerte, la espiritualidad, etc. Quizá el dolor de la enfermedad le permita reflexionar, quizá los altibajos de su vida lo vuelvan poco convencional. A Shi Tiesheng le gusta estudiar los problemas como la vida y la muerte, la causa y el efecto, etc., mezclando los matices filosóficos del budismo, cristianismo y existencialismo. Algunos de ellos pueden encontrarse las respuestas en sí mismos; otros, a lo mejor, nunca se pueden contestar. No obstante, nunca dejará de reflexionar sobre estos. Lo más precioso y encomiable es que sus obras son fáciles de entender; el lenguaje de Shi Tiesheng es accesible y fácil de comprender, descollando por su sentimiento puro y sencillo, en vez de prestar mucha atención a las expresiones retóricas. Asimismo, en sus obras existe una clara evidencia del amor: familiar, a los amigos, a un individuo de la sociedad, a la vida. Las obras de Shi Tiesheng son mensajes de vida, reflexiones metafísicas, atenciones y preocupaciones hacia la sociedad humana.

Shi Tiesheng es un autor vanguardista, cuyas primeras obras son modernas y experimentales. Muro y El rincón sin sol se publicaron en la revista popular no gubernamental Jin Tian creada por Bei Dao, famoso poeta contemporáneo chino. Las novelas Fatalismo y Un método sencillo para adivinar un acertijo poseen un tono de misterio, mostrando la casualidad y la incertidumbre del destino. Las novelas El domingo y La anotación de Wu Xu cuentan con matices vanguardistas. En cada capítulo de El domingo se usan simbolismos e implicaciones en forma de adivinanzas. Los personajes en La anotación de Wu Xu no tienen nombres completos, son reemplazados por letras; además, esta novela se caracteriza por ser una narración desde perspectivas líneas literarias. En otras obras, Shi Tiesheng suele romper el límite del género literario, de esa manera, son catalogadas como novelas poéticas o novelas ensayísticas.

El 31 de octubre de 2010, Shi Tiesheng falleció, pero su esplendor se encuentra condensado en sus obras, en el corazón de sus lectores para la eternidad.

Introducción a las obras representativas

El Templo de la Tierra y yo

El Templo de la Tierra y yo es una antología de ensayos, que contempla los artículos "El Templo de la Tierra y yo", "La añoranza por el otoño", "El diseño de la suerte". Entre ellos, "El Templo de la Tierra y yo" es una obra clásica entre los ensayos contemporáneos de China. Han Shaogong elogió el papel que juega este ensayo dentro del mundo literario chino: su importancia radica en que incluso si no hubiese otras publicaciones, este año seguiría siendo prolífico debido a la existencia de esta antología de ensayos. Aquí es claro ver la influencia que ejerce.

Los 21 años es una edad en la que disfrutamos nuestra juventud y, al mismo tiempo, empezamos a hacer planes sobre el futuro; sin embargo, fue justamente a esta edad cuando Shi Tiesheng se enteró del terrible destino que le deparaba el futuro: sus piernas no tenían cura, por lo que nunca podría vivir y trabajar normalmente, y se limitaría a pasar el resto de sus días en una silla de ruedas. Frente a esta situación, el escritor no aceptó fácilmente esta noticia. La enfermedad lo convierte en una persona iracunda; incluso, atiende las preocupaciones de su madre con frialdad, y cuando oye alguna palabra relacionada con la enfermedad o la falta de movilidad en las piernas, como correr o pisar, sufre una profunda depresión. En esos momentos de debilidad, acude al Templo de la Tierra en su silla de ruedas; y con el transcurso del tiempo, ese antiguo lugar le brindará la tranquilidad que necesita. Mientras contempla el paisaje del parque, observa la vida de los otros, ahí dedica horas a la reflexión sobre el destino, la vida, la muerte y el deseo humano. Podemos decir que estas reflexiones filosóficas se convirtieron en la temática principal de su trabajo creativo, y además marcaron el estilo que lo diferenciaría del resto de escritores. El Templo de la Tierra sería el lugar al que el autor brindaría mayor atención y cuidado en sus obras.

Esta antología de ensayos es una reflexión filosófica sobre las penalidades o la actitud positiva aceptada frente a la muerte. Para él, el destino de la vida es circunstancial, no se puede saber qué significa la felicidad sin experimentar la miseria. La enfermedad y el dolor han sido tanto sus pecados como sus dichas. No temerle a la vida no significa elegir entre las dos. Tarde o temprano la muerte cae, mientras que vivir es un gran deseo. Respecto a todo el proceso vital de la humanidad, la muerte individual se puede ignorar. El lenguaje de Shi Tiesheng nos permite conocer profundamente la vida, mientras tanto, nos alienta a apreciarla aunque le tengamos miedo a la muerte.

Asimismo, esta colección de ensayos no abarca solamente la valentía con la que se enfrenta a la vida y la muerte; además de la reflexión filosófica, es un reflejo de la verdad absoluta que descansa en el escritor. En "El Templo de la Tierra y yo", "La nostalgia por el otoño" y "El árbol de la seda" se muestra la añoranza de su madre; la persona que demuestra más preocupación por la enfermedad de Shi Tieshang es su progenitora; no obstante, en aquel momento, él estaba ocupado luchando contra su propia mente, ignorando la profunda desdicha de su madre; no fue hasta la muerte de esta que finalmente logra despertar. En estos ensayos, el escritor expresa el amor puro y desinteresado de su madre, además del arrepentimiento y la íntima añoranza del hijo enfermo hacia su progenitora.

Las reflexiones profundas e indiferentes de Shi Tiesheng se encuentran estrechamente relacionadas con su destino trágico. Escribir era una parte de su vida, su lucha contra las penalidades y su perseverancia ante estas se infiltraron en sus palabras. Esta antología es una anotación de su vida real y espiritual, también interpreta la concepción que tiene del mundo; además es un exponente del carácter clásico de los ensayos contemporáneos chinos; la mayoría de sus obras ha sido registrada en los libros de texto de escuela secundaria y se consideran los libros de lectura obligatoria. Debido a sus abundantes reflexiones filosóficas y su estilo narrativo puro, esta colección de ensayos ha conmovido a innumerables lectores.

Notas sobre los principios

Notas sobre los principios es la primera novela larga de Shi Tiesheng. Esta novela se compone de 22 capítulos y es semiautobiográfica. Los llamados "principios" denotan el pensar en la nada, reflexionar sobre los problemas que parecen no tener relación con la vida real pero que quedan atrapados en nuestra mente. Es difícil definir el género de esta obra, dado que cuenta con una connotación muy profunda. Es una novela que trata del sufrimiento de la humanidad y además describe el espíritu y la naturaleza humana. Si has tenido algo que no se puede expresar o explicar claramente con palabras, pero que se encuentra latente, leer esta obra te emocionará.

A cada uno de los personajes de Principios se les concede un signo. Ellos en lugar de nombres tienen un símbolo que representa su espíritu. El minusválido C, el médico F, el pintor Z, la profesora O, el poeta L, el joven WR son los peudos de los personajes. Shi Tiesheng escribió el destino y el mundo espiritual de estos signos vivientes, pensados como la representación de temáticas nihilistas tales como la vida, el destino, el amor, etc.

Es una novela relacionada con el alma. Los personajes no tienen nombres reales, pero cuentan con un mundo espiritual muy complejo y enredado. Shi Tiesheng, de manera profunda y minuciosa, ha disecado el mundo interior de cada personaje, mostrando su necesidad de supervivencia y su soledad espiritual. El minusválido C anhelaba el amor; sin embargo, la llegada de este a su vida no satisfizo su deseo, por lo contrario, lo sumió en un estado de temor, preocupándose por los logros y las pérdidas personales. El médico F había tenido una novia, N, pero se vio obligado a separarse de ella por asuntos relacionados con la Revolución Cultural. Este amor llegó a ser un yugo espiritual para F, logrando que por mucho tiempo no pronunciara palabra alguna. En cuanto al pintor Z, durante su visita a la mansión de una niña, los padres de esta lo tildarían de ser un niño malcriado, recuerdo que lo marcaría y que lo llevaría a la búsqueda incesante de la nobleza; no descansó hasta encontrar el arte más ilustre: la pintura.

Estas personas se encontraban en una corriente histórica que no les permitía luchar contra la tendencia de la época. No teniendo la fuerza necesaria para cambiar la difícil situación de la Revolución Cultural, solo se dejaron derrumbar por el trauma en el que se habían visto inmersos. Cada uno de ellos tienen algo inolvidable, lo cual los obligaba a seguir adelante. Aunquesolo son símbolos, demuestran el apuro de la existencia humana. Forcejeaban en su mundo interior y también contra su destino. Se vieron constreñidos por lo que perseguían, por el trauma de sus deseos. El idealismo y la irracionalidad se atraían en su interior para después producir una gran tensión. Frente a estos forcejeos, vemos que cuestionan la historia, dudan de la naturaleza humana y reflexionan sobre el significado de la vida.

La obra Principios se llama Notas sobre los principios porque nos revela la difícil situación de la supervivencia humana. Los personajes no sólo viven en la imaginación de Shi Tiesheng, sino que también existen en nuestra mente. Nosotros, que vivimos en la realidad, tenemos un "demonio" en la mente y sufrimos por nuestro deseo. Principios es una anotación emocionante que diseca el alma.

Mi estancia en Ding Yi

Después de 10 años de la publicación de Notas sobre los principios, Shi Tiesheng escribió la obra maestra Mi estancia en Ding Yi, el amor y la vida son sus temas principales. Toda la novela gira entorno al viaje de amor que realiza Ding Yi, entretejiendo el lío amoroso de otros personajes. El autor sigue utilizando el aspecto parabólico de Notas de los principios, manifestando su reflexión filosófica y profundo cuestionamiento.

El narrador en Mi estancia en Ding Yi no es una persona concreta, sino que se refiere a un alma errante. De vez en cuando, esta presencia se alojaba dentro de alguna persona y adquiría las emociones y experiencias de dicha persona. Pero el "yo" narrativo siempre se encuentra por encima de cualquier ente concreto, siendo una línea externa del alma. Ding Yi es la persona elegida para dicha estancia; es el cuerpo, y el "yo" narrativo, el espíritu. El narrador cuenta la historia tanto del punto de vista de Ding Yi como desde una perspectiva omnisciente. La travesía de Ding Yi es una viaje en busca de la libertad del espíritu, el amor y el deseo.

Mi estancia en Ding Yi continúa empleando el estilo literario novelesco de Shi Tiesheng. Esta obra posee un estilo fragmentado, por lo que da la impresión de ser una historia incompleta; sin embargo, es una obra que abarca varios aspectos fieles a la realidad. La novela comienza en el Edén, Adán y Eva, después de ser expulsados del jardín en el paraíso, llegan a la tierra padeciendo la búsqueda del otro. Por lo que la gente en la Tierra también se verá envuelta en la felicidad y el dolor de su otra mitad, sufrirá persiguiendo el amor. En este libro, mediante el relato de amor de diferentes personajes en distintas etapas de vida, en épocas diferentes, el escritor indaga la relación que surge entre la naturaleza amorosa y sexual en los seres humanos. Ding Yi y el "yo" narrativo siempre muestran un fuerte deseo por romper las falsas apariencias y atravesar las paredes que imponen las restricciones; dándole, de esta manera, libertad a su espíritu. Ding Yi es un hombre centrado en el amor, lleno de afecto y ternura, tanto así que puede hablar con su novia, Qin E, de la ropa que tapa el cuerpo desnudo y de la esencia del amor. La gente tiende a disimular y prevenir, pero así ¿cómo se puede encontrar el amor verdadero? Y si el amor se restringe a dos personas ¿por qué algo tan maravilloso como el amor tiene un límite? Ding Yi escribe sobre un sueño de amor en un guión teatral al que titula "La noche de la pared hueca" que relata la historia de un hombre y dos mujeres; cuando se lo cuenta a Qin E y Lu Sa, terminan interpretando el drama del trío amoroso en la habitación de Qin E. Ding Yi perseguía una ilusión amorosa, su Eva, pero el ideal no es más que un sueño que nunca puede hacerse realidad. Qin E quería llevar una vida normal, por lo que decide retirarse del experimento que era aquel drama amoroso. Aunque Ding Yi no estaba absolutamente de acuerdo, no podía privar a Qin E de la libertad, porque desobedecería su intención original; sin embargo, eso lo llevó a sufrir una grave depresión y finalmente a la muerte. Al final, el "yo" narrativo deja ese cuerpo para empezar un nuevo viaje en busca de respuestas.

Mi estancia en Ding Yi muestra las diferentes caras del amor: el amor entre el traidor y el mártir, el amor de los infieles, el amor entre varias personas. Shi Tiesheng describe ese amor como algo puro y sagrado. Él se atreve a escribir sobre el deseo, en lugar de evitarlo. El amor que nos presenta es completo; un afecto que atraviesa, de inicio a fin, la vida de la humanidad; un lazo que conecta diferentes almas. Este tipo de amor es un amor filosófico, un amor ideal. El drama del amor de Ding Yi terminó en tragedia; sin embargo, el alma sigue buscando otro cuerpo. No sabemos si Shi Tiesheng ha encontrado la respuesta en el otro mundo.

스톄성朝鲜语版

스톄성(史铁生)의 작품 중에는 산문과 소설이 가장 많다. 그의 인생은 순탄치 않았고 스스로 투병이 자신의 주업이라고 말하기도 했다. 스톄성은 오늘날 중국 문단에서 형이상학적인 색채가 가장 짙은 작가다. 그는 작품 속에서 생과 사의 의의를 탐구하고 운명과 윤회에 대해 논했다. 덩샤오망(邓晓芒) 교수는 그에 대해 "작가이자 진정한 창조자이며 전복자(颠覆者)다. 그가 눈앞의 현실과 전설, 과거 속에서 어떤 기성의 언어나 이상을 찾지 않고 자신의 영혼 속에서 스스로 언어와 이상을 창조해내고, 그것으로 천 년이 가도 변함없는 우리의 현실을 평가하거나 '이야기 하기' 때문이다"라고 말했다.

스톄성은 1951년 베이징(北京)에서 태어나 비교적 근심 없는 유년기와 소년기를 보냈다. 문화대혁명이 발발한 후 18세 때 지청(知青)(지식청년)으로서 삽대(插队)(문화대혁명 기간 중에 인민공사의 생산대에 들어가 노동에 종사하거나 정착해서 사는 것. 옮긴이)를 위해 옌안(延安) 일대로 내려갔다. 그해 4월 스톄성의 다리에 문제가 생겼다. 사람들의 배려로 비교적 쉬운 소 먹이는 일을 맡아 했지만, 몇 달 뒤 병이 심해져 베이징으로 돌아왔다. 서북부의 환경과 풍습 그리고 이곳에서 시작된 병은 스톄성에게 강렬한 기억을 남겼다. 훗날 그는 이 시기를 회고하며 그 기억을 자신의 소설「나의 머나먼 칭핑만(我的遙远的清平湾)」에 써넣었다.

두 다리의 장애는 그를 심한 충격에 빠뜨렸고 그는 이때부터 휠체어에 의지해 남은 인생을 살아야 했다. 자포자기하고 있던 그에게 삶의 희망을 준 것은 바로 글쓰기였다. 그는 글쓰기를 통해 살아가는 방식과 인생의 의의를 찾았다. 하지만 운명은 그가 두 다리를 잃었다는 이유로 특별한 온정을 베풀지 않았다. 급성 신장손상으로 인한 요독증이 발병한 뒤 그는 투석에 의지해 생명을 유지해야 했다. 스테성은 고된 운명 앞에서 자신의 이름 속에 있는 '铁生'이라는 두 글자처럼 생명의 강인함과 끈기를 발휘했다.

스테성의 작품에는 철학적인 의의가 깃들어 있다. 그는 소소하고 평범한 일상에서 생명, 죽음, 영혼 등과 같은 삶의 궁극적인 화두를 이끌어내어 글을 쓰는 데 능하다. 아마도 투병 생활로 인해 많이 사색하고, 기구한 운명으로 인해 삶에 초탈했기 때문일 것이다. 스테성은 인과응보와 윤회, 마지막 심판, 생과 사 등 근원적인 문제를 즐겨 논하고, 불교, 기독교, 실존주의 철학의 색채를 작품 속에 녹여냈다. 이런 문제들 중에는 마음 속에서 해답을 찾을 수 있는 것도 있고, 영원히 해답을 찾을 수 없는 것들도 있다. 하지만 그는 한 번도 사색을 멈춘 적이 없다. 난삽하지 않다는 점도 그의 작품이 훌륭한 또 하나의 이유다. 스테성의 언어는 쉽고 편안하며 화려한 문체를 추구하지 않고 소박한 진정성으로 작품을 빛낸다. 뿐만 아니라 그는 작품 속에서 자신의 사랑을 표현하는 데 거리낌이 없다. 가족에 대한 사랑, 벗을 향한 사랑, 사회 속의 개개인에 대한 관심과 사랑, 생명에 대한 사랑이 그의 작품 속에 아낌없이 표현되어 있다. 스테성의 작품은 생명의 메시지이자 형이상학적인 반성이며 형이하학적인 배려다.

스테성은 선구적인 작가이기도 하다. 그의 초기 작품을 보면 강한 실험성과 개척정신이 강하게 나타난다. 「벽(墙)」, 「태양이 없는 귀퉁이(没有太阳的角落)」는 시인 베이다오(北岛)가 창간한 민간 간행물 〈오늘(今天)〉에 발표되었다. 「숙명(宿命)」, 「수수께끼를 푸는 간단한 방법(一个谜语的简单猜法)」 등의 소설은 신비주의 색채를 띠며 운명의 우연성과 불확실성에 대해 이야기하고 있다. 소설 「예배일(礼拜日)」, 「무허필기(务虚笔记)」 등은 형식 면에서도 선구적인 색채가 나타난다. 「예배일」의 모든 장은 수수께끼처럼 모종의 우의를 담고 있는 상징적 기호이고, 「무허필기」 속 등장인물들의 이름은 완전한 이름이 아니라 알파벳으로 대체되어 있으며 다선적 서사 기법을 사용하고 있다. 그의 다른 작품에서도 문체의 경계를 깨뜨린 특징이 흔히 나타나기 때문에 '시화(诗化) 소설', '산문화(散文化)' 소설로 불린다.

2010년 10월 31일 스테성의 영혼이 영원한 안식에 들어갔다. 하지만 그의 생명이 발산해낸 눈부신 빛은 이미 그의 글 속에 응집되어 독자들의 마음 속에 영원히 깃들어 있을 것이다.

나와 디탄

산문집 「나와 디탄」에는 「나와 디탄」, 「가을의 그리움(秋天的怀念)」, 「행운설계(好运设计)」 등의 작품이 수록되어 있다. 그 중 「나와 디탄」은 오늘날 중국 산문계의 명작이다. 작가 한샤오궁(韩少功)은 이 작품이 문단에서 지니는 의의를 높이 평가하며 "「나와 디탄」이 발표되었다는 것만으로도 그해 중국 문단은 풍성한 수확을 거두었다. 설령 다른 작품은 단 한 편도 발표되지 않았다 해도 말이다"라고 했다. 이 산문이 중국 문단에서 얼마나 중요한 가치를 지니고 있는지 엿볼 수 있다.

평범한 이들에게 스물한 살은 청춘을 만끽하며 미래를 설계하는 나이이다. 스톄성은 바로 이 스물한 살의 나이에 두 다리를 고칠 수 없다는 판정을 받았다. 앞으로 정상인들처럼 생활하고 일할 수 없으며 남은 인생을 휠체어 위에서 살아야 한다는 것이었다. 스톄성은 자신의 처지를 담담히 받아들일 수 없었다. 신체적 장애로 인해 그의 성격은 점점 거칠어지고 어머니의 관심에도 냉담하게 대했다. '뛰다', '딛다'처럼 다리와 관계된 단어만 들어도 표정이 침울해졌다. 가장 실의에 빠져 있던 시절 그는 휠체어를 밀고 디탄(地坛)공원(명청 시대 황제들이 제사를 지내던 곳으로, 일부는 공원으로 조성되어 있다. 옮긴이)에 가곤 했다. 하루 하루가 흘러가는 동안 스톄성은 이 오래되고 조용한 디탄의 뜰에서 일년 사계절의 풍경을 관찰하고 남들의 인생을 옆에서 지켜보았다. 이곳에서 몇 시간씩 머물며 죽음, 운명, 생명, 욕망에 대해 깊이 사색했다. 이 디탄에서의 사색이 훗날의 스톄성을 만들었으며, 디탄은 스톄성의 일생에서 애틋하고 각별한 장소가 되었다.

이 산문집에는 스톄성의 고난에 대한 철학적 사유와 죽음을 향해 살아간다는 생명철학이 드러나 있다. 그에게 있어서 운명이란 우연한 것이었다. 고난이 없었다면 행복의 의미도 깨달을 수 없었을 것이다. 다리의 장애와 통증은 그에게 죄업이자 복이었다. 죽음을 두려워하지 않는다고 해서 죽음을 선택할 수 있는 것은 아니다. 죽음이란 언젠가는 다가올 기념일 같은 것이지만, 생명은 끊임없는 욕망이다. 인류 전체의 생명이라는 여정으로 보면 한 개인의 소멸은 무시해도 좋을 만큼 미미

한 일이다. 그의 글은 생명에 대한 더 깊은 통찰과 죽음을 두려워하지 않으면서도 생명을 더 소중히 여겨야 한다는 깨달음으로 사람들을 인도한다.

이 산문집이 감동을 주는 이유는 생사를 직시하는 용기에만 있는 것이 아니다. 여기에 수록된 산문들은 철학적 사유를 담고 있을 뿐 아니라 곳곳에서 스톄성의 진심을 느낄 수 있다. 「나와 디탄」, 「가을의 그리움」, 「합환수(合欢树)」에서는 어머니를 향한 그리움이 뚝뚝 묻어난다. 스톄성의 병을 가장 걱정하는 사람은 그의 어머니였다. 하지만 당시 자신과의 싸움에 몰두하고 있던 스톄성은 어머니의 신산함에 마음 쓸 겨를이 없었다. 그는 어머니가 돌아가신 뒤에야 불현듯 그 사실을 깨달았다. 스톄성은 이 작품들 속에서 자식에게 아낌없는 사랑을 베푼 애절한 어머니의 모정과 병마에 고통 받는 아들의 후회와 끝없는 그리움을 그려냈다.

스톄성 특유의 초연함과 깊이는 그의 굴곡진 삶과 밀접하게 관계되어 있다. 그의 글쓰기는 그의 생명과 하나로 엮여 있으며, 그가 쓴 단어와 구절마다 고난 속의 몸부림과 몸부림 뒤에 얻은 강인함이 스며들어 있다. 이 산문집은 스톄성의 삶과 정신적인 궤적의 기록이자, 스톄성의 독특한 세계관을 문자로 표현해낸 것이다. 이 작품들은 오늘날 중국 산문계의 명작으로 꼽히고 있으며, 그 중 여러 작품이 중학교 교과서에 수록되거나 필독 도서로 선정되었다. 철학적 사유가 넘치고 진심이 묻어나는 산문들이 수많은 독자들에게 감동을 선사했다.

무허필기

「무허필기」는 스톄성의 첫 장편소설이다. 총 22개 장으로 이루어진 이 작품은 작가의 반자전적 소설이다. 이른바 '무허'란 허무함에 대한 생각, 얼핏 보기에는 현실 생활과 동떨어진 것 같지만 잠시도 쉬지 않고 사람들의 마음을 옭아매고 있는 문제에 대한 사색을 의미한다. 몇 마디 말로는 「무허필기」가 어떤 작품이라고 단정짓기 힘들다. 너무 심오한 내용을 담고 있기 때문이다. 이 작품은 인류가 처해 있는 상황에 관한 소설이자 영혼과 인간의 본성에 관한 소설이다. 선뜻 묘사하기 힘들고 분명하게 설명할 수는 없지만 줄곧 벗어날 수 없는 집념을 품었던 경험이 있는 사람이라면 이 소설에서 영혼의 감동을 느낄 수 있을 것이다.

「무허필기」에 등장하는 인물들은 모두 기호화 되어 있다. 그들은 이름이 없는, 그저 생명의 기호들이다. 장애인C, 의사F, 화가Z, 여교사 O, 시인L, 청년WR. 이것들이 모두 소설 속 등장인물들의 이름이다. 스톄성은 이런 생명기호들의 운명이 흘러가는 궤적과 정신 세계의 변화 과정을 기록하고, 이 과정 속에서 인생, 운명, 사랑 같은, '허무하게' 보이는 명제들에 대해 사색하고 있다.

이 작품은 영혼에 관한 소설이다. 이 속에 등장하는 인물들은 온전한 이름은 없지만 그들의 정신 세계는 복잡하게 얽히고설키고 또 뒤죽박죽 뒤엉켜 있다. 스톄성은 그들의 내면 세계를 깊고 섬세하게 분석하고, 그들의 생존이 맞닥뜨린 곤경과 정신적인 고독을 표현했다. 장애인C는 사랑을 갈망하지만, 그를 이해한다고 생각했던 아내 X가 그의 삶 속으로 들어온 뒤에도 그는 여전히 만족감을 얻지 못하고 언제든 그 사랑을 잃어버릴 수 있다는 두려움에 몸부림친다. 의사 F에게는 연인 N이 있었지만 문화대혁명 시기에 여러 가지 이유로 인해 어쩔 수 없이 헤어져야 했고, 그때의 사랑이 F의 영혼을 옭아매는 족쇄가 되어 그 후 기나긴 세월 동안 무거운 침묵 속에서 살았다. 화가Z는 어릴 적 한 소녀를 만나러 저택에 갔다가 그녀의 부모에게 '막 돼먹은 놈'이라는 소리를 들은 뒤 그때의 기억을 잊지 못하고 집착에 가까울 정도로 '고귀한' 예술만을 추구한다. 그는 끊임없이 흰색 깃털을 그리고, '고귀함'을 위해서라면 수단과 방법을 가리지 않는다.

이들은 역사의 거센 물결 속에서 시대의 흐름에 저항하지 못한다. 그들은 문화대혁명 시기의 불합리한 상황에 반항하지 못하고 자기 몸이 찢기는 것을 그저 지켜보고 있을 수 밖에 없다. 그들에게는 모두 잊지 못하는 사물이 있고, 그것들은 그들을 끊임없이 찾아다니게 만든다. 이름도 없이 기호화 된 것처럼 보이는 그들이 인류가 처해 있는 고통스러운 생존의 상황을 사실적으로 보여주고 있다. 그들은 자신의 정신 세계 속에서 몸부림치고 운명 속에서 발버둥친다. 그들은 자신이 추구하는 물건에 속박당하거나, 찢김을 당하며 욕망이 생기고 또다시 그 욕망 때문에 지쳐버린다. 이상과 비이성이 그들의 영혼 속에서 서로 줄다리기를 하며 거대한 장력을 만들어낸다. 이 몸부림 속에서 역사에 대한 고문과 인간의 본성에 대한 회의, 인생의 의의에 대한 사색을 엿볼 수 있다.

「무허필기」는 제목 속에 '무허'라는 말이 들어 있지만 인류가 처해 있는 고통스러운 생존의 상황을 보여주고 있다. 이 인물들은 스톄성의 허구 속에 살고 있지만 우리 모두의 마음 속에서도 살고 있다. 현실 세계에서 살고 있는 우리들도 이런 저런 '마음 속 마귀'를 품을 수 있고 욕망을 쫓다 지칠 수도 있다.「무허필기」는 영혼을 파헤치는 감동적인 기록이다.

내 딩이의 여행

　　스톄성은「무허필기」를 발표한 지 10년만에「내 딩이의 여행(我的丁一之旅)」이라는 장편 역작을 발표했다. 이 작품은 사랑과 인생에 대해 탐구하는 소설이다. 이 소설은 딩이의 사랑 여행을 중심으로 하고 등장인물들의 감정적 갈등을 교차시켰으며, 여기에「무허필기」의 우화적 특색을 덧붙여 스톄성만의 방식으로 근원에 대해 철학적으로 사고하고 끈질기게 캐묻고 있다.

　　「내 딩이의 여행」중 1인칭의 '나'는 현실 생활 속의 누군가가 아니라 정처 없이 떠도는 영혼을 의미한다. 그 영혼은 가끔씩 누군가의 몸에 붙어살기 때문에 그의 경험과 감정의 영향을 받지만, 또 '나'는 언제나 '개인'을 초월한, '영원히 떠도는 영혼'이다. '딩이'라는 인물은 '나'에게 있어서 이번에 선택한 숙주일 뿐이다. '딩이'는 육신이고 '나'는 영혼이다. '나'는 당사자의 시점으로 이야기를 서술할 수도 있고, 그 일과 무관한 외부인이 될 수도 있다. 딩이의 여행이란 정신의 자유로운 여행이자 사랑과 욕망을 탐색하는 여행이다.

　　「내 딩이의 여행」은 스톄성 소설의 특징, 즉 조각 난 파편처럼 보이지만 수많은 것을 모두 담아 꽉 차 있는 특징이 보여준다. 소설의 이야기는 에덴동산에서 시작된다. 아담과 이브가 에덴동산에서 쫓겨나 인간 세상에 떨어진 뒤 힘들게 서로를 찾아다녔다. 그래서 세상 사람들도 자신의 반쪽으로 인해 행복해하고 괴로워하고 서로 힘들게 하고, 또 사랑을 찾기 위해 발버둥친다. 소설 속에서 스톄성은 각기 다른 시대, 각기 다른 사람, 각기 다른 삶의 단계에서 벌어지는 사랑 이야기들을 통해 섹스와 사랑의 본질과 그 둘 사이의 관계를 탐색했다. 딩이는 어릴 적부터 욕망과 사랑 때문에 곤혹스러웠다. 인류가 욕망과 사랑에 대해 너무 많은 것을 가리고 숨기고 있다는 생각 때문이다. '나'와 '딩이'는 욕망과 사랑을 가리고 있는 모든 장막을 걷고 모든 장벽을 뛰어넘어 영혼의 온전한 자유를 얻을 수 있기를 갈망한다. 딩이는 감성이 풍부한 남자였다. 그는 여자친구 친어(秦娥)와 롤랑 바르트(Roland Barthes)의 육신의 옷이나 사랑의 본질에 대해 이야기를 나누었다. 사람들이 그렇게 서로를 경계하고 자신을 가리면 어떻게 사랑을 찾을 수 있을까? 사랑을 꼭 두 사람으로만 한정시켜야 할까? 이렇게 아름다운 일인데 어째서 사람 수를 제한해야 할까? 그는 자신이 생각하는 이상적인 사랑을「벽 없는 밤(空墙之夜)」이라는 극본에 써넣었다. 그리고 한 남자와 두 여자의 이 사랑 이야기를 친어와 뤼싸에게 들려주었다. 딩이, 친어 그리고 또 다른 여자 뤼싸는 친어의 방에서 세 사람이 함께 하는 애정극을 펼친다. 딩이는 자신이 생각하는 이상적인 사랑을 추구하고 자신의 '이브'를 찾으려 하지만, 이상은 이상일 뿐 현실에서 온전히 실현될 수는 없었다. 친어가 정상적인 생활을 하고 싶다며 이 실험적인 애정극에서 빠지기로 한 것이다. 딩이는 강하게 반대하지만 초심을 거스르며 친어의 자유를 억압할 수는 없었다. 결국 그는 고통에 몸부림치다가 옛 병이 도져 세상을 떠난다. 그리고 '나'는 이 육신을 떠나 새로운 해답을 찾기 위한 새로운 여정을 시작한다.

「내 딩이의 여행」은 반역자와 열사의 사랑, 배신자의 사랑, 여러 사람의 사랑 등 사랑의 여러 가지 모습을 보여주고 있다. 스톄성은 신성하고 순결한 필치로 이런 사랑들을 묘사했다. 그는 욕망을 회피하지 않고 오히려 과감하게 묘사했다. 그가 묘사한 사랑은 광의의 사랑이며 인류의 생명 전체를 가로지르는 커다란 줄기이자, 서로 다른 영혼들을 이어주는 끈이다. 이런 사랑은 철학적인 사랑이자 이상적인 사랑이다. 딩이의 애정극은 결국 실패로 막을 내렸다. 하지만 떠도는 영혼인 '나'는 여전히 그 사랑을 찾아다니고 있다. 스톄성이 다른 세상에서 이상적인 해답을 찾았는지 모르겠다.

宁肯（1959— ）

文学肖像

　　宁肯，当代中国著名小说家、散文家。鲁迅文学奖、老舍文学奖、施耐庵文学奖获得者，1959年生于北京，受老北京文化熏陶长大。大学期间就热衷文学创作，在当时的校园诗歌热潮当中，发表了诗歌《积雪之梦》，1984年去往西藏支教，不久后离开西藏在北京绿广告公司任总经理，却又毅然选择辞职回到了西藏，这也是他重返文坛的开始。1999年加入北京作家协会，2005年加入中国作家协会。现为北京作家协会副主席。

　　他的代表作品有：长篇小说《天·藏》《蒙面之城》《沉默之门》《环形女人》《三个三重奏》，中短篇小说《词与物》《后视镜》《我在海边等一本书》《死于某年》等，散文随笔集《大师的慈悲》《虚构的旅行》《沉默的彼岸》等，诗歌《积雪之梦》《雪顿节》等。

　　宁肯1979年就读于北京师范学院中文系，大学期间发表诗歌处女作《积雪之梦》。1983年参加工作，任北京十八中教师，1984年开始作为志愿者在西藏旅居工作，对西藏自然、历史、宗教、日常生活有深刻了解。

　　二十世纪九十年代致力散文写作，系中国著名的"新散文"运动重要成员之一，有西藏长篇系列散文《沉默的彼岸》，后转入长篇小说创作。

　　《蒙面之城》是其长篇小说处女作，也是其最负盛名的小说，2001年一问世即轰动文坛，吸引了无数读者，发行超过百万，为其赢得了第一个文学奖——老舍文学奖。

　　《沉默之门》是宁肯的第二部长篇小说，小说具有隐晦风格，其独特性在于对中国九十年代初社会政治的急剧改革给予了独特的关注，这种关注不是情节或者细节的呈现，而是着力于这一政治冲击对于当代知识分子精神状态和人格变化的深远影响，切中当代中国知识分子的记忆与隐痛。

《环形女人》是宁肯的第三部长篇小说，2006年问世。小说写了一个在商业上成功的女人返归自然，最终走向毁灭的故事，探讨了生态、性、伦理诸多问题，有鲜明的荒诞与悬疑的色彩，属于宁肯长篇小说中的后现代风格。

2010年作者另一西藏题材的长篇小说《天·藏》问世，再次引起轰动。小说描述了二十世纪九十年代初一个知识分子将自我放逐到西藏的故事。作品写法独特，运用了大量叙事性的"注释"，构成小说的第二文本，被称作一部具有佛教坛城特点的"立体小说"。西藏著名魔幻现实主义作家扎西达娃称："《天·藏》体势诡异，孤傲内敛，遗世独立，爆发出强大惊人的内省力量，耸立起一座难以复制和攀登的高峰，阅读的旅程始终挑战着阅读者心理和精神价值的极限，像跋涉在西藏艰涩险峻的道路上产生的令人飞翔的迷幻。是自上世纪八十年代以来，真正从形而上对西藏的表述和发现。"宁肯凭借《天·藏》摘得首届施耐庵文学奖，并再次赢得老舍文学奖。

少时憧憬远方：穿越胡同

宁肯出生于上世纪五十年代末的北京，生活在胡同里，在他很小的时候，想走出他们的那条胡同是一件不容易的事，胡同的尽头是琉璃厂胡同，琉璃厂胡同又分为西琉璃厂与东琉璃厂，中间隔着一条南北方向的新华街，东琉璃厂胡同的尽头是大栅栏，大栅栏的尽头是另一条南北向的前门大街，这一连串的胡同对小时候的宁肯来说相当漫长而又迷人，印象中他在小学二三年级的时候才第一次走完了它。

宁肯整个少年时代有许多次穿越胡同，每次归来他都感觉自己像是一个从远方归来的人。看熟悉的街巷越来越近，就像游泳者看到了桅杆，船上的人看到陆地，那种激动深深沉淀在他的记忆里，让他从小就对远方有一种特别的快感。

公交旅行：意识的萌动

　　随着年龄增长，那事实上很近的远方已远远不能满足他的好奇心。在初中一个寒假，宁肯专门买了一张月票，开始了他独自乘公共汽车的旅行。那是一场美妙的心理活动、异常丰富的旅行，因为免除买票，想坐到哪儿就坐到哪儿，他感觉特别骄傲与放松，快到总站查票时他甚至装作是一个逃票者，最后他再神奇地变出一张月票，售票员大妈那生气的一瞪眼，让他觉得特别满足。

　　相对于以往徒步穿越胡同，汽车带给他的远方完全不同——胡同消失了，他到了宽广的大街上，看到高大陌生的建筑，穿过市中心，到了这个城真正的远方。那时北京出了二环路就是郊外景象，他看到河流、庄稼地、地平线上的远山，非常恐惧，尽管理智上他知道是安全的，但他的情感没有因为理智存在就不滋生恐惧或恐惧性的想象，他不知道公共汽车会把他带向何方，恐惧、颤栗让一场本来是好奇的旅行变成了一场越来越惊恐的旅行。但售票员一查票，他的心就如一块石头落了地，他知道要到站了，要返回了，立刻装作没票，上演恶作剧，转换之快如同故事、戏剧。

　　旅行的过程是一个强烈地意识到自我与他者关系的过程，而这种关系正是文学的诞生地，宁肯的意识就是从这开始苏醒了。

渴望远方：去西藏

　　那时的宁肯渴望远方，渴望陌生，渴望一个不同的自己，渴望一个故乡，但他知道如果不离开他就是一个没有故乡的人。他觉得故乡与远方互为镜子，在这样的镜子中人们看到的不仅仅是自己，还有世界；不仅仅是世界，还有人们自己。想到这，他觉得必须离开，这时已到了1984年，这种内心吁求终于导致了行动。

　　这一年他在北京近郊的一所中学已任教了一年，学校宿舍后面是一条铁道，每个夜晚都有火车经过的声音，每次经过都提示着远方。他开始给远方写信，最远寄到了新疆。正当他费尽周折，与新疆奎屯建设兵团一所中学取得了工作上的联系时，一个意外的消息传来，北京组建援藏教师队，他毫不犹豫地报了名，就在这年他跳出了牢笼般的北京，飞向了无比陌生的青藏高原。

那时宁肯虽然已发表了一点诗歌，但感到自己生活贫瘠，他觉得到了西藏会完全不同。既然西藏不同凡响，也会让他写出不同凡响的作品，甚至是一鸣惊人的作品。他的想法没有错，但这一结果延迟了差不多二十年之久。

我被西藏囚禁了

西藏高原以正面的全景的方式震撼了宁肯，他想要表达这种震撼，结果却是完全消失在自己的震撼中。有时候他一时激动写出了什么，表达的只是心灵的震撼，好像一切都写出了，但就在落笔的时候，就在密密麻麻的字里行间，一切又都神奇地消失了。他很困惑，也很固执，他非要走通这条路不可。"我到西藏是为写作，结果西藏反而制约了我的写作，我差不多被西藏囚禁起来。"

这一囚禁就是许多年，差不多有十年，他几乎放弃了写作，放弃了西藏。

奇迹发生在1997年的一天，那时宁肯在北京绿广告公司任总经理，一天他驱车去一家饭店与企业老板谈广告生意，车堵在了东单银街，北京最繁华之地。饭店已近在咫尺，可他却无法抵达。就在这最后的几分钟里，他在交通噪声和混乱声中听到了一脉高原的清音，那是《阿姐鼓》——但他当时并不知道，只觉得非常亲切，感到恍惚、迷失。他忘了自己身在何处，似乎有一种遥远的呼唤。他想起了西藏，他曾经为了诗歌一直追寻到那里，那儿的巨大的孤独和自然界的伟岸曾经塑造过他，那儿的雪山和河流磨洗过他的眼睛，二十五岁的他像淬火一样身体发育定型在那里，十几年来虽在商海人潮中，一切却都不曾忘记。

以一颗赤子之心，归来

他决定回到文学上来，他辞去广告公司的职务，将一切的方便全部放弃。重新回到远方，他发现这时候的西藏跟过去完全不一样，当年的写作困难奇迹般地消失了，往事纷至沓来，西藏纷至沓来，一切都信笔拈来。《阿姐鼓》专辑有七支曲子，他用感觉对位写出了七篇散文，将其命名为《沉默的彼岸》，发表在1998年《大家》杂志的"新散文"栏目。

在西藏时，宁肯经常在教书地邻近的村子和寺院里面散步，远一点就走到拉萨河的几个小支流上，或者干脆走到拉萨河边。河边有许多大大小小像浴盆一样的水湾，有时他脱光衣服躺到里面，任水鸟鸣叫着围绕他飞翔。

在这样的回忆中，或者说在这样的眺望中，一个漂泊者流浪者的形象已在宁肯心中孕育成熟，他想到罗丹著名的雕塑作品《青铜时代》，一个走向原野瞻望未来的形象，一个人类意识初醒的形象，只有这些具有人类学形象的人才能承载他心目中的西藏。于是2001年长篇小说《蒙面之城》问世，2002年获得了第二届老舍文学奖。

《蒙面之城》问世五年之后，他又投入了另一场大规模的有关西藏的写作，再次眺望自己、眺望西藏，这就是2010年问世的长篇小说《天·藏》，这部小说让他第四次获得了老舍文学奖，首届施耐庵文学奖。如果说《蒙面之城》是一个局部式的西藏，《天·藏》就是一个全景式的西藏，一个音乐般的西藏。

宁肯感激当年西藏对他的那种囚禁，他说，远方绝不仅仅是一个空间概念，还是一个时间概念。没有时间参照的远方是一个没有生命沉淀的远方，一个走马观花的远方。被西藏囚禁，某种意义是被时间囚禁起来。囚禁使他的西藏变成了一个立体的西藏，变成西藏本身；囚禁也使他获得了一颗西藏之心、赤子之心、婴儿之心。他为远方所塑造，为时间所塑造。而时间与空间，毫无疑问是文学永恒的对象，是最终要抵达的那个地方。

"创伤记忆"与"西藏情结"是宁肯创作的两大特点，受到广泛关注。宁肯的写作获得了中国批评界的高度认可与尊重。

诺贝尔文学奖获得者莫言认为，能同时拥有这两个特点的中国作家绝无仅有，称"宁肯是一位有着非凡才华和勇气的作家，但更为重要的是，他同时还是一位创作了属于他自己的故事和文体的作家"。

　　宁肯的创作在海外华人中也引起强烈反响，奥地利华人女作家方丽娜在《欧洲联合周报》和美国《侨报》连续撰文，称"宁肯的《天·藏》是一部可以在世界文坛展示当代中国文学魅力的小说，宁肯的写作深邃庞博，诗情弥漫，诡异多变，可以和欧洲最重要的作家进行对话"。

《蒙面之城》（2001）

　　小说以作者早年的西藏生活为素材，描述了一个上世纪九十年代的青年反叛主流社会，在西藏以及中国大地四处游荡的故事。故事首先在充满神秘与古老韵味的北京展开：阅读了太多福尔摩斯故事的主人公、十七岁的马格，用习惯性的怀疑的眼神去质询周围的一切——他的家庭，他的友谊，他的爱情，他的未来…… 得不到令人信服的合理的解释后，选择了流浪。在一个叫"还阳界"的山区小站，马格因逃票被带到小站强制劳动。劳动期满，马格选择留下，成为小站装卸工中的一员。小站唯一的女人是中原一个女画家，因杀了人避难于小站，做了队长的女人。女人种菜、缝衣、临摹岩画。队长虽拥有女人的身体却永远无法走进女人的心。马格与女人进山，勘察史前岩画，成为女人的另一个男人。马格了解到女人为什么不生育，告诉了队长，队长自杀。经过一番较量，马格成为新的队长，也将拥有队长的女人，但马格却选择了离开。马格来到了西藏，此时他已是一个成熟男人，与西藏有着某种一致性。在藏北途步旅行时，马格成为一家牧民的客人，与牧女桑尼结下深厚情谊，但什么也留不住马格。他流落到了藏北重镇卡兰，在镇文化局，马格意外见到父亲的学生果丹，住在果丹处。果丹的男友是文化局副局长、诗人，马格受到迫害锒铛入狱，果丹知道真相后将马格营救出来。一次蓄谋的出游，成岩为救马格而受重伤，看护成岩期间马格、果丹坠入爱河，成岩醒来，马格再次选择离开。马格到了深圳，这个移民城市，见到了中学时期的恋人何萍。西藏恋人果丹、成岩以及谢元福人，所有人都有一个社会身份，只有马格仍是一个边缘人。打工之余，马格在一个乐队当了吉他手，总是躲在阴影中。在极度物质化的深圳，马格再次经历了一场牢狱之灾，他出狱后在一个酒吧做了调酒师，琢磨自己要不要再次离开，继续游荡。

《环形女人》（2006）

私人侦探苏明应邀来到简氏庄园，为庄园神秘女主人简女士写一部传记。女主人二十世纪八十年代下海经商，后返归自然，绿化荒山，成为公众人物。苏明侦探把简女士的邀请看作是一种挑战，果然苏明侦探窥得庄园可怕的一面：小桥流水鸟语花香的掩映之下，庄园还有一个地下密室。密室被布置成博物馆模样，中间陈列着三张床，三张床均由玻璃罩着，类似水晶棺，里面陈列着三具衣冠楚楚的仍活着的人，每个人的身上都吊着三五个药瓶，透明输液导管一直延伸到天花板上。三个被药水喂着的人都是植物人，每人的头部都对应有图片和文字说明，简女士每周都要来这儿手执讲鞭，讲解一次。三人都是早年背叛过简女士的人，荒山重新披绿装后，简女士把他们一一招至，拿药水喂起来。简女士除了常去密室讲解，另一隐秘嗜好是去马房与马夫兼她的马术教练进行肉体上的受虐恋，夜晚的叫声惊心动魄，把苏明侦探看得目瞪口呆。简女士罹患绝症，要苏明侦探把她的完整的传记在她死后公之于众，但未等传记写完，庄园发生了谋杀案，密室中的一个植物人被杀。谁杀的？马术教练？简女士的养女叶子？简女士本人？此时一切才变得真正的扑朔迷离，但这又并非小说表达的重心，因为植物人无论是否简女士所杀，简女士最后都承担了法律责任，在法庭上走完最后的一程。

《天·藏》(2010)

　　二十世纪九十年代初，大学青年哲学教师王摩诘陷入精神困境，以至性取向变异，强迫当警官的妻子同床时向自己施虐，致家庭破裂。王摩诘远走西藏，在拉萨郊外哲蚌寺下一所中学做了一名志愿者，寻求精神救赎。维格是藏汉混血，父亲是汉族，在北京长大，留学法国，回来后到西藏寻根，比王摩诘稍早来到这所寺院下的中学任教。维格笃信佛教，将自己的上师马丁格介绍给了王摩诘，两人经常一起去寺院拜访马丁格。马丁格原是法国青年分子生物学家，一次喜马拉雅山之行皈依了佛教。马丁格的父亲——怀疑论哲学家弗朗西斯科到来到拉萨，与马丁格进行一场哲学与宗教的对话，王摩诘于是将自己的房子腾给弗朗西斯科，与维格住到一起。维格决心用藏传佛教密宗的"空乐双运"即男女双修的精密仪轨拯救王摩诘的性倒错，付出许多努力。维格母系家族历史上地位显赫，出过三世达赖喇嘛，远祖为宁玛派大活佛。白天是东西的精神对话，晚上是更为晦涩神秘的身体对话；前者取得成功，后者归于失败。王摩诘受虐的性取向没被改变，甚至将维格拖入焦虑与恐惧的深渊。马丁格的父亲离开西藏，王摩诘回到自己的房间。维格调离学校，到了西藏博物馆，做了一名藏民族历史讲解员。但救赎之路既已开启便不可能匆匆结束，此后若干年王摩诘每周都要去一次博物馆作为陌生听众听维格讲解藏民族历史，如同佛教信众每周去一次寺庙一样。值得一提的是，小说写法独特，将传统的"注释"元素拓展为一个新的叙事空间与话语空间，叙述者在"注释"中或叙事，或补充，或与人物对话，构成实验性的第二文本，取得成功，被称为一部类似坛城的"立体小说"。

《三个三重奏》（2014）

　　《三个三重奏》由三个相关的故事组成，探讨权力与人性问题，意味十分严峻，内容却又丰富多彩。叙述者"我"的理想是住在图书馆里，"我"的书斋已相当于一个小型图书馆，"我"虽不是残疾人却喜欢坐轮椅在书架中穿行、阅读。"我"的妻子是一个高官的女儿，早已离异。某天"我"离开图书馆，搬到了看守所，在死囚室当了一名临终关怀的志愿者，"我"认为这是另一个图书馆，这里的死囚多因权力而犯罪。另外两个故事是"我"在死囚室"阅读"到的，一个是某个国有大型企业总裁逃亡中的一段爱情故事，一个是省委书记秘书如何走向权力巅峰的故事。小说没有简单谴责权力，也没简单谴责人性，而是让两方互为镜像，照出更为深层的东西，让人性编码与权力编码得以精密的呈现。

（刘雅芝 撰文）

Ning Ken 英语版

Ning Ken is a famous novelist and essayist in contemporary China. He is the winner of Lu xun Literary Award, Lao She Literary Award and Shi Nai'an Prize for Literature. Born in Beijing in 1959, he was influenced by traditional Beijing culture. He was keen on literary creation at university and his poem "The Dream of Snow" got published at the time of campus poetry frenzy. He went to Tibet as a volunteer teacher in 1984 and soon he went back to Beijing to be the general manager in Beijing Greening Advertising Corporation. However, he chose to resign and return to Tibet, which marked the beginning of his return to literature. He joined Beijing Writer's Association in 1999 and China Writers Association in 2005. Currently, he is vice chairman of Beijing Writers Association.

His representative works include: novels such as *Heaven & Tibet*, *The City of the Masked*, *The Door of Silence*, *The Annular Woman* and *Three Trios*, novellas such as *Words and Object*s, *Rear View Mirror*, *I am Waiting for a Book at the Seaside* and *Died in a Year,* collections of essays such as *The Mercy of the Master*, *The Fictional Travel* and *On the Other Side of Silence*, poems such as "The Dream of Snow" and "Sho Dun Festival".

Life and Writing Experiences

Ning Ken began to study in the Department of Chinese Literature, Beijing Normal University in 1979 and got his first poem "The Dream of Snow" published when he was there. He began to work in 1983 as a teacher in Beijing Number 18 High School. In 1984, he began to live and work as a volunteer in Tibet. That experience helps him to fully understand Tibetan history, religion, daily life, and its natural environment.

In the 1990s, Ning was committed to prose writing. He is an important participant of the New Prose Movement. He wrote On the Other Side of Silence, a long series of essays on Tibet. Later, he turned to writing novels.

The City of the Masked is his first and most well-known novel. It stirred the literary world when firstly published in 2001. It has attracted countless readers and it has a total circulation of more than one million. *The City of the Masked* brought him the first literary award, Lao She Literary Award.

The Door of Silence was his second novel. With an obscure style（without which it would be hard to be published）, the novel was characterized by a special attention to China's drastic social political reforms in the early 1990s. It focuses not on the plot or details but on the profound effects the political impact had on the mental states and personalities of contemporary intellectuals.

His third novel, *The Annular Woman*, was published in 2006. It is about a successful businesswoman who returns to nature and who is destroyed in the end. It deals with such topics as ecology, sex, and ethics. Written in a post-modern style, it is characterized by distinct absurdity and suspense.

In 2010, the writer's another novel *Heaven & Tibet* stirred the world again. The novel tells the story of an intellectual's self-exile to Tibet in 1989. The novel is unique with a large number of narrative "notes," which constitutes a subtext in the novel. It is praised as a "cubic novel" with the characteristics of a mandala. After reading the novel, the famous Tibetan magic realist writer Zhaxi Dawa claimed, *"Heaven & Tibet* is strange but distinctive, aloof but restraining, solitary but unique; however, it outbursts the power of self-reflection with amazing strength, and it erects a height that could not be duplicated and scaled. The journey of reading always challenges the limits of readers' mental and spiritual values, like the flying illusion brought by the journey to Tibet on the hard and steep roads. Such a novel is a metaphysical representation and discovery of Tibet since the 1980s." *Heaven & Tibet* won the First Shi Nai' an Prize for Literature and it brought him a second Lao She Literary Award.

Longing for Distant Places in His Childhood: Going through the Hutongs

Ning Ken was born in Beijing at the end of the 1950s and he lived in hutong. When he was very young, it was difficult to go through the hutong because at the end of the hutong was Liulichang Hutong, which was composed of West Liulichang and East Liulichang. Between them there was Xinhua Street, which oriented north and south. At the end of East Liulichang Hutong was Dazhalan, whose end joined another north-south street called Qianmen Street. Such a complex of hutongs was to the young Ning Ken tediously long yet mysteriously charming. In his impression, he didn' t manage to go through all of them until he was in grade two or three at primary school.

He went through the hutongs for many times in his childhood. Every time he went back, he felt as if he had just returned from a faraway place. When he approached the familiar streets, it seemed that a swimmer saw the mast, or the people on board saw the land. The excitement is imprinted on his mind, which has brought him a special pleasure for distant places since he was young.

Bus Tour: the Beginning of Consciousness

As he grew up, the hutongs could no longer satisfy his curiosity about faraway places. During a winter vacation in junior high school, he bought a monthly ticket and starting his tour by bus. It was a wonderful experience, for he could go anywhere he wanted without buying tickets, which made him extremely proud and relaxed. When a bus approached the terminal, the conductor would ask the passengers to produce their tickets. At that moment, Ning would pretend to be a fare evader before he quickly produced his monthly ticket, which never failed to surprise the conductor. It gave him enormous pleasure.

Compared with going through the hutongs, bus tour provided very different distant places. Hutongs disappeared, and he came to wide streets, seeing high buildings, walking across the city center. That's the real distant places in the city. At that time, it was suburb outside the second ring road in Beijing. The sight of rivers, croplands, and mountains on the horizon frightened him. Though his reason told him that he was safe, emotionally he couldn't help being afraid because he did not know where the bus would take him. It was fear and trembling that turned a tour full of curiosity into a more and more threatening one. But he felt assured when the conductor checked tickets, as he knew then that he was near the last stop and was about to return. Immediately, he would play a practical joke by pretending that he did not have a ticket. The change of mood was indeed dramatic.

On a journey, one realizes clearly the relationship between one and others, which is the origin of literature. Ning Ken's self-consciousness awakened there.

Longing for Distant Places: Going to Tibet

At that time, Ning Ken longed for distant places, strangeness, a different self, and a homeland. However, he knew that he would not have a homeland if he did not leave. In his eyes, homeland and distant places mirrored each other, in which people saw not only themselves, but the world; not only the world, but themselves. Thinking of that, he felt that he must leave. In 1984, the inner call led to action.

That year, he had been teaching for a year in a middle school in the suburb of Beijing. Behind the school dormitory were train rails. At night, the sound of a passing train was a call to distant places. He began to write to distant places, the farthest place being Xinjiang. As he was trying hard to get a job in a middle school in Xinjiang Kuytun Construction Corps, there came the news that Beijing was building a team of volunteer teachers to Tibet. He signed the contract without hesitation. That year he left Beijing as if escaping from a cage and soared onto the Tibetan Plateau, which was totally new to him.

He had published some poems then, but he felt his life poor. He believed that it would be different in Tibet. Since Tibet was out of ordinary, it would inspire him to write something outstanding, or even blockbusting work. What he thought came true, but only after nearly two decades.

I Was Imprisoned by Tibet

The Tibetan Plateau shocked Ning Ken completely. He wanted to express that shock, only to have lost himself in it. Sometimes he wrote something out of excitement to express that shock. It seemed that he had written everything, but nothing remained when he finished writing. He was puzzled but refused to give up. He was determined to tackle the problem. "I came to Tibet to write; however, Tibet restricted my writing. I was almost imprisoned by Tibet."

The imprisonment lasted many years, nearly a decade. He almost gave up writing, and even Tibet.

The miracle occurred in 1997 when Ning Ken was the general manager in Beijing

Greening Advertising Corporation. One day he was on his way to a restaurant for a business meeting. His car was caught in a traffic jam at Yinjie Street, Dongdan, the busiest street in Beijing. Though the restaurant was quite near, he could not reach it. Suddenly, he heard, amid the traffic noise, a voice clearly from the Tibetan Plateau. It was a song called "Ajie Drum", but at that time he knew nothing about it except that he felt it so intimate, so familiar. He lost himself in the song, not knowing where he was. It sounded like a call from afar. It reminded him of Tibet, where he had lingered in pursuit of poetry. The immensity of loneliness and the magnificent nature there had shaped him, and the snow mountains and rivers had cleansed his eyes. The then 25-year-old man was as fixed as a sword that had been quenched. Everything he experienced there stuck in his mind even though he had been in business for more than ten years.

With a Pure Heart: Returning

He decided to resign from business and returned to literature, giving up all conveniences. When coming to Tibet again, he found it totally different. The difficulties of writing that had confronted him before miraculously disappeared. Memories of the past and of Tibet came easily to the tip of his pen. In correspondence to the seven songs in the album *Ajie Drum*, he wrote seven pieces of prose, which he named *On the Other Side of Silence* and were published in the column of "New Prose" in the *Master* magazine.

During his stay in Tibet, he used to walk around the villages and monasteries near where he taught school. Sometimes he would go as far as some of the branches of Lasa River, or even the river itself, where he would find ponds of various sizes that resembled bathtubs. Sometimes, he would take off all his clothes and lie in the water, with waterfowls singing and flying around him.

In such a memory, or such overlooking, he visualized an image of a fugitive. He thought of Rodin's *Bronze Age*, an image of a primitive who looked forward to the future, an image of the beginning of human consciousness. Only such people who embodied anthropology could bear Tibet in his mind. Hence, in 2001, his novel *The City of the Masked* was published and it won Lao She Literary Award in 2002.

Five years after the publication of *The City of the Masked*, he put himself into another massive-scaled writing on Tibet. Again, he overlooked himself and Tibet, and got *Heaven & Tibet* published in 2010, which brought him Lao She Literary Award for the second time, as well as the first Shi Nai'an Prize for Literature. If *The City of the Masked* is Tibet seen from a certain perspective, *Heaven & Tibet* offers a panoramic view of Tibet, a music-like Tibet.

Ning Ken is grateful for his imprisonment by Tibet in earlier years. He says that distance was not only a spatial concept, but a temporal one. Without the temporal dimension, a distant place lacks life and depth, a place only for sightseeing. To some extent, imprisonment by Tibet is imprisonment by time. Captivity has made the Tibet in his work a cubic one, and it becomes Tibet itself. What he gets in return is a Tibetan heart, a pure heart, an innocent heart. He is shaped by distant places and by time. Without doubt, time and space are eternal subjects of literature. They are the destination one has to reach in the end.

Comments Traumatic memory and Tibetan complex are two major characteristics of Ning Ken's work. Ning Ken's writings are highly recognized by Chinese literary critics.

Nobel Prize winner Mo Yan claims that Ning is the only Chinese writer who has both these characteristics. "Ning Ken is a writer of extraordinary talent and courage," he says. "More important, he is a writer who has created his own story and literary style."

Ning's work has aroused great response from overseas Chinese as well. Chinese-Austrian writer Lina Fang wrote continuously in *European Union Weekly* and *The American China Press*: "Ning Ken's *Heaven & Tibet* shows to the world the charms of contemporary Chinese literature. His work is profound and poetic, always beyond the reader's expectations. He is comparable to the most important writers in Europe."

The City of the Masked （2001）

The novel tells the story of a young man who rebelled against the mainstream society and who wandered in Tibet and other parts of China in the 1990s. It is based on the author's own life experiences in Tibet in his early years. The story begins in the mysterious old Beijing. The protagonist, the seventeen-year-old Ma Ge, who has read too much Holmes, is used to looking at everything around him with skeptical eyes, including his family, his friends, his love and his future. Having failed to get reasonable explanations for all this, he chooses to roam around. Later, he is forced to work because of ticket-escaping at a forestry station called "Huanyangjie." When the work time expires, he decides to stay and becomes a loader. The only woman at the station is a painter from inland China. She is hiding there because she has committed murder somewhere else. Now she is the wife of the chargeman at the station. The woman grows vegetables, sews clothes, and copies rock paintings. The chargeman owns the body of his wife, but he cannot enter her inner world. Therefore, he asks Ma Ge to learn about the woman. Ma enters the mountain with her to examine the prehistoric rock paintings. He becomes her second man. Ma Ge learns why the woman is sterile and tells the chargeman, and the latter kills himself. After a beastly competition, Ma Ge becomes the new chargeman, which entitles him to own that woman. But he leaves. He comes to Tibet as a mature man, and he finds this place congenial to his temperament. When he is traveling in northern Tibet on foot, he becomes a guest of a herdsman family. The herdsman's daughter Sang Ni is attached to him, but this will not hinder him from going on his way. Then he comes to Ka Lan, a strategic town in northern Tibet, where he meets accidentally one of his father's students Guo Dan. He lodges in Guo Dan's house. Guo Dan's boyfriend Cheng Yan is the deputy director of the local cultural bureau and he is a poet. Later, Ma Ge is persecuted by Cheng Yan into prison and is saved by Guo Dan after she learns the truth. During a planned tour, Cheng Yan is badly injured for trying to save Ma Ge. Ma Ge and Guo Dan falls in love while taking care of Cheng Yan. Cheng Yan regains consciousness and Ma Ge again chooses to leave. He comes to Shenzhen, a migrant city, where he meets his middle-school lover He Ping, his Tibetan lover Guo Dan, Cheng Yan, and Xie Fuyuan. All of them have a stable life except Ma Ge, who is still a marginal person. He does odd jobs and works as a guitarist in a band in his spare time. He always hides himself in the shadow. In the extremely materialistic Shenzhen, he is put into prison a second time. After getting out, he works as a bartender. He is wondering whether he is going to leave and go on wandering about.

The Annular Woman （2006）

Su Ming, a private detective, is invited to Jian's Manor to write a biography for Mrs. Jian, the mysterious owner of the manor. Mrs. Jian ventured into business in the 1980s and then she returns to nature and turns a barren hill into a lush area, thus making herself a public figure. Su sees Mrs. Jian's invitation as a challenge. As is predicted, Su has a glimpse of the terrible side of the manor: under the cover of natural beauty, there is a basement decorated as a museum. Inside it lie three beds with glass covers that look somewhat like crystal coffins. On the beds lie three well-dressed living people. Three or five medicine bottles hang over them. All the three people, fed by medicine, are in a vegetative state, and there are pictures and explanatory notes above their heads. Mrs. Jian will come here and explain what has happened once every week. The three of them have betrayed Mrs. Jian. After the barren hill comes to life again, she invites them one by one and feeds them with medicine. Besides regular visits to the basement, Jian has another peculiarity. She will go to the stable to have masochistic sex with her horsekeeper and equestrian coach. The screams at night are stirring. Su Ming is shocked at all this. Mrs. Jian suffers from a deadly disease and she requires Su to make her biography known to the world. Before the biography is completed, however, a murder happens in the manor. One of the vegetables is killed. But by whom? The equestrian coach, Mrs. Jian's adopted daughter Yezi, or Mrs. Jian herself? Now things are getting complicated, but it is not what the novel hopes to emphasize, for whether or not Mrs. Jiane kills the vegetable, she acknowledges her guilt and ends her life in the court.

Heaven & Tibet（2010）

Following the Tian'anmen Square turmoil in 1989, Wang Mojie, a young college philosophy teacher, is in such a mental predicament that his sexual orientation becomes distorted. He forces his wife, who is a policewoman, to abuse him when they have sex. This leads to divorce. Wang goes to Tibet to work as a volunteer teacher at a middle school governed by Drepung Monastery on the outskirts of Lhasa. He is seeking spiritual salvation. Wei Ge is a Tibetan-Han half-blood. Her father is of Han ethnicity. She grows up in Beijing and goes to France for further studies. Then she comes back to Tibet to seek her origin. She arrives a little earlier than Wang to teach at the middle school. Wei Ge is a pious Buddhist. She introduces her guru Mardinger to Wang, and they often go to the monastery to visit her guru. Mardinger used to be a young biologist in France, and he is converted to Buddhism on a visit to the Himalayas. Francois, Mardinger's father Francois, a philosopher of skepticism, comes to Lhasa to hold a conversation with his son about philosophy and religion. Wang lets Francois sleep in his house and he goes to live with Wei Ge. Wei Ge decides to correct Wang's sexual problem by means of the dual practice of emptiness and pleasure, a Trantric Buddhist practice that requires the bodily union of male and female. Wei Ge's family is prominent in history. The third Dalai Lama is from her family and one of her remote ancestors is a living Buddha of the Nyingma School. There is spiritual communication between the West and the East in the day, while at night there is physical communication of a much more esoteric nature. The former is successful and the latter is not. Wang's masochistic sexuality is not corrected; instead, he drags Wei Ge into anxiety and fear. After Mardinger's father leaves Tibet, Wang returns to his own house. Wei Ge is transferred to Tibet Museum to work as a guide. In the following years, Wang goes to the museum once a week – as a Buddhist believer goes to the monastery once every week – as an anonymous visitor to listen to Wei explaining the history of her ethic group, as he wants to move forward on his way to salvation. It is worth mentioning that the novel is unique in expanding the notes into a new narrative space. In the notes, the narrator narrates, provides additional information, or has a dialogue with the characters. The author manages to make the notes a subtext in the novel. Heaven & Tibet is praised as a "cubic novel" with the characteristics of a mandala.

Three Trios （2014）

Three Trios, composed of three relevant stories, is about power and human nature. The narrator dreams of living in a library. His study is already as large as a small-scale library. Though not a disabled person, he likes to go among the shelves in a wheelchair and reads randomly. His wife is the daughter of a senior officer, but they are already divorced. One day, he leaves his library and moves to a detention house. He now works as a hospice care volunteer for condemned prisoners. He thinks it is another library. The majority of condemned prisoners here have committed crimes because of power. The other two stories are what the narrator reads in the cell for condemned prisoners. One is a love story about a fugitive president of a large state-owned enterprise, and the other is about how a secretary of the provincial party committee secretary climbs up to the peak of power. The novel does not simply condemn power or human nature. Instead, power and human nature are like two mirrors facing each other; they reflect something much deeper and present accurately the codes of human nature and of power.

（Reviewed by Liu Yuchen）

Ning Ken 法语版

Portrait de l'auteur

Célèbre romancier et prosateur chinois contemporain, Ning Ken est lauréat du prix littéraire Lao she et lauréat du prix littéraire de Shi Naian. Né à Pékin en 1959, Ning Ken a totalement grandi dans la culture pékinoise. C'est à l'université que Ning Ken commence à s'intéresser à la création littéraire. En 1982 il publie dans la revue littéraire de son université intitulée 《éclosion》 son premier poème *le Rêve enneigé*. Après avoir été diplômé de l'Université Normale de la Capitale, il décide d'aller vivre et travailler au Tibet pendant deux ans de 1984 à 1986. Après ces deux années passées dans les contreforts de l'Himalaya, il retourne à Pékin pour travailler en tant que directeur général dans une entreprise de publicité verte. Mais insatisfait, il quitte peu de temps après son job pour rejoindre à nouveau le toit du monde. Et c'est à ce moment-là qu'il rentrera véritablement dans le monde littéraire. En 1999, il intègre la 《société des écrivains pékinois》 et en 2005 incorpore 《la société des écrivains chinois》. Aujourd'hui Ning Ken est rédacteur en chef adjoint de la revue littéraire 《Octobre》.

Ses œuvres représentatives:

Romans fleuvres : （*Tibet Céleste, La ville voilée, La porte du silence, La femme annulaire, Trois trios*）Nouvelles :（*Les objets et les mots, Rétroviseur, j'attends un livre au bord de mer, Mourir dans l'année X*）Proses et essais :（*La compassion du maître, Voyage imaginaire, l'autre rive silencieuse*)Poèmes : (*Le rêve enneigé, La fête Shoton*, etc)

La ville voilée est le premier roman fleuve de Ning Ken et également sa première œuvre qui le rendit célèbre. Après sa parution en 2001, cette œuvre eut un grand retentissement dans les cercles littéraires, lui attirant un nombre infini de lecteurs puisque son roman a été publié à plusieurs millions d'exemplaires ce qui fera de lui le lauréat du prix littéraire Lao She.

La porte du silence est son deuxième roman fleuve dans lequel il manie un style plutôt obscur et ambigu. La particularité de cet ouvrage consiste en la description du changement brutal de la société chinoise et de la politique gouvernementale au début des années 90. Cependant dans cette œuvre, l'attention de l'auteur ne se limite ni au scénario ni au détail mais se concentre surtout sur le choc politique de l'ouverture de la Chine et le passage d'une économie planifiée à une économie de marché amorcé par Deng Xiaoping avec toutes les conséquences sur l'état d'esprit et sur la psychologie des écrivains contemporains, ranimant ainsi chez eux les vieux souvenirs de cette époque et ressuscitant des souffrances intimes.

Biographie et poïétique

En 1979, Ning Ken commence ses études dans le département de langue chinoise de l'Ecole Normale Supérieur de Pékin. C'est pendant cette période qu'il s'essaie à la création littéraire avec son fabuleux poème *Le rêve enneigé* . En 1983, il enseigne au lycée n° 18 de Pékin et en 1984 séjourne et tavaille en tant que bénévole au Tibet et ce, pendant deux ans. C'est pendant ces deux années passées au contact avec la nature sauvage et le bouddisme que Ning Ken va développer une réflexion métaphysique sur le monde et la nature humaine qui lui insufflera sa démarche de création littéraire.

Dans les années 90, il se consacre pleinement à la prose et publie notamment *l'autre rive silencieuse* et devient un des membres les plus importants du mouvement littéraire 《 Nouvelle prose》. Après cet intermède, il se remet au roman en écrivant *La femme an-*

nulaire paru en 2006 et qui est son troisième roman fleuve. Ce roman raconte l'histoire d'une femme d'affaire ayant très bien réussi sa vie et qui du jour au lendemain va tout quitter pour retourner à la nature, à la terre et qui va ainsi tout perdre. Ce roman aborde des sujets comme l'écologie, le sexe et l'éthique. L'auteur qui dans ce livre manipule l'absurde et le suspense met en lumière son style purement post-moderniste.

En 2010, un autre roman-fleuve sur le Tibet *Tibet céleste* voit le jour et écolte aussitôt un énorme succès. Le livre raconte l'histoire d'un intellectuel qui après les évènements de Tian Anmen s'exile au Tibet. Le style d'écriture est rendu unique grâce à l'utilisation d'un grand nombre de notes narratives. *Tbet céleste* est un véritable roman stéréoscopique à caratère bouddhiste. En effet Ning Ken a été très influencé par les lamas et autre écivains tibétains notamment Zha Xi Dawa, célèbre écrivain bouddhsite du réalisme fantatique et qui l'a beaucoup inspiré. Ainsi on peut retouver dans *Tibet céleste* un style fantastique, farouche et distant. Le roman qui se présente comme un Everest à gravir est d'une vraie puissance introspective qui invite le lecteur au voyage et le pousse à aller au-delà de ses limites spirituelles et psychologiques lui donnant l'illusion de marcher dans les nuages comme s'il longeait les sentiers d'altitudes et escarpés du Tibet. Ce chef-d'œuvre invite à une exploration historique et métaphysique du Tibet des années 80 à nos jours. *Tibet céleste* a reçu consécutivement le premier prix littéraire Shi Naian et le prix Lao She.

Rêve d'enfance : traverser les Hutong

Ning Ken qui est né à la fin des années 50 a grandi au cœur des Hutongs de la capitale. Les Hutongs sont des ruelles et des passages étroits labyrinthaires traditionnels pékinois et qui sont organisés autour de maisons à cours carrés. Ainsi lorsqu'il était petit il n'était pas aisé pour lui de se repérer et même de sortir de ses ruelles labyrinthaires. Les Hutongs étaient de véritables réseaux de ruelles entrelacées qui étaient aux yeux de l'auteur d'un charme pittoresque incontestable et il avait l'impression de les découvrir à chaque fois qu'il les arpentait. Tous les jours lorsqu'il rentrait de l'école et qu'il se faufilait dans ce labyrinthe, il se croyait un aventurier voyageur qui était en train de vivre une véritable épopée. Au fur et à mesure qu'il se rappochait de sa maison, il avait l'impression d'être un Ulysse retrouvant sa Pénélope, un navigateur ayant retrouvé la terre ferme. Ce sont les hutongs de son enfance, source de son imagination foisonnante, qui lui ont donné le goût du voyage, de l'aventure et des espaces lointains.

Les voyages en autobus : l'éclosion de la conscience

A mesure qu'il grandissait, les Hutongs perdaient peu à peu de leur magie et de leur mystère, et ne pouvaient plus contenter la curiosité et l'avidité du jeune Ning Ken dans sa quête d'inconnu, du lointain et des grands espaces.

Un jour, pendant les vacances d'hiver, il décida d'acheter une carte de bus mensuel illimité afin de 《voyager》 et d'aller explorer les quatre coins de la capitale. Ces vacances furent pour Ning Ken un magnifique voyage psychologique. A chaque fois qu'il désirait partir à l'aventure, il ne lui était pas néccessaire de racheter un Ticket et cela lui procurait une sensation de grande détente et de pleine liberté. A Chaque fois qu'il descendait à un terminus et qu'il devait montrer son ticket au chauffeur, il s'amusait à feindre de ne pas être en possession de ticket avant de le sortir soudainement de sa poche comme un magicien sortirait un lapin de son chapeau.

Desormais et contrairement aux Hutongs qu'il traversait à pied, les voyages en autobus l'emmenaient dans des espaces lointoins et inconnus. Les étroites ruelles avaint laissé place aux larges et longues rues et autres avenues. Le bus le conduisait au-delà du deuxième périphérique, là où à l'époque on pouvait encore voir des rivières, des champs ainsi que les montagnes qui se dessinaient nettement à l'horizon. Même s'il se savait physiquement en sécurité, ces 《lointoins inconnus》 et ses grands espaces ouverts l'effrayaient beaucoup et faisaient activement tavailler son imaginaton. Ne sachant jamais où le bus allait l'emmener, la peur l'envahissaient alors. Cependant à chaque fois que le conducteur passait pour verifier la validité des tickets, il commençait alors à se calmer car il savait pertinement qu'il était arrivé au terminus et que le bus aller faire demi-tour.

Pour Ning Ken, le voyage est le processus indispensable pour aller à la rencontre de l'autre. Et cette rencontre est le point de départ de la littérature. Ainsi c'est dans la rencontre de l'autre, des nouveaux paysages et des coutumes locales que la conscience et la création littéraire de Ning Ken se sont totalement éveillées.

Avide d'espaces et d'horizons lointoins : voyage au Tibet

Ning ken a soif d'espaces lointoins et d'inconnu. Pour lui la ville natale n'a d'existence et de réalité que dans le cœur du voyageur. Cependant, la ville natale et les espaces lointoins se reflètent l'une dans l'autre tel un miroir. Et c'est dans ce miroir que l'on peut réellement se voir et voir véritablement le monde. Ainsi c'est en 1984 que Ning Ken décide de réaliser son rêve le plus farouche.

En cette même année, il enseigne dans une école de la capitale. Derrière l'université se trouve à cette époque un chemin de fer et chaque nuit le train passe sous sa fenêtre en sifflant, apportant aux oreilles de Ning Ken des nouvelles du lointain. Aspirant à s'évader, il apprend qu'un lycée du Xinjiang est à la recherche d'un enseignant. Sautant sur cette précieuse occasion, il décide de postuler mais ne sera, à son plus grand regret, finalement pas retenu pour le poste ; Cependant une nouvelle opportunité va s'offrir à lui quelque temps après. Cette fois c'est la région autonome du Tibet qui recrute et Ning Ken va enfin obtenir ce poste qui est pour lui avant tout un Ticket gagnant pour la liberté. Le moment étant enfin venu pour lui de quitter sa 《prison》 et de s'envoler pour des contrées lointaines et inconnues, aux confins de la Chine sur le plateau tibétain.

Même si à ce moment précis Ning Keng avait déjà publié quelques poèmes, il savait pertinemement que son expérience de vie et sa maîtrise littéraire étaient insuffisantes. Et il voyait le Tibet comme un monumental écrin rempli de trésors dans lequel il pourrait aller puiser à l'envie toute l'inspiration indispensable à sa création littéraire. Il avait parfaitement raison. En effet il parviendra vingt ans plus tard, grâce à son expérience tibétaine, à devenir ce grand écrivain de talent que l'on connait aujourd'hui.

Emprisonné au Tibet

Le Tibet transforma radicalement la pensée et la reflexion de Ning Ken. Cependant, il n'arrivait plus à exprimer ou à décrire correctement et lisiblement ce qu'il ressentait et éprouvait. Il ne trouvait pas les mots justes et ne parvenait plus à organiser ses idées. Dans sa tête tout devenait confus et brumeux. Il avait l'impression d'être atteint d'une certaine aphasie de la plume. Il dira d'ailleurs : 《je suis allé au Tibet pour écrire, mais cette région m'a complètement rongé l'imagination. J'étais comme prisonnier de cette terre》. Cet emprisonnement dura dix ans. En perte total d'inspiration, il décida d'abandonner l'écriture et le Tibet, et retourna à Pékin. Finalement la libération aura lieu en 1997. Devenu entretemps directeur général d'une entreprise de publicité verte et alors qu'il se rendait dans un restaurant pour son travail, il fut pris dans des embouteillages dans la rue Dongdan, l'une des rues les fréquentées et l'une des plus prospères de la capitale. Coincé dans sa voiture, il entendu alors passer à la radio une chanson qui lui été très familière. Cette chanson relaxante qui imitait les clapotis des russeaux qui sourdent sur les hauts plateaux et qui s'appellait 《Ajie Gu》 était pour Ning Ken comme un appel du lointain. Cela le toucha profondément et le replongea dans le passé. C'est alors qu'il se remémora le Tibet. C'est à ce moment qu'il prit conscience que c'étaient les immensités de solitude et la nature sauvage qui avaient forgé son caractère, que c'étaient les montagnes enneigées et les lacs aux eaux turquoise qui lui avaient lavé les yeux et purifié l'âme. Ainsi ces rêves d'antan refaisaient surface et l'amour de la poésie se ravivait dans son cœur comme un feu bleu.

Revenir avec un cœur vierge.

C'est ainsi qu'il décide de retourner à la littérature. Il demissionna et reparti pour les hauts plateaux tibétains. Dès son retour, tout avait changé et l'inspiration qu'il y avait perdu des années auparavant émergèrent tout naturellement. Son écriture se fit coulante et limpide.Il écrivit sept proses dédiées à la musique 《Agu Jie》 en utilisant la technique du 《contrepoint de la perception》 qu'il publia dans les colonnes de la nouvelle prose du magazine 《 Les maîtres》. Lorsqu'il était au Tibet, Ning Ken aimait se promener de village en village et se fondre dans la nature. Il appréciait notamment se libérer l'esprit en longeant la rivière Lhassa ou s'allonger dans l'eau glacée de petits lacs tout en admirant et écoutant les oiseaux chanter au desus de lui. C'est encore dans ce doux et précieux souvenir du voyageur vagabond qu'il s'identifia à la célèbre statue du sculpteur français Rodin《l'âge d'arain》 en qui il voyait un homme dans une plaine contemplant le futur. Cette image représentant à ses yeux l'éveil de la conscience humaine était la seule image anthropologique qui lui rappelait ainsi le Tibet. C'est ainsi que naquit en 2001 son roman *la Ville voilée* qui obtiendra en 2002 le prix littéraire Lao She.

Cinq ans plus tard, il se lança à l'aventure ave un autre roman *Tibet céleste*. Ce roman-fleuve qui est une introspection ainsi qu'une analyse sur le Tibet obtiendra également le prix Lao She mais aussi le prix Shi Naian. Cet œuvre connaîtra à travers la Chine un succès colossal. Ce sera d'ailleurs pour l'auteur son plus grand chef-d'œuvre.

Tibet céleste est un véritable panorama sur le Tibet. Selon Ning Ken, le lointain représente certes une conception spatiale mais aussi une conception temporelle car sans le temps, l'espace est moribond. Et être emprisonné au Tibet signifie tout d'abord être prisonnier du temps.

Le souvenir du traumatisme et le complexe du Tibet sont les deux caractéristiques de l'écriture de Ning Ken qui attireront l'attention de beaucoup de lecteurs. Son écriture et son style sont très appréciés et très estimés dans les cercles littéraires chinois.

Mo Yan grand écrivain chinois reconnu internationalement et prix nobel de littérature estime qu'il est très difficile de posséder ces deux caractéristiques. Selon lui, Ning Ken est un écrivin courageux et très talentueux avec un style très singulier ce qui le rend totalement unique.

Tibet céleste a eu un grand retentissement chez les écrivains chinois de l'outre-mer et notamment chez l'écrivain autrichienne et d'origine chinoise Li Na qui dans le mensuel 《 U.E》 et le journal des 《écrivains chinois de l'outre-mer》 a écrit que *Tibet céleste* est un pur chef-d'œuvre qui dévoile au monde littéraire le charme de la littéraire chinoise, son écriture profonde, réflective, poétique et qui peut rivaliser sans conteste avec les plus grandes plumes européennes.

Pr é sentation des œuvres principales

Tibet céleste 2010

Après l'incident de Tian Anmen en 1989, Wang Mojie, professeur de philosophie à l'université se rerouve dans un état mental et psychologique terriblement perturbé et ses patiques sexuelles changent subitement. Il devient masochiste et force sa femme à être sadique et à lui faire subir des sévices à chaque fois qu'ils font l'amour. Cela précipita aussitôt le couple dans le divorce. Dans le désarroi le plus total, il décide de quitter la capitale et d'aller s'exiler au Tibet. Il se fixe dans les alentours de Lhassa et devint professeur bénévole dans un lycée afin de chercher la redemption. C'est dans sa reflexion métaphysique et dans le contact avec les nobles et mystérieux paysages du Tibet qu'il aspire à se laver de sa débauche et à purifier son âme. C'est sa recherche de pureté et d'authenticité qui va attirer l'attention de Wei Ge, jeune professeur de religion et de bouddhisme et qui travaille dans ce même lycée. Ce dernier dont le papa est Chinois et la maman Tibétaine, a grandi à Pékin et a fait ses études en France avant de revenir sur la terre de ses ancêtres afin de renouer avec ses racines. Bien que Wang ne soit pas bouddhiste et qu'il ne fréquente aucun temple Wei Ge pense que par sa pronfondeur, sa pensée est très proche du bouddhisme. C'est dans ce contexte que Wei ge va présenter à Wang son maître Ma Dingge. Wang commence alors à se passioner par le bouddhisme et va souvent en compagnie de Wei ge rendre viste à Ma Dingge. Un jour où le père de Ma Dingge arrive à Lhassa pour s'entretenir du bouddhisme discourir de philosophie avec son fils, Wang Mojie décide de lui prêter sa chambre. C'est ainsi qu'il déménage chez Wei Ge. C'est pendant la cohabitation que Wei Ge decouvrira le secret sur les terribles penchants de Wang. Afin d'aider son nouveau coreligionnaire, il essaiera tant bien que mal via des incantations, rituels et autres prières bouddhiques de le guérir de son attirance pour ces jeux obscènes mais en vain. Au contraire, plus le temps passe et plus les désirs masochistes de Wang ne feront que grandir au grand dam de Wei Ge qui se trouvera démuni face à ce phénomène.

Après le départ du père de Ma Dingge, wang retourne dans son appartement. Quant à Wei Ge, il sera muté au musée tibétain ce qui mettra un terme aux soins qu'il produiguait à Wang. Ce dernier voulant ardemment se libérer de sa débauche, décidera de continuer le traitement et chaque semaine se rendra au musée tibétain afin d'écouter les conférences de son ami sur le bouddhisme comme un moine va au temple avec l'espoir de trouver le mot, le phrase, l'idée, la pensée, la prière qui pourra briser ce qu'il voit comme une malédiction.

La femme annulaire

Le détective Su Ming se voit inviter par Madame Jian dans sa villa afin d'y écrire la biographie de cette dernière. Madame Jian qui était dans les années 80 une femme d'affaire énigmatique s'est depuis retirée de ce monde de requins et est désormais retournée à la nature pour y mener une vie simple et sans artifices. Cependant le détective Su voit l'invitation comme un défi. Evidemment il s'apercevra très vite du côté terrifiant de la demeure qui en apparence semble pittoresque et idyllique. En effet il découvrira très vite l'existence d'une cave secrète qui ressemble étrangement à un musée, musée au milieu duquel se trouvent trois lits tous recouverts d'une espèce d'abri en verre s'apparantant à des cercueils de cristal. A l'intérieur de ces cercueils se trouvent allongés trois personnes habillés très élégemment que l'on pourrait croire mortes. Cependant un liquide leur est injecté par perfusion afin de les maintenir en vie mais dans un état comateux. Sur chaque couvercle se trouve une pancarte avec une inscription désignant ces trois personnes comme des traîtres.

Pendant son séjour, le détective Su Ming surprendra aussi en pleine nuit Madame Jian s'adonner à des pratique SM avec son professeur d'équitation dans l'écurie. Madame Jian qui est atteint d'un cancer incurable va demander à Su Ming d'écrire son histoire afin de l'exposer au plus grand nombre. Mais avant que le détective ne parachève la biographie, une des trois personnes qui végétait est retrouvée assassinée. Qui est l'assassin ? Le professeur d'équiation ? La fille adoptive de Madame Li ? Madame Li elle-même ? A ce moment tout devient confus et le détective Su devra faire preuve d'une grande intelligence et d'un dicernement hors du commun pour résoudre l'affaire et excaver le terrible secret de Madame Li.

Les trois trios

Ce roman se compose de trois histoires liées entre elles et traitent du rapport entre le pouvoir et la nature humaine. Dans l'une des ces histoires, le narrateur rêve d'habiter dans une bibliothèque. Son cabinet de travail est d'ailleurs aménagé tel un microcosme de bibliothèque et bien qu'il ne soit nullement handicapé, il aime lire et déambuler entre ses étagères en chaise roulante. Un jour après avoir donné sa démission, il part travailler en tant que bénévole dans une prison afin d'accompagner et d'apporter un soutien moral et psychologique aux derniers jours des condamnés.

Les deux autres histoires sont des histoires qui s'inscrivent dans la première et que le narrateur apprend alors qu'il travaille dans la prison pour condamnés mort. L'une raconte l'histoire d'amour d'un entrepreneur pendant son évasion et le troisième le processus de réussite d'une secrètaire parvenant au faîte de sa carrière. Le roman ne se veut aucunement être critique du pouvoir en soi, ni critique de la nature humaine mais veut montrer que pouvoir et nature humaine se reflètent l'un l'autre comme dans un miroir et se dévoilent seulement lorsqu'on les met face à face.

（Traduit par Zhang Yichen）

Ning Ken 德语版

Ning Ken ist ein zeitgenössischer chinesischer Romancier und Essayist. Der Lao She - und Shi nai'an Literaturpreisträger wurde 1959 in Peking geboren und ist unter dem kulturellen Einfluss des alten Pekings aufgewachsen. Während seiner Universitätszeit schuf er mit großem Interesse Literatur. Zur damaligen Zeit der Auflebung der Gedichte auf dem Campus, veröffentlichte er das Gedicht „Schneebedeckter Traum ". Im Jahr 1984 begab er sich nach Tibet, um die dortige Ausbildung zu unterstützen. Nach nicht allzu langer Zeit verließ er Tibet und wurde der Geschäftsführer einer Pekinger Werbefirma. Dennoch entschloss er sich erneut zu kündigen und nach Tibet zurückzukehren. Dies ist der Beginn seiner Rückkehr in die literarische Welt. Im Jahr 1999 trat er dem Pekinger Schriftstellerverband bei und im Jahr 2005 trat er der Chinese Writers Association bei. Derzeit ist er stellvertretender Chefredakteur bei der Zeitschrift „Oktober ".

Seine repräsentativen Werke sind die langen Romane: „Himmel - Tibet ", „Maskierte Stadt ", „Tür des Schweigens ", „Ringförmige Frau ", „Drei Trios ". Zu den Kurzgeschichten gehören „Wörter und Dinge ", „Rückspiegel ", „Wir warten am Meer auf ein Buch ", „An einem bestimmten Jahr verstorben " etc. Zu der Prosasammlung zählen „Meister des Mitgefühls ", „Fiktive Reise ", „Das Schweigen am anderen Ufer " etc. Zu seinen Gedichten zählen „Traum des Schnees ", „Shoton-Festival " etc.

Leben und schriftstellerische Tätigkeiten

Ning Ken studierte seit- Jahr 1979 in der Chinesischen Abteilung der Capital Normal University. Während seiner Universitätszeit veröffentlichte er sein Debüt-Gedicht„Traum des Schnees. " Im Jahr 1983 arbeitete er an der Peking Nr. 18 Oberschule als Lehrer. Im Jahr 1984 ließ er als Freiwilliger sich in Tibet nieder und begann zu arbeiten. Er verfügt über gründliche Erkenntnisse über die tibetische Natur, Geschichte, Religion und das tägliche Leben.

In den 90er Jahren widmete er sich dem Verfassen von Prosa und war ein berühmtes Mitglied in der Bewegung „Neue Prosa " in China. Es gab eine Reihe von langer Prosa über Tibet „Das Schweigen am anderen Ufer ". Später widmete er sich dem Verfassen von langen Romanen.

„Maskierte Stadt "ist sein Debüt-Roman und sein berühmtester Roman. Veröffentlicht im Jahr 2001 war der Roman eine Sensation in den literarischen Kreisen und zog eine unzählige Anzahl von Lesern an. Es wurden mehr als eine Million Exemplare verkauft. Mit diesem Werk gewann er seinen ersten Literaturpreis, den Lao She-Literaturpreis.

„Die Tür des Schweigens " ist Ning Kens zweiter Roman. Der Roman ist im obskuren Stil verfasst （wenn nicht in diesem Stil, dann schwierig zu veröffentlichen）. Seine Besonderheit liegt in der Betrachtung der sozialen und politisch drastischen Reform Chinas in den frühen 90er Jahren. Das Erzählen fokussiert nicht die Darstellung der Situation oder Details, sondern konzentriert sich auf die politische Wirkung auf den geistigen Zustand von zeitgenössischen Intellektuellen und die weitreichende Auswirkung auf die Veränderung der Persönlichkeit, die Erinnerung und den Schmerz der zeitgenössischen Intellektuellen.

„Ringförmige Frau " ist Ning Kens dritter Roman, der im Jahr 2006 veröffentlicht wurde. Der Roman handelt von einer erfolgreichen Geschäftsfrau, die zur Natur zurückkehre und schließlich zur Zerstörung geführt wurde. Es wurde in der Geschichte über Ökologie, Geschlechtlichkeit und ethische Probleme erörtert. Es beinhaltet deutliche Absurdität sowie sehr viel Spannung. Dieser Roman ist im postmodernen Stil.

Im Jahr 2010 veröffentlichte der Autor einen weiterenRoman zum Tibet-Thema namens „ Himmel - Tibet ", der erneut zu einer Sensation wurde. Der Roman beschreibt die Geschichte eines Intellektuellen, der sich nach dem Vorfall des Tian'anmen-Massakers 1989 selbst ins Exil nach Tibet begab. Die Schreibweise des Werkes ist einzigartig und verwendet eine große Anzahl an „ Anmerkungen "mit narrativen Funetionen in der Erzählung. Die zweite Version des Romans wurde als „dreidimensionaler Roman " bezeichnet mit den besonderen Charakteristiken des buddhistischen Mandalas. Der berühmte tibetisch magische Realismus-Schriftsteller Tashi Dawa, hat „Himmel - Tibet " nach dem Lesen als außergewöhnlich, distanziert und zurückhaltend, fern von allem weltlichen, mit einer sich überraschend stark entwickelnden, schnell umsichgreifenden introspektiven Kraft, wie ein Gipfel, der schwer zu kopieren und zu besteigen ist bewundert. Bei der Lektüre wird der Leser von Anfang bis Ende mit den Grenzen seiner mentalen und geistigen Werte herausgefordert. Es ist wie das Begehen eines steilen Weges, der bewirkt, dass der Mensch in einem bewusstseinsverändernden Zustand fliegt. Es ist der metaphysische Ausdruck und die Entdeckung Tibets seit den 80er Jahren des letzten Jahrhunderts. „Mit dem Werk „Himmel - Tibet " gewann Ning Ken den ersten Shi Nai'an-Literaturpreis und gewann als Autor erneut den Lao She-Literaturpreis. "

Kurzer Blick in die Ferne in der Kindheit: Hutong durchqueren

Ning Ken ist in den späten 50er Jahren des letzten Jahrhunderts in Peking geboren worden. Er hat in einem Hutong gelebt. Als er noch sehr jung war, wollte er aus dem Hutong raus, was keine einfache Angelegenheit war. Am Ende des Hutongs befand sich der Liulichang-Hutong. Der Liulichang-Hutong wiederum war in Liulichang-Hutong West und Liulichang-Hutong Ost geteilt. In der Mitte wird er durch die Xinhua-Straße in Nord-Süd

Richtung verlaufend getrennt. Am östlichen Ende des Hutongs befindet sich *Dashanlan* und am Ende von *Dashanlan* verläuft die Qianmen-Hauptstraße in Nord-Süd Richtung. Diese Reihe an Huotngs waren für Ning Ken in seiner Kindheit ziemlich lang und charmant. Er hatte den Eindruck, dass er erst im zweiten oder dritten Schuljahr der Grundschule die Hutongs vollständig abgelaufen hat.

Die gesamte Jugend von Ning Ken zieht sich über viele Male durch die Hutongs. Jedes Mal wenn er von einer solchen Wanderung in den Hutongs zurückkehrte, fühlte er sich wie einer, der von der Ferne zurückkehrte. Mit genauerem Blick schaute er auf die vertrauten Straßen wie die Schwimmer den Mast, die Menschen auf dem Boot das Land anschauen. Diese Aufregung setzte sich tief in seiner Erinnerung fest und lies ihn von klein auf gegenüber dem Weiten ein besonderes Vergnügen spüren.

Busreisen: Beginn des Bewusstseins

Mit zunehmendem Alter reichte die Ferne in der Nähe nicht mehr aus, um seiner Neugier gerecht zu werden. Während den Winterferien in der Mittelschule kaufte sich Ning Ken extra eine Monatskarte und begann alleine mit dem Bus zu reisen. Diese Art von fantastischer Reise, die reich an geistiger Aktivität war, weil der Kauf von Tickets entfiel und er fahren konnte, wohin er wollte, erfüllten ihn mit Stolz und waren für ihn entspannend. Kurz bevor er an der Endstation ankam und die Fahrkarten kontrolliert wurden, tat er so, als ob er ein Schwarzfahrer wäre. Zum Schluss zauberte er auf magische Weise eine Monatskarte hervor. Die alte Fahrkartenkontrolleurin starrte ihn an, was ihn mit voller Zufriedenheit erfüllte.

Im Vergleich zur letzten Wanderung durch die Hutongs, gab ihm das Busfahren eine ganz andere Form von Ferne. Die Hutongs verschwanden. Als er auf den breiten Straßen fuhr, sah er unbekannte hohe Gebäude, die sich durch das Stadtzentrum zogen. Nach Ankunft in der Stadt spürte er eine wahre Ferne. Zu jener Zeit hatte er, nachdem er den zweiten Ring Pekings verließ, einen Blick aufs Umland. Er sah den Fluss, Felder, die Berge am entfernten Horizont. Er fürchtete sich sehr, obwohl ihm sein Verstand sagte, dass es sicher sei. Aber seine Emotionen waren nicht darauf zurückzuführen, dass weil der Verstand existiert, keine Angst entstehen konnte oder ängstliche Vorstellungen aufkamen. Er wusste nicht in welche Richtung ihn der Bus brachte. Hinzu kam die Angst und Anspannung, was seine Reise der Neugier in eine Reise der Angst verwandelte. Als der Kontrolleur die Fahrkarte kontrollierte, fiel sein Herz wie ein Stein auf den Boden. Er wusste, dass er an der Haltestelle ankommen werde und die Fahrt zurückgehe geht. Sofort gab er vor keine Fahrkarte zu besitzen und inszenierte einen Streich, was so dramatisch wie die Handlung einer Geschichte oder eines Dramas war.

Der Verlauf der Reise ist der Verlauf des intensive Bewusstseins des Verhältnisses von sich selbst zu anderen. In diesem Verfahren entsteht die Literatur.Ning Kens Bewusstsein beginnt von da an aufzuwachen.

Sehnsucht nach der Ferne: Richtung Tibet

Zu jener Zeit sehnte sich Ning Ken nach der Ferne, sehnte sich nach dem Unbekannten, sehnte sich nach einem anderen Selbst, sehnte sich nach einer Heimat, aber er wusste, wenn er jetzt die Heimat nicht verließe, wurde er ein Mann ohne Heimat sein. Seiner Ansicht nach waren Heimat und die Ferne ein gegenseitiger Spiegel. In diesem Spiegel sah man sich nicht nur sich selbst, sondern auch die Welt, nicht nur die Welt, sondern auch die Menschen selbst. Als er zu diesem Punkt kam, dachte er sich, dass er unbedingt gehen muss. Zu jener Zeit war es bereits das Jahr 1984. Der Ruf des Herzens führte endlich eine Handlung herbei.

In dem Jahr hatte er bereits seit einem Jahr an einer Mittelschule im Vorort von Peking gearbeitet. Hinter dem Wohnheim der Schule befanden sich Eisenbahnschienen. Jeden Abend hörte er die Geräusche der vorbeifahrenden Züge, die jedes Mal auf die Ferne hindeuteten. Er begann der Ferne Briefe zu schreiben. Am weitesten machte er sich Gedanken über Xinjiang. Es bereitete ihm sehr viele Schwierigkeiten beruflichen Kontakt mit dem Landwirtschafts- und Konstruktionstruppenverband der Mittelschule im Gebiet Kuitun in Xinjiang herzustellen. Als ihn eine unerwartete Nachricht erreichte, dass in Peking Lehrerteams organisiert werden, die als Freiwillige nach Tibet entsendet werden, meldete er sich ohne zu zögern an. In jenem Jahr sprang er aus seinem Käfig in Peking und flog in die unbekannte Qinghai-Tibet-Hochebene.

Obwohl Ning Ken zu jener Zeit bereits einige Gedichte veröffentlicht hatte, empfand er sein Leben als unproduktiv. Er fühlte, dass Tibet völlig anders war. Da Tibet ausgezeichnet war, führte es auch dazu, dass er ausgezeichnete Werke, darunter sogar die Welt überraschend, schreibt Seine Ideen sind nicht falsch, aber das Ergebnis hat sich um fast zwei Jahrzehnte verspätet.

Ich wurde von Tibet eingesperrt

Die Hochebene in Tibet mit Panoramablick war für Ning Ken auf positive Art und Weise aufrüttelnd. Er wollte eine Art Schock zum Ausdruck bringen. Das Ergebnis ist gänzlich in seinem Schock untergegangen. Manchmal schrieb er, in der kurzen Zeit der Aufregung etwas nieder. Aber als er seinen Stift niederlegte, verschwand alles auf magische Weise zwischen den Zeilen. Er war sehr verwirrt und auch sehr eigensinnig. Er kam nicht drumherum, die Schwierigkeiten zu umgehen. „Ich bin nach Tibet gekommen, um zu schreiben. Das Ergebnis ist, dass Tibet mich in meinem Schreiben einschränkt. Ich wurde fast von Tibet eingesperrt."

Für viele Jahre war er eingesperrt. Ungefähr zehn Jahre lang. Er hat das Schreiben fast aufgegeben und Tibet aufgegeben.

Ein Wunder geschah an einem Tag im Jahr 1997. Zu jener Zeit war Ning Ken Geschäftsführer an einem Pekinger Werbeunternehmen. Eines Tages fuhr er mit dem Auto zu einem Hotel, um dort mit einem Unternehmer über das Werbegeschäft zu verhandeln. Sein Auto blieb auf der Dongdan Yinjie-Straße Stau stecken Hier war. Pekings belebtester Platz. Das Hotel war bereits in der Nähe, aber er konnte es nicht erreichen. In den letzten Minuten hörte er den lautlosen Puls der Hochebene zwischen dem Verkehrslärm und Chaos. Es war das Lied „Sister Drum ". Aber zu der Zeit kannte er es nicht, sondern dachte sich nur, dass es sehr warmherzig klingt und fühlte sich wie berauscht und orientierungslos. Er vergaß wo er war. Es war wie ein Ruf aus weiter Ferne. Er erinnerte sich an Tibet. Wegen der poetischen Sehnsucht hatte er lange um Tibet geworben. Die riesige Einsamkeit und weite Natur hat ihn einst umgeformt. Die schneebedeckten Berge und Flüsse reinigten seine Augen. Sein 25 Jahre altes ich war scheinbar von jenem Ort geformt und gehärtet worden. Obwohl er über zehn Jahre in einem Menschenmeer lebte, hat er alles nie vergessen.

Rückkehr zur kindlichen Unschuld

Er beschloss zurück zur Literatur zu kehren. Er kündigte seine Stelle in dem Werbeunternehmen und gab alles auf einmal auf. Erneut ging er in die Ferne. Er stellte fest, dass das Tibet von heute sich gänzlich von der Vergangenheit unterscheidet. Im selben Jahr verschwanden alle seine Schwierigkeiten beim Schreiben auf wundersame Weise. Das Vergangene wurde zurückgelassen und Tibet nahm seinen Lauf. Alles hielt er mit dem Stift fest. Das Album „Sister Drum " hatte sieben Lieder. Er schrieb anhand seines Gefühls sieben Essays. Er nannte sie „Das Schweigen am anderen Ufer ". Im Jahr 1998 wurden sie in der Zeitschrift „Dajia " unter der Rubrik „Neue Prosa " veröffentlicht.

Als Ning Ken in Tibet unterrichtete, ging er häufig in den benachbarten Dörfern und Klöstern spazieren. Weiter entfernt ging er bis zu den Zuflüssen des Lhasa Flusses oder direkt zum Lhasa Fluss. Da der Fluss viele große und kleine Flussbiegungen hat, die wie kleine Wannen aussahen, lag er manchmal unbekleidet dort drin. Umgeben von Wasservögelrufen und Vögel, die um ihn herumflogen.

In dieser Erinnerung oder in diesem Überblick ist die Figur eines Umherwanderers in Ning Kens Herz deutlicher geworden. Er dachte an die Skulptur des berühmten Bildhauers Rodin „Das Eherne Zeitalter ", eine Figur, die sich in Richtung Wildnis der Zukunft bewegt, eine Skulptur, die das menschliche Bewusstsein weckt. Nur diejenigen, die begabt sind, können Tibet in ihrem Herzen tragen. Im Jahr 2001 ist der Roman „Maskierte Stadt" erschienen und erhielt im Jahr 2002 den Lao She-Literaturpreis.

„Fünf Jahre nach der Veröffentlichung der „Maskierten Stadt" schrieb er ein weiteres umfangreiches Werk über Tibet. Erneut hat er eine weite Sicht über sich und über Tibet. Das ist der im Jahr 2010 veröffentlichte lange Roman „Himmel - Tibet". Mit diesem Roman erhielt er zum zweiten Mal den Lao She-Literaturpreis und den ersten Shinai'an-Literaturpreis. Wenn „Maskierte Stadt" ein Teil von Tzeigt, ist. „Himmel - Tibet" ein Panoramablick über Tibet, ein Musical über Tibet.

Ning Ken ist dankbar dafür, dass er von Tibet eingeschlossen war. Er sagt, dass die Ferne nicht nur ein Raumkonzept ist, sondern auch ein Zeitkonzept. Die Ferne, an der die Zeit nicht teilnimmt, ist nur eine fliegende Ferne, die sich nicht im Leben niederlässt. Die Eingeschlossenheit verhalf dazu, dass das Tibet in seinem Herzen zu einem dreidimensionalen Tibet wurde. Tibet wurde zu seiner selbst. Er erhielt das Herz Tibets, die kindliche Unschuld, das Herz eines Neugeborenen. Er formte die Ferne und die Zeit. Zweifellos ist es auf ewig das Ziel der Literatur, wo es letztendlich ankommen sollte.

Bewertung

„Traumatischer Erinnerung" und „Tibet-Komplex" sind zwei Besonderheiten in Ning Kens Werken und haben große Aufmerksamkeit erregt. Ning Kens Werke haben die höchste Anerkennung von chinesischen Kritikern sowie Respekt erhalten.

Der Literaturnobelpreisträger Mo Yan ist der Ansicht, dass nur wenige chinesische Autoren diese zwei prägende Besonderheiten vorweisen und sagte, „Ning Ken hat ein besonders außergewöhnliches Talent sowie den Mut eines Schriftstellers. Aber noch wichtiger ist, dass er gleichzeitig ein Autor ist, der eigene Geschichten dichtet und seinen eigenen Stil vorweist."

Ning Kens Werke sind bei Übersee-Chinesen auf große Reaktion gestoßen. Die chinesisch - österreichische Schriftstellerin Fang Lina hat fortlaufend in Artikeln in der Zeitschrift „Europe Weekly " und im amerikanischen „China Press " „Ning Kens „ Himmel - Tibet " als den charismatisch chinesischen Roman der zeitgenössischen chinesischen Literatur in der literarischen Welt präsentiert. Ning Kens Werke sind tiefgründig, voll diffuser Poesie, vielseitig und veränderbar und können mit den bedeutendsten europäischen Autoren einen Dialog führen. "

Maskierte Stadt（2001）

Der Roman orientiert sich an den Lebenserfahrungen des Autors in seinen früheren Lebensjahren in Tibet. Er beschreibt die rebellierende Jugend der 90er Jahre im letzten Jahrhundert gegen die Mainstream-Gesellschaft sowie das Umherwandern in Tibet sowie im ganzen. Die Geschichten entfalten zunächst die Geheimnisse und den Charme des alten Pekings: Ma Ge, ein Siebzehnjähriger, der zu viel von Sherlock Holmes gelesen hatte, blickte häufig mit einem skeptischen Blick seine ganze Umwelt:: Seine Familie, seine Freunde, seine Liebe, seine Zukunft... Nichts kann den Menschen mit einer rationalen Erklärung überzeugen, und er entschied sich für ein umherwanderndes Leben. Zu einer kleinen Haltestelle namens „Huanyangjie " in der Gebirgsregion wurde Ma Ge zur Zwangsarbeit gebracht, weil er ohne gültigen Fahrschein gefahren war. Nachdem er seine Arbeitszeit abgeleistet hatte, entschloss sich Ma Ge dort niederzulassen und zu einer wurde Stauerkeit. Bei der kleinen Station gab es eine Malerin aus dem Inland. Wegen Mordes suchte sie Zuflucht in der kleinen Station und wurde dort die Frau des Gruppenleiters. Die Frau baute Gemüse an, nähte Kleidung und kopierte Wandmalereien. Obwohl der Gruppenleiter seiner Frau hatte, gelangte er niemals in das Herz seiner Frau. Er benötigt deshalb Ma Ge, der die Frauen verstand. Als Ma Ge sich mit der Frau auf den Berg begab und die prähistorischen Malereien untersuchte, wurde er ein anderer Geliebter der Frau. Ma Ge verstand warum sie nicht gebärt und erzählte es dem Gruppenleiter, der Selbstmord beging. Nach einem tierähnlichen Wettbewerb wurde Ma Ge zum neuen Gruppenleiter und beerbte die Frau. Aber Ma Ge hat sich entschieden fortzugehen. Ma Ge kam nach Tibet. Zu dieser Zeit war er ein erwachsener Mann und hatte mit Tibet eine Art von Einheitlichkeit. Als er in Nordtibet verreiste, war Ma Ge Gast bei einer Hirtenfamilie und verband mit der Hirtin Sangni eine tiefe Freundschaft. Aber nichts konnte Ma Ge dazu bewegen, fortzugehen. Ma Ge zog durch Nordtibets Gemeinde Kalan und hat im Büro für Kulturelle Angelegenheiten unerwarteterweise eine Schülerin seines Vaters namens Guo Dan getroffen und wohnte bei ihr. Guo Dans Freund Cheng Yan ist der stellvertretende Leiter des Büros für Kulturelle Angelegenheiten und ein Dichter. Ma Ge wurde von Cheng Yan verraten und ins Gefängnis geworfen. Nachdem Guo Dan die Wahrheit gekannt hatte, holte sie Ma Ge aus dem Gefängnis. Bei einem geplanten Ausflug wurde Cheng Yan schwer veletzt, um Ma Ge zu retten. Während Ma Ge und Guo Dan Cheng Yan pflegte, verliebten sie sich. Als Cheng Yan erwachte, wählte Ma Ge erneut aufzubrechen. Als Ma Ge in Shenzhen ankam, einer Stadt mit vielen Einwanderern, traf Ma Ge seine ehemalige Geliebte He Ping aus der Mittelschule, seine Geliebte Guo Dan aus Tibet und Cheng Yan, Xie Yuanfu sowie andere Personen. Alle besaßen einen sozialen Status. Nur Ma Ge war immer noch ein Außenseiter. Im extrem materialistischen Shenzhen erlebte Ma Ge erneut eine Gefängniszeit. Nach seiner Gefängnisentlassung wurde er Barmixer in Kneipen. Er fragte sich, ob er erneut aufbrechen sollte, um weiter umherzuziehen.

Ringförmige Frau（2006）

Privatdetektiv Su Ming wurde zu Jian's Anwesen eingeladen, um eine Biografie über die geheimnisvolle Eigentümerin von Jian's Anwesen zu schreiben. Die Eigentümerin, die in den 80er Jahren den Schritt ins Unternehmergeschäft tätigte, kehrte in die Natur zurück, zu den grünen Bergen und wurde eine öffentliche Person. Der Privatdetektiv sah die Einladung von Frau Jian als Herausforderung an. In der Tat erblickte er die Schreckensseite des Anwesens. Unter dem Wasser, dass durch eine kleine Brücke fließt, zwitschernden Vögeln und Blumenduft verbirgt sich im Anwesen noch eine unterirdisch verborgene Kammer. Die Kammer wurde wie ein Museum eingerichtet. In der Mitte befinden sich drei Betten ausgestellt. Die drei Betten sind mit Glas umhüllt, was einem Kristallsarg gleicht. Darin befanden sich drei gut gekleidete lebende Personen. Jeder von ihnen war am Körper mit 35 Medizinfläschchen verbunden. Transparente Infusionskatheter hängen direkt von der Decke herab. Die drei Personen, die mit flüssigen Präparaten ernährt sind, befanden sich in einem vegetativen Zustand. Am Kopf eines jeden befand sich ein Bild und eine Erläuterung. Frau Jian kam jede Woche mit einer Peitsche in der Hand hierher und machte einen Vortrag. Alle drei Personen hatte Frau Jian in früheren Jahren verraten. Als die kahlen Hügel erneut begrünt wurden, stellte Frau Jian sie ein und ernährte sie mit flüssigen Präparaten. Außer, dass Frau Jane regelmäßig zur verborgenen Kammer geht, um Vorträge zu halten, hatte sie ein geheimes Hobby. Sie begab sich in den Pferdestall und bergab mit dem sowie Kutscher Masochismus. Die Schreie in der Nacht waren erschreckend und Su Ming schaute verdutzt. Frau Jane war unheilbar krank und wollte, dass Privatdetektiv Su Ming die vollendete Biografie nach ihrem Tod der Öffentlichkeit enthüllte. Noch bevor die Biografie fertiggestellt wurde, ereigneten sich Mordfälle auf dem Anwesen. Die vegetierenden Menschen in der verborgenen Kammer wurden ermordet. Wer hat sie ermordet? War es der Reitlehrer? Die adoptierte von Frau Jane Ye Zi? Frau Jian selbst? In diesem Augenblick wurde alles erst recht verschwommen, was jedoch nicht das Zentrum dieses Romans ist, weil egal ob die vegetierenden Menschen, ob sie von Frau Jane ermordet wurden oder nicht, übernahm Frau Jane zum Schluss die rechtliche Verantwortung übernahm und beendete ihr Leben vor Gericht.

Himmel - Tibet（2010）

Nach dem Tian'anmen-Vorfall in Beijing im Jahr 1989 ist der junge Hochschullehrer für Philosophie Wang Mojie in eine schwierige geistige Lage geraten, sodass sich seine sexuelle Zuneigung veränderte. Er nötigte seine Frau, eine Polizeibeamtin, ihn im Bett zu quälen , so dass die Familie auseinanderbrach. Wang Mojie begab sich ins weit entfernte Tibet und war dort in untergeordneten einer Mittelschule des Klosters Drepung in der Umgebung von Lhasa als Freiwilliger tätig und suchte seine geistige Erlösung. Wei Ge ist halb Tibeter Tibeterin und halb Chinesin. Ihr Vater ist Han-Chinese, sie wuchs in Peking auf, studierte in Frankreich und kehrte für die Suche seiner Wurzeln nach Tibet zurück. Sie kam ein wenig früher als Wang Mojie in der Mittelschule dieses buddhistischen Klosters, um der Lehrtätigkeit nachzugehen. We Ge ist eine strenggläubig Buddhistin und stellte Wang Mojie ihren eigenen Meister Ma Dingge vor. Die beiden gingen gemeinsam regelmäßig in den Kloster, um Ma Dingge zu besuchen. Ma Dingge war in seinen jungen Jahren ursprünglich Molekularbiologe in Frankreich. Nach einer Reise zum Himalaya konvertierte er zum Buddhismus. Ma Dingges Vater Francois, ein Skeptiker, begab sich nach Lhasa, um mit Ma Dingge eine Reihe von philosophischen und religiösen Dialogen zu führen. Wang Mojie räumte seine Wohnung für Francois frei und wohnte mit Wei Ge zusammen. Wei Ge fasste den Entschluss den tibetisch-buddhistisch tantrischen „Kasteiung " zu verwenden, um mit dem Mann-Frau doppelten Präzisionsritual Wang Mojie vor absurder Geschlechtlichkeit unter Aufwendung größter Anstrengungen zu retten. Wei Ges Mutter stammte aus einer prominenten Familie. Zu ihren Vorfahren gehörten der 3. Dalai Lama drin vor sowie der Vorfahre des lebende Buddhas der Nyingma. Am Tag werden geistige Dialoge geführt, in der Nacht werden noch verborgenere geheimnisvollere Dialoge des Körpers geführt. Die Dialoge am Tag hatten Erfolg, aber in der Nacht scheiterten. Wang Mojies Masochismus wurde nicht geändert. Er drängte sogar Wei Ge an den Abgrund der Angst und Furcht. Ma Dingges Vater verließ Tibet und Wang Mojie kehrte in seine Wohnung zurück. Wei Ge wurde von der Schule versetzt in ein tibetisches Museum und wurde zu einer Museumsführerin für nationale Geschichte. Aber mit dem Weg der Erlösung bricht kein allzu schnelles Ende an. In den folgenden Jahren ging Wang Mojie jede Woche einmal ins Museum, um unter fremden Zuhörern Wei Ges Ausführungen zur Geschichte der Nation zuzuhören. Er ist genauso wie die Anhänger des Buddhismus, die jede Woche einmal in den Tempel gehen. Es ist erwähnenswert, dass der Roman einen einzigartigen Schreibstil vorweist. Mit den traditionellen Elementen der „Anmerkung" schafft er einen neuen Erzähl- sowie Dialograum. Der Erzähler befindet sich in den „Anmerkungen" Er erzählt oder ergänzt oder fügt etwas hinzu oder führt mit den Figuren einen Dialog, was einen experimentellen zweiten Text bildet und Erfolg erzielte. Der Roman wurde als eine Art Mandala eines „dreidimensionalen Romans" bezeichnet.

Drei Trios（2014）

Drei Trios" besteht aus drei miteinander verbundenen Geschichten, die Fragen zur Macht und der Menschlichkeit behandeln. In China ist dies nicht nur sehr ernst, sondern auch vielfältig. Der Traum des Ich-Erzählers war es, in der Bibliothek zu wohnen. Seine Bücherstube entsprach bereits einer kleinen Bibliothek. Obwohl er kein Behinderter war, mochte er es, im Rollstuhl die Bücherregale zu durchqueren und zu lesen. Seine Ehefrau war die Tochter eines hohen Beamten. Sie waren bereits seit langem geschieden. Eines Tages verließ er die Bibliothek und zog in eine Haftanstalt. Dort war er als Freiwilliger in einer Todeszelle in einem Hospiz tätig, weil er fälschlicherweise annahm, dass dies eine andere Bibliothek war. Die Gefangenen saßen in der Todeszelle wegen Macht, wegen Missbrauchs ihrer Macht. Die anderen beiden Geschichten sind Geschichten, die „Ich" in der Todeszelle las, eine Liebesgeschichte von einem Präsidenten eines großen staatlichen Unternehmens, der sich auf der Flucht befand, die andere war die Geschichte eines Provinz-Parteisekretärs, der sich Richtung Gipfel der Macht begab. Der Roman prangert nicht einfach die Macht an und prangert auch nicht einfach die Menschlichkeit an, sondern lässt das Spiegelbild beider Seiten zu und beleuchtet die tiefer liegenden Dinge. Er stellt die Codierung der Menschlichkeit und der Macht exakt dar.

Нин Кэнь 俄语版

КРАТКО ОБ АВТОРЕ

Нин Кэнь — известный современный романист и прозаик. Обладатель литературных премий имени Лао Шэ, имени Ши Найань. Родился в Пекине в 1959 году, испытал на себе влияние культуры старого Пекина. В период учебы в университете увлекся литературным творчеством, на волне тогдашнего всеобщего увлечения поэзией в университетском городке он публикует стихотворение «Снежная мечта». В 1984 году отправился работать учителем в Тибет, вскоре он вернулся в Пекин и стал генеральным директором рекламной компании, но затем он без колебаний предпочитает уволиться и вернуться в Тибет. Это также можно считать его возвращением на литературную сцену. В 1999 году его приняли в Союз писателей Пекина, а в 2005 году он станет членом Союза китайских писателей. В настоящее время он занимает пост заместителя главного редактора журнала "Октябрь".

Известные произведения: романы«Небо. Тибет»,«Город масок»,«Молчаливая дверь», «Круглая женщина», «Три трио», повести и рассказы «Слова и предметы», «Зеркало заднего вида», «На берегу моря я жду одну книгу», «Умереть в неком году» и др., сборники прозаических эссе «Милосердие мастера», «Вымышленное путешествие», «Молчаливый другой берег» и др., стихи «Снежная мечта»,

«Фестиваль Шотон» и др.

В 1979 году Нин Кэнь поступил на факультет китайского языка Пекинского педагогического института, во время учебы опубликовал свое первое стихотворение «Снежная мечта». В 1983 году начинает работать учителем в средней школе № 18 Пекина, а в 1984 году в качестве добровольца отправляется работать в Тибет. Глубже знакомится с природой, историей, религией, повседневной жизнью Тибета.

В 90—х годах посвящает себя творчеству, он один из главных участников известного движения "Новая проза" в Китае. Публикует серию эссе о Тибете «Молчаливый другой берег». Позднее будет писать романы.

«Город масок» — это первый роман писателя, и самое известное его произведение. Опубликованный в 2001 году, роман стал сенсацией в литературном мире, привлек огромное количество читателей, а его тираж превысил 1 миллион экземпляров. За этот роман писатель получил свою первую литературную премию имени Лао Шэ.

«Молчаливая дверь» — второй роман писателя, это роман в неопределенном стиле (который труден для публикации). Его уникальность заключается в особенном внимании к социальным и политическим реформам в начале 90—х годов в Китае, такое внимание не обнаруживается в сюжете или деталях, а в стремлении, чтобы этот политический удар задел память и больную точку современной китайской интеллигенции для глубокого воздействия на ее душевное состояние и изменение характера.

«Круглая женщина» — это третий роман писателя, вышел в свет в 2006 году. Роман повествует о преуспевшей в бизнесе женщине, которая возвращается в лоно природы, но в конце это приводит к гибели. Автор затрагивает вопросы экологии, сексуальности, этики и многих др., роману присущ абсурд и нерешенность, его стиль можно определить как постмодерн.

В 2010 году Нин Кэнь публикует другой свой роман о Тибете под названием «Небо. Тибет», который опять стал сенсацией. В романе описана история одного представителя интеллигенции, который после "Тяньаньмэньского инцидента" в 1989 году предпочел самовольное изгнание в Тибет. Роман написан в необычной манере, автор использовал большое количество повествовательных "комментариев", которые сформировали второй текст романа, таким образом его можно назвать "трехмерным романом" или сравнить с буддийской мандалой. Известный тибетский писатель, представитель магического реализма Джасидава, прочитав роман «Небо. Тибет», написал, что: "Роману свойственны гротеск, независимость, замкнутость, уединение, из него вырывается огромная и удивительная внутренняя сила, он словно возвышающийся пик, на который трудно взойти, в процессе чтения он заставляет читателей пересмотреть свои духовные ценности, он словно мираж, возникший в глазах уставшего путника, бредущего по извилистой и крутой дороге в Тибете. Начиная с 80—х годов прошлого века, это действительно метафизическое выражение и открытие Тибета". За роман «Небо. Тибет» Нин Кэнь в первый раз получил литературную премию имени Ши Найань и во второй раз литературную премию имени Лао Шэ.

Мечта в детстве о далеких краях: пройти нужно добавить примечание что такое хутун, так как российские читатели могут незнать

Нин Кэнь родился в Пекине в конце 50—х годов прошлого века, они жили в хутуне. Когда он был маленьким, то для него пройти весь хутун было делом непростым. Так как в конце их переулок переходил в Люличан хутун, который в свою очередь делился на Западный Люличан и Восточный Люличан, между ними в центре с юга на север проходила улица Синь Хуа. В конце хутуна Восточный Люличан начиналась улица Дашилань, после нее с юга на север протянулся проспект Цяньмэнь. Это сплетение улиц и улочек казалось маленькому Нин Кэню бесконечным, по его воспоминаниям он смог пройти их все только тогда, когда он учился в начальной школе.

В детстве Нин Кэнь весьма часто прогуливался по хутунам, и каждый раз возвращаясь домой он ощущал себя большим путешественником. Знакомые улицы и переулки становились все ближе, волнение похожее на то, которое испытывают люди на корабле, увидев землю, глубоко осело в его памяти, поэтому он с малых лет чувствовал особенную тягу к далеким краям.

Путешествие на общественном транспорте: Сознание пускает ростки

По мере того как он взрослел, те далекие места, которые на самом деле находились близко, уже не могли полностью удовлетворить его любознательность. Во время зимних каникул ученик средней школы Нин Кэнь специально приобрел месячный проездной билет, чтобы начать свое путешествие на общественном транспорте. Это было замечательное путешествие, оставившее множество впечатлений. Так как не нужно было покупать билет, он мог ехать туда, куда его душе угодно, он ощущал необыкновенную гордость и спокойствие. Когда автобус подъезжал к конечной остановке, Нинь Кэн притворялся безбилетником, чтобы затем волшебным образом вытащить и показать его удивленной кондукторше. В такие моменты он чувствовал себя чрезвычайно довольным собой.

По сравнению с прогулками пешком по хутунам, поездка на автобусе была другой. Переулки исчезали, автобус выезжал на широкий проспект, и Нин Кэнь видел незнакомые высокие здания, затем проехав через центр города, он приезжал в действительно отдаленные места. В то время за второй кольцевой дорогой начинались пригородные районы Пекина, он видел реку, поле, далекие горы на горизонте. Ему становилось страшно, хотя в душе он знал, что для этого нет причин, но не мог совладать своими чувствами. Он незнал, куда его привезет автобус, страх и дрожь превращали в начале прекрасную поездку во все более и более пугающее путешествие. И только когда кондуктор начинал проверять билеты, он успокаивался, потому что это означало, что автобус скоро подъедет к конечной остановке и потом поедет обратно. Он тотчас притворялся безбилетником, разыгрывал кондуктора, смена настроения проходила быстро как в книге или пьесе.

Путешествие — это процесс, во время которого человек четко осознает свои отношения с другими людьми, а эти отношения как раз являются условием для рождения литературы. Именно с этого момента сознание Нин Кэня начинает пробуждаться.

Стремиться в далекие края: Уехать в Тибет

Тогдашний Нин Кэнь стремился в далекие края, стремился к неизведанному, жаждал познать другое Я, мечтал о родине, но он понимал, что если не уедет, то он человек без родины. Он считал, что далекие края и родина являются зеркальным отражением друг друга, в этом зеркале люди могут видеть не только себя, но и мир, не только мир, но и еще себя. Когда он думал об этом, то чувствовал, что ему необходимо уехать. Наступил 1984 год, пишется без пробелов — то он мог действовать по зову сердца.

Нин Кэнь уже год работал учителем в средней школе в пригороде Пекина. За школьным общежитием находилась железная дорога, каждую ночь по которой проходили поезда, каждый раз напоминая ему о далеких краях. Он начал писать письма в разные места, пределом его мечтаний был Синьцзян. Когда после долгих хлопот он связывается со средней школой города Куйтунь в Синьцзяне, то неожиданно узнает новость о том, что в Пекине будут формировать группу преподавателей в рамках специальной программы в Тибете. Без колебаний подав свою заявку, в том же году он вырывается из Пекина, словно из клетки, и улетает в неизведанное Тибетское нагорье.

Хотя в то время Нин Кэнь уже опубликовал несколько стихотворений, но считал свою жизнь скучной, он думал, что когда приедет в Тибет, то все будет по—другому. Пускай Тибет необычен, это поможет ему написать незаурядные произведения, или даже поразительные шедевры. Ход его мыслей не был ошибочным, но этот результат был отложен почти на два десятка лет.

или Заколдованный Тибетом

Панорама Тибетского нагорья глубоко потрясла Нин Кэня, он захотел выразить свои впечатления. Но в результате все его чувства затерялись в этом потрясении. Иногда в минуты волнения у него возникало желание написать, чтобы выразить душевное потрясение, но когда он приступал к написанию, то все мысли волшебным образом исчезали между строк. Нин Кэнь терзался сомнениями и в то же время был упрям, он должен был пройти через все трудности. "Я приехал в Тибет, чтобы творить, однако Тибет ограничил мое творчество, я был почти заколдован им".

Эта заколдованность продлилась много лет, почти десять лет, он оставил творчество, отрекся от Тибета.

Чудо произошло в 1997 году, в то время Нин Кэнь работал директором рекламной компании в Пекине. Однажды он ехал на встречу в ресторане с руководителем предприятия, чтобы обсудить деловые вопросы, и застрял в пробке на улице Дунданьинь, в одном из самых оживленных мест Пекина. До ресторана было рукой подать, но он никак не мог доехать. В эти последние минуты среди шума и гама улицы он вдруг услышал звуки высокогорья, то была песня "Ацзегу", но тогда он незнал, и почувствовал только, что они знакомы ему, он ощутил себя как во сне и потерянным. Он забыл где находится, казалось, что его кто—то зовет издалека. Он вспомнил про Тибет, про то, как он стремился туда ради творчества. Бесконечное одиночество и величие природы тех мест когда—то создали его, снежные горы и реки тех мест оттерли ему глаза, он словно остался там и застыл как изваяние в двадцатипятилетнем возрасте. Хотя более десяти лет он крутился в мире бизнеса, но не забыл ничего.

Возвращение с чистым и невинным сердцем

Нин Кэнь решает вернуться к творчеству, уволившись с работы, он отказывается от всех удобств. Вновь вернувшись туда, он обнаружил, что теперешний Тибет полностью отличается от тогдашнего. Чудесным образом исчезли творческие трудности того года, свои воспоминания, описание Тибета, он мог свободно писать обо всем. Альбом "Ацзегу" состоит из семи песен, на которые Нин Кэнь написал семь рассказов. Под названием «Молчаливый другой берег» они были напечатаны в разделе "Новая проза" журнала "Все вместе" в 1998 году.

В Тибете Нин Кэнь часто гулял по деревне и монастырю, находящихся недалеко от школы. Иногда он доходил до одного из притоков реки Джичу или до самого берега реки Джичу. На берегу было множество больших и маленьких излучин, похожих на ванны, он иногда, сняв одежду, заходил в них и лежал, водоплавающие птицы с криком кружились вокруг него.

В такие моменты или, лучше сказать, во время таких наблюдений образ одного бродяги и скитальца уже зародился и сложился в душе писателя. Он вспомнил о знаменитой скульптуре Родена «Бронзовый век», которая олицетворяет возвращение к дикой природе и смотрит в будущее, олицетворяет пробуждение сознания человечества. Только те люди, которые обладают человечным сознанием могут понять Тибет, который существует в его сердце. В 2001 году Нин Кэнь публикует роман «Город масок», а в 2002 году получает за него литературную премию имени Лао Шэ.

Спустя 5 лет после выхода романа «Город масок» Нин Кэнь вновь начинает работу над крупным творческим проектом на тему Тибета. Он снова всматривается в себя, снова всматривается в Тибет. Это роман под названием «Небо. Тибет», опубликованный в 2010 году, за него он во второй раз был награжден литературной премией имени Лао Шэ и в первый раз премией имени Ши Найань. Если говорить, что в романе «Город масок» образ Тибета раскрывается локализованно, то в романе «Небо. Тибет» перед нами открывается вся панорама Тибета, который словно музыка.

Нин Кэнь благодарен за то чувство заколдованности тогдашним Тибетом, под далекими краями он подразумевает не только идею о пространстве, но и идею о времени. Далекие края, которые нет времени рассмотреть, это места, где нет жизни, и которые можно только бегло рассматривать. Быть заколдованным Тибетом, в некотором смысле значит быть заколдованным временем. Заколдованность способствовала тому, что его Тибет стал трехмерным, стал самим Тибетом, а также тому, что он приобрел "тибетское сердце", т. е. невинное и чистое сердце как у ребенка. Его личность сформировалась под влиянием далеких краев и времени. Время и пространство, без сомнения, являются неизменными объектами литературы, и тем конечным пунктом, куда нужно прибыть.

ИЗВЕСТНЫЕ ПРОИЗВЕДЕНИЯ

"Раны памяти" и "комплекс Тибета" являются двумя главными особенностями творчества Нин Кэня, получившие широкое освещение. Творчество писателя заслужило высокое признание и уважение у критиков в Китае.

Лауреат Нобелевской премии Мо Янь считает, что писатель, который одновременно обладает этими двумя особенностями, является единственным в своем роде, а также полагает, что "Нин Кэнь — это писатель, отличающийся незаурядным талантом и смелостью, но, самое главное, это писатель, создавший свои собственные стиль и манеру рассказа".

В среде китайцев, живущих за границей, творчество Нин Кэня также вызвало большой резонанс. Китайская писательница из Австрии Фан Лина в еженедельном издании "Европейское объединение" и в американской газете для китайских эмигрантов написала о том, что "Роман Нин Кэня «Небо. Тибет» является произведением, которое может раскрыть миру очарование современной китайской литературы. Его творчество глубоко, наполнено поэзией, удивительно разнообразно, он может вести диалог с самыми главными европейскими писателями".

«Город масок» （2001）

В романе использован материал, основанный на раннем периоде жизни писателя в Тибете. Роман повествует о жизни молодого человека в 90—е годы прошлого века, восставшего против общества и скитающегося по всему Китаю и Тибету. В начале истории показан загадочный и старинный Пекин: главный герой — семнадцатилетний молодой человек по имени Ма Гэ, прочитавший слишком много рассказов о Шерлоке Холмсе, с привычной подозрительностью начинает подвергать сомнению все вокруг: свою семью, своих друзей, свою любовь, свое будущее... Не получив убедительного и разумного объяснения, он предпочтет бродяжничать. На маленькой горной станции под названием "Хуаньянцзе" Ма Гэ приговаривают к принудительному труду из—за того, что оказался безбилетным. После окончания срока он решает остаться, и устраивается грузчиком на станции. Единственной женщиной здесь была художница из материкового Китая, которая, убив человека, нашла тут убежище, став подругой командира. Она занималась тем, что готовила еду, шила одежду и срисовывала наскальные рисунки. Командир попросил Ма Гэ узнать ее тайну, потому что он, хотя и обладал ее телом, но не мог проникнуть в ее сердце. Ма Гэ и женщина уходят в горы, чтобы полюбоваться на доисторические наскальные рисунки, затем они занимаются любовью. Ма Гэ узнает о том, почему она не может родить ребенка, рассказывает об этом командиру, а тот покончит жизнь самоубийством. После яростной схватки он станет новым командиром, а также ему достанется женщина бывшего командира, но он решает уехать.

Ма Гэ приезжает в Тибет, в это время он уже зрелый мужчина, он ощущает некое единение с Тибетом. Во время долгого путешествия по северному Тибету он становится гостем у одного скотовода, между дочерью которого Сан Ни и Ма Гэ зарождается глубокая симпатия, но ничто не может удержать его. После долгих скитаний он оказывается в поселке Калан на севере Тибета, в поселковом управлении культуры Ма Гэ неожиданно встречает ученицу своего отца Гуо Дань, и останавливается у нее. Ее молодого человека зовут Чэн Янь, он является заместителем начальника управления культуры и поэтом. Чэн Янь преследует его и бросает в тюрьму. Гуо Дань узнав правду, спасает Ма Гэ.

Однажды во время прогулки Чэн Янь, спасая его, получает травму. Во время ухаживания за раненым Ма Гэ и Гуо Дань влюбляются в друг друга. Но вот Чэн Янь выздоравливает, и он снова решает уехать. Ма Гэ приезжает в Шэньчжень, в город переселенцев, где встречает свою школьную любовь Хэ Пин, а также Гуо Дан и Чэн Яня, Се Юаньфу и многих других. У всех есть социальное положение, только Ма Гэ принадлежит к маргиналам. Он подрабатывает, и одновременно становится гитаристом в музыкальной группе, но всегда оставаясь в тени. В крайне материалистическом Шэньчжене Ма Гэ вновь попадает в тюрьму. После выхода из тюрьмы он устраивается на работу в одном баре, его терзают сомнения, должен ли он остаться или уехать, чтобы и дальше скитаться по миру.

«Круглая женщина» (2006)

Частного детектива Су Мина приглашают в родовое поместье Цзянь, чтобы он написал биографию загадочной хозяйки усадьбы госпожи Цзянь. Она занялась бизнесом в 80—е годы, позднее вернулась в лоно природы, начала работать над проектом по озеленению пустынной горы, став общественным деятелем. Детектив Су Мин воспринимает приглашение госпожи Цзянь как вызов, и в самом деле ему удалось разузнать о страшной тайне: среди зелени, пения птиц и благоухания цветов в поместье спрятана подземная тайная комната. Тайная комната устроена как музей, в центре расположены три кровати, словно хрустальный гроб каждая кровать имеет стеклянную крышку. Внутри них лежат три все еще живых и полностью одетых человека, на каждом из них прикреплены тридцать пять бутылок с лекарством, прозрачные трубки капельниц подвешены до потолка. Эти три человека, зависящие от лекарств, находились в растительном состоянии, у их изголовья висели соответствующие фотографии с текстом. Госпожа Цзянь приходила сюда каждую неделю, и держа в руках указку, она начинала разговаривать сама с собой.

Все они были людьми, когда—то предавшими ее. После того, как пустынная гора вновь покрылась зеленью, она переместила их один за другим сюда, и выхаживала их с помощью лекарств. Кроме частых посещений тайной комнаты, госпожа Цзянь имела еще одно тайное пристрастие: она приходила на конюшню, где не только брала уроки верховой езды, но и еще занималась садомазохизмом с конюхом. От ночных криков волосы вставали дыбом, и когда Су Мин увидел это, то он был ошеломлен. Госпожа Цзянь страдала от неизлечимой болезни, она хотела, чтобы детектив Су Мин опубликовал ее полную биографию после ее смерти. Но биография осталась незаконченной, потому что в усадьбе произошло убийство, был убит один из трех из тайной комнаты. Кто убийца? Инструктор по верховой езде? Приемная дочь хозяйки Це Цзы? Или сама госпожа Цзянь? С этого момента все становится еще более запутанным, но это не главное в романе, так как действительно ли она убила или нет, госпожа Цзянь полностью признала свою вину, свои последние дни она проведет в зале суда.

«Небо. Тибет» (2010)

В 1989 году после Тяньаньменского инцидента молодой преподаватель философии по имени Ван Моцзе находится в затруднительном положении. У него необычные сексуальные предпочтения, во время секса он принуждает к садомазохизму свою жену, которая является офицером полиции, что в конце приводит к разводу. Ван Моцзе уезжает в Тибет, становится добровольцем в средней школе при монастыре Дрепунг в окрестностях Лхасы, чтобы найти духовное искупление. В жилах Вэй Гэ течет тибетская и китайкая кровь, его отец по национальности ханец, он вырос в Пекине, вернувшись после учебы во Франции, приехал в Тибет в поисках своих корней. Он чуть ранее Ван Моцзе устроился на работу учителем в этой школе при монастыре. Вэй Гэ глубоковерующий буддист, он знакомит Ван Моцзе со своим духовным учителем по имени Мартин Гэ, они вдвоем часто навещают его в монастыре. Мартин Гэ родом из Франции, ранее был молодым биологом, перешел в буддизм после поездки на Гималаи. Однажды к нему в Лхасу приезжает его отец Франсуа, он философ и сторонник скептицизма, вместе с сыном беседуют о философии и религии. Ван Моцзе уступает Франсуа свою квартиру, и остается жить у Вэй Гэ.

Вэй Гэ полон решимости с помощью тибетского тантрического буддизма, в котором изложено точное предписание для мужчин и женщин, спасти Ван Моцзе от полового извращения, он для этого прилагает невероятные усилия. По материнской линии род Вэй Гэ был славным, из него вышло три поколения Далай—лам, а дальний предок был верховным ламой в школе Ньингма. Днем они вели духовную беседу о культуре Запада и Востока, а ночью тайком занимались любовью, в первом случае они добились успеха, а во втором их постигла неудача. Не изменилось пристрастие Ван Моцзе к садомазохизму, из — за этого Вэй Гэ впадает в отчаяние. Отец Мартина Гэ уезжает из Тибета, Ван Моцзе возвращается в свою комнату. Вэй Гэ переводится на другую работу, он становится гидом по национальной истории в музее Тибета. Но начав путь к спасению, нельзя наспех его завершить. Поэтому следующие несколько лет Ван Моцзе будет один раз в неделю посещать музей, чтобы тихо послушать лекции Вэй Гэ по национальной истории, также как верующие буддисты ходят каждую неделю в монастырь. Стоит отметить, что роман написан в необычной манере. Автор использовал такой традиционный элемент, как "примечания", но превратив его в новое повествовательное и языковое пространство. Писатель в "примечаниях" либо ведет повествование, либо дополняет, либо беседует с кем—либо, таким образом они становятся вторым текстом. Успешный эксперимент, роман можно назвать подобно мандале "трехмерным".

«Три трио» （2014）

Роман состоит из трех связанных между собой историй, в нем затрагиваются вопросы власти и человеческой натуры, которые в Китае являются очень серьезными и многогранными. Рассказчик "Я" мечтает жить в библиотеке, его кабинет уже похож на небольшую библиотеку. Несмотря на то, что он не является инвалидом, любит, сидя в кресле, кататься среди полок и читать. Его жена была дочерью высокопоставленного чиновника, они давно развелись. Однажды он покидает свою библиотеку, переезжает в следственный изолятор, чтобы в качестве добровольца помогать осужденным в камере для смертников. Он считает, что это та же библиотека, большинство из этих смертников совершили преступление из— за жажды власти. Остальные две истории — это истории "прочитанные" "мною" в камере для смертников. Первая рассказывает о любви некого руководителя крупного государственного предприятия во время бегства, а вторая повествует о пути секретаря провинциального комитета партии к власти. Писатель не осуждает власть, и не обличает человеческую натуру, а способствует их взаимному зеркальному отражению, затрагивает более глубокие вопросы, чтобы точно расшифровать коды человеческой натуры и власти.

(Перевод: Кристина Аммосова)

Ning Ken 西班牙语版

Retrato literario

Ning Ken, famoso novelista y ensayista contemporáneo chino, ganador de los premios literarios Lao She y Shi Nai' an, nacido en Beijing en 1959, creció influenciado por la antigua cultura de Beijing. Durante la universidad, mostró interés por la creación literaria, y publicó su primer poema "Sueño de la nieve" en el auge poético que se vivió en el campus universitario. Viajó al Tíbet en 1984 para apoyar la educación local, pero poco después regresó a la capital china para desempeñarse como gerente general en la Compañía Publicitario Verde. Sin embargo, al poco tiempo decidió renunciar al puesto y regresar al Tíbet para dedicarse de lleno a la literatura. Se alistó en la Asociación de Escritores de Beijing en 1999 e ingresó en la Asociación de Escritores de China en 2005 y ahora es el editor adjunto de la revista Octubre.

Entre sus obras más representativas se encuentran las novelas largas Cielo, Tíbet, La ciudad enmascarada, La puerta en silencio, Mujer de anillo, Tres tríos, las novelas cortas Palabra y cosa, Espejo retrovisor, Estoy esperando un libro al lado del mar, Murió en algún año; una colección de ensayos como Compasión del maestro, Viajes ficticios, El otro lado silencioso y entre su trabajo poético están obras como Sueño de la nieve, Festival Shoton, entre otras.

En 1979, estudió en el Departamento de Chino de la Universidad Normal de Beijing, y publicó su primera obra de poesía Sueño de la nieve durante su período universitario. En 1983, fue profesor en la Escuela Secundaria número 18 de Beijing. Desde 1984, comenzó a viajar, vivir y trabajar como voluntario en el Tíbet, donde adquiere una comprensión profunda de la naturaleza, la historia, la religión y la vida diaria del Tíbet.

En los años noventa, se dedicó a la composición ensayística, y fue uno de los más importantes miembros del famoso movimiento chino "Nuevo Prosa". Tiene ensayos largos como "El otro lado silencioso". Luego empezó la creación novelística.

La ciudad enmascarada es su primera novela, y también la más prestigiosa. Cuando se publicó en 2001, fue un éxito dentro del mundo literario. Por lo que atrajo a innumerables lectores, aproximadamente más de un millón, y lo hizo acreedor de su primer reconocimiento-el Premio Literario Lao She.

La puerta del silencio es la segunda novela de Ning Ken, la cual posee un estilo oscuro, pero que no tuvo ningún problema en publicar. Su singularidad radica en que le presta gran atención a la brusca reforma social y política de principios de los años 90 en China. Este interés no se enfocó en la presentación de parcelas o detalles, sino en la profunda influencia del estado mental de los intelectuales contemporáneos y los cambios de personalidad, resultado del impacto político, así como también captura los recuerdos y el dolor silencioso de los intelectuales.

Mujer de anillo es su tercera novela, publicada en 2006. Esta novela narra la historia de una mujer exitosa en el rubro comercial, quien al volver a la naturaleza se enfrenta con la destrucción. Al mismo tiempo, dentro de la novela se desarrollan temáticas como la ecología, el sexo, la ética, con tintes absurdos y misteriosos que se verán reflejados en el estilo postmoderno de las novelas de Ning Ken.

Cielo, Tíbet, novela de temática tibetana, fue publicada en 2010, y también logró ser un éxito. La novela describe el autoexilio de un intelectual al Tíbet después de la masacre de Tian'anmen en 1989. La escritura única de su trabajo y las "notas" narrativas constituyen la segunda versión de la novela, siendo conocida como una "obra de tres dimensiones" con características de un mandala budista. Además, después de leer Cielo, Tíbet, el famoso escritor tibetano de realismo mágico , Zhaxi Dawa, dijo que dicha novela posee una estructura engañosa, es distante e introvertida, apartada de la sociedad, una poderosa explosión de fuerzas introspectivas que colisionan en un punto culminante, difícil de copiar y escalar. El viaje de la lectura siempre ha desafiado los límites psíquicos y espirituales de los lectores, como un vuelo mágico que se produce en la andanza de los caminos arduos y empinados del Tíbet. Desde la década de los ochenta, se trata de la primera obra con una expresión y un descubrimiento real desde un punto metafísico. Ning Ken ganó el Premio Literario Shi Nai' an en su primera edición y logró una vez más el Premio Literario Lao She por la novela Cielo, Tíbet.

Visión lejana de la juventud: atravesando los callejones

Ning Ken nació a finales de los años cincuenta en Beijing y vivió en uno de los milenarios callejones de la ciudad. Durante su infancia, no era una tarea fácil salir del callejón, ya que este desembocaba en Liulichang, siendo dividido en dos partes: este y oeste. Además en la dirección norte y sur lo separaba la calle de Xin Hua. En la parte este se encuentra un gran muro y en la dirección norte-sur la calle Qianmen. Esta serie de callejones largos cautivaron al pequeño Ning Ken, quien los recorrió en su segundo o tercer año de primaria. Durante su niñez paseó millones de veces por esos callejones, por lo que al volver siendo adulto se sintió como un hombre regresando al pasado. Miraba que las calles conocidas estaban más cerca, como cuando los nadadores ven los mástiles y las personas en el barco ven la tierra; este sentimiento de lejanía se asentó profundamente en su memoria y le produjo un placer especial recordar su infancia.

El viaje en autobús: la conciencia en ciernes

A medida que envejecemos, la distancia asequible deja de ser un factor importante de su interés. Durante una de las vacaciones invernales de la escuela secundaria, Ning Ken compró un pasaje mensual para iniciar un viaje en autobús. Fue una travesía maravillosa, debido a que había comprado un boleto especial que le permitía sentarse donde el quisiera, las actividades mentales del viaje resultaron inusualmente beneficiosas. Poder sentarse en cualquier lugar sin problemas lo hacía sentir orgulloso y relajado. En una ocasión, al acercarse a la estación fingió ser un polizón para que el encargado de la revisión del pasaje creyera que había atrapado a un delincuente; pero antes de darle la oportunidad de arrestarlo, Ning Ken le mostró su boleto, llenándolo de satisfacción la mirada desconcertada de la empleada.

A comparación de su viaje por los callejones, el viaje en autobús prolonga el sentimiento de la distancia. El callejón ha desaparecido para dar lugar a una calle ancha y repleta de desconocidos rascacielos. Da un paseo por el centro de la ciudad para después llegar a las partes más recónditas de la ciudad. En aquel momento, todo lo que se encontraba fuera del segundo anillo de Beijing se consideraba la periferia; los ríos, los campos, las montañas en el horizonte eran fuente de misterio y por ende temor. Aunque su sentido común le decía que todo aquello era seguro, sus emociones, carentes de toda racionalidad, no dejaban de producir esa aversión. Sin embargo, no contaba con que el pánico y el terror harían de ese viaje, originalmente fascinante, algo cada vez más espantoso. Cuando la empleada del bus le revisaba el boleto, su corazón dio un vuelvo, porque sabía que el viaje estaba llegando a su fin y tendría que volver a casa. Esa fue la razón por la que fingió ser un polizón, una broma pesada que se transformó rápidamente en una anécdota digna de contar.

El proceso del viaje es un poderoso mecanismo de autoconocimiento y de conciencia sobre las relaciones con el prójimo. Estas relaciones marcan el inicio literario, donde la ideología de Ning Ken comienza a despertar.

La sed por la lejanía: viaje al Tíbet

El Ning Ken de aquel entonces aspiraba a la lejanía, a lo desconocido, a un concepto de sí mismo diferente, a una tierra natal, y sabía que si no salía sería un hombre sin origen. Creía que el lugar de procedencia y la lejanía eran un reflejo intercambiable; desde el espejo la gente no solo veía su reflejo, sino también al mundo: y viceversa, no solo contemplaba al mundo sino a sí mismo. Con esta concepción, consideraba que tenía que salir, y el momento perfecto llegó en 1984, logrando, así, llevar a la acción lo que por tanto tiempo había sido solo un deseo.

Durante un año, había trabajado como profesor en una escuela secundaria a las afueras de Beijing. Detrás de los dormitorios escolares, había un ferrocarril, y durante las noches podía escuchar los sonidos del tren al pasar, como una sugerencia de la lejanía aproximándose. Comenzó a escribir para la lejanía, siendo Xinjiang su lugar de referencia. Justo cuando tuvo una serie de problemas, consiguió un contacto de trabajo en una escuela secundaria, perteneciente a al grupo constructor Kuitun Nongtun de Xinjiang. Al mismo tiempo, llegaba una noticia inesperada, Beijing estaba creando un equipo de profesores para apoyar al Tíbet, por lo que se enlistó sin vacilar y ese mismo año, como si fuese un ave extendiendo las alas para salir volando de su jaula, dejó Beijing y viajó a la meseta desconocida de Qinghai-Tíbet.

Aunque hasta aquel entonces contaba con algunos poemas publicados, sentía que su vida era un poco estéril; no obstante, su llegada al Tíbet cambiaría eso. Puesto que el Tíbet era extraordinario, le permitió crear obras excepcionales e incluso obras de gran éxito. No se equivocaba, pero esto tuvo un retraso de casi 20 años.

Trabado en el Tíbet

La meseta Qinghai, en el Tíbet, sacudió a Ning Ken de forma frontal y panorámica, y aunque quiso expresar esta sacudida de forma escrita, el resultado fue muy diferente a lo pronosticado. A veces escribía cautivado por la emoción del momento, pero en realidad era solo un choque espiritual; cuando comenzaba el ejercicio creativo, se veía sofocado por la densidad de aquellas líneas, desapareciendo todo por arte de magia. En ese momento, se encontraba muy confundido y obstinado, pero su persistencia lo hizo superar las dificultades: "viajé al Tíbet para desarrollar mi escritura; sin embargo, lo que pasó fue exactamente lo contrario: el Tíbet restringió mi acto creativo, casi me ha encarcelado", expresa Ning Ken.

Este estancamiento duró muchos años, diez años más o menos, lo que provocó que casi dejara el camino literario, casi deja el Tíbet.

El milagro tuvo lugar un día de 1997 cuando servía como gerente general de la Compañía Publicitaria Verde de Beijing. Aquel día, se iba a encontrar en un restaurante con el dueño de la empresa para hablar sobre los negocios publicitarios; sin embargo, de camino al lugar se encontró con un embotellamiento en la calle Yinjie de Dongdan, el lugar más próspero de Beijing; el restaurante se encontraba muy cerca, pero era imposible avanzar. Después de unos minutos, escuchó el sonido de la meseta entre el ruido del tráfico y el caos, el llamado del Ajiegu (álbum musical de origen tibetano, en español se le conoce como hermana tambor) irreconocible hasta ese momento para él, que le transmitió un cariño inmensurable, haciéndolo sentir ofuscado y perdido. Por un momento, había olvidado donde estaba, sintió como si algo lo llamara a lo lejos. Recordó el Tíbet, donde había estado buscando la poesía, donde la gran soledad y la majestuosidad de la naturaleza lo habían formado, donde las montañas nevadas y los ríos le habían lavado los ojos. Él con 25 años de edad había vuelto a nacer en ese lugar, con el cuerpo azulado del temple, y aunque ahora se encontraba en el mundo financiero, no había olvidado sus raíces.

Volver con un corazón inocente

Él decidió regresar a la literatura, renunció el cargo en la empresa de publicidad y abandonó toda comodidad. De vuelta al Tíbet, encontró que este era totalmente diferente al que había conocido, y que las dificultades creativas de aquel tiempo habían desaparecido milagrosamente; mientras tanto, los problemas del pasado se habían esfumado, uno tras otro, también del Tíbet; ahora la escritura fluía. El álbum contiene siete canciones, de las cuales él escribe siete ensayos titulándolos: El silencio del otro lado, publicado en 1998, en la columna "Nuevo Ensayo" de la revista Todo el mundo.

Cuando vivía en el Tíbet, Ning Ken solía pasear por el pueblo que estaba cerca de la escuela donde trabajaba o en el monasterio; si iba más lejos prefería visitar los pequeños riachuelos o la ribera del río Lhasa, donde había una diversidad de pequeños y grandes balnearios a lo largo de la bahía. A veces, él se tendía desnudo en ella, dejando a las aves acuáticas cantar y volar a su alrededor.

En estos recuerdos, es decir, en este vistazo a la lejanía, una imagen vagabunda ha madurado en la mente de Ning Ken: el recuerdo de la famosa escultura de Auguste Rodin, Edad del bronce, aquí la gente va al campo mirando hacia el futuro, la conciencia humana como la imagen del despertar. Sólo aquellos que cuentan con las imágenes antropológicas pueden mantener su sanidad mental en el Tíbet. Entonces, en 2001, la novela La ciudad enmascarada salió a luz, y en 2002, ganó el Premio Literario Lao She.

Cinco años después de la publicación de La ciudad enmascarada, él se dedicó a otra obra de gran envergadura sobre el Tíbet. Otra vez, la mirada al Tíbet provoca un acto reflexivo. Esta es la novela Cielo, Tíbet publicada en 2010 y ganadora del Premio Literario

Lao She por segunda vez y el Premio Literario Shi Nai' an, en su primera edición. Según la crítica, La ciudad enmascarada es solo un bosquejo del Tíbet, mientras que Cielo, Tíbet es su visión panorámica, es un Tíbet musical.

El escritor agradece el cautiverio que sufrió en el Tíbet, la lejanía era no solo un concepto de espacio, sino también de temporalidad. Una lejanía que no se inmiscuye con el tiempo, es una lejanía sin sentimiento por la vida, una lejanía de recorrido fugaz. Siendo atrapado en el Tíbet, en cierto sentido, es un encarcelamiento por el tiempo. El cautiverio tibetano lo dotó, además de su identidad, de un corazón tridimensional: tibetano, puro y recién nacido. Él fue creado por la lejanía y el tiempo. Mientras tanto, el tiempo y el espacio, sin duda alguna, son los objetivos eternos de la literatura, y la meta que finalmente se tiene que alcanzar.

Introducción a las obras representativas

La memoria traumática y el complejo por el Tíbet son dos características recurrentes del estilo literario de Ning Ken, las cuales atrajeron la atención del público. La escritura de Ning Ken es altamente reconocida y respetada por la crítica especializada china. .

Para el ganador del Premio Nobel de Literatura, Mo Yan, no existe otro escritor en China que reúne estas dos características en sus obras literarias. Además de ser un autor extraordinario y de gran valor, ha sido capaz de convertir su vida en literatura y ha forjado un estilo literario propio.

Las obras de Ning Ken también han sido aclamadas entre los chinos en el extranjero, por ejemplo, en el periódico Conjunta Semanal Europea y el Prensa China de Estados Unidos, Anna Fang, escritora austríaca de origen chino, redactó lo siguiente: Cielo, Tíbet de Ning Ken es una novela que representa la atracción que siente el mundo literario por la literatura china. La escritura de Ning Ken es profunda, majestuosa y flexible, además llena de poesía, de esta manera se puede comunicar con los escritores europeos más importantes" .

1.La ciudad enmascarada(2001)

La temática de esta novela es la vida del escritor en el Tíbet; narra la historia de un joven en los años 90, que traiciona a la sociedad en la que vive y emprende un viaje por el Tíbet y otros lugares en China. La historia se desarrolla primeramente en Beijing donde surgen el misterio y el encanto por el viaje; gracias a su lectura de Sherlock Holmes, el protagonista de 17 años Ma Ge cuestiona el mundo que le rodea: su familia, sus amistades, sus intereses amorosos, su futuro. Al no poder conseguir una explicación razonable e irresistible, decide emprender el viaje. En una pequeña parada en la serranía llamada "Límite del regreso al mundo", Ma Ge se ve obligado a trabajar en dicho lugar como castigo por no pagar las tarifas del tren. Después de cumplir con el trabajo, el protagonista decide quedarse, convirtiéndose en el estibador de la estación. La única mujer del lugar es una pintora de origen continental, llega a la estación huyendo de sus crímenes, el asesinato, y se convierte en la mujer del capitán; cultivaba las verduras, cosía la ropa y practicaba la pintura rupestre. Aunque el capitán es dueño de su cuerpo, jamás ha podido poseer su corazón; desesperado, le ordena a Ma Ge entablar amistad con su mujer; la acompaña en sus paseos por la montaña, la ayuda en su investigación sobre pinturas rupestres, y al final se convierte en su amante. El protagonista se entera del porqué la pintora no puede ser madre y se lo cuenta al capitán, provocando que este último se suicide. Después de una lucha feroz por el mando de la estación, Ma Ge se convierte en el nuevo capitán, quedándose también con su mujer. A pesar de tenerlo todo decide huir, vaga por un tiempo hasta llegar al Tíbet; al momento de su arribo, ya había adquirido la madurez necesaria, gozando de cierta unanimidad con el Tíbet. En una excursión al norte de la provincia, Ma Ge es invitado a la casa de un pastor y entabla una profunda amistad con la zagala Sang Ni; sin embargo, esto no logra detener su viaje. Cuando llega a Kalan, ciudad también al norte, en la Consejería de Cultura, Ma Ge reconoce a Guo Dan, alumna de su padre, y esta lo invita a vivir en su casa. El novio de Guo Dan es el vice consejero de dicha dependencia, además de ser poeta; cuando más tarde es encarcelado por la persecución de Cheng Yan, Guo Dan lo rescata al enterarse de su situación. En un viaje premeditado, Cheng Yan sufre un accidente de gravedad queriendo salvar a Ma Ge, durante su hospitalización, Ma Ge y Guo Dan se enamoran; sin embargo, cuando Cheng Yan se recupera, el protagonista decide huir otra vez. Al llegar a Shenzhen, ciudad de inmigrantes, se reencuentra con viejos amigos, como su antigua novia de la secundaria He Ping, así como su enamorada del Tíbet Guo Dan, además de Cheng Yan, Xie Yanfu, entre otros. Todos tienen un lugar prestigioso dentro de la sociedad, excepto por el protagonista que todavía es un marginal. Además de trabajar a tiempo parcial, siendo guitarrista en una banda musical, vive escondido en las sombras. Tras haber salido de la cárcel, trabajó como cantinero de un bar. Sin dejar de pensar en huir de nuevo y deambular por el mundo.

2. Mujer en forma de anillo (2006)

El detective privado Su Ming fue invitado a una granja para escribir la biografía de la misteriosa dueña de dicha hacienda, la señora Jane. Ella, en los años 80, se había convertido en una mujer de negocios, pero años más tarde regresó a la vida en el campo, llegando a convertirse en una figura pública. El detective tomó la invitación como un desafío, siendo testigo del lado horripilante de la granja. Una cámara subterránea se encontraba oculta debajo del pintoresco paisaje con hermosas flores y murmullos del agua; dicha cámara se dispuso como una especie de museo: en el centro de esta se exhibían tres camas, cubiertas por una caja de vidrio, que daban la impresión de ataúdes de cristal. Dentro de estas cajas de cristal se encontraban tres personas bien vestidas; del cuerpo de cada una de ellas colgaban de botellas llenas de algún tipo de droga, se podían vislumbrar los catéteres transparentes subir hasta el techo. Las personas se encontraban en un estado vegetativo, y en el lugar de la cabeza había una imagen y un texto. Una vez por semana, la señora Jane bajaba a la cámara para hablar con un puntero. Los tres la habían traicionado en el pasado, después de un periodo de tiempo, cuando las plantas habían reverdecido, los recluyó, uno a la vez, y los drogó. Otro de sus pasatiempos secretos era ir a las caballerizas para tener encuentros sadomasoquistas con su entrenador ecuestre, además de los sonidos de excitación nocturna, todo el relato hizo que el detective se quedara boquiabierto. Más tarde, la señora Jane sufrió de una enfermedad incurable y le exigió al detective que publicara su biografía completa después de su muerte; antes de terminar la biografía se produce el asesinato de una de las personas enclaustradas en el cámara de cristal. ¿Quién es el asesino? ¿el entrenador? ¿la ahijada de la señora Jane? O ¿la misma señora Jane? Al llegar a este punto todo se vuelve confuso, pero el punto clave no es encontrar quién es el responsable del crimen, sino que la protagonista se declare culpable y pase el resto de sus días cumpliendo la condena.

3. Cielo, Tíbet (2010)

Después de la masacre de Tian'anmen de 1989 en Beijing, el profesor universitario de filosofía Wang Mojie se vio inmerso en un dilema espiritual debido a su orientación sexual; en algún momento de su relación, había obligado a su esposa que era policía a abusar sexualmente de él, lo que desembocaría a la ruptura del matrimonio. Después de este episodio, Wang Mojie viaja al Tíbet y trabaja como voluntario en una escuela secundaria, la cual pertenecía al monasterio Zhebeng, a las afueras de Lhasa, para buscar su salvación espiritual. Por otro lado, se encuentra Wei Ge, mestizo de madre tibetana y padre de la etnia Han. Creció en Beijing y estudió en Francia, al terminar sus estudios viajó al Tíbet para tratar de encontrar sus raíces, y comienza a dar clases en la escuela del monasterio, antes de la llegada de Wang Mojie. Wei Ge cree firmemente en el budismo, en una de sus visitas al monasterio lleva a Wang Mojie y le presenta a su maestro espiritual Ma Dingge, después continuarían visitando al monje en el monasterio. Ma Dingge originalmente trabajaba como biólogo molecular en Francia, pero en un viaje al Himalaya se convirtió al budismo. Un día recibe la visita de su padre, un filósofo escéptico llamado Francois, que llega a Lhasa para dar una charla de filosofía y religión con él. Durante su estancia en Lhasa, se queda en casa de Wang Mojie, y este se va a vivir con Wei Ge; el motivo de este cambio de residencia es salvar a Wang de sus percepciones sexuales a través de las doctrinas budistas llamadas "operación doble de Kongye", que consisten en una práctica donde un hombre y una mujer sometidos a una órbita de precisión, por las que Wei Ge había trabajado arduamente. La familia materna de Wei Ge tuvo una posición destacada en la historia: tres integrantes fueron Dalai Lama y uno, el gran buda Ñingma. El proceso de adoctrinamiento consistía en que durante el día hubiese un diálogo espiritual, mientras que por la noche, un diálogo corporal más oscuro y misterioso. El pasado es un éxito, el futuro un fracaso. El masoquismo sexual de Wang Mojie no cambió, al contrario, arrastró a Wei Ge al abismo de la ansiedad y el miedo. Cuando el padre de Ma Dingge deja el Tíbet, Wang Mojie regresa a su casa, mientras que Wei Ge deja la enseñanza para trabajar como guía de historia nacional en el museo del Tíbet. Puesto que el camino de la salvación había abierto sus puertas, era imposible terminarlo rápidamente. Durante varios años, Wang Mojie visitó una vez por semana el auditorio junto a los desconocidos que iban a escuchar las explicaciones de historia nacional de Wei Ge; un ritual parecido al de los creyentes budistas que visitan el templo cada semana. Es digno de mencionar la calidad inigualable de la novela, el elemento tradicional de las "notas" se expande a un nuevo espacio narrativo y discursivo. Las "notas" del narrador, a veces, recaen en la narración, otras veces solo son un suplemento o un diálogo con los personajes; estos, a su vez, forman exitosamente un segundo texto adyacente, conocido como "ficción de tres dimensiones", una novela similar a un mandala budista.

4. Tres Tríos (2014)

Tres Tríos consiste en tres historias relacionadas que exploran problemáticas de poder y naturaleza humana, mostrando cómo una situación puede ser difícil pero a la vez brillante. El sueño del narrador consiste en vivir en su biblioteca, por lo que convierte a su pequeño estudio en una. Aunque no sufre de ninguna discapacidad, se la pasa sentado en una silla de ruedas paseando por las estanterías y leyendo. Su ex esposa, de quien se había divorciado hacía mucho tiempo, era la hija de un alto funcionario. Un día, el protagonista dejó su biblioteca para trasladarse a un centro de detención, convirtiéndose en voluntario del corredor de la muerte del centro penitenciario; él pensaba que era otra biblioteca y que los recursos condenados a muerte habían llegado ahí por cuestiones de poder. Por otro lado, las otras dos historias están relacionadas con la vida del protagonista en el corredor de la muerte. La primera es la historia de amor del presidente de una gran empresa estatal y la otra relata cómo el asistente del secretario del partido llegó al poder. La novela no simplemente condena el poder o la naturaleza humana, sino que deja que los dos lados actúen como un espejo y sean el reflejo de algo más profundo y de esta manera deja que la codificación sobre la humanidad y el poder se presenten tal como son.

닝컨朝鲜语版

닝컨（宁肯）. 중국의 저명한 소설가이자 산문가로서 라오서（老舍）문학상, 시내암（施耐庵）문학상을 수상한 바 있다. 1959년 베이징（北京）에서 태어나 베이징 특유의 전통 문화와 환경 속에서 성장했다. 베이징사범대학 재학 기간 동안 문학 창작에 열중하여 대학 내 시문학의 열풍 속에 「적설의 꿈（积雪之梦）」이라는 시를 발표하기도 했다. 1984년 교사 지원 프로그램을 통해 티베트에 가서 생활하다 베이징으로 돌아와 광고회사의 대표이사로 근무했지만, 회사를 그만두고 또다시 티베트로 돌아가면서 본격적인 창작활동을 시작했다. 1999년과 2005년에 각각 베이징작가협회와 중국작가협회 회원으로 활동하기 시작했고, 현재 「시월（十月）」 잡지사의 부주편을 맡고 있다.

대표작으로 장편소설 「하늘· 티베트（天·藏）」, 「복면 도시（蒙面之城）」, 「침묵의 문（沉默之门）」, 「환형여인（环形女人）」, 「세 개의 삼중주（三个三重奏）」와 중· 단편소설 「말과 사물（词与物）」, 「후시경（后视镜）」, 「해변에서 한 권의 책을 기다리며（我在海边等一本书）」, 「어느 해에 죽다（死于某年）」 등이 있다. 이 밖에도 산문집 「대사의 자비（大师的慈悲）」, 「허구 여행（虚构的旅行）」, 「침묵하는 피안（沉默的彼岸）」 등과 「적설의 꿈」, 「설돈절（雪顿节）」 등의 시를 발표했다.

（삶과 창작）

（사실적 소개）

닝컨은 1979년 베이징사범대학 중문과 (국문과에 해당) 에 입학했으며, 대학 재학 시절 처녀작 「적설의 꿈」이라는 시를 발표했다. 1983년부터 사회생활을 시작해 베이징18중· 고등학교 교사로 학생들을 가르쳤고 1984년에는 자원봉사자로 티베트에서 지내며 그 곳의 자연과 역사, 종교, 일상생활에 대해 자세히 알게 되었다.

1990년대에는 주로 산문을 창작하며 당시 유명했던 '신 (新) 산문' 운동에 적극 동참했으며, 티베트를 배경으로 한 연작 산문 「침묵하는 피안」을 발표한 뒤 다시 장편소설 창작을 시작했다.

「복면 도시」는 그의 첫 장편소설이자 가장 많이 알려진 작품이기도 하다. 2001년 출간과 동시에 화제를 불러일으키며 수많은 독자의 관심 속에 100만 부 이상이 팔렸으며 이 작품으로 그의 생애 첫 번째 문학상인 라오서문학상을 수상했다.

「침묵의 문」은 닝컨의 두 번째 장편소설로, 다양한 은유적 표현을 구사했다 (그렇게 하지 않았다면 아마 출판이 어려웠을 것이다) . 이 작품은 1990년대 초 중국 사회와 정치 분야에서 일어난 급격한 개혁에 독특한 해석을 가했으며, 이러한 해석을 줄거리나 세부 묘사로 설명하기보다는 이 정치적 충격이 당시 지식인들의 정신 세계와 인격의 변화에 어떤 영향을 미쳤는지 보여줌으로써 중국 지식인들의 기억과 아픔을 날카롭게 그려냈다.

「환형여인」은 닝컨의 세 번째 장편소설로 2006년 출간되었다. 이 작품은 성공한 여성 사업가가 자연으로 돌아갔다가 파멸해가는 이야기를 통해 자연환경과 성, 도덕윤리 등과 같은 다양한 문제를 논했다. 부조리와 미스터리의 색채가 강한 이 소설은 닝컨의 장편소설 가운데 포스트모더니즘에 속하는 작품이다.

2010년 작가는 티베트를 소재로 한 또 한 편의 장편소설 「하늘· 티베트」를 발표해 다시 한 번 큰 반향을 불러 일으켰다. 이 소설은 1989년 톈안먼 (天安门) 사건 이후 한 지식인이 스스로 티베트로 떠난 이야기를 담고 있다. 이 작품은 다량의 서사적 '주석' 이 소설 속 또 하나의 텍스트를 구성하는 독특한 형식으로 불교의 단성 (檀城) 의 특징을 띤 '입체소설' 로 불린다. 티베트의 저명한 매직리얼리즘 작가 자시다와 (扎西达娃) 는 「하늘· 티베트」을 읽은 뒤 이렇게 평가했다.

"「하늘· 티베트」은 기이하면서도 도도하고 독립적이며 함축적인 긴장감을 담은 독특한 필치로 강력한 자아성찰의 힘을 폭발시키고 있다. 함부로 복제하거나 정복할 수 없는 이 높다란 봉우리 앞에서 이 작품을 읽는 독자들은 시종일관 심리적, 정신적 가치의 한계에 도전해야 한다. 마치 티베트의 험준한 길 위에서 저 높은 하늘로 비상하는 환상을 경험하는 듯하다. 1980년대 이후 티베트에 대한 진정한 형이상학적 서술과 발견은 이 작품이 처음이다."

장편소설 「하늘·티베트」은 닝컨에게 제1회 시내암문학상을 안겨주었으며 생애 두 번째 라오서문학상을 수상하는 영광까지 가져다 주었다.

(이야기가 담긴 감성적 소개) 닝컨의 저 먼 곳과 문학 (출발과 회귀)

· 저 먼 곳을 동경한 유년시절: 후통 (胡同) 을 벗어나

닝컨은 1950년대 말 베이징에서 태어나 후통 (베이징의 옛 시가지를 중심으로 산재한 좁은 골목길을 일컫는 말. 옮긴이) 에서 성장했다. 어린 시절, 그를 둘러싼 후통을 벗어나는 것은 쉬운 일이 아니었다. 후통의 끄트머리는 류리창 (琉璃厂) 후통이었고 류리창후통은 다시 서 (西) 류리창과 동 (东) 류리창으로 나뉘었다. 그 중간에는 신화제 (新华街) 거리가 남북으로 가로 지르고 동류리창후통의 끝은 다스러 (大栅栏), 다스러의 끝에는 또 하나의 남북향 도로인 쳰먼다제 (前门大街) 가 이어졌다. 이렇듯 계속해서 이어지는 좁은 골목길인 후통은 어린 시절 닝컨에게는 길고도 어지러운 곳이었다. 그의 기억에 따르면 소학교 2, 3학년 즈음에야 그는 처음으로 이 길들을 모두 지나볼 수 있었다.

닝컨은 유년 시절 여러 차례 후통을 넘어 밖으로 나갔다. 그리고 매번 집으로 돌아올 때마다 마치 저 먼 어딘가에서 돌아오는 것과 같은 기분에 사로잡혔다. 눈에 익은 골목이 가까워지면 수영하던 사람이 배의 돛대를 보는 듯한, 혹은 뱃사람이 육지를 발견하는 듯한 흥분이 일었다. 이러한 흥분은 그의 기억 깊은 곳으로 가라앉았다. 그 덕분에 그는 어릴 적부터 먼 곳에 대한 특별한 쾌감을 가질 수 있었다.

· 버스 여행: 싹트는 의식

　한살한살 나이가 들어가면서, 실제로는 가까이 있던 그 먼 곳은 더 이상 그의 호기심을 채워줄 수 없었다. 중학교 1학년 겨울방학, 닝컨은 월정기권을 끊어 혼자 버스를 타고 여행을 시작했다. 아름답고도 오묘한 심리가 가슴을 가득 채운 여행이었다. 매번 따로 표를 살 필요가 없었기 때문에 어디든 가고 싶은 곳까지 갈 수 있었다. 이 사실이 그는 자랑스럽고 자유로웠다. 종점에 다가와 표 검사를 할 때면 그는 무임승차를 한 것처럼 굴다가 마지막 순간에 의기양양하게 정기권을 꺼내 들곤 했다. 버스표를 검사하는 버스 차장 아줌마의 놀란 표정을 보면서 그는 커다란 만족감을 느꼈다.

　걸어서 후통을 지나던 것과 비교하면 자동차가 그에게 주는 먼 곳의 느낌은 완전히 달랐다. 이제 후통은 사라지고 그는 너른 거리로 나왔다. 낯선 고층건물을 바라보며 시 중심을 가로질러 이 도시의 진정한 먼 곳에 다다를 수 있었다. 그 시절 베이징은 이환（二环）（베이징의 자금성을 중심으로 한 순환도로. 이환, 삼환, 사환 등으로 점점 범위가 넓어진다. 옮긴이）만 벗어나도 완연한 교외의 모습이었다. 그 곳에서 강과 논밭, 지평선 너머의 산을 바라보자면 공포가 밀려왔다. 이성적으로는 안전하다는 것을 알고 있었지만, 그런 이성이 있다고 해서 감정적인 공포가 사라지거나 공포스러운 상상을 누를 수는 없었다. 버스가 그를 어디로 데려갈지 모른다는 사실에서 오는 공포와 전율 속에서 처음에는 호기심으로 시작된 여행이 점차 두려움으로 바뀌고 있었다. 하지만 검표원이 버스표 검사를 시작하면 그의 마음은 돌덩어리를 내려놓은 것처럼 편해졌다. 이제 곧 종점에 도착할 것이며 그러면 돌아갈 수 있다는 뜻이기 때문이다. 그러면 그는 곧바로 표가 없는 것처럼 장난을 시작했다. 그런 전환은 마치 연극이나 드라마 속 장면전환처럼 순식간에 일어났다.

　여행은 자신과 타자의 관계를 강렬하게 인식하는 과정이며 이런 관계 속에서 문학이 탄생한다. 닝컨의 의식은 바로 여기서 깨어나기 시작했다.

• 먼 곳에 대한 갈망: 티베트로 떠나다

당시 닝컨은 먼 곳을, 낯섦을, 또 다른 자신을, 그리고 고향을 갈망했다. 하지만 떠나지 않는다면 그는 고향이 없는 사람으로 남게 된다는 것을 알고 있었다. 그의 생각에 고향과 먼 곳은 거울과도 같은 것이었다. 이 거울을 통해 사람들은 자신과 세계를 볼 수 있고, 세계 뿐 아니라 그들 자신까지도 볼 수 있었다. 생각에 여기에 미치자 그는 반드시 떠나야겠다는 결심이 섰다. 1984년의 일이었다. 내면의 바람은 마침내 행동으로 이어졌다.

당시 그는 베이징 근교의 한 중· 고등학교에서 1년 간 교사로 일하고 있었다. 학교 기숙사 뒤편으로 철로가 있었는데, 매일 밤 기차가 지나가는 소리를 들을 수 있었다. 그 소리는 항상 아스라히 먼 곳을 가리키고 있었다. 그는 먼 곳으로 편지를 보내기 시작했다. 가장 먼 곳으로 신장 (新疆) 을 염두에 두었다. 그는 우여곡절을 거쳐 신장 쿠이툰눙툰 (奎屯农屯) 건설병단의 한 부속 중· 고등학교와 공적인 연락을 주고받게 되었을 무렵 뜻밖의 소식이 전해졌다. 베이징에서 티베트로 지원 근무를 나갈 교사를 모집한다는 소식이었다. 그는 조금의 망설임도 없이 신청서를 냈고, 같은 해 새장과도 같은 베이징을 벗어나 낯설기 이를 데 없는 칭짱 (青藏) 고원으로 날아갈 수 있었다.

그 당시 닝컨은 이미 시를 몇 편 발표한 후였지만 그는 자신이 메마른 삶을 살고 있다는 생각이 들었던 참이었다. 티베트에 가면 완전히 다를 것이라는 생각이 들었다. 티베트는 특별한 곳이니, 그 역시 특별한 작품을, 어쩌면 모두를 깜짝 놀라게 할만한 작품을 쓸 수 있을지도 모른다고 생각했다. 그의 생각은 틀리지 않았지만 그런 결과는 거의 20여 년 뒤로 미루어졌다.

· 나는 티베트에 갇혔다

티베트의 고원은 파노라마식의 풍경으로 닝컨에게 놀라움을 안겨주었다. 그는 자신이 느낀 놀라움을 표현하고 싶었다. 하지만 그는 그 놀라움 속에서 매몰되어 사라져 버렸다. 때로는 순간의 흥분 속에 무언가를 써냈지만 그가 표현한 것은 단지 단순한 놀라움에 지나지 않았다. 모든 것을 써냈다고 느꼈지만, 펜을 내려놓을 때는 눈에 들어온 빽빽한 글자들 사이에 아무것도 남아있지 않았다. 그는 곤혹스러웠고 고집스러웠다. 그는 이 어려움을 헤쳐가야만 했다. "내가 티베트에 온 것은 글을 쓰기 위함이었지만, 오히려 티베트는 내가 글을 쓰지 못하도록 억눌렀다. 나는 티베트에 갇혀버린 셈이었다."

이 감금은 수 년 동안 이어졌다. 거의 10년 세월이었다. 그는 글쓰기와 티베트를 포기하는 지경에 이르렀다.

기적이 일어난 것은 1997년 어느 날이었다. 닝컨은 베이징으로 돌아와 광고회사의 대표이사로 근무하고 있었다. 광고주와 광고에 대해 논의하기 위해 차를 몰고 호텔로 가던 중이었다. 차가 둥단인제 (东单银街) 에서 꽉 막힌 채 옴짝달싹할 수 없었다. 베이징에서 가장 번화한 거리였다. 호텔이 코앞인데 도무지 갈 수가 없었다. 마지막 몇 분 동안 교통 소음과 혼란 속에서 고원의 소리가 들려왔다. 「언니의 북 (阿姐鼓) 」이었다. 하지만 그 때는 무슨 곡인지 알지 못한 채 그저 귀에 익다고만 생각했다. 어떤 아련함 속에서 정신이 흐려지는 것만 같았다. 지금 어디에 있는지도 잊고 저 멀리서 자신을 부르는 것만 같은 느낌이 들었다. 그는 티베트를 떠올렸다. 한때는 시를 위해 그곳을 추구했었다. 그곳의 거대한 고독과 자연의 위용이 그를 만들었다. 그곳의 설산과 하천이 그의 눈을 씻어 주었다. 스물다섯 나이의 그는 담금질을 하듯 자신의 몸을 그곳에서 만들어냈다. 사업과 사람들 속에서 십 수년을 부대끼면서도 그는 어느 것 하나 잊지 않고 있었다.

・ 순수한 마음으로, 돌아오다

그는 문학으로 돌아가기로 마음 먹었다. 광고회사를 그만두고 모든 편리함을 내버렸다. 그리고 다시 먼 곳으로 돌아갔다. 티베트는 예전과는 완전히 다른 모습이었다. 과거 글쓰기에서 느꼈던 어려움이 기적처럼 사라졌다. 옛일들이 하나씩 떠오르고 티베트의 기억이 하나씩 스쳐 지나가면서, 이 모든 것이 펜을 통해 고스란히 되살아났다. 「언니의 북」 앨범에는 7곡이 수록되어 있었다. 그는 각 곡에서 떠오르는 영감대로 7편의 산문을 쓴 뒤 「침묵하는 피안」이라는 제목을 붙여 1998년 문학잡지 「대가 (大家)」의 '신 (新) 산문' 란을 통해 발표했다.

티베트에서 지내는 동안 닝컨은 학교 근처의 마을과 절에서 산책을 하곤 했다. 좀 더 멀리 갈 때면 라싸 (拉萨) 강의 지류 근처를 걷거나 아예 라싸강까지 올라가기도 했다. 강변을 걷다 보면 물줄기가 굽어지는 곳에 욕조와도 같은 크고 작은 웅덩이가 있었다. 옷을 벗어 던지고 물에 들어가 가만히 누워 있자면 물새가 지저귀며 그의 주변을 맴돌았다.

이런 기억들 속에서 혹은 이런 관조 속에서 표류하는 자, 혹은 유랑하는 자의 이미지가 닝컨의 가슴 속에서 자라나고 있었다. 그는 로뎅의 유명한 조각 '청동시대'를 떠올렸다. 이 조각은 벌판으로 돌아가 미래를 내다보는 형상이자, 한 인간이 처음으로 의식이 깨어나는 모습이다. 이러한 인류학의 형상을 가진 인간만이 그가 마음 속에 품어온 티베트를 담아낼 수 있었다. 그렇게 2001년 장편소설 「복면 도시」가 탄생했고, 그는 이 작품으로 2002년 라오서문학상을 수상했다.

「복면 도시」가 출간되고 5년 후, 그는 또 다시 티베트에 관한 장대한 스케일의 작품을 쓰기 시작했다. 그는 또다시 자신을 들여다보고 멀리서 티베트를 바라보았다. 이것이 바로 2010년 장편소설 「하늘・티베트」를 발표하게 된 배경이다. 이 소설은 그에게 생애 두 번째 라오서문학상과 제1회 시내암문학상을 안겨주었다. 2001년의 「복면 도시」가 티베트의 한 부분을 그렸다면, 「하늘・티베트」는 파노라마처럼 펼쳐진 티베트, 음악과도 같은 티베트를 표현하고 있다.

닝컨은 과거 티베트가 자신을 그렇게 가두어 놓았던 것에 감사한다. 그에게 '먼 곳'이란 단순한 공간의 개념이 아니라 시간의 개념이기도 하다. 시간이 개입되지 않은 먼 곳은 생명의 침잠이 없는, 주마간산에 지나지 않는 먼 곳일 뿐이다. 티베트에 갇힌 것은 어떤 의미에서 보면 시간에 갇힌 것이었다. 이러한 감금 속에서 그의 티베트는 입체적인 티베트이자 티베트 자체가 될 수 있었다. 그는 그렇게 티베트의 마음을 얻었다. 그것은 순수한 마음이요, 아기와도 같은 마음이었다. 그 '먼 곳'이 그를 만들었으며 또한 시간이 그를 만들어 낸 것이었다. 이 시간과 공간은 의심할 여지 없이 영원한 문학적 대상이자 결국에는 닿아야 하는 바로 그 곳이다.

（평가）

'트라우마'와 '티베트 콤플렉스'는 닝컨의 창작에서 보이는 두 가지 특징으로, 문학계의 폭넓은 관심을 받고 있다. 닝컨의 글쓰기는 중국 평론계에서 높은 평가를 받고 있다.

노벨문학상 수상자인 중국 작가 모옌（莫言）은 이 두 가지 특징을 모두 보이는 중국 작가는 많지 않다면서 "닝컨은 비범한 재능과 용기를 가진 작가다. 하지만 더욱 중요한 것은 그가 자신의 이야기와 문체로 창작할 수 있는 작가라는 점이다"라고 말했다.

닝컨의 작품은 해외 중국인 사회에서 커다란 반향을 불러일으키고 있다. 중국계 오스트리아 여류작가인 팡리나（方丽娜）는 「유럽위클리（Europe Weekly）」와 미국 「화교신문（USCHINAPRESS）」에 잇따라 글을 실어 "닝컨의 「하늘·티베트」는 세계 문학계에 요즘 중국문학의 매력을 알릴 수 있는 소설이다. 닝컨의 글쓰기는 거대한 이야기 속에 심오한 깊이와 넓이를 담고 있고 시적인 감성으로 가득 차 있으면서도 다양한 변화를 보여준다. 유럽에서 최고의 명성을 얻고 있는 작가들과도 대등하게 대화할 수 있는 수준이다."라고 평가했다.

(작품소개)

1. 「복면 도시」(2001)

소설은 작가의 초기 티베트 생활을 소재로, 1990년대 주류사회에 저항하는 젊은이가 티베트와 중국 대륙의 여기저기를 떠돌아다니는 이야기를 그리고 있다. 이야기는 우선 신비롭고 고색창연한 분위기의 베이징에서 시작된다. 셜록 홈즈 소설을 즐겨 읽는 열일곱 살의 주인공 마거(马格)는 의심으로 가득 찬 시선으로 주변 모든 것을 관찰한다. 그의 가정, 그의 우정, 그의 사랑, 그의 미래까지……. 결국 만족할 만한 답을 찾지 못한 그는 유랑을 택한다. '환양제(还阳界)'라는 이름의 산골 역에서 마거는 무임승차를 들켜 강제노역에 끌려간다. 노역이 끝난 뒤에도 마거는 그곳에 남기로 하고 산골 역의 하역부로 일한다.

이곳의 유일한 여자는 내륙 출신의 화가로, 사람을 죽이고 이곳 산골역으로 피신해 있던 중이었다. 그녀는 노동대장의 여자로 살며 채소를 기르고 바느질을 하거나 암벽화의 본을 뜨곤 했다. 대장은 여자의 몸은 차지할 수 있었지만 마음까지는 가질 수가 없자 마거에게 여자에 대해 알아보라고 한다. 마거는 여자와 산에 들어가 암벽화를 조사하던 중 그녀와 관계를 맺게 된다. 마거는 여자가 아이를 낳지 못하는 이유를 알아내어 대장에게 알리고, 대장은 자살하고 만다.

한바탕 짐승과도 같은 힘겨루기를 거쳐 마거가 새로운 대장이 되고 대장의 여자도 손에 넣는다. 하지만 마거는 그곳을 떠나기로 결심하고 티베트로 간다. 이미 성숙한 남자가 된 그는 티베트와 모종의 동질감을 느낀다. 북쪽으로 가는 여행 중 마거는 어느 유목민의 집을 방문했다가 그 집 여자 상니(桑尼)와 깊은 감정을 나눈다. 하지만 그 무엇도 그를 붙잡아 둘 수는 없었다.

유랑을 계속하던 그는 티베트 북쪽의 카랑(卡兹)에 도착하는데, 그 곳 문화국에서 아버지의 학생이었던 궈단(果丹)을 우연히 만나 그녀의 집에서 묵기로 한다. 궈단의 남자친구는 문화국 부국장이자 시인이었다. 마거는 그곳에서 청옌

(成岩)의 악의적인 계략으로 감옥에 갇히게 되는데, 사건의 진실을 알게 된 궈단은 마거를 구해준다. 사전에 계획된 모종의 음모가 숨겨져 있는 외출에서 청옌이 마거를 돕다 중상을 입고 그를 간호하던 중 마거와 궈단은 사랑에 빠진다.

그러나 청옌이 깨어나자 마거는 다시 그곳을 떠나기로 한다. 이번에 그가 간 곳은 선전(深圳)이었다. 이민자의 도시인 선전에서 마거는 중학교 때 사귀었던 허핑(何萍)과 티베트에서의 연인 궈단, 청옌, 셰위안푸(謝元福) 등을 만난다. 모두가 어떤 사회적 신분을 가지고 있었지만, 마거만이 여전히 주변인으로 남아있었다. 마거는 일용직으로 일을 하며 밴드에서 기타를 치기도 하지만 언제나 어둠 속에 몸을 숨겼다. 물질적인 가치만이 중요한 도시인 선전에서 마거는 또 다시 감옥에 들어가고 만다. 출옥 후 그는 어느 바에서 바텐더로 일하며 다시 이곳을 떠나 유랑을 계속해야 할지 고민에 빠진다.

2. 「환형 여인」(2006)

사설탐정 쑤밍(苏明)은 초청을 받아 젠(简)씨의 농장을 찾는다. 베일에 싸인 이 농장의 여주인 젠 여사의 전기를 쓰는 일을 맡은 것이었다. 여주인은 1980년대 사업을 시작해 성공을 거두고 자연으로 돌아가 황폐한 산에 녹화사업을 벌이며 유명인이 된 인물이었다. 쑤밍은 젠 여사의 초청을 도전으로 받아들인다. 그리고 이 농장의 놀라운 일면을 발견한다.

새가 지저귀는 꽃밭과 맑은 냇물을 가로지르는 아름다운 다리가 놓인 이 농장에 남모르는 지하의 밀실이 있는 것이었다. 밀실은 박물관 구조처럼 되어 있었는데 가운데에는 침대 세 개가 진열되어 있었다. 이 침대들은 모두 유리로 덮여있어 마치 수정관처럼 보였다. 그리고 그 안에는 의관을 갖춘 세 사람이 여전히 산 채 진열되어 있었다. 이들에게는 3~5개의 약병이 걸려있고 투명한 수액도관이 천장까지 이어져 있었다. 이들은 약물을 주입해 생명을 유지하는 식물인간이었고 각각의 머리맡에 이들에 관한 사진과 설명이 붙어 있었다. 젠 여사는 매주 이곳을 찾아 손에 채찍을 들고 이들에 대해 설명을 했다.

세 사람은 젠 여사를 배신했던 사람들로 산의 녹화 작업이 끝난 후 젠 여사가

한 명씩 불러들여 약물을 주입한 것이었다. 젠 여사는 밀실에서 해설을 하는 외에 또 하나의 은밀한 취미가 있었다. 마구간에 가 마부이자 승마 코치인 남자와 자학적인 성관계를 즐기는 것이었다. 깊은 밤 울려 퍼지는 소름 끼치는 비명소리에 쑤밍은 할 말을 잃고 만다.

젠 여사는 불치병을 앓고 있었다. 그녀는 쑤밍에게 자신의 전기를 자신이 죽은 후 공개하라고 한다. 그러나 전기가 완성되기도 전에 농장에 살인사건이 발생한다. 밀실의 식물인간 중 한 명이 살해 당한 것이었다. 누가 죽인 것일까. 승마 코치? 젠 여사의 양녀인 예즈 (叶子) ? 아니면 젠 여사 자신이? 이 모든 것이 미궁에 빠지지만 이 사건은 소설이 밝히고자 하는 것이 아니었다. 젠 여사가 죽였는지 여부와 관계없이, 그녀는 법률적인 책임을 져야 했고 법정에서 생을 마친다.

3. 「하늘· 티베트」(2010)

1990년대 초에, 대학에서 철학을 가르치던 젊은 강사 왕모제 (王摩诘) 는 정신적 곤혹에서 헤어나오지 못하다 왜곡된 성적 취향을 갖게 된다. 그는 한 경찰관의 아내와 억지로 동침을 하면서 자학을 하고 이로 인해 가정이 깨지고 만다. 왕모제는 티베트로 떠나 라싸 교외에 있는 사원인 저방쓰 (哲蚌寺) 의 부속 중· 고등학교에서 자원봉사자로 근무하며 정신적으로 구원받기를 갈망한다.

웨이거 (维格) 는 티베트족과 한족 사이의 혼혈로, 아버지가 한족인 관계로 베이징에서 성장해 프랑스 유학을 다녀온다. 귀국 후 그는 티베트로 와 자신의 뿌리를 찾고자 한다. 그가 왕모제보다 조금 일찍 이곳 중· 고등학교로 와 학생들을 가르치고 있었다. 웨이거는 불교를 믿으며 자신의 종교적 스승인 구루 마르틴을 왕모제에게 소개해준다. 두 사람은 자주 사원에 가 마르틴을 찾는다. 마르틴은 프랑스의 젊은 생물학자였으나 히말라야 여행을 왔다가 불교에 귀의한 사람이었다. 마르틴의 아버지이자 회의론 철학자인 프랑소와가 라싸를 찾아와 마르틴과 철학, 종교를 놓고 대화를 나눈다. 왕모제는 자신의 방을 프랑소와에게 내어주고 웨이거와 함께 지내게 된다. 웨이거는 티베트 불교의 '공락쌍운 (空 双运) ', 즉 남녀가 함께 수행하는 정밀한 의궤를 이용해 왕모제의 성도착증을 고치기 위해 노력한다.

웨이거는 어머니 쪽 집안이 티베트 역사에서 대단한 지위를 가진 가문으로, 제 3대 달라이라마를 배출했고 그 시조는 닝마파 (宁玛派) 의 환생한 살아있는 부처였다. 낮에는 동서양의 정신적 대화가, 밤에는 더욱이 신비로운 신체의 대화가 이어졌지만 전자는 성공을 거둔 반면, 후자는 실패로 돌아가고 만다.

왕모제의 자학적 성취향은 바뀌지 않았고 이 때문에 웨이거는 초조감과 공포를 느낀다. 마르틴의 아버지가 티베트를 떠나고 왕모제는 자기 방으로 돌아간다. 웨이거는 학교에서 티베트의 박물관으로 옮겨가 민족역사 해설안내원으로 일하게 된다. 하지만 이미 시작된 구원의 길을 이대로 끝낼 수는 없는 일이었다. 이후 몇 년 동안 왕모제는 매주 박물관에 가 청중 신분으로 민족역사에 대한 웨이거의 해설을 듣는다. 마치 불교신도가 매주 절을 찾는 것과도 같은 의식이었다. 이 소설은 독특한 형식으로 쓰여졌다. 기존의 '주석' 을 새로운 서사 공간이자 담론의 공간으로 확장하여 서술자가 '주석' 을 통해 서사를 이어가거나 내용을 보충하고 인물과 대화를 나누는 식으로 실험적 성격이 충만한 제 2의 텍스트를 구성하고 있는 것이다. 이러한 방식이 성공을 거두어 이 작품은 불교 신전의 입체적 구조와 흡사한 '입체적 구성의 소설' 이라 불리운다.

4. 「세 개의 삼중주」 (2014)

「세 개의 삼중주」 는 세 개의 연결된 이야기로 이루어져 있는데, 권력과 인성의 문제를 다루고 있다. 이것은 중국에서 매우 심각하고도 풍부한 주제다. 서술자 '나' 의 꿈은 도서관에서 사는 것이다. 그의 서재는 작은 도서관이라고 할 만하다. 그는 장애인은 아니지만 휠체어에 앉아 서가 사이를 오가며 책을 읽은 것을 좋아한다. 그의 아내는 고위 공무원의 딸로 진즉 이혼한 상태였다. 어느 날 그는 도서관을 떠나 구치소로 옮겨간다. 그리고 사형수의 죽음을 지키는 자원봉사를 시작한다. 그에게 이곳은 또 하나의 도서관이었다. 이곳의 사형수는 대부분 권력을 위해 범죄를 저지른 이들이었다. 또 다른 두 개의 이야기는 서술자인 '나' 가 사형수의 감방에서 '읽은' 것들이었다. 하나는 어느 대형 국유기업 사장이 도망을 다니던 중 경험한 사랑 이야기이고, 또 하나는 성 (省) 위원회 서기의 비서가 권력의 꼭대기를 향해 오르던 이야기이다. 작품은 단순히 권력을 탓하거나 인성에 책임을 묻지 않고, 이 두 가지를 서로 거울로 삼아 더욱 심층적인 문제들을 비춘다. 이를 통해 작가는 인성과 권력의 복잡한 코드를 정교하게 드러내고 있다.

徐　坤（1965—　）

文学肖像

在中国当代文学的历史进程中，二十世纪九十年代是一个重要的节点。随着社会的急剧转型，文学的样式也发生了深刻而显著的变化。在这一时期涌现出的作家中，徐坤是不得不提的一位。坤，与"乾"相对，给人一种博大的意象。人如其名，徐坤这位当代文坛上的女性作家以她特有的学识涵养和戏谑幽默，手握一支笔写出人情冷暖、世间百态。她——有意思，有人情味。

徐坤是一位受到过完整学院教育的作家。1965年生于辽宁沈阳的她，二十四岁（1989年）完成了本科生和研究生的学业。1990年至2003年她先后任职于中国社科院亚太所和文学所，其间在社科院研究生院攻读文学博士并拿到学位。2003进入北京作家协会成为专职作家。现任《小说选刊》杂志主编。

徐坤的创作生涯开始于1993年，她的中篇小说《白话》使她一举成名。之后，她相继创作了一系列和《白话》题材相似，反映八九十年代知识分子生活状态和精神状态的小说——《先锋》《热狗》《呓语》《斯人》《梵歌》等。在创作的初期，她着眼于知识分子群体，善于运用反讽给"失落的一代"开出一剂又一剂的文化药方。读她的小说，大可不必板着一副面孔，你尽可在她的叙事中插科打诨、思想飞舞；但又不可太过随意放纵，否则你无法透过轻松的笔调，窥见作者的一番良苦用心。

九十年代，女性主义在中国大行其道。身为研究者的徐坤也裹挟在这一进程中，自觉不自觉地将写作的视角投向女性。值得注意的是，这一时期徐坤转换了叙述身份，由早期的男性语调回归自我的女性身份。其间创作出《厨房》《狗日的足球》等优秀作品。但徐坤并没有被女性主义所"绑架",而是以一个女性的身份,抱持着一种中性与冷静的态度,探求两性如何和谐共处、诗意栖居的出路。

进入新世纪,徐坤写作的视野逐渐扩大到广阔的社会生活中,用长篇小说的宏大叙事来记录飞速变化的时代和人心的困惑。当然,这些困惑也带有作家自我反思、自我疗伤的影子。《一个老外在中国》写于新千年之初,从一个外国人两度来华的体验来映照中国社会现实的变化;《春天的二十二个夜晚》被称为一部"半自传"长篇小说,从爱情与婚姻的角度书写现代人精神的危机。《八月狂想曲》是以奥运为背景,反映世态人心的纷繁。在这一阶段,徐坤转变了写作的姿态,更加关注读者受众与市场效益,用平民化的视角解读生活。

徐坤的创作与时代是紧密相连的。她用女性的细腻才情和学者的严谨冷静切入文学世界的表达空间。她的作品,值得我们一读。

《厨房》

　　"厨房是一个女人的出发点和停泊地。"徐坤在小说开头如是说。女人的身份，可能正是从踏入厨房的那一刻开始被认同；而现代社会中乘风破浪的女强人也能在返回厨房的时候体会到片刻的喘息——无论是真实的还是虚幻的。厨房，可谓现代女性的一片"桃花源"。

　　徐坤的小说《厨房》写出了一位在现代都市打拼的女性渴求爱情、回归家庭的一段复杂的心路历程，这其中有情与利的对峙，有灵与肉的纠葛。商界新秀枝子是一位集美貌与手段于一身的女强人，多年前她抛雏别夫，逃离了平庸与寡淡的婚姻围城，投身商海，起起伏伏地拼搏了多年终于功成名就，却在不惑之年爱上了自己亲手扶持的一位艺术家——松泽。此时的枝子，抛弃了名利身份，甘心成为松泽的"灶下婢"，在亲手制作一顿生日晚宴的过程中酝酿一场暧昧。故事就从厨房开始了。枝子精心地准备着每一个细节，从松散绾起的头发到肢体柔和的幅度，每一分每一秒枝子都在用自己的身体语言向松泽传达着信号。然而碍于上下级关系的松泽并不能自然而然地回应枝子的暗示。终于到了晚宴时间，推杯换盏之间，酒精迷乱了人的心智，壮大了人的胆量——借着酒劲，松泽吻上了枝子，枝子也顺势投怀送抱。激吻过后，松泽向枝子发出了停止的信号，宣布了游戏的结束。此时的枝子因突如其来的打断而失落不已，但执拗的自尊心支撑着她完成了和松泽最后的道别。无意之中她才发现自己手里还提着从松泽家里带出来的一袋垃圾，这时眼泪才汹涌地流了下来。

故事情节是简单的，无非是一对单身男女之间的片刻暧昧。但重点是为何小说家将故事的地点设置在厨房？而且在一个单身男性家里的厨房？这似乎潜藏着巨大的隐喻和暗示。

自古以来，男权社会将女性归属于服从地位，社会的分工也从来都是"男主外，女主内"。而"内"中很重要一部分空间就是厨房，在厨房中女性才真正有支配权。对于食物的支配或许是女性唯一的自由。进入现代社会，即使社会的分工有所改变，女性经济地位有所上升，厨房在大多时候依然是女性话语权的空间。这个空间相对稳定，因此不甘寂寞的女人往往从这里"出走"，渴望回归的女人也从这里"归来"。枝子恰好是这一"走"一"回"中最典型的代言人。枝子从厨房开始浸润一个单身男性的情感空间，可以说是深谙其中之道。但枝子的"回归"是那样地费劲、尴尬，甚至说是失败的，到最后兜了一个大圈子，还是赤条条一人形单影只，这其中的差错出在哪里呢？

现代的爱情不再是单纯的"窈窕淑女，君子好逑"。没有了关雎的鸣叫和荇菜的参差，却多了人际的复杂和名利的争斗，正如作家雷蒙德·卡佛所说："'爱'这个字——这个字在逐渐变暗，变得沉重和摇摆不定并开始侵蚀这一页纸。"徐坤在《厨房》中正是很精准地呈现了这种"沉重和摇摆不定"。

爱对于枝子来说是沉重的，因为年已不惑的她不能再轻易地投身一段爱情，商海的浮沉让她清楚人心险诈，因此事事留心、不敢大意。她好不容易在茫茫人海中遇到一位"真命天子"，但绝不能像青春期的小女生一样羞涩告白。因为她的所爱是一个身份比她低的下属，是一位她自以为精神境界比她高的艺术家。这身份的错位注定了枝子始终要绷住自己，不可主动出击；这思想的差距令枝子始终含蓄委婉、矜持优雅。徐坤将这种矛盾非常和谐地融汇到一起，形成一种错位。然而这错位又是一种大讽刺，艺术家的心灵并不比女商人的心灵高贵多少，相反还更加地轻浮功利。枝子从厨房出发渴望获得的是一份稳定的感情、一个长相厮守的人儿；而松泽为了不让投资人扫兴却难以调动起滥情的那股劲头，他从枝子的猛烈攻势中体会到一种真实的感情。但是玩真的，他玩不起。他不能承担超出他艺术和名利之外的责任，更何况事关婚姻。

从这个角度来说，徐坤非常细腻地写出了一位女性的悲哀，这个寓言式的故事属于现代女性。现代女性的"归去来"，并不能像一千多年前的陶渊明一样步履"轻飔""恨晨光之熹微"；相反这种"归来"代价过大、受伤过深，奉劝诸妇慎重慎重。

《白话》

语言是一种存在。海德格尔说："人源于语言而存在。"不同的人有不同的语言方式，语言方式是区分身份的一种标志。一种语言方式的丧失，意味着一个群体的没落甚至毁灭。小说家徐坤敏锐地洞察到其中的关联，不平而鸣，写出了知识分子逐渐远离所属话语体系的无奈。

《白话》的故事就发生在二十世纪九十年代，一群社科院的硕士博士响应国家"知识分子与工农结合"的号召被下放到农村——"锻炼锻炼"。他们在冀北平原的农村改造思想、体验生活，这其中发生了许多令人啼笑皆非的事情。他们意欲从语言上着手，发起一场"白话运动"，从语言上贴近百姓大众，和他们打成一片。一年下来，硕士博士们不但没有真正与工农结合，反而惹来了一堆麻烦。故事以博士受到村人污蔑蒙冤而被护送回京告终。

知识分子阶层从来就和大众阶层不同，任谁也无法让两者结合在一起。知识结构和思维方式的不同决定了知识分子的语言从来都是异乎大众口语的一种存在，"文绉绉""酸溜溜"是独属于知识分子的气；海纳百川、笔走龙蛇也唯知识分子所有之象。万千气象中，知识分子是独特的一道长虹，垂挂天边，要是硬把长虹按在地上不放走，最后得到的恐怕只是转动三棱镜中的一瞬间色散。当知识分子失去了用独有的话语方式"立言""载道"的权利，而改用白话表达一切，知识分子的存在便失去了根本的意义和价值。这无异于光的色散，是知识分子对自我存在的一种消解。从根本上来说，这是徐坤本人对于知识分子群体的解构。

二十世纪九十年代是一个众声喧哗的时代，市场经济的全面实施带动了整个中国社会的商业化和利益化。以创造精神价值为己任的知识分子群体仿佛成了社会的

"多余人"，无处发声，即使发出了声音也无人理睬。不甘寂寞的一部分人走向了市场，而另一部分只能在原地兜兜转转。八十年代的光荣已经消散，九十年代留给知识分子的多是辛酸和无奈的回忆。徐坤是从九十年代走过来的，她深知这种尴尬的处境。但身为学者的她，骨子里并不是顾影自怜的"林妹妹"，她运用自己的学识和对知识分子本性的熟谙，反过来自我嘲讽、自我消解。读她的《白话》你能感觉到在她轻描淡写、诙谐幽默之下的对知识分子的怜悯和心疼。她正是在以毒攻毒，刮骨疗伤。将伤痛暴露在阳光之下，目的是重新建构知识分子群体的形象。

另外我们应该注意到，徐坤在《白话》中始终是站在男性角度进行叙事，故事中的"我"是"青年点"的组长，是下放知识分子们的"头头"。"我"拥有领导全体的责任，正是这种俯瞰式的全景式的视角造就了这一幅特殊的知识分子"众生图"。站在男性角度叙事是徐坤早期创作最大的特点，弱化了对自我性别的关注是为了拓展写作空间，不拘泥于个人情感的流露。

对于九十年代那个躁动的时期，我们无法亲身感受，但是从徐坤的《白话》中，你能从躁动的表象中感受到知识分子一颗颗孤独的心。

《先锋》

读《先锋》就像是看着一出"乱哄哄，你方唱罢我登场"的闹剧。奇谲诡怪的构图、荒诞不经的言谈，到头来呢，"不过是为他人作嫁衣裳"。

从《先锋》这篇小说开始，徐坤仿佛换了一身行头装束，如果说《白话》是白面小生，那么《先锋》就是故意扮丑惹得人频频发笑了。《白话》是牛刀小试，《先锋》则是锋芒毕露。"写起来满不论，拎起来云山雾罩，天昏地暗，如入无人之境。"中国当代著名作家王蒙如是评论。

《先锋》是一出闹剧，一场看着烟火逐渐升腾，绽放到坠落的"游戏"。故事以画家撒旦为中心，写出了他创办的"废墟画派"从1985年至1995年这期间兴起、沉沦到再度复兴的历程。最后以撒旦的自我毁灭而告终。这个结局也是对"先锋"们走向的预言。

二十世纪八十年代是一个艺术和艺术家大放异彩的时代，评价艺术的标准盲目而又荒唐——"凡正常的就被认定为老古董，一切反常的都能成为反英雄。"西方的各种"主义"被理论家"用集装箱装到远洋货轮上往国内进口"。人民大众"如痴如醉地朝拜起新时代的先锋"。徐坤在小说中运用了极具夸张的手法来渲染那个时代狂热的气氛，可能我们现在看来会不禁发笑，但这种夸张不全是胡乱编造，这确实是八十年代社会环境的另类表达。在小说中，徐坤设置了1989年"全国艺坛大比武"这一情节，这一事件的打击直接导致了"废墟画派"的解体。在艺术的假象之下，原来个个心怀鬼胎，利欲熏心。"废墟画派"的解体并不是因为艺术观念的不同，而纯粹是人心不和、利益分配不均。1990年到来，曾经甚嚣尘上的"艺术"纷纷沉沦下去——像"废墟画派"一样。艺术家们一夜之间秃了瓢，换了一种身份，继续在江湖游荡。没了头发的撒旦又成为原来的傻蛋，背起他的画框，走向归隐寻根之路。寻来寻去，来到佛祖跟前仿佛也未能逃脱尘世，和尚们也忙着出教材、办大专。眼看归隐无望的撒旦被一起官司拉回了现实。这起官司的炒作成功地让过气了的撒旦重返艺坛。"废墟画派"的诸兄弟也闻讯赶来，"废墟画派"又复出了。但复出并不能带给撒旦曾经的荣耀和快感，依附女人和炒作的成功不能算作光荣，终于撒旦走向了疯癫和毁灭，连着他的画一起，写完了自己的"断代史"。这确实是那个时代惯常的悲剧："人心浮动，死变得非常容易。"

撒旦引领了"废墟画派"，"先锋"们何尝不是在废墟上"跳舞"？小说的开头为我们呈现了一幅废墟的图景，抽象地来理解，废墟不只是断壁残垣还是一种文化的灰烬，是被毁灭掉的文化的根基。在八十年代的社会背景下，一切百废待兴，废墟便象征着文化被毁灭的战场，"先锋"们正是在废墟之上孕育出来的"恶之花"。从这个角度来说，徐坤的荒诞不经便像是现代版的"志人志怪"，是咬牙切齿中挤出来的笑。

《先锋》的结局颇有些《红楼梦》的意味，当喧嚣复归于虚无，不知撒旦是否可解《好了歌》中之二三意？

（刘禹晨 撰文）

150

Xu Kun 英语版

In the course of the history of contemporary Chinese literature, the decade of the 1990s is a crucial turning point. As the society underwent a dramatic transformation, the modes of literature changed profoundly and remarkably. The decade witnessed a substantial emergence of important writers, among whom Xu Kun is one that nobody can afford to ignore when discussing literature of the period. Her first name "Kun", meaning "Earth" in Chinese, as opposed to "Qian", the Chinese word for "Heaven", implies magnificence and broadness. Just as her name suggests, Xu Kun writes with a unique kind of erudition and a peculiar sense of humor. Holding a pen in hand, she demonstrates the rich diversity of life and humanity. She is, in other words, interesting and humanistic.

As a writer, Xu Kun has accepted a comprehensive institute education. She was born in 1965 in Shenyang, Liaoning Province, and completed her graduate and postgraduate studies in 1989, aged 24. Then she worked successively in the National Institute of International Strategy and the Institute of Literary Studies under the Chinese Academy of Social Sciences between 1990 and 2003, during which she furthered her study in the graduate school of the CASS and received her Doctor's degree in literature. In 2003, she joined Beijing Writers Association and became a full-time writer. Now, she is the Editor-in-Chief of the *People's Literature Magazine*.

Xu Kun started her writing career in 1993, and her novella *The Vernacular Lan-*

guage earned her immediate success. After that, she wrote a series of novels which bore similarity to the novel *The Vernacular Language* in theme and content in their reflection of the life and spiritual conditions of the intellectuals between the 1980s and the 1990s, including *The Avant-Garde, The Hotdog, Raving, This Poet and Vagaux*. At the earlier stage of her career, she focused on the intellectuals and was adept in giving doses of cultural prescriptions for the "Lost Generation" by means of satire. When reading her novels, you do not have to be serious but may make funny remarks and give full play to your thought and imagination. However, you should not be too casual, either. Otherwise you may not be able to penetrate the writer's ideas through the easy tone.

In the 1990s, feminism got very popular in China. As a researcher, Xu Kun was also involved in the movement and involuntarily cast her thought on women while writing. What is worth of notice is that Xu Kun changed her narrative identity during this period and returned to the original female role from the male tone that she assumed in her earlier works. Famous novels she created during this period included *The Kitchen and Goddamned Football*. However, Xu Kun was not kidnapped by feminism but held a neutral and calm attitude to explore how the male and the female could live in a harmonious and poetic way.

When it entered the new century, Xu's creative vision was gradually broadened to the vast society. She recorded the rapidly changing time and the confused mind with grand narratives in her full-length novels. Certainly, these confusions also gave hints of the author's introspection and her auto-therapeutic efforts. Her short story *A Foreigner in China*, written in the beginning of the new millennium, reflected changes of the social reality through the experiences of a foreigner's two visits to China. *Twenty-two Nights in Spring* is a full-length autobiographical novel which depicted the spiritual crisis of the modern people from the perspective of love and marriage. *August Rhapsody* was set against the time of the 2008 Beijing Olympic Games and reflected the alienation of the human mind. At this stage, Xu Kun converted her writing position and paid more attention to the readers' demand and the effect of the novels on the market. She tried to present life from the perspective of an ordinary person.

Although at present Xu does not produce new works much, we'll see when we recall her writing career that her creation is closely connected with the times. As a writer of a transitional period, Xu Kun exerts her influence in the world of literature with her female sensibility and talent as well as scholar's seriousness and calmness. Her works are, in a word, worth reading.

The Kitchen

At the beginning of her novel *The Kitchen*, Xu Kun writes: "The kitchen is a woman's point of departure and her place of berth." Very likely, it is the moment when a woman walks into the kitchen that her identity is recognized; and it is in the kitchen as well that a career woman is able to take a brief rest from her feriece fight in the outside world, whether the kicthen is real or illusory. The kitchen, in other words, is a "peach-blossom garden" for the modern women.

The Kitchen characterizes the complicated spiritual journey of a woman who struggles in the modern city longing to be loved and to have a family. There is intense confrontation between love and interests and entanglement between the soul and the body. Zhizi, a rising business star, is a successful career woman with both beautiful looks and a scheming mind. Many years ago, she left her husband and their young child and flew away from the mediocre and stultifying marriage life to the business world, where she experienced numerous ups and downs and eventually became a shining star. However, in her 40s, an age in which one is supposed to know well as to what one needs and wants according to the Chinese wisdom, she falls in love with Song Ze, an artist she supports with her own hands. In the relationship, Zhizi abandons her fame and status and is willing to be a kitchen maid. While preparing a birthday meal for Song Ze, she tries to create an atmosphere for something to happen. The story begins, as it were, in the kitchen. Zhizi is making exquisite preparations in every small detail, from the loosely tied hair to the softness of the body. She endeavors to convey love signals to Song through body language at every possible chance. But inhibited by the consideration of the leader-member relationship, Song Ze cannot naturally respond to the hints. At last, over the cups and toasts at the dinner table, and encouraged and impassioned by the fire of the spirits, Song gradually loses control of himself. When he kisses Zhizi, Zhizi willingly throws herself on him. After the fervent kisses, however, Song Ze makes a stop signal and annonces the end of the game. Totally unprepared, Zhizi feels utterly frustrated and disappointed at the sudden interruption, but her obstinate pride holds her to finish a final farewell to him. She cries her eyes out when she unawarely finds a bag of rubbish in her hand, which she doesn't even know how she carried out from Song Ze's house.

The plot of the story is simple, which is no more than a brief love affair between two singles. But the point is, why the writer sets the kitchen as the story's background, particularly that the kitchen is in the bachelor's house? There seems to be profound implications and metaphorical meanings.

Since ancient times, females have been subjected to the males in the patriarchal society. And it is a social rule that men go out for work and women look after the house inside. Inside, the kitchen constitutes an important space, where females can truly exert any control. The power over food is possibly the only freedom that women have. Even though the social division of labor has changed a lot since it entered into the modern society and women have assumed a large part of economic responsibilities, the kitchen remains a space of women's discourse in most of the time. This space is relatively fixed and unchallenging, so it is both a starting point of "escape" for women who are eager to seek changes and a destination for those longing for "return". Zhizi is a typical representative of the departure and the return. Her choice of the kitchen as her place to infatuate the single man shows that she is well experienced and knows well the advantage and limitation of women's power. However, Zhizi's returning journey is arduous, embarrassing and even failed. In the end, she is still alone and single. What goes wrong in the process?

Love in the modern society is no more as pure as what the poem describes, "A lad would like to woo/ A lass with nice and pretty look". There are no cooing waterfowls or swaying water weeds but complicated interpersonal relationships and the fight for fame and profit. As the writer Raymond Carver puts it, "but this word love -- this word grows dark, grows heavy and shakes itself and begins to eat through the paper", Xu Kun presents precisely the "heavy and shaking" affection in *The Kitchen*.

Love is heavy for Zhizi since she is not in an age to easily fall in love with someone. Meanwhile, the ups and downs in the business world has taught her about the crafty schemes of the human mind. As a result, she is discreet and scrupulous about everything and tries to avoid mistakes due to recklessness. At last, she thinks she has met her Mr. Right in the crowds of people. However, evidently she cannot confess her love to him like a shy girl in adolescence. Because her beloved one is inferior in status as a surbordinate but superior in spirit as an artist, Zhizi has to constrain herself all the time and avoid taking initiatives in the relationship. The gap between them keeps Zhizi in a subdued and reserved manner all the time. Xu Kun subtly combines the contradictions and produces a mismatch. Yet the mismatch is highly ironic, for the soul of the artist is no nobler than the businesswoman. Instead, it is even more shallow and snobbish. Taking off from the kitchen, what Zhizi wants is a stable and permanent relationship, a man to spend the rest of her life with. Yet Song Ze can hardly respond with equal passion, but he still does not want to disappoint his investor. Even though he feels the true love from Zhizi's intensive advances, he cannot afford to be serious with the relationship. He is unable to assume any responsibility beyond art and profits, let alone marriage.

From this point of view, Xu Kun delicately presents the misery of a woman. This allegorical story is one of the modern woman, whose return to the home is not like that of Tao Yuanming, an ancient poet, who came back home with jaunty pace and sulk at the dimness of the dawn a thousand years ago. On the contrary, the return demands huge cost and will cause deep hurt. So females, do be prudent.

The Vernacular Language

Language is a way of existence. Martin Heidegger says, "Language is the house of truth of being." Indeed, everyone has his own language style and it is in essence a symbol of identity. The loss of a language style can be a sign of the decline or even extinction of a particular social group. The novelist Xu Kun is perceptive enough to see the connection and, ready to protest anything unfair, she expresses the helplessness of the intellectuals in their drifting away from the discourse system they originally belong to.

The story happens in the 1990s. In answer to the government's call for the intellectuals to go united with the masses of workers and peasants, a group of scholars with Ph. D and M. A. degrees from the Chinese Academy of Social Sciences are sent to a farm. They try to remold their thought and experience the country life on the plains of north Hebei province, in the course of which hilarious things happen. They intend to launch a movement in terms of language – a "vernacular movement", so that they could get along well with the local people. However, a year later, instead of getting mixed with the workers and peasants, they cause a lot of trouble. The story ends with the Ph. Ds being slandered by the villagers and sent back to Beijing in shame.

It's known to all that the intellectuals belong to a different social stratum from the common people and no one can really unite them together. Differences in the structure of knowledge and way of thinking have made the language of the intellectuals an existence distinguished from the common speech. Gentility and bookishness are the airs only belonging to the intellectuals; meanwhile, broad-mindedness and gorgeous literariness are phenomena that can only be created by them. Amidst the vast ocean of different kinds of people, the intellectuals are as unique as a rainbow across the sky, only to be appreciated at a distance but not to be touched roughly. If pressed onto the ground by force, the rainbow will likely be reduced to the instant dispersion of the rotated prism. When the intellectuals are deprived of the right of making speeches and conveying ideas in their own way and have to express everything in the vernacular, they lose the meaning and significance in their existence, which, like the dispersion of light, is nothing but their deconstruction of their own existence. In essence, this is Xu Kun's deconstruction of the intellectuals.

The 1990s was a clamorous age when the full implementation of market economy caused nation-wide commercialization and profit-orientation. As a result, the intellectuals who took it as their responsibility to create spiritual values seemed to out of place. They had no say in anything and even if they did, their voice was often ignored. Some, unpleased to be overlooked, went to the business market. Others could but stay where they were. The honor and pride the intellectuals enjoyed in the 1980s were gone; what the 1990s left for them was bitter and helpless memories. Xu Kun went through the age and was quite familiar with the embarrassing situation. However, as a scholar, she is no sentimental female like Lin Daiyu; with her own knowledge and acquaintance with the intellectuals, she ridicules and deconstructs people like herself. Reading *The Vernacular Language*, you can feel her sincere sympathy and concern for the intellectuals in her simple but humorous writing. She is, in a sense, combating poison with poison and healing by scraping the bone. By exposing the wounds to the sun, she is trying to reconstruct the image of the intellectuals.

What's more, it deserves our attention that Xu Kun narrates her story from the perspective of the male all through. The "I" in the novel is a group leader in charge of the intellectuals in the "Youth Point", the head of the intellectuals. The "I" is responsible for leading the whole group, which provides him with a panoramic bird's view and presents a comprehensive picture of the intellectuals. The male perspective is a most remarkable characteristic of Xu Kun's early writings, which enables her to deemphasize her gender identity and enlarge her writing scope, instead of being limited by personal feelings.

It is impossible for us to experience the restlessness of the 1990s. However, by reading Xu Kun's *The Vernacular Language*, we can feel the loneliness of the intellectuals underneath the appearance of restlessness.

The Avant-Garde

When we read *The Avant-Garde*, it seems like a farce in which, quoting from A *Dream of Red Mansions*, "On the messed up stage, one finishes a song and the next comes on". The story has odd and extraordinary composition and absurd dialogues, only to lead to the final revelation that "nice efforts end up in tailoring someone else's clothes".

From *The Avant-Garde*, Xu Kun seems to start to take a new look in her writing. While the novel *The Vernacular Language*, if compared to a character in drama, is a bald-faced young man, *The Avant-Garde* is a clown deliberately dressed up funny to tickle laughter. If *The Vernacular Language* is a tentative show of Xu Kun's power and talent, *The Avant-Garde* is their stunning full display. The famous contemporary writer Wang Meng thus comments on the novel, "When she writes, she has little regards to any rules or taboo; when she talks, it is like hanging on the cloud and mist with darkness all around and you seem to enter an unpeopled land".

The Vernacular Language is a farce that bears some similarities to the firework display with smoke and fire rising gradually, blooming in the sky and falling down to the earth in the end. The story, centering on an artist named Satan, describes the rise, degradation and revival of the art school Satan establishes, "the Ruins Painting School", from 1985 to 1995. The novel ends with Satan's self-destruction, which is also a prediction of the future of the Avant-Gardes.

The 1980s is an age when arts and artists yield unusually brilliant results, but the evaluation criteria are blind and ridiculous, according to which "whatever is normal is considered as antique and old fashioned while anything abnormal is considered antiheroic". All kinds of western theories were loaded into containers of the ocean-going freighters and imported into China by theorists. As a result, the public were crazy about the worshipping of the Avant-Gardes of the new age. In the novel, Xu Kun creates a fanatical atmosphere by means of exaggerative techniques, which, possibly amusing to us now, was by no means fabricated out of thin air and was an alternative expression of the social atmosphere of that particular period. In the novel she sets a "National Grand Contest of Arts" in 1989, the defeat in which leads to the disintegration of "The Ruins Painting School". It turns out that, underneath the disguise of art, everyone was actually self-centered and avaricious. Therefore, the disintegration was not at all a result of different perspectives on art, but due to personal conflicts and unbalanced profits division. With the advent of the 1990s, the ever remarkable "artists", like "the Ruins Painting

School", suffer from degradation by and by. Accordingly, many "artists" become monks overnight and have to take on new identities to go on loafing in the vast world. The bald Satan returns to his original self – Shadan, a fool – again. He packs up his picture frame and sets off on a journey of seclusion and root-seeking. However, in spite of his efforts, it seems that he can never escape from the mundane world, even when he is facing the Buddha. The monks are all engaged in publishing teaching materials and establishing junior colleges. Unable to fulfil his desire for a reclusive life, Satan is brought back to reality by a lawsuit instead. Ironically, the publicity of the lawsuit helps Satan back to art, and the former members of "the Ruins Painting School", upon hearing the news, gather around him again. As a result, "the Ruins Painting School" revives. However, the revival could not bring Satan the former honor and pleasure, because it relies on women and hype. Eventually, Satan goes on his way to insanity and destruction. With his paintings, he finishes his own dating history. As a matter of fact, it is the usual tragedy of the age when "people were reckless and death became a common phenomenon".

If we say Satan has led "the Ruins Painting School", aren't the Avant-Gardes dancing on the ruins? At the beginning of the novel, it presents us a scene of ruins. Understood abstractly, the ruins are not only wreckage of buildings, but also cultural ruins, the destroyed foundation of culture. Against the social background of the 1980s, everything was to be rebuilt and the ruins symbolize the devastated battlefield of culture and the Avant-Gardes are the flowers of evil bred from ruins. From this perspective, Xu Kun's absurdity is no less than the modern version of myths and fantasies in which smile is squeezed out from grinding teeth.

The ending of *The Avant-Garde* bears some similarities to the classical work *A Dream of Red Mansions*. When the heteroglossia returns to nihility, can Satan figure out some mysteries in *A Folk Song of Nice Endings*?

(Translated by Liu Yuchen, Li Sujie)

Xu Kun 法语版

Portrait de l'auteur

- Écrivain mais femme et savant avant tout -

Dans l'histoire de la littérature contemporaine chinoise, les années 90 marquent un tournant. Avec la transformation rapide de la société, le style littéraire a connu aussi des changements profonds et remarquables. Il est impossible de parler des écrivains de cette époque sans citer Xu Kun. Comme l'indique son nom, 《Kun》["Féminin" en français], s'oppose à Qian ["Masculin" en français] et elle porte à merveille cette image de femme écrivain du monde littéraire contemporain. Ses connaissances, son érudition et son humour corrosif abondent dans ses romans qui ont souvent pour thèmes : le savoir-vivre et les diversités sociales. Elle est -- avant tout, intéressante et humaine.

Xu Kun a suivi un riche parcours éducatif. Née en 1965 à Shenyang, dans la province du Liaoning, elle termine ses études de licence puis de master à l'âge de 24 ans en 1989. De 1990 à 2003, elle travaille successivement à l'Institut des Études sur l'Asie-Pacifique et de la Littérature de l'Académie des Sciences sociales de Chine. Pendant cette période elle obtient un doctorat en littérature. En 2003, elle devient écrivain professionnel et membre de l'Association des écrivains de Pékin. Elle est maintenant rédactrice en chef adjointe du magazine 《Littérature populaire》.

Xu Kun commence à écrire en 1993, et son roman *Langue parlée* (《白话》) l'a très vite rendue célèbre. Ensuite, elle crée successivement une série de romans sur le même thème comme *Pionnier* (《先锋》), *Hot Dog* (《热狗》), *Divagation* (《呓语》), 《*Siren*》 (《斯人》) et 《*la Chanson de Fan*》 (《梵歌》), etc. Tous ces romans reflètent les conditions de vie et les mentalités des intellectuels dans les années 80-90. Dans ses premières créations littéraires, elle a centré ses ouvrages sur un groupe d'intellectuel qualifié de - génération perdue - en leur prescrivant avec ironie, à la manière d'un médecin, des ordonnances culturelles. En lisant ses romans, vous devez vous laisser transporter par le récit et le tourbillon de sa pensée tout en gardant une certaine retenue, sinon il vous sera difficile de bien saisir, à travers son style décontracté, son intention et sa pensée.

Les années 90 marquent les débuts du courant féministe en Chine et en tant que chercheuse, Xu Kun a ainsi suivi ce mouvement. Consciemment ou instinctivement, elle a fait des femmes les protagonistes de ses œuvres. Il est à noter qu'au cours de cette période, Xu Kun a changé son identité narrative, en passant d'un ton plutôt masculin à une plume plus féminine, elle a alors écrit *La cuisine*, *Football de merde* et d'autres œuvres excellentes. Néanmoins, Xu Kun ne s'est jamais enfermée dans les carcans du féminisme, mais au contraire, elle a su garder son identité féminine ainsi qu'une certaine sérénité et neutralité dans son attitude pour penser l'harmonie entre hommes et femmes.

En entrant dans le nouveau millénaire, les romans de Xu Kun se sont penchés sur un aspect plus large de la vie sociale pour raconter les changements rapides de la société et les troubles des consciences de cette époque. Bien sûr, ces troubles reflètent l'auto-réflexion qui amène à l'auto-guérison de l'auteur. *Un étranger en Chine* a été écrit au début de l'année 2000, ce roman nous raconte le changement de la société chinoise à travers deux différents séjours d'un étranger en Chine ; *Vingt-deux nuits printanières* est un roman autobiographique qui nous confronte à la crise morale des individus de la société moderne du point de vue de l'amour et du mariage ; 《Rhapsodie du mois d'août》, avec les Jeux Olympiques comme arrière-plan, parle de l'aliénation des consciences. En tenant compte des lecteurs et des valeurs économiques, Xu Kun a changé sa plume au cours de cette période, elle a interprété la vie d'un point de vue plus plébéien.

Même si aujourd'hui elle est moins prolifique, il est important de noter en passant en revue sa carrière d'écrivain, une relation étroite entre ses œuvres et l'époque où elle vit. Femme écrivain se trouvant au tournant de deux siècles, Xu Kun nous transporte dans la littérature avec sa finesse féminine et sa rigueur éclairée. Ses œuvres valent le détour.

Pr é sentation des œuvres principales

Un "retour à la maison" avorté

--lecture de *La cuisine* de Xu Kun

Xu Kun commence son roman par une déclaration: "La cuisine est le point de départ et le port d'attache d'une femme." L'identité d'une femme prend tout son sens au moment où elle entre dans la cuisine. Dans la société moderne, les femmes ambitieuses qui ont pris le large peuvent y revenir pour souffler, même si la réalité semble plus illusoire. On pourrait dire que la cuisine est leur "havre de paix".

La cuisine de Xu Kun nous raconte le parcours sinueux d'une citadine, partagée entre son aspiration à l'amour et son retour au foyer, tiraillée entre la passion et la raison. Belle et rusée, Zhizi a réussi dans le monde des affaires. Elle a abandonné son mari et son enfant il y a plusieurs années pour ne pas s'enterrer dans un mariage monotone et pour se lancer dans le monde des affaires. Monde dans lequel, elle a fini par se faire une place grâce à sa pugnacité et après avoir connu des hauts et des bas. C'est à ce moment-là, âgée de la quarantaine, qu'elle s'éprend de Songze, un artiste qu'elle aide financière-ment. Alors Zhizi est prête à 《retourner aux fourneaux》 pour Songze et à renoncer aux honneurs et à l'argent. Elle profite d'un repas d'anniversaire chez Songze pour lui avouer ses sentiments. L'histoire commence dans cette cuisine. Zhizi fait attention aux moindres détails en préparant le repas : sa chevelure tombe délicatement sur son corps. Elle utilise le langage de son corps pour transmettre un signal équivoque à Songze. Mais compte tenu de la relation financière qui les lie, Songze ne peut pas répondre naturellement aux avances de Zhizi. Et quand arrive l'heure du dîner, après quelques verres et sous l'influence de l'alcool, Songze embrasse Zhizi qui alors en profite pour se jeter sur lui. Après ce moment d'égarement, Songze émet un temps d'arrêt et préfère ne pas aller plus loin. Zhizi est alors prise au dépourvu mais par amour propre lui dit adieu et s'en va, les larmes aux yeux et un sac poubelle à la main.

L'intrigue est simple, rien de plus qu'un instant amoureux entre un homme et une femme. Mais pourquoi l'histoire se passe-t-elle dans la cuisine ? Et de surcroît dans la cuisine d'un homme célibataire ? Il semble qu'il y ait de nombreuses allusions et métaphores.

Depuis l'antiquité, la société patriarcale a cantonné les femmes dans une position de dépendance, et la division sociale du travail a toujours été "l'homme à l'extérieur et la femme à l'intérieur". Une partie très importante de l'espace intérieur était la cuisine, espace où les femmes contrôlaient tout. Ce contrôle sur l'alimentation était alors peut-être, la seule liberté des femmes. Avec l'avénement de la société moderne, même si la division sociale du travail a connu des changements, les femmes assument dorénavant une partie des responsabilités financières, la cuisine reste encore l'espace où les femmes gardent un certain pouvoir. Vu que cet espace est relativement stable, les femmes ambitieuses peuvent en sortir et celles désirant y 《retourner》 peuvent y revenir. Zhizi est la parfaite illustration de ce 《va-et-vient》. C'est dans une cuisine qu'elle commence à s'immerger émotionnellement dans le cœur d'un homme, on pourrait dire qu'elle s'y sent à l'aise. Mais son 《retour》 est si poussif, si embarrassant qu'il se solde par un cuisant échec, elle finit seule comme au point de départ, pourquoi ?

L'amour d'aujourd'hui n'est plus aussi simple, l'image d' 《une belle et vertueuse jeune fille devenant la parfaite épouse d'un gentilhomme.》 est dépassée. L'amour est plus complexe avec les relations interpersonnelles et le conflit d'intérêts qui l'entourent. L'écrivain Raymond Carver nous dit, "L'amour - ce mot s'assombrit progressivement, lourd et chancelant, il s'emmanche à dévorer, à éroder cette feuille de papier."["But this word love – this word grows dark, grows heavy and shakes itself, begins to eat, to shudder and convulse its way through this paper." Raymond Carver] et cet amour, Xu Kun l'illustre à merveille dans *La cuisine*.

L'amour est pesant pour Zhizi, elle ne peut pas se lancer trop facilement dans une relation amoureuse vu son âge et avec son expérience dans le monde des affaires, elle connaît la fourberie qui peut exister quand il s'agit de sentiments, elle est ainsi devenue beaucoup plus prudente. Elle a finalement rencontré son 《 âme sœur 》, mais elle ne peut plus avoir cette fausse timidité qui caractérise les jeunes filles à l'âge de la puberté. L'homme qu'elle aime a un statut professionnel inférieur au sien mais possède à contrario un esprit plus éveillé dans le domaine des arts. Il la condamne à ne plus être elle-même et à ne rien tenter. Cette certaine retenue rend Zhizi toujours plus subtile, délicate, élégante et discrète. Xu Kun a mélangé cette contradiction intestine pour créer un décalage qui ne manque pas d'ironie. En effet, l'esprit de l'artiste n'est pas si noble que celui de la femme d'affaires, mais au contraire plus frivole. Zhizi désire se lancer dans une relation amoureuse stable pour le reste de sa vie alors que Songze n'est pas prêt, incapable d'assumer les responsabilités dépassant l'art et les honneurs, d'autant plus qu'il sera un jour question de mariage.

Xu Kun écrit de manière délicate la tragédie d'une femme de la société moderne. Le "va-et- vient》 des femmes d'aujourd'hui n'est pas pensé comme 《 la promenade de santé》 du poète Tao Yuanming il y a plus de mille ans, mais au contraire ce "retour" est coûteux et peut laisser de profondes blessures.

Un groupe égaré, une génération à l'agonie

- Un regard sur les intellectuels dans *Langue parlée* (《白话》)

La langue est une présence. Pour Heidegger, 《le langage est la maison de l'être》. On ne parle pas tous de la même manière et la langue est une façon symbolique de se différencier des autres. La perte d'une façon de parler entraîne le déclin ou même la disparition d'un groupe. Xu Kun l'a bien compris en nous montrant que les intellectuels, bon gré mal gré, se sont éloignés progressivement de leur propre système de parler.

L'histoire nous plonge dans les années 90. Répondant à l'appel du pays "envoyons des intellectuels avec les ouvriers et les paysans", un groupe de docteurs et de masters du CASS [Académie chinoise des sciences sociales] sont dépêchés à la campagne. Ces intellectuels, pour éduquer le peuple, expérimentent la vie dans les régions rurales de la plaine du nord du Hebei, ce qui les mène à des situations cocasses voire embarrassantes. Ils lancent le mouvement "langue parlée" dans le but de se rapprocher de la population mais un an après, le bilan est catastrophique : ils n'ont pas réussi à établir de réelles relations avec les ouvriers et les paysans et à l'inverse ils ont causé bien des malentendus. L'histoire se finit par le renvoi d'un docteur injustement calomnié à Pékin.

Il existe toujours un fossé entre le milieu des intellectuels et les masses populaires. La structure des connaissances et la manière de penser des intellectuels déterminent la différence entre leur langue et celle de la population. "Précieuse" et "pédante" sont les particularités de leur langue ; une certaine tolérance avec la diversité et une excellente calligraphie sont aussi leurs symboles. Si l'on devait les comparer à un phénomène météorologique, il seraient comme un arc-en-ciel, toujours loin et insaisissables. Lorsqu'ils ont changé leur manière de s'exprimer pour un langage plus familier, alors leur existence perdait tout son sens et sa valeur fondamentale. Comme la dispersion de la lumière de l'arc-en-ciel, c'est une sorte d'effacement de leur existence. Xu Kun, dans ce roman, déconstruit le groupe d'intellectuels.

Les années 90 furent une époque tumultueuse avec l'ouverture du marché économique qui mena à la spéculation et au profit. Les intellectuels qui visaient à fonder des valeurs moralistes avaient l'air de devenir à cette époque-là des "hommes superflus" dans cette société. Personne ne les écoutait, mis à l'indexe, une partie d'entre eux se tournèrent vers le marché tandis qu'une autre partie se contenta de rester dans l'immobilité. La gloire des années 80 dissipée, les années 90 leur laissèrent plutôt des souvenirs amers et douloureux. Xu Kun a vécu cette période alors elle connaît bien la situation embarrassante des intellectuels de cette époque. Mais elle n'a jamais cédé à ces difficultés et à travers ce roman, elle a développé un certain sens de l'autodérision. En lisant son roman, vous pouvez sentir toute son empathie envers les intellectuels par son style teinté d'ironie et d'euphémisme. Elle combat le mal par le mal pour panser les blessures et redorer l'image des intellectuels en mettant en lumière leur souffrance.

Il est important de noter que Xu Kun raconte cette histoire toujours du point de vue masculin. "Je" dans le roman est le chef de file de "Point Jeunesse [Mouvement jeunes communistes]" et des intellectuels envoyés à la campagne et "Je" a la responsabilité d'un leader. Cette perspective permet de montrer clairement la situation de tous les intellectuels dans son livre. Raconter l'histoire du point de vue masculin est la caractéristique la plus manifeste de Xu Kun dans ses premiers romans. Elle met de côté sa part féminine pour élargir son champ d'écriture et ne pas se cantonner à un pan des émotions.

Nous ne pouvons pas réellement connaître le tumulte des années 90, mais Xu Kun dans 《langue parlée》, nous plonge dans cette agitation qui gagna petit à petit le cœur esseulé des intellectuels.

Clameur sur les ruines

--La pesanteur et l'absurdité de *Pionnier* (《先锋》) de Xu Kun

Lire *Pionnier*, serait comme regarder une farce où règne un brouhaha continu entremêlée de fantastique et de conversations absurdes.

Depuis l'écriture de Pionnier, il semble que Xu Kun ait largement modifié son style d'écriture. Si on pouvait penser que *Langue parlée* faisait preuve d'une certaine naïveté, *Pionnier* a gagné en maturité, si bien qu'il nous fait rire aux éclats ; si *Langue parlée* était un premier essai, *Pionnier* est un chef-d'œuvre qui a pour volonté de tout faire paraître. Wang Meng, un des plus célèbres écrivains contemporains chinois a commenté: "C'est un grand roman et sa lecture nous fait pénétrer aisément dans le climat étrange et ténébreux créé par l'auteur."

Pionnier est une farce, un feu d'artifice qui s'élève, explose et retombe. Le personnage principal s'appelle Satan. Ce roman nous raconte la période qui s'étend de 1985 à 1995 où l'école de peinture "décadente" de Satan connaîtra une naissance, un déclin et une renaissance. La fin du roman se termine par l'aliénation mentale du personnage principal. Ce dénouement du roman prédit aussi le futur des Pionniers.

Les années 80 étaient l'âge d'or pour l'art et les artistes, les critères pour juger l'art étaient cependant flous et absurdes : toutes choses normales étaient identifiées comme arriérées, tandis que l'anormale était en vogue. Toutes sortes de 《doctrines》 occidentales ont été introduites en Chine par les théoriciens chinois et ces théoriciens pionniers ont été vénérés par la foule. Xu Kun utilise dans son roman de nombreuses hyperboles pour décrire le fanatisme ambiant de cette époque. Cette exagération n'a pas été créée par hasard, elle n'est qu'une expression exceptionnelle de la réalité sociale des années 80. Xu Kun a inventé dans son roman le "Concours pour les artistes du pays" de 1989 dont l'échec a provoqué directement la dissolution de l'école de peinture "décadente". En prenant l'art comme prétexte, chacun fomente d'odieux complots par simple avidité. En réalité, ce ne sont pas les opinions divergentes sur l'art mais les malentendus entre les artistes ainsi que la distribution inégale des intérêts dans le groupe qui ont conduit à la dissolution de cette école de peinture. Les années 90 marquent le déclin du monde des arts jusqu'alors plébiscité, comme l'école de peinture "décadente". Les artistes ont changé rapidement de statut mais ont continué à errer dans la société. Satan, victime de calvitie est devenu l'archétype de l'absurdité, il a rassemblé ses pinceaux et son chevalet pour se lancer à la recherche des racines. Pendant sa quête initiatique, il se retrouva face à Bouddha qui semblait aussi ne pas pouvoir échapper au monde sublunaire, les bonzes étant eux-mêmes occupés à fabriquer du matériel d'enseignement. Un procès a fait revenir Satan à la réalité ainsi qu'à la scène artistique. En apprenant cette nouvelle, les artistes de l'école "décadente" revinrent et l'école renaquit de ses ruines. Mais cette renaissance ne pouvait pas amener la gloire et la joie d'antan, obsédé par les femmes et la spéculation, Satan finit par devenir fou et met fin à son histoire avec ses tableaux. Ceci est en effet la tragédie classique de cette époque-là : 《l'aliénation des esprits facilite la mort.》

Satan a guidé l'école de peinture "décadente" (废墟), et ces 《pionniers》 ne dansaient-ils pas sur des ruines(废墟)? Le début de ce roman nous montre une image des ruines pour nous faire comprendre en filigrane que ces ruines sont non seulement les cendres d'une culture mais surtout l'anéantissement des fondements de cette culture. Dans le contexte social des années 80, bien des choses délaissées étaient prêtes à être reconstruites. Les ruines sont le résultat de la bataille des cultures détruites, et les pionniers étaient les "fleurs du mal" poussées sur des ruines. De ce point de vue, l'absurdité que nous dépeint Xu Kun serait plutôt un 《récit》 moderne qui fait grincer des dents et le dénouement de *Pionnier* n'est pas sans nous rappeler celui du *Rêve dans le pavillon rouge*. Quand la clameur retourne au néant, est-ce que Satan peut comprendre le vrai sens de

La 《belle mélodie》 de l'existence ?

（Traduit par Chen Shuai）

Xu Kun 德语版

– Die Besonderheit der Autorin ist, dass sie Gelehrte und eine Frau ist

Im historischen Verlauf der zeitgenössischen chinesischen Literatur sind die 90er Jahre ein bedeutender Knotenpunkt. Einhergehend mit der schnellen Transformation der Gesellschaft hat auch der literarische Stil tiefgreifende und beachtliche Veränderungen erlebt. Während dieses Zeitraums sind viele Autoren aufgetreten, unter ihnen befindet sich auch unweigerlich Xu Kun. Das Zeichen „Kun " steht „Qian " gegenüber und besitzt eine großartige Bedeutung. Der Name dieser Schriftstellerin dieses zeitgenössischen literarisch- en Kreises lautet Xu Kun, die mit ihrem einzigartigen Wissen und spielerischen Humor mit einem Stift die menschlichen Gefühle und die Vielgestaltigkeit der Welt schildert. Sie ist nicht nur eine interessante, sondern auch eine warme Person.

Xu Kun ist eine umfassend akademische gebildete Schriftstellerin. Sie wurde im Jahr 1965 in Shenyang geboren. Mit 24 Jahren (im ahr 1989) schloss sie ihr Magisterrstudium ab. In den darauffolgenden Jahren von 1990 bis 2003 arbeitete sie nacheinander im Institut für Asien-Pazifik und Institut für Chinesischer Literatur an der Chinesischen Akademie der Sozialwissenschaften und promovierte und erwarb in diesem Zeitraum an der Akademie der Sozialwissenschaft einen akademischen Doktortitel. Im Jahr 2003 trat sie der Beijing Writers Association bei und wurde zu einer Vollzeit-Autorin. Derzeit ist sie die Chefredakteurin des Magazins „Volksliteratur ".

Xu Kun begann ihre literarische Laufbahn im Jahr 1993. Ihre Novelle „Baihua" machte sie berühmt. Später schrieb sie eine Reihe von Novellen mit dem glei Chen Thema wie „Baihua". Sie reflektiert die Lebensbedingungen und den geistigen Zustand der Intellektuellen in den Novellen - „Pionier", „Hot Dog", „Traumworte", „Diese Person", „Sanskrit Lied" etc. In ihrer früheren Schaffenszeit hat sie sich auf die Gruppe der Intellektuellen fokussiert und mit der Ironie der „verlorenen Gener- ation" eine Dosis nach der anderen an Literatur verschrieben. Beim Lesen ihrer Novellen erhält man keinen übertriebenen Eindruck, in ihren Geschichten sind nicht nur Witz untergebracht, sondern lassen sich auch die Gedanken fliegen. Aber sie sind auch nicht allzu nachlässig verfasst, denn ansonsten können Sie nicht den einfachen und leichten Schreibstil erkennen und einen kurzen Blick auf die guten Intentionen erhalten.

In den 90er Jahren erlangte der Feminismus in China breite Bekanntheit. Xu Kun selbst wurde in dem Prozess der Erforschung bewusst davon umhüllt und bewegte sich beim Schreiben bewusst und unbewusst in Richtung der weiblichen Rolle. Es verdient Beachtung, dass Xu Kuns narrative Identität sich in diesem Zeitraum transformierte. Die männliche Intonation in der frühen Phase verwandelte zur weiblichen Rolle der Autorin zurück. Darunter die herausragend verfassten Werke wie „Küche", „Verflixter Fußball" etc. Aber Xu Kun wurde nicht vom Feminismus „gefangen genommen", sondern behielt ihre Identität als Frau und hielt eine neutrale und nüchterne Haltung. Sie suchte danach, wie die beiden Geschlechter harmonisch miteinander Zusammenleben konnten und suchte nach einem poetischen Weg hinaus.

Eine Niederlage „Auf der Heimreise"

-- Interpretation von Xu Kuns Novelle „Die Küche"

Die Küche ist der Ausgangspunkt und Ankerplatz einer Frau." Xu Kun erwähnt dies zu Beginn ihres Textes. Die Identität einer Frau wird womöglich genau in dem Mo- ment mit dem Schritt in die Küche anerkannt. Zudem wird die starke Frau der modernen Gesellschaft bei der Rückkehr in die Küche einen Moment der Ruhe erhaltenganz gleich ob die Ruhe real oder irreal ist. Die Küche kann sozusagen als ein Stück vom „Paradies" der heutigen Frau betrachtet werden.

In Xu Kuns Novelle „Die Küche" wird eine moderne, hart arbeitende, städtische Frau beschrieben, die sich nach Liebe sehnt und sich auf die komplizierte Reise des Her- zens zurück zur Familie begibt. Auf dem Weg gibt es gibt es emotionale und nutzbringen- de Konfrontationen sowie seelische und körperliche Verwicklungen. In den Händlerkrei- sen ist sie ein junges, wunderschönes, aufstrebendes Talent, dass sich vor vielen Jahren den Männern abwendete, vor der unbedeutsamen und langweiligen Belagerung durch die Ehe floh und sich ins Meer des Handels begab und sich nach vielen Jahren der Höhen und Tiefen endlich einen Namen machte. Jedoch verliebte sie sich im mittleren Alter in einen Künstler namens Song Ze, den sie persönlich unterstützte. Zhi Zi wendete sich in diesem Moment vom Ruhm und Reichtum ab, hin zur bereitwilligen „Küchenmagd". Während der Zubereitung eines Geburtstagsbanketts entwickelte sich ein Liieren. Diese Geschichte nimmt ihren Beginn in der Küche. Zhi Zi bereitete gewissenhaft jedes Detail vor. Vom losen herunterhängenden Haar bis hin zur Weichheit der Körperhaltung, ver- wendet Zhi Zi jede Minute und jede Sekunde, mit ihrer eigenen Körpersprache um Song Ze ihre Signale zu übermitteln. Aufgrund der über - und untergeordneten Beziehung war es Song Ze jedoch nicht möglich, natürlich auf die Andeutungen von Zhi Zi zu reagieren. Letztendlich bei einem Glas Wein, brachte der Alkohol die Gedanken in Verwirrung, der Mut nahm zu und mithilfe des angetrunkenen Mutes gelang es Song Ze, Zhi Zi zu küssen und sie nutzte die Gelegenheit, um sich von ihm umarmen zu lassen. Nach dem Kuss sen- dete Song Ze gegenüber Zhi Zi ein Signal des Einhaltens aus und verkündete, dass das Spiel been- det sei. In diesem Moment überkam Zhi Zi plötzlich eine unerwartete Unzu- friedenheit. Aber mit ihrem hartnäckigen Stolz verabschiedete sie sich zum Schluss von Song Ze. Im unbewussten Zustand bemerkte sie, dass sie versehentlich noch einen Müll- beutel vom Zuhause von Song Ze in der Hand hielt. Zu diesem Zeitpunkt strömten die Tränen sintflutartig aus ihren Augen heraus.

Die Handlung der Geschichte ist einfach. Es ist nichts anderes als ein Liieren zwischen einem alleinstehenden Mann und einer alleinstehenden Frau. Weswegen liegt der Schwer- punkt der Geschichte der Novellein der Küche? Und zwar in der Küche eines alleinstehenden Mannes? Es scheint so, als ob eine Großzahl an Metaphern und Anspielungen versteckt wurden.

Seit jeher sah es für Frauen in einer patriarchalische Gesellschaft gegenüber den Männern vom Status her und bei der gesellschaftlichen Arbeitsteilung immer wie folgt aus: „Männer arbeiten außerhalb des Hauses und Frauen innerhalb des Hauses. " Wobei ein wichtiger Teil des „innenen " Raumes die Küche ist. In der Küche hat die Frau das wahre Herrschaftsrecht. Die alleinige Frei - heit der Frau war möglicherweise in der Bestimmung über die Lebensmittel zu finden. Nach dem Eintritt in die moderne Gesellschaft, hat sich die Arbeitsteilung in der Gesell- schaft gewandelt. Nachdem die Frauen einen Teil der finanziellen Verantwortung über- nommen haben, war die Küche weiterhin der Raum, in dem die Frauen die Macht hatten. Dieser Raum war vergleichsweise konstant, weswegen keine einsamen Frauen aus ihr „ heraustraten " und begierig darauf kehren die Frauen hierhin „zurück ". Zhi Zi ist gerade die geeignete Vertreterin, die mal aus ihr „gang " und mal zu ihr „zurückkehrte ". Zhi Zi begann in der Küche den Emotionsraum eines Mannes zu erfüllen. Man kann sagen, dass sie mit dieser Art und Weise vertraut ist. Aber diese Art von aufgewen- dete Energie von Zhi Zi für die „Rückkehr " war unangenehm bis hin zu gescheitert. Am Ende bewegt sie sich in einem großen Kreis und ist immer noch alleine. Worin aber liegt der Fehler?

Die moderne Liebe ist nicht mehr nur „Anmutige, reine Frau, ich, von edlem Geblüt, möchte mit Euch zusammensein ". Genau sowenig gibt es ohne das Zwitschern des Wasservogels keine Wasserpflanzen. Vielmehr gibt es noch mehr gesellschaftliche Komplexität und einen Kampf um Ruhm und Reichtum, wie der Schriftsteller Raymond Carver sagte: „Das Wort Liebe - Dieses Wort wird immer dunkler, schwerer und schwankt und sich immer ändernd und beginnt zu diesem Blatt Papier zu korrodieren." Xu Kun präsentiert in „Die Küche " präzise diese Art von „Tiefe, Schwere und instabilen Schwankungen ".

Liebe ist für Zhi Zi schwer, denn sie als Vierzigjährige ist zu alt, um sich ohne weiteres auf eine Liebesbeziehung einzulassen.. Da sie sich dessen bewusst ist, dass es im Handel viele Betrüger gibt, ist sie aus diesem Grund sehr vorsichtig. Es ist nicht einfach für sie inmitten des weiten Menschenmeeres „dem Richtigen " zu begeg- nen, aber keinesfalls wie ein schüchternes Geständnis eines jungen Mädchens. Weil ihre gesamte Liebe einem geschäftlich Untergeordneten galt, einem Künstler, von dem sie glaubte, dass er einen höheren Geist hatte als sie. Diese Statusverschiebung prädestinierte sie dazu, sich selbst in Schach zu halten und nicht die Initiative zu ergreifen; diese Gedankenlücke machte sie stets subtil und zurückhaltend, reserviert und elegant. Xu Kun verbindet diese Art von Widerspruch äußerst harmonisch miteinander, um daraus eine Art Fehlanordnung zu gestalten. Dennoch ist diese Fehlanordnung eine Art Ironie. Das Herz des Künstlers ist keineswegs nobler als das der Geschäftsfrau, sondern viel mehr leichtsinniger und utilaristischer. Was Zhi Zi sich von der Küche wünschte, war eine stabile Beziehung, einen Mann, der lange bei ihr bleibt, während Song Ze Schwierigkeiten hatte, seine promiskuitive Energie zu mobilisieren, um seinen Investoren nicht den Spaß zu verderben, und er spürte, dass er bei Zhi Zis heftiger Umwerbung ein echtes Gefühl hat.. Aber in der Realität kann er es nicht umsetzen. Er konnte die Verantwortung, die seine Kunst und seinen Ruhm übersteigen, nicht ertragen, geschweige denn die Ehe.

Aus dieser Perspektive versteht sich Xu Kun darin die Trauer einer Frau äußerst de- tailliert niederzuschreiben. Diese allegorische Geschichte gehört zu den modernen Frauen. Die modernen Frauen „ kehren zurück " und nicht so wie Tao Yuanming vor tausend Jahren mit leichtem Fuß und in der frühen Morgendämmerung. Umgekehrt ist diese Art von Rückkehr mit einem übermäßig hohen Preis und tiefen Verletzungen verbunden, was den Frauen zur Vorsicht rät.

Verlorene Gruppe, verlorene Generation

-- Intellektuelle Reflexion des Romans „Baihua"

Sprache ist eine Art Existenz. Heidegger sagte: Die Menschen entstammen der Sprache und Existenz. Unterschiedliche Menschen verfügen über unterschiedliche Art und Weisen, sich sprachlich auszudrücken. Die Sprache ist eine Art Status, der die Iden- tität differenziert. Der Verlust einer Sprache bedeutet den Rückgang einer Gruppe bis hin zur

Vernichtung. Die Romanautorin Xu Kun gibt einen tiefen Einblick in diese Verbindung. Mit einem mitleidenden Klang schreibt sie nieder, wie Intellektuelle allmählich keine andere Möglichkeit haben, als sich vom Sprachsystem zu distanzieren.

Die Geschichte in „ Baihua " ereignet sich in den 90er Jahren. Eine Gruppe von Diplomstudenten und Doktoranden der Chinesischen Akademie der Sozialwissen- schaften reagierte auf den Appell der Nation „Intellektuelle und Arbeiter zusammen- zuführen " und wurde aufs Land entsendet - für sogenannte „Trainingsübungen ". Sie haben in einem Dorf auf dem Flachland von Nord-Hebei-Provinz die Gedanken umgewandelt und das Leben erlebt. Darunter ereigneten sich viele Zwischenfälle, die die Menschen zum Lachen bringen. Die Intellektuellen hatten vor, mit der Sprache eine „Baihua-Bewegung " zu beginnen. Mit der Sprache wollten sie sich dem einfachen Volk nähern und sich in ihr integrieren. Nach ei- nem Jahr haben es die Diplomstudenten und Doktoranden nicht wirklich geschafft sich mit den Arbeitern zusammenzuschließen. Vielmehr gab es eine Reihe von Schwicrig- keiten. Die Intellektuellen wurden zu Unrecht von den Dorfbewohnern verleumdet und letztendlich zurück nach Peking geschickt.

Der Stand der Intellektuellen unterschied sich jeher vom einfachen Volk. Niemand konnte die beiden zusammenführen. Die Wissensstrukturen und Denkweisen bestimmten die Sprache der Intellektuellen. Schon seit jeher existierte der Unterschied zwischen ihrer und der gesprochenen Sprache des einfachen Volkes. „ Edel " und „ schwermütig" gehörte zum Ton der Intellektuellen. Großartigkeit und Herrlichkeit sind spezielle Eigenschaften der Sprache der Intellektuellen. Unter allen sind die Intellektuellen ein einzigartiger Regenbogen, der am Himmel hängt. Wenn der Regenbogen auf den Boden gedrückt und nicht losgelassen würde, erhielt man letztendlich ein beängstigendes rotierendes Dispersionsprisma. Wenn die Intellektuellen das Recht, „eine Aussage zu machen " und „ die Botschaft zu übermitteln " in ihrer eigenen Art des Diskurses verlieren, und stattdessen alles in der Umgangssprache ausdrücken müssen, verlieren sie der Intellektuellen ihre grundlegende Bedeutung und ihren Wert. Dies ist gleichbedeutend mit der Zerstreuung des Lichts, einer Art Zerstreuung der Selbstexistenz der Intellektuellen. Es handelt sich um eine Zerstörung der Selbstexistenz der Intellektuellen. Im Grunde ist dies die Dekonstruktion von Xu Kun hinsich- tlich der Gruppe der Intellektuellen.

Die 90er Jahre waren eine Zeit mit einer Vielfältigkeit der Stimmen. Die vollständige Umsetzung der Marktwirtschaft hat dazu geführt, dass sich die gesamte chinesische Gesellschaft Kommerzialisierung und Gewinnerzielung. Die intellektuelle Gemeinschaft, deren Aufgabe es ist, geistige Werte zu schaffen, scheint ein "überflüssiger" Teil der Gesellschaft geworden zu sein. Sie haben keine Möglichkeit, ihre Stimme zu erheben, und selbst wenn sie es tun, werden sie ignoriert. Widerwillig wendete sich ein Teil der Intellektuellen Richtung Markt und ein anderer Teil bewegte sich an ihren ursprünglichen Ort. Der Glanz der 80er Jahre ist bereits vergan- gen. Die 90er Jahre hinterließen den Intellektuellen viele schmerzliche und frustrierende Erinnerungen. Xu Kun, die aus den 90er Jahren stammt, verfügte über tiefgreifendes Wis - sen über diese Art von unangenehmer Situation. Aber die Knochen dieser Gelehrten war- en nicht die voller Selbstmitleid wie die von der „Lin Daiyu ". Sie nutzte ihr eigenes angeeignetes Wissen, um die Intellektuellen zu literarisieren. Umgekehrt be- treibt sie Selbstspott und Selbstverarbeitung. Bei der Lektüre von „Baihua " haben Sie das Gefühl, dass sie untertreibt. Mit Humor drückt sie ihre Sympathie und ihr Bedauern gegenüber den Intellektuellen aus. Sie bekämpft gerade Gift mit Gift und kratzt die Knochen um die Wunden zu heilen. Indem die Wunden der Sonne ausgesetzt werden, soll das Bild der intellektuellen Gemeinschaft wiederhergestellt werden.

Außerdem sollten wir beachten, dass Xu Kun in „Baihua " von Anfang bis Ende aus einer männlichen Perspektive erzählt. Das „Ich " in der Geschichte ist der Gruppenleiter der „Stelle für Nachwuchs " und ist der sogenannte „Kopf " der Intellektuellen. Das „Ich " besaß die umfassende Verantwortung eines Leiters, der aus der Vogelperspektive einen umfassenden Überblick von Seiten des Intellektuellen über das Geschehen besaß. Die Erzählung aus einer männlichen Perspektive ist das charakteristischste Merkmal von Xu Kuns frühem Schreiben, wodurch der Fokus auf das eigene Geschlecht geschwächt wird. Um den Raum des Schreibens zu erweitern und nicht durch den Fluss der persönlichen Emotionen gebunden zu sein.

Die unruhige Zeit der 90er Jahre können wir persönlich nicht mehr am eigenen Körper erleben, aber aus dem „Baihua " von Xu Kun können Sie die unruhige Erschei- nung der Intellektuellen mit ihren einsamen Herzen nachempfinden.

Lärm aus den Ruinen

-- das Schwere und das Groteske in Xu Kuns Novelle „Pionier"

Beim Lesen von „Pionier" ist es so, als ob man eine Farce sieht, „ein Durchein- ander, bei dem ein Charakter geht und der andere Charakter auf die Bühne tritt". Hier zeigen sich bizzare Bilder und groteske Äußerung.. Am Ende lässt sich das ganze von einem anderen zu Nutze machen.

Mit dem Beginn des Romans „Pionier" wechselt Xu Kun dem Anschein nach das Kostüm. Wenn man behauptet, dass „Baihua" ein Gentleman sei, dann ist „Pionier" mit Absicht unansehnlich und provozierend, was die Menschen zum häufigen Lachen bringt.„Baihua" ist eine erste kleine Zurschaustellung eines Werkes von Meisterhand. „Pionier" ist die Präsentation der Fähigkeiten. „ Es ist unbekümmert geschrieben. Aufgehoben ist es luftig und locker und bricht jeden Widerstand", so lautet die Bewertung der berühm- ten zeitgenössischen Autor Wang Meng.

„Pioneer" ist eine Farce, ein „Spiel", bei dem es darum geht, ein Feuerwerk zu sehen, das allmählich aufsteigt, aufblüht und untergeht. Im Mittelpunkt der Geschichte steht Satan, der Maler, der die „Ruin School" gegründet hat. Die Geschichte handelt von ihrem Aufstieg, ihrem Fall und ihrer Wiederbelebung zwischen 1985 und 1995. Sie endet mit der Selbstzerstörung Satans. Dieses Ende ist auch eine Prophezeiung für die Richtung der Pioneers. Die 80er Jahre waren ein glanzvolles Zeitalter für Kunst und Künstler. Die Bewertung der Kunst war blind und grotesk -- „Alles normale wird mit der festen Überzeugung als antik betrachtet. Alles ungewöhnliche kann zum Anti-Helden werden". Im Westen werden die verschiedenen „ismus" von Theoretikern in Container beladen und auf Oz- eanfrachtern nach China importiert. " Die Massen „verehren wie hypnotisiert den Pioni- er des neuen Zeitalters". Xu Kun verwendet in ihrer Novelle äußerst übertriebene Kun‐ stfertigkeiten, um diese wahnsinnige Atmosphäre aufzubauschen. Wenn wir es heute anschauen, mag es womöglich sein, dass wir unaufhörlich lachen. Aber diese Art von Über‐ treibung ist nicht nachlässig geschaffen worden. Dies ist gewiss ein alternativer Aus‐ druck des gesellschaftlichen Umfeldes der 80er Jahre. In dem Roman schafft Xu Kun eine Szene eines „ Nationalen Kunstwettbewerbs " der 1989er Jahre. Der Wettbewerb führt unmittelbar zur Auflösung der „Ruin School ". Unter der Illusion der Kunst, werden die bisherigen finsteren Motive zur rücksichtslosen Gier. Die Auflösung der „Ruin School " geschehen nicht aufgrund der unterschiedlichen Ideen von Kunst, sondern die unreinen Herzen der Menschen und die ungleiche Verteilung der Vorteile. Wie die „Ruin School " tritt mit der Ankunft der 90er Jahre ein vorübergehender Niedergang der Kunst ein. Die Künstler wurden über Nacht arbeitslos, änderten ihre Identität und irrten weiterhin umher. Seine Haare verloren ist Satan wieder derselbe alte Narr, der die Er nimmt seinen Bilderrahmen in die Hand und sucht nach seinen Wurzeln. Schließlich konnte er sogar inn der buddhistischen Religion keinen Ausweg aus der irdischen Welt finden. Die Mönche sind mit der Herstellung von Lehrmaterial und der Leitung von Hochschulen beschäftigt. Ein Gerichtsverfahren brachte ihn in die Realität zurück. Der Hype um die Klage hat Satan in die Kunstwelt zurückgebracht. „Die Ruin School " kommen er‐ neut zum Vorschein. Aber das Comeback kann Satan nicht den früheren Glanz und das Vergnügen zurückbringen. Seine Abhängigkeit an Frauen und die erfolgreiche Hype konnten nicht als Ruhm gewertet werden. Schließlich wurde der Satan verrückt und zerstörte seine Bilder. Zusammen mit seinen Gemälden hat er seine eigene „ Geschichte einer gebrochenen Generation" fertiggestellt. Dies war in der Tat die übliche Tragödie der Zeit, „das Herz war in Aufruhr und der Tod wird sehr einfach. "

Satan führte die „Ruin School ". Warum konnten die „Pioniere " nicht in den Ruinen „ tanzen "? Der Anfang der Geschichte präsentiert uns einen Blick auf die Ruin‐ en. Vom abstrakten her betrachtet, verstehen wir, dass die Ruinen keine zerstörten Mau‐ ern sind, sondern die Asche der Kultur. Sie sind die Basis der zerstörten Kultur. Im gesellschaftlichen Kontext der 1980er Jahre, als noch alles in Trümmern lag, symbolisierten Ruinen die Zerstörung der Kultur. Die Ruinen symbolisierten das Schlachtfeld, auf dem die Kultur zerstört wurde, und die „Pioniere" waren die „Blumen des Bösen ", die auf den Ruinen gediehen. Aus dieser Perspektive ist Xu Kuns Absurdität wie eine moderne Version der „Niederschriften derfür Menschen unerklärlichen Phänomene ", die mit knirschenden Zähnen lacht.

Das Ende von „Pionier " ist ein wenig wie das von „Der Traum der Roten Kammer ". Wenn der Lärm zum Nichts zurückkehrt, kann nicht gesagt werden, ob Satan die zweite und dritte Bedeutung der klassischen chinesischen Verszeilen aus dem Traum der Roten Kammer „Das Lied des Vorbei " erklären kann.

Сюй Кунь 俄语版

В истории современной китайской литературы 90—е гг являются важным этапом. Вслед за резкой трансформацией общества, в литературной форме также происходят глубокие и очевидные изменения. В это время, когда новые писатели появлялись в большом количестве, Сюй Кунь является одним их тех, о которых нельзя не упомянуть. Кунь (этот иероглиф символизирует женское начало) в противовес иероглифу Цянь, символизирующему мужское начало, дает нам великий образ. Имя соответствует его носителю, на современной литературной сцене Сюй Кунь, женщина—писатель (без пробелов), прибегнув к накопленным знаниям и свойственной ей остроумию, пишет об изменениях людских отношений и о многообразии мира. Она интересна, у нее есть вкус.

Сюй Кунь — писательница, которая получила полное высшее образование. Она родилась в 1965 году в городе Шэньян провинции Ляонин, в 24 года (1989 год) закончила бакалавриат и магистратуру. С 1993—го по 2003—й гг в разное время занимала должности в азиатско — тихоокеанском и литературном отделах Академии общественных наук КНР, а также в этот период она усердно училась на аспирантуре и получила степень доктора литературы. В 2003 году вошла в Союз писателей города Пекина и стала профессиональным писателем. В настоящее время работает заместителем главного редактора в журнале «Жэнь мин вэнь сюэ».

Творческая карьера Сюй Кунь началась в 1993 году, повесть «Байхуа» быстро прославила ее. Затем она один за другим создала серию романов, тема которых схожа с «Байхуа», и в которых отражена жизнь и душевное состояние интеллигенции 80—90— х гг: это «Авангард», «Хот — Дог», «Разговор во сне», «Этот человек», «Песня Будды» и др. В начале своего творческого пути ее занимает проблема интеллигенции, умело используя иронию, она выписывает литературные рецепты "потерянному поколению". Когда читаешь ее сочинения, нет никакой нужды сохранять строгое лицо, а наоборот хочется смеяться и шутить, мысли летят; но конечно нельзя слишком распускаться и вольничать, иначе не сможешь разглядеть усердие автора через ее непринужденный стиль.

В 90— е гг в Китае феминизм получает широкое распространение. Как исследователь Сюй Кунь тоже оказывается вовлеченной в этот процесс, невольно свое писательское внимание заостряет на проблеме женщин. Стоит обратить внимание, в это время у нее меняется манера повествования, с мужского стиля на начальном этапе творчества она возвращается к своему женскому — Я. В этот период она пишет такие замечательные прозведения, как «Кухня», «Чертов футбол» и др. Однако Сюй Кунь не была "похищена" феминизмом, а наоборот то, что женщина, помогло ей сохранить нейтральный и хладнокровный взгляд на мир, помогло в поисках ответа на вопрос: каким образом мужское и женское могут мирно сосуществовать.

Вступив в новый век, Сюй Кунь постепенно расширяет писательский кругозор, и в поле ее зрения оказывается жизнь общества, используя бескрайние повествовательные возможности романа, она пишет о стремительно меняющейся эпохе и сомнениях сердца. Конечно, все эти сомнения носят в себе следы самопереосмысления и самолечения автора. В романе «Иностранец в Китае» события происходят в начале нового тысячелетия, отображены реальные изменения в китайском обществе с точки зрения иностранца, приехавшего в Китай; «22 вечера весны» — роман в автобиографическом стиле, в котором описан духовный кризис современных людей с точки зрения любви и брака. В «Августовской рапсодии» на фоне Олимпиады в Пекине показано отчуждение в сердцах людей. В этот период Сюй Кунь меняет свой литературный стиль, ее более заботит признание у читателей и рыночный эффект, воспринимает жизнь через народную точку зрения.

В настоящее время Сюй Кунь уже нечасто публикует новое произведение, но если мы взглянем на всю ее творческую карьеру, то можем заметить, что ее творчество неразрывно связано с эпохой. Как писатель, чья творческая карьера сосредоточилась на стыке столетий, Сюй Кунь, используя тонкий талант женщины и аккуратную невозмутимость ученого, врезается в пространство для выражения литературного мира. Ее произвдения нам стоит прочесть.

ИЗВЕСТНЫЕ ПРОИЗВЕДЕНИЯ

«Кухня»

"Кухня—это отправной пункт и якорная стоянка женщины" . Именно такими словами начинается роман Сюй Кунь. Идентификация себя как женщины возможно начинается именно с момента ее вступления на кухню; а когда успешная женщина, плывущая по волнам современного общества с попутным ветром, возвращается на кухню, то воспринимает это как передышку на короткое время. Независимо от того, что реальность это или фантазия. Можно сказать, что для современных женщин кухня является "земным раем" .

В романе «Кухня»Сюй Кунь изображена женщина, вкалывающая на работе в современном городе, и которая жаждет любви, описывается сложный процесс размышлений о возвращении в семью. Здесь есть и противостояние, есть и конфликт. Чжи Цзы — успешная женщина, с прекрасной внешностью и способностями. Много лет назад она оставила ребенка и мужа, убежала от посредственной и скучной жизни в браке, посвятила себя бизнесу, много лет боролась и, наконец, достигла успеха. Однако в зрелом возрасте она влюбляется в художника по имени Сун И, которого сама же и поддерживала. С этого момента Чжи Цзы отказывается от денег и положения, по доброй воле становится "кухонной рабыней" Сун И. В процессе приготовления праздничного ужина в честь дня рождения назревает роман. История начинается с кухни. Чжи Цзы тщательно продумывает каждую деталь, начиная с собранных в узел волос и кончая мягкими телодвижениями, она каждую минуту и каждую секунду с помощью языка тела передает сигналы ему. Однако связанный отношениями руководителя и подчиненного Сун И не может естественным образом ответить на ее намеки. Наконец, настает день праздничного ужина, поднимаются бокалы, алкоголь пьянит головы и вселяет храбрость, Сун И целует Чжи Цзы, которая бросается ему в объятия. После поцелуя он говорит ей, что нужно остановиться и что игра окончена. В этот момент она чувствует бесконечное разочарование ОТ неожиданного удара, но чувство собственного достоинства поддерживает ее в минуту расставания с Сун И. Потом она замечает, что держит в руке пакет с мусором, который она машинально вынесла из его квартиры, только тогда из ее глаз хлынут горькие потоки слез.

Сюжет очень простой, не более, как история о короткой тайной связи между одинокими мужчиной и женщиной. Но главное заключается в том, что почему автор выбрал кухню местом действия для своего романа? Более того, кухню в квартире холостяка? Здесь кажется кроется намек.

Издавна в патриархальном обществе положение женщины было подчиненным, в разделении труда также всегда следовали принципу "мужчина вне дома, женщина внутри дома". А важнейшей частью дома является кухня, только на кухне женщина пишется без пробелов обладает властью. Возможно, единственной свободой, которой располагает женщина, является распоряжение продуктами питания. В современном обществе, хоть и произошли изменения после того, как женщины взяли на себя часть экономической ответственности, кухня по — прежнему остается местом, где у женщины есть право голоса. Это место относительно стабильно, поэтому те женщины, которые боятся одиночества, очень часто "уходят" отсюда, а те женщины, которые хотят вернуться, тоже "возвращаются" именно сюда. История Чжи Цзы как раз является самым классическим примером этого "ухода" и "возвращения". Она начинает проникать в чувственное пространство одинокого мужчины из кухни, можно сказать, что это проверенный путь. Но ее "возвращение" отняло у нее много сил, она чувствовала свою неловкость и, в конце концов, потерпела поражение. Она осталась в одиночестве, в чем ее ошибка?

Современная любовь это уже не просто история "красивой и скромной девушки, выходящей замуж". Никто уже не воспевает добродетели невесты и любовь к ней жениха, как в песне "Гуань—Цзюй", отношения между людьми стали запутанными, идет борьба за деньги и положение. Как сказал писатель Раймонд Карвер: "Слово любовь — это слово постепенно потемнело, стало тяжелым и непостоянным, и начало разъедать этот лист бумаги". Сюй Кунь в романе «Кухня» очень метко обрисовала эти "тяжесть и непостоянство".

Для Чжи Цзы любовь тяжела, потому что в зрелом возрасте она уже не может с легкостью отдаться чувству любви, а мир бизнеса научил ее понимать, что стремления людей коварны, поэтому нужно быть осторожным и расчетливым. Среди бесконечного множества людей она, наконец, встретила своего "принца на белом коне", но решительно нельзя, как юная девушка, застенчиво объясниться в любви. Потому что она полюбила подчиненного, стоящего ниже ее по социальной лестнице, но в то же время художника, который должен быть гораздо выше ее по своему духовному миру. Эта разница в положении обрекает Чжи Цзы постоянно сдерживать себя, она не может открыто действовать; а различие между ними в духовном отношении заставляет ее быть замкнутой и отстраненной. Сюй Кунь эти противоречия крайне гармоничным образом соединяет вместе, формируя смещение. Однако в этом смещении кроется ирония, так как душа человека из мира искусства не намного благороднее, чем душа женщины из мира бизнеса, а напротив, он еще более легкомыслен и жаждет славы и денег. Чжи Цзы жаждет добиться стойкого чувства, мечтает о человеке, который будет с ней всю жизнь. Сун И, чтобы не разочаровывать своего благодетеля, флиртует с ней, он видит в яростном наступлении Чжи Цзы серьезное чувство. Но играть в настоящую любовь он не в состоянии. Он не может взять на себя ответственность сверх того, что не касается его творчества и славы, что уж говорить о браке.

С этой точки зрения, Сюй Кунь очень тонко описала страдание женщины, эта иносказательная история принадлежит современной женщине. "Уход и возвращение" современной женщины не может быть описан, как у Тао Юаньмин, жившего больше тысячи лет назад; а напротив, это "возвращение" ценой больших усилий, глубоких переживаний, серьезных обдумываний.

«Байхуа»

Речь—это один из видов существования. Мартин Хайдеггер сказал, что люди существуют благодаря речи. Разные люди пользуются разными языковыми моделями, языковая модель — это символ, с помощью которого можно идентифицировать людей. Утрата одной языковой модели означает закат общины или даже ее уничтожение. Романистка Сюй Кунь со всей проницательностью разглядела эту связь, рассказала о безысходности той ситуации, когда интеллигенция постепенно отрывается от той языковой системы, к которой принадлежала.

Действие романа «Байхуа» происходит в 90—е гг, аспиранты и доктора наук Академии общественных наук, откликнувшись на призыв государства о "соединении интеллигенции с рабочими и крестьянами", отправляются работать в деревню, чтобы "закаляться". В деревне их идеология перестраивается, они познают жизнь, а также происходит множество событий, заставляющих и смеяться, и плакать. Они намеревались приступить к делу, начиная с языка, так сказать, стать инициаторами "движения Байхуа", хотели приблизиться к народным массам при помощи языка, стать с ними единым целым. Спустя один год, аспиранты и доктора наук не только не соединились пишется без пробелов с рабочими и крестьянами, но и нажили кучу проблем. История кончается тем, что оклеветанный деревенскими жителями доктор наук под конвоем доставляется обратно в Пекин.

Социальный слой интеллигенции всегда отличался от народных масс, и никто не может соединить их вместе. Различие в структуре знания и методов мышления определили то, что язык интеллигенции всегда был непохож на разговорный язык, "книжный, надменный" эти эпитеты отражают особенность стиля интеллигенции. Среди множества других стиль интеллигенции напоминает радугу, распустившуюся на горизонте, которую можно только разглядывать издалека, и относиться с должным уважением. Но если пригнуть радугу к земле и не отпускать ее, то в конце концов, боюсь, можно добиться лишь мгновенного цветорассеяния. Когда интеллигенция утратила право "основывать учение" и "выражать высокую идею" посредством свойственной ей особой языковой модели, и перешла на современный разговорный язык байхуа, чтобы выражать свои мысли, то само ее существование потеряло свое основное значение и ценность. Это все равно, что цветорассеяние у света, это уничтожение самосуществования интеллигенции. Если говорить в корне, это анализ интеллигенции, проводимый самой Сюй Кунь.

90—е гг это шумное время, всестороннее продвижение рыночной экономики привело к коммерциализации всего китайского общества. Представители интеллигенции, считающие за личную ответственность создание духовных ценностей, как будто стали в обществе "лишними людьми", у которых нет права голоса, даже если бы они заговорили, то никто и внимания не обратил бы. Часть, которая не смирилась с одиночеством, поддались рынку, а другая часть лишь могла блуждать на прежнем месте. Блеск и слава 80—х гг рассеялись, 90—е гг оставили им лишь горькое чувство и безысходные воспоминания. Сюй Кунь пришла из 90—х гг, она хорошо знает эту неловкую ситуацию. Но, как ученый, она в душе отнюдь не была "младшей сестрой Линь", жалеющей себя, а прибегнув к своему образованию и знанию интеллигенции, она переворачивает приемы самоиронии и самоуничтожения. Когда читаешь роман «Байхуа», можно почувствовать ее сострадание и любовь к интеллигенции сквозь иронию. Она именно изгоняет яд с помощью яда, скоблит кость, чтобы вылечить рану. Обнажает боль под солнечными лучами, с целью заново воссоздать образ интеллигенции.

Другое, на что мы еще должны обратить внимание, это то, что Сюй Кунь в «Байхуа» ведет повествование с мужской точки зрения. В этой истории "я" это руководитель "молодежи", "начальник" тех самых направленных в деревню интеллигентов. "Я" обладаю полной властью руководителя, именно такой панорамный угол зрения создает "картину жизни" интеллигенции. Ведение рассказа с мужской точки зрения является главной особенностью раннего творчества писательницы, она ослабила свое внимание на половое различие, чтобы расширить творческое пространство, чтобы не придерживаться провляения только личностных чувств.

Что касается того беспокойного времени 90— х гг, то мы не можем прочувствовать этого сами, но читая роман «Байхуа» Сюй Кунь, мы можем увидеть одиночество интеллигенции сквозь беспокойные образы.

«Авангард»

Когда читаешь «Авангард», то появляется ощущение будто смотришь шумную комедию. Странная композция, совершенно асбурдные беседы, а в конечном счете, "только и всего, что для другого шьешь свадебный наряд".

Начиная с "Авангарда", Сюй Кунь кажется переменила свой стиль. Если говорить, что «Байхуа» — это желторотый младший ученик, то «Авангард» намеренно вызывает у читателей частый смех. «Байхуа» — это проба сил, а в "Авангарде" полностью раскрылся талант писателя. "Покрытый туманом, небо во мгле и земля во мраке, словно входишь в безлюдную местность". Известный китайский писатель Ван Мэн дал такой отзыв.

«Авангард» — это фарс, расцветающая и падающая "игра", во время которой смотришь, как огонь постепенно поднимается выше. Главный герой — художник по имени Са Дан, который основал школу живописи "Развалины"; в романе описывается история расцвета, упадка и вновь расцвета этой школы с 1985 года по 1995 год. В конце книга заканчивается самоуничтожением Са Дана. Такой финал является предсказанием пути "авангардистов".

80—е гг это время, когда искусство и деятели искусств добились блестящих успехов, знаки, которыми оценивали искусство, были слепы и лживы, "обычное считалось консервативным, все необычное становилось антигеройским". Различные западные "идеи" теоретики "упаковывали в контейнеры, отправляли на океанских танкерах и импортировали в страну". Народные массы "словно неразумные, словно пьяные поклонялись передовикам новой эпохи". В романе Сюй Кунь, используя прием крайнего преувеличения, описывает лихорадочную атмосферу того времени, возможно сейчас читая об этом, мы невольно засмеемся, но такое преувеличение не совсем выдумано как попало, а это действительно оригинальное выражение общественный среды 80—х гг. Сюй Кунь в своем произведении построила сюжет вокруг "Национального конкурса в области искусства", прошедшего в 1989 году, это событие привело к распаду школы живописи "Обломки". Под искаженными образами в искусстве можно разглядеть, что каждый замышляет недоброе, ослеплен жаждой наживы. Причина распада школы живописи "Обломки" кроется не в различии художественных концепций, а в раздоре стремлений и неравном распределении выгоды. Наступает 90—й год, когда—то гремевшие искусства один за другим пришли в упадок, как и школа живописи "Обломки". Деятели искусств в одночасье лысеют, меняют свой облик и продолжают передаваться разгульной жизни. Оставшийся без волос Са Дан вновь становится прежним дураком, взвалив на плечи свои картины, он выбирает путь затворничества и уходит искать корни. Много поскитавшись, он приходит в монастырь, но кажется, что и здесь он не может сбежать от суетного мира, монахи заняты обучением и воспитанием. Увидевший безысходность своего затворничества, Са Дан возвращается к действительности из—за судебного дела. Заинтересованность в успехе этого судебного дела заставляет его вернуться в мир искусства. Ученики школы живописи "Обломки" узнав об этом, также возвращаются, и школа вновь открывается. Но возвращение уже не может дать Са Дану славу и удовлетворение как прежде, успех за счет женщины или раскрутки не может считаться почетом. В конце концов он сходит с ума и погибает, связав свои картины вместе, он заканчивает писать свою "историю отдельной эпохи". Это действительно обычная драма того времени, "сердца людей неспокойны, умирать становится очень легко".

Са Дан направлял школу живописи "Обломки", когда бывало, чтобы "авангардисты" не "танцевали" на руинах? В начале романа перед нами открывается сцена с обломками. Если понимать абстрактно, то обломки это не только обвалившиеся стены и развалины, но и пепел, фундамент разрушенной культуры. На фоне общества в 80—е гг все нуждается в возрождении, обломки символизируют поле сражения после уничтожения культуры, «авангардисты» это «цветы зла», выросшие среди обломков. С этой точки зрения, абсурд у Сюй Кунь похож на современную версию "затворника", это смех, прорвавшийся сквозь зубовный скрежет.

Финал "Авангарда" отсылает нас к книге "Сон в красном тереме".

(Перевод: Кристина Аммосова)

Xu Kun 西班牙语版

Retrato literario

Para el proceso histórico de la literatura contemporánea de China, la década de los noventa es un nexo importante. Con la rápida transformación de la sociedad, el estilo literario ha experimentado cambios profundos y significativos. Durante este período surgieron escritores, entre los cuales Xu Kun vale la pena mencionarse. Kun significa "tierra" en chino y corresponde a Qian, cielo, lo cual da la impresión de amplitud y espacialidad. El sentido de su nombre es parecido al de su personalidad. Dentro del mundo literario contemporáneo Xu Kun se caracteriza por su conocimiento único y su sentido del humor; con un estilo literario capaz de describir de manera prolija el bienestar humano y los fenómenos del mundo. Es una mujer muy interesante y efusiva.

Xu Kun es una escritora totalmente educada en la academia. Nació en Shenyang, provincia de Liaoning, en 1965. A los 24 años (1989) ya había terminado la carrera universitaria y el de posgrado. Desde 1990 hasta 2003 trabajó en el Instituto de Asia y Pacífico y de la Literatura de la Academia de Ciencias Sociales de China; al mismo tiempo, obtuvo el título de doctora en Literatura en la Academia de Posgrado del mismo lugar. Se convirtió en escritora profesional al alistarse a la Asociación de Escritores de Beijing en 2003. Ahora, desempeña como editora en jefe de la revista Novelas Selectas.

Su carrera literaria comenzó en 1993. Su novela Vernáculo le trajo éxito y reconocimiento. Después creó una serie de novelas que refleja la vida y la mentalidad de los intelectuales de las décadas 80 y 90; su temática es parecida a la de Vernáculo, por ejemplo: Pionero, Perrito caliente, Delirio, Sirena, Gita, etc. En sus inicios, ella emplea la ironía y las prescripciones culturales para salvaguardar a la denominada "generación perdida". Al leer sus novelas, no es indispensable adoptar una actitud de seriedad, se puede descansar en su silencio narrativo; sin embargo, no hay que dejarse llevar. De lo contrario, no se puede sobrepasar el estilo casual de la narración y entender la verdadera intención del autor.

En la década de los 90, el feminismo es muy popular en China. Como investigadora que vivió durante dicha época, no se dio cuenta de que sus escritos eran de carácter feminista. Cabe mencionar que durante este periodo, ella cambió su identidad narrativa, la entonación masculina característica de sus trabajos iniciales se transformó en una perspectiva femenina. Durante esta época, escribió una buena selección de obras, por ejemplo, Cocina yFútbol de perros. No obstante, no fue solo atada por el feminismo, sino por la identidad femenina, tomando una actitud neutra e imperturbable para investigar la forma en que hombres y mujeres coexisten armoniosamente.

Llegado el nuevo siglo, la visión de su escritura se expandió gradualmente a la extensa vida social; la era del cambio acelerado y la confusión de la mayoría de la gente están inscritos en la narración de la novela. Por supuesto, esta confusión trae una autorreflexión y una sombra curativa consigo. Un extranjero en China, publicado a principios del nuevo milenio, describe las dos experiencias que sufre un extranjero y que le permiten reflexionar sobre el cambio de la sociedad china. Veintidós noches de primavera trata sobre la crisis espiritual de la gente moderna, desde un punto de vista amoroso y matrimonial. La rapsodia de agosto toma los juegos olímpicos de fondo para hacer una reflexión de la alineación del corazón humano. En esta etapa, la escritora hace un cambio de estilo, presta más atención a los sentimientos del lector y los beneficios del mercado, hace una interpretación de la vida a través de una perspectiva social.

Aunque últimamente no ha publicado nuevas obras, queremos acercarnos a la carrera literaria de Xu Kun y de esta manera descubrir la intimidad con la que delimita cada época. Como escritora ha centrado sus obras en la confluencia de los siglos, además de su talento delicado y femenino, su rigor académico le otorgó un lugar especial dentro del mundo literario. Sus obras son dignas de leer.

Introducción a las obras representativas

Cocina

"La cocina es el punto de partida y el refugio de una mujer", así comienza la novela. La identidad de la mujer posiblemente es reconocida cuando entra en la cocina. Al mismo tiempo, las mujeres fuertes que afrontan la tempestad de la sociedad moderna logran en ella un momento de respiración, sea real o ilusorio. La cocina es un buen sitio para las mujeres modernas.

Cocina trata sobre el complejo proceso sentimental que una mujer atraviesa en la sociedad moderna, el arduo trabajo y su búsqueda del amor, además de su deseo por regresar al nido familiar. Surge la lucha de los contrarios: afecto y beneficio; cuerpo y espíritu. Zhizi, una comerciante excelente, dama de hierro de gran belleza y medios, se alejó de un matrimonio mediocre y aburrido para lanzarse al mundo comercial. Tras varios altibajos, consiguió el éxito y la fama. No obstante, a los cuarenta años, se enamoró de Songze, un artista al que había ayudado a alcanzar el éxito. El amor que siente por él, le hace sopesar la idea de dejar la fama y el éxito para convertirse en ama de casa del artista. Durante la preparación de un banquete de cumpleaños por parte de Zhizi, se ve envuelta en varias situaciones de coqueteo amoroso. La historia inicia en la cocina, Zhizi prepara cada detalle con esmero, desde el atado de cabello hasta la suavidad de los brazos. A través de su cuerpo, le dice a Songze que lo ama; no obstante, el artista no puede corresponderle, porque la diferencia social, que los separa, lo atormenta. Cuando llega la hora de la fiesta, Songze se acerca, tambaleando su copa, a Zhizi y, con el alcohol nublando su mente y llenándolo de valentía, la besa apasionadamente y ella le responde. Sin embargo, cuando el beso llega a su fin, Songze se separa de ella y le dice que la relación no puede seguir. Aunque Zhizi se siente desolada, su obstinación y amor propio le permiten despedirse del artista. Al salir de casa de Songze se da cuenta del saco de basura que lleva en su mano, este simple hecho la hace soltar finalmente las lágrimas.

El argumento del cuento es simple, nada más que un par de solteros dentro de un momento ambiguo. No obstante, la importancia radica en el lugar donde se desarrolla el cuento: la cocina como alegoría de la soltería, lo cual tiene enormes implicaciones metafóricas.

Desde la era antigua, en la sociedad donde los hombres dominan la autoridad, la mujer mantiene una posición de subordinación; en la división laboral, los hombres se encargan del trabajo externo, mientras que las mujeres del interno. La cocina es un sitio muy importante para el trabajo dentro de casa; solo en la cocina, la mujer tiene el derecho de dominar. El dominio del alimento tal vez sea la única libertad femenil. Llegada la sociedad moderna, aunque la división del trabajo ha cambiado y la mujer es responsable de una parte de la economía, la cocina todavía se encuentra entre uno de los dominios de la mujer. Este espacio es estable, por eso, algunas mujeres solitarias generalmente se van de aquí, al mismo tiempo, las mujeres que buscan el retorno vuelven aquí. Zhizi es la típica vocera de la ida y el regreso. Entra en un espacio emocional de soltería a través de la cocina, se puede decir que es una experta en el tema. Pero, el regreso es difícil, embarazoso y hasta, en cierto sentido, un fracaso. Después de todo, ella volvió a sus inicios, sola nuevamente, sin ninguna posesión ¿Dónde estuvo su error?

El amor moderno deja de ser aquel donde las señoritas son perseguidas por el hombre de noble carácter, ya no existe el canto de las aves y el rendirse ante los pies del enamorado; en cambio, subsiste la complejidad emocional y la lucha por el éxito y la fama. En palabras del escritor Raymond Carver "la palabra amor, su color se hizo más oscuro, pesado, vacilante, y comenzó a erosionar esta hoja de papel", Xu Kun demostró precisamente esto en su novela Cocina.

Para la protagonista de la historia, el amor es pesado. Debido a su edad, no le fue fácil enamorarse. Los altibajos empresariales la hicieron comprender la malicia humana. Por eso cuidó cada asunto diligentemente. Tardó mucho tiempo en encontrar el amor, debido a su carácter tímido, parecido al de una adolescente. Aunque su enamorado pertenece a un rango laboral inferior al de ella, su vocación de artista le otorga un nivel espiritual superior. Debido a la diferencia social que existe entre ellos, ella intenta controlarse desde el comienzo; no puede tomar la iniciativa. Este pensamiento le provoca un estado de sutil eufemismo, la convierte en una mujer reservada y elegante. Xun Kun mezcla armoniosamente todas las contradicciones y las convierte en un desplazamiento. Además, este cambio de lugar es una gran ironía, el alma del artista no es más noble que el de la empresaria, en cambio, es más vacua y esnob. Zhizi sale de la cocina para conseguir el amor estable, un hombre que siempre se encuentre a su lado; sin embargo, Songze no puede corresponderle fácilmente, por lo que ella se limita a ser solo su inversionista. No obstante, a partir del ataque emocional que sufre Zhizi, él se siente atraído por ella, pero sabe que es imposible llevar esta atracción al siguiente nivel, por ejemplo, al matrimonio. No pudo asumir ninguna responsabilidad fuera del ámbito del arte y la fama.

En ese instante, la escritora hace una descripción de la tristeza femenina. Este fabuloso cuento pertenece a la mujer moderna, a su regreso a casa; el cual no tiene ninguna similitud con el regreso que describe Tao Yuan Ming en sus obras, el paso lento y alegre, como un desencanto por la puesta del sol. Por el contrario, este retorno es costoso y provoca profundas lesiones, es una súplica a las mujeres para que sean precavidas.

Las palabras vulgares

La presencia del lenguaje. El filósofo alemán Martin Heidegger declara: "mundo vive del lenguaje". Diferentes personas poseen diferentes modelos de lengua, pero el lenguaje es el símbolo diferenciador de la identidad. La desaparición del modelo de una idioma significa la decadencia o, incluso, la extinción de una sociedad. La novelista Xu Kun fue muy perspicaz al descubrir la relación entre el idioma y la existencia; y satisfecha por el descubrimiento, describe cómo los intelectuales se van alejando, poco a poco, del sistema del idioma.

El cuento "Las palabras vulgares" ocurre en la década de los 90, una multitud de postgraduados y doctores de la Academia China de Ciencias Sociales fue enviada al campo para responder una orden del Estado, esto da como resultado una mescolanza de intelectuales, obreros y campesinos. Durante su estadía en la planicie de Hebei, los intelectuales sufren un cambio de ideología y tienen la oportunidad de experimentar la vida en el campo; además de producirse una serie de eventos irónicos: lanzan un "movimiento de palabras coloquiales", aquel cercano a la lengua del pueblo y catalogado, por él mismo, como tal. Después de un año, los académicos no fueron capaces de relacionarse con los campesinos y obreros, e incluso provocaron muchos líos. El desenlace de esta historia sucede cuando uno de los doctores regresa a Beijing, después de que el pueblo lo juzgara injustamente.

La clase intelectual difiere de la clase popular; y estas nunca se han podido mezclar. La diferencia de la estructura del conocimiento y el modelo de pensamiento provocan que el idioma académico siempre se distinga del lenguaje coloquial. Los intelectuales se caracterizan por su temperamento pedante y mordaz; así como también, por su tolerancia a la diversidad y su habilidad innata para la escritura. En el maravilloso e imponente panorama, los intelectuales aparecen como el arcoíris que cuelga en el horizonte, lejano e inalcanzable. Si deseas mantener al arcoíris en la tierra, temo que, al girar el prisma, solo obtendrás la repentina desaparición de la luz. Cuando los intelectuales pierden el derecho a expresarse libremente y sustituyen su discurso con palabras vulgares, su existencia pierde valor e importancia. La separación de los colores del arcoíris y la eliminación existencial de los académicos es el símil que utiliza la escritora para hacer un análisis del grupo intelectual.

Los noventa son una época bulliciosa, donde la economía del mercado elevó los intereses comerciales de la sociedad china. Los intelectuales se encontraron en la búsqueda de un valor espiritual, como si la sociedad se hubiese vuelto superflua, y no encontraran un lugar para expresar su voluntad; aunque, pudiesen hacerlo no habría nadie quien los escuchara. Algunos de ellos no soportaron la soledad y se dedicaron a los negocios, mientras que la otra parte se quedó estancada en el sitio inicial. La gloria de los 80 había terminado. Sin embargo, la década de los 90 dejó a un grupo de intelectuales resentidos y amargados por sus recuerdos. Xu Kun, perteneciente a esta época, fue consiente de esta incómoda situación, pero su carácter erudito no le permitió autocompadecerse, al contrario, aprovechó su experiencia y su conocimiento sobre la naturaleza de los intelectuales para hacer una burla y darse consuelo a sí misma. En la lectura del cuento, se puede apreciar la compasión hacia los intelectuales debajo de su descripción ligera y humorística. Ella logra combatir veneno con veneno, raspa el hueso del enfermo para curarlo, expone las heridas al sol para reconstruir la imagen del intelectual.

En "Las palabras vulgares" siempre se narra desde una perspectiva masculina y en primera persona; el "yo" es el joven director de los intelectuales desterrados. Ese "yo" narrativo es el encargado de la dirección que toma la obra. Justamente esta vista panorámica crea una especie de fotografía de todos los intelectuales. La narración desde una perspectiva masculina es el rasgo distintivo de sus relatos más tempranos, es además una forma de debilitar la atención hacia su sexo y ampliar el espectro de escritura sin limitarse a la descripción de emociones.

Aunque es imposible aventurarse en el periodo impactante de la década de los 90, en esta obra se puede palpar la inquietud aparente del corazón solitario de los intelectuales.

La vanguardia

Leer La vanguardia es como vislumbrar una farsa ruidosa Al de altibajo, final, el diseño extraño y las palabrasabsurdas contribuye al beneficio ajeno.

La vanguardia representa el cambio estilístico de la escritora. Si el cuento de "Las palabras vulgares" desempeña el papel del galán, La vanguardia figura como el bufón. Lo anterior es una prueba; mientras que el futuro es una manifestación ostentosa.

La vanguardia es una farsa, en la cual se aprecia al aumento gradual de los fuegos artificiales y su descenso. El pintor Satán es el eje central de la historia, y es fundador de la escuela de arte en ruinas, manteniéndola abierta desde 1985 hasta 1995. Aquí se describe el ascenso y posterior hundimiento del proceso renacentista, cuyo desenlace se encuentra en la autodestrucción del pintor como símbolo que predice el futuro del vanguardismo.

La década de los 80 se caracterizó por ser una época de esplendor artístico y de artistas extraordinarios; donde el criterio para evaluar al arte era ciego y absurdo. Todo aquel que se denominara "normal" era tachado de anticuado, mientras que lo "anormal" pasó a catalogarse como antiheroico. Varias doctrinas occidentales serían arrastradas por los teóricos al interior, mientras el pueblo rendía pleitesía a las vanguardias. Xu Kun plasmó la atmósfera acalorada de aquella época, usando la exageración como recurso estilístico, haciendo que el lector contemporáneo no lograse evitar soltar una carcajada. Esta tendencia a la exageración no es del todo fabricada, de hecho es un episodio real y recurrente del entorno social que se vivió en los ochenta. La autora pone como escenario principal al Concurso Nacional de Arte, que será el causante directo de la desintegración de aquella escuela. Debajo de la ilusión artística, se encuentra el fantasma de la originalidad, el deseo. La escuela de arte en ruinas no se desmembró por discrepancia en cuanto al concepto del arte, sino por la distribución desigual de los beneficios. Con la llegada de la década de los noventa, el arte se comienza a hundir, al igual que la escuela; los artistas, de un día para otro, pierden la cabellera y cambian de identidad para seguir vagando por el mundo. Satán, calvo, se ha convertido en el idiota original, y, con la libreta de dibujo al hombro, se encamina al sendero de la vida laica. Tras una búsqueda exhaustiva, no logra salvarse del mundo vulgar, por lo que los monjes se encargan de publicar los materiales didácticos y de abrir una universidad. Satán, quien no puede encontrar esperanza en su vida de encierro, regresa al mundo real debido a un altercado, trayendo consigo su regreso exitoso a los círculos de arte. Al escuchar la noticia, todos los súbditos regresan a la Escuela de Arte en Ruinas, devolviéndola a la vida. Sin embargo, esto no supuso el regreso del honor o placer inicial, sino que desencadenó en su dependencia hacia una mujer y a las especulaciones. Finalmente, el pintor enloquece y destruye sus pinturas, terminando así con su legado histórico y artístico. Esta, definitivamente, es la era de la tragedia, la inestabilidad emocional de la gente hace que el morir sea una tarea sencilla.

Satán dirige la escuela artística, La vanguardia también deambula entre las devastación. El inicio de la novela nos presenta un panorama desolado. Abstractamente, reflexiona sobre el símbolo que no solo representa el paredón, sino la ceniza cultural, lo que sentó las bases de la destrucción de la cultura. El contexto social de los 80 simboliza el campo de batalla destruido de la cultura. Las vanguardias se conciben flores perversas sobre estas ruinas. Desde este punto de vista, el absurdo, que maneja la escritora, representa una versión moderna de lo extraño: como soltar una risa apretándose los dientes.

El desenlace de La vanguardia es parecido al del Sueño del pabellón rojo. Cuando el ruido regresa a la nada, no se sabe si Satán habrá comprendido el sentido referencial de la buena canción, un poema de Sueño del pabellón rojo.

쉬쿤朝鲜语版

　　오늘날 중국 문학의 역사적 흐름을 살펴보면 1990년대는 매우 중요한 시기다. 사회가 급변함에 따라 문학의 형식에도 두드러진 변화가 생겼다. 이 시기에 등장한 작가들에 대해 이야기하려면 쉬쿤（徐坤）을 빼놓을 수가 없다. '쿤（坤）' 은 '乾' 과 상대되는 개념으로 매우 광대한 이미지를 가지고 있다. 쉬쿤은 이런 본인의 이름처럼 오늘날 중국 문단의 여성작가로서 특유의 박학다식함과 유머러스함으로 펜 하나에 의지해 인간의 따뜻하거나 차가운 본성, 갖가지 세태들을 묘사하고 있다. 그녀는 재미있고 또 인정이 넘친다.

　　쉬쿤은 정규 학교 교육을 온전히 받은 작가다. 1965년 랴오닝（辽寧）성 선양（沈陽）시에서 태어난 그녀는 25세（1989년）에 대학과 대학원 과정을 모두 마치고 석사 학위를 취득했다. 그녀는 1990년-2003년 동안 중국사회과학원 산하의 아태연구소 및 문학연구소에서 근무했으며, 이 기간 동안 중국사회과학원 대학원에서 문학박사 과정을 밟아 박사학위를 취득했다. 2003년 베이징（北京）작가협회에 가입하여 전업작가의 길을 걷기 시작했으며, 현재 잡지「인민문학（人民文學）」의 부편집장이다.

　　쉬쿤의 작품 활동은 1993년부터 시작되었다. 중편소설「백화[白話]」를 통해 이름을 알린 그녀는 이후「선봉[先鋒]」,「핫도그[熱狗]」,「잠꼬대[囈語]」,「이 사람[斯人]」,「범가[梵歌]」등 여러 작품들을 발표했는데, 모두「백화」와 비슷한 소재로 1980~1990년대 지식인들의 생활과 내면 세계를 반영한 소설들이다. 초기에 그녀는 지식인 계층에 주목하며 반어법을 통해 '잃어버린 세대（중국 문화대혁명 당시 도시 학교가 휴교하고 농촌으로 보내져 노동해야 했던 세대를 일컫는 말. 옮긴이)'에게 문화적 치료법을 하나씩 제시했다. 그녀의 소설을 읽을 때는 굳은 표정을 지을 필요가 없다. 그녀의 글 속에 담겨 있는 유머와 사상 속에서 마음껏 춤을 추면 된다. 하지만 너무 방종하는 것은 금물이다. 자칫 가벼운 필치 속에 숨어 있는 작가의 고민의 흔적들을 못 보고 지나쳐버릴 수 있기 때문이다.

1990년대 페미니즘의 거센 바람이 중국에 불어 닥쳤다. 연구자로서 쉬쿤도 그 속에 휩쓸려 의식적으로 또는 무의식적으로 여성에 대한 글을 쓰기 시작했다. 짚고 넘어가야 할 것은 이 시기에 쉬쿤 작품의 서술 시점이 바뀌었다는 점이다. 초기의 남성 어조에서 여성의 역할로 돌아간 것이다. 이 시기에 「부엌[廚房]」, 「빌어먹을 축구[狗日的足球]」 등과 같은 우수한 작품들이 탄생했다. 하지만 쉬쿤은 페미니즘에 '납치' 당하지 않고 한 여성으로서 중성적이면서도 냉정한 태도를 유지하며 남성과 여성이 화해하고 공존하며 평화롭게 살 수 있는 방법을 모색했다.

20세기에서 21세기로 들어서면서 쉬쿤의 창작은 광범위한 사회생활로 시야가 확대되었다. 그녀는 장편소설의 스케일 큰 서술을 통해 빠르게 변화하는 시대와 인간 내면의 곤혹스러움을 기록했다. 물론 이런 곤혹스러움 속에 작가 자신의 자아 반성과 자기 치료의 그림자가 깔려 있다. 뉴밀레니엄을 맞이한 직후인 2002년에 쓴 「중국에 온 외국인[一個老外在中國]」은 한 외국인의 두 차례 중국 방문 경험을 통해 중국 사회 현실의 변화를 조명했고, 자전적 장편소설인 「봄날의 스물두 밤[春天的二十二個夜晚]」에서는 사랑과 결혼을 통해 현대인의 정신적인 위기에 대해 이야기했으며, 「8월 광상곡[八月狂想曲]」은 올림픽을 배경으로 인간 심리의 소외를 묘사했다. 이 시기에 쉬쿤의 글쓰기 형태가 또 한 차례 바뀌며 독자와 시장에 더 관심을 갖고 통속적이고 대중적인 시각에서 생활을 해석하기 시작했다.

지금은 예전처럼 활발하게 신작을 발표하지 않지만 쉬쿤이 발표해 온 작품들을 돌이켜 보면 그녀의 작품들이 시대와 밀접하게 연결되어 있음을 발견할 수 있다. 그녀의 작품들은 한 세기가 바뀌었던 뉴밀레니엄 전후 시기에 집중되어 있다. 쉬쿤은 여성의 섬세함과 학자로서의 엄격함, 냉정함으로 문학 세계의 표현 공간 속으로 파고들었다. 그녀의 작품들은 꼭 한 번 읽어볼 만한 가치가 있다.

실패한 '귀거래혜'

—쉬쿤 소설 「부엌」 해설

　"부엌은 한 여자의 출발점이자 정박지다."

　이 소설의 첫 문장이다. 여자의 신분은 부엌으로 들어가는 순간 인정받는다. 현대 사회에서 잘나가는 슈퍼우먼들도 부엌으로 돌아오면 잠시 숨 돌릴 여유를 느낀다. 그것이 실제든 환상이든 말이다. 부엌은 현대 여성들에게 작은 '도원경'이라고 할 수 있다.

　쉬쿤의 소설 「부엌」은 현대 도시에서 치열하게 살아가는 한 여자가 사랑을 갈구하며 가정으로 돌아가려는 복잡한 심리를 그린 작품이다. 이 작품 속에서 사랑과 이익이 대치하고, 영혼과 육신이 서로 갈등한다. 비즈니스계의 떠오르는 신예인 즈쯔(枝子)는 미모와 수완을 겸비한 슈퍼우먼이다. 그녀는 몇 년 전 아이를 버리고 남편과 이혼한 뒤, 뻔하고 무미건조한 결혼의 울타리를 벗어나 비즈니스에 뛰어들었다. 그녀는 몇 년 동안 부침을 겪으면서도 끈질기게 노력한 끝에 성공을 거두었다. 그런데 나이 마흔에 자신이 후원하는 예술가 쑹쩌(松澤)를 사랑하게 되었다. 즈쯔는 명예와 이익, 신분을 잊고 기꺼이 쑹쩌의 '밥상 차리는 시녀'가 되어 직접 그의 생일파티를 준비한다. 그리고 그 과정에서 쑹쩌와 은밀한 사랑이 싹튼다. 이야기는 부엌에서 시작된다. 즈쯔는 늘어뜨린 구불구불한 머리칼부터 팔다리를 부드럽게 움직이는 각도 등 작은 것까지 놓치지 않고 세심하게 준비하고, 매 순간 끊임없이 자신의 바디랭귀지를 통해 쑹쩌에게 신호를 보낸다. 하지만 쑹쩌는 상하 관계라는 장벽 때문에 즈쯔의 암시에 자연스럽게 응답하지 못한다. 마침내 파티가 시작되고 화기애애한 분위기에서 주거니 받거니 술을 마시게 된다. 알코올이 점점 이성을 흩트리고 사람을 대담하게 만들더니 쑹쩌가 술기운을 빌려 즈쯔에게 입맞춤을 한다. 즈쯔 역시 거부하지 않고 그의 품에 안긴다. 격정적인 키스가 지나간 뒤 쑹쩌는 즈쯔에게 그만하라는 신호를 보내며 게임이 끝났음을 알린다. 즈쯔는 갑작스런 중단에 실망하지만 강한 자존심으로 버티며 쑹쩌와 작별인사를 한다. 그녀는 그제야 쑹쩌의 집에서 가지고 나온 쓰레기 봉투가 자기 손에 들려 있음을 깨닫고 왈칵 눈물이 쏟아진다.

이야기의 줄거리는 간단하다. 남녀간에 스치듯 지나간 은밀한 연정일 뿐이다. 하지만 중요한 점은 소설가가 어째서 이 이야기의 배경을 부엌으로, 그것도 독신 남자의 부엌으로 설정했는가에 있다. 이 속에 커다란 은유와 암시가 숨어 있는 것 같다.

예로부터 남권이 강한 사회에서는 여성에게 복종을 요구하고 사회 분업 역시 '남자는 바깥일, 여자는 집안일'이라는 관념이 뿌리내려 있었다. '집안'에서 중요한 부분이 바로 부엌이다. 여자는 부엌에서 비로소 진정한 주도권을 가질 수 있다. 어쩌면 음식에 대한 지배권이 여자들이 누릴 수 있는 유일한 자유일 것이다. 현대 사회로 들어서면서 사회의 분업에 변화가 생겨 여자들이 경제적 책임을 일부 나누어 지게 된 후에도 부엌은 여전히 여자들의 발언권이 강한 공간이다. 이 공간은 상대적으로 안정적이기 때문에 가만히 있기를 원치 않는 여자들은 이곳에서 '떠나고', 돌아오기를 갈망하는 여인들도 또 이곳을 통해 '돌아온다'. 즈쯔는 바로 이 '떠남'과 '돌아옴'의 가장 전형적인 예다. 즈쯔가 독신 남자의 사랑 속으로 빠져들기 시작하는 곳이 바로 부엌이라는 점은 매우 의미심장하다. 하지만 즈쯔의 '돌아옴'은 실패라고 말할 수 있을 정도로 힘들고 난처하다. 결국 그녀는 크게 한 바퀴를 돌아 또 다시 곁에 아무도 없는 외톨이 그림자로 돌아왔다. 어디가 잘못된 것일까?

현대의 사랑은 더 이상 단순히 '요조숙녀가 군자의 좋은 짝'이 되는 사랑이 아니다. 물수리의 꾸꾸 울음소리와 제각각 피어나는 노랑어리연꽃이 사라지고 인간관계의 복잡함과 명리를 둘러싼 싸움이 많아졌다. 작가 레이먼드 카버는 "사랑이란 글자가 점점 어둡게 변하고 있다. 무거우면서도 끊임없이 흔들리며 이 페이지를 침식하기 시작했다"라고 했다. 쉬쿤이 「부엌」에서 보여준 것이 바로 이런 '무거우면서도 끊임없는 흔들림'이다.

즈쯔에게 사랑은 무겁기만 하다. 마흔이 된 그녀는 더 이상 가볍게 사랑할 수 없었다. 사업을 하고 숱한 부침을 겪으며 그녀는 사람의 마음이 음흉하고 간사하다는 사실을 똑똑히 알았고, 그 때문에 매사에 조심스럽고 신중했다. 그녀는 수많은 사람들 중에서 어렵사리 '운명의 남자'를 만났지만 사춘기 소녀처럼 수줍게 고백할 수가 없었다. 그녀가 사랑하는 남자는 신분상으로는 그녀의 아랫사람이지만, 정신세계는 그녀보다 높은 예술가였다. 즈쯔는 전도된 신분 관계로 인해 줄곧 주도적으로 나서지 못하고 자신을 억눌렀고, 사상의 격차 때문에 언제나 자기 생각을 드러내지 않고 소극적이었으며 조심스럽고 우아하게 행동했다. 쉬쿤은 이런 모순들을 조화롭게 묶어 일종의 위치 전도를 만들어냈다. 하지만 이런 위치의 전도는 커다란 풍자이기도 하다. 예술가의 영혼이 여자 사업가의 영혼보다 그리 고귀할 것 없으며 오히려 더욱 경박하고 공리를 좇을 수 있다는 것이다. 즈쯔가 부엌에서 나와 얻고자 갈망했던 것은 안정적인 사랑과 서로 의지할 수 있는 사람이었다. 쑹쩌는 투자자의 흥을 깨지 않으면서도 자신의 격렬한 감정을 표출하지 않으려 하지만, 즈쯔의 맹렬한 공세 속에서 진실한 감정을 깨닫는다. 그러나 실제 사랑으로 들어가자 그는 포기해버린다. 그는 예술과 명예, 이익을 넘어선 책임을 감당할 수 없었다. 게다가 이 일은 결혼과 관계된 일이었다.

이런 관점에서 본다면 쉬쿤은 한 여성의 비애를 매우 섬세하게 묘사했다. 이 우화 같은 이야기가 현대 여성의 이야기다. 현대 여성의 '귀거래'는 천 여 년 전 은거 시인 도연명처럼 희미한 새벽빛에 한숨 지으며 가벼운 발걸음으로 돌아오는 것이 아니다. 현대 여성의 '귀래'는 너무 큰 대가와 깊은 상처를 남기므로 신중하고 또 신중해야 한다.

「잃어버린 세대, 목소리를 잃어버린 세대」

—소설 「백화」에 나타난 지식인에 대한 관조

언어는 일종의 존재다. 철학가 하이데거는 "인간은 말하는 존재"라고 했다. 사람들마다 언어의 방식이 다르며 언어의 방식은 신분의 분화를 상징한다. 언어의 방식을 상실했다는 것은 한 계층의 몰락, 심지어 붕괴를 의미한다. 소설가 쉬쿤은 그 속의 연관 관계를 예리하게 통찰하고 이에 불만을 터뜨리며 지식인들이 점점 소속 언어 체계에서 멀어지는 것에 대한 무력감을 지적했다.

「백화[白話]」의 시간적 배경은 1990년대다. 국가가 내세운 '지식인 공농 (工農) 결합'이라는 구호에 따라 사회과학원 석사와 박사들이 농촌으로 내려가 노동을 통해 "단련을" 한다. 그들은 지베이 (冀北) 평야의 농촌에서 사상을 개조하고 생활을 체험하는데 그 기간 동안 웃지도 울지도 못할 일들이 수없이 닥친다. 그들은 언어에서부터 시작하기로 하고 '백화（白話）운동（문어에서 구어로의 전환을 꾀한 중국의 문체개혁운동. 옮긴이）'을 시작한다. 언어에서부터 대중에게 가까이 다가가 그들과 하나가 되겠다는 것이었다. 하지만 1년 동안 석·박사들은 진정한 공농 결합을 이루지도 못하고 오히려 수많은 문제들과 마주하게 된다. 소설은 박사가 마을 사람들의 경멸 속에서 억울하게 베이징으로 호송되면서 끝이 난다.

지식인들은 지금껏 한 번도 대중과 하나였던 적이 없다. 누구도 이 두 계층을 하나도 묶어 놓지 못했다. 지식 구조와 사유 방식의 차이 때문에 지식인의 언어는 언제나 대중의 구어와 다른 존재다. '고상함', '고리타분함'은 지식인만의 분위기이고, 넓은 포용력과 분방함도 지식인만이 가지고 있는 이미지다. 지식인은 삼라만상 가운데 특별한 무지개처럼 하늘 끝에 걸려 있어서 멀리서 바라볼 수만 있을 뿐 한 데 어울려 놀 수는 없다. 무지개를 땅으로 끌어내려 억지로 붙잡아 놓으면 결국에는 프리즘을 돌리는 짧은 찰나에 흩어지고 만다. 지식인이 독특한 언어 방식을 통해 '논리를 수립하고' '이치를 펼칠' 권리를 잃고 모든 것을 백화（白話）로 표현한다면, 지식인의 존재 자체가 근본적인 의의와 가치를 상실하게 될 것이다. 이것은 곧 빛의 흩어짐이며 지식인들의 자아 존재 분해다. 근본적으로 볼 때, 이것은 쉬쿤 본인의 지식인 계층에 대한 분석이다.

1990년대는 여러 목소리가 떠들썩하게 터져 나온 시대였다. 시장경제의 전면적인 시행으로 중국 사회 전체가 상업화 되고 이익을 추구하기 시작했다. 정신적 가치 창조가 임무인 지식인 계층이 마치 사회의 '잉여자'가 된 듯 목소리를 내지 못하고, 설령 낸다고 해도 아무도 들어주지 않았다. 가만히 있고 싶지 않은 일부 사람들은 시장에 진출했지만, 또 다른 일부 사람들은 그 자리에서 맴돌 뿐이었다. 1980년대의 영광은 사라지고 1990년대에 지식인들에게 남은 것은 대부분 신산하고 무기력한 기억이었다. 1990년대를 겪은 쉬쿤은 그 난처한 처지를 잘 알고 있었다. 하지만 학자인 그녀는 청대 소설 「홍루몽」 속의 자기 연민에 빠진 임대옥（林黛玉）이 아니었다. 그녀는 자신의 학식과 지식인의 본성을 잘 알고 있다는 점을 역이용해 자기 풍자와 자기 분해를 해낸다. 그녀의 「백화」를 읽으면 그녀의 담담한 묘사와 해학, 유머 아래 숨겨져 있는 지식인에 대한 연민과 안타까움을 느낄 수 있다. 그녀는 독으로써 독을 치료하고 뼈를 깎아 상처를 치료했던 것이다. 그녀가 상처를 밝은 태양 아래로 드러낸 목적은 지식인 계층의 이미지를 새롭게 세우는 것이었다.

이 밖에도 눈 여겨 보아야 할 것은 「백화」에서 쉬쿤이 줄곧 남성의 입장에서 이야기를 서술했다는 점이다. 이야기 속의 '나'는 '청년거점（青年點）(노동을 위해 농촌으로 파견된 학생들을 재교육시키던 장소. 옮긴이)'의 조장, 즉, 농촌에 파견된 지식인들 중 '우두머리'다. '나'는 전체를 이끌 책임을 가지고 있다. 이처럼 전체를 내려다보는 듯한 파노라마식 시각이 이 특수한 지식인 '중생도'를 만들어냈다. 남성의 시각에서 서술하는 것은 쉬쿤 초기 작품들의 가장 큰 특징이다. 자신의 성별에 대한 관심을 약화시킨 것은 글쓰기의 범위를 확대하고 개인적인 감정 표출에 얽매이지 않기 위함이었다.

조급하게 요동쳤던 1990년대를 우리가 직접 느낄 수는 없지만, 쉬쿤의 「백화」를 통해 요란한 표상 속에서 지식인의 고독한 마음을 느낄 수 있다.

「폐허 위의 소란」

—— 쉬쿤의 소설 「선봉」의 심각함과 황당함

「선봉」을 읽으면 '왁자지껄하고 저마다 자기 이야기를 하는' 소동을 보는 듯 하다. 기괴하고 황당한 구도, 터무니없는 대화 그리고 결국에는 '남 좋은 일만 해주게 된다'.

쉬쿤은 이 「선봉」에서부터 마치 옷을 갈아 입은 듯 하다. 「백화」가 얼굴이 하얗고 순수한 청년이었다면, 「선봉」은 마치 사람들을 웃기기 위해 일부러 못생기게 분장을 한 것 같다. 또 「백화」에서 재주를 슬쩍 시험해 보았다면 「선봉」에서는 재능을 남김없이 드러냈다. 중국의 유명 작가 왕멍（王蒙）은 "글을 쓰면 세상에 논하지 않는 것이 없고, 거두면 산이 구름에 뒤덮인다. 하늘과 땅이 모두 어두워 무인지경에 들어온 듯 하다"라고 평론했다.

「선봉」은 한 바탕 소동이자 불꽃이 점점 올라갔다가 터진 뒤 다시 떨어지는 것을 구경하는 '놀이'와 같다. 소설은 화가 사탄을 중심으로 그가 창시한 '폐허화파'가 1985년부터 1995년까지 널리 유행하다가 침체됐다가 다시 부흥하기까지의 이야기다. 마지막에서 사탄의 자기 파멸로 이야기가 끝을 맺는다. 이 결말은 '선봉'들을 향한 예언이기도 하다.

1980년대는 예술과 예술가들이 활발하게 재능을 발휘한 시대였으며 예술을 평가하는 지표가 맹목적이고 황당했다. '정상적인 것은 모두 골동품이며 비정상적인 것은 모두 반(反) 영웅이 될 수 있다'는 것이었다. 서양의 각종 '주의(ism)'가 이론가들에 의해 '컨테이너에 담긴 뒤 원양화물선에 실려 중국으로 수입되었다'. 대중은 '이성을 잃은 듯 새로운 시대의 선봉들을 숭배했다'. 쉬쿤은 이 소설 속에서 몹시 과장된 수법으로 그 시대의 광적인 분위기를 묘사했다. 지금 우리에게는 웃음이 나오는 광경이겠지만 이런 과장이 근거 없이 만들어진 것은 아니다. 이것이 1980년대 사회 환경에 대한 또 다른 표현이라는 점은 분명하다. 쉬쿤은 이 소설 속에 1989년 '전국 예술단 대경연'이라는 사건을 배치했다. 이 사건의 충격이 '폐허화파' 해체의 직접적인 원인이 된다. 예술의 가상 속에서 사람들은 저마다 남 모르는 속셈을 품고 이익과 욕망을 좇기 위해 혈안이 된다. '폐허화파'의 해체는 예술 관념의 차이 때문이 아니라 순전히 사람들 사이의 불화와 이익 분배의 불균형 때문이었다. 1990년대로 들어서면서 한때 크게 성행했던 예술들이 잇따라 '폐허화파'처럼 쇠퇴하기 시작했다. 예술가들이 하룻밤 사이에 머리를 깎고 신분을 바꾸고 강호의 떠돌이가 되었다. 머리를 깎은 사탄은 다시 예전의 얼간이로 돌아가 액자를 어깨에 매고 고향에 은거하며 뿌리를 찾기 위해 떠났다. 이리저리 떠돌던 그는 부처 앞에서도 속세를 벗어나지 못하고 승려들과 교재를 만들고 전문대학을 세웠다. 은거하는 것도 불가능해 보이는 사탄은 소송에 휘말리면서 다시 현실로 소환된다. 이 재판이 요란하게 진행되면서 이미 한 물 간 예술가인 사탄이 다시 예술계로 복귀하는 데 성공한다. 과거 '폐허화파'의 동지들도 그의 소식을 듣고 속속 찾아와 '폐허화파'가 부활한다. 그러나 화파의 부활에도 사탄은 예전에 누렸던 영광과 쾌감을 느낄 수 없었다. 여자와 언론플레이를 통해 얻어낸 성공은 영예롭지 못했다. 결국 사탄은 미치광이가 되어 파멸해 간다. 그는 자신의 그림과 함께 사라짐으로써 자신의 '단대사(斷代史)'를 끝맺는다. 이것은 분명히 그 시대에 흔히 볼 수 있었던 비극이다. 그 시대는 '사람들의 마음이 쉽게 들뜨지만 또 금세 죽은 듯 식어버리는' 시대였다.

사탄이 '폐허화파'를 주도했다. 그런데 '선봉'들은 어째서 폐허 위에서 '춤을 추지' 않았을까? 소설은 첫머리에서 독자들에게 폐허의 광경을 보여준다.

이것은 폐허가 단순히 허물어진 담장이 아니라 문화가 잿더미가 된 것을 의미한다는 사실을 추상적으로 나타내고 있다. 무너진 것은 바로 문화의 뿌리다. 1980년대의 사회적 배경 속에서 모든 것이 무너져 방치된 채 누군가 일으켜 세워주길 기다리고 있었다. 폐허는 문화가 파괴된 전쟁터를 상징하고 '선봉'들은 바로 그 폐허 위에서 탄생한 '악의 꽃'이었다. 이런 시각에서 볼 때, 쉬쿤의 황당함은 현대판 지인(志人) 소설이자 지괴(志怪) 소설(청대 말기에 나타난 소설로 지인소설은 기이한 사람들의 이야기이고 지괴소설은 기이한 사물이나 사건에 관한 이야기였다. 옮긴이)이며, 악문 치아 사이로 비어져 나오는 웃음이다.

「선봉」의 결말은 청대 소설 「홍루몽」과 흡사하다. 요란함이 잦아들고 모든 것이 사라진 뒤, 사탄이 「호료가(好了歌)」(「홍루몽」 1회에 등장하는 노래로, 속세의 부귀영화가 순식간에 덧없이 끝나버린다는 의미를 담고 있다. 옮긴이)의 의미를 조금이나마 이해할 수 있었을지 모르겠다.

星　河（1967—　）

文学肖像

　　他是一个科幻迷，他让自己的精神在数字化的虚拟世界中遨游；他"是一名宇宙智慧的考察员"（《异域追踪》），他构建了"太空城"让自己在太空中有一席之地；他还是一名"科学家"，他创作科幻作品米普及科学意识和科学精神。他，就是星河。

　　星河，本名郭威，现为北京作家协会专业作家，任中国科普作家协会常务理事，北京市文学艺术联合会理事，北京作家协会理事和北京市青年联合会荣誉委员。出席中国作家协会第六次（2001）、第七次（2006）、第八次（2011）全国代表大会。随中国作家协会出席德国法兰克福书展（2009，中国系主宾国）。曾出访埃及、芬兰、瑞典、挪威、丹麦、冰岛、肯尼亚、南非等多国。

　　星河主要从事"软"科幻小说和科普作品的创作，已出版和发表作品数百万字。著有长篇科幻小说《残缺的磁痕》等十余部，中短篇科幻小说《带心灵去约会》等多篇，科幻作品集《握别在左拳还原之前》等十余部，科普作品《漫画科学史探险》等，主编《中国科幻新生代精品集》、"年度科幻小说"（漓江版）等作品集。

　　在文学世界中驰骋二十年，他曾获多项奖项和荣誉。《漫画科学史探险》和《地球保卫战》均获中宣部第六届精神文明建设"五个一工程"奖（1996），《星际勇士》获第五届宋庆龄儿童文学奖提名奖（2000），《黄头发娃娃小茉莉》获第三届冰心儿童图书新作奖（1995），《漫画中国科技史》获第十届冰心儿童图书奖（1999），《永恒的生命》获陈伯吹儿童文学奖优秀作品奖（1999），《海底记忆》获第四届全国优秀科普作品奖二等奖（2001），《决斗在网络》《朝圣》和《潮啸如枪》分获中国科幻小说银河奖特等奖（1996）、一等奖（1994）和二等奖（1999），《网络游戏联军》《校园超速度》和《星河趣味数学故事》分获北京市庆祝新中国成立50周年、55周年征文佳作奖和北京市庆祝新中国成立60周年优秀奖，《月海基地》获首届安徽省图书奖一等奖（1998），《飞船上的夏令营》获山东省优秀图书奖（2003—2004）。"让你想不到的数学"丛书（2本）获第三届中国科普作家协会优秀科普作品奖银奖（2014）。

1997年被授予"97北京国际科幻大会"银河奖。

2007年被授予"在科普编创工作方面有突出贡献的科普作家"。

2010年荣获第五届北京中青年文艺工作者德艺双馨奖。

2012年被评为第五届全国优秀科技工作者（科普作家）。

《蚍蜉的歌唱》

蚍蜉是一种有毒性的大蚂蚁，常有形容一些不自量力的人的喻义。正如小说名称一样，《蚍蜉的歌唱》描述了一群仇视技术文明的恐怖分子试图撞击人类历史上最高的名为"城堡"的建筑（比纽约世贸大厦高十倍）的故事，实是自不量力。小说对恐怖分子袭击及救援等一系列过程进行了细致详实的描写，最终恐怖分子不过如"蚍蜉撼大树"一般惨遭失败，白白地歌唱了一番。《蚍蜉的歌唱》不同于普通的警匪篇，而是一部结合了各种高科技，幻想创作而成的"伪写实"系列中篇科幻作品。

《蚍蜉的歌唱》按照时间顺序，编排紧密的时间线，推动故事情节发展，给人一种警匪大战的紧迫感和速度感。科学幻想的成分则是体现于超导技术和以超导约束为基础建筑而成的"城堡"。小说中存在着大量的对于城堡和电船的描述，侧面烘托出气氛，推动故事的发展。此外，按照星河给小说主人公取名的特点，"星河"作为小说主人公是城堡的设计师，而取自星河本名的"郭威"一角也出现在小说中。

故事起因于"兔子"一行人的"恐怖分子"的行为，《蚍蜉的歌唱》展现了人们在灾难下的恐慌心态和应对策略以及"兔子"一行人必将得到应有的恶果。故事中的"孤胆英雄"式冒险表现得并不明显，但是英雄主义情怀依旧可见：在《蚍蜉的歌唱》中，小说故事主人公星河在面临不法分子"兔子"一行人之时，本能地反应出一种面临歹徒的保命屈服感，但是在后来，星河冒着生命危险去抢夺掌控生死大权的控制器时，英雄的光环落在他的身上。此外，星河在小说中也显露出了打破思想与文法禁锢的痕迹。在该作品中，被称为"恐怖分子"的"兔子"一行人渴望着限制技术、消灭技术，一切回归到大自然之中，这对得益于科技的现代人来说，无疑是一种思想的碰撞。

小说不仅呈现出了科技进步方面的内容，还反照出这种技术进步所造成的时代变化。随着科学技术的不断发展和水平的提高，众多关注科技发展的现代人都逐渐聚焦于科技最终会给人类带来怎么样的成果以及产生怎么样的影响。我们无法到达未来的科技世界，《蚍蜉的歌唱》则可以作为一种视角，带领我们感受科技的力量和体会信息进步时代的人类的情感。

《枪杀宁静的黑客》

《枪杀宁静的黑客》上演了一场在看似宁静的现实表面进行的激烈的动态的虚拟现实"枪战"，"虚"与"实"的转换，不禁让读者进行了一场头脑风暴。

《枪杀宁静的黑客》是一部长篇"校园"系列的科幻小说，其主人公的姓名取自星河的本名"郭威"。故事分成三个部分：一是初中生郭威和发小左翼在通过电脑网络建立起的虚拟现实中纷纷遇到了纠葛。郭威结识了网友邓林（真名为沈宁），在联网游戏中接受作战，可最后邓林却告诉郭威令人大吃一惊的事实：她已经病逝，现在的邓林是以"电子意识"的形式存在于网络之中。与此同时，左翼一心追踪十年前的网络名号为"后会有期"的网络游侠葛洪哲和名号为"女魔头"的赵芸舟，并拜"女魔头"为师。第二部分则是对邓林所处的"科技楼"的大揭秘。沈教授是沈宁的父亲，他带领聂品全参与了一个重要的纳米与克隆实验，利用代替了人类器官的克隆器皿为邓林创造一个新的身体和生命。第三部分，郭威进入到邓林曾经提起过的"完全仿真的虚拟现实"，受雇于"零点二五"，无意中卷入了一场高科技犯罪。"女魔头"和左翼在接到郭威发的网络求救呼唤之后，毅然进入"虚拟现实"，他们与邓林一起"枪击"了"零点二五"，实则是"后会无期"。整个故事脉络发展清晰，"电子意识"将现实世界中毫不相关的他们紧密联系在一起，并阻止了一场犯罪，"枪击"了罪犯——黑客创建的破坏性的数据。

在虚拟现实中枪杀了"后会无期"，在现实世界中看来就是删除了一些破坏性数据，也就是黑客扰乱网络秩序的工具，但是，小说却将这种网络形态展现得如此生动形象。特别是以"电子意识"存在的邓林，在小说中更是将网络具象化为一个人物形态，使之不再是一摊数据。对此，星河并没有过多的描述性话语，仅用了大量对话的形式来构造，郭威与邓林的对话的字里行间溢出一种富有生命的网络信息的动态感。

《枪杀宁静的黑客》是星河面向青少年创作的儿童类科幻小说，在他的作品中可以获得众多的科学知识并受到道德教育。

随着现代科技水平的提高，许多理论上的科技内容在逐步实现，而星河把科幻和当代科技发展紧紧联系在一起，在《枪杀宁静的黑客》中则可见一斑："电子意识"存在于"虚拟现实"之中，克隆器皿代替了人类器官……星河立足于现代科学技术，将众多的科学领域例如医学、电子等交织在一起，提出了新的科学幻想，这不仅是播撒在儿童心中的科学的种子，也是现代科技值得思索的新假设。

众所周知，科普作品对儿童的道德教育也起着重要的作用。而《枪杀宁静的黑客》在突出犯罪追踪的正义道德的同时转向了个体关系和群体法则，即平等竞争和优胜劣汰。这不仅仅是星河致力于儿童科普工作的体现，也是向整个青年群体强调要遵从普适原则。

值得注意的一点是，在《枪杀宁静的黑客》科学幻想成分中，星河提出了人的生命的再生的新假设。如果将人的意识以电子意识的形式复制，再利用克隆技术创造肉体，然后将电子意识植入克隆的肉体之中，这样，人是否就会得到生命的延续？那么，人究竟是以怎样的形态存在着？这不难看出是作者对唯物主义和唯心主义的一种探索。

（黄清清 撰文）

Xing He 英语版

A Profile of Xing He

Xing He, an aficionado of science fiction, indulges in the virtual digital world; Xing He, "an explorer of cosmic wisdom" (*Tracking in Alien Lands*), creates the Cosmograd as his paradise in imagination. He is a popularizer of science, intending to disseminate scientific knowledge and encourage people to be more scientifically minded.

Guo Wei, a modern Chinese novelist, publishes under the pseudonym of Xing He. He has been a member of Beijing Writer Association, Chinese Popular Science Writers Association, Beijing Literature and Art Association and Beijing Youth Federation. He has also attended the 6th (2001), the 7th (2006) and the 8th (2011) National Convention of Chinese Writers Association and participated in Frankfure Book Fair in 2009. Xing He has traveled to many countries, including Egypt, Finland, Sweden, Norway, Denmark, Iceland, Kenya and South Africa, etc.

Xing He engages himself in creating soft science fictions and popular science works, which together amount to millions of words published. He has created more than ten SF novels (*Magnetic Field Disappearing* as a typical example), many SF novellas

(*Dating with Mind* as a typical example) and popular science works (*Expedition on History of Science* as a typical example). He is also the chief editor of *Collection of Chinese Neogeneration Science Fictions* and *The Annual Science Fictions.*

Having been working as a professional writer for 20 years, Xing He has received awards of many kinds. He has won the sixth Civilization Construction Prize of "Five-One Project" (1996) for his works *Expedition on History of Science* and *The Fight for Earth.* Moreover, he has been nominated for the fifth Song Qingling Children Literature Award (2000) for *The Interstellar Warrior.* Meanwhile, his work *A Blond Little Girl* was awarded the third Bing Xin Children's Book New Contribution Prize (1995) and *Chinese History of Technology* was awarded the tenth Bing Xin Children's Book Award (1999). He gained Chen Bochui Children's Literature Outstanding Work Prize (1999) for *Eternal Life.* His *Memories Under The Sea* was rewarded the second prize in the fourth National Excellent Popular Science Work Prize (2001). His works *Rencounter On The Internet, Pilgrimage* and *The Flood* were separately rewarded The Grand Prize (1996), The First Prize (1994) and Second Prize (1999) of Chinese SF Galaxy Awards. He has won the 9th Prize, The Excellent Work Prize and Honorable Mention separately in To Celebrate The 50th, 55th and 60th Anniversary of the Founding of New China Excellent Work Prize. *Moon & Sea Base* was the first work to be awarded The First Prize of Anhui Book Award (1998) and *Summer Camp On Spaceship* was awarded Shandong Excellent Book Award (2003-2004). His series *The Math You Have Never Imagined* have been awarded The Silver Prize of the Excellent Popular Science Work awarded by The Third Chinese Popular Science Writers Association Excellent Popular Science Work (2014).

As a writer, he was awarded The Galaxy Prize in Beijing International Science Fiction Convention in 1997. In 2007, he was honored as "A Science Writer Who has outstanding contribution to disseminating scientific knowledge". He has won the Fifth Beijing Young and Middle-aged Artists Smashing Award in 2010. In 2012, he was honored as the Fifth National Excellent Scientific Worker (Science Writer).

The Introduction to Xing He's Works

The Singing of Big Ant

The poisonous big ant is used to describe someone who overrates himself or herself. As the extended meaning of the title indicates, this novel tells the story about some terrorists who detest civilization trying to hit the highest building called "castle" (ten times higher than World Trade Center in New York). The attacks of terrorists and rescue are narrated in details. The terrorists, like the ants shaking big trees, fail and act in vain. More than just an ordinary gangster story, *The Singing of Big Ant* is a pseudo realistic science fiction combining high-tech and imagination.

The Singing of Big Ant is written in time order and the plots are arranged compactly to promote the development of story and create the sense of urgency and sense of speed. The components of science fiction are embodied in the superconducting technology and the "castle" based on superconducting constraint. There is a great number of descriptions about castle and motorboat which build atmosphere and drive the plot. In addition, Milky Way is the name of the protagonist, designer of "castle" and the author's real name Guo Wei also appears in this novel.

The story is about a group of terrorists called "Rabbit". *The Singing of Big Ant* shows human's panic mentality and responses in case of disasters and the doomed fate that terrorists deserve. There are not too many adventures of lone heroes but heroism is still evident. For instance, in the story, when threatened by terrorists, the protagonist Milky Way's natural reaction was yielding to the terrorists for suvival. But later, when Milky Way risks his life to battle for the remote control, the honor of hero is bestowed on him. What's more, Milky Way also breaks the confinements of thoughts and laws. The terrorists expect to limit or even destroy technology and return to nature, which is undoubtedly an ideological collision to modern people who benefit from technology.

This novel not only shows the progress of science and technology, but also reflects the change brought by them. With the continuous development and improvement of science and technology, the people who are concerned about science and technology pay attention to what these things finally bring to humans, including positive and negative influences. Though the scientific world in future is beyond our reach, *The Singing of Big Ant* provides a perspective to feel the strength of science and human emotions in technological time.

Shooting the Quiet Hacker

In *Shooting the Quiet Hacker*, there is violent and dynamic gunfire in virtual world under the surface of quiet reality. The conversion between virtual world and reality brainstorms readers.

Shooting Quiet Hacker is a long campus science fiction and the name of protagonist is adopted from Milky Way's real name, Guo Wei. The story is divided into three parts. In the part one, the junior middle school student Guo Wei and his friend Zuo Yi encounter entanglement in virtual reality created by themselves on web. Guo Wei meets his net friend Deng Lin whose real name is Shen Ning and agrees to combat in Internet game. Deng Lin tells him a surprising truth that the Deng Lin in actual life has died and the present Deng Lin exists as electronic consciousness. At the same time, Zuo Yi looks for Ge Hongzhe whose net name is "See you some day" and Zhao Yunzhou whose net name is "Devil Woman". He also worships the "devil Woman" as a teacher. In part two, the secrets in Deng Lin's building is disclosed. Professor Shen, Deng Lin's father, led Nie Pinquan to participate in an important nano and cloning experiment, using the cloning article to replace human organ in order to create a new body and life for Deng Lin. In Part three, Guo Wei enters the simulation of reality that Deng Lin has mentioned. He is employed by "Zero Point Two Five" and inadvertently involves in a high-tech crime. Hearing Guo Wei's yell for help, "Devil Woman" and Zuo Yi decide to enter virtual world. The two of them and Deng Lin shoot "Zero Point Two Five" who in fact is Ge Hongzhe. The whole story develops in a clear way. Electronic consciousness connects irrelevant things in real world and prevents a crime, shooting criminals--the destructive data created by the hacker.

Shooting criminal in virtual world means deleting destructive data in reality, which is the tool for hacker to disrupt order. This novel presents the net form vividly. Especially for Deng Lin, who exists as electronic consciousness, is moulded as a character instead of a load of data. Deng Lin is not depicted through direct words by author but her dialogues. The dynamic sense of network information is shown in their conversation.

Shooting Quiet Hacker is a science fiction for children, which is full of scientific knowledge and moral education.

With the improvement of modern technology, many scientific theories are realized and improved. Guo Wei connects science fiction with scientific development closely. For example, electronic consciousness exists in virtual world and cloning article takes the place of human organ. Based on the modern technology, he connects many scientific field together and proposes new scientific fantasy. It is not only the nutrition for children, but also a new hypothesis of modern science and technology.

As is known to all, the popular science fiction plays an important role in the moral education of children. *Shooting Quiet Hacker* highlights the justice of punishing criminals while also pays attention to individual relations and the community law, namely equal competition and the survival of the fittest. This not only shows Milky Way's efforts in popularizing science among children, but also his contribution to presenting general principles.

It is worth noting that this fiction proposes a new hypothesis of rebirth. If the human consciousness is copied in the form of electronic consciousness, and put into a cloned body, will the human life extend? Then, What form do people live in? It is an exploration to materialism and idealism.

（Translated by Huang Qingqing）

Xing He 法语版

Portrait de l'auteur

Fan de science-fiction, il se plonge dans le monde virtuel numérique; grand explorateur des connaissances de l'univers (Exotic tracking), il bâtit une "ville spatiale" afin de trouver sa place dans l'univers; homme scientifique, il popularise la science afin de développer l'esprit scientifique du public en écrivant de la science-fiction. Cet homme , c'est Xing He.

Xing He, de son vrai nom Guo Wei, a plusieurs étiquettes : il est écrivain professionnel de l'Association des écrivains de Pékin, membre permanent du conseil de l'Association des écrivains scientifiques de la Chine, membre du conseil de la Fédération de la littérature et de l'art de Pékin, membre du conseil de l'Association des écrivains de Pékin et membre d'honneur de l'Union de la jeunesse de Pékin. Il s'est présenté au sixième (2001), au septième (2006) et au huitième (2011) Congrès national de l'Association des écrivains de Chine. En 2009, il a fait partie de la délégation de l'Association nationale des écrivains de Chine (en tant que pays d'honneur) pour participer à la Foire du livre de Francfort en Allemagne. C'est aussi un grand voyageur, il a déjà visité l'

Egypte, la Finlande, la Suède, la Norvège, le Danemark, l'Islande, le Kenya, l'Afrique du Sud.

Xing He est un auteur prolifique et s'est fait un nom dans la SF 《molle [L'adjectif molle (en anglais soft) fait référence au terme des sciences humaines et sociales qui s'opposent à la science dite 'dure' (en anglais hard).]》 dans le but de vulgariser les connaissances scientifiques. Il est l'auteur d'une dizaine de romans dont *Particules magnétiques manquantes*, de nombreuses nouvelles dont *Rendez-vous avec l'âme* et d'une dizaine de collections de science-fiction telle qu' *Adieu avant la fusion du poing gauche*. Il a écrit *L'exploration dans l'histoire des sciences dessinée*. Il est aussi rédacteur en chef de la collection des 《écrits de la nouvelle SF chinoise》 et de la collection de 《Les sciences-fictions annuelles》 (publiée par les éditions Lijiang).

Engagé dans le monde littéraire depuis vingt ans, il a obtenu de nombreux prix et distinctions. En 1996, il a gagné, avec ses oeuvres *L'exploration dans l'histoire des sciences dessinée* et *Bataille Terrestre*, le Prix de 'Cinq en un' (à savoir la meilleure oeuvre d'art, le meilleur livre, le meilleur feuilleton, le meilleur film, le meilleur essai) de la sixième conférence de la construction de la civilisation spirituelle du Département de la propagande du Comité central du Parti communiste chinois. En 2000, *Soldat interstellaire* a été nominé au cinquième Prix de Littérature des enfants de Song Qingling. Il a obtenu en 1995 le Prix de la nouvelle création des livres pour enfant de Bing Xin avec *Petite Momo, la poupée blonde*. Il a gagné le dixième Prix du livre jeunesse de Bing Xin en 1999 avec ses 《Bandes dessinées des aventures dans l'histoire de la science》. La même année il a obtenu le Prix de l'excellente oeuvre de la littérature jeunesse de Chen Bochui avec *Vie éternelle*. En 2001, il a gagné le Prix du meilleur livre de vulgarisation des connaissances scientifiques avec sa *Mémoire sous les mers*. Ses oeuvres, *Duel sur la toile*, *Pèlerinage* et *La marée qui rugit comme un flingue* ont obtenu respectivement le prix d'excellence (1996), le premier prix (1994) et le deuxième prix (1999) du Prix de la Galaxie de la science-fiction en Chine. *Troupes armées en ligne*, *Campus supersonique* et *L'histoire drôle des mathématiques de Xing He*, ces trois livres ont eu aussi du succès à l'occasion de la célébration du 50e, 55e et 60e anniversaire de la République populaire de Chine et ont gagné respectivement le prix de la meilleure dissertation, le prix du meilleur livre et le prix d'excellence. Il a été récompensé par le premier prix au premier Prix des livres dans la province de l'Anhui en 1998 avec Base sur la mer de la Lune, par le Prix de l'excellent livre dans la province du Shandong (2003—2004) avec *Camp d'été sur le vaisseau spatial*. En 2014, la médaille d'argent à la troisième Association des écrivains de la SF lui a été décernée pour la série des livres *Mathématiques Inattendues* (2 volumes).

En 1997, il a obtenu le Prix de la Galaxie à la Conférence internationale de la Science-Fiction.

En 2007, le titre d'《écrivain des sciences qui apporte des contributions exceptionnelles aux innovations scientifiques》lui a été attribué.

En 2010, il a remporté le cinquième Prix spécial pour les jeunes écrivains faisant preuve de vertu et de talent.

En 2012 il a obtenu le titre du meilleur spécialiste en science et technologie avec son travail pour la popularisation de la science.

La présentation des oeuvres principales

La complainte de Pi Fu

Pi Fu est représentée sous la forme d'une fourmi géante super toxique, c'est aussi une métaphore sur les gens qui ignorent leurs propres compétences. *La complainte de Pi Fu* nous raconte des terroristes hostiles à la civilisation technologique qui tentent de détruire la 《Citadelle》, la plus haute construction dans l'histoire de l'humanité (elle est dix fois plus haute que le World Trade Center à New York). Le roman décrit en détail l'attaque des terroristes et le sauvetage qui s'en suit. Les terroristes subissent une perte sévère comme si 《Pi Fu》 ébranlait un grand arbre sans le faire tomber, cela reviendrait à chanter une chanson que personne ne prendrait la peine d'écouter. *La complainte de Pi Fu* est différent des romans policiers classiques, c'est une véritable œuvre de science-fiction car l'auteur choisit de ne pas décrire la réalité et combine le monde des sciences à l'imaginaire.

Le déroulement de l'histoire, rythmé et concis, fait avancer l'intrigue avec comme point culminant, le conflit entre la police et les criminels qui nous fait ressentir l'urgence et la rapidité de la situation. La citadelle est un élément imaginaire, elle est construite selon la technologie de supraconductivité et par rapport aux contraintes qui en découlent. L'auteur, en ajoutant des descriptions précises de la citadelle et en intégrant une sorte de bateau électromagnétique, nous fait pénétrer dans l'atmosphère de son roman. D'ailleurs, le choix de donner au héros son propre pseudonyme, Xing He, n'est pas anodin car il est lui-même le désigner de la citadelle. Même son nom d'origine GuoWei apparaît dans le roman.

L'histoire débute avec les actions des terroristes, les《Tu Zi》. Ce roman nous plonge dans la panique, face aux décisions que les gens prennent quand ils se retrouvent confrontés à une catastrophe, ainsi que dans la conscience des《Tu Zi》face aux mauvaises actions qu'ils doivent accomplir. Dans l'histoire, les actes héroïques du héros ne sont pas très claires, mais le sentiment d'héroïsme est évident : dans le roman, le héros Xing He se soumet instinctivement pour protéger sa propre vie quand il doit faire face aux《Tu Zi》, mais quand Xing He risque sa propre vie pour s'emparer du régulateur possédant le pouvoir de vie ou de mort, il se transforme alors en véritable héros à ce moment-là. Xing He montre dans son roman un signe de désengagement par rapport aux normes et aux valeurs. Dans cette oeuvre, les《Tu zi》nommés《Terroristes》désirent restreindre la technique pour la détruire. Ils désirent un retour à la nature originelle, ce qui est très paradoxal quand on connaît les profits que tire l'Humanité des sciences et de la technologie.

Le roman montre les progrès des sciences et des techniques, et incarne le changement d'époque qui est lui-même influencé par le progrès de cette technique. Avec le développement et l'amélioration rapide des sciences et des techniques, les individus, sur le plan du progrès technologique, concentrent leurs attentions sur les résultats et les influences que la technologie peut finalement leur apporter. Accéder au monde du futur est difficile, *La complainte de Pi Fu* nous ouvre les yeux sur la force de la technologie et le sentiment profond d'humanité dans l'ère du progrès informatique.

Shooter le hacker de sang-froid

Shooter le hacker de sang-froid nous déplace dans une réalité virtuelle au milieu d'une fusillade, tranquille en apparence, mais violente et effrénée en réalité. Il y a un décalage entre l'imagination et la réalité, pour nous pousser à réfléchir.

Shooter le hacker de sang-froid est une SF qui met en scène un héros portant le même nom d'origine que l'auteur — 《GuoWei》. L'histoire se déroule sur un campus et elle est divisée en trois parties: la première partie, se penche sur la vie d'un lycéen nommé GuoWei et de son ami d'enfance Zuo Yi, tous deux rencontrent des différends dans la réalité virtuelle des réseaux informatiques. GuoWei fait la connaissance de son amie Deng Lin sur la toile（elle s'appelle Shen Ning dans la vie réelle）, ils aiment faire des jeux de combats en ligne, mais Deng Lin finit par faire une confidence à GuoWei, elle serait déjà morte de maladie. Elle existe dans le réseau sous la forme d'une intelligence artificielle. Entre-temps, Zuo Yi suit de près GE Hongzhe, un 《gamer》 célèbre. Il y a dix ans, il était connu sous l'avatar 《Hou Hui You Qi》 et lui de son côté suit ZHAO Yunzhou utilisant l'avatar 《Nu Mo Tou》, il considère même 《Nu Mo Tou》 comme son maître. La deuxième partie se concentre sur la découverte du Bâtiment technique qui abrite Deng Lin. Monsieur Shen, le père de Shen Ning, est un éminent professeur. Ce dernier amène NIE Pinquan à prendre part à une expérimentation importante sur les nanotechnologies et le clonage. Ils utilisent le clonage pour remplacer les organes vivants et pour créer un nouveau corps et une nouvelle vie pour Deng Lin. Dans la troisième partie, GuoWei entre dans une réalité virtuelle qui simule complètement la réalité et qui est gérée par Deng Lin. Il est engagé par 《Ling Dian Er Wu》 et se retrouve mêlé à son insu dans un crime savamment orchestré. Après avoir accepté l'appel au secours de GuoWei, 《Nu Mo Tou》 et Zuo Yi décident d'entrer à leur tour dans le monde virtuel, ils se battent contre 《Ling Dian Er Wu》 avec l'aide de Deng Lin, mais ils finissent par comprendre qu'ils se battent en réalité contre 《Hou Hui Wu Qi》. L'histoire est bien organisée, l'intelligence artificielle crée un lien étroit entre les joueurs qui ne sont pas en relation dans le monde réel. Pour finir, ils enrayent un crime et tuent les vrais criminels – et par la même occasion détruisent les données du hacker.

En tuant 《Hou Hui Wu Qi》 dans le monde virtuel, c'est-à-dire les outils du hacker pour contrôler le réseau dans le monde réel, on ne fait que supprimer des données informatiques., Mais dans le roman, l'auteur nous décrit une forme de réseau presque vivant. Surtout avec Deng Lin, elle existe sous la forme d'une intelligence artificielle, que l'auteur utilise pour donner forme au réseau et lui doter de l'image d'une personne au lieu de simples données. Xing He ne s'attarde pas dans les descriptions, il recourt seulement à une grande quantité de dialogues dans son roman pour bien l'organiser. Les dialogues entre GuoWei et Deng Lin sont le reflet des informations vivantes du réseau.

Shooter le hacker de sang-froid est de la SF pour enfants. À travers cette oeuvre, on peut voir le panel des connaissances scientifiques de l'auteur et un effort d'éducation morale de sa part.

Avec le développement des technologies modernes, les technologies de demain sont de plus en plus réalisables et pointues, Xing He crée un lien étroit entre la science-fiction et ce qui entourent le développement des technologies modernes. On peut voir que dans son roman, l'intelligence artificielle existe dans la réalité virtuelle et les éléments du clonage remplacent les organes vivants ... Xing He s'épanouit dans les technologies modernes et réussit à fusionner beaucoup de domaines, par exemple, les neurosciences, la médecine, l'électronique, etc. Il nous propose une nouvelle illusion scientifique qui se nourrit non seulement de la SF pour enfants mais aussi de nouveaux 《germes》 qu'il nous faudra méditer sur les technologies modernes.

Comme tout le monde le sait, les oeuvres scientifiques sont importantes pour l'éducation morale des enfants. *Shooter le hacker de sang-froid* met en vue la justice morale dans la poursuite des criminels et en même temps, il explore les relations individuelles et les règles communautaires, c'est-à-dire la concurrence loyale et la survie du plus fort. C'est une sorte de vulgarisation scientifique pour enfants mais Xing He veut aussi montrer aux jeunes qu'il faut obéir aux principes universels.

Ce qui attire l'attention dans *Shooter le hacker de sang-froid*, ce sont les éléments propres à l'univers de la S-F, l'auteur nous propose une nouvelle hypothèse en matière de régénération vitale humaine. Si la conscience de l'humain est reproduite par la conscience électronique ; on pourrait alors utiliser la technique de clonage pour créer un corps et y implanter une intelligence artificielle... Est-ce que la vie humaine pourrait alors être prolongée ? Alors, quelle forme prendrait la vie humaine ? Ce qui renvoie sans aucun doute à s'interroger sur les notions de matérialisme et d'idéalisme.

(Traduit par Yang Yi)

Xing He 德语版

Kurze Vorstellungen

Er ist ein Science-Fiction-Fan und läßt seinen Geist in der digitalen und virtuellen Welt umherschweifen. Er „ist ein Prüfer der kosmischen Weisheiten " („ Verfolgt das Entfernte ") . Er errichtete eine „ Weltraum-Stadt ", sodass er einen Platz auf der Welt hatte. Zudem ist er ein „ Wissenschaftler ". Er schrieb Science-Fiction-Werke, die sowohl das wissenschaftliche Bewusstsein als auch den wissenschaftlichen Geist popularisierten. Er ist Xing He.

Xing He heißt mit bürgerlichem Namen Guo Wei. Er ist derzeit freier Schriftsteller beim Pekinger Schriftstellerverband, Mitglied des geschäftsführenden Vorstandes des Verbandes der wissenschaftlichen Schriftsteller, Vorstandsmitglied des Pe- kinger Verbandes für Literatur und Kunst sowie Ehrenmitglied beim Pekinger Schrift- stellerverband und Pekinger Jugendverbandes. Er wohnte der sechsten (2001) , siebten (2006) und achten Tagung (2011) des nationalen Parteikongresses des chinesischen Schriftstellerverbandes bei bei. Zusammen mit dem chinesischen Schriftstellerverband nahm er an der Frankfurter Buchmesse in Deutschland teil (2009, Gastland China). Zudem bereiste er Ägypten,

Finnland, Schweden, Norwegen, Dänemark, Island, Kenia, Südafrika und andere Länder. Xing He beschäftigt sich hauptsächlich mit der Dichtubg der Soft Science Fic- tion und populärwissenschaftlichen Werken. Er hat bereits Werke im Umfang von einer Million Zeichen veröffentlicht. Da gäbe es seine 10 Science-Fiction-Romane einschließlich „ Lückenhafte magnetische Teilchen ", die Science-Fiction-Kurzgeschichten wie „Mit der Seele zur Verabredung gehen ", die aus 10 Bänden bestehende Science-Fiction Sammlung „Sich vor der Wiederherstellung mit einem Händedruck von der linken Faust verabschie- den ", die populären Wissenschaftswerke „Comiczur Erkundung der Wissenschaftsgeschichte " etc. Er ist Chefredakteur bei der „Chine- sischen Science-Fiction-Sammlung der neuen Generation ", „Science-Fiction des Jahres " （Lijiang Edition） und anderen Werksammlungen.

Zwanzig Jahre ist er in der literarischen Welt herumgaloppiert. Er erhielt eine Viel- zahl von Auszeichnungen und Ehrungen. „Comic zur Erkundung der Wissenschaftsge schichte " und „Erdverteidigungskrieg " erhielten jeweils die sechste „Fünf in Eins Projekt " - Auszeichnung für den Aufbau der geistigen Zivilisation der chinesischen Ab- teilung für Öffentlichkeitsarbeit (1996), „Interplanetarischer Krieger " erhielt eine Nominierung für den fünften Song Qingling-Kinderliteraturpreis (2000), „Die blonde Puppe Xiao Momo " erhielt die dritte Bing Xin– Neue-Kinderbücher-Auszeichnung (1995), „Comic zur Erkundung der Wissenschaftsgeschichte " erhielt die zehnte Bing-Xin-Kinderliteraturauszeichnung (1999), „Ewiges Leben " erhielt die Chen-Bochui-Auszeichnung für herausragende Kinderliteratur (1999), „ Meeresgrund - Erinnerungen " erhielt den zweiten Preis der vierten nationalen Auszeichnung für her- ausragende wissenschaftliche Werke (2001), „ Duell im Internet ", „Pilgerschaft " und „Gewehrähnlicher Chao Xiao " erhielten jeweils den großen Preis (1996), ersten (1994) und den zweiten Preis (1999) des Chinesischen Science-Fiction-Galaxy , „ Alliierte Truppen des Online-Spiels ", „ Campus Supergeschwindigkeit "und „Xing Hes interessante Mathematikgeschichten " (3 Bände) haben jeweils die Auszeichnung für das Erbitten um Beiträge vortrefflicher Werke der Stadt Peking zur Fei- er der Gründung der Volksrepublik China zum 50., 55. und 60. Jahrestag und die Exzel- lenzauszeichnung erhalten, „Mondbasis " erhielt den ersten Preis des Provinz Anhui Bu- chauszeichnung (1998) , „ Sommercamp auf dem

Raumschiff " erhielt den herausra - genden Buchpreis der Provinz Shandong (2003-2004). Die Buchreihe „Was du dich über Mathematik nicht vorstellen konntest " erhielt beim dritten Treffen des Chinesisch - en Verbandes der Wissenschaftsautoren die Auszeichnung für herausragende Werke derpopulären Wissenschaft (2014) .

Im Jahr 1997 wurde ihm die Galaxy Auszeichnung bei der 97. Peking Internationale Science-Fiction-Konferenz verliehen.

Im Jahr 2007 wurde er der Ehrentitel „ Wissenschaftsschriftsteller mit herausragenden Beiträgern im Bereich der Edition populärwissenschaftlicher Bücher " verliehen.

Im Jahr 2010 erhielt er den fünften Pekinger Deyishuangxin-Preis für Nachwchskünstler.

Im Jahr 2012 erhielt er den Ehrentitel „Nationale herausragende Wissenschaftler "(Wissenschaftsauto) .

HUANG Qingqing （Edition）

Einführung in Xinghes Werke

„Der Gesang der Ameisen "

Camponotus Liguipardus sind große Ameisen, die oft vermenschlicht dargestellt werden. Wie der Name des Romans schon besagt, wird eine Gruppe von Terroristen beschrieben, die die technische Zivilisation von Gebäuden hassen und versuchen „ Das Schloss " (zehnmal höher als das World Trade Center in New York） anzugreifen, welches das höchste Gebäude in der Geschichte der Menschheit darstellt. Der Roman beschreibt nicht nur detailliert eine Reihe von Terroranschlägen und den Prozess Rettung, sondern auch den ultimativen Terroristen. Obwohl sie letztendlich einen tragischen Verlust erleben und singen sie einfach. Diese Novelle unterscheidet sich von gewöhnlichen Verbrechen und gilt als Kombination aus verschiedenen Hochtechnologien. Die Schöpfung der Fantasy—Novelle gehört zu der Reihe „Pseudo—Realismus " der Science—Fiction.

Das Werk ist in chronologischer Reihenfolge angeordnet und lehnt eng an die Charakter an, damit es die Entwicklung der Geschichte fördert. Daher erhält man einen Eindruck von der Dringlichkeit und der Geschwindigkeit. Science—Fiction besteht aus der Zusammensetzung von supraleitender Technologie und supraleitender Constraint—basierter Architektur, die sich in der „Burg " widerspiegeln. In dem Roman gibt es eine Vielzahl an Schlössern und Elektroboote, um die Geschichte zu fördern. Xinghe ist der Designers der Burg und erscheint als Protagonist mit seinem richtigen Namen „Guo Wei " auch im Roman.

In der Geschichte haben die „Hasen " das gleiche Verhalten wie die „Terroristen ". Die Geschichte zeigt, dass die Mentalität der Menschen bei Katastrophen und Bewältigungsstrategien wie die der „Hasen " ist. Die Geschichte der „einsamen Helden " ist eine Art von Abenteuer, das nicht offensichtlich ist, aber die Gefühle des Heldentums sind noch sichtbar: Als der Held Xinghe in diesem Werk mit dem „Hasen " konfrontiert wird, kommt eine instinktive Reaktion in Form eines Gefühls der Lebensabsicherung zum Vorschein. Später riskiert er sein Leben, um den Kontrollregler über Leben und Tod an sich zu reißen. Darüber hinaus hat Xinghe in dem Roman auch Spuren von einem ideologischen Bruch mit den Gedanken und der Grammatik hinterlassen. In diesem Werk hoffen die „Hasen " der „Terroristen " die technischen Folgen der Menschheit einzuschränken, die Technik zu beseitigen, und alles wieder in den natürlichen Zustand zu versetzen. Zweifellos gibt es eine Art Gedanken—Kollisio.

Darin zeigt sich nicht nur der Inhalt des Fortschritts der Wissenschaft und Technik, sondern auch eine Änderung des Zeitalters aufgrund solch technologischer Fortschritte. Mit der kontinuierlichen Entwicklung und Verbesserung von Wissenschaft und Technik haben sich allmählich viele Menschen auf die Entwicklung der modernen Wissenschaft und Technik konzentriert, nämlich welche Ergebnisse hervorgebracht werden, und was für eine Wirkung sie mit sich bringt. Wir können nicht in die zukünftige wissenschaftliche und technische Welt erreichen. Der Roman „Singende Ameisen " kann als Blickwinkel dienen. Es lässt uns die Stärke und die Informationen erleben sowie die Emotionen des Informationszeitalters erleben.

„Schuss des ruhigen Hackers"

Das Werk inszeniert eine intensive, dynamisch virtuelle Realität in einer scheinbar ruhigen äußeren Erscheinung der Realität „Schusswechsel ". „Virtuelles " und „Realität " wechseln sich ab, so dass beim Leser unumgänglich Brainstorming hervorgerufen wird.

„Campus " ist ein langer Roman aus der Science—Fiction—Reihe, in dem der Name des Helden von Xinghes eigenem Namen „Guo Wei " stammt. Die Geschichte ist in drei Teile gegliedert: Erstens. Guo Wei, ein Mittelschüler und sein Freund Zuo Yi sind in der virtuellen Realität im Internet Streitigkeiten begegnet. Guo Wei lernt der Internetfreundin Deng Lin kennen （ihr richtiger Name lautet Shen Ning）, und akzeptiert den Kampf im Online—Spiel. Aber Deng Lin äußert gegenüber Guo Wei am Ende eine überraschende Tatsache: Sie ist bereits an einer Krankheit verstorben, „Elektronisches Bewusstsein " in Form von Deng Lin existiert jetzt im Internet. Zur gleichen Zeit folgt Zuo Yi einem Account mit dem Netzwerknamen „Bis zum nächsten Mal " der Ge Hongzhe gehört und dieser kennt den „Dämon " Zhao Yunzhou und verehrt den „Dämon " als Meister. Der zweite Teil umfasst das Aufdecken des großen Geheimnisses des „Wissenschaft und Technologie—Gebäudes ". Professor Shen ist Shen Nings Vater. Er führte mit Nie Pinquan ein wichtiges Nanomenter— und Klonexperiment an. Sie verwendeten wichtige Utensilien für das Klonen, um menschlicher Organe für Deng Lins neuen Körper und ihr Leben zu schaffen. Im dritten Teil tritt Guo Wei „vollständig in die Simulation der virtuellen Realität ein ", die Deng Lin einmal erwähnt hat. Er beschäftigt sich mit „0.25 " und begeht unbeabsichtigt eine High—Tech—Kriminalität. Der „Dämon " und Zuo Yi erhalten einen Notruf von Guo Wei. Sie beschlossen daraufhin sich in die „virtuelle Realität " zu begeben. Er und Deng Lin leisten sich einen Schusswechsel gemeinsam mit „0.25 ", der eigentlich „Bis zum nächsten Mal " ist. Die ganze Geschichte entwickelt sich sehr klar. „Elektronisches Bewusstsein " und die reale Welt, die nicht miteinander in Verbindung zu stehen scheinen, haben sie sich miteinander verbunden und verhindern ein Verbrechen, „schießen " auf den Verbrecher — Hacker erstellen destruktive Daten. In einer virtuellen Realität wird auf „Bis zum nächsten Mal " geschlossen, aber in der realen Welt scheint es, als ob einige subversive Daten entfernt werden, genauer gesagt Werkzeuge, mit dem Hacker das Internet beeinträchtigen. Aber in dem Roman ist ein solches Internetnetzwerk plastisch und vermittelt ein klares Bild. Vor allem im „ Elektronischen Bewusstsein " existiert Deng Lin. In dem Roman ist es das figurative Netzwerk in einer Zeichenform, sodass es nicht mehr nur ein Pool von Daten ist. Xinghe hat keine entsprechenden beschreibenden Worte, sondern verwendet eine große Anzahl von Dialogen, um zwischen den Zeilen der Dialoge von Guo Wei und Deng Lin eine Art an Netzwerk—Informationen sowie dynamisches Leben zu erschaffen.

„Schuss des ruhigen Hacker " ist eine Science—Fiction—Schaffung für Kinder. Darin kann man zahlreiche wissenschaftliche Erkenntnisse und moralische Erziehung erkennen. Mit der Entwicklung der modernen Technologie, werden viel theoretischer Wissenschafts — und Technologiegehalt schrittweise verwirklicht und gefördert. Xinghe verknüpft Science—Fiction eng mit moderner technologischer Entwicklung. Es wird nachfolgend sichtbar: „ Elektronisches Bewusstsein " existiert in der „ virtuellen Realität " und elektronische Utensilien werden zum Klonen menschlicher Organe verwendet... Basierend auf modernen Wissenschaft und Technik, hat Xinghe viele Felder wie Neurowissenschaft, Medizin, Elektronik und andere Bereiche miteinander verflocht und eine neue Art von Science—Fiction geschaffen. Deswegen ist es nicht nur „ Nahrung " für Kinder, sondern auch eine neue Hypothese für die moderne Technik.

Wie wir alle wissen, spielt Wissenschaft in der moralischen Erziehung der Kinder eine wichtige Rolle. „ Schuss des ruhigen Hackers " beschreibt die Regeln der Beziehung zwischen den Einzelnen und der Gruppe, nämlich einen fairen Wettbewerb und das Überleben des Stärkeren. Xinghe widmet sich nicht nur der Populärwissenschaft für Kinder, sondern auch der gesamten Gruppe der Jugendlichen, indem er die Einhaltung der universellen Prinzipien demonstriert.

Es ist erwähnenswert, dass in diesem Werk eine neue Hypothese des menschlichen Lebens festgestellt wird. Wenn man das menschliche Bewusstsein in Form einer elektronischen Kopie des Bewusstseins erstellt und Klonen verwendet, um einen Körper zu schaffen, entsteht am Ende ein geklontes elektronisches Bewusstsein in einem materiellen Körper. Erhält man dann die Fortsetzung des Lebens? Wie existieren diese Menschen? Es ist unschwer zu erkennen, dass es eine Art von Exploration des Materialismus und Idealismus ist.

Син Хэ 俄语版

КРАТКО ОБ АВТОРЕ

Он фанат научной фантастики, его душа путешествует по вымышленному оцифрованному миру; он "исследователь вселенского разума" («Чужеземное преследование»), он построил "космический город", чтобы иметь свое место в космосе; он еще и "ученый", созданные им без пробелов произведения способствуют распространению научных знаний и идей. Он, это Син Хэ.

Син Хэ, настоящее имя Гуо Вэй, профессиональный писатель Союза писателей Пекина, исполнительный директор Китайской ассоциации писателей научно — популярной литературы, член Пекинской федерации литературы и искусства, член Союза писателей Пекина, почетный член Союза молодежи г. Пекин. Присутствовал на без пробелов съездах Всекитайского собрания представителей Союза китайских писателей. В составе делегации Союза китайских писателей принимал участие на Книжной выставке в немецком городе Франкфурт (2009; Китайская делегация была главным гостем). Посетил Египет, Голландию, Швецию, Норвегию, Данию, Исландию, Кению, ЮАР и многие др. страны.

Син Хэ, главным образом, посвятил себя написанию "мягких" научно — фантастических романов и научно—популярной литературы, издал и опубликовал множество произведений. Его перу принадлежат цикл научно — фантастических романов из 10 частей «Поврежденные магнитные знаки», повести и рассказы «С душой идти на свидание» в нескольких частях, собрание научной фантастики «Проститься левым кулаком перед восстановлением» в 10 частях, научно — популярные произвдения «Исследование истории науки в манга» и др., является главным составителем «Собрания избранных сочинений китайской научно — фантастики нового поколения», "Ежегодного научно—фантастического романа" (версия Лицзян) и др.

Проявляет большую активность на литературном поприще на протяжении 20—ти лет, награжден многими премиями и званиями. За работы «Исследование истории науки в манга» и «Битва за Землю» получил 6—ю премию "Пять проектов" за строительство духовной цивилизации Отдела пропаганды ЦК КПК (1996) ; а также: «Космический воин» — 5—ю без пробелов в области детской литературы им. Сунь Цинлин (2000) ; «Кукла Маленькая Мо Мо с золотыми волосами» — 3 —ю премию повой дстской литературы им. Бин Синь (1995) ; «Исследование истории науки в манга» — 10—ю премию в области детской литературы им. Бин Синь (1999) ; «Вечная жизнь» — премию за лучшее произведение в области детской литературы им. Чэн Бочуй (1999) ; «Воспоминания с морского дна» — 4 — ю Всекитайскую премию второй степени за лучшее научно — популярное произведение (2001) ; «Битва в Сети», «Паломничество» и «Прибой ревет как пушка» — Премии Млечный путь в области научной фантастики высшей степени (1996) , первой степени (1994) и второй степени (1999) соответственно; «Союзная армия сетевой игры», «Сверхскорость в кампусе» и «Увлекательные математические истории Син Хэ» (в 3—х частях) ‑ Премии конкурсов в честь празднования 50—, 55—, 60—тилетия со дня образования КНР администрацией города Пекин за превосходное произведение, превосходное произведение и лучшее произведение соответственно; «База на Лунном море» — 1— ю литературную премию первой степени провинции Аньхуй (1998) ; «Летний лагерь на космическом корабле» — Литературную премию за лучшее произведение провинции Шаньдун (2003—2004) . Сборник «Математика, которую вы незнали» (в 2— х частях) получил 3— ю премию Китайской ассоциации писателей научно—популярной литературы за лучшее произведение второй степени （2014）.

В 1997 году удостоен премии Млечный путь Пекинского международного съезда в области научной фантастики.

В 2007 году отмечен «как писатель, внесший значительный вклад в развитие научной фантастики».

В 2010 году получил почетное звание писателя, выдающегося и по нравственности и по искусству среди работников среднего возраста в области литературы и искусства г. Пекин.

В 2012 году признан лучшим работником в сфере науки и техники （писатель в области научно—популярной литературы） на 5—ом Всекитайском собрании.

ИЗВЕСТНЫЕ ПРОИЗВЕДЕНИЯ

«Пение крупных муравьев»

Крупные муравьи — это вид ядовитых больших муравьев, часто ими метафорически описывают людей, переоценивающих свои силы. Как видно из названия, в "Пении крупных муравьев" рассказана история о группе терористов, ненавидящих технологическую цивилизацию, и пытающихся напасть на самое высокое здание в истории человечества под названием "Замок" (которое выше в 10 раз башен-близнецов Всемирного торгового центра в Нью-Йорке), но они не рассчитали своих сил. В романе детально и достоверно описаны такие сцены, как захват здания террористами, освобождение и др, а в самом конце террористы, словно "муравьи, задумавшие раскачать большое дерево", терпят поражение, напрасно спели они свою песню. «Пение крупных муравьев» не похож на другие типичные романы о полицейских и гангстерах, это научно - фантастическое произведение из серии "псевдореальность", в котором сплелись высокие технологии и иллюзия.

В "Пении крупных муравьев" сюжетная фабула построена по строгому хронологическому порядку, с нарастанием темпа рассказа у читателей усиливаются ощущения скорости и напряженности, как в полицейско - гангстерских романах. Научно-фантастическая составляющая романа заключена в истории о сверхпроводимости и "Замке", здании которое было построено с целью ограничить сверхпроводимость. В романе существует множество описаний замков и моторных лодок, косвенно оттеняющих атмосферу и способствующих развитию сюжета. Кроме того, автор дал особенные имена главным героям, "Син Хэ" это имя проектировщика "Замка", а персонаж "Го Вэй", получивший настоящее имя писателя, также появится в романе.

История начинается с действий группировки "Зайцы" или "террористов", "Пение больших муравьев" показывает нам людей в состоянии страха в минуту беды и их ответные действия, а также членов группировки "Зайцы", которые обязательно получат по заслугам. В этой истории черты "героя - одиночки" проявляются нечетко, но можно увидеть черты настоящего героизма: когда главный герой Син Хэ сталкивается с преступниками, то сначала инстинктивно покоряется чувству самосохранения, но потом он, рискуя своей жизнью, идет захватывать прибор, обладающий властью контроля над жизнью или смертью, мы видим его в ореоле героя. Кроме того, в романе можно обнаружить желание разорвать идейные оковы и уйти от законов литературного творчества. В этом произведении члены группировки "Зайцы", названные террористами, стремятся заполучить технологию ограничения, систему уничтожения, мечтают о том, чтобы вернуться назад к природе. Можно сказать, что, без сомнения, это идейное столкновение для современных людей, которые получают выгоду от развития науки и техники.

Эта работа не только раскрывает содержание с точки зрения научно - технологического прогресса, но еще и отражает временные изменения, вызванные этим самым научно - технологическим прогрессом. Вслед за непрерывным развитием и повышением уровня науки и техники, сейчас многие интересующиеся научно - техническим развитием люди постепенно заостряют свое внимание на таких вопросах, как: в конечном счете какие же плоды этот прогресс принесет для человечества, или какое окажет влияние. Мы не можем увидеть будущий научно-технологический мир, но «Пение крупных муравьев» предоставляет нам один из углов зрения, который поможет нам ощутить силу науки и техники, а также понять чувства людей, живущих в развитую информационную эпоху.

«Хакер, застреливший тишину»

В этом произведении показана сцена ожесточенной и динамичной "перестрелки" в виртуальной реальности, происходящей на фоне действительности, кажущейся тихой и спокойной. "Виртуальный" мир меняется местами с "реальным" миром, что невольно заставляет читателей испытать мозговой штурм.

«Хакер, застреливший тишину» входит в серию "Кампус", а главного героя зовут Го Вэй, это настоящее имя самого автора. Историю можно разделить на три части: в первой части ученик младших классов средней школы Го Вэй вместе со своим другом Цзо И сталкивается со множеством запутанных дел в виртуальной реальности, созданной с помощью Интернета. Го Вэй знакомится в сети с новым другом Дэн Линь (настоящее имя которой Шэнь Нин), она соглашается сразиться с ним в Интернет игре, но в конце сообщает пугающую правду о себе: она умерла от болезни, и сейчас Дэн Линь существует в сети только в форме "компьютерного разума". Одновременно с этим, Цзо И преследует сетевого рыцаря по имени Гэ Хунчжэ, у которого 10 лет назад был ник "Неизвестно когда еще увидимся", вместе с Чжао Юньчжоу под ником "Дьяволица", а также поклоняется ей как учителю. Во второй части говорится о разоблачении "здания науки и техники", в котором существует Дэн Линь. Профессор Шэнь является отцом Шэнь Нин, он ведя за собой Не Пинь Цюань, участвует в одном важном наноэксперименте по клонированию: используя клонированные человеческие органы, создает для своей дочери новое тело и дает новую жизнь. В третьей - Го Вэй входит в "виртуальную реальность, полностью похожую на настоящую", о которой ему упомянула когда - то Шэнь Лин, устраивается "Ноль двадцать пятым", и становится случайно замешанным в высокотехнологичном преступлении. Когда "Дьяволица" и Цзо И получают просьбу о помощи, отправленную Го Вэйем, то решительно входят в "виртуальную реальность". Они вместе с Шэнь Лин "застреливают" "Ноль двадцать пятого", который на самом деле оказался сетевым рыцарем под ником "Неизвестно когда еще увидимся". Нить всей истории прослеживается очень четко, "компьютерный разум" тесно связал тех, которые в реальном мире не пересекаются друг с другом, а также останавил преступление, "застрелил" преступника - цифровые данные разрушительного свойства, созданные хакером.

В виртуальной реальности сетевого рыцаря "застреливают", что в реальном мире означает лишь удаление цифровых данных разрушительного свойства, то есть тех инструментов, с помощью которых хакеры нарушают порядок в Интернете, но в романе эти формы получают живые образы. В особенности Шэн Линь, существующая в форме "компьютерного разума", в романе Интернет еще более конкретизируется для раскрытия образов действующих лиц. В этом отношении Син Хэ не использует слишком много описательных слов, а напротив прибегает к приему раскрытия образов через диалоги. Когда разговаривают Го Вэй и Шэн Линь, между строк и слов можно почувствовать динамику сетевой информации, наполненной жизнью.

«Хакер, застреливший тишину» является научно-фантастическим произведением, созданным Син Хэ специально для подростков и детей, поэтому в нем вкраплены научные знания и элементы нравственного воспитания.

Вслед за прогрессом множество теоретических установок в науке и технике постепенно осуществляются и усовершенствуются, а Син Хэ соединяет вместе научную фантастику и современное развитие науки и техники. В "Хакере, застрелившем тишину" мы видим, что "компьютерный разум" существует в "виртуальной реальности", клонированные органы заменили человеческие... Син Хэ опирается на современные научные технологии, в его творчестве множество научных областей пересекаются с психологией, медициной, электроникой и др., он предлагает новую научную фантастику, это уже не только питательное вещество для молодежи, но и новая гипотеза, заслуживающая рассмотрения современными наукой и техникой.

Общеизвестно, что научно - популярная литература также играет важную роль в нравственном воспитании молодежи. В романе «Хакер, застреливший тишину» выдвинутый на первый план вопрос о правильности пресечения преступления сменяется на проблему отношений индивидов и законов коллектива, а именно на проблему борьбы за равноправие и естественного отбора. Это не только воплощение работы по популяризации научных знаний у детей, которой посвятил себя Син Хэ, но и пример, показывающий молодежи необходимость следования универсальным принципам.

Стоит обратить внимание на то, что в научно-фантастической составляющей этого произведения выдвинута новая гипотеза о воскрешении человека. Если возродить человеческое сознание в форме компьютерного разума, создать тело с помощью технологии клонирования, а затем компьютерный разум имплантировать в клонированное тело, то, таким образом, может ли человек добиться продолжения жизни? И в таком случае, в какой форме человек будет существовать? Это исследование вопроса о материализме и идеализме, который нетрудно разглядеть.

（Перевод：Кристина Аммосова）

Xing He 西班牙语版

Retrato literario

Xing He, aficionado de la ciencia ficción, ha depositado su espíritu viajero en el mundo virtual y digital; él "es un investigador de la sabiduría cósmica" (Seguimiento exótico) quien al construir la "ciudad del espacio exterior" se permitió formar parte de él. Es un científico que creó las obras de ciencia ficción para divulgar la conciencia y el espíritu científicos. Así es Xing He.

Xing He, cuyo nombre verdadero es Guo Wei, ahora es alistado a la Asociación de Escritores de Beijing, sirve como director permanente de la Asociación China de Escritores Científicos; de igual maneradesempeña como director de la Federación de Literatura y Arte de Beijing, así como director de la Asociación de Escritores de Beijing, y es miembro honorario de la Federación Juvenil de Beijing. Además, asistió al Congreso Nacional de la Asociación de Escritores de China en los años 2001, 2006 y 2011, respectivamente. De igual manera, asistió a la Feria del Libro de Frankfurt en Alemania como representante de la Asociación de Escritores Chinos en 2009 (China como país invitado de honor), además de haber visitado países como Egipto, Finlandia, Suecia, Noruega, Dinamarca, Islandia, Kenia, África del sur,etc.

Xing He se dedica principalmente a la creación de ciencia ficción blanda y obras de divulgación científica cuyas obras publicadas ha sumado las millones de palabras. Dentro de las cuales, se incluyen más de 10 novelas científicas largas como Marcas magnéticas incompletas, muchas novelas científicas cortas como Citar con el corazón, más de 10 colecciones de ciencia ficción, entre ellas Despedirse apretando las manos antes de recuperar el puño izquierdo, las obras de divulgación científica como Exploraciones en la historia de la ciencia(caricatura), entre muchas otras. Al mismo tiempo, es el editor en jefe de publicaciones tales como Colección selecta de la ciencia ficción china de nueva generación y Ciencia ficción anual (edición de Lijiang).

Con veinte años de trayectoria literaria, ha ganado numerosos premios y honores: dos premios de "Proyecto 5-1" en la sexta entrega (1996) del Departamento de Propaganda del CCPPCh con Exploraciones de la historia de la ciencia y Defensa de la tierra, nominación al quinto Premio de Literatura de Niños Song Qingling (2000) por Star Warrior, premio de Nuevos Trabajos para Niños en la tercera entrega del Premio Bing Xin (1995) por Momo, muñequita rubia; la décima entrega del premio de Libros para Niños Bing Xin (1999) por La historia de la tecnología china (caricatura), el premio literario, en la categoría de obras excepcionales para niños, Chen Bochui (1999) por La vida eterna, el segundo lugar de la cuarta entrega del Premio Nacional a las Obras Destacadas de Divulgación Científica (2001) por Memoria Submarina, el premio a la categoría especial (1996), el premio a la primera categoría (1994), el premio a la segunda categoría (1999), del Premio Galaxia de la Ciencia Ficción China por Duelo en la red, Peregrinación y Marea y tsunami como pistola respectivamente, el premio al mejor trabajo de composiciones recolectadas para celebrar el 50º aniversario de la fundación de la Nueva China por Coalición del juego de la red; el mismo premio en su 55º aniversario por Campus de súper velocidad, y en el 60º aniversario por Cuentos matemáticos interesantes de Xing He. El primer lugar del Premio al Mejor Libro en la provincia de Anhui en su primera entrega (1999) por Base del mar lunar, el Premio al Mejor Libro de la provincia de Shan Dong (2003-2004) por Campamento de verano en la astronave, el galardón de Plata del Premio de Obras Excelentes de Divulgación Científica en la tercera entrega de la Asociación China de Escritores Científicos (2004) por la serie de Matemáticas que no se imaginan (dos tomos).

En 1997, le fue otorgado el Premio Galaxia en la Convención de Ciencia Ficción Internacional de Beijing.

En 2007, se le otorgó el reconocimiento de "Escritor científico con contribuciones sobresalientes en la innovación de la escritura científica".

En 2010, ganó en la quinta entrega el Premio para Artistas Jóvenes de Beijing como reconocimiento de su virtud y habilidad escritoraBeijing

En 2012, fue nombradoEscritor Científico Destacado en Ciencia y Tecnología, a nivel nacional en su quinta edición.

Introducci ó n a las obras representativas

La canción de Pifu

Pifu es una gran hormiga tóxica, frecuentemente se usa para describir a quien se estima excesivamente. La canción de Pifu relata la historia de un grupo terrorista, que debido a su repudio por la civilización tecnológica, decide derribar el edificio de mayor altitud en la historia de la humanidad –diez veces más alto que el World Trade Center de Nueva York. En la novela, se describe detenidamente el desarrollo del ataque terrorista y el rescate; finalmente, los atacantes sufren una pérdida parecida a la de Pifu cuando intenta sacudir los árboles, cantando en vano. Esta obra difiere del típico género policiaco, es una novela de ciencia ficción que combina diversos géneros literarios con temáticas sobre alta tecnología y, por supuesto, la imaginación y creatividad del autor.

Esta novela, en orden cronológico, orquesta un periodo muy estrecho que promueve el desarrollo de la historia, dándole un sentido de urgencia y aceleración al combate policiaco. La fantasía científica se ve reflejada en la composición de tecnologías y restricciones superconductoras basadas en la construcción del castillo. Existe una gran cantidad de ficción en la descripción del castillo y la nave, creando la atmósfera, para promover el proceso de la historia. Además, el autor se convierte en el héroe de la novela, Xing He, como protagonista de la historia, es el arquitecto del castillo; incluso, su nombre original, Guo Wei, también tiene un papel dentro de la novela.

Esta novela refleja la actitud alarmada y el estratagema del humano frente a la catástrofe, donde el grupo terrorista "Conejo" sufre las consecuencias de sus actos a manos de la misma organización. La historia de las aventuras del héroe solitario no se caracteriza por ser evidente; no obstante se puede vislumbrar el heroísmo. Al inicio, el protagonista solo desea continuar con su vida y, para ello, vive bajo el yugo de los criminales; sin embargo, conforme avanza la historia, arriesga su vida para robar el instrumento que tiene el poder de controlar la vida y la muerte, logrando que, en el proceso, el laurel de héroe recaiga en él. Además, Xing He ha revelado en la novela su intento de romper con los rastros del pensamiento y el encarcelamiento gramatical. En esta obra, el "Conejo" es el grupo terrorista que anhela desesperadamente limitar la tecnología y regresar a la naturaleza; lo cual, para la gente moderna que obtiene beneficios de la ciencia y la tecnología, es sin lugar a dudas un choque ideológico.

La novela no solo muestra el desarrollo científico y tecnológico, sino que enfatiza las consecuencias que ha tenido este progreso en el cambio de época. Con el continuo desarrollo y mejoramiento de la ciencia y la tecnología, a mucha gente le preocupa el impacto y los resultados que traerá, a la humanidad, esta evolución científica y tecnológica. No es posible ver el futuro en un mundo científico, por lo que esta novela se puede utilizar como una perspectiva para orientarnos en la experimentación del poder científico y el progreso de las emociones humanas.

El asesinato del hacker silencioso

Esta novela representa el escenario, aparentemente silencioso, de la realidad ante la dinámica intensa de la realidad virtual; una guerra de armas inconvencionales, la conversión entre lo real y lo virtual,provocando al lector una lluvia de ideas.

Se trata de ciencia ficción extensa, el nombre del héroe es tomado del propio autor Guo Wei. La historia se divide en tres partes: la primera, un estudiante de secundaria, Guo Wei, junto con su amigo de niñez Zuo Yi experimentan aventuras en el mundo virtual construido a través de la red. Guo Wei se hace amigo de Deng Lin, cuyo nombre verdadero es Shen Ning, al aceptar un combate en un videojuego en línea; no obstante, Deng Lin le confiesa al protagonista una verdad devastadora: ella ha muerto, y ahora, en forma de conciencia electrónica, solo existe en la red. Al mismo tiempo, Zuo Yi decide seguir al caballero andante de la red – cuyo nombre en internet, hacía 10 años, era HouHuiYouQi y Zhao Yun Zhou (la villana)– queriendo tomar a la última como maestro. En la segunda parte, se descubre el secreto del edificio de ciencia y tecnología donde Deng Lin se encontraba. El profesor Shen, padre de Shen Ning, involucra a Nie Pinquan en importantes experimentos sobre nanotecnología y clonación, el uso de los recipientes de clonación para remplazar los órganos humanos de Deng Lin y así construirle un nuevo cuerpo y darle vida. En la tercera parte, Guo Wei entra a la simulación de realidad virtual, como empleado del "cero veinticinco", involuntariamente, se ve envuelto en un crimen de alta tecnología. Tras recibir el auxilio de Guo Wei, quien se encuentra atrapado en la red, la villana y Zuo Yi entran a la realidad virtual y asesinan a "cero veinticinco", quien en el mundo real es en realidad HouHuiYouQi. El hilo de toda la historia es evidente, la "conciencia electrónica" entremezcla a todos aquellos que, aparentemente, no tienen ninguna relación entre sí, además de evitar un crimen, lograron a los delincuentes (los virus creados por el hacker).

Mientras que en el mundo virtual asesinan a HouHuiYouQi; en el mundo real solo destruyen una serie de virus; esta fue la forma en la que el hacker perturbó el orden de la red, mientras que en la novela, esto sirve para mostrar esta red viviente. Especialmente Deng Lin, que como conciencia electrónica adquiere un cuerpo y deja de ser un simple conjunto de datos. Respecto a esto, Xing He no empleó muchos discursos descriptivos, sino solo numerosos diálogos que lo ayudaron en la construcción de la novela. En el diálogo entre Guo Wei y Deng Li desbordó un exquisito sentido sobre el flujo de información en internet.

Esta obra es una novela de ciencia ficción para niños y adolescentes. En la mayoría de su obra, pueden verse reflejados sus conocimientos de ciencia y educación moral.

Con el progreso de la ciencia y tecnología moderna, varios de sus contenidos teóricos se han puesto en práctica y han sido impulsados. La ciencia ficción del escritor, así como el desarrollo de las ciencias y tecnologías contemporáneas, alrededor del vínculo íntimo de la novela, son visibles: la conciencia electrónica existente en la realidad virtual, los instrumentos de clonación en forma de órganos humanos. Xing He, partiendo de la ciencia y la tecnología modernas; de múltiples áreas científicas, como neurociencia, medicina, electrónica, proponen una nueva fantasía científica, la cual no solo actúa como nutriente para la ciencia infantil, sino también para las nuevas hipótesis en dicho campo.

Es cierto que el trabajo de las ciencias populares desempeña un rol importante en la educación moral de los niños. Esta obra enaltece el concepto de justicia, y este, al mismo tiempo, deriva en los protocolos que se llevan acabo en las relaciones interpersonales y grupales; es decir, la competencia igualitaria y la supervivencia del más apto. Esto no solo significa que el autor esté comprometido en la práctica de las ciencias infantiles, sino que enseña, a la juventud, a cumplir los principios universales.

Cabe mencionar, los componentes de ciencia ficción de la novela, los cuales presentan las hipótesis en la regeneración biológica. Si se puede duplicar la conciencia humana en su forma electrónica, además de clonar científicamente el cuerpo humano y usar la conciencia electrónica para reproducir tejidos, entonces se podría decir que ¿los humanos pueden aspirar a la eternidad? Incluso ¿qué tipo de persona sería esta nueva forma? No es difícil darse cuenta de la disertación ideológica y materialista que esto conlleva.

싱허朝鲜语版

그는 SF마니아다. 그는 디지털화된 가상세계에서 도도히 정신적인 유영을 한다. 그는 "우주의 지혜를 가진 조사원"이다. (「이역추종[異域追踪]」) 그는 '우주시티'를 구축해 우주에서 자신이 설 자리를 만들었다. 그는 '과학자'다. SF소설을 창작함으로써 과학적 의식과 과학 정신을 널리 전파하고 있다. 그는 바로 싱허 (星河) 다.

싱허의 본명은 궈웨이 (郭威) 다. 현재 그는 베이징작가협회 전업작가이며 중국 대중과학작가협회 상무이사, 베이징시 문학예술계연합회 이사, 베이징작가협회 이사, 베이징청년연합회 명예위원이다. 중국작가협회의 제6차 (2001), 제7차 (2006), 제8차 (2011) 전국인민대표대회 (중국공산당의 최고 의사결정기관으로 5년에 1번 개최된다. 옮긴이) 에 대표로 출석했다. 중국작가협회의 일원으로 독일 프랑크푸르트도서전 (2009년 중국이 주빈국) 에 참가했으며, 이집트, 핀란드, 노르웨이, 덴마크, 아이슬란드, 케냐 남아공 등 여러 나라를 방문했다.

싱허는 주로 소프트SF소설과 대중과학서를 집필하고 있으며 이미 발표한 작품만 해도 수백만 자가 넘는다. 저서로 장편 SF소설 「불완전한 자문[殘缺的磁痕]」 등 10여 편과 중·단편 SF소설 「영혼을 가지고 만나다[帶心灵去約會]」 외 여러 편, SF작품집 「왼손이 복원되기 전에 작별하다[握別在左拳還原之前]」 등 10여 편, 대중과학서 「만화과학사탐험[漫畵科學史探險]」 등이 있고, 「중국SF신생대 작품집[科幻新生代精品集]」, "올해의 SF소설" (리장 (漓江) 판) 등의 주편을 맡았다.

싱허는 20년 동안 문단에서 활약하며 여러 차례 상을 수상했다.

[작품상]

· 「노란머리 인형 샤오모모[黃頭髮娃娃小茉茉]」: 제3회 빙신（冰心）아동도서 신작상（1995）

· 「만화과학사탐험」, 「지구수호전[地球保衛戰]」: 제6회 중국선전부 정신문명건설 '5개 부문 1공정' 상（1996）

· 「온라인 결투[決鬪在網絡]」, 「성지순례[朝聖]」, 「총 같은 쓰나미[潮嘯如槍]」: 각각 중국SF소설 인허상 특등상（1996）, 1등상（1994）, 2등상（1999）

· 「월해기지[月海基地]」: 제1회 안후이（安徽）성 도서상 1등상（1998）

· 「만화중국과학사[漫畵中國科技史]」: 제10회 빙신（冰心）아동도서상（1999）

· 「영원한 생명[永恒的生命]」: 천보추이（陳伯吹）아동문학상 우수작품상（1999）

· 「인터스텔라 용사[星際勇士]」: 제5회 쑹칭링（宋慶齡）아동문학상 노미네이션상（2000）

· 「해저의 기억[海底記憶]」: 제4회 전국우수대중과학작품상 2등상（2001）

· 「우주선 캠프[飛船上的夏令營]」: 산둥（山東）성 우수도서상（2003~2004）

· "당신이 생각하지 못하는 수학" 시리즈（전 2권）: 제3회 중국 대중과학 서작가협회 우수대중과학작품상 은상（2014）

또한 「온라인게임 연합군[網絡遊戲聯軍]」, 「캠퍼스 초속도[校園超速度]」, 「싱허의 취미수학 이야기[星河趣味數學故事]」（전 3권）도 베이징시 신중국 성립 50주년, 55주년, 60주년 경축 공모전에서 각각 가작상, 가작상, 우수상을 수상

[공로상/표창]

1997년 97베이징국제SF대회 인허（銀河）상 수상

2007년 대중과학서 창작 분야 공로상 수상

2010년 제5회 베이징 중청년（中靑年）문예종사자 덕· 예쌍형（德藝雙馨）상 수상

2012년 제5회 전국 우수과학기술종사자（대중과학서 작가）로 선정

「왕개미의 노래」

　　왕개미는 몸집이 크고 독성을 가진 개미로, 흔히 제 깜냥을 과대평가하는 사람들을 왕개미에 비유한다. 작품 제목처럼 「왕개미의 노래[蚍蜉的歌唱]」는 기술 문명에 적대감을 가진 테러리스트들이 자기 능력은 생각도 하지 않은 채 '요새'라고 불리는 인류 역사상 가장 높은 건축물 (뉴욕 세계무역센터의 10배 높이) 을 붕괴시키기 위해 테러를 감행하는 이야기를 그리고 있다. 작품 속에 테러리스트들의 기습 공격과 긴급 구조의 과정이 세심한 필치로 묘사되어 있지만, 결국 테러리스트들은 '아름드리 나무를 흔들려는 왕개미'처럼 참담한 실패를 맛본 뒤 한 바탕 노래를 부르고 끝을 맺는다. 「왕개미의 노래」는 여느 범죄물과는 달리 다양한 첨단 기술과 판타지가 결합된 '의사 현실' 중편 SF소설이다.

　　「왕개미의 노래」는 시간의 흐름에 따라 이야기가 매우 긴박하게 진행되기 때문에 스케일이 큰 범죄물이 가지는 긴장감과 속도감을 실감나게 전달한다. SF판타지 요소는 초전도 기술과 초전도 구속을 기반으로 건설된 '요새'를 통해 구현된다. 요새와 일렉트릭보트에 대한 묘사가 자주 등장해 배경 분위기를 만들어내고 이야기의 전개를 뒷받침한다. 주인공의 이름도 특별하다. 작가의 필명인 '싱허'가 요새 설계자인 소설 주인공의 이름으로 쓰였고, 작가의 본명인 '궈웨이'라는 이름도 등장한다.

　　이야기는 '토끼'라는 테러 단체의 행동에서부터 시작된다. 「왕개미의 노래」는 재난이 닥쳤을 때 사람들이 보여주는 공황 심리와 대응책, '토끼'가 필연적으로 마주칠 수밖에 없는 불행한 결과를 보여준다. '일당백의 영웅'식 모험이 두드러지게 나타나지는 않지만 영웅주의의 감성을 느낄 수 있다. 주인공 싱허는 범죄조직 '토끼'와 마주친 뒤 악인 앞에서 목숨을 지키려는 굴복의 본능을 드러내지만, 그 후 생명의 위험을 무릅쓰고 생사를 좌우하는 콘트롤러를 빼앗은 뒤에는 영웅의 아우라를 풍긴다. 이 밖에도 싱허가 소설 속에서 사상과 문법의 굴레를 벗어 던지고자 했던 흔적을 발견할 수 있다. 작품 속에서 '토끼'라고 불리는 '테러리스트'들은 기술을 억누르고 파괴해 대자연으로 돌아가기를 갈망한다. 과학기술의 혜택을 받으며 자란 현대인들에게 이것은 사상의 충돌임이 분명하다.

소설은 과학기술의 발전을 보여주고 이런 기술의 발전으로 인해 나타나는 시대의 변화를 조명했다. 과학기술의 발전을 직접 목격해 온 현대인들은 과학기술이 발달할수록 과학기술이 최종적으로 인류에게 어떤 성과를 안겨줄 것이며 어떤 영향을 미칠 것인가에 주목하고 있다. 우리는 과학기술이 고도로 발달한 미래 세상까지 살 수 없지만, 「왕개미의 노래」는 우리에게 과학기술의 힘을 보여주고, 정보기술이 지금보다 더 발달한 시대의 인류가 느끼게 될 감정을 미리 실감하게 해주고 있다.

「고요한 해커 죽이기」

「고요한 해커 죽이기[槍殺寧靜的黑客]」는 고요해 보이는 현실 위에서 벌어지는 격렬한 동적 가상현실 '총격전'을 그린 작품으로, '가상'과 '현실'이 시시각각 전환되면서 독자들의 머릿속에 거센 폭풍을 일으킨다.

「고요한 해커 죽이기」는 장편 SF '학원물'로 싱허의 본명인 '궈웨이'라는 이름의 주인공이 작품을 이끌어간다. 소설은 세 부분으로 나누어진다. 첫 부분에서는 중학생 궈웨이와 죽마고우인 쥐이 (左翼) 가 온라인으로 구축한 가상현실 속에서 만나 싸움을 벌인다. 어느 날 궈웨이는 온라인상에서 덩린 (鄧林) (본명 선닝 (潘寧)) 을 알게 된 후 온라인 게임을 함께 한다. 그런데 덩린은 궈웨이에게 놀라운 사실을 고백한다. 그녀가 이미 병으로 죽었으며, 지금은 '전자의식'의 형태로 온라인 속에서만 존재한다는 것이었다. 한편 쥐이는 10년 전 '나중에 만나자'라는 온라인 아이디를 사용했던 인터넷 협객 거훙저 (葛洪哲) 와 '여악마'라는 아이디를 사용했던 자오원저우 (趙芸舟) 를 집요하게 추적해 '여악마'를 스승으로 삼았다. 두 번째 부분에서는 덩린이 있는 '기술동'의 비밀이 밝혀진다. 선닝의 아버지인 선 교수가 녜핀취안 (聶品全) 과 함께 중요한 나노 및 복제 실험에 참여한다. 그는 이 기회를 이용해 인류의 장기를 복제함으로써 덩린에게 새로운 몸과 생명을 만들어준다. 세 번째 부분에서 궈웨이는 덩린이 말했던, "현실을 완벽하게 모방한 가상현실"로 들어가 '0.25'에 고용된 뒤 얼떨결에 IT범죄에 연루된다. '여악마'와 쥐이는 궈웨이가 보낸 온라인 구조 요청을 받은 후 '가상 현실' 속으로 들어가 덩린과 함께 '0.25'에게 '총격'을 가한다. 하지만 알고 보니 그는 사실 '나중에 만나자'였다. 작품 속 모든 이야기는 확실한 맥락을 가지고 전개된다. '전자의식'은 현실 세계에서 아무 관계도 없는 이들을 긴밀하게 연계시켜 범죄를 막고 범죄자와 해커가 만들어 놓은 파괴성 데이터에 총격을 가한다.

가상현실 속에서 '다음에 만나'에게 총을 쏘면 현실세계에서 파괴성 데이터가 삭제된다. 이 데이터는 해커가 온라인 세계의 질서를 해치는 수단이다. 하지만 소설 속에서는 이 과정이 매우 생동감 있는 이미지로 묘사되어 있다. 특히 '전자의식'의 형태로 존재하는 덩린이 데이터가 아니라 온라인을 통해 인간의 모습으로 구체화되어 나타난다. 싱허는 서사적인 언어 대신 대화 형식을 통해 이를 구현해냈다. 궈웨이와 덩린이 대화하는 장면에서 행간에 넘치는 생생한 생명력을 느낄 수 있다.

「고요한 해커 죽이기」는 싱허가 청소년 독자들을 겨냥해서 쓴 SF소설이며 풍부한 과학지식을 전달하는 동시에 도덕 교육의 기능도 함께 가지고 있다.

과학기술이 발달함에 따라 이론에만 그쳤던 기술들이 속속 현실화되고 있다. 싱허는 과학기술이 발전함에 따라 나타날 수 있는 문제들을 SF소설 속에 교묘하게 녹여냈다. 「고요한 해커 죽이기」를 보면 '전자의식'이 '가상현실' 속에 존재하고 복제 장기가 인간의 장기를 대체했다. 싱허는 현대 과학기술을 바탕으로 신경, 의학, 전자 등을 결합시켜 새로운 과학 판타지를 제시했다. 이것은 청소년들이 품고 있는 과학의 씨앗을 싹 틔우는 영양분이자 현대 과학계가 깊이 생각해 보아야 할 새로운 가설이다.

다들 알고 있다시피 대중과학서는 청소년의 도덕교육에도 중요한 역할을 한다. 하지만 「고요한 해커 죽이기」는 범죄수사의 정의와 도덕을 강조하는 한편, 개체 관계와 단체의 법칙, 즉 평등한 경쟁과 적자생존에도 주목했다. 이것은 싱허가 청소년을 위한 과학 보급에 노력하고 있음을 보여주는 것이다. 싱허는 이것이 바로 청소년들이 지켜야 하는 보편 타당한 원칙이라고 생각하고 있는 것이다.

주목해야 할 것은 「고요한 해커 죽이기」의 과학적 판타지 요소가 인간 생명의 재생이라는 새로운 가설을 제시했다는 점이다. 인간의 의식을 전자의식의 형태로 복제하고 복제 기술을 이용해 만들어낸 육체에 전자의식을 주입할 수 있다면, 인간의 생명이 계속 연장될 수 있을까? 그렇다면 인간은 어떤 형태로 존재하는 것일까? 여기에서 유물주의와 유심주의에 대한 탐색을 엿볼 수 있다.

祝 勇（1968— ）

文学肖像

在中国当代文坛，祝勇凭借其深邃的思想、细腻的文笔以及独到的历史考量，将文学与历史文化、建筑文化相融合，创造性地展现了别致的文学内容及文学结构，他的作品集深刻、细腻、反思、同情于一体，为当代中国文坛增添了浓墨重彩的一笔。

祝勇1968年8月15日出生于辽宁省沈阳市，1990年毕业于北京国际关系学院，现任故宫博物院影视文化研究所所长。从某种意义上来说，在国际关系学院的四年生活为祝勇打开了一扇通往新世界的大门，同时开阔的视野也使他具有了高屋建瓴式的思考维度，为以后的文学创作奠定了深广的基础。从1991年开始，祝勇正式发表作品，到目前为止，他已出版作品四十余种，如长篇历史小说《旧宫殿》《血朝廷》，历史散文集《纸天堂》《反阅读：革命时期的身体史》等，高产、高质量的文学创作也为他在文坛赢得了一席之地。在1998年加入中国作家协会之后，他有了更多的机会涉足自己感兴趣的领域，并且担任了多部大型历史纪录片的总撰稿。在不断积累素材、踏访历史遗迹的过程中，祝勇获得了大量的第一手资料。而这些都为其提供了源源不断的创作动力。

作为一位文学创作者，祝勇的写作风格在同时代的作家中独树一帜。翻开他的作品，你会清晰地发现，历史与文学在一张张纸页中紧紧交融，他用历史的片段为我们铺垫了一条时间的道路。在这条路上，英雄帝王、才子佳人，一个又一个历史人物重新矗立在我们眼前，显得有点朦胧，也有点独特。我们不能否认，当祝勇将人物的命运与朱红金漆的紫禁城相连时，那一种骨子里透出的阔达是如此动人心魄。文字是感性的，历史是残酷的，而祝勇将这两种迥异的特质集于一体时，他的作品显出了粗犷而又不失细腻的风骨。

显而易见，祝勇是偏爱明清历史的。无论是难以界定文体的、充满血腥与暴力的《旧宫殿》，抑或是诡谲、暗潮汹涌的《血朝廷》，祝勇都是在故宫的基础上展开文学性的阐释。当然，这与他任职故宫博物院不无关系。然而，当我们转换思路时，我们会突然明白，祝勇是何其敏锐与机智。他深知，历史总是不停地更替前行，而那些矗立的建筑却是前朝馈赠的"礼物"。透过光明与阴暗的角落，穿过历史的烟云，静默无声的建筑在不经意间泄露着那些不为人知的秘密。

如果仔细阅读祝勇的作品，我们不难发现，他的文字始终保持着细微的变化。有时他的文字冷峻得如同天山上的冰雪，例如《血朝廷》，给人一种背后寒风袭来的惊悚；有时他的文字又细腻得如同闺阁里的女郎，浪漫、深情；有时他的文字犹如七八十岁的老叟，一针见血、直指要害；有时他的文字又像诙谐的青年，流露出幽默、睿智的批判。文字的过渡，就是作者内心的改变。当我们走进祝勇的作品时，且别忘记，一段历史，总牵连着一段说不清的心路。

他写出了紫禁城的辉煌，也描绘了帝王的衰败，他是徘徊在故宫城墙下的孤独客，更是走进历史隐秘角落的探索者。

《故宫的隐秘角落》

一切的隐秘，都是被历史的尘埃掩藏的细节；一切荒凉、静僻的角落，都是不为人知的秘密的藏身之地。朱红漆，琉璃瓦，金色阳光下泛着古老气息的紫禁城，就是这样一个不折不扣的神秘地方。

作家祝勇借助细腻的文笔，缜密的想象，以及对史料的文学性阐释，带领我们走进那些被世人忽略的亭台楼阁、宫墙高殿，叙述几百年前被时代的洪流淹没的隐秘故事。同时，他借助有形的建筑构造无形的生命：一座宫殿，一个人，一种人生，一种美。

武英殿、慈宁花园、昭仁殿、寿安宫、文渊阁、倦勤斋，是作者最满意的游览路线，而在作者的笔端，行文的轨迹与这条路线有着惊人的相似。一座武英殿，简简单单的一座建筑，代表着一位短命帝王或者说一个短命王朝的兴衰成败，作者在这有形的空间中，将李闯王壮美而又悲剧的人生演绎得栩栩如生。无情的是建筑，冰冷的是宫墙，唯一富有生命力的就是这一座慈宁花园，作者通过孝庄太后的孤寂、孝惠章皇后的凄美、顺治帝的痴情以及董鄂妃的红颜薄命，显示出人在皇宫中的身不由己。权力的残酷，命运的不可预料，昭仁殿上演着康熙与吴三桂你争我夺的一幕，君臣的反目成仇，江山的筹码更替，在一座建筑的见证下显得富有戏剧性。宫殿从来都是无声无息、静默矗立的，它只为强者而存在，胜者为王，败者为寇，一切都合理得无话可说。历史从来只为强者欢呼，而作者却为我们呈现了一位失败者——胤礽，曾经荣宠一时的皇太子，在寿安宫里，却成了惨遭废黜的皇子；在高墙的围困下，他只能感慨命运的起起伏伏。文人，作为宫廷中独特的存在，不仅仅为帝王筹谋划策，还为这个时代的文化代言，一言一行，一笔一画，在充满书香的纸页中记录着点点滴滴。文渊阁因文人的存在而建立，而它的存在，则是乾隆恩泽后世最好的证明。一个帝国，终将抵不过命运的来袭，呈现出江河日下的窘态，年老的乾隆用倦勤斋为子孙后代创造了一个虚幻的未来，而耗尽心血的倦勤斋最终却成了空空如也的孤殿。

祝勇将建筑与历史人物紧密相连，创造出独一无二的形象；用冰冷的建筑演绎有血有肉的人生，最终用建筑的恒久对比生命的短暂，无论哪一种，都在娓娓道来的叙述中，解开了那些隐秘角落的秘密。建筑仍在，人事已非，在苍凉的心境中，祝勇引领我们凭吊着历史人物的辉煌与失败。

《血朝廷》

"血"，象征着争斗与杀戮、无情与残忍；"朝廷"，意味着权力与命运、更替与前进。一个朝代的灭亡，意味着另一个朝代的兴起，兴衰更替，一切必然。世事沧桑，物是人非，不变的只有那静静矗立在北京城中央的紫禁城。它承载了二十四位皇帝的兴衰荣辱，以高高在上的姿态睥睨苍生，且从不为它的主人流露出一丝情感上的共鸣。说它有情，它赋予他们无上的荣光、至尊的帝位；说它无情，它从不为任何一个人停留，风卷残云般将旧的扔去，欢欣鼓舞地迎接下一位。这就是紫禁城的悲哀，也是它的无情。

作为一位与故宫有着深厚情缘的作家，祝勇凭借自身对故宫的了解，将历史与文学有机地融合在一起，以历史史实、野史传说为基础材料，以文学手段为特殊演绎方式，为我们展示了紫禁城所承载的悲欢离合。同时，作者采用了特殊的文本结构，以明朝的灭亡开始，以清朝的颠覆结束，从四个人的角度为我们全景式的展现了故宫承载的悲剧。血色的宫廷从来都不是一个人的灵堂，它在权力的鼓动下，在朱红色彩的掩护下，埋葬着一个又一个游荡的魂魄。一座建筑，两个朝代，多种人生。

作者开篇以崇祯帝的死亡为紫禁城蒙上了一层挥之不去的阴影，并且为它染上了血色的浪漫，增添了一种神秘的暗示。时代的车轮滚滚向前，又轮到了另一个朝代为这座建筑祭奠。

黑与白，两种极端，勾勒出一代帝王两种极端的命运，贵为九五之尊，确如傀儡一般，最终在内外夹击下走向生命的终点。正如黑白的极致对比，帝王的命运走在了非黑即白极端的两个尽头，这是皇帝的悲哀，更是这座建筑的悲哀。

刀与佛，一个是邪恶，一个是善良。在充斥血腥与权力的宫廷，一个女性想要存活下来，或者说活得有尊严，那么她身上的女性光辉必定会随着争权夺势的过程而消失殆尽，转而成为一种冷酷而又复杂的生物——慈禧，就是这样一个模式的牺牲品。

龙与凤，光绪皇帝与隆裕皇后的代名词。祝勇先生细腻地刻画出隆裕皇后内心的痛苦与无奈，在合理的想象与联想下，为我们呈现出那些作为第三方根本不可能知晓的心理活动。隆裕皇后是后宫女子的缩影，她不仅为不幸远离皇帝、独守空闺的女子呼唤，也为这座巨大的宫廷赋予了悲凉又凄美的氛围。

罪与罚，以李莲英的生命轨迹为依托，展现了太监—— 一种中国古代社会常见的产物——的尴尬地位。处在深宫后院，他是备受宠爱的奴才；黑暗来临，他是躲在角落里黯然神伤又有点心理扭曲的男性。在形象的转换间，他在那些不为人知的角落里偷窥着紫禁城的一切秘密，既悲凉，又可怜。

祝勇的《血朝廷》，始终保持着一种说不清的亲切感。它不是简简单单的历史事实的堆砌、拼接，也不是"空中楼阁"般的幻想，它更多的是一种对于历史的文学性演绎，并加以逻辑性的整合。当我们用理性的思维为它建构坐标系时，我们会发现，那些出现在稗官野史中的传说、逸闻具有了合理性，而这也正是祝勇的高明之处。

（王雪婷 撰文）

Zhu Yong 英语版

In the world of contemporary Chinese literature, Mr. Zhu Yong, with his incisive mind, an exquisite style of writing and his unique historical perspective, combines literature with history and architecture, and creatively presents unique literary contents and narrative structures. His works, filled with profundity and delicacy, introspection and compassion, add rich colours to contemporary Chinese literature.

Zhu Yong was born in Shenyang, Liaoning province on August 15th, 1968, and graduated from University of International Relations in 1990. Four years of study in university opened the door to a new world for Zhu Yong. Meanwhile, the broadened horizon enabled him to think from a strategically advantageous perspective, which lays a good foundation for his literary creation and provides depth and width for his works. From 1991 till now, he has published more than forty kinds of works, including the long historical novels such as *Old Palace* and *Bloody Court*, and the historical essays such as *Paper Paradise* and *A Personal, not Historical, Account of the Great Cultural Revolution*. His productivity and high-quality works have earned him a place in the literary world. After joining the Chinese Writers Association in 1998, he has got more opportunities to dabble in the field he is interested in. He has been the chief script-writer for many for many large-scale historical documentaries. In the process of collecting materials and visiting historical sites, he has gained a lot of firsthand materials. Both these primary sources of information and his personal experience provide him a flow of inspiration for his literary creation. Currently, Zhu Yong is working in the research institute of the Palace Museum.

Zhu Yong's writing style is unique among contemporary writers. Reading his works, you may find it clear that history and literature intermingles closely and skillfully. He paves a road of time with different periods of history. Along this road, emperors and heroes, talents and beauties, stand once again before us, which appears to be vague as well as unique. There is no denying the fact that when Mr. Zhu associates his characters' fate with the vermilion and gold-lacquered Forbidden City, he displays a fascinating open-mindedness and generosity. Words are emotional, and history is cruel. However, when Mr. Zhu combines these two features together. his works become rough and unconstrained but without a lack of sensitivity and delicacy.

To some extent, Mr. Zhu has a partiality for the history of the Ming and Qing Dynasty. He bases his literary interpretation on the history of the Forbidden City, whether it be the bloody and cruel *Old Palace* whose style of writing is hard to define, or the crafty and treacherous *Bloody Court* which is full of infighting. It is fair to say his works have something to do with his job in the Palace Museum. However, thinking from a different perspective, we will find how acute and intelligent he is. Zhu Yong is fully aware of the fact that the wheel of history never stops, and the buildings that are still standing are "gifts" from previous dynasties. Through the bright and dark corners and the long history, these speechless buildings can always tell some unknown secrets.

It is easy to find that Zhu's writing maintains subtle changes all along. Sometimes it is as cold as ice, such as *Bloody Court* which thrills the readers as if a chilly wind blew from behind the back. Sometimes it is as delicate as a girl in the boudoir who is affectionate with romantic dreams; sometimes it is like an old man who gives sharp and precise remarks, and sometimes a humorous and sagacious young man. The change of writing reflects the change of the writer's mind. One thing that should be kept in mind whenreading Zhu's works, is that a period of history is always coupled with an indefinable mentality.

He writes not only about the glorious moments of the Forbidden City, but the rise and fall of the emperors. He is the man who wanders in solitude under the city wall of the Palace Museum; he is the explorer who steps into the hidden corners of history; and he is the literary talent who writes the rise and fall of the Forbidden City.

Hidden Corners of the Forbidden City

The dust of history covers all secrets which find home in the forlorn and secluded corners. The age-old Forbidden City, with its vermilion paint and the glazed tiles, is such a mysterious place.

With a fine style of writing, a thorough imagination, and a literary interpretation of history, Mr. Zhu takes us to those neglected pavilions and halls, and tells stories which have been drowned in the tide of history. At the same time, he constructs intangible lives by means of tangible buildings: a palace, to some extent, is a person, symbolizing a kind of life and presenting a kind of beauty.

Hall of Military Prowess, Garden of Benevolent Peace, Hall of Manifesting Benevolence, Palace of Peaceful Longevity, Wenyuan Chamber (the imperial library) and Studio of Exhaustion from Diligent Service constitute the tour route that most satisfies the writer, and that bears a striking resemblance to the development of his story. Hall of Military Prowess, simply a building in itself, symbolizes a short-lived emperor or the rise and fall of a short-lived dynasty. The writer gives a vivid account of Dashing King's (Li Zicheng, rebel leader that overthrew the corrupt Ming government) dramatic and tragic life in this tangible space. The buildings are heartless, the palace walls are cold and the Garden of Benevolent Peace is the only place full of life. Through the lonely Empress Dowager Xiaozhuang, the sad and pretty Empress Xiaohuizhang, the infatuated Emperor Shunzhi, and the beautiful but unfortunate concubine Dong'e, the author depicts an involuntary life in the royal palace.

In the Hall of Manifesting Benevolence, there was power struggle between Emperor Kangxi and the Ming general Wu Sangui. The ancient buildings in the Forbidden City have witnessed the dramatic changes to the imperial throne and the animosity between emperors and ministers. A palace exists as it is, and it is there only for the victorious. It is a winner-take-all world. History cheers only for the winner, while the author presents a loser—Yinreng, the crown prince who was, for a time, in the emperor's good graces. In the Palace of Peaceful Longevity, he became the deposed prince, trapped by the high walls and sighing with emotion at the thought of his ups and downs.

The court scholars, a special group of people in the royal court, not only offered advice and counselling for the emperor, but were also the spokespersons of culture in their time. Line by line, they detailed history in their books. Wenyuan Chamber, the Imperial Library in the Forbidden City, existed for their sake, and its existence was the best proof of later generations enjoying Emperor Qianlong's benefits. However, the empire was on the decline, and aged Qianlong was simply depicting an illusory future for his descendants in his Studio of Exhaustion from Diligent Service, which eventually became an empty hall.

Zhu Yong relates the lifeless buildings closely to historical figures and creates unique characters. The short lives of the characters are contrasted with these ever-standing buildings, around which secrets are revealed. Buildings still remain, but people are different. So much has changed. In a gloomy mood, Mr. Zhu ponders on the glory and failure of historical figures.

Bloody Court

"Blood" symbolizes struggle and killing, ruthlessness and cruelty. "The imperial court" represents power and fate, replacement and development. The fall of one dynasty means the rise of another. Such alternation is inevitable. Things have changed so much except for the Forbidden City that has witnessed the rise and fall, ups and downs of twenty-four emperors. It stands still, high up there, in the center of Beijing, distaining the world and showing no compassion for its owners. It brought the emperors great honor and supreme power. However, it also swept away everything in the past, and never stopped for a single emperor. Such is the coldness and indifference of the Forbidden City.

As a writer who is so keen on the study and history of the Forbidden City, Zhu Yong skillfully and perfectly blends history with literature. He bases his literary creation on historical facts, both official and unofficial, and presents the vicissitudes of life in the Forbidden City. Mr. Zhu applies a unique structure of writing in this book. He begins with the fall of the Ming Dynasty and ends with the overthrow of the Qing Dynasty, presenting, from four person's perspective, a panorama of tragedies in the Forbidden City. The bloody court has never been a funeral hall for just one person. Tempted by the desire for power and sheltered by the cover of vermilion lacquer, there were the wandering spirits. The Forbidden City witnessed the rise and decline of two dynasties but the joys and sorrows of varied lives.

The story starts with the death of Emperor Chongzhen, which casts a pall of bloodiness and mystery over the Forbidden City. As the wheels of the times roued forwsrd, it was the turn of another dynasty to commemorate the building.

Black and white, the sharp contrast that outlines the two extremes of an emperor's fate. Though a man on the throne, he was nothing but a puppet and a walking corpse who had to end his life due to internal and external troubles. What a pity for the emperor!

Buddha and slaughter knife, the distinction between good and evil. In a court filled with blood and power, a woman who wants to survive and live a dignified life will gradually lose her female character in the process of vying for power, before she turns into a cold-blooded and sophisticated creature. Cixi, the Empress Dowager, is such a victim.

Dragon and phoenix, the synonym for Emperor Guangxu and Empress LongYu. By means of reasonable imagination, Mr. Zhu characterizes Empress LongYu's agony and helplessness in striking details and reveals her state of mind that no one else will ever know. Empress LongYu, the epitome of imperial harem, stands for the kind of woman who had to be away from the emperor and lived alone. She also brought to the palace an aura of misery and beauty.

Offence and punishment, a theme based on the life of Li Lianying, the imperial eunuch in the late Qing dynasty. In the imperial harem, he was a much-favored flunky; as night fell, he became a mentally twisted man who hid himself in the corner, feeling awkward and depressed, and peeping through the darkness.

Bloody Court always strikes the reader as familiar. It is not about historical facts put together, nor was it unrealistic fantasy, but rather a literary interpretation of history supported by sound logic. When giving a rational thought to the book, we find it clear that the legends and anecdotes in unofficial history display their truthfulness. That is precisely what distinguishes Zhu Yong from other writers.

Zhu Yong 法语版

Portrait de l'auteur

Dans les cercles littéraires contemporains chinois, M. Zhu Yong, doté d'un esprit profond, d'un style délicat ainsi que d'une réflexion originale sur l'histoire, est l'un des rares écrivains à avoir construit un contenu littéraire extraordinaire, en fusionnant la littérature avec l'histoire et l'architecture. Ses oeuvres, caractérisées à la fois par la profondeur, la délicatesse, l'introspection et la compassion, constituent un paysage hors du commun au sein de la littérature chinoise contemporaine.

Zhu Yong, naît le 15 août 1968 à Shenyang dans la province du Liaoning, il est diplômé de l'Université des Relations internationales de Pékin en 1990. Ses quatre années passées à l'université lui ont ouvert les portes d'un nouveau monde. Il commence à publier à partir de l'année 1991. Une quarantaine d'oeuvres ont ainsi vu le jour, parmi lesquels on compte des romans historiques, tels que 《*Le vieux Palais*》 et 《*La Cour sanglante*》, ainsi que deux recueils d'essais historiques : 《*Le Paradis de papier*》 et 《*Contrelecture : une histoire du corps en périodes révolutionnaires*》. En 1998, il devient membre de l'Association des Écrivains de Chine, il peut alors davantage s'impliquer aux domaines qui l'intéressent et a même travaillé en tant que scénariste pour plusieurs films documentaires. Il a rassemblé quantité d'informations de première main en accumulant des documents et en parcourant des sites historiques, ce qui est source d'inspirations inépuisables pour son écriture. Il travaille actuellement à l'Institut du Palais impérial rattaché au Musée du Palais impérial.

M. Zhu se distingue des autres auteurs de son temps par son style unique. Quand on ouvre un de ses livres, on ressent immédiatement entre les lignes l'entremêlement de l'histoire et de la littérature. Des personnages historiques un peu flous mais singuliers réapparaissent de nouveau: héros et empereurs, lettrés talentueux et femmes ravissantes. Sa façon de relier le destin des personnages à la Cité interdire s'avère spectaculaire. Sous sa plume, la sensibilité des mots se combine avec la cruauté de l'histoire, d'où son style à la fois délicat et rabelaisien.

Dans une certaine mesure, M. Zhu a une préférence pour l'histoire des dynasties Ming et Qing. Que ce soit dans 《Le vieux palais》 dont le style est difficile à définir ou dans 《La Cour sanglante》 où se cache l'invisible dans un certain déchaînement. L'interprétation de l'auteur repose sur le Palais impérial lui-même, ce qui est indissociable de son poste professionnel dans le Musée du Palais. Mais un auteur avisé et éclairé comme lui se rend compte que l'Histoire se construit avec le remplacement d'une dynastie par une autre, en nous laissant comme 《cadeaux》 des monuments légués par la dynastie précédente. Bien que muets, ils nous dévoilent des secrets inconnus.

En lisant attentivement les oeuvres de Zhu Yong, on trouve sans difficulté des changements subtils au niveau du langage. Tantôt sa verve est glaciale comme la neige du mont Tianshan, (par exemple dans 《La Cour sanglante》, les mots font froid dans le dos) ; tantôt elle est exquise comme une demoiselle romantique et affectueuse ; tantôt elle est pénétrante comme un vieux lettré ; tantôt elle est désopilante comme un esprit jeune. Ces changements de styles reflètent parfaitement le parcours intérieur de l'auteur. Pour bien comprendre ses oeuvres, mieux vaut ne pas oublier que derrière chaque partie de l'Histoire se cachent des vicissitudes inexplicables.

Ses oeuvres nous décrivent non seulement la splendeur de la Cité Interdite, mais aussi le déclin des empires. À la manière d'un solitaire errant le long des murailles du Palais impérial, voire d'un explorateur pénétrant les mystères de l'Histoire, Zhu Yong réussit avec son talent à dépeindre les hauts et les bas de la Cité Interdite.

Présentation des oeuvres principales

Les cachettes du Palais impérial

Tous les mystères sont des détails dissimulés par la poussière de l'histoire. Tous les coins désertiques sont des cachettes inconnues. Avec ses tuiles vernissées, sous la lumière jaune du soleil, la Cité Interdite est un endroit mystérieux dans toute son ampleur.

L'écrivain Zhu Yong recourt à un style délicat, à un imaginaire minutieux et à une interprétation littéraire des documents historiques pour nous décrire des histoires secrètes, enfouies depuis des centaines d'années, en nous faisant découvrir des pavillons, des couloirs et des palais ignorés de tous. En même temps, il crée des vies invisibles à travers des monuments visibles: un palais, c'est un être humain, une vie et toute une splendeur.

Palais Wuying, jardin Ci'ning, palais Zhaoren, palais Shou'an, pavillon Wenyuan et pour finir cabinet Juanqin constituent l'itinéraire favori de l'auteur dans la visite du Palais impérial, d'où une ressemblance étonnante entre cet itinéraire et l'ordre des lieux qui apparaissent dans ses oeuvres.

Le Palais Wuying, monument ordinaire, évoque l'essor et le déclin d'un empereur éphémère ou d'une dynastie, elle-même éphémère. C'est dans cet espace tangible que se passe la vie tragique du Roi Li. Situé au sein de bâtiments sans âme et de murs froids, le Jardin Ci'ning reste le seul lieu plein de vitalité. En décrivant la solitude de la mère de l'empereur Xiaozhuang, la vie déplorable de l'impératrice Xiao huizhang, la passion de l'empereur Shunzhi et la beauté et l'infortune de la concubine Dong [L'empereur Shunzhi(1638-1661), 2e empereur Mandchou de la dynastie Qing qui occupait alors la Chine du Nord. Il fut le premier de la dynastie à monter sur le trône impérial à Pékin, à la Cité interdite. La reine mère Xiaozhuang(1613-1688) était sa mère, l'impératrice Xiao huizhang（1641-1718）sa femme et la concubine Dong'e（1639-1660）sa favorite.], l'auteur réussit à exhaler le désespoir absolu des êtres habitant le palais impérial. En effet, le monument est un témoin historique, sous ses yeux se déroulent toutes sortes de scènes dramatiques écrites par les vainqueurs. Cependant, l'auteur nous raconte un vaincu parmi les vainqueurs : il s'appelle Yin Reng, prince héritier favori de son père, l'empereur Kang'xi. Une fois détrôné, ce dernier ne peut que se lamenter sur son sort inéluctable, assiégé à l'intérieur des parois froides du palais. Et le Pavillon Wenyuan et le Cabinet Juanqin sont ces monuments qui témoignent des bienfaits et des faveurs accordés par l'empereur Qianlong. Néanmoins, un empire tire irrésistiblement vers le déclin comme le fleuve qui coule à vau-l'eau. Et alors tous ces monuments sont désertés une fois pour toutes.

Zhu peint d'une manière minutieuse des images uniques en liant des monuments à des personnages historiques. Les contrastes entre l'immortalité d'un monument et la courte durée d'une vie mais aussi entre l'immobilité de l'objet et la vitalité de l'homme contribuent à dévoiler tous les secrets cachés de l'histoire. Les monuments résistent au temps, les personnages non , dont les gloires et les échecs passent comme des nuages.

La Cour sanglante

Le 《sang》 symbolise la lutte, le massacre, l'inhumanité et la cruauté, tandis que la 《cour impériale》 signifie le pouvoir, le destin, l'alternance et le cheminement. L'effondrement d'une dynastie s'accompagne toujours de la naissance d'une autre. Le temps passe, les gens changent. Telle est la loi de la nature. Seule la Cité interdite se dresse immuablement au centre de pékin. C'est ici que se sont jouées la prospérité et la décadence des 24 empereurs. Témoin historique, la Cité interdite n'a jamais montré d'émotion. Elle a couronné chacun d'entre eux de gloire et de pouvoir, mais le moment venu, elle a ouvert ses murs au successeur sans jamais regretter l'infortune de son prédécesseur.

Zhu Yong éprouve de profonds sentiments envers le Palais impérial dont il détient de riches connaissances. Les événements historiques ainsi que les légendes folkloriques lui fournissent les éléments de base pour décrire les peines et les joies qui se répètent à l'intérieur du Palais. Ce faisant, l'écrivain s'appuie sur les points de vue de quatre personnages, témoins de la chute de la dynastie Ming à la subversion de la dynastie Qing. Cette structure originale nous donne une vue panoramique sur les tragédies qui ont eu lieu à l'intérieur du Palais Impérial. La 《cour sanglante》, sous une apparence solennelle, sert de tombeau à plus d'une âme errante. Un monument, deux dynasties, et plusieurs vies.

À l'incipit, la mort de l'empereur Chongzhen[

1 l'empereur Chongzhen(1611-1644), fut le seizième et dernier empereur de la dynastie Ming.] envoile toute la Cité interdite et la baigne dans une atmosphère romantique mais sanglante. Il s'agit d'une allusion mystérieuse, parce qu'à la fin du roman, l'Histoire veut qu'une autre dynastie porte le deuil au même endroit.

Les deux extrémités composées de la noirceur et de la blancheur symbolisent les deux extrémités de la destinée d'un empereur. Possesseur d'un trône impérial, l'empereur est fantoche et entraîne sa chute douloureuse à cause des pressions venues à la fois de l'extérieur et de l'intérieur de la cour. Sa supériorité et sa fatalité s'opposent de la même manière que la noirceur et la blancheur. C'est la souffrance d'un empereur, mais également celle de ce monument.

Le couteau représente la cruauté, et le bouddha, la bienveillance. Dans le palais sanglant immaculé de la toute puissance royale, si une femme voulait survivre et garder un peu de dignité, il lui fallait perdre tous ses traits féminins dans les luttes pour la souveraineté et devenir un être impitoyable et ambigu. L'impératrice douairière Cixi[

2 L'impératrice douairière Cixi(1835-1908), fut une impératrice douairière chinoise de la dynastie Qing qui exerça la réalité du pouvoir en Chine pendant 47 ans de 1861 à sa mort.] incarne une telle victime.

Le dragon et le phénix représentent l'empereur Guang'xu[

3 l'empereur Guang'xu(1871-1908), fut un empereur chinois de la dynastie Qing de 1875 à 1908. Le 26 février 1889, il épouse Xiaodingjing, qui porte le titre d'impératrice Long'yu, dont il n'eut aucune descendance.] et l'impératrice Long'yu. Restant proche de la réalité, Zhu Yong trace minutieusement le processus psychologique généralement inconnu de cette dernière, ainsi que sa tristesse et sa douleur. Comme une

représentation des femmes qui vivent dans le harem, l'impératrice Long'yu s'insurge au nom de celles qui souffrent de la solitude et de la défaveur de l'empereur, d'où une atmosphère désolante et lugubre qui règne entre les murs de cet immense palais.

Le péché et la condamnation accablent l'eunuque Li Lian'ying[

4 Li lian'ying(1848-1911), fut un eunuque impérial qui vivait à la fin de la dynastie Qing, qui eut une influence importante pendant le règne de L'impératrice douairière Cixi.] dont la vie révèle le statut embarrassant dont souffrent tous les eunuques comme archétype de l'ancienne Chine. Vivant au fond de la cour, Li Lian'ying est le laquais favori de l'empereur, mais quand la nuit tombe, il pleure seul dans un coin, traumatisé par une vie dénaturée. Grâce à son statut multiple, cet homme déplorable témoigne, malgré lui, de tous les secrets de la Cité interdite.

En lisant 《La Cour sanglante》 de M. Zhu Yong, on a l'impression d'être baigné dans une atmosphère intime difficile à définir. Ce roman n'est ni un ensemble compilé de faits historiques, ni le fruit d'une illusion suspendue dans le vide mais plutôt une interprétation littéraire de l'histoire dans sa logique singulière. Sous sa plume, les légendes et les anecdotes ont retrouvé leur raison d'être. C'est bien là où réside le génie de M. Zhu Yong.

(Traduit par Peng Jie)

Zhu Yong 德语版

In der chinesischen Gegenwartsliteratur integriert Herr Zhu Yong mit tiefen Gedanken, feiner Schrift und einzigartiger historischer Betrachtungen die Literatur, die geschichtliche Kultur und die architektonische Kultur. Mit der kreativen Art und Weise zeigt er die außergewöhnlichen literarischen Inhalte und Strukturen. Seine Werke fassen tiefe, Feinsinnigkeit, Reflexion und Mitgefühl zusammen und hinterlässen in der modernen chinesischen Literatur eine unauslöschliche Spur .

Zhu Yong ist am 15. August 1968 in der Stadt Shenyang, Provinz Liaoning, geboren. Im Jahr 1990 studierte er an der Universität für Internationale Beziehungen in Peking. In gewissem Sinne eröffnete das vierjährige Leben im Institut für internationale Beziehungen für Herrn Zhu Yong eine Tür in die neue Welt. Wegen der breiten Perspetive besitzt er einen umfassenden Denkstil, der für seine zukunftige Literatur die Tiefe und Breite schafft. Seit 1991 veröffentlicht Herr Zhu Yong bis jetzt hat er schon mehr als 40 Werke, z.B. die historischen RomäneDer Alte Palast und Der blutige Hof, die historischen Essays Paradies auf dem Papier usw. Quantitativ und qualitativ hoch- wertige Literatur hat für ihn einen Platz in der literarischen Welt gewonnen. Nachdem er 1998 an dem Verein Chinesischer Schriftsteller teilgenommen hat, hater mehr Möglichkeiten, sich aufihren Interessengebieten zu engagieren und war als Chefredakteur für mehrere große historische Dokumentationen tätig. Während des Speicherns von Materialien und Besichtigung der Sehenswürdigkeiten bekommt er eine Vielzahl an Informationen aus erster

Hand. Rohdaten und die eigenen Erfahrungn versorgen ihn mit der beständigen kreativen Energie. Jetzt ist er im Gugong-Institute vom Palast Museum tätig.

Als Literaturschöpfer ist der Schreibstil von Herrn Zhu Yong unter den zeit- genössischen Schriftstellern einzigartig. Wenn Sie seine Werke öffnen, werden Sie klar feststellen, dass Geschichte und Literatur auf einer Papierseite eng miteinander verbun- den werden. Mit geschichtlichen Fragmenten ebnet er uns einen Zeitweg, auf dem einer nach den anderen historischen Figuren, wie Helden und Könige oder Begabte und Schöne vor uns stehen, ein wenig unklar und ein wenig einzigartig. Wir können nicht leugnen, wenn Herr Zhu Yong das Schicksal der Charaktere und die Verbotene Stadt mit den Farben Rot und Gold verbindet, der Großmut aus Knochen fesselnd ist. Die Texte sind emotional. Geschichte ist grausam. Aber wenn Herr Zhu Yong diese beiden sehr unter- schiedlichen Qualitäten in einem Werk verbindet, zeigt die Literatur eine raue aber zarte Charakterstärke.

In gewisser Weise bevorzugt Herr Zhu Yong die Geschichte der Ming- und Qing- Dynas- tie. Ob im Alten Palast voller Blut und Gewalt, dessen Stil schwierig zu definieren ist, oder im heimtückischen und turbulenten blutigen Hof entwickelt er die literarische Interpreta- tion auf der Grundlage der Verbotenen Stadt. Natürlich steht es damit in Verbindung, dass er im Palast Museum arbeitet. Wenn wir jedoch Ideen wandeln, bemerkenwir plötzlich, dass Herr Zhu Yong sehr scharfsinnig und witzig ist. Er weiß, dass die Geschichte stetig wechselnd nach vorne schreitet, aber diese Gebäude, die noch aufrecht stehen, sind „Ge- schenke " der ehemaligen Dynastie. Durch helle und dunkle Ecken und durch die Wolken der Geschichte enthüllen die stillen Gebäude einige unbekannte Geheimnisse.

Wenn man die Werke von Herrn Zhu Yong sorgfältig liest, findet man, dass sein Sch- reiben immer eine subtile Veränderung beibehält. Manchmal sind seine Worte kalt wie der Schnee auf dem Tianshan-Gebirge, die wie kalter Wind im Rücken Schrecken bere- iten, wie Der blutige Hof. Machmal sind seine Schriften so zart wie ein Mädchen im Boudoir, sehr romantisch und liebevoll. Manchmal wie ein siebzig- oder achtzigjähriger Mann, der den wunden Punkt trifft, manchmal wie ein witziger Jugendlicher, der Humor und weise Kritik zeigt. Transition von Worten stellt eigentlich die Veränderung des Her- zens vom Autor dar. Wenn wir seine Werke aufnehmen, sollen wir nicht vergessen, dass jede Geschichte immer eine undefinierbare Mentalität vorweist.

Herr Zhu schreibt die brillante Verbotene Stadt, und zeigt auch den Niedergang des Kaisers. Er ist nicht nur ein Einsamer, der unter den Wänden der Verbotenen Stadt wandert, sondern auch ein Entdecker der verborgenen Ecken der Geschichte. Er ist Zhu Yong, ein begabter Schriftsteller, der mit Worten die brillante Entwicklung und den Niedergang beschreibt.

Die versteckten Ecken in der Verbotenen Stadt

Alle Geheimnisse sind die im Staub der Geschichte versteckten Details. Alle desolaten, ruhig abgelegenen Ecken sind das unbekannte Refugium. Die Verbotene Stadt mit roter Farbe und glasierten Fliesen, die bei der grellen Sonne die alte Atmosphäre schafft, ist ein so vollwertiger mystischer Ort.

Das feine Schreiben und die gründliche Fantasie sowie die literarische Interpretation von historischen Daten des Schriftstellers führen uns zu den Pavillons und Palästen, die von uns ignoriert wurden. Er beschreibt die geheime Geschichte, die vor hundert Jahren in die Zeitströmung eingetaucht ist. Gleichzeitig schafft er mit konkreten Gebäuden körperlose Leben, einen Palast, einen Mensch, ein Leben und eine Schönheit.

Die Wuying Halle, der Cining Garten, der Zhaoren Tempel, der Leben und Sicherheit Palast, der Wenyuan Pavillon und das Juanqin Atelier, dies waren ursprünglich die zufriedenstellendsten Reiserouten für den Autor. Aber zwischen den Zeilen war die Schriftspur diesem Weg auffallend ähnlich. Die Wuying-Halle als ein normales Gebäude steht für einen kurzlebigen Kaiser oder den Erfolg oder Misserfolg einer kurzlebigen Dynastie. In diesem konkreten Raum interpretiert der Autor bildlich das großartige aber tragische Leben von Li Zicheng. Das Gebäude ist rücksichtslos, und die Wand ist kalt. Der einzige, der voller Vitalität ist, Cining-Garten. Durch die Einsamkeit von derKaiserin Xiao Zhuang, den Pathos von der Kaiserin Xiao Huizhang, den Liebeskummer von Kaiser Shunzhi und das Unglück von Konkubine Donge beschreibt der Autor die Unfreiheit im Palast. Macht ist brutal, Schicksal ist unberechenbar. Auf dem Zhaoren-Tempel haben der Kaiser Kangxi und der UntertanWu Sangui gestritten. Sie wurden Feinde. Die Rebel-lion wurdeniedergeschalgen. Unter dem Zeugnis eines Gebäudes scheint das dramatisch. Der Palast ist immer objektiv. Er existiert nur für die Starken. Gewinner ist der Kaiser, und Verlierer ist der Verbrecher. Das alles ist nicht zu leugnen. Die Geschichte jubelt im-mer nur für den Starken. Aber der Autor beschreibt für uns einen Verlierer, Yin Reng, der Sohn und der damalige Thronfolger des Kaisers Kangxi. Der vorübergehend geehrte Kro-nprinz wurde aber im Palast von Leben und Sicherheit brutal abgesetzt. Unter Belager-ung der Wände konnte er nur die Höhen und Tiefen des Schicksals beklagen. Die Geleh-rten leben einzigartig im Palast. Sie halfen dem Kaiser nicht nur beim Zusammenstellen und Treiben der Politik. Sie standen auch für die Kultur dieser Epoche. Worte und Taten, Schrift und Strich beschreiben alles auf duftendem Papier. Der Wenyuan-Pavillion existi-ert für die Gelehrten. Gleichzeitig ist seine Existenz der beste Beweis für die Gnade vom KaierQianlong. Ein Reich wurde schließlich vom Schicksal geschlagen und zeigte den Niedergang von Verlegenheit. Mit dem Juanqin Atelier errichtete der alte Qianlong eine illusorische Zukunft für die kommenden Generationen. Aber das erschöpfte Juanqin-Ate-lier wurde schließlich ein leeres einsames Gebäude.

Der Autor verbindet die Architektur und die Menschen der Geschichte eng miteinander und schafft ein einzigartiges Bild. Mit dem eiskalten Gebäude interpretiert er das Leben mit Fleisch und Blut und vergleicht schließlich das permanente Gebäude mit der kurzen Lebensdauer. Egal auf welche Art und Weise entdeckt er mit der unaufhörlichen und an-genehmen Erzählung, die in den Ecken versteckten Geheimnisse. Das Gebäude steht noch, aberdie älteren Generationen leben nicht mehr.. In der verlassenen Stimmung sehnt der Autor der Brillianz und dem Misserfolg der historischen Figuren entgegen.

Der blutige Hof

„Blut "ist ein Symbol für den Kampf und das Töten, Unbarmherzigkeit und Grausam-keit. „Hof "bedeutet Macht und Schicksal, Ersatz und Vorwärts. Das Ende einer Dynastie bedeutet der Aufstieg der andere Dynastie. Es ist unvermeidlich, dass sich der Aufstieg und der Untergangimmer abwechseln. Die Dinge sind immer noch da, aber die Menschen sind nicht mehrdiejenige. Das Ewige ist nur die Verbotene Stadt, die ruhig im Zentrum von Peking steht. Sie trägt die Wechselfälle von 24 Kaisern. Mit der überlegenen Haltung blickt sie das gemeine Volk an und zeigt nie einen Hauch von emotionaler Resonanz gegenüber seinem Besitzer. Sie ist empfindend, weil sie ihnen die höchste Ehre und den höchsten Thron schenkt. Sie ist auch unbarmherzig, weil sie niemals für eine einzelne Person bleibt. Sie wirft den alten Besitzer, wie der Wind die Wolken wegbläst. Gleichzeitig begrüßt sie den nächsten. Das ist die Tragödie der Verbotenen Stadt, und ihre Unerbittlichkeit.

Herr Zhu Yong ist ein Schriftsteller, der dietiefe Liebe für die Verbotenen Stadt empfindet. Mit seinem eigenen Verständnis für die Verbotene Stadt integriert er or- ganisch Geschichte und Literatur miteinander. Mit historischen Fakten, inoffiziellen Ge- schichten und Legenden als grundlegende Materialien und mit literarischen Mitteln als besondere Interpretation zeigt er uns Freuden und Leiden, Trennungen und Wiederv- ereinigungen in der Verbotenen Stadt. Gleichzeitig verwendet der Autor eine besondere Textstruktur. Er beginnt mit dem Ende der Ming-Dynastie und beendet mit dem Untergang der Qing-Dynastie. Aus der Perspektive von vier Figuren zeigt er uns panoramisch die Tragödie im Palast. Der blutige Hofist niemals die Trauerhalle von einer Person gewesen. Unter der Anstiftung der Autorität und unter dem Deckel der roten Farbe wird eine nach anderen wandernden Seele begraben. Ein Gebäude, zwei Dynastien und eine Vielzahl an Leben.

Mit dem Tod des Kaisers Chongzhen (der letzter Kaiser der Ming-Dynastie) zu Beginn wirft der Autor einen verweilenden Schatten auf der Verbotene Stadt. Und er färbt sie mit der Blutromantik und schafft eine mystische Implikation.Die Zeit vergeht wie ein Auto fährt.. Eine Dynastie geht zu Ende und eine neue Dynastie beginnt.

Schwarz und Weiß sind beide extreme Farben und sie skizzieren zwei extreme Schicksale voneinem Kaiser (Hier meint der Autor den Kaiser Guangxu). Er sollte diehöchste Macht eines Staates besitzen., aber erlebte unter der Kontrolle wie eine Puppe. Letztlich endet unter dem inneren und äußeren Angriff sein Leben. Wie der Schwarz-Weiß-Kontrast neigt sich das Schicksal des Kaisers zu den zwei extremen Enden. Das ist die Trauer des Kaisers, aber auch die Trauer des Gebäudes als Symbol einer Dynastie.

Messer und Buddha stehen für das Übel und die Tugend. Der Hofist voller Blut und Kampf für die Macht. Wenn eine Frau an einem solchen Ort überleben oder mit Würde leben will, muss sie während des Kampfs für die Macht auf die weiblichen Tugendund Eigenschaften verzichten.. Und siewird kalt und komliziert.. Die Kaiserin Cixi ist das Opfer dieses Modells.

Drache und Phönix sind die Symbole für den Kaiser Guangxu und die Kaiserin Longyu. Herr Zhu Yong beschreibt ausgezeichnetdie inneren Schmerzen und Ratlosigkeit von der Kaiserin Longyu. Unter der vernünftigen Fantasie und Assoziation zeigt er uns die geistige Aktivität, die wir als Andere unmöglich kennen. Kaiserin Longyu ist eine typische Figur der Frauen im Hof.Sie befindet sich unglücklicherweise weit vom Kaiser entfernt, bleibt alleine und einsamin der Verbotenen Stadt.. Gleichzeitig erteilt sie dem großen Hofeine traurige und ergreifende Atmosphäre.

Verbrechen und Strafen zeigen mit der Lebensbahn von Li Lianying als Grundlage die unangenehme Lage vom Eunuch, der ein einzigartiges Phänomen in der alten chinesischen Gesellschaft darstellt. Er ist der beliebteste Untertan, derim Hof wohnt. Wenn es dunkel wird, ist er ein niedergeschlagener und psychisch verzerrter Mann, der sich in einer Ecke versteckt. Zwischen der Bildkonvertierung erspäht er in den unbekannten Ecken alle Geheimnisse der Verbotenen Stadt. Es ist sowohl traurig als auch erbärmlich.Der vorliegende Roman behält immer eine unklare Intimität. Es ist wedereinfaches Stapeln und die Verbindung von historischen Tatsachen, noch Fantasie wie ein Luftschloss.

Es ist eher eine literarische Interpretation der Geschichte und mit der logischen Integration. Wenn wir mit dem rationalen Denken für ihn das Koordinatensystem konstruie- ren, werden wir feststellen, dass die Legende im Buch von Anekdoten vernünftig ers- cheint. Das ist die Genialität von Hernn Zhu Yong.

Чжу Юн俄语版

КРАТКО ОБ АВТОРЕ

В современной китайской литературе Чжу Юн, благодаря глубине мысли, тонкому стилю и особому взгляду на историю, а также смешивая литературу, историю культуры, архитектуру и культуру, творчески демонстрирует своеобразные литературное содержание и структуру. Его произведениям присуща глубина, тонкость, переосмысление и сострадание, они добавили ярких красок в современную китайскую литературу.

Чжу Юн родился 15 августа 1968 года в провинции Ляонин в городе Лоян. В 1990— м году закончил Пекинский институт международных отношений. В некотором смысле, четыре года учебы в институте открыли дверь в новый мир, в то же время расширили его кругозор, способствовали тому, что его мысли приобрели размах, таким образом заложили глубину и ширину его последующего литературного творчества. Начиная с 1991 года, Чжу Юн официально публикует свои произведения, вплоть до сегодняшнего дня он издал более 40 книг, включая такие, как: исторические романы «Старый дворец», «Кровавый трон», сборники исторической прозы «Бумажный рай», «Античтение: История тела революционного времени» и др. Высокая производительность и высокое качество творчества писателя завоевали ему маленькое пространство в литературном мире.

После вступления в 1998 году в Союз китайских писателей, Чжу Юну предоставилось больше возможностей проникнуть в интересующие его сферы, кроме того он занял должность главного составителя крупных документальных фильмов. В процессе непрерывного собирания материалов, посещения исторических памятников, он получил большое количество достоверной информации. Исходный материал и собственный опыт предоставили ему неиссякаемый источник творческой силы. В настоящее время Чжу Юн работает в исследовательском институте при без пробелов Запретный город или Гугун.

между абзацами не должно быть пробела писатель Чжу Юн по манере письма стоит особняком среди других писателей. Открыв его книгу, читатель ясно увидит, что на этих страницах история и литература тесно переплелись; он, используя исторические эпизоды, проложил для нас временной путь. На этом пути один за другим вновь оживают перед нашими глазами исторические личности: герои и императоры, гении и красавицы и др., образы которых кажутся нам и туманными, и особенными. Мы не можем отрицать, что когда Чжу Юн связывает судьбы людей с красно—золотым Запретным городом, то великодушие, светящееся в его душе, волнует чувства. Литература чувственна, история жестока, но когда писатель эти разные сферы соединяет вместе, то его произведения обнаруживают грубую, в то же время мягкую силу характера.

В некоторой степени можно сказать, что Чжу Юн питает особую страсть к династиям Мин и Цин. И в «Старом дворце», наполненного кровью и насилием, стиль которого трудно определить, и в «Кровавом троне», бурлящем страстями и коварством, повествование развертывается на фоне Запретного города. Конечно, это связано с его работой в музее Запретного города. Однако, когда мы изменим ход мыслей, то вдруг осознаем насколько писатель проницателен и остроумен. Он хорошо понимает, что история постоянно меняется и движется вперед, те постройки, которые возвышаются и по сей день, являются "подарками" прошлых династий. Сквозь светлые и темные углы, через дымку веков безмолвные здания всегда могут раскрыть никому не известные тайны.

Если внимательно прочесть произведения Чжу Юна, то нетрудно заметить, что его язык всегда содержит незначительные перемены. Иногда его язык холоден, словно снега в горах Тянь—шань, например, когда читаешь «Кровавый дворец», возникает чувство как будто на тебя налетел ледяной ветер; иногда его язык нежен, словно девушка, романтичек и чувственен; иногда его язык мудр, подобно 70—80—ти летнему старику, затрагивает самую суть; иногда его язык остроумен, как молодежь, полон юмора и мудрой критики. Эти перемены связаны с изменениями внутреннего мира автора. Когда мы будем читать его книги, то не должны забывать о том, что за историей кроется ход мыслей.

Чжу Юн описал и великолепие Запретного города, и упадок императоров. Он одинокий посетитель, блуждающий в стенах Запретного города, еще более исследователь скрытых закоулков истории. Он это Чжу Юн, писатель, с помощью своего пера описавший взлеты и падения Запретного города.

Далее внизу название романа: «Тайные закоулки Запретного города»

Все тайное — это подробности, скрытые пылью истории, все заброшенные и безлюдные закоулки — это пристанище никому не известных секретов. При золотых солнечных лучах показывается Запретный город с его без пробелов стенами, крышами из глазурованной черепицы и древней атмосферой, это настоящее таинственное место.

Писатель с помощью тонкого стиля, искусного воображения, а также литературного толкования исторических материалов увлекает нас за собой заглянуть в беседки и павильоны, залы и коридоры, скрытые от мира; рассказывает нам забытые истории, потонувшие в потоке времени несколько веков назад. В то же время он, используя видимые здания, создает невидимую жизнь: дворец, человек, жизнь, красота.

Зал Боевой славы, сад Милосердия и Спокойствия, Зал Сияния гуманности, Дворец Вечной Гармонии, Павильон Литературной глубины, Кабинет

"Утомления" — это любимый маршрут по Запретному городу Чжу Юна, а манера его изложения имеет поразительное сходство с этим маршрутом. Зал Боевой славы скромная постройка, символизирует императора с короткой судьбой или можно сказать расцвет и упадок правящей династии, автор в этом видимом пространстве воссоздает великую и трагическую судьбу Ли "Отважного князя". Бесчувственные здания, холодные стены дворца, только сад Доброты и Спокойствия наполнен жизненной силы, писатель через одиночество матери императора Ли Чжуан, скорбь императрицы Ли Хуэйчжан, слепую страсть императоры Шунь Чжи и несчастную судьбу наложницы Дун Э показывает то, что в императорском дворце человек "сам себе не хозяин".

Жестокость власти, непредсказуемость судьбы, в Зале Сияния Гуманности разыгрывается сцена противостояния императора Канси и генерала У Саньгуя, ссора и вражда правителя со своими подданными, смена рычагов воздействия в стране, здание было свидетелем драматических событий. Дворец всегда был объективным, он существует только для сильных, победитель становится правителем, проигравший — разбойником, разумность всего этого бесспорно. История всегда приветствует сильных, а писатель раскрывает перед нами образ проигравшего — Инь Жэна, наследного принца, который когда—то пользовался благосклонностью правителя. Его заключили во Дворец Вечной Гармонии, где в окружении высоких стен он мог только горько сетовать на превратности судьбы. Образованный человек, как исключительное явление при императорском дворе, не только придумывал планы для императора, но и выступал культурным представителем этой эпохи, и словом и делом, на страницах, дышащих интеллигентностью записывал понемногу.

Павильон Литературной глубины существовал специально для образованных людей, его существование это лучшее подтверждение благодеяния Цяньлуна для последующих потомков. В конце империя не смогла противостоять удару судьбы, писатель показывает нам чувство стыда, усиливающееся с каждым днем, престарелый Цяньлун, с помощью роскошного Кабинета "Утомления", создал для будущих потомков иллюзорное будущее, однако Кабинет "Утомления", отнявший много душевных сил, в конце концов превратился в опустевший зал.

Писатель, тесно связав судьбы исторических личностей со зданиями, создал неповторимые литературные образы. С помощью холодных неживых зданий рассказывает нам о жизни людей из плоти и крови, сравнивает долговременность архитектуры с кратковременностью человеческой судьбы. Все они в неутомимом повествовании раскрывают тайны, скрытые в тех закоулках. Здания по—прежнему стоят, а люди уже ушли в прошлое, в унылом настроении мы воздаем должное величию и поражению исторических фигур.

« Кровавый дворец »

"Кровь" символизирует борьбу и убийство, безжалостность и жестокость; "дворец" олицетворяет власть и судьбу, изменения и прогресс. Гибель одной династии означает зарождение другой, процветание и упадок сменяют друг друга, все это неизбежно. Мир меняется, люди меняются, остается неизменным только Запретный город, безмолвно возвышающийся в самом центре Пекина. Он вынес взлет и падение, славу и бесчестье 24— х императоров, свысока смотрел на простой народ, но никогда не выдавал своих чувств по отношению к своим хозяевам. С одной стороны, он даровал им высочайший почет, величайший престол; с другой стороны, он не мог никому принадлежать, начисто забывал прежнего хозяина, чтобы приветствовать нового. В этом заключается трагедия и безжалостность Запретного города.

Как писатель, неразрывно связанный с Запретным городом, Чжу Юн, благодаря собственным знаниям о нем, соединяет в органическое целое историю и литературу. На основе исторических фактов, легенд неофициальной истории, а также прибегая к особым литературным приемам, писатель показывает нам все превратности судьбы, выпавшие на долю Запретного города. В то же время, он использует необычную художественную композицию: роман начинается с гибели династии Мин, и заканчивается свержением династии Цин, с точки зрения четырех персонажей перед нами раскрывается полная картина драмы Гугуна. Кровавый дворец никогда не был погребальным покоем одного человека, а при подстрекательстве власти, под прикрытием алого цвета, в нем похоронены блуждающие души. Одно здание, две династии, много человеческих жизней.

Автор начинает свой роман рассказом о смерти императора Чунчжэня, это покрыло мрачной тенью, придало кровавую романтику, добавило таинственности образу Запретного города. Колесо истории той эпохи катится вперед, настало время другой династии совершать обряды и церемонии в этом дворце.

Черное и белое, две крайности, вырисовываются контуры двух разных участей одного поколения императоров, Сын Неба на троне, но он живой труп, как марионетка, и вот, наконец, под внешним и внутренним давлением император приходит к своему концу. Словно крайнее сравнение черного и белого, судьба императора может быть только или черным, или белым, в этом заключается трагедия императоров, еще более самого дворца.

Нож или буддизм, первое — это порок, второе — это добро. Во дворце, полном крови и власти, если женщина хочет выжить в нем или жить достойно, то ее свет обязательно померкнет в борьбе за власть, либо она превратится в холодное и сложное существо, как и случилось с императрицей Цыси.

Дракон и феникс, это имена императора Гуансюя и императрицы Лун Ю. Писатель тонко описывает боль и безысходность в душе императрицы Лун Ю, правдоподобно раскрывает перед нами те сокровенные душевные тайны, которые не могут быть известны посторонним. Императрица Лун Ю — это воплощение образа наложницы, которая к сожалению далека от императора, и живет в одиночестве, а также добавила этому огромному дворцу печальной и скорбной атмосферы.

Преступление и наказание, примером может служить жизненный путь Ли Ляньина. Чжу Юн рассказывает нам об унизительном положении дворцового евнуха, своеобразного явления древнего Китая. Он живет во внутренних покоях дворца, он слуга, ставший любимцем; с наступлением темноты, он, спрятавшись в своем углу, предается тоске, в то же время у него искажена душа. Между образными преобразованиями он подглядывает за тайнами Запретного города с тех, никому не известных углов, и грустно и жалко.

«Кровавый дворец» Чжу Юна все время сохраняет неясное чувство близости. Это не простое нагромождение исторических событий, и не иллюзия "воздушных замков", а литературная интерпретация истории, вдобавок ее логическое упорядочение и объединение. Когда мы посредством рационального мышления будем создавать для нее систему координат, то мы можем заметить, что те легенды и предания неофициальной истории стали разумными, это также заслуга писателя Чжу Юна.

（Перевод: Кристина Аммосова）

Zhu Yong 西班牙语版

Retrato literario

En la literatura moderna china, el señor Zhu Yong a través de reflexiones profundas combinando la literatura con disciplinas como historia, cultura y arquitectura; logra crear interesantes contenidos y estructuras literarias, con un estilo narrativo minucioso y original sobre la historia. Su obra está integrada por temáticas profundas, detallistas, reflexivas y atrayentes, mostrando asísu clara contribución al círculo literario chino.

Zhu Yong nació el 15 de agosto de 1968 en la ciudad de Shenyang,provincia de Liaoning; se graduó de la Universidad de Relaciones Internacionales de Beijing en 1990. En cierta medida la vida universitaria le abrió las puertas al nuevo mundo y, al mismo tiempo, amplió su visión, lo que le permitió adquirir una alta capacidad de reflexión en su futuro creativo. Oficialmente, comenzó a publicar en 1991 y, hasta ahora, cuenta con más de 40 obras publicadas, entre ellas destacan las novelas históricas: El palacio viejo, La corte de sangre; las colecciones de ensayos históricos: El paraíso de papel, La anti-lectura: el periodo revolucionario de la historia del cuerpo, entre otras. Debido a su trabajo literario de gran calidad se ha ganado un puesto importante dentro del círculo literario. Desde su ingreso a la Asociación de Escritores de China en 1998, ha obtenido más oportunidades para participar en lo que realmente le interesa y ha sido uno de los colaboradores principales de muchos documentales sobre la historia. En el proceso de acumular materiales y la visita a las ruinas históricas, ha tenido acceso a información clasificada. Los datos originales y su experiencia personal han sido indudablemente su motor creativo. Ahora asume el cargo de director en el Instituto de Investigaciones Audiovisuales sobre la Ciudad Prohibida, en el Museo del Palacio.

El estilo literario de Zhu Yong se distingue del de otros escritores del mismo periodo. Al leer sus obras se descubre que la historia y la literatura se entretejen firmemente entre cada una de sus páginas; él construye un camino temporal con los fragmentos de la historia. En este trayecto, los héroes, los emperadores, los literatos y las mujeres hermosas se erigen ante nosotros como una nebulosa de gran originalidad. Es indiscutible que cuando Zhu Yong enlaza el destino de los personajes con la rojiza y dorada Ciudad Prohibida, la profunda amplitud de su mente nos conmueve. Los personajes son sensibles y la historia es cruel, pero al integrarse estas dos cualidades, completamente distintas, se deja ver el estilo suave y sincero de la obra.

En cierta medida, él prefiere la historia de las dinastías Qing y Ming. Despliega una explicación literaria del Palacio Imperial en El viejo palacio, el cual se encuentra cubierto de sangre y violencia y cuyo estilo novelístico es confuso; en La corte de sangre el misterio y la inseguridad son sus temáticas principales. Claro todo esto es un reflejo de su trabajo en el Museo del Palacio; sin embargo, cuando reflexionamos sobre esto, podemos comprender la agudeza y la inteligencia del escritor. Él sabe que la historia se reemplaza y sigue su curso, las edificaciones que, hasta ahora, se han mantenido en pie son los regalos de las dinastías, y estos monumentos sin voz revelan sus secretos a través de las esquinas de luz, la oscuridad y la niebla históricas.

Si se hace una lectura detenida de las obras de Zhu Yong, no es difícil encontrar que sus palabras demuestran cambios casi imperceptibles. Algunas veces, sus textos denotan la frialdad del hielo y la nieve del Monte Tianshan, un claro ejemplo es en La corte de sangre donde el miedo, como en una buena novela de suspenso, te ataca cuando le das la espalda; otras veces, su estilo es minucioso, como jóvenes románticas y dóciles dentro de sus habitaciones. Otras más, tan penetrantes como ancianos septuagenarios; humorístico en forma de crítica ligera pero sabia. La transición literaria es el cambio del corazón del escritor. Al escoger sus obras no olvidemos que en un relato siempre existirá un proceso creativo que no se puede explicar.

Su mano perfila el esplendor de la Ciudad Prohibida y la decadencia de los emperadores; es un hombre solitario que vaga por las murallas de esta ciudad; además de explorar las esquinas secretas de la historia. Zhu Yong es un escritor que describe ingeniosamente los altibajos del Palacio Imperial.

Introducci ó n a las obras representativas

Las esquinas secretas del Palacio Imperial

Todo el polvo de la historia ha sabido esconder sus secretos en los detalles. Todas las esquinas solitarias y silenciosas pertenecen a aquellos lugares donde se esconden los misterios. La Ciudad Prohibida, poseedora de una atmósfera antigua debajo de la pintura rojiza, sus azulejos y los destellos del sol, se proclama totalmente como un lugar misterioso.

Zhu Yong nos dirige a los quioscos, pabellones, murallas y palacios que hasta ese momento se habían mantenido en el anonimato, con un estilo minucioso, una imaginación rigurosa y una explicación de la literatura histórica. Al mismo tiempo, es el encargado de enlazar la vida invisible del pasado con la arquitectura tangible: un palacio, un hombre, un tipo de vida, un tipo de belleza.

El Salón de la Eminencia Militar, el Jardín de la Misericordia y la Tranquilidad, el Palacio de la Luz y la Claridad, el Palacio de la Longevidad Tranquila, el Salón de la Gloria Literaria y el Jardín Imperial, en ese orden, son el recorrido que más satisface al autor; justamente en su escritura, dicho trayecto se asemeja al camino tomado por el autor en sus visitas a la Ciudad Prohibida. El Salón de la Eminencia Militar es una edificación simple, que representa al emperador de corta vida y grandeza, así como a la decadencia de una dinastía de breve duración. En este espacio visible, el autor describe la vida espléndida y trágica del emperador Li Zichen, la arquitectura despiadada y la frialdad de sus murallas. Lo único vital es el Jardín de la Misericordia y la Tranquilidad, donde se demuestra lo involuntario del Palacio Imperial a través de la soledad maternal de la emperatriz Xiaozhuang; de la tristeza y la hermosura dela emperatriz Renxian; del amor apasionado entre el emperador Shunzhi y su concubina Dong' e, quien muere muy joven. El poder es cruel y el destino, imprevisto. En el Palacio de la Luz y la Claridad se desarrolla la puesta en escena por parte de Kangxi y Wu Sangui para arrebatarle el trono al emperador, cuyos enemigos y vasallos buscan el reemplazo de la dinastía, teniendo al palacio como escenario. La objetividad de los palacios solo existe gracias a los poderosos, el héroe siempre será el ganador, y el villano, el perdedor. Todo lo anterior cobra sentido al entender que la historia solo alaba al poderoso, pero en esta novela el autor nos presenta la versión del perdedor: Yin Reng, quien en su momento fue un príncipe heredero, mimado y glorioso, pero en el Palacio de la Longevidad Tranquila se convirtió en el príncipe trágicamente destronado, y ahora bajo los muros del asedio, solo puede lamentar la suerte de los altibajos. El literato, existencia única en la corte no solo planeaba estrategias para el emperador, sino que también representaba el respaldo cultural de ese tiempo, cuando cada palabra, hecho y plan se inmortalizaba en las fragantes páginas de sus libros. El Salón de la Gloria Literaria existía debido a los literatos, cuya presencia era la máxima prueba de que el emperador Qianlong buscaba beneficiar a las generaciones venideras. Un reino que no pudo evitar lo que el destino le tenía preparado, mostrando los primeros vestigios de su declive. El viejo emperador Qianlong creó un futuro ilusorio para las generaciones venideras con el Salón de la Gloria Literaria, pero fue un esfuerzo en vano porque dicho palacio se convertiría en un templo vacío y solitario.

El escritor enlaza la arquitectura con los personajes de la historia para crear imágenes únicas: también describe la vitalidad de las edificaciones frías y finalmente compara la eternidad que los simboliza con la brevedad de la vida; no importa cómo, pero en su narrativa desvela los secretos escondidos en aquellos rincones milenarios. La construcción sigue, la gente hapasado a la historia , con un estado de ánimo desolado rinde homenaje a aquellos brillantes personajes históricos que han fracasado.

La corte escarlata

Escarlata(sangre) es un símbolo de lucha, masacre, insensibilidad y crueldad; la corte representa el poder, el destino, el reemplazo y el avance. El deceso de una dinastía significa el ascenso de otra, por lo que son inevitables los altibajos y el reemplazo. Las vicisitudes de la vida y la gente han cambiado, pero siempre existirá la Ciudad Prohibida que se erige tranquilamente en el centro de Beijing. Ella carga la vicisitud, la gloria y la deshonra de 24 emperadores, observa el mundo con eminencia y nunca muestra emoción por sus dueños. Dicen que es emotiva porque les entrega la gloria y el trono; dicen que es insensible porque nunca se queda por nadie. Deja a los viejos emperadores rápidamente y da la bienvenida a los siguientes con júbilo e inspiración. Es la pena y la crueldad de la Ciudad Prohibida.

Zhu Yong es un escritor que ama intensamente a la Ciudad Prohibida con su virtuoso conocimiento de la ciudad, integra orgánicamente literatura con hechos y leyendas históricas; siendo que los aspectos literarios desempeñan la función especial de describir la ciudad desde una perspectiva sentimental. Al mismo tiempo, el autor utiliza la forma en la que está escrita la novela para ejemplificar el inicio del declive de la dinastía Ming, y el final subversivo de la dinastía Qing, la tragedia que acecha a la Ciudad Prohibida es descrita desde la perspectiva de cuatro personajes. La ciudad escarlata nunca ha sido el salón de duelos de un solo hombre; en las garras de la agitación por el poder y bajo la protección del escarlata, entierra una y otra vez las almas vagabundas: un edificio, dos dinastías, vidas múltiples.

Al comienzo del libro, la ciudad es asechada por la sombra errante y perpetua del emperador muerto Chongzhen; el escritor tiñe de romanticismo la escena y añade un poco de misterio. Cuando el ciclo de la época siga su curso, le tocará el turno a otra dinastía para celebrar una ceremonia en ese palacio.

Negro y blanco son dos extremos que trazan el contorno de los dos posibles destinos de un emperador. Es el más distinguido, pero también un cadáver ambulante. Es títere y llega al final de sus días con ataques internos y externos. Justamente, como la comparación de negro y blanco, la vida de los emperadores recorre dos términos extremos: el dolor del emperador y la tristeza de la ciudad.

El cuchillo y el buda: villano y bondad, respectivamente. Si una mujer quiere sobrevivir o vivir con dignidad dentro de la corte sangrienta y autoritaria, debe ser parte de la lucha por el poder, donde el esplendor femenil de su cuerpo irá desapareciendo, poco a poco, convirtiéndose en un ser cruel y complicado. Cixi es la víctima de este modelo.

El dragón y el fénix son símbolos del emperador Guangxu y la emperatriz Longyu. Zhu Yong escribe minuciosamente sobre el dolor y la frustración interna de la emperatriz. En la imaginación y la asociación de ideas razonables, él nos presenta las actividades mentales que una segunda persona no es capaz de conocer. Ella es el modelo de las mujeres del emperador. No solo representa a las mujeres miserables que se encuentran alejadas del emperador y viven reclusas en sus palacios, sino también da testimonio del fenómeno melancólico y lúgubre de la gran corte.

El crimen y el castigo representan la trayectoria de la vida de los eunucos y su huella dentro de la vida de Li Lianying, mostrando la posición incómoda que estos poseen y que son el resultado de la sociedad antigua china. En las profundidades de la corte son los sirvientes mimados; cuando la noche cae, son los hombres melancólicos que recorren tristemente las esquinas y sufre una mentalidad ligeramente torcida. Debido a los cambios de carácter que sufren, son poseedores de todos los secretos que guarda la Ciudad Prohibida, obteniéndolos de una forma trágica y patética.

La corte escarlata de Zhu Yong siempre ha mantenido una tendencia a favorecer lo extraoficial, así como a prescindir del sentido de intimidad. Lo que permite que el relato sea lógico no es un simple amontonamiento de hechos. Si razonamos seriamente, seremos capaces de descubrir que las leyendas y anécdotas de la historia no oficial son razonables, aspecto que distingue la lucidez y perspicacia de Zhu Yong.

주융朝鲜语版

주융 (祝勇) 은 오늘날 중국 문단에서 심오한 사상, 섬세한 필치, 독창적인 역사관을 바탕으로 문학과 역사문화, 건축문화를 아울러 작품의 내용이나 구조에 있어서 자기만의 독특한 문학세계를 보여주었다. 그의 작품들은 깊은 통찰, 섬세함, 성찰, 공감을 하나로 아우르며 오늘날 중국 문단에 선명한 색채를 더하고 있다.

주융은 1968년 8월 15일 랴오닝 (辽宁) 성 선양 (沈阳) 시에서 태어나, 1990년 베이징국제관계대학을 졸업했다. 4년간의 대학 생활은 그에게 새로운 세계로 통하는 문을 열어주었다고 할 수 있다. 주융은 대학 생활을 통해 시야를 넓히고 멀리 내다볼 수 있는 안목을 길렀으며, 이는 훗날 그가 깊이 있고 폭넓은 작품 세계를 구축하는 데 탄탄한 기반이 되었다. 주융은 1991년 작품 활동을 본격적으로 시작한 이후 지금까지 장편 소설 「옛 궁전[旧宫殿]」, 「피의 조정[血朝廷]」, 역사 산문집 「종이 화폐 속의 천당[纸天堂]」, 「반 (反) 독서 : 혁명 시기의 신체사[反阅读 : 革命时期的身体史]」 등 40여 편에 이르는 수많은 우수한 작품들을 발표했으며, 이를 통해 중국 문단에서 확고히 자리매김했다. 1998년 중국작가협회에 가입한 후에는 자신의 관심 분야를 다룰 기회가 더 많아져 여러 편의 대형 역사 다큐멘터리 원고를 맡아 집필하기도 했다. 그는 끊임없이 작품 소재를 수집하고 역사 유적지를 답사하는 과정에서 풍부한 자료를 직접 수집할 수 있었다. 이렇게 직접 수집한 자료와 직접적인 경험 등은 그에게 마르지 않는 창작의 원동력이 되었다. 현재 그는 고궁박물원 (자금성 내에 있는 박물관의 이름. 1925년에 '자금성'은 '고궁'으로 이름이 바뀌었다. 옮긴이) 산하의 고궁학연구소에서 근무하고 있다.

주융은 동시대 작가들 중에서 남다른 작풍을 구축했다. 그의 작품을 펼치면, 한 페이지 한 페이지 마다 역사와 문학이 단단히 엮여 있음을 알 수 있다. 그는 역사의 한 토막을 이용해 우리를 시간 여행의 길로 안내한다. 이 길 위에서 영웅과 제왕, 재자 (才子) 와 가인 (佳人) 등 역사 속 인물들이 때로는 어렴풋이, 또 때로는 독특한 모습으로 우리 눈 앞에서 하나씩 되살아난다. 주융이 역사 속 인물의 운명을 주홍색과 황금빛이 어우러진 고궁 (자금성) 에 접목시킬 때면 뼛속에서 스며 나온 듯한 호방함과 시원스런 감동을 느낄 수 있다. 문학은 감성적이고 역사는 잔혹하다. 하지만 주융은 완전히 다른 이 두 가지 특징을 하나로 엮어 거침 없으면서도 섬세함을 잃지 않는 작품을 탄생시켰다.

주융은 특히 명· 청 시대 역사를 좋아한다. 문체의 경계를 나누기 힘들고 피비린내와 폭력으로 가득 찬 작품 「옛 궁전」 이든 기묘하면서도 보이지 않는 격동이 숨겨져 있는 듯한 작품 「피의 조정」 이든 모두 '고궁 (자금성) '을 근간으로 한 문학적 해석이라고 할 수 있다. 물론 이는 그가 고궁박물원에 몸담고 있는 것과 무관하지 않다. 하지만 생각을 조금 달리해보면 주융의 예리함과 기지를 깨달을 수 있다. 주융은 역사는 끊임없이 교체되며 앞으로 나아가고, 변함없이 우뚝 솟아 있는 건축물들은 옛 왕조가 남겨준 "선물" 이라는 사실을 너무도 잘 알고 있다. 또한 빛과 어둠의 한 귀퉁이에서 역사의 안개를 뚫고 소리 없이 서 있는 건축물들이 우리가 모르는 비밀을 슬며시 보여주고 있다는 사실도 잘 알고 있다.

주융의 작품을 자세히 읽어 보면 그의 언어에 미묘한 변화가 계속 있음을 어렵지 않게 발견할 수 있다. 그의 글은 때로는 「피의 조정」 처럼 천산 위의 얼음처럼 차갑고 날카로워 등골을 오싹하게 만들고, 때로는 규방의 여인처럼 섬세하며 낭만적이고 애틋하다. 또 때로는 70~80대 노인처럼 말 한마디로 정곡을 찌르기도 하고, 익살스런 청년처럼 유머러스하면서도 예리한 비판 정신을 드러내기도 한다. 이런 변화는 작가의 심리적 변화에서 기인한다. 주융의 작품을 읽을 때는 각 시기의 역사마다 말로는 다 할 수 없는 감성이 존재한다는 사실을 잊어서는 안 된다.

그는 한편으로는 고궁 (자금성) 의 휘황찬란함을 써내려 가면서도, 또 한편으로는 제왕의 몰락을 묘사했다. 그는 고궁 (자금성) 의 성벽 아래를 배회하는 고독한 나그네이자, 역사의 은밀한 귀퉁이를 파고드는 탐색자다. 주융, 그는 글로 고궁 (자금성) 의 흥망성쇠를 지탱해낸 훌륭한 작가다.

「자금성의 은밀한 구석」

　　모든 은밀함은 역사의 먼지에 의해 감추어진 부분이다. 황량하고 적막한 모든 귀퉁이마다 알려지지 않은 비밀이 숨어 있다. 주홍색 칠을 하고 유리 기와를 얹은 채 황금색 햇빛을 받으며 고풍스런 분위기를 풍기고 있는 고궁（자금성）은 말 그대로 신비한 곳이다.

　　작가 주용은 섬세한 필체와 치밀한 상상, 사료에 대한 문학적 해석을 바탕으로 세인들이 지나쳐버린 궁전의 누각과 성벽, 대전 등으로 우리를 데리고 들어가 수백 년 전 시대적 물결 속에 묻혀버린 은밀한 이야기들을 들려준다. 또 그는 유형의 건축물을 빌어 무형의 생명을 만들어 내기도 한다. 궁전 하나 하나, 사람 하나 하나마다 저마다의 아름다움이 있고 각각의 인생이 있다.

　　고궁（자금성）내의 무영전（武英殿）, 자녕화원（慈宁花园）, 소인전（昭仁殿）, 수안궁（寿安宫）, 문연각（文渊阁）, 권근재（倦勤斋）등은 작가가 즐겨 산책하는 곳들이다. 그런데 이 장소들이 작가의 붓끝을 통해 작품 속에 놀랄 만큼 잘 녹아 있다. 무영전은 그저 단순해 보이는 건물이지만 단명한 제왕이나 단명한 왕조의 흥망성쇠를 상징적으로 나타내고 있다. 작가는 이 유형의 공간을 이용해 장엄하고 아름답지만 비극적 삶을 살다간 이자성（李自成）（명말 농민봉기군의 수령. 옮긴이）을 생생하게 그려냈다. 궁전 건물은 무정하고, 궁전의 벽은 차디차다. 이곳에서 생명력이 있는 것이라고는 오직 자녕화원 한 곳 뿐이다. 작가는 효장태후（孝庄太后）의 외로움, 효혜장황후（孝惠章皇后）의 처연함, 순치제（順治帝）의 순애보, 아름다웠지만 요절한 동악비（董鄂妃）의 삶 등을 표현해냈다. 권력은 잔혹하고 운명은 예측할 수가 없다. 소인전에서는 강희（康熙）황제와 장수 오삼계（吴三桂）가 치열한 다툼을 벌였고, 군신 간의 반목과 권력의 교체 등이 궁전 건물을 통해 극적으로 그려졌다. 궁전은 언제나 객관적이다. 궁전은 강자를 위해 존재한다. 승자는 왕이 되고, 패자는 도적이 된다. 모든 것은 합리적이며, 더 이상의 설명이 필요 없다. 역사는 언제나 강자를 위해 환호한다. 하지만 작가는 우리 앞에 실패자를 그려내 보여주었다. 바로 윤잉（胤礽）이다. 한때 총애를 받았던 청나라 황태자인 그는 폐위된 뒤 불운의 황태자가 되어 높은 벽으로 둘러싸인 수안궁에서 부침 많은 운명을 한탄해야 했다. 문인은 궁전의 특별한 존재로 왕을 위해 계책을 세우는 한편, 그 시대 문화의 대변인으로서 종이 향 가득한 책 속에 소소한 것들을 기록했다. 문연각은 문인들을 위한 공간으로, 건륭황제가 후손들에게 베푼 은혜로움을 가장 잘 보여주는 증거라고 할 수 있다. 제국은 결국 운명을 거역하지 못하고 천하의 쇠락을 지켜볼 수 밖에 없다. 늙은 건륭황제는 권근재를 지어 후손들에게 허황된 미래를 만들어주려 했지만, 심혈을 기울여 만든 권근재는 결국 주인 없는 텅 빈 궁전이 되고 말았다.

작가는 건축물과 역사 속 인물들을 연결시켜 유일무이한 이미지를 만들어냈다. 차디찬 건축물로 생생한 인생을 만들어내고, 건축물의 길고 변함없는 생명을 통해 인생이 너무도 짧다는 사실을 보여주었다. 어느 쪽이든 흥미진진한 글을 통해 은밀한 귀퉁이의 비밀을 들추어냈다. 건축물은 여전히 건재하지만 인걸（人傑）은 간 곳이 없다. 역사 속 인물들의 흥망성쇠를 회상해보면 헛헛함을 감출 길이 없다.

「피의 조정」

피는 투쟁과 살육, 비정함과 잔혹함을 상징하고, 조정은 권력과 운명, 교체와 전진을 의미한다. 한 왕조의 멸망은 또 다른 왕조의 흥함을 의미하고, 흥망성쇠의 반복은 필연적이다. 세상일은 변하기 마련이고 사람도 변하기 마련이다. 세월이 흘러도 변하지 않는 것은 베이징 한 가운데 소리 없이 우뚝 솟아 있는 고궁（자금성）뿐이다. 고궁（자금성）은 24명 황제들의 흥망성쇠와 영욕을 고스란히 담고 있다. 고고한 자태로 백성을 내려다보고 주인에게조차 작은 정을 나누어주지 않았다. 고궁（자금성）의 '유정함'이란 황제들에게 지고무상한 지위와 영광을 부여한 것이고, '무정함'이란 지금까지 단 한번도 한 사람을 위해 머물지 않았다는 것이다. 고궁（자금성）은 바람이 조각 구름을 몰아내 듯 오래된 것은 버리고, 기꺼이 다음 주인을 맞이했다. 이것이 바로 고궁（자금성）의 비애이며 무정함이다.

주용은 고궁（자금성）과 깊은 인연을 가진 작가다. 그는 고궁（자금성）에 대한 풍부한 지식을 바탕으로 역사와 문학을 유기적으로 결합시켰으며, 역사적 사실과 야사를 토대로 문학적 수단을 통해 고궁 (자금성) 에 서려 있는 슬픔과 기쁨, 만남과 헤어짐을 그려냈다. 아울러 그는 특수한 텍스트 구조를 도입하여, 명나라의 멸망에서 이야기를 시작해 청나라의 전복으로 끝을 맺으면서, 네 사람의 시각에서 고궁 (자금성) 의 비극을 파노라마 형태로 펼쳐 보였다. 핏빛의 궁전은 한 사람만의 빈소였던 적이 없다. 이곳에는 권력의 부추김과 주홍색의 엄호 아래 이리저리 떠도는 여러 혼백들이 묻혀 있다. 하나의 건축물에 명· 청 두 왕조, 여러 명의 인생이 담겨 있는 것이다.

작가는 명나라 마지막 황제 숭정제 (崇禎帝) 의 죽음을 시작으로 자금성에 걷히지 않는 어두운 그림자를 드리우고 자금성을 핏빛 낭만으로 물들임으로써 신비한 암시를 준다. 시간의 수레바퀴가 돌고 돌아 또 다른 왕조에 도착한 뒤 이 건축물을 위한 제를 올린다.

흑과 백, 한 제왕의 두 가지 극단적인 운명을 그려냈다. 제왕의 존귀함을 지녔으나, 산 송장이나 꼭두각시처럼 안팎의 위협을 받으며 생의 마지막을 향해 걸어가는 모습은 흑백의 대비를 연상케 한다. 제왕의 운명은 흑이 아니면 백인 두 극단을 걷는다. 이것이 바로 황제의 비애요, 이 궁전의 슬픔이다.

칼과 부처, 칼은 사악함이요 부처는 선량함이다. 권력 투쟁으로 피비린내가 가득한 궁전에서 한 여인이 살아남고자 하거나 존엄을 지키고자 한다면, 여자로서의 눈부신 빛은 권력 투쟁의 과정에서 사라지고, 냉혹하고 복잡한 인물로 변하게 된다. 자희 (慈禧) 태후 (서태후. 옮긴이) 가 바로 이런 법칙의 희생양이다.

용과 봉황, 광서 (光緒) 황제와 융유 (隆裕) 황후가 대표적 인물이다. 주용은 융유황후의 내면의 고통과 무력함을 섬세하게 묘사했다. 그는 타당한 상상과 연상을 통해 제3자는 결코 알 수 없는 심리를 묘사해냈다. 융유황후의 일생은 후궁 여인들의 삶의 축소판이다. 그녀는 불행히도 황제와 멀리 떨어져 독수공방하는 여인의 전형을 보여주었으며, 이 거대한 궁전에 처량하고 애달픈 분위기를 더해주었다.

죄와 벌, 이연영 (李蓮英) 이라는 인물의 삶을 토대로 과거 중국 사회의 독특한 산물인 '태감' ('태감' 이라는 명칭은 당나라 이후부터 사용했는데, 역사적으로 중관, 내관, 내시, 내감 등의 명칭이 있었다. 옮긴이) 이라는 난감한 신분을 묘사했다. 그는 구중궁궐의 뒤뜰에서는 총애를 받는 하인이었지만, 어둠이 오면 구석진 곳에 몸을 숨기고 의기소침해 하며, 비틀린 심리를 가진 남자였다. 그는 이런 두 가지 신분을 가지고 있었기 때문에 남들이 모르는 구석에 숨어 자금성의 모든 비밀을 엿보는 처량하고 불쌍한 인물이었다.

주융의 「피의 조정」은 말로는 분명히 표현할 수 없는 친근함이 작품을 관통하고 있다. 이 작품은 단순히 역사적 사실을 나열하거나 쓸데없는 말로 장황하게 꾸미지 않았으며, 공중누각 같은 환상을 꾸며 내지도 않았다. 이 작품은 역사적 사실을 문학적으로 재연하고 여기에 논리성을 결합시켰다. 이성적인 사고로 자금성의 좌표계를 그려 보면 패관야사 속 전설이나 일화들도 타당성을 지니고 있음을 알 수가 있는데, 이 역시 주융의 뛰어난 점이다.

周晓枫（1969—　）

文学肖像

周晓枫，1969年6月生于北京。1992年毕业于山东大学中文系，在中国少年儿童出版社做过八年儿童文学编辑，2000年调入北京出版社《十月》杂志社，2011年调入《人民文学》杂志社，2013年3月辞去编辑工作，成为职业作家。主要写作散文，曾获冯牧文学奖、冰心文学奖、十月文学奖、人民文学奖、庄重文文学奖等奖项。

周晓枫协助著名导演张艺谋进行文学策划工作，担任了电影《三枪》《山楂树之恋》《金陵十三钗》《归来》的文学策划。

代表作品：

散文集《上帝的隐语》《鸟群》《收藏——时光的魔法书》《斑纹——兽皮上的地图》《你的身体是个仙境》《聋天使》和《巨鲸歌唱》等，人物笔记小说《醉花打人爱谁谁》，人物传记《宿命：孤独张艺谋》。

童年与学生时代：

周晓枫出生于北京，她的妈妈是一名医生，在周晓枫三岁的时候，她就已学会在医生宿舍里独处一整天，等妈妈下班。她很小就熟悉医院，熟悉疾病和拯救的味道，这就使得她对于死亡有一种近乎畏惧的恐慌与无奈，这也为她后来"死亡"题材的创作积累了丰富的经验。尽管如此，她还是度过了一个相对平静和快乐的童年。

然而，十五岁那年的烫伤，给周晓枫的人生留下了一个不可磨灭的烙印。由于烫伤的部位是在脸上和脖子上，这不仅影响了她日常的身体活动，也对其外观造成了伤害。所以，那时候的她，非常自卑，很长时间不愿见人。正处在青春期的少女，对身体的感觉尤为敏感，这就给她留下了十分独特的生命体验，为她后来的写作积累了素材，也增加了她对身体至深至真的感受力与敏感度。

后来，周晓枫选择了中文系作为自己的专业，主要是因为她对文学与文字有着深沉的爱。小学时，语文老师表扬了她的作文，还让她在全班面前大声朗诵，于是，她就怀着无比激动的心情大声朗诵，收获了满满的幸福感。其实，有时候，童年时的足迹也会指引一个孩子的未来之途。或许就是对文字的追忆与贪恋，使得周晓枫依旧葆有孩时的童真，写出童年生活的奇妙感受。而且，通过大学时的专业训练，周晓枫对文学有了更多的认识和见解，也逐渐找到了自己的写作节奏和风格。

编辑生涯：

自从1992年大学毕业后，周晓枫从事了20余年的编辑工作：在儿童出版社待了八年，后来又先后在中国著名杂志社《十月》和《人民文学》做了十余年的编辑。在从事编辑工作的这段生涯里，周晓枫收到了来自全国各地的投稿信件，这不仅锻炼了她鉴赏作品的能力，而且也提高了她对文字的敏感度。在此期间，她提携了很多有才华的青年作家，使得他们在文学的路上越走越远，后来，这些青年作家在中国的当代文学史上还占有一定的地位。有时，周晓枫也会收到来自老人的投稿，即使他们的文章没有很高的文学水准，可他们对文学的热爱以及对写作的坚持，也深深地感染着周晓枫，使得周晓枫对写作有了更深层次的认识，且不断地去寻找写作的意义和价值。

职业作家：

周晓枫在从事编辑工作的期间就已开始写作散文，从1997年起，就开始陆续发表作品，她的散文在世纪之交开始受到关注，在二十世纪九十年代末期，她的散文就已得到中国知名杂志《大家》等文学刊物的推崇，从而使得周晓枫成为"新散文运动"的代表性作家之一。周晓枫在散文创作上最大的特色就是文风色彩浓烈，用密集繁复的修辞，造成一种巴洛克式的语体和文体。在2013年3月，周晓枫辞去编辑职位，专门从事写作，成为了职业作家。没有了朝九晚五的忙碌，周晓枫每天都有大量的自由时间。现在的周晓枫依旧坚持散文写作，并不断探索新的题材。周晓枫的散文受她的好朋友苇岸影响很大。其中，周晓枫尝试动物题材的写作，就是在苇岸的直接指导和鼓励下完成的的。他们都倾心于自然、动植物，且用细致的笔调进行描述。当然，两者不可缺少的都是童心，苇岸的"童心"可能在于表达的纯净与清澈，以及孩童般的谦逊与温顺，而周晓枫的"童心"，更多体现为好奇和忤逆，是自由不羁的任性。

周晓枫说："我愿意像孩童一样，相信魔法和奇迹，相信未来无穷尽的可能性。"现在的她，依旧走在创作的路上，探索着写作中无穷尽的可能性。

《鸟群》

本篇散文是作者通过分析"人"对鸟类的各种成见、定见，来联系鸟的外貌和自然行为，得到的个人感悟。在A篇中，作者表达出自己自幼就对鸟类产生的热爱和好奇，而B篇例举了众多鸟类在现代社会里所扮演的"角色"，发泄出自己的厌恶——人类对鸟类犯下的种种罪恶行径的厌恶。C篇、D篇及E篇开始较为细致地呈现多种常见鸟类，如燕子、鸡、鹰等，每种鸟类的特定行为都引发了作者不同的联想。作者结合人类社会当中的故事和历史，还有自己的生活经历，找出了每一种不同鸟儿身上独有的自然特性。比如秃鹫，它外形丑陋，全身总是带着一股臭味，喜食腐肉；它与雄鹰最相似，却又与雄鹰在人们心中的形象有着极大的反差——老鹰坚强威严，往往有一种守护者的姿态，而秃鹫难看粗鄙，它们总是集合在死尸旁，就像坏人们凑在一起。但作者也看到了秃鹫身上的美德：弄脏了自己的身体和名声，却以辛苦卑贱的清洁工作，维护了草原的整洁；吃腐肉意味着不杀生，从中我们能看到它慈悲的心肠。作者从正反两面，辩证地看待一件事物的性质，或许有些鸟类的优点抢占了更多人的关注，譬如天鹅的优雅、平和，甚至于完美吸引来人们的热烈追捧，但作者却说：我们所谓的无瑕仅是在一个狭小局部达到的自我满足，其实它只是一种令人愉快的协调关系……说到底，只是把疵点放置到观察者的盲区上。作者用不同的"人性"来解释鸟类，从而建立起了不同的"鸟性"。以谦卑的姿势来欣赏，以平等的视角来叙述，整篇文章都透露出作者对鸟儿的喜爱和关注，对鸟儿、对生命、对自然的崇敬。在作者的视野里，鸟类一直是她的朋友，让这样可爱的自然生灵与人类共存是上天赐予的福祉。对于人类来说，鸟类不只是笼子内的宠物、训练有素的工具，也是一种生活在人类掌控之外的生命。我们是平等的，都有着作为生物而存在的幸福。

《斑纹》

大自然中存在着无穷无尽的斑纹，这些斑纹在动物身上体现得尤为明显，作者则阐述了这些斑纹存在的原因和意义。爬行动物——蛇，没有四肢，靠一身鳞片和斑纹游走隐藏。作者认为蛇的形象最为恐怖，这不仅和蛇的外貌习性相关，还与作者孩童时代所听到读到的故事紧密相连。蛇是细长的，容易使人联想到老鼠尾巴、带血长鞭等可怕的事物；蛇的食欲出奇地大，喜好一口吞噬有着巨大体形的猎物，蛇还会吃人……这些童年的阴影成为了作者不可抹去的对蛇的印象。正因如此，作者引用《圣经》中的故事来解释蛇喜食鸟类的习惯：蛇吞噬了离天堂最近的使者，只因化解不开对天堂的仇恨。蛇警惕、冷血、诡异、罪恶。蛇身体柔软，但是因为有了毒液，它的攻击精准致命。蛇蝎美人也因有了蛇的特点而美艳到极致，罪恶至死。

猫科动物身上的斑纹显得从容而斑斓，老虎是至尊的王者，猫是慵懒的大王。肉食者与素食者的性格分别体现了它们在食物链中的位置，捕食者闲散沉着，被捕食者灵敏警惕。但是使用斑纹的权利没有仅限于一方，斑马和老虎同样有隐身衣，有毒昆虫和无毒昆虫共享同种色彩。

对称使斑纹的美妙增倍，蝴蝶是严谨的对称主义者。作者小学时被寄存到一个二十来岁的蝴蝶爱好者家里，并见识了这个蝴蝶收藏者的标本储藏室——无数展翅的绚烂的蝴蝶停在墙上。活的蝴蝶不这样展翅，也正因为辉煌的斑纹之美促成了蝴蝶的死。

动物界的斑纹无处不在，人类世界里也是：文身，妊娠纹，疮斑，刀伤……斑纹记录着生命的历程。食物链之外的生物圈中也有斑纹：犁田里的土浪，麦田的线条，雪地里的爪痕，河流的流脉……这些斑纹慢慢衍生、淡化、消失，又重新生长，年复一年，秩序与规律并行着指导斑纹的生死。斑纹可以在最细微的分子的排列间，可以在卵石的纹路里，也可以在地球的全景中……

作者从动物开始叙述斑纹，推及人类生活，更远甚至是神，将自然的表现和人文的解释贯穿其中，生发出对斑纹的思考：斑纹表现了生命的意义，也同时被生命所引用。

《黑童话》

《黑童话》包含作者对五个经典童话故事的重新思考。童话世界中的模式与规则使作者产生作为成人的理解，表现出作者独到的目光和鲜明的态度。文中有作者的爱恨，但是语气既不激动也不拖沓，呈现出一种从容平常的表达方式。

《卖火柴的小女孩》讲述了一个卖火柴的小女孩在富人合家欢乐、举杯共庆的大年夜冻死在街头的故事，而《火柴天堂》就是由丹麦作家安徒生的这篇童话引发出的作者对于天堂、神灵的新观点，是用现实资源解读古老童话的起始篇。

相传有一国王生性残暴嫉妒，因王后行为不端，将其杀死，此后每日娶一少女，翌日晨即杀掉，以示报复。宰相的女儿山鲁佐德为拯救无辜的女子，自愿嫁给国王，用连夜讲述故事的方法吸引国王，使国王爱不忍杀，她的故事一直讲了一千零一夜，国王终于被感动，与她白首偕老。《山鲁佐德的嘴唇和腰》是作者对阿拉伯传说《一千零一夜》中女主人公英勇行为的顿悟。山鲁佐德不仅是用文学的力量打动了残忍的国王，更是用迷人的身体挽救了更多人的性命，这开启了作者对历史上性价值的论述。

《刀刃之舞》是因《海的女儿》（海王国有个美丽而善良的美人鱼，美人鱼爱上了陆地上英俊的王子，为了追求爱情幸福，不惜忍受巨大痛苦，蜕去鱼尾，换来人腿，可最后她却为了王子的幸福，自己投入海中，化为泡沫）的凄美故事而引发的，它围绕爱情之爱，并结合自己的初恋来阐述爱的某种规律。

《一日长于百年》则是有关多个版本《睡美人》故事情节的评析，有些版本中睡美人是被美妙的吻唤醒的，有些却是被强暴之后的结果，作者由此得出这样的结论：美人可以不会变老，犯罪可以无关镣铐。

最后一节《魔镜》提出童话中二元世界善恶分裂的误导性，将多个古典故事提炼出意义的共性，再一一分析读者与创造者的双向病态情绪。《黑童话》带来的不仅是阅读的趣味性，更是阅读的新视角，远离常言，自由发声，没有强烈的支持也没有猛烈的批判，并置了乐观与悲观两种情调。

《你的身体是个仙境》

从女性视角观察自我和其他女性的身体，这是一篇充满痛感的文章，不仅仅是身体上的自然过程或病变带来的疼痛，还有心理被塑造时带来的震动。生孩子的刀疤，畸胎瘤的折磨，周期性的痛经，痴情少女的愚蠢，优秀女孩的癔病，变态姐姐的猥亵……成长中，她无法掌控的故事早就在她生命里排成了年历表。中国的大部分孩子和她一样，了解两性、了解生殖秘密是一件偷偷摸摸的事，总是与不洁和叛逆联系在一起，也正因为这种群体合力下的心理压抑，使得许多人出现更加好奇的心理，甚至是怪异的行为。

作者讨厌自己的身体，对任何女性的身体葆有敏感和胆怯，包括她自己，她不喜欢自己的女性角色，排斥天生注定的女性特点。作者对性一开始也是排斥的，这也许来源于自己所谓的"病态的洁癖"，不希望得到肉体的享受，不希望它有享受的欲望。后来，她从好友男朋友脖子上的血印、自己曾差点经受的强迫的性、影视文学作品里的性上重新思考性的意义，她得到结论，身体不过是表达的工具，性是一种手段。

从目睹一位苍老的妻子（她的丈夫比她年轻得多）经历的子宫手术中，在自己亲身的经历中，作者对女性的身体有了更深的了解：子宫可以是情人的爱和孩子的依恋，但是没有了子宫，爱和依恋却可以不因此消失。性可以是美好而盛大的。从叙事中不难看出作者对"身体"，尤其是对女性身体的认知趋于健全，对两性关系的认知逐渐立体化。

女性在文学作品中往往以美的形式出现，但女性身上真实残酷的变化却经常被人忽视。女性的身体，是一个仙境，是一个云雾遮掩的私人领地，这里可以住下热烈的生命和爱恋，然而也可以不断地埋藏苦难和隐患。作者一直在对自己肉体和精神进行反思，到结尾处，她对她仍然存有怀疑的"仙境"开始了新的探索。

（高苗苗 撰文）

Zhou Xiaofeng 英语版

About the Author

Zhou Xiaofeng was born in Beijing in June, 1969. After her graduation from Shandong University as a major of Chinese Language & Literature, Zhou Xiaofeng had worked as an editor of children literature at Juvenile & Children's Publishing House for 8 years. In 2000, she was transferred to the *October* magazine of Beijing Publishing House. In 2011, she was transferred to the *People's Literature* magazine. She resigned in March 2013 and became a professional writer. Mainly as an essayist, Zhou Xiaofeng has won quite a few prestigious literary awards, such as Feng Mu Literary Award, Bing Xin Literary Award, October Literary Award, People's Literature Award, and Zhuang Zhongwen Literary Award.

Zhou Xiaofeng assisted the well-known director Zhang Yimou in his movies *A Simple Noodle Story*, *Under the Hawthorn Tree*, *The Flowers Of War*, and *Coming Home* as associate screenwriter.

Major Works

Collections of prose: *God's Lingo*, *The Birds*, *Enshrining: A Grimoire for Time*, *Stripes: Maps on Hides*, *Your Body Is a Wonderland*, *The Deaf Angel*, and *The Giant Whale Is Singing*.

Novel composed of short sketches: *A Go-as-you-please Ukiyoe of Love.*

Biography: *Destiny: The Solitary Zhang Yimou*

Her Life From Childhood to College

Zhou Xiaofeng was born in Beijing. Her mother was a doctor and since the age of three, she had already got used to staying alone at her mother's dorm until her mother came back from work. As Zhou Xiaofeng was well acquainted with everything in the hospital, with illness and rescue, her feeling about death was that of panic and helplessness which verged on a sense of awe, and that experience contributed to her writings on death in her later years. Nevertheless, Zhou Xiaofeng's childhood can be said to be happy and uneventful.

At the age of 15, however, Zhou Xiaofeng was scalded, which left an indelible imprint on her life. As the scalds were on her face and neck, not only her daily physical activities but her appearance was affected. It was quite understandable that for quite a long time she was so self-abased that she did not want to meet people. As a girl during her adolescence, she was especially sensitive to her body. That was why the scald enabled Zhou Xiaofeng to have quite a unique life experience. It not only prepared her for the subject of female body but added to her sensibility of and sensitivity to the body.

Later, Zhou Xiaofeng chose Chinese language and literature as her major. It was mainly due to her deep love for literature and writing. At primary school, her compositions were praised by her Chinese teacher, who encouraged her to read her work aloud in front of the whole class. She raised her voice and recited her work with tremendous excitement and immense satisfaction. Sometimes, Experiences in one's childhood may determine what one does in the future. It is probably due to her craze for literature that she retains her childlike innocence and purity and that she is able to reproduce with her pen the fantastic feelings of a child. The professional discipline at college has enriched her understanding of literature and it has also enabled her to find her own rhythm and style.

Her Career as an Editor

Since her graduation from college in 1992, Zhou Xiaofeng had worked as an editor for more than twenty years, including eight years at Juvenile & Children's Publishing House and over 10 years at prestigious magazines——*the October and the People's Literature*. During her career as an editor, Zhou Xiaofeng received contributions from all over the country, which improved both her appreciation of literary works and sensitivity to literature. Moreover, she has promoted many young writers with talents so that they can continue to pursue literature. Today, those young writers have had a place in Chinese contemporary literature. Sometimes Zhou Xiaofeng would receive works by old people which were not of a very high standard. However, she was still deeply touched by their enthusiasm about literature, which brought her a deeper understanding of writing and which motivated her to persist in exploring the significance and value of writing.

As a Professional Writer

Zhou Xiaofeng had started to write prose when she was still an editor and her works have been published since 1997. In March 2013, she resigned her job as an editor and became a professional writer. Since then, Zhou Xiaofeng has had a large amount of free time. Now she still writes prose works and never stops exploring new themes and subjects. Zhou Xiaofeng has been greatly influenced by her good friend, a writer named Wei An. For example, Wei An encourages and guides Zhou to experiment with the subject of animals. Both of them have a passion for nature, and they write about animals and plants in a meticulous style. Both of them have a childlike heart, but with different manifestations. Wei An's childlike heart lies in the purity and clarity of expression, as well as modesty and meekness typical of a child, while that of Zhou Xiaofeng leans toward curiosity, disobedience and unrestrained caprice.

Zhou Xiaofeng says, "I would like to believe, like a child, in magic, miracle, and endless possibilities in the future."

The Birds: A Quintet

This essay is a meditation on mankind's stereotypes about birds in connection with birds' appearances and natural behavior. In Section A, the author expresses her enthusiasm and curiosity about birds since her childhood. In Section B, she lists the roles birds play in modern society and expresses her detestation toward the crimes human beings have committed against birds. Sections C, D, and E begin by offering a quite detailed description of some common birds such as the swallow, the chicken and the eagle. The peculiar behavior of each of these birds have evokes different associations on the part of the author. The author discovers the unique qualities of each kind of bird in the context of human society and her own life. The vulture, for example, looks ugly, smells foul, and feeds on carrion. It looks like the eagle, but in people's mind they have vast different images. The eagle is firm and majestic and its gesture is that of a protector. The vulture is ugly, vulgar and they always gather around corpses like criminals' gatherings. However, the author also notices the virtues of the vulture: they keep the prairie clean with their humble and hard work at the cost of their health and fame. Besides, as they feed on carrion, they don't kill; therefore, they are compassionate. The author is able to look dialectically at the nature of things, from both the positive and the negative sides. It is likely that the merits of some kinds of birds draw people's full attention. For example, the gracefulness, peacefulness, and even perfection of the swan are spoken highly of, but the author is of the opinion that what we call perfection is in fact a kind of self-satisfaction at a certain limited degree and a kind of delightful coordination relationship; that at the final analysis, the observer has placed the flaws of the bird at a blind spot. The author interprets birds with the help of human nature. The birds thus acquire their particular bird nature. The author appreciates the birds with modesty and writes from an equalitarian perspective. The author's love for and attention to birds and her worship of birds, life, and nature permeate this piece of writing. For the author, birds have always been her friends and it is a blessing from heaven that human beings can live with such adorable beings. For human beings, birds are not merely domestic fowl kept within fences nor well-trained tools. There are more birds that live out of the control of human beings. We and birds are equal and both enjoy the happiness of being alive.

Stripes

In nature there are numberless stripes, those of animals being the most obvious examples. The author elaborates on the cause and significance of stripes. The snake, a kind of reptile without limbs, hides and moves itself on its scales and stripes. The author thinks that the reason why the image of a snake is so terrifying is that it has something to do not only with its appearance and habits but with the stories the author heard and read in her childhood. The snake is long and thin, which tends to remind one of such terrifying things as the tail of a mouse, a bloodstained whip. With an unusually large appetite, the snake likes to swallow huge preys and they even eat human beings. All these horrifying memories from childhood have become indelible impressions of snakes. Because of this, the author quotes the Bible to explain the snake's habit of eating birds. The snake swallows the messenger who is closest to Heaven only because of its implacable hatred toward Heaven. The snake is cautious, cold-blooded, uncanny, and evil. The snake's body is soft, but because of its venom, its attack is accurate and deadly. Femme fatale, as she shares characteristics with the snake, is extremely beautiful and deadly sinful.

Felines' stripes appeared relaxed and gorgeous. The tiger is the supreme king and the cat is the epitome of laziness. The character of a carnivore or a vegetarian is reflected by its position in the food chain: the predator appears calm and leisurely, the prey sensitive and vigilant. However, the right to use stripes is not limited to one party – both zebras and tigers have camouflage; toxic insects and non- toxic insects share the same color.

The symmetry of stripes multiplies their beauty. Butterflies keep a rigorous symmetry. When the author was in primary school, she was sent to live with the family of a butterfly hobbyist, who was in his twenties, for some time. She visited his specimen storage room. Countless splendid butterflies were on the wall. Living butterflies do not spread their wings and it is the gorgeous beauty of their stripes that leads to their death.

Stripes are ubiquitous in animalia and so are they in the human world. Tattoos, gestation stripes, sore spots, wounds, markings record the course of life. There are stripes outside of the food chain. The earth waves in the ploughed farmland, the lines in the rye, the claw marks in the snow, and the skeleton of rivers – all these stripes gradually multiply, fade, disappear and renew. Year after year, order and regularity guide the life and death of stripes. Stripes can be found in the arrangement of the microcosmic molecules, in the texture of pebbles, and in the panoramic view of the earth.

The writer begins with the stripes of animals and then moves on to human life and even the gods. She combines natural manifestation with humanistic interpretation and meditates on the significance of stripes. Stripes embody the meaning of life and at the same time they are used by life.

Black Fairy Tales

Black Fairy Tales contains the author's responses to five classic fairy tales. The patterns and rules that govern the world in the fairy tales prompt the author to have an adult's understanding of the fairy tales. These essays demonstrate her unique perspective and clear-cut attitude. The author expresses her likes and dislikes in a tone that is neither excited nor flat. The stories are told at a leisurely pace.

"The Little Match Girl," written by the Danish writer Hans Christian Andersen, tells the story of a little match-girl who freezes to death on New Year eve when the rich are celebrating their festival. "The Heaven of Matches" is inspired by Andersen's fairy tale. It shows the author's fresh views about heaven and deities. It is the beginning of the author's new reading of old fairy tales in the context of today's world.

Once upon a time, there is a king who is cruel and envious. He kills his queen for her disloyalty. Since then, the king marries a maid every day and kills her next morning as revenge. In order to save innocent girls, the prime minister's daughter Scheherazade volunteers to marry the king. She tells episodes of a story to the king every night and the king is so attracted by the story that he does not bear to kill Scheherazade. Scheherazade keeps telling the story for 1001 nights. On the last night, the king is so moved that he marries Scheherazade and lives with her for the rest of his days. "The Lips and Waist of Scheherazade" is the author's reflection on that Arabian tale. The author appreciates the heroism on the part of the heroine. Scheherazade not only moves the king with the power of literature but saves a lot of lives by means of her charming body. This triggers the author's elaboration on the value of sex in history.

"A Dance on Blades" is inspired by the sad yet beautiful story "Daughter of the Sea". The beautiful and kind mermaid, the daughter of the King of Sea, falls in love with a handsome prince on land. In order to pursue her love and happiness, she endures great pain and sheds her tail and develops two legs. In the end, however, for the sake of the prince's happiness, she throws herself into the sea and is transformed into foam. The author expounds a certain rule in love with materials drawn from her own first love.

"One Day Is Longer than a Hundred Years" is a comment on the various versions of "Sleeping Beauty." In some versions, the girl is awakened by a kiss but in other versions it is the result of rape. The author therefore arrives at the conclusion that a beauty may not grow old and a crime may be committed without being punished.

In the last piece "Magic Mirror," the author points out how misleading the binary opposition of good and evil is. She extracts what is common in various classical stories and then analyzes the morbidity on the part of both the reader and the writer. *The Black Fairy Tales* is not only entertaining to read but it provides a new perspectives in reading. The comments in this book are never mediocre and they are from a unique individual person. It is neither strongly supportive nor fiercely critical; in it optimism and pessimism go hand in hand.

Your Body Is a Wonderland

This essay examines the author's body and that of other women from a feminine perspective. This is a piece that is filled with pain, not only that brought by the natural process or illness but that brought when one's psychology is being shaped. The scar of delivery, the suffering of teratoma, the anguish of dysmenorrhea, the silliness of a girl in fond love, the hysteria of an excellent girl, and the obscenity of a perverted sister – all these uncontrollable events have constituted a part of the author's life since a very early age. Like most children in China, for her it is a sneaky thing to get to know sex and fertility, which tends to be connected with impurity and disobedience. It is because of this kind of mental oppression that a lot of people become more curious or even develop abnormal behavior.

The author hates her own body and is sensitive and timid about the body of any female, including hers. She does not like her role as a female and rejects the inborn female characteristics. At first, the author rejected sex as well. It is probably due to her "morbid hyper-neat complex." She refrained from carnal pleasures or carnal desires. Later, she began to rethink about the meaning of sex after seeing the bloodstains on the neck of her good friend's boyfriend. By pondering on her nearly forced sex and the sex in movies and literature, she arrives at the conclusion that the body is only a tool to express oneself and that sex is only a means to an end.

Having seen a woman (whose husband is much younger than her) undergo uterine surgery and having had various experiences about sex, the author now has a deeper understanding of the female body. The uterus can be what lover loves and what one's child depends on, but that love or dependence may still be there even without the uterus. Sex can be beautiful and gorgeous. It can be seen from the narration that the author's conception about the body, especially the female body, is getting increasingly wholesome, and her understanding of the relationship between the two genders is getting increasingly multidimensional.

In literature, women tend to appear as an embodiment of beauty; however, the cruel but real changes of their body are often neglected. The female body is a wonderland as well as a private territory hidden in the mist, where inhabit passionate life and love and where loom continuous sufferings and dangers. The author has been reflecting upon her own body and mind and, in the closing passages, she starts a fresh exploration of the "wonderland" about which she is still doubtful.

Zhou Xiaofeng 法语版

Portrait de l'auteur

Zhou Xiaofeng naît en juin 1969 à Pékin. En 1992, elle obtient un diplôme du département de chinois de l'Université du Shandong et travaille ensuite pendant 8 ans comme rédactrice - littérature jeunesse - pour la Maison d'Édition de la Chine pour Enfants. En 2000, elle est mutée dans une autre Maison d'Édition, la Maison d'Édition de Pékin et travaille pour la revue 《Octobre》. En 2011, elle travaille pour 《la Littérature du Peuple》, un autre magazine. Deux années plus tard, elle démissionne de son poste de rédactrice pour devenir écrivain et se consacrer principalement à l'écriture en prose. Elle remporte plusieurs prix littéraires: comme le prix FengMu, le prix Bing Xin, le prix d'Octobre, le prix littéraire du Peuple, et le prix Zhuang Chongwen, etc.

Elle participe aussi à l'écriture scénaristique de nombreux films du célèbre réalisateur Zhang Yimou, tels que *A Woman, a Gun and a Noodle Shop*, *Sous l'aubépine*, *The Sacrifices of War* et *Coming Home*.

Ses œuvres principales :

Ses recueils: *Paroles mystérieuses de Dieu*, *Nuée d'Oiseaux*, *La Collection——un Livre magique du Temps*, *Les Zébrures——Cartographie sur Peaux de Bêtes*, *Ton corps est un monde féerique*, *L'ange sourd*, *La gigantesque baleine chante*, etc.

Un roman: *Fleurs brisées*

Une biographie: *Une destinée : Zhang Yimou le solitaire*

Sa vie et son expérience créative: Son enfance et ses études:

Zhou Xiaofeng est née à Pékin. À 3 ans, il lui arrivait de rester seule toute la journée dans le dortoir de l'hôpital pour attendre sa mère qui était médecin. Très tôt, elle se familiarisa à l'atmosphère si particulière de l'hôpital, l'odeur de la maladie ou celle de la délivrance. La richesse de ces expériences, le désarroi, l'impuissance, la peur, lui permirent plus tard d'écrire sur la mort. Malgré tout, elle passa une enfance relativement tranquille et heureuse.

À l'âge de 15 ans, elle se brûla, ce qui laissa une empreinte indélébile dans sa vie. Cette brûlure sur son visage et dans son cou alla jusqu'à influencer ses mouvements quotidiens, et par la même occasion son apparence. Elle éprouva donc à ce moment-là un sentiment d'infériorité et limita par conséquent ses apparitions publiques. Jeune fille alors en pleine période de puberté, elle fut sensible à son apparence physique et apprit beaucoup de cette expérience pour écrire sur 《le corps》 féminin, tout en stimulant sa sensibilité la plus profonde au rapport au corps.

Par la suite, Zhou choisit pour spécialité le chinois, parce qu'elle aimait profondément la littérature et l'écriture. À l'école primaire, son instituteur faisait déjà l'éloge de ses compositions, et lui demandait régulièrement de les lire à voix haute devant toute la classe, ce qui la comblait de bonheur. En fait, l'enfance laisse parfois des traces qui influencent directement l'avenir d'un enfant. C'est probablement le souvenir et l'attachement à l'écriture qui lui ont fait garder sa naïveté d'enfant et écrire ses réflexions merveilleuses sur l'enfance. C'est aussi à l'université qu'elle a su s'imprégner de plus de connaissances et de discernements dans le domaine de la littérature et qu'elle trouva progressivement son propre style et sa plume.

Sa carrière rédactionnelle:

Après son diplôme universitaire en 1992, Zhou Xiaofeng travailla comme rédactrice pendant une vingtaine d'années. Elle travailla pour la Maison d'Edition de la Chine pour Enfants pendant 8 ans et puis pour un illustre magazine pendant une dizaine d'années. Dans sa carrière rédactionnelle, elle reçut des quatre coins du pays des manuscrits qui nourrirent son esprit critique des ouvrages et sa sensibilité à l'écriture. Pendant cette période, elle promut beaucoup de jeunes écrivains talentueux et les aida à se faire un nom en littérature. Ces jeunes écrivains ont occupé par la suite une position non négligeable dans l'histoire de la littérature contemporaine. Zhou reçut aussi des manuscrits écrits par des personnes âgées. Même si le niveau littéraire de leurs articles n'était pas transcendants, leur amour pour la littérature et leur persévérance ont profondément impressionné Zhou.

Ils lui ont donné des connaissances plus aigües pour écrire ainsi que le sens et la valeur d'écrire.

Son métier d'écrivain :

Zhou Xiaofeng avait déjà commencé à faire de la prose pendant qu'elle était rédactrice. L'année 1997 marqua le début de la publication de ses œuvres. En mars 2013, elle a démissionné de son poste de rédactrice pour se consacrer uniquement à l'écriture et devenir un écrivain. Sans travail de 9 à 5, elle avait tous les jours beaucoup de temps libre pour écrire. Zhou a alors persisté à écrire en prose et s'est mise en quête de nouveaux thèmes. Son ami WEI An a beaucoup influencé sa prose et ses œuvres sur le thème animalier qu'elle a écrites grâce à l'aide et les encouragements de Wei. Tous deux vouent un amour à la faune et à la flore qu'ils décrivent dans les moindres détails avec l'innocence d'un cœur d'enfant. WEI voit dans cette innocence la pureté et la limpidité de l'expression ainsi que l'humilité et la douceur. Alors que pour Zhou, cette innocence reflète davantage la curiosité, la désobéissance et le temps des caprices.

《Je voudrais croire à la magie, au miracle et à la possibilité inépuisable de l'avenir comme un enfant. 》, nous dit Zhou Xiaofeng.

Pr é sentation des œuvres principales

Nuée d'Oiseaux —— un quintette

Cette prose est une réflexion personnelle que l'auteur a fait après avoir analysé les préjugés des《hommes》envers les oiseaux en mêlant leur apparence et leurs comportements naturels. Dans le chapitre A, l'auteur exprime son amour des oiseaux et sa curiosité pour les oiseaux depuis son enfance. Et dans le chapitre B, l'auteur énumère les 《rôles》 de nombreux oiseaux dans la société contemporaine pour dénoncer son propre mépris —— mépris des hommes pour leurs différents comportements criminels à l'encontre des oiseaux. Dans les chapitres C, D, et E, l'auteur commence à décrire minutieusement divers espèces d'oiseaux comme l'hirondelle, la poule, l'aigle, etc... L'auteur entame alors une longue réflexion sur les différents comportements chez les oiseaux. Elle a recensé les caractéristiques naturelles et singulières de certains oiseaux en puisant dans les contes, les récits et dans sa propre expérience. Par exemple, le vautour, avec son apparence laide et son odeur nauséabonde, aime manger des carcasses d'animaux morts. Il pourrait ressembler à l'aigle de part son apparence mais l'image qu'il renvoie est tout autre. L'aigle, puissant et majestueux, a un air protecteur, mais le vautour, laid et vil, se regroupent souvent avec ses congénères autour d'un cadavre comme une bande de charognards. Alors que pour l'auteur, le vautour détient aussi des vertus, il effectue un nettoyage pénible et humble en salissant son corps et sa réputation pour maintenir la propreté de la prairie. Il mange des carcasses, c'est-à-dire qu'il ne tue pas pour vivre, ce qui prouve toute sa miséricorde. Zhou voit la nature des choses de façon dichotomique et dialectique. Il est certain que les qualités de certains oiseaux attirent plus l'attention des hommes. Par exemple, l'élégance, la tranquillité et la perfection du cygne captent leur bienveillance. Mais l'auteur nous rappelle que ce que l'on pourrait entendre par perfection serait seulement de l'autosatisfaction alors que ce n'est ni plus ni moins qu'une relation harmonieuse et agréable... En fait, on ne fait qu'inscrire ces défauts dans l'inconscient des observateurs. L'auteur a recours aux diverses 《natures humaines 》pour mieux nous faire comprendre les différentes espèces d'oiseaux, et ainsi déterminer ce que l'on pourrait appeler communément les 《natures aviaires 》. Elle admire les oiseaux en gardant une certaine humilité et les raconte sans parti-pris. Tout l'article traduit son affection et son intérêt pour les oiseaux, ainsi que son profond respect à leur égard et son amour pour la vie et la nature. Dans le cœur de Zhou, les oiseaux sont ses bien-aimés et c'est une faveur de Dieu de laisser aux hommes la chance de coexister avec ces êtres adorables. Pour les hommes, les oiseaux ne devraient pas être seulement des volatiles que l'on voudrait garder en cage car l'homme ne pourra jamais avoir d'emprise sur les oiseaux. Nous sommes leur égal et nous avons tous le bonheur d'exister en tant qu'êtres vivants.

Les Zébrures

Il existe dans la nature d'innombrables zébrures, notamment sur le corps des animaux. L'auteur tente de nous expliquer la raison et la signification de l'existence de ces zébrures. Chez les reptiles, le serpent, dépourvu de membres apparents, rampe et se cache grâce aux écailles et aux zébrures de son corps. Zhou Xiaofeng pense que l'image qu'il renvoie est la plus terrifiante de part son apparence et son comportement mais aussi à cause des histoires que l'auteur a entendues et a lues dans son enfance. Le serpent, long et mince, évoque des objets terribles tels que la queue d'un rat ou un fouet ensanglanté etc. Il a un appétit d'ogre et preut engloutir d'une seule traite un gibier de grande taille, même un homme. L'imaginaire de l'enfant gardera toute sa vie cette image du serpent. L'auteur explique pourquoi le serpent aime se nourrir d'oiseaux en citant un passage de la Bible : celui où, par simple haine du paradis, le serpent dévore le messager le plus proche du ciel. Le serpent, toujours sur ses gardes, alerte, inquiétant et assassin, a un corps mou, mais son venin rend ses attaques précises et surtout mortelles. En raison des caractéristique du serpent, une femme fatale (蛇蝎美人, le premier caractère 《shé》 signifie serpent en chinois) est à la fois belle et criminelle.

Les félins de part leurs zébrures paraissent placides et splendides. Le tigre est le roi des rois, et le chat le roi des paresseux. Les caractères des carnivores et ceux des herbivores se distinguent suivant leurs positions respectives dans la chaîne alimentaire. Les prédateurs sont oisifs et imperturbables, alors que les proies sont alertes et agiles. Cependant, le droit à utiliser des zébrures ne se limite pas à un seul des deux camps : le zèbre et le tigre possèdent tous les deux une tenue de camouflage, et des insectes venimeux sont de la même couleur que d'autres, inoffensifs

La symétrie des zébrures démultiplie leur beauté. Le papillon est un exemple parfait de symétrie. Alors écolière, Zhou a été placée chez un lépidoptériste d'une vingtaine d'années. Elle a pu observer sa collection, il y avait une multitude de papillons multicolores accrochés au mur les ailes déployées. Mais les papillons vivants ne déploient pas leurs ailes. C'est la beauté éclatante de leurs zébrures qui a causé leur mort.

Il y a des zébrures partout chez les animaux, mais chez l'être humain aussi : les tatouages, les vergetures, les cicatrices, les entailles, toutes ces zébrures sont la marque de notre parcours de vie. Dans la biosphère, hors chaîne alimentaire, il y a aussi des 《zébrures》, tels que les sillons dans la terre labourée, les stries dans les champs de blé, les traces de griffures dans la neige ou les branches d'un fleuve. Ces 《zébrures》 apparaissent, s'étendent, s'affaiblissent, disparaissent, et réapparaissent, année après année. L'Ordre des choses détermine la vie et la mort des 《zébrures》. Elles peuvent exister dans les éléments les plus fins, dans les veines d'une pierre ou comme dans la Terre vue du ciel...

L'auteur décrit les zébrures à partir de celles des animaux, puis celles de la vie humaine et même celles des dieux. En faisant part de ses réflexions sur les zébrures comme manifestation du naturel ou encore comme explication de l'humain, elle nous donne une signification de l'existence et parle ainsi au nom de la vie.

Contes noirs pour enfants

Les *Contes noirs pour enfants* comprennent cinq réflexions de Zhou sur les contes classiques pour enfants. Les modèles et les règles dans le monde du conte permettent à l'auteur de les comprendre sous le regard des adultes, traduisant une vision originale et une attitude éclairée. Dans ce recueil, l'auteur exprime en prenant son temps son amour et son fiel avec une certaine sérénité et sans laisser transparaitre ses émotions.

La Petite Fille aux allumettes raconte l'histoire d'une petite fille qui meurt de froid dans la rue parce qu'elle vendait des allumettes le soir du Nouvel An, alors que des gens fortunés, de leur côté, profitaient de la fête, un verre à la main. *Le paradis d'allumettes* présente les nouvelles réflexions de l'auteur sur le paradis et sur les dieux, inspirées par ce conte de l'écrivain danois : Anderson. C'est sa première interprétation des contes anciens en les rapprochant de la réalité.

Selon une légende, un sultan cruel et jaloux tua son épouse à cause de son infidélité. Désormais, il se mariait tous les jours avec une femme et la tuait le lendemain matin pour se venger. Shéhérazade, la fille du grand vizir, décida volontairement d'épouser le roi pour sauver toutes les autres filles innocentes. Elle captiva le sultan en racontant une histoire chaque nuit et alors le sultan perdit l'envie de la tuer. Elle raconta des histoires pendant 1001 nuits. Le roi ému finit ses jours avec elle. *Les Lèvres et les Reins de Shéhérazade* est la réflexion de l'auteur sur le comportement héroïque de cette humble femme dans *Les Mille et Une Nuits*. Shéhérazade a su fasciner le roi et a, par la même occasion, sauvé la vie de beaucoup d'autres femmes grâce à la force de la littérature mais aussi à l'aide de son corps séduisant. Cet ouvrage est la première explication de Zhou sur la valeur historique de la sexualité.

La Danse de la lame est une œuvre inspirée par l'histoire mélancolique de *La Petite Sirène*. (Il y avait dans le royaume de la mer une sirène belle et bienveillante qui tomba amoureuse d'un beau prince vivant sur la terre ferme. Aspirant au bonheur de l'amour, elle transforma sa queue de poisson en jambes au prix de grands sacrifices. Mais pour le bonheur du prince, elle se jeta dans la mer et finit en écume.) L'auteur axe ce chapitre sur l'amour. Elle y mêle l'expérience de son premier amour pour en formuler une certaine règle .

Un jour est plus long que cent ans est un commentaire des intrigues dans les diverses versions de *La Belle au bois dormant*. Dans certaines versions, la belle est réveillée par un baiser exquis alors que dans d'autres, elle est violée. Ainsi, l'auteur en tire cette conclusion: la beauté peut rester éternelle quand le crime peut rester impuni.

Le dernier chapitre qui s'appelle 《Le Miroir démoniaque》 présente le fourvoiement de la division du bien et du mal dans le monde dualiste des contes pour enfants. Ce texte extrait l'universalité des significations des différents contes classiques et puis analyse le sentiment morbide et contradictoire entre lecteurs et auteurs.

Contes noirs pour enfants apportent non seulement du plaisir, mais aussi un nouvel angle de lecture. Évitant les aphorismes, l'auteur exprime ses idées librement dans cette œuvre où l'optimisme et le pessimisme coexistent sans prises de position.

Ton corps est un monde féerique

En observant d'un point de vue féminin le propre corps de l'auteur et celui des autres femmes, cette œuvre est pleine de souffrances, de douleurs causées par les processus naturels du corps et par les maladies, et de commotions provoquées par des évolutions psychologiques. La cicatrice laissée par la césarienne, les tourments causés par une tumeur, les règles douloureuses, la sottise d'une fille follement amoureuse, l'hystérie d'une adolescente émérite, la perversité d'une sœur aînée... Ces histoires incontrôlables pendant l'adolescence sont déjà inscrites sur le tableau chronologique de sa vie. Pour la plupart des enfants chinois, tout comme elle, la connaissance des deux sexes et des secrets de la reproduction sont des choses que l'on découvre en cachette, reliées souvent à la saleté et à la rébellion. C'est cette pression psychologique exercée par la société qui pousse, à la curiosité et même aux comportements singuliers, beaucoup de gens.

L'auteur détestait son propre corps et elle restait sensible et timide envers les corps des autres femmes, comme elle l'était avec le sien. Elle n'aimait pas son rôle de femme ni les particularités qui en découlent . L'auteur repoussait aussi le sexe, probablement en raison de ce qu'elle appelle 《la manie morbide de la propreté》. Elle ne voulait ni les jouissances de la chair, ni le désir. Et puis, en voyant la trace laissée par un suçon dans le cou du copain de son amie, elle a reconsidéré la signification du sexe en reconsidérant le viol qu'elle a failli subir ainsi que le sexe dans les œuvres littéraires, les films ou les series. Elle est arrivée ainsi à la conclusion que le corps n'est qu'un instrument d'expression, et que le sexe en est un de ses moyens.

À travers une opération de l'utérus pratiquée par une vieille femme et un jeune homme, et ses propres expériences sexuelles, l'auteur a acquis des connaissances plus profondes sur les corps des femmes. L'utérus peut renvoyer à l'amour d'un amant et à l'attachement d'un enfant, mais l'amour et l'attachement peuvent subsister sans utérus. Le sexe peut être beau et sublime à la fois.

On peut facilement découvrir par sa narration le perfectionnement grandissant de ses connaissances sur 《les corps 》 (notamment féminins) , et sur la relation sexuelle.

Dans la littérature, les femmes sont souvent représentées sous la forme de la beauté, mais leurs mutations bien réelles et cruelles sont toujours ignorées. Le corps féminin est un monde féerique, un territoire intime couvert par les nuages et la brume. Il peut loger la vie et la passion d'un amour, et aussi enfouir des souffrances et cacher des malheurs. L'auteur médite sans cesse sur son corps et son esprit. Pour finir, elle commence de nouvelles explorations en laissant planer le doute sur 《le monde féérique》.

(Traduit Par Wang Xiaochen)

Zhou Xiaofeng 德语版

Übersicht:

Zhou Xiaofeng wurde im Juni 1969 in Peking geboren. Im Jahr 1992 hat sie ihr Studium im Fach Chinesisch an der Shandong Universität abgeschlossen. Anschließend arbeitete sie acht Jahre als Redakteurin der Kinderliteratur beimChina Children's Press & Publication Group. Im Jahr 2000 wurde sie zu der Zeitschrift „Oktober" des Pe- king Verlages und 2011 zu der Zeitschrift „Volksliteratur" versetzt. Im März 2013 hat sie schließlich ihre Arbeit als Redakteurin gekündigt. Seitdem ist sie eine freie Schriftstellerin. Zhou Xiaofeng schreibt vor allem Prosa. Bis jetzt gewann sie bereits viele Preise, wie den Feng Mu-Literaturpreis, den Bing Xin-Literaturpreis, den Oktober- Literaturpreis, Volksliteraturpreis, den Zhuang Chongwen-Literaturpreis und viele weit- ere Preise.

Darüber hinaus unterstützte Zhou Xiaofeng noch den berühmten Regisseur Zhang Yimou bei der Arbeit von der literarischen Umsetzung und war zuständig für die Arbeit der literarischen Umsetzung für die Filme "A Simple Noodle Story", "Under the Haw- thorn Tree", "The Flowers Of War", "Coming Home".

Werke:

Prosa: „Gottes Geheimsprache", „Vögel", „Sammlung: Magisches Buch der Zeit", „Zeich- nungen - Eine Karte auf der Tierhaut", „Ihr Körper ist ein Märchenland",

„Taube Engel ", „Gesänge der Wale " usw.

Prosaischer Roman: Wer auch immer betrunkene Blumen schlägt

Biographie: Das Schicksal: Einsamer Zhang Yimou

Leben und literarische Karriere:Kindheit und Studium:

Zhou Xiaofeng wurde in Peking geboren. Ihre Mutter ist Ärztin und sehr beschäft- igt. Zhou Xiaofeng war schon mit drei Jahren gewohnt, einen ganzen Tag allein im Wohnheim des Krankenhauses zu verbringen, bis ihre Mutter Feierabend machte. Von klein auf war sie sehr vertraut mit dem Krankenhaus und der Atmosphäre von den Krankheiten und dem Rettungsdienst. Aus diesem Grund hatte sie dem Tod gegenüber ein be- sonderes Gefühl von ängstlicher Panik und Hilflosigkeit, was Beiträge zu der Dichtung über das Thema vom Tod leistet. Trotz allem hatte sie eine verhältnismäßig ruhige und glückliche Kindheit.

Doch hat Zhou Xiaofeng sich mit 15 Jahren verbrüht. Das hinterließ in ihrem Leben eine unauslöschliche Spur. Weil sich die Verbrühungen im Gesicht und am Hals befanden, schränkte das ihre tägliche körperliche Aktivität ein und schadet zudem noch ihrem Aus- sehen. Deshalb hatte Zhou Xiaofeng damals ein sehr geringes Selbstwertgefühl und wollte lange Zeit niemanden begegnen. Als ein jugendliches Mädchen mit Verbrühungen war sie besonders empfindlich für das Gefühl gegen den Körper, was eine ungewöhnli- che Erfahrung für sie war und zu den Materialen für ihre spätere Dichtung über den weib- lichen Körper zählte. Diese Erfahrung hat auch ihre Wahrnehmung und Sensibilität ge- genüber des Körpers verstärkt.

Später studierte Zhou Xiaofeng an der Universität Chinesisch im Hauptfach, weil sie eine tiefe Liebe zu Literatur und Schrift empfand. Als sie noch die Grundschule be- suchte, lobte der Lehrer ihre Aufsätze und ließ sie Aufsätze im Unterricht vorlesen, was Zhou Xiaofeng sehr aufregte und sie glücklich machte. In der Tat konnte der Abdruck in der Kindheit manchmal die Zukunft eines Kindes bestimmen. Vielleicht ist das der Gr- und, warum Zhou Xiaofeng die Kindlichkeit nicht verlor und das wunder- schöne Erleb- nis der Kindheit beschreiben konnte, was darin bestand, dass sie immer am Schreiben festhielt. Darüber hinaus bekam Zhou Xiaofeng durch die fachliche Übung beim Studium ein tieferes Verständnis und Einsichten für die Literatur und fandallmählich ihren eigenen Schreibstil.

Beruf als Redakteurin:

Seit dem Studienabschluss 1992 war Zhou Xiaofeng 20 Jahre lang beruflich als Re- dakteurin tätig. Sie arbeitete am Anfang bei einem Kinderbuchverlag und danach bei ei- nem berühmten Zeitschriftenverlag, bei dem Zhou Xiaofeng zahlreiche Beiträge aus dem ganzen Land erhielt. Dadurch wurde ihre fachmännische Beurteilung zu den Beiträgen und die Sensibilität gegenüber der Schrift verstärkt. Während dieser Zeit förderte Zhou Xiaofeng viele talentierte junge Autoren, damit sie auf den literarischen Weg weiter voranschreiten konnten. Diese Autoren nahmen später sogar einen bestimmten Platz in der chinesischen literarischen Zeitgeschichte ein. Manchmal bekam Zhou Xiaofeng auch Beiträge von älteren Personen, deren Beiträge den hohen literarischen Standard nicht erreichten. Aber sie verfügten über große Leidenschaft für die Literatur und gab das Schreiben nie auf, was Zhou Xiaofeng tief berührte. Auf dieser Basis wurde Zhou Xiaofeng ti- efer mit dem Schreiben vertraut und strebte weiterhin nach der Bedeutung und dem Sinn der Dichtung.

Freie Schriftstellerin:

Als Zhou Xiaofeng noch Redakteurin war, begann sie schon mit der Dichtung der Prosa. Ab 1997 wurden ihre Werke nach und nach veröffentlicht. Im März 2013 kündigte sie die Arbeit als Redakteurin und beschäftigte sich hauptsächlich mit der Dichtung. Seitdem wurde sie eine freie Schriftstellerin. Ohne die Beschränkung der alltägli- chen Arbeit konnte Zhou Xiaofeng die Zeit selbst einteilen und mehr Zeit für die Dich- tung aufwenden. Bisher schreibt sie Prosa und verfolgt weiterhin neue Themen. Ihre Pro- sa ist weitgehend von Wei An, einem Freund von Zhou Xiaofeng beeinflusst. Unter Anlei- tung und Ermutigung versuchte Zhou Xiaofeng, etwas über Tiere zu verfassen. Zhou Xiaofeng und Wei An haben die Gemeinsamkeit, dass die beiden die Natur, Tieren und Pflanzen lieben. Außerdem kann man sowohl bei Zhou Xiaofeng als auch bei wie An die Kindlichkeit wiederfinden. Diese Kindlichkeit zeigt sich bei Wei An durch den reinen und klaren Ausdruck und seine Eigenschaft der Bescheidenheit und Gutartigkeit, während die Kindlichkeit von Zhou Xiaofeng die Neugier, Ungehorsam und freie Widerspen- stigkeit beinhaltet.

Zhou Xiaofeng sagte: „Ich will wie ein Kind an die Magie und das Wunder und die zahllosen Möglichkeiten der Zukunft glauben."

Kurze Vorstellung der Werke （Auswahl）

Die Vögel - ein Quintett

Die Prosa handelt von den persönlichen Gefühlen und Gedanken der Autorin über die Tiere, indem die Autorin die Vorurteile der „Menschen " gegenüber den Vögeln und das Aussehen und das natürliche Verhalten der Vögel analysiert. Im Artikel A werden die Liebe und Neugier der Autorin von klein auf gegenüber den Vögeln zum Ausdruck gebracht. Im Artikel B lassen sich viele Beispiele über die Rolle der Vögel in der heutigen Gesellschaft aufzählen, wodurch die Abneigung der Autorin zum Verbrechen der Menschen gegenüber den Vögeln aufgezeigt wird. Und im Artikel C, D und E werden eine Vielzahl von Vögel wie Schwalben, Hühner, Adler usw. beschrieben. Die bestimmte Verhaltensweise von jedem Vogelregt die Autorin zur Vorstellung an. Die Autorin verbindet die Erzählungen und Geschichten in der menschlichen Gesellschaft mit den eignen Lebenserlebnissen, um die einzigartige natürliche Eigenschaft bei den Vögeln zu finden, zum Beispiel, der Geier, der sehr hässlich aussieht und stark stinkt, frisst gerne verdorbenes Fleisch. Er ähnelt dem Adler, doch ist sein Bild anders als das des Adlers. Das Bild vom Adler ist festgesetzt, nämlich dass Adler standhaft und würdevoll sind und wie Hüter existieren. Im Gegensatz dazu stellt sie die Geier als hässlich und vulgär dar, die sich immer um die Leichen versammeln, die sich wie die bösen Leute zusammenfinden. Doch beobachtet die Autorin noch die Tugend bei den Geiern: Die Geier beschmutzen ihre Körper und opfern ihren Ruhm und üben die gemeine und harte Reinigungsarbeit aus, um die Wiesen zu sauber halten. Das verdorbene Fleisch zu essen deutet auf die Gutherzigkeit der Geier hin, weil sie die Menschen nicht töten wollen. Die Autorin nimmt gleichzeitig Rücksicht auf die positive und negative Seite und betrachtet die Eigenschaft eines Gegenstandes dialektisch. Vielleicht spielen die Vorteile mancher Vögel bei der menschlichen Sicht eine größere Rolle. Zum Beispiel, die Schwäne, die in den Augen der Menschen immer elegant und ruhig, sogar perfekt sind. Sie erfreuen sich großer Beliebtheit bei den Menschen. Allerdings sagt die Autorin: Die sogenannte Vollkommenheit aus Sicht der Menschen stellt nur die eigene Zufriedenheit in einem kleinen Bereich dar, eigentlich ist sie ausschließlich eine frohe und harmonische Beziehung... In der Tat setzt man einfach die Flecken in den toten Winkel der Beobachter. Durch die verschiedenen menschlichen Eigenschaften analysiert und erklärt die Autorin die Vögel, wodurch die verschiedenen Eigenschaften der Vögel entstehen. Die Autorin bewundert die Vögel mit einer bescheidenen Einstellung und erzählt von den Vögeln aus der gleichen Perspektive. Im ganzen Artikel zeigt sich die Liebe zu den Vögeln und die Ehrfurcht vor den Vögeln, dem Leben und der Natur deutlich. Bei der Autorin stellen die Vögel die Freunde dar. Das gehört zu dem Wohlbefinden des Himmels, dass der Mensch und das süßes Wesen zusammenleben können. Für den Menschen sind die Vögel nicht eine von einem Zaun umgebene Familie und ausgebildete Werkzeuge. Die meisten Vögel leben im Griff des Menschen. Wir sind gleich und verfügen gemeinsam über das Glück des Bestehens als Wesen auf der Erde.

Zeichnungen-Eine Karte auf der Tierhaut

In der Natur gibt es unendlich viele Zeichnungen, insbesondere die auf der Tierhaut. In diesem Text erklärt die Autorin die Gründe und den Sinn von dem Bestehen der Zeichnungen. Schlangen gehören zu den Reptilien, die keine Glieder haben und Schuppen und Zeichnungen am ganzen Körper. Siekriechen und versteckensich. Die Autorin vertritt die Meinung, dass das Bild der Schlangen sehr schrecklich ist. Die Ursachen liegen nicht nur in dem Aussehen und den Gewohnheiten der Schlangen, sondern auch in den Geschichten, von den die Autorin in der Kindheit gehört hat. Die Schlange ist dünn und lang. Deshalb liegt es nahe, dass man die Schlange mit einem Rattenschwanz und einer blutigen Peitsche sowie anderen schrecklichen Dingen verbindet. Der Appetit der Schlangen ist überraschend groß, die am liebsten die enormen Beuten auf einmal verschlingen und sogar auch Menschen fressen... Solche Schatten in der Kindheit prägten den Eindruck der Autorin von den Schlangen. So zitiert die Autorin die Geschichte in der Bibel, um die Gründe, warum die Schlangen gerne Vögel fressen, zu erklären: Die Schlangen fressen die Engel, die sich sehr nahe am Himmel befinden, weil sie eine starke Abneigung gegenüber dem Himmel haben. Die Schlangen sind wachsam, kaltblütig, merkwürdig und böse. Ihre Körper sind weich, während ihr giftige Speichel tödlich ist. Die Femme fatale ist wie die Schlangen attraktiv und verführerisch, aber auch tödlich.

Die Zeichnungen auf den Körpern der Tiere erscheinen ruhig und bunt. Darunter ist der Tiger der edle höchste König, während die Katze faul ist. Die unterschiedlichen Eigenschaften zwischen dem Fleischfresser und dem Vegetarier entscheiden ihre unterschiedlichen Positionen in der Nahrungskette. Der Prädator ist sehr ruhig und gelassen und der Vegetarier ist beweglich und wachsam. Allerdings beschränkt sich die Nutzung der Zeichnungen nicht einfach auf eine Seite. Nicht nur der Tiger sondern auch das Zebra haben versteckte Zeichnungen. Die giftigen und ungiftigen Insekten verfügen über die gleiche Farbe.

Die Symmetrie verdoppelt die Schönheit der Zeichnungen, davon ist der Schmetterling ein gutes Beispiel. Als die Autorin noch eine Grundschülerin war, wohnte sie eine kurze Zeit bei einem mehr als 20 Jahre alten Schmetterlingsliebhaber. Dort besichtigte die Autorin die Vorratskammer für die Exemplare der Schmetterling, worin zahllose wunderschöne Schmetterlinge, die ihre Flügel ausbreiteten, an der Wand hingen. Nur wenn die Schmetterlinge tot sind, breiten sie erst die Flügel aus. Gerade die glorreiche Schönheit der Zeichnungen führt zum Tod der Schmetterlinge.

Die Zeichnungen sind überall auf der Tierhaut und sie herrscht auch in der menschlichen Welt vor. Zum Beispiel, die Tätowierung, die Schwangerschaftsstreifen, die Narben und Wunden. Solche Zeichnungen markieren die Lebenserlebnisse. Außer der Nahrungskette gibt es in der Biosphäre auch Zeichnungen, zum Beispiel, die Wellen der Erde auf dem Acker, die Weizenfeldlinien, die Spuren im Schnee und die Flüsse der Blattader. Diese Zeichnungen wachsen, verblassen, verschwinden, wachsen dann Jahr für Jahr wieder heran. Die Ordnung und das Gesetz leiten gemeinsam das Leben und den Tod der Zeichnungen an. Die Zeichnungen können unter der subtilsten Anordnung von Molekülen und in den Linien der Kiesel sowie auf dem Panorama der Erde usw. vorkommen.

Die Autorin erzählt zunächst von den Zeichnungen auf der Tierhaut, anschließend von dem menschlichen Leben und endet schließlich bei den Götten. Die natürlichen Ausdrücke sind mit den menschlichen Interpretationen durchwebt. Die Zeichnungen regen die Autorin zum Nachdenken an, die einerseits ein Ausdruck der Bedeutung des Lebens andererseits ein Zitat des Lebens sind.

Das schwarze Märchen

In „Das schwarze Märchen " geht um die Überlegung der Autorin über fünf klassische Märchen. Die Autorin versteht das Modell und die Regel von den Märchen aus der Sicht einer Erwachsenen, wobei ihr einzigartiger Blick und ihre klare Einstellung gezeigt werden. Die Liebe und der Hass der Autorin sind auch in den Texten zu erkennen. Aber der Ton ist weder aufgeregt noch schlampig und der Ausdruck ist ruhig und verständlich.

„Das kleine Mädchen mit den Schwefelhölzern " handelt von einem kleinen Mädchen, das am Silvesterabend frierend auf der Straße Schwefelhölzchen verkauft und dabei in den Tod gleitet, während die Reichen fröhlich zusammen feiern. Auf der Basis von diesem berühmten Märchen des dänischen Hans Christian Andersens schrieb die Autorin „ Der Himmel der Schwefelhölzer ". Darin werden die neuen Ansichten der Autorin zu dem Himmel und den Göttern geäußert. Die Autorin beginnt, das klassische Märchen mit den aktuellen Ressourcen zu interpretieren.

Es wird gesagt, dass ein König eine natürliche böse Veranlagung hatte und sehr eifrig und grausam war. Die Königin wurde wegen Untreue von dem König getötet. Danach heiratete der König jeden Tag eine Jungfrau, die am nächsten Morgen getötet wurde. Auf diese Weise nahm der König Rache. Die Tochter des Wesirs, Scheherazade, wurde freiwillig die Frau des Königs, um das Morden zu beenden. Sie begann, dem König Geschichten zu erzählen. Am Ende der Nacht war sie an einer so spannenden Stelle angelangt, dass der König die Fortsetzung hören wollte und die Hinrichtung aufschob. Scheherazade wiederholte das jeden Tag bis zur tausendundeine Nacht, wo der König von ihr berührt wurde. Schließlich führten der König und Scheherazade ein glückliches Leben zusammen. In „Die Lippe und Taille von Scheherazade "werden die Auffassungen der Autorin über die mutige Handlung der Heldin in „Tausendundeine Nacht " zum Ausdruck gebracht. Einerseits berührte Scheherazade den König mit der Kraft der Literatur, andererseits verführte sie den König mit ihrem faszinierenden Körper, um das Leben der anderen Jungfrauen zu retten. Mit diesem Text beginnt die Autorin, den Wert der Sexualität in der Geschichte zu erzählen.

Der Text „Tanz auf der Schneide " basiert auf der kleinen Meerjungfrau（Im Reich des Meeres gab es eine sehr gutherzige und schöne Meerjungfrau, die sich in den hübschen Prinzen auf dem Land verliebte. Um die Liebe zu erhaltenen, ertrug die Meerjungfrau große Mühen und ersetzte den ihren Fischschwanz durch Beine. Aber schließlich sprang die Meerjungfrau ins Meer und wurde zu Schaum, damit der Prinz das Glück genießen konnte）. In dem neuen Text verbindet die Autorin die Liebe zwischen Männern und Frauen mit ihrer eigenen Jugendliebe, um das Gesetz der Liebe zu erläutern.

In „Ein Tag länger als hunderte Jahre " finden sich die Analysen und Meinungen zu den verschiedenen Versionen der Handlungen vonDornröschen, das in manchen Versionen durch den süßen Kuss doch in anderen Versionen durch die Vergewaltigung geweckt wurde. Daraus zieht die Autorin die Folge, dass die Schönheit nicht alt werden kann, während das Verbrechen nicht von der Kette abhängen kann.

Im letzten Kapitel von „Das Zauberspiegel " wird deutlich erklärt, dass die klare Spaltung von Gut und Böse in der binären Welt einen in die falsche Richtung führen kann. Aus ein paar klassischen Geschichten werden die gemeinsamen Bedeutungen zusammengefasst, wobei die gegenseitige morbide Stimmung der Leser und Autoren gezeigt wird. „ Das schwarze Mädchen " macht nicht nur Spaß, sondern ermöglicht auch eine neue Perspektive des Lebens. Es ist weit von den üblichen und allgemeinen Ansichten entfernt. Darin wird die Auffassungen der Autorin frei ausgedrückt. Und es gibt weder starke Zustimmung noch heftige Kritik. Die optimistische und pessimistische Stimmung gehen Hand in Hand.

Dein Körper ist ein Märchenland

Aus der weiblichen Perspektive beobachtet die Autorin den eigenen und andere weibliche Körper. In diesem Text herrscht das Gefühl von Schmerzen, die sowohl im natürlichen Prozess vom Aufwachsen und während einer Krankheit als auch bei der mentalen Gestaltung vorkommen. Die Narbe nach der Geburt, die Qual wegen des Teratoms, regelmäßige Dysmenorrhoe, die Dummheit der sich verliebenden Mädchen, die Hysterie des ausgezeichneten Mädchens, die Unanständigkeit der obszönen Schwester... Das alles gehört zu den unkontrollierbaren Geschichten in ihrem Leben. Sie sowie der Großenteil der Kinder sind der Meinung, dass die Geschlechter und das Geheimnis der Sexualität nur heimlich kennenzulernen sind. Solche Dinge sind immer mit der Unreinheit und Rebellion verbunden. Gerade die psychische Depression aus dem Publikum vermehrt die Neugier darauf, was sogar zu manch komischen Verhalten führen kann.

Die Autorin hasst ihren Körper und ist auch sensibel und ängstlich gegenüber den Körpern anderer Frauen. Sie mag das weibliche Geschlecht nicht und hat eine Abneigung gegen die angeborenen weiblichen Eigenschaften. Am Anfang ist die Autorin gegen die Sexualität, weil sie die sogenannte „krankhafte Mysophobie " vorweist. Sie hofft, dass ihr Körper keine Sucht nach dem Genuss hat. Später nachdem die Autorin den Blutfleck am Hals des Freundes einer Freundin gesehen hat, fängt sie an, über die Bedeutung der Sexualität nachzudenken. Vorher wurde die Autorin beinahe zum Annehmen davon gezwungen. Sie hat auch die Sexualität in den literarischen Werken und im Fernsehen zur Kenntnis genommen. Schließlich erkennt sie, dass der Körper nur ein Werkzeug und die Sexualität nur ein Mittel ist.

Durch eine Gebärmutteroperation, an der eine alte Frau teilnahm, deren Ehemann viel jünger als sie war, und durch die Erfahrung, dass die Autorin selbst die Sexualität erlebt, erwirbt die Autorin ein tieferes Verständnis über den weiblichen Körper. Die Gebärmutter ist eine Verbindung zwischen der Liebe des Liebhabers und der Kinder. Aber auch ohne die Gebärmutter verschwindet die Liebe und die Verbindung nicht. Die Sexualität kann wunderschön und großartig sein. In der Erzählung wird es festgehalten, dass das Verständnis der Autorin über den weiblichen Körper immer vollkommener und ihre Erkenntnis über das Geschlechterverhältnis immer räumlich wird.

In der Regel ist sie das Bild der Frauen in den literarischen Werken sehr positiv und schön dargestellt, während sich die grausame Veränderung im Körper der Frauen leicht ignorieren lässt. Der weibliche Körper ist ein Märchenland, wo sich ein privater Bereich befindet, der mit Wolken überzogen ist. Hier sind nicht nur das leidenschaftliche Leben und die starke Abhängigkeit, sondern auch die versteckten Leiden und Qualen zu finden. Die Autorin verzichtet nie darauf, über das eigene Fleisch und den Geist nachzudenken. Zum Schluss geht die Autorin weiter dem Mädchenland nach, das sie noch anzweifelt.

Чжоу Сяофэн 俄语版

КРАТКО ОБ АВТОРЕ

Чжоу Сяофэн родилась в Пекине в июне 1969 года. В 1992 году закончила факультет китайского языка Шаньдунского университета. Проработала 8 лет редактором детской литературы в издательстве китайской молодежи, в 2000 году устроилась на работу в редакцию журнала "Октябрь" при Пекинском издательстве, в 2011 году перешла в редакцию журнала "Народная литература", в марте 2013 года оставила редакторскую деятельность, став профессиональным писателем. Главным образом пишет в жанре прозы, была удостоена многих наград, в том числе литературной премии имени Фэн Му, литературной премии имени Бин Синь, литературной премии Октябрь, литературной премии издательства Народной литературы, литературной премии Чжуан Чунвэнь и др.

Чжоу Сяофэн помогает известному режиссеру Чжан Имоу в литературной обработке фильмов добавить запятую она работала над такими картинами, как: «Три ружья», «Любовь под боярышником», «Цветы войны», «Возвращение».

представительские работы:

Сборники прозаических произведений: «Тайный язык Бога», «Стая птиц», «Коллекция. Волшебная книга Времени», «Полоски. Карта на шкуре дикого зверя» и «Твое тело это райская обитель», «Глухой ангел», «Поющие киты» и др.

О жизни и творчестве Чжоу Сяофэн:Период детства и отрочества

Чжоу Сяофэн родилась в Пекине. Ее мать работала врачом, поэтому уже с 3-х лет она научилась оставаться одна в комнате общежития для врачей, ожидая когда мать вернется с работы. Чжоу Сяофэн с детства знакома с больницей, она видела болезни и как спасают людей, поэтому ее отношение к смерти близко к паническому страху и чувству безысходности. Накопленный богатый опыт послужил для ее последующей творческой работы по тематике смерти. Но несмотря на это, ее детство было относительно спокойным и счастливым.

Однако в 15 лет Чжоу Сяофэн получила сильный ожог, что оставило в ее душе неизгладимый след. Ожогом были поражены лицо и шея, это повлияло на ее повседневную жизнь и сказалось на внешности, поэтому она сильно комплексовала и долгое время не хотела видеть других людей. Будучи как раз в подростковом возрасте она особенно переживала по поводу внешности, это стало ее особенным жизненным опытом. А также стало накопленным материалом для ее последующей творческой работы по тематике женского тела, усилило ее восприятие человеческого тела.

Позднее Чжоу Сяофэн выбрала факультет китайского языка, главным образом потому что она очень любила литературу и письмо. В младших классах учитель китайского языка похвалил ее сочинение, и попросил прочитать его вслух его перед всем классом. Когда она с большим волнением читала вслух свое сочинение, то почувствовала себя счастливой. Действительно, иногда детские впечатления могут повлиять на направление будущего пути. Возможно именно ее воспоминания и любовь к языку помогают Чжоу Сяофэн по-прежнему сохранять детскую искренность, описывать удивительные ощущения поры детства. Кроме того, после профессиональной подготовки в университете Чжоу Сяофэн стала больше знать и понимать литературу, а также она постепенно нашла ритм и стиль своего творчества.

О карьере редактора:

Начиная с окончания университета в 1992 году, Чжоу Сяофэн посвятила больше 20 лет своей жизни редакторской деятельности, сначала 8 лет проработала в детском издательстве, затем больше десяти лет работала в редакции известного журнала. За время своей работы редактором Чжоу Сяофэн получала рукописи, присланные со всех уголков земли, таким образом она научилась оценивать произведения, чувствовать тексты. В этот период она также выдвинула множество талантливых молодых авторов, способствовав их дальнейшему успеху на литературном пути. В будущем эти молодые авторы обязательно займут свое место в истории современной китайской литературы. Иногда Чжоу Сяофэн получала рукописи от пожилых людей, и хотя литературный уровень этих текстов был не очень высок, но горячая любовь к литературе и творческое упорство пожилых авторов глубоко тронули ее, она стала понимать литературное творчество на более глубоком уровне, а также заставило ее непрерывно искать смысл и ценность творчества.

О работе писателем:

Чжоу Сяофэн уже во время работы редактором начала писать прозу, начиная с 1997 года она один за другим публикует свои произведения. В марте 2013 года она уволилась с должности редактора, чтобы посвятить себя творчеству, и стала профессиональным писателем. Ей больше не приходилось работать с девяти до пяти, у нее появилось много свободного времени, которым могла распорядиться сама. В настоящее время Чжоу Сяофэн без пробелов работает в жанре прозы, непрестанно ищет новые темы. Близкая подруга писательница Вэй Ань оказала большое влияние на ее творчество. Включая ее попытки писать на тему о животных, которые непосредственно были направлены и поддержаны Вэй Ань. Оба они любят животных и растения, умеют тонко описывать природу. И конечно, у обоих много детского, у Вэй Ань "детскость" возможно заключается в чистоте и светлости выражения, а также в скромности и кротости как у ребенка; у Чжоу Сяофэн "детскость" больше выражается любознательностью и непокорностью, независимостью и своеволием.

Чжоу Сяофэн говорит, что "она хочет как ребенок верить в волшебство и чудеса, верить в бесконечные возможности будущего".

ИЗВЕСТНЫЕ ПРОИЗВЕДЕНИЯ

«Стая птиц» - инструментальный квинтет

В этом романе автор, анализируя различные предрассудки "человека" по отношению к птицам, связывая внешний вид птиц с их естественным поведением, получает личное восприятие. В главе А Чжоу Сяофэн выражает свою любовь и интерес к птицам, возникшие у нее с детства, а в главе В перечисляет многочисленные "роли", которые исполняют птицы в современном обществе, показывает свое отвращение - отвращение ко всем видам преступных деяний, совершенных человечеством против птиц. В главах C, D, E дается сравнительно подробное описание многих часто встречающихся видов птиц, таких как: ласточка, курица, орел и др., особенности поведения каждого вида птиц вызывает у автора различные ассоциации.

Чжоу Сяофэн, объединив рассказы и историю человеческого общества, а также свой жизненный опыт, нашла уникальные природные свойства различных видов птиц. Например, черный гриф, вид у него безобразный, от него постоянно исходит вонь, питается падалью. Гриф похож на орла, но в глазах людей их образы сильно отличаются, орел олицетворяет силу и власть, часто изображается как защитник, а уродливые грифы всегда собираются около трупа, как собираются вместе плохие люди. Но автор также видит в них прекрасное качество: не боясь загрязнить себя и свою репутацию, они выполняют тяжелую работу, поддерживают чистоту в степи, питаться мертвечиной не означает убивать, мы можем видеть их сострадательное сердце.

Автор диалектически рассматривает с обеих сторон характер вещей, возможно достоинства некоторых птиц сильно преувеличены людьми. Например, изящество, мягкость лебедей и даже совершенство вызывают у людей восторг, но писатель говорит, что так называемая нехватка времени - это всего лишь достигнутое самоудовлетворение на короткое время, в действительности, это гармоничные отношения, радующие людей... Говоря по существу, это когда дефекты помещаются в слепую зону наблюдателей. Чжоу Сяофэн с помощью разных "человеческих характеров" описывает виды птиц, таким образом, создав различные "птичьи характеры". Восхищаться со смирением, излагать с равноправной точки зрения. Все произведение пронизано любовью и заботой автора о птицах, а также уважением к птицам, жизни и природе. По ее мнению, птицы всегда были ее друзьями, возможность мирного сосуществования таких прекрасных созданий природы и людей - это небесное счастье. Птицы для человечества являются не только семьей внутри ограды или хорошо выученным инструментом, еще больше видов птиц живут за пределами человеческого контроля, мы равноправны, все мы обладаем счастьем бытия как живые существа.

«Полоски»

В природе существует бесконечное количество полосок, эти полоски особенно ярко проявляются на телах животных. Чжоу Сяофэн раскрывает причины и смысл существования этих полосок. Пресмыкающееся - змея, которая не имеет конечностей, полоски помогают ей прятаться. Образ змеи внушает автору страх, это не только вызвано внешним видом змеи, но и еще тесно связано со всеми рассказами, которые она слышала и читала в детстве. Тело у змеи тонкое и длинное, легко может ассоциироваться у людей с хвостом крысы, кровавым кнутом и другими страшными вещами, кроме того, у змеи удивительный аппетит, она предпочитает проглатывать целиком свою добычу, змея может съесть человека... Все эти детские страхи оставили в душе автора неизгладимое впечатление о змеях, именно поэтому она, цитируя историю из "Библии", объясняет привычку змей поедать птиц: змея проглотила последнего посланца с неба, только потому что не могла преодолеть своей ненависти к раю. Змея бдительная, хладнокровная, странная и преступная. Тело у змеи мягкое, но у нее есть яд, поэтому она смертоносна. Роковой женщине свойственны особенности змеи, поэтому она также чрезвычайно привлекательна и смертельно опасна.

Между абзацами убрать пробел на теле животных из семейства кошачьих кажутся непринужденными и великолепными, тигр является почитаемым царем, кошка является ленивым королем. Характер хищников и травоядных обусловлен их местом в пищевой цепочке, хищники спокойны, но в то же время бдительны. Но использование права полоски не ограничивается только одной стороной, и зебра и тигр одинаково обладают "плащом - невидимкой", ядовитое насекомое и неядовитое насекомое имеют однородную окраску.

Симметричное использование полосок удваивает их прелесть, бабочки являются сторонниками строгой симметрии. Во время учебы в начальной школе Чжоу Сяофэн однажды была в гостях у двадцатилетнего любителя бабочек, который показал ей свою коллекцию - множество великолепных бабочек с расправленными крыльями были прикреплены к стене. Живые бабочки не расправляли своих крыльев, из-за красоты своей расцветки они были приговорены к медленной смерти.

Полоски в мире животных повсюду, также как и в мире людей, татуировки, растяжки после родов, пятна от фурункулов, порезы, все эти полоски рассказывают историю нашей жизни. В биосфере вне пищевой цепочки также имеются полоски, гребни вспаханной земли, линии пшеничного поля, следы зверей на снегу, волны на поверхности реки. Все эти полоски медленно появляются, бледнеют, исчезают, снова появляются из года в год, порядок и законы управляют появлением и исчезновением полосок. Полоски могут располагаться на мельчайших молекулах, могут быть отметинами на гальке, а могут быть линиями на общей панораме Земли...

Чжоу Сяофэн начинает описывать полоски животных, затем переходит к рассказу о жизни людей и даже души, через них проводит проявление природы и объяснение цивилизации, чтобы поразмыслить о полосках. Полоски выражают смысл жизни и в то же время цитируются самой жизнью.

«Черные сказки»

Книга «Черные сказки» Чжоу Сяофэн содержит переосмысление пяти классических сказочных историй. Она воспринимает модели и правила в мире сказок с точки зрения взрослого человека, выражает собственный взгляд и яркий подход. В тексте чувствуется любовь и ненависть автора, но в ее тоне нет ни волнения ни неловкости, а только спокойствие.

Рассказ «Девочка со спичками» повествует о маленькой продавщице спичек, которая замерзает на улице в канун Нового года, когда вокруг в богатых домах веселятся и празднуют всей семьей. «Спичечный рай» - это современная интерпретация старинной сказки Х.К. Андерсена, в которой автор излагает новый взгляд на рай и душу.

Легенда гласит, что жил жестокий и ревнивый царь, из-за неверности царицы он решает казнить ее. С тех пор, он каждый день берет невинную девушку, овладевает ею, а на рассвете следующего дня казнит ее, дабы отомстить. Дочь визиря Шахерезада, чтобы спасти невинных девушек, добровольно выходит замуж за царя. Каждую ночь она рассказывает увлекательную историю, таким образом, царь не может казнить ее. Так продолжается 1001 ночь, постепенно царь привязывается к ней, они живут долго и счастливо. «Губы и талия Шахерезадь» - это осознание автором героического поведения главной героини арабской легенды «Тысяча и одна ночь». Шахерезада не только покорила безжалостного царя с помощью литературной силы, но и еще спасла жизни многих людей, используя свое соблазнительное тело. Таким образом, автор затронул вопрос о сексуальной ценности в истории.

«Танец на лезвии» основан на пронзительной истории «Русалочки» (У морского царя есть красивая и добрая дочь. Русалочка влюбляется в прекрасного принца, чтобы обрести любовь и счастье, она готова терпеть мучительную боль, так как она обменяла свой рыбий хвост на человеческие ноги. Но в конце ради счастья принца русалочка бросается в море и превращается в морскую пену）. Здесь Чжоу Сяофэн через историю своей первой любви объясняет некоторые законы любви.

«День длиною в век» - это анализ нескольких вариантов сюжета «Спящей красавицы». В некоторых из них спящая красавица была разбужена прекрасным поцелуем, а в других - в результате насилия. Отсюда автор делает следующий вывод: красавица может не стареть, преступление может не иметь отношения к кандалам.

В последнем разделе «Волшебное зеркало» указывается обманчивость разделения на добро и зло в дуалистическом мире сказок, а также через всеобщность, извлекаемых значений многих классических историй, снова один за другим анализируется двунаправленное болезненное настроение читателя и создателя. Книга «Черные сказки» не только является интересным для чтения, но и дает новое прочтение. Далека от афоризмов, звучит свободно, в ней нет сильной похвалы и нет суровой критики, оптимизм и пессимизм идут рядом.

«Твое тело это райская обитель»

Чжоу Сяофэн рассматривает свое тело и тела других женщин с точки зрения женщины. Это произведение наполнено болью, вызванной не только физическими страданиями или болезнью, но и душевным потрясением. Шрамы после родов, мучительные боли из - за опухоли, менструальные боли, глупость одержимой любовью молодой девушки, истерика девочки - отличницы, приставания извращенной старшей сестры... Эти неконтролируемые истории взросления давно составили хронологию ее жизни. Для большинства китайских подростков, также как и для нее, ознакомление с вопросами полового созревания, размножения является тайным делом. Так как это всегда ассоциируется с грязью и изменами, а также из-за давления общественного мнения у многих проявляются любопытные склонности, и даже странности в поведении.

Автор испытывает отвращение к своему телу, она с чуткостью и трепетом относится к любому женскому телу, включая собственное, она не любит свою роль женщины, отвергает женские особенности, наделенные природой. В самом начале она также отвергала сексуальность, возможно это было связано с ее так называемой "патологической манией чистоты", не хотела испытывать физическое удовольствие, не хотела испытывать физическое влечение. Позднее, увидев следы крови на шее своего молодого человека, она заново переосмысливает значения сексуальности и своей сексуальности, когда-то чуть было не подвергшейся насилию, а также сексуальности в кино, телевидении, литературных произведениях. Таким образом, она приходит к выводу о том, что тело это всего лишь инструмент для выражения, а сексуальность это средство.

История женщины, пережившсй операцию на матке и которая намного старше своего молодого мужа, а также собственный сексуальный опыт позволили Сяофэн больше понять женское тело. Матка может быть воплощением любви влюбленных и привязанности к ребенку, но когда нет матки это не означает, что любовь и привязанность могут исчезнуть; секс может быть прекрасным и торжественным. В ходе повествования нетрудно заметить, что понятия автора о "теле", в особенности о женском теле, постепенно становятся более здоровыми, а знания о сексуальных отношениях более твердыми.

В литературных произведениях женщины часто предстают как прекрасные создания, но однако реальные и жестокие изменения в женском теле очень часто игнорируются людьми. Женское тело - это райская обитель, это частное владение, скрытое туманами, здесь могут существовать жизнь и любовь, однако здесь могут таиться страдания и скрытые угрозы. Чжоу Сяофэн постоянно переосмысливает свое тело и душу, в конце она начинает по-новому изучать "райскую обитель", в которой когда-то сомневалась.

（Перевод：Кристина Аммосова）

Zhou Xiaofeng 西班牙语版

Retrato literario

Zhou Xiaofeng, nacida en julio de 1969 en Beijing, se graduó de la Facultad de Chino de la Universidad de Shandong en 1992. Trabajó ocho años como redactora de literatura infantil en la Editorial Juvenil e Infantil de China. Fue asignada a la revista Octubre de la Editorial de Beijing en 2000, y después a la revista Literatura del Pueblo. Dimitió de su cargo como redactora en marzo de 2013 y se convirtió en una escritora de tiempo completo, escribiendo, principalmente, ensayos. A lo largo de su carrera literaria, ha sido galardonada con el Premio de Literatura Feng Mu, el Premio Bing Xin, el Premio Octubre, el Premio Literatura del Pueblo y el Premio de Zhuang zhong, entre otros.

Ayudó al famoso director Zhang Yimou en la creación literaria de películas como Un Cuento simple de tallarines, Bajo el árbol de acerola, Las flores de la guerra, Volver.

Obras representativas

Colección de ensayos: La metáfora de dios, La bandada, La colección, El libro mágico del tiempo, Las marcas, El mapa de la piel, Tu cuerpo es un paraíso, El ángel sordo, El canto de la ballena, entre otros.

Novela de apuntes personales: El sueño de amor.

Biografía: El destino: la soledad de Zhang Yimou.

La infancia y los años de colegio

Zhou Xiaofeng nació en Beijing, siendo su madre médica, desde los tres años había aprendido a quedarse sola en la sala de guardia del hospital, a veces un día entero, esperando a su madre para volver a casa. Se familiarizó desde muy pequeña con el hospital y con el sabor de la enfermedad y la salvación; lo que le provocó un pánico e impotencia sobre la muerte. Estas experiencias las plasmaría en sus obras posteriores. A pesar de todo, pasó una infancia relativamente tranquila y feliz.

A diferencia de su niñez, a sus 15 años sufriría un accidente cuando se quemó gran parte de la cara y el cuello, dejándole un sello imborrable de por vida. Estas quemaduras no solo afectaron sus actividades diarias, sino que también hizodaño sobre su aspecto. En aquel entonces, sentía un complejo de inferioridad y, por un tiempo largo, evitó tener contacto con las personas. La chica adolescente se mostraba emocional con todo lo referente a su cuerpo, lo que dejó una marca en su vida. Asimismo, esto le permitió acumular material suficiente para escribir sobre el cuerpo femenino en sus futuras obras, además de profundizar su conocimiento sobre el sentido y la sensibilidad del cuerpo.

Más tarde, Zhou eligió hacer sus estudios en la Facultad de Chino, por el amor profundo que sentía por la literatura y la escritura. Durante sus estudios en la escuela primaria, su profesor de chino elogiaba sus composiciones y la hacía recitarlas, en voz alta, frente a sus compañeros: momentos de completa felicidad para ella. A decir verdad, las huellas de la infancia marcaron el camino de su futuro. Probablemente, el recuerdo del amor por la escritura la hizo preservar su inocencia y así lograr plasmar en sus obras el maravilloso sentido de la infancia. Finalmente, al graduarse de la universidad, la escritora con un conocimiento más amplio de la literatura fue forjando su propio estilo y ritmo de escritura.

Carrera redactora

Después de graduarse en 1992, Zhou se dedicó 20 años a la redacción, dentro de los cuales, ocho años estuvo en la Editorial Infantil de China, y los restos en famosas revistas. Durante este periodo, recibió múltiples cartas de escritores que deseaban que les publicara sus obras, lo que aumentó su capacidad para apreciación, pero también su sensibilidad en la escritura. En aquel entonces, promovió a muchos escritores jóvenes de gran talento, y los condujo al camino literario. Más tarde, dichos escritores jugarían un papel importante en la literatura contemporánea de China. Durante su etapa como editora, recibía cartas de escritores mayores, aunque su nivel literario no era sobresaliente, su amor por la literatura y la persistencia en la creación conmovieron profundamente a la escritora. Además, esto desencadenó en que desarrollase su lado creativo de manera más vehemente, que traería, como resultado, la búsqueda constante del significado y valor de la escritura.

Escritora profesional

Zhou empezó a escribir ensayos desde que trabajaba como redactora; a partir de 1997, comenzó a publicarlos. En marzo de 2013, dimitió de su cargo como redactora y se dedicó por completo a la escritura, llegando a ser una escritora de tiempo completo. Sin el tráfico de las nueve de la mañana o el de las cinco de la tarde, poseía bastante tiempo libre para organizarse. Sus obras se caracterizan por la exploración continua de nuevos temas; estas, además, tienen una gran influencia del escritor Wei An, buen amigo suyo. Debido a su instrucción y estímulo, pudo adaptar una nueva temática a sus obras: el animal. Los dos escritores aman la naturaleza, los animales, las plantas; logrando así describirlas de manera exquisita. De igual manera, poseen un rasgo infantil que se ve reflejado en sus ensayos: en Wei se encuentra en la pureza y limpieza de la expresión, en la humildad y mansedumbre; mientras que en Zhou está reflejada en el capricho puro por el azar, revelando curiosidad y desobediencia. Zhou menciona: "Creo en la magia y en el milagro, en la innumerable posibilidad del futuro, como los niños".

Introducción a las obras representativas

La Bandada, el quinteto

El presente ensayo es la percepción individual, obtenida a través del análisis de los prejuicios y estereotipos de la humanidad por las aves, vinculados con sus características físicas y comportamientos naturales. En el capítulo A, Zhou muestra el afecto y la curiosidad por las aves desde muy pequeña. En el capítulo B, toma como ejemplo el papel que desempeñan las aves en la sociedad contemporánea, para descargar su odio por la maldad que ha cometido la humanidad contra las aves. En los tres últimos capítulos (C, D y E) presenta detenidamente a las aves comunes: la golondrina, el gallo, el águila, etc. El comportamiento específico de cada ave provoca diferentes asociaciones de la autora. Zhou ha encontrado la naturaleza única de cada ave, al combinar los cuentos y leyendas con su experiencia de vida. El buitre, por ejemplo, es feo y poseedor de un olor nauseabundo, al que le gusta comer carroña. Posee más similitudes con el águila, pero en la mentalidad humana existe un gran contraste entre los dos. El águila es fuerte e imponente, adquiriendo una postura de guardián. Mientras tanto, el buitre es horripilante y tosco, reuniéndose siempre alrededor de los cadáveres, similar al comportamiento de los humanos más ruines. Sin embargo, Zhou ha descubierto sus virtudes; denigra su cuerpo y reputación para mantener la limpieza de la pradera, con el trabajo duro y humilde. Comer carroña significa no matar, acto que denota su misericordia. La autora ve la naturaleza de un objeto a través de la lógica; tal vez, las virtudes de algunos pájaros atraen la atención de más personas. El cisne, por ejemplo, es elegante, apacible, e incluso perfecto, provocando la persecución calurosa de la gente. A pesar de eso, ella cree que nuestra concepción de la perfección es solo la autosatsifacción que se logra conseguir de una minuciosidad; en realidad, una relación de afable coordinación. En realidad, el defecto se encuentra en la zona ciega de los observadores. En esta obra, las aves son una alegoría del comportamiento humano; hasta tal grado que da como resultado la creación de nuevas especies. Las contempla con una postura humilde y las describe desde una perspectiva de igualdad. Toda la obra revela la afición y la atención por las aves, además del respeto por los pájaros, la vida y la naturaleza. Para la autora, las aves siempre han sido sus amigas, por lo que la convivencia armoniosa entre estos hermosos seres y los humanos es un regalo divino. Para nosotros, las aves no solo son animales domésticos que viven entre los árboles, sino herramientas bien adiestradas. Sin embargo, la gran mayoría vive fuera del control humano; en cierto sentido, todos somos iguales y disfrutamos del derecho de existir como seres vivos.

Las marcas

En la naturaleza existen numerosas marcas, y estas se presentan, especialmente, en los animales; la escritora desarrolla las causas y el significado de la existencia a través de estas marcas. La serpiente no posee miembros, por lo que se arrastra y camuflajea valiéndose de su piel. La autora cree que la imagen de la serpiente provoca miedo, no solo por su apariencia y costumbres, sino también por los cuentos que oyó y leyó en su infancia. La serpiente es fina y larga, haciéndonos pensar en elementos grotescos como el rabo del ratón, los látigos sangrientos, entre otras cosas. Come bastante y le gusta devorar animales de gran figura, incluso humanos. Tales sombras de la infancia constituyen una impresión inolvidable para la autora. Por esta razón, cita la historia bíblica para explicar la costumbre que posee la serpiente por devorar aves; su odio al paraíso, le hizo acabar de un bocado con el emisario más cercano al Paraíso. Este animal es alerta, frío, astuto y criminal, la suavidad de su cuerpo se contrasta con la fatalidad de su ataque certero, en forma de veneno líquido. La mujer fatal posee todas las características de este reptil: tan bella como criminal.

Las marcas de los animales felinos son alegorías de la calma y la belleza. El tigre es el rey supremo, y el gato, el rey perezoso. El carácter de los carnívoros y los vegetarianos se refleja, respectivamente, en su lugar en la cadena alimenticia. Los depredadores son ociosos y tranquilos, mientras que las presas son sensibles y vigilantes. Sin embargo, el derecho de utilizar las marcas no se limita a una sola especie. Tanto la cebra como el tigre poseen una capa de invisibilidad. Sean venenosos o no, los insectos comparten la misma gama de colores.

La simetría duplica la belleza de las marcas, y las mariposas son estrictas defensoras de la simetría. La autora tuvo la fortuna de visitar la casa de un joven aficionado a las mariposas. Conoció el almacén del coleccionista, donde numerosas mariposas de gran belleza desplegaban sus alas incrustadas en un mural; la mariposa viva nunca extiende sus alas, por lo que la belleza de sus marcas se acentúa con su muerte.

Las marcas existen por todas partes, tanto en el mundo de los animales, como en el de los humanos: el tatuaje, las estrías, la cicatriz, las heridas representan las huellas de la vida. Fuera de la cadena alimenticia, también encontramos marcas, como en las olas del arado, las rayas del trigo, los rasguños en la tierra nevada, las venas del río. Tales marcas descienden, se desalan, desaparecen, reviven, año con año. El orden y la ley, paralelamente, guían su inicio y final. Pueden encontrarse en la fila de la molécula más fina, en el pliegue de un guijarro, en el panorama terrestre, en todas partes.

La autora describe las marcas, primero de los animales y después de los seres humanos; incluso, se extiende a la de los dioses, donde hace una profunda reflexión sobre la naturaleza y la humanidad: las marcas muestran el significado de la vida y estas encuentran su referencia en la vida misma.

Oscuros cuentos de hadas

Oscuros cuentos de hadas es una reflexión sobre cinco cuentos clásicos de hadas. Las reglas y modelos del mundo de fantasía proporcionan un mejor entendimiento de la edad adulta, mostrando la visión de la autora y su actitud distintiva. La obra representa el amor y odio de la escritora, pero no cae en el tono emotivo o flojo, sino que presenta una expresión tranquila y relajada.

En La chica que vende cerillas se cuenta la historia de una joven que vende cerillas y muere congelada en la calle, mientras los ricos se reúnen alegremente para la celebración de Nochevieja. "El paraíso de cerillas" , inspirada en la novela de Andersen, representa el nuevo punto de vista de Zhou sobre el paraíso y los dioses, en su capítulo inicial utiliza recursos realistas para interpretar antiguos cuentos de hada.

Cuenta la leyenda que hace muchos años existió un sultán de carácter cruel y egoísta, que desposaba a una joven cada día para asesinarla al siguiente, todo esto en venganza por la infidelidad que sufrió de su primera esposa. Scheherezade, hija del gran visir de Shahriar, se entrega en matrimonio al sultán para evitar más muertes de chicas inocentes. Ella, cada noche, contaba una historia diferente, atrayendo la atención del sultán, quien gracias a los relatos y paciencia de la joven se enamora de ella y viven felices para siempre. "Los labios y la cintura de Scheherazade" reflexiona sobre la proeza de la protagonista en la leyenda árabe Las mil y una noches. Scheherazade no solo conmovió al cruel rey con el poder de la literatura, sino que también salvó a muchas personas con su cuerpo fascinante, lo que abrió la reflexión de la autora sobre el valor del sexo en la historia.

En La Sirenita, se cuenta la historia de una sirena hermosa y bondadosa, que se enamora de un príncipe mortal. Para perseguir el amor y la felicidad, aguantó un gran dolor, cambiando su cola de sirena por unas piernas. Al final, se sacrifica por la felicidad del príncipe lanzándose al mar y convirtiéndose en espuma. "La danza sobre el filo del cuchillo" se inspiró en este cuento conmovedor y desarrolla cierta ley del idilio amoroso en torno a la pasión que se combina con sus propios sentimientos del primer amor.

"Un día es más largo que cien años" analiza las versiones sobre el cuento de La bella durmiente. En algunas, la princesa es despertada con un beso; en otras, la violación fue la causa de su abrupto despertar. Por eso, Zhou llegó a la conclusión que la belleza puede nunca envejecer y el crimen tal vez no tenga nada que ver con las cadenas.

El último capítulo, titulado "El espejo mágico", plantea el engaño que representa la división del bien y el mal en el mundo binario de los cuentos de hadas. Extrae el sentido común de varios cuentos clásicos y analiza la emoción perturbada tanto del lector como del escritor. Oscuros cuentos de hadas atrae no solo el interés por la lectura, sino también una nueva perspectiva, alejada de las narraciones simples y liberando el discurso. El optimismo y pesimismo se ponen en una balanza, dejando de lado la fortaleza o la crítica rigurosa.

Tu cuerpo es un paraíso

Se trata de un ensayo doloroso, contado desde una perspectiva femenina que analiza el cambio natural y los rastros de la enfermedad en el cuerpo femenino, además del choque psicológico generado por la transformación. La cicatriz de dar a luz, el suplicio del cáncer, la menstruación, la estupidez de jovencitas enamoradas, la histeria de las chicas destacadas, la obscenidad de las hermanas anormales, etc., todo eso que la autora no pudo controlar cuando iba creciendo y se alineaba en el calendario de su vida. Como ella, la mayoría de los jóvenes chinos sabe que el sexo y la reproducción son un secreto a escondidas, que se relacionan siempre con la impureza y la desobediencia; pero también debido a la represión psicológica de las masas, muchas personas muestran mayor curiosidad, e incluso, comportamientos extraños.

La autora odia su cuerpo, incluso, se inhibe y comporta tímidamente ante cualquier cuerpo femenino, incluyendo el suyo. No le gusta el rol de mujer que le ha tocado y rechaza las características predestinadas que se lo otorgan. Al principio, sufre una repulsión por el sexo, debido a la misofobia que padece, durante ese tiempo no busca el placer corporal. Más tarde, inspirada por la mordida de amor en el novio de su amiga, reflexiona sobre el significado del sexo: aquel que casi experimenta en contra de su voluntad, el de las películas, la televisión, la literatura. Llegó a la conclusión de que mientras el cuerpo representaba una herramienta de la expresión, el sexo era el método.

En la cirugía para extirpar el útero de una mujer casada con un hombre más joven, la autora, desde su propia experiencia sexual, logra detallar al cuerpo femenino. El órgano femenino representa el amor del amante y la añoranza de los hijos; incluso sin él, tanto el cariño y la nostalgia pueden seguir existiendo. El sexo puede ser hermoso y solemne, en la narración se puede ver, claramente, cómo la concepción que se tiene del cuerpo mejora, en especial el del femenino, mostrando una aceptación por las relaciones sexuales.

Las mujeres siempre son representadas como el símbolo de la belleza en las obras literarias; sin embargo, se ignoran los cambios reales y crueles que sufre el cuerpo femenino. Este es un paraíso, un territorio privado lleno de nubes y nieblas, donde habitan la vida y el amor vehemente, y también se esconden el sufrimiento y el peligro incesante. La autora reflexiona siempre sobre su cuerpo y espíritu. El final es el comienzo de la nueva exploración del paraíso, hasta el momento aún desconocido.

저우샤오펑朝鲜语版

[작가 소개]

저우샤오펑은 1969년 6월 베이징（北京）에서 출생했다. 1992년 산둥（山东）대학 중문과（국문과에 해당. 옮긴이）를 졸업하고 중국 소년아동출판사에서 8년간 아동문학 편집자로 근무했다. 2000년 베이징출판사 산하의 잡지사〈시월[十月]〉로 이직했으며, 2011년〈인민문학[人民文学]〉잡지사로 옮겼다가 2013년 3월 편집 업무를 그만두고 퇴사해 전업작가의 길로 들어섰다. 산문을 주로 쓰며 평무（冯牧）문학상, 빙신（水心）문학상, 시월문학상, 인민문학상, 홍콩 장중문（庄重文）문학상 등을 수상한 바 있다.

이 밖에도 중국 영화계의 거장 장이모（张艺谋）감독의 영화「삼창（三枪）」,「산사나무 아래에서의 사랑[山楂树之恋]」,「금릉십삼채[金陵十三钗]」,「귀래[归来]」등의 문학 기획을 담당했다.

[대표작]

산문집 :

「신의 은밀한 말[上帝的隐语]」,

「새떼[鸟群]」,

「소장−시간의 마법서[收藏—时光的魔法书]」,

「얼룩무늬−동물 가죽 위의 지도[斑纹——兽皮上的地图]」,

「검은 동화[黑童话]」,

「너의 몸은 신선경[你的身体是个仙境]」,

「귀머거리 천사[聋天使]」,

「큰 고래의 노래[巨鲸歌唱]」 등

인물필기소설 :「가을 국화 같은 사랑은 누구를 흔들었을까[醉花打人爱谁谁]」

인물 전기 :「숙명 : 고독한 장이모[宿命 : 孤独张艺谋]」

[생애 및 창작 경력]유년기와 학생 시절 :

저우샤오핑은 베이징（北京）에서 태어났다. 어머니가 의사였던 저우샤오평은 세 살에 이미 어머니가 퇴근할 때까지 의사 기숙사에서 하루 종일 혼자 지내는 법을 터득했다. 어릴 적부터 그녀에게 병원은 아주 익숙한 장소였으며 병과 응급치료의 분위기에도 익숙했다. 이 때문에 그녀는 죽음에 대해 공포에 가까운 불안감과 무력감을 가지게 되었고, 이것은 훗날 그녀가 '죽음'이라는 소재로 글을 쓰는 데 풍부한 경험을 제공했다. 하지만 그녀의 유년기는 어쨌든 평온하고 행복한 편이었다.

하지만 열다섯 살이 되던 해에 입은 화상은 저우샤오평의 인생에 지울 수 없는 각인을 새겼다. 화상 부위가 얼굴과 목이었기 때문에 일상적인 신체 활동에도 영향이 있었을 뿐 아니라 그녀의 외모에도 큰 손상을 입혔다. 이 시기에 그녀는 심한 자괴감에 휩싸였으며 오랜 시간 동안 대인기피 증세가 나타났다. 특히 자신의 몸에 민감한 사춘기 소녀에게 있어서 이것은 매우 특별한 인생 경험이었다. 이는 훗날 그녀가 여자의 '몸'에 대해 글을 쓰는 데 있어서 소재의 원천이 되었으며, 그녀가 몸에 대해 훨씬 더 깊고 진실한 감수성과 예민함을 갖게 되는 계기이기도 했다.

힘겨운 시간을 보낸 저우샤오평은 후에 중문과로 진학했다. 문학과 글에 대한 그녀의 깊은 사랑 때문이었다. 초등학생 시절 국어선생님이 그녀의 작문을 칭찬하며 반 전체 아이들 앞에서 큰 소리로 읽어주도록 한 일이 있었다. 그녀는 한껏 상기되어 자신의 작문을 큰 소리로 낭독했으며 충만한 행복감을 느꼈다. 유년기의 성장 과정은 한 아이를 미래로 이끄는 길이 될 수 있다. 그녀가 지금도 어린 시절의 순진무구함을 간직한 채 유년 생활의 기묘한 감성을 글로 써낼 수 있는 것은 글에 대한 기억과 애틋함 때문일 것이다. 또한 대학에서 받은 체계적이고 전문적인 훈련을 통해 그녀는 문학에 대해 더 깊은 인식과 견해를 갖게 되었을 뿐 아니라 점점 자기만의 글쓰기 리듬과 작풍을 찾아냈다.

편집자의 삶 :

저우샤오펑은 1992년 대학을 졸업한 후 20여 년 동안 편집자로 근무했다. 아동 출판사에서 8년간 근무한 뒤 유명한 잡지사에서 또다시 10여 년 간 편집 일을 했다. 편집자로 일하는 동안 그녀는 전국 각지에서 투고해 오는 원고들을 받았는데, 이 원고들을 보며 점차 작품 감상 능력이 생기고 글에 대한 예민한 감각이 길러졌다. 이 기간 동안 그녀는 재능 있는 젊은 작가들을 많이 발굴해 그들을 문학의 길로 인도했으며, 이렇게 등단한 젊은 작가들이 오늘날 중국 문학사에서 다양한 작품 활동을 통해 자신만의 영역을 확보하고 있다. 가끔은 연세가 지긋한 노인분들이 보내온 원고를 받기도 했는데, 그들의 글이 문학적으로 높은 수준은 아니지만 문학에 대한 그들의 열정과 꾸준한 글쓰기는 저우샤오펑에게 깊은 감명을 주었다. 이를 통해 그녀는 글쓰기에 대해 한 차원 높은 인식을 갖고 글쓰기의 의의와 가치를 끊임없이 탐색하게 되었다.

전업 작가의 길 :

저우샤오펑은 편집자로 일하는 동안 산문을 쓰기 시작했고 1997년부터 꾸준히 작품을 발표했다. 2013년 3월 그녀는 20여 년간 해 온 편집 일을 그만두고 전업작가의 길로 들어섰다. 바쁜 직장 업무에서 벗어나자 오롯이 자기 마음대로 쓸 수 있는 시간이 많아졌다. 저우샤오펑은 지금도 산문 집필을 계속하며 끊임없이 새로운 소재를 찾고 있다. 저우샤오펑의 산문은 그녀의 친구인 작가 웨이안 (苇岸) 으로부터 많은 영향을 받았다. 저우샤오펑이 동물을 소재로 한 글쓰기를 시도했을 때에도 웨이안의 직접적인 지도와 격려 덕분에 완성할 수 있었다. 두 사람 모두 자연과 동식물에 관심이 많고 섬세한 필치로 자연을 묘사한다. 물론 두 사람 모두에게 없어서는 안 되는 것은 바로 동심이다. 웨이안의 '동심' 이 순수하고 투명한 표현과 어린아이 같은 겸손함과 온순함에 있다면, 저우샤오펑의 '동심' 은 호기심과 반항심, 자유분방함에서 더 뚜렷하게 드러난다.

저우샤오펑은 "웨이안은 어린아이처럼 마법과 기적을 믿고 미래의 무궁한 가능성을 믿고 싶어한다"고 말했다.

「새 떼」

　　이 산문은 작가가 새에 대한 '인간'의 여러가지 선입견과 고정관념 속에서 새와 연결시키는 외모, 자연 행위 등을 분석한 뒤에 얻은 개인적인 느낌과 깨달음이다. A편에서 작가는 자신이 어릴 적부터 새에 대해 가지고 있었던 호감과 호기심에 대해 이야기하고, B편에서는 수많은 새들이 현대 사회에서 수행하고 있는 '역할'을 열거하고 자신의 혐오감, 즉 인간이 조류에게 행하는 갖가지 죄악에 대한 혐오감을 표출했다. C편, D편, E편에서는 제비, 닭, 매 등 흔한 조류들을 비교적 섬세하게 묘사했다. 각각의 새들이 하는 특정한 행동들은 작가에게 각기 다른 연상을 불러 일으켰다. 작가는 인간 사회의 이야기와 역사들을 접목시키고 자신의 경험을 덧붙여 각각의 새에게서 나타나는 독특한 자연적 특성을 찾아냈다. 예를 들면 대머리독수리는 생김새가 못생겼고 온몸에서 고약한 냄새가 나며 썩은 고기를 좋아한다. 수컷 매와 가장 비슷하게 생겼지만 사람들이 생각하는 이미지는 수컷 매와 크게 다르다. 매는 강인하고 위엄이 있으며 수호자의 이미지를 가지고 있지만, 대머리독수리는 못생기고 비루하며 나쁜 사람들이 모여 있는 것처럼 늘 죽은 시체 옆에 옹기중기 모여 있다. 하지만 작가는 대머리독수리에게서도 미덕을 찾아냈다. 자신의 몸과 이름을 더럽혀가며 힘들고 비천한 청소를 함으로써 초원을 깨끗하게 만든다는 것이다. 또 썩은 고기를 먹는다는 것은 살생을 하지 않는다는 뜻이다. 여기에서 그들의 자비심을 발견할 수 있다. 작가는 한 가지 사물의 성질을 정（正）과 반（反）양쪽에서 변증적으로 바라보았다. 타고난 장점이 사람들의 시선을 빼앗는 새들도 있다. 백조의 우아함과 평온함, 심지어 완벽함은 사람들에게 수많은 찬사를 받는다. 하지만 작가는 우리가 말하는 '티없는 순결함'이란 그저 작은 일부분에서 도달할 수 있는 자기 만족이며, 사실은 그것이 조화를 잘 이루어 사람들의 눈을 즐겁게 한 것에 지나지 않는다고 말한다. 한 마디로 단점을 관찰자의 눈에 띄지 않는 사각지대에 배치했을 뿐이라는 것이다. 작가는 다양한 '인간의 본성'을 통해 조류를 해석함으로써 다양한 '새의 본성'을 정립하고 겸손한 자세로 새들을 감상하고 평등한 시각에서 서술했다. 새를 향한 작가의 사랑과 관심, 새, 생명, 자연에 대한 존경을 글

전체에서 느낄 수 있다. 작가는 언제나 새를 친구로 여겼다. 이렇게 사랑스러운 자연의 생명을 인간과 공존하게 한 것은 신의 배려이며, 새는 인류에게 있어서 단순히 울타리 안에 사는 가족도 아니고 잘 훈련된 도구도 아니다. 훨씬 더 많은 새들이 인간의 통제 밖에서 생활하고 있다. 우리는 모두 평등하며 생물로서 존재할 때 행복을 느낀다. 이것이 바로 작가의 생각이다.

　대자연 속에는 수많은 무늬가 존재하고 있다. 특히 이 무늬들은 동물의 몸에서 매우 뚜렷하게 나타난다. 작가는 이 무늬들이 존재하는 이유와 의의에 대해 이야기했다. 파충류인 뱀은 네 다리가 없이 온몸의 비늘과 무늬를 이용해 기어 다니고 또 몸을 숨긴다. 작가는 뱀의 이미지를 몹시 무서워한다. 이것은 뱀의 생김새와 습성 때문이지만, 그 밖에도 어린 시절에 듣고 읽은 이야기들과 밀접한 연관이 있다. 뱀은 가늘고 긴 형태가 사람들에게 쥐꼬리나 피 묻은 채찍 등 무서운 것들을 연상시키고, 유난히 왕성한 식욕으로 몸집이 큰 사냥감을 한 입에 삼킨다. 뱀이 사람을 잡아먹을 수도 있다. 이처럼 어린 시절의 어두운 그림자가 작가에게 뱀에 대한 지워지지 않는 이미지로 굳어진 것이다. 이 때문에 작가는 성경 속 이야기를 통해 뱀이 새를 잡아먹는 습관을 해석했다. 뱀이 천국에서 가장 가까이 있는 사자（使者）를 잡아 먹는 것은 천국에 대한 풀리지 않는 원한 때문이라는 것이다. 뱀은 사방을 경계하고 비정하며 괴이하고 악하다. 뱀의 몸은 부드럽지만 독이 있기 때문에 공격이 정확하고 치명적이다. 팜므파탈도 뱀의 특징을 가졌기 때문에 극도로 아름답지만 죽음에 이르게 할 만큼 악하다.

　고양이과 동물들의 몸에 있는 무늬는 차분하면서도 화려해 보인다. 호랑이는 존귀한 왕이고 고양이는 게으른 왕이다. 육식 동물과 채식 동물의 성격을 보면 먹이사슬에서 그들이 있는 위치가 드러난다. 포식자는 여유롭고 침착하지만 피포식자는 예민하고 경계심이 강하다. 하지만 무늬를 사용할 권리는 어느 한쪽에만 국한되어 있지 않다. 얼룩말과 호랑이는 똑같이 몸을 숨길 수 있는 옷을 입고 있고, 독을 가진 곤충과 독이 없는 곤충도 같은 색을 가지고 있다.

　대칭은 무늬를 더욱 아름답게 한다. 나비는 엄격한 대칭주의자다. 작가는 초등학생 때 어느 20대 나비애호가의 집에 맡겨진 적이 있었는데, 이 나비 수집가의 표본보관실에는 수많은 나비들이 화려한 날개를 펼친 채 벽에 붙어 있었다. 살아 있는 나비가 날개를 펼치지 않는 것도 화려한 무늬의 아름다움이 나비의 죽음을 재촉

하기 때문이다.

동물계에는 어디에나 무늬가 있고 인간 세계도 역시 그렇다. 문신, 임부의 임신선, 부스럼, 칼에 베인 상처 등 무늬는 생명의 여정을 기록하고 있다. 먹이사슬 밖의 생태계에도 무늬가 있다. 논밭 이랑의 물결, 보리밭의 선들, 눈밭 위의 긁힌 자국, 이리저리 이어진 강줄기 등 많은 무늬들이 천천히 생겨났다가 희미해지고 사라졌다가 또 다시 생겨난다. 한 해 또 한 해 반복되는 질서와 규칙이 무늬의 생사를 좌우한다. 무늬는 가장 세밀한 분자의 배열 사이에 있을 수도 있고 조약돌의 결 속에 있을 수도 있으며 지구의 전경 속에 있을 수도 있다······.

작가는 동물에서 시작해 무늬를 묘사하고 이를 인류의 생활로 끌어올린 뒤 그보다 더 먼 신 (神) 까지 올라갔다. 그러면서 자연에 대한 표현과 인문에 대한 해석을 시종일관 그 속에 관통 시키며 무늬에 대해 사고했다. 무늬는 생명의 의의를 표현하는 동시에 생명에 인용되기도 했다.

「검은 동화」

「검은 동화」에는 명작동화의 이야기에 대한 작가 5명의 새로운 사고가 담겨 있다. 동화 세계 속의 방식과 규칙은 작가에게 성인으로서의 이해를 이끌어내고 작가의 독특한 시각과 선명한 관점을 표현해냈다. 글 속에서 작가의 애증이 묻어난다. 하지만 필체가 격정적이거나 번잡하지 않고 차분하고 평범한 표현방식이 드러난다.

「성냥팔이 소녀」는 부자들이 모여 즐거워하며 함께 술잔을 들고 경축하는 제야에 성냥팔이 소녀가 거리에서 얼어 죽는 이야기다. 하지만 덴마크 작가 안데르센의 이 동화가 작가에게 천국과 신령에 대한 새로운 관점을 이끌어냈다. 「성냥 천국 [火柴天堂]」은 현실의 소재를 가지고 오래된 동화를 해석하는 시작편이다.

잔인하고 질투심이 강한 국왕이 있었다고 한다. 국왕은 행실이 나쁜 왕비를 죽인 뒤 왕비에 대한 복수로 날마다 소녀를 한 명씩 데려다가 결혼한 뒤 다음날 새벽에 죽였다. 그러자 재상의 딸 셰헤라자데가 무고하게 희생당하는 여자들을 살리기 위해 국왕과의 결혼을 자청한다. 그녀는 밤마다 국왕에게 이야기를 들려주었고, 뒷

애기가 궁금해진 국왕이 자신을 죽이지 못하게 한다. 그녀의 이야기는 1001일 동안 계속 되었고 그녀에게 감동한 국왕은 그녀와 백년해로한다. 「셰헤라자데의 입술과 허리」는 작가가 아랍 전설 「천일야화」 속 여주인공의 용감한 행동을 보고 얻은 깨달음의 기록이다. 셰헤라자네는 문학의 힘으로 잔인한 국왕의 마음을 움직였으며, 매력적인 몸으로 수많은 사람의 목숨을 구했다. 작가는 이 점에 착안해 성의 역사적 가치에 대해 논했다.

「칼날 위의 무도[刀刃之舞]」는 「인어공주」의 슬프고도 아름다운 이야기를 모티브로 한 작품으로, 사랑 자체의 사랑에 작가 자신의 첫사랑에 대한 기억을 더하여 사랑의 어떤 법칙에 관해 쓰고 있다.

(「인어공주」 이야기: 바닷속 나라에 착하고 아름다운 인어공주가 있었다. 인어공주는 육지에 사는 잘생긴 왕자를 사랑하게 되었다. 그녀는 사랑과 행복을 위해 엄청난 고통을 감수하면서 물고기 지느러미를 벗고 사람의 다리를 갖지만, 결국에는 왕자의 행복을 위해 스스로 바다에 몸을 던져 물거품이 된다.)

「백 년보다 긴 하루[一日长于百年]」는 다양한 판본의 「잠자는 숲 속의 미녀」 스토리에 대한 평가다. 어떤 판본에서는 잠자는 숲 속의 미녀가 아름다운 입맞춤을 받고 깨어나지만, 어떤 판본에서는 겁탈을 당해 깨어난다. 이를 통해 작가는 미인은 늙지 않을 수 있고 범죄도 법의 체벌을 받지 않을 수 있다는 결론을 내린다.

마지막 이야기인 「마법거울」은 동화 속의 이원적인 세계와 선악의 구분이 독자들을 오도하고 있음을 이야기하고, 여러 고전 이야기 속에 담긴 의미의 공통성을 도출해내 독자와 창조자 사이에 존재하는 양방향의 병태적 정서를 분석한다.

5명의 작가가 풀어내는 이야기인 「검은 동화」는 책 읽기의 즐거움 외에도 독자들에게 많은 것을 선사한다. 책을 읽는 새로운 시각을 보여주고 평범하지 않은 언어로 이야기를 풀어내며, 자유롭게 목소리를 내며, 강하게 지지하지도, 맹렬하게 비판하지도 않으며 낙관과 비관이 병존한다.

「너의 몸은 신선경[你的身体是个仙境]」

여성의 시각에서 자아와 다른 여자들의 몸을 관찰한 이 작품을 가득 채우고 있는 것은 바로 고통이다. 여기에는 자연스러운 신체 변화 또는 질병으로 인해 생겨나는 통증 뿐만 아니라, 심리가 형성되면서 찾아오는 충격도 포함된다. 출산으로 인한 수술 자국, 기형종으로 인한 고통, 주기적인 월경통, 사랑에 빠진 소녀의 어리석음, 똑똑한 여자의 울화병, 변태여인의 외설 등 성장 과정에서 그녀의 의지대로 할 수 없었던 이야기들이 그녀의 인생에 연표로 만들어져 있었다. 대다수 중국 아이들이 그녀와 마찬가지로 은밀한 경로를 통해 남녀간의 성과 생식의 비밀에 대해 눈을 뜨게 되며, 이것들은 대개 불결함이나 반항과 연결된다. 또한 이같은 사회적 억압이 바로 사람들의 호기심을 더욱 부추기고, 심지어 기이한 행동을 하게 만들기도 한다.

작가는 자신의 몸을 싫어하고 모든 여성의 몸에 대해 예민함과 두려움을 가지고 있다. 여기에는 그녀 자신까지도 포함된다. 그녀는 여성이라는 자신의 역할을 좋아하지 않고 태어나면서부터 정해진 여성으로서의 특징을 배척한다. 작가는 성에 대해서도 처음부터 거부 반응을 보인다. 아마도 이것이 그녀가 말하는 '병적인 결벽증'의 원인일 것이다. 그녀는 육체의 쾌락을 원치 않고 육체가 쾌락에 대한 욕망을 갖는 것도 원치 않는다. 그러다가 친한 친구의 남자 친구의 목에 있는 붉은 자국을 보고 성의 의미와 자신이 당할 뻔 했던 강압적인 성, 영화나 문학작품 속의 성에 대해 다시 생각한다. 그리고 그녀는 몸은 표현의 도구이고 성은 일종의 수단일 뿐이라는 결론을 내린다.

작가는 연상 여자와 연하 남자 커플이 겪은 자궁 수술과 자신이 직접 겪은 성 경험을 통해 여성의 몸에 대해 더 깊이 이해하게 된다. 자궁은 연인의 사랑이자 아이의 그리움일 수 있지만, 자궁이 없어진 뒤에도 그 사랑과 그리움은 사라지지 않을 수 있고, 또 성이 아름답고 성대한 것일 수도 있다는 사실을 그녀는 알게 된다. 작품 속에서 작가의 '몸'에 대한, 특히 여성의 몸에 대한 인식이 점점 건강해지고 남녀 관계에 대한 인식이 입체화 되는 것을 쉽게 엿볼 수 있다.

문학작품 속에서 여성은 흔히 아름답게 그려지지만, 여성의 몸에서 나타나는 진실하고 잔혹한 변화는 대부분 간과된다. 여성의 몸은 신선경이며 구름과 안개에 가려진 사적인 영지다. 이곳에 강렬한 생명과 사랑이 깃들 수 있지만, 끝없는 고통과 잠복해 있는 은밀한 괴로움이 묻혀 있을 수도 있다. 자신의 육체와 정신에 대해 반성하던 작가는 마지막 부분에서 여전히 의심이 풀리지 않은 '신선경'에 대한 새로운 탐색을 시작한다.

史 雷（1970—　）

文学肖像

史雷，出身于军人家庭，1970年生于中国西南部四川省，由于部队所在地条件艰苦，被送回北京，由姥姥、姥爷抚养。姥姥喜欢听评书，所以单田芳、袁阔成等名家表演的精彩评书由无线电送至史雷耳边，使其从小受到古典故事的濡染，在其心中埋下了文学的种子。六岁时史雷被父母接回四川，那时当地生活条件已有所改善，建成了不少文化设施，比如图书馆——正是部队的图书馆让他遍读名著及《当代》《十月》等大量高水平文学期刊。少年时的史雷虽远离大都市，却怀揣童心和好奇心，为自己发现各种读书学习的机会。十八岁时部队调回北京，史雷也回到北京，在北京读大学，并一直保持着博览群书的习惯。

史雷是一位历史文化爱好者，他曾用八年时间探寻北京文化古迹，结交老北京文化名人，受到北京民风古韵的濡染和塑造。2008年，史雷在偶然读到国际安徒生奖得主曹文轩教授的代表作《草房子》后泪流满面。被这部作品所打动，开始了儿童文学创作。

史雷凭借自己对民族和历史文化的熟悉与热爱，凭借着自己不泯的童心和强烈的艺术感受力，在《儿童文学》《少年文艺》《读友》等期刊上发表了大量小说及散文作品，包括《定军山》《闹花灯》《三大旗》《凤凰台》等名篇佳作。

在一次阅读史料中，史雷发现日军在侵华战争之前早已对中国国情的方方面面进行了细致入微的调查，而中国人却沉浸在自己安身立命的小日子里，在自己的小把戏里玩物丧志。日军于1943年秋在鲁西、冀南发动的"细菌战"导致四十多万中国人死亡，而中国却在十余年后才知道这是细菌战。史雷以此对中国人的心态和头脑进行了前所未有的反省，历时三年，创作出了由历史文化风情展开的长篇小说——《将军胡同》，并由此获得了首届"青铜葵花儿童小说奖"最高奖青铜奖、"2015年度中国好书"和"2015年优秀儿童文学出版工程"入选作品等荣誉。《将军胡同》中的一章《定军山》还获得了2015年陈伯吹国际儿童文学奖"2015年度单篇作品奖"，从此，史雷跻身为中国儿童文学创作领域的知名作家。

这些作品也印证了史雷独特的儿童文学观。他认为与成人文学相比，儿童文学作品应当更加精致，就像供给儿童的各种食品和物品需要更加精细地制作一样儿童文学作品应当是艺术品，这件艺术品不是写出来的，而是用阅历、思想、才华、时光和心血精心打磨雕刻出来的。

史雷的小说不仅关注战争，还积极探讨文化遗产传承与当代民俗转型、儿童应试教育、环境保护等问题，在天真与善良、正义与勇敢、坚强和乐观、正直和悲悯的情怀下，讲好完全源于现实生活的具有世界眼光的中国故事。尽管作品早已受到评论界的热评与读者的喜爱，史雷还将在发掘和呈现爱心、童心、良心的道路上，以冷峻的反思和勤奋的磨砺，为中国儿童文学的飞跃继续努力。

力作扫描

《将军胡同》

古都北京，从来风起云涌；城垣子民，久经雨雪冰霜。

出版于中国人民抗日战争暨世界反法西斯战争胜利七十周年之际，《将军胡同》描绘了"我"家及北京城乡在日军铁蹄下的多方位的生活图景："我"家是小康之家，收留了"长庆班"（曾经一著名戏班）的贫穷艺人的女儿"秀儿"，共同生活。"我"姥爷将只会享乐的穷途末路的晚清遗老——图将军启发成自食其力的好汉，他心底的民族大义不断燃烧、爆发，由此演绎出一曲勾人心魄、感人至深、发人深省的民族悲歌。蛐蛐、鸽子、糊塌子、鼻烟壶、美猴王……这些物什绘制出了独具特色的地域物质文化，然而物质的背后是怎样的精神呢？

小说展现了昔日贵族图将军在清朝倒台后坐吃山空，最后连生存都成问题。然而，他内在的羞耻心和求生欲迫使他不顾一切去拉洋车过生活，这实际上隐喻近代中国走下世界高台万国来欺的境况，而古老民族并未呆滞衰退，反而内在有着一股强烈的新生力量。在叙述中，中国平民在困境中反思自己，意识到是自己的耽于享乐和愚昧无知酿成了现在的悲剧，在安静闲适的生活不断被战争侵吞时，北京平民大多选择了做顺民，但从老到幼一刻也不曾停止对侵略者的憎恨和对正义必胜的信仰，孩子圆滑巧妙地避开了日军的奴化教育，图将军以各种说辞来避免跟日本横泽先生来往。在敌人看不见的地方，北京人痛快淋漓地发泄着自己的愤怒，采取各种力所能及的爱国行动。这表现出中国人求和的背后不是懦弱认命，而是求生的智慧和对胜利的坚信。

礼，在于维持社会秩序，但也饱含着浓浓的为他人着想的细腻的爱心。姥爷劝诫只会花钱享受的晚清遗老图将军，就是通过委婉地拒绝购买图将军所变卖的家产，以示对图将军的尊重和帮助来实现的。姥爷对图将军自尊的维护和对他困难处境的帮助使他感受到人间的温暖，感受到朋友和社会的体贴，这样的感情是激励他以武艺保护弱者的关键。美好的礼仪并非冗繁的虚礼，姥姥真诚爽快地招呼我的伙伴放学后在自己家吃炸酱面，并没有使孩子左右为难，更没有显出令人寒心的主客之别。然而，当带着蛮力的恶人闯入，情况与之前形成了鲜明对比：汉奸仗着日军威风，砸门闯入刘家搜查爱国分子，气急败坏地破坏刘家财产，甚至连鱼缸里漂亮的金鱼也要踩死。这又凸显出战争狂魔对人性的扭曲和践踏。

作者将复杂的社会历史简洁化而非脸谱化地呈现在儿童读者视野中，以孩子们的视角叙述，促进了儿童读者的理解和感受，创造性地将民俗、历史、融入儿童生活的描绘，每章都以一个历史文化标志命名，分头叙事，还原了胡同的幽深和激情。给孩子们带来了一场有关历史文化、国家命运、精神气节的精神洗礼，唤起成人读者在纷繁复杂的社会生活久违的那股可贵而感人的童真。本书由北京民俗专家侯晓晨撰写的上百个词条、多达一万余字的"名物考"，涵盖了文中北京相关的方言、食物、地理、风俗、店铺、曲艺、地理、史志等方方面面，堪称老北京文化的一个浓缩资料库。

《凤凰台》

故事从赛百灵鸟——即士绅聚赛自己驯养的百灵模仿其他鸟类鸣叫的能力和优美程度，优胜者被选为"教师鸟"，供其他百灵鸟效仿的民俗习惯展开，讲述了一位小学老校长的鸟儿不慎模仿了不吉利的猫头鹰叫，但老校长并不抛弃它，而是采取自然的方式将其驯为能模仿"百鸟朝凤"的明星鸟的故事。在这一过程中，穿插了学习成绩偏科的小学生青皮的故事，作者在青皮由自卑转向自信的过程中，发现了更高等的教育理念、更高等的美和更高等的待人待己的态度，甚至为改善人类社会运行模式提供了建议——在社会竞争中，人的价值被扭曲为经济生产线上的螺母，普通人往往只有将能满足生产需要的特征发展好，才能成为社会精英，作者抓住普通人被扭曲的痛苦，阐明了人的自然真实价值对其自身的重要意义以及个体生命在自由的环境中进步所带来的欢乐和多彩——真正的凤凰台是自己幸福舒展的平台。

小说以写实的手法勾勒出敦厚、明智的小学校长刘修志的形象，又通过穿插急功近利的小秦老师的话语，来形成鲜明对照——传统的教书育人理念，在于改变学生；而如今的教育只知道筛选出"能成才的"学生来栽培。青皮在其间从未显性地张扬什么，也还没到深刻地理解凤凰台深刻含义的年龄，但在"脏口百灵"面临被抛弃的时刻，他情不自禁地要收养它，从而使青皮和"脏口百灵"的形象在这种尴尬的环境中凸显得更真实、细腻。小说并没有局限于呈现"自然训练法"下百灵的大显神通，而是在末尾让百灵发出自己的叫声，离开牢笼，扑棱扑棱朝林间深处飞去不再回头，这一回归一下子将主题升华，也让"真正的凤凰台"这一寓意烙进了读者的心田。百灵的叫声也是一大亮点：作家设计了各种拟声词，生动地再现了百灵模仿群鸟争鸣的场景，使人如临其境，如在山林。此起彼伏、和谐圆融的叫声，是自由的舞蹈，是生活的舞蹈，是文明的舞蹈。

然而，学业成绩严重偏科的青皮跟"脏口百灵"之间并不完全对等——身为动物，有动物的自然存在方式，也有动物遵守的种群规矩；而身为人，不能仅仅在乎自己的个性，也应当尽社会义务，遵守践行社会契约。青皮作为小学生，数学成绩极差，没有基本数学技能的人如何在社会生活？如果片面强调个性的必然性和重要性，片面看重文化的多样性，就会忽视对文化的辨别，不利于社会进步，作者提示着大家应意识到共性、共识对社会以及对个体的伟大意义。

小说篇幅短小，词汇不复杂，而孩童视角又将深刻的问题予以简单化、感性化，易于引发人们站在儿童成长的立场上去抉择自己的人生，因而老少咸宜；小说内容比较紧凑，场景变换自然、轻快，有同情而没有煽情，有感动而没有偏袒，令读者于爱和美的氛围中陷入沉沉的思索和选择……

《闹花灯》

对山西民间盛大的花灯及柴火艺术的濒危与继承问题的感慨，促使作家写了这部作品——民间艺人于腊月精心制作模拟禽鸟、兽头、花卉的彩灯，春节期间布置好后点燃其中的燃料，登时活灵活现、五光十色。然而，战乱、各种运动以及改革开放后商业大潮的冲击破坏着传统艺术的继承，作为坚守传统的老艺人，赵二爷每年都精工细活，用心做好祖传的手艺：精选各种材料，制作各种形状，辅以美术和书法，将花灯做得精美绝伦。而年轻一代的陈家老大，凭借制作新奇的火箭、飞船、卡通人物等花灯，迅速吸引了大批观众，两代人的"竞争"激发了花灯艺术的重振，真正又让花灯"闹"了起来，最终年轻的陈家老大夺得"灯魁"。次年的"竞争"中，稚气未脱的青皮（孩子乳名）表现出了对花灯艺术的好奇，这使赵二爷非常欣喜，却发现后代都喜爱新鲜事物，这让赵二爷对新花灯由不接纳的情绪渐渐转为接纳、认可的态度。赵二爷决心将自己的手艺传给下一代，因而在次年呕心沥血，为观众带来了一场已经消弭多年的架火——壮观的火焰在十多层的文昌阁上层层喷射，地空交相辉映，万炮齐鸣，令人叹为观止，最终年轻的陈家老大拜其为师，终于成功地抢救了这项绝活！

小说以精悍的篇幅形象生动地塑造了走向新时代的传统艺人陈二爷——他一方面发自内心地热爱祖传艺术，不惜耗时耗力也要精工细作，因而看不上年轻一代的作品和喜好；另一方面又渴望得到年轻人的喜爱，传承祖传手艺。陈二爷不仅象征着一代艺人，又象征着现代急速转型的古国的自身问题——在剧变中，古今被割裂成鸿沟，优秀传统只有被解码和重构，才能作为鲜活基因存活于未来体内。陈二爷头脑开窍，悟到了这一原理，象征着古老文明的新生。然而，作者绝不一味追新逐异，以大量的笔墨描写长辈对艺术的敬畏，老人持之以恒而一丝不苟地做出文化味十足的节目。又通过描写陈家老大，一方面肯定了年轻人主动继承并革新传统的嘉行，一方面也揭露了年轻一代文化消费图新图快、重感受轻内容的弊病。幸而最终两代人结为师徒，这项艺术终于经受住了时间的检验，意味着优秀传统将在未来得到传承，明天会更好。

作为中国文化现状的一个缩影，作品在叙事中不断穿插着稚童的身影和语言，展现出生长在新老交替时代的中国儿童的微妙与灵机，揭示了美的传统必将被历史所继承的伟大真理，又表现出中国文化的继承正在由稳定自然的代际继承转为自发自觉而有选择取舍的自由继承，中华民族正在自我迭代，铸就古今贯通、多元化成的民族文明奇迹。

（金博 撰文）

Shi Lei 英语版

Shi Lei is a son of a military family. He was born in Sichuan province which locates in the southwest of China in 1970 when the relation between China and former Soviet Union was quite tense. Shi Lei had to be sent to his grandparents（on his mother side）and raised by them in Beijing due to the harsh condition of the military life. Influenced by his grandmother who liked storytelling through radio, Shi Lei has always steeped himself in terrific stories told by the renowned storytellers like Shan Tianfang and Yuan Kuocheng. Thus, the immersion in classical stories planted him the seeds of literature. When six years old, Shi Lei was taken back to Sichuan by his parents when the living condition had already been improved — Many cultural facilities have been set up. And it was the library in the army that gave him the opportunity to read masterworks and literary journals of high quality including *Dangdai Bimonthly* and *October*. Shi Lei was far from metropolis when he was young, but he tried his best to look for the chances to read with a childlike heart and curiosity. When eighteen years old, he was back to Beijing with the military. Then, he went to Beijing University and has always been reading broadly.

Shi Lei was so enthusiastic about historical culture that he took eight years to explore Beijing cultural heritages and associate with traditional Beijing cultural celebrities. He has been impressed and characterized by Beijing folk customs profoundly. In 2008, Shi Lei began his creation in children's literature for being moved to tears while reading *Thatched Memories* by professor Cao Wenxuan who was a Hans Christian Andersen

Award winner.

On the strength of his passion and familiarization with his nation and historical culture, and with his unfailing childlike innocence and developed artistic sensibility, Shi Lei published a large number of novels and essays including *Conquering Jun Hill*, "Lantern Show", "Three Flags in Temple Fair" and "The Terrace of Phoenix" in *Children's Literature*, *Kid's Literature* and *Reader's Companion* and other journals.

Once when he was reading historical documents, Shi Lei found that the Japanese invaders had already investigated China's national conditions thoroughly before their military aggression in the Sino-Japanese war; on the contrary, the Chinese were busy indulging themselves in their cozy life and sinking in their little tricks. Only ten years later did the Chinese know that the "Cholera war" launched by the Japanese in the southwest of Shandong in the autumn of 1943 which led to fatalities of hundreds of thousands was biological warfare. Based on this cognition, Shi Lei reflected on Chinese attitudes and minds thoroughly. He spent three years creating *General Hutong*, which was a novel delineating from the perspective of historical culture and won many awards including the highest award of *Bronze Sunflower Children's Fiction Prize*, book of *2015 Chinese Books* and *2015 Press Program of Excellent Children's Literature*. One of the chapters *Conquering Jun Hill* from the novel won Chen Bochui International Children's Literature Award in 2015, which paved him the way towards a vigorous writer with a characteristic writing style and high quality thereafter.

Shi Lei's works corroborated with his unique view on children's literature. He contended that compared with literary works aimed at adults, children's literature should be more delicate — just like various foods and goods exquisitely prepared for them. Therefore, children's literature was in the nature of an art rather than writing. It could not be written but be created with experience, thoughts, talents, time, heart and soul.

Shi Lei's novels not only focused on war but also probed into other concerns including inheritance of cultural heritages, transformation in contemporary folk customs, examination-oriented education in children and environmental protection and so on. With innocence and kindness, justice and bravery, adamancy and optimism, integrity and compassion, he became a preeminent storyteller who told Chinese stories grounded in reality from an international perspective. Although his works have attracted wide reviews from critics and readers, Shi Lei would participate in and promote the development of children's literature in China with passion, childlike heart, conscience and self-reflection. He would devote himself to children's literature and dedicate to the world distinguished Chinese culture that is of great significance to the human kind.

General Hutong

Ancient capital Beijing weathers the storm; and its people witnesses the vicissitudes.

In the 70th anniversary of the victory of Sino-Japanese War and the World Anti-Fascist War, *General Hutong* depicts the panorama of the urban and rural Beijing as well as "my" family under the ravage of Japanese invaded aggressors: "My" well-to-do family adopts "Xiu'er" who is the daughter of a poor opera actor from "Changqing Ban" (a used-to-be famous opera troupe) and "my" grandpa inspires General Tu to be a true man living on his own but who used to be a pleasure-seeking old adherent of the late Qing dynasty. The patriotism in General Tu finally shows after waves of inspiration and leads to a fascinating and affecting story. Cricket, dove, pumpkin pancake, snuff bottle and Monkey King…All the figures characterize local material culture. However, people may wonder what spirits are behind them?

The novel describes the former aristocrat running empty after the downfall of Qing dynasty and barely can survive, but the sense of shame and the desire for survival push him to pull a rickshaw desperately. The plot symbolizes that modern China steps down from the top of the world and gets oppressed by many other countries; however, instead of staying stagnant and going deterioration, the time-honored nation erupts a new and inherent force. In the narration. In such difficult situations, Chinese people reflects on themselves, realizing that their hedonism and frivolity are the culprits of their tragedy. When their quiet and leisurely life get ceaselessly harassed by the invaders, most of them choose to be obedient on the surface which is rational, because they never stop hating invaders and believing justice will prevail: The children get around Japanese enslavement education, General Tu doesn't socialize with Mr. Yokozawa the Japanese with all kinds of excuses. In the places where the enemies are absent, Beijingers vent their grievance and anger forthrightly and make patriotic struggles with in their power. Behind their "appeasement", there are Chinese wisdom of survival and their belief in victory.

"Ritual" means to be considerate for others as well as to maintain social order in Chinese. By rejecting purchasing General Tu's family possessions, grandpa respectfully and tactfully inspires him to live on his own. Grandpa's dignity assertion of and support to General Tu make him feel the warmth and consideration from his friends and the society. Such feelings play a crucial part in his willingness to help the disadvantaged groups with his martial arts. In addition, bright and right rituals go without unnecessary decorum. Grandma readily and pleasantly invites "my" friends over for noodles with soybean paste after school and gets accepted instantly. There is no embarrassment or estrangement between the hostess and the little guests. However, there is a sharp contrast when the vile traitors intrude in with their brutal strength. Assuming the mighty of the Japanese, the traitors break into Liu's house to search patriots, vandalize their possessions and even stomp the lovely goldfish to death. Their barbarous behavior reveals the distortion and trampling of war over human beings.

The writer boils down the complicated social history to readings that are suitable to children in deepening their appreciation and feelings for society. He combines innovatively folk customs, history and children to make each chapter a designation of historical culture and to show the passionate activities in Beijing Hutong. The novel enlightens children on historical culture, nation's destiny and moral integrity and appeals to adults with the innocence that should movingly and tenaciously grow in the complicated society. Hou Xiaochen, an expert of Beijing folk customs and Beijing culture, composes a dictionary which captures the essence of traditional Beijing to explain almost every aspect of it including idioms, foods, locations, customs, shops, Quyi (Chinese cross talk, storytelling, opera, etc.) chronicles and so on with hundreds of entries and more than 10, 000 words.

The Terrace of Phoenix

The story starts with larks singing contest, which is a local tradition that the winner lark becomes "mentor" for the others when it can out-sing them at the venue where the gentry assemble to have a competition with their own larks. Then it carries on with a lark owned by an old headmaster imitates the hooting of an owl which is considered as bad luck sound. The headmaster doesn't desert the lark but tames it to be a star bird which can sing "hundreds birds paying homage to phoenix". In the process, the story of Qingpi who is a schoolboy focusing only on several subjects is told. During his progress towards self-confident from self-contempt, advanced education concepts, aesthetic and interpersonal communication are uncovered in the story. The story even suggests a mode for improving human society. In the competitive society, individuals become nuts and bolts of the assemble line and cannot be elites in society unless they meet the needs and requirements of social production. The writer seizes the pain of contorted human nature and clarifies the importance of the authenticity of human nature and the joys brought by individual in free environment. It illustrates that the real terrace of Phoenix is a platform in which individuals can get happiness.

With realistic writing technique, the novel makes a sharp contrast between the headmaster Liu Xiuzhi who is gentle and wise and the teacher Xiao Qin who is eager for a quick success. Through them, the story presents readers with two different education attitudes: traditional educators who believe in "instruction knows no class distinction" and modern educators who does make distinctions and only favor those who "can make a difference". Qingpi has never been an outstanding student with any surprising talent, nor does he fully understand the true meaning of the "terrace of phoenix"; however, when the "ominous lark" is to be deserted, he cannot help but adopting it. Qingpi and the "ominous lark" become a classical couple in the embarrassing situation. The marvelous lark is not confined to "natural training method" to show its imitation abilities but sings its own songs. In the end, it flies out of the cage and flutters into the depths of the forest and never comes back. The lark's return to nature exalts the theme of the story and makes readers have full comprehension of the true meaning of "the terrace of phoenix". In addition, the description of the lark singing is another highlight: the author employs various onomatopoeic words so that the spectacle of the lark's imitation of hundreds of birds singing is revived which makes readers feel like they are in the presence of the forest. The continuous flow of birds singing symbolizes life, freedom and civilization.

However, Qingpi, as a subjects-biased schoolboy in learning, is not exactly the same with the "ominous lark". The bird has its own lifestyle and natural rules to follow; and an individual has to bear more than itself in mind, he has to take responsibilities and fulfill social obligations. And without basic calculation skills, how could the schoolboy Qingpi who does terrible in math live easily in society? If individual personality or one-sided culture is stressed excessively, the whole picture would be neglected. Therefore, the meanings of commonality and universality should be emphasized in promoting the advancement of the society and individuals.

The short story narrates from children's perspective with simple words and purifies the profound problems but makes it heart-warming. It is suitable for all ages for its illumination on adults in choosing their own lifestyle. The well-knit story is full of compassion but no sentimentality, full of warmth but no discrimination. With smoothly changing scenes, the readers are riveted in their readings of the lovely and beautiful story.

Lantern Show

The arts of Lantern and "Jiahuo" in Shanxi province being endangered propels the writer to create this story. Folk artists make elaborate lanterns in the shapes of birds, fowls, animals heads, and flowers the Chinese New Year , and they set the fuel in the lanterns on fire during spring festival which will make the colorful lanterns vivid. However, all kinds of movements, wars, cultural revolution and reform and opening up constantly encroach on the inheritance of these traditional arts. As an experienced craftsman who holds fast to traditions, Zhao Erye would craft family inherited artifacts meticulously every year. With materials picked critically, the lanterns which made by him of all shapes and with drawings and calligraphy are beyond comparison. The Chens' oldest son, who represents the younger generation, appeals to a great number of audience by his innovative lanterns shapes: rockets, spaceships and cartoons. The lantern art is actually revived and made to be a popular show by the two generations' competition with Chen's oldest son being the winner. In the next year's competition, innocent Qingpi (a nickname of a child) shows interests and curiosity towards lanterns which makes Zhao Erye very glad. Meantime, his realization that the younger generations are passionate about new things makes him change his idea about the innovative lanterns and accept them. Zhao Erye decides to pass on his craftsmanship to the next generation, so next year he exerts his utmost efforts to give a public performance of "jiahuo", an art that has been missing from the audience for years. The magnificent fire sprays in every tier of more than ten-tier "Wenchang" pagoda, making the dark sky so bright that people can not tell the night from the day. With the bombing of firecrackers, the crowd are watching in awe. In the end, the Chens' oldest son is impressed and apprentices himself to Chen Erye and saves the marvelous and endangered folk art!

The story vividly and succinctly delineates a traditional craftsman Chen Erye who faces a changing modern world. On the one hand, out of true love for traditional arts, he would rather spend more time and energy finishing a work than give a second glance to the works of the younger generation which he despises as rough manufacture. On the other hand, he aspires for the new generation's love and interests in the craftsmanship handed down from his ancestors. Chen Erye represents not only a craftsman of the older generation but also the problems of an ancient country in the rapidly changing modern world. Therefore, the excellent traditional arts have to deconstruct and reconstruct themselves in order to survive in the future due to the giant gap between the past and the present in this changing world. Chen Erye's bright open mind and altering attitude symbolize the rebirth of ancient civilization. However, the writer does not seek novelty blindly. The senior craftsmen's awe and respect for traditional arts and their consistent and meticulous creation of art performances full of cultural meaning cost him plenty of ink. As for the younger generation, by depicting the Chens' oldest son, the writer praises the younger generation's innovation of the traditions on the one hand; on the other hand, he criticizes their behavior of seeking a quick success and emphasizing more on feelings than on contents. Luckily, the young man apprentices after the senior and learns the traditional arts in the end. The time-honored excellent art will be accepted by future and become even better.

Being a successful allusion of modern China, the story carries on with the interlude of the child Qingpi, whose appearance shows the subtlety and intelligence of Chinese children towards culture in the discrepancy between the older generation and the younger generation. The story reveals that excellent traditions will survive in history and shows that Chinese culture changes its traditional inheritance from only passing onto sons to more free and diversified modes. Above all, Chinese nations are melting culture of each other and culture of their past and present to make a civilization wonder in the world.

Shi Lei 法语版

Portrait de l'auteur

Issu d'une famille de militaire, Shi Lei est né en 1970 dans la province de Sichuan, à une époque où les relations sino-soviétiques étaient très tendues. Dès sa plus tendre enfance, ses parents l'envoyèrent à Pékin vivre chez ses grands-parents. Sa grand-mère aimait écouter les récits de conteurs à la radio. Shi Lei baigna donc très tôt dans la littérature classique et l'histoire et aimait écouter parler des maîtres célèbres tels que Shan Tianfeng et Yuan Kuocheng. Ainsi, une sensibilité et un goût prononcé pour l'Histoire, les lettres et la littérature commença à germer en lui. A l'âge de 6 ans, il retourna dans sa province natale pour y retrouver ses parents. Les conditions de vie qui depuis s'étaient considérablement améliorées depuis son départ, il retrouva chez-lui de nouveaux équipements culturels comme des bibliothèques et des librairies. C'est ainsi qu'il passait la plupart de son temps à la bibilothèque de la caserne de ses parents à dévorer les plus grands chefs-d'œuvre de la littérature classique ainsi que les périodiques de l'époque comme 《L'époque actuelle》 et la revue 《Octobre》. Malgré son éloignement géograhique avec les grandes et modernes métropoles de son pays, il trouvait toujours des occasions de se cultiver.

A l'âge de 18 ans, il retourna vivre à Pékin mais cette fois-ci avec ses parents. Et c'est à cette époque qu'il commença à s'intéresser profondément à l'Histoire de la Chine.

Pendant huit années, il consacra la majorité de son temps à visiter tous les monuments historiques et culturels de la capitale et à faire connaissance avec quelques intellectuels notoires. Il fut totalement fasciné par les traditions et la culture pékinoise ancienne. En 2008 c'est en lisant le roman *La Paillote* de Cao Wenxuan, lauréat du prix littéraire international Hans Christian Hendersen qu'il trouva sa vocation. C'est grâce à ce chef-d'œuvre qui l'a ému jusqu'aux larmes et touché au cœur qu'il commença à écrire des œuvres littéraires pour enfants.

Shi Lei avait une très grande passion pour la culture et l'histoire de son pays et c'est grâce à son érudition dans ces domaines et à sa profonde sensibilité artistique et imaginative qu'il va publier par la suite de nombreux romans et proses qu'il publiera dans des périodiques comme 《Littérature d'enfance》, 《Arts et lettres de jeunesse》, 《 Amis de lecture》 et publier de magnifiques romans et proses comme *Le Mont Dingjun*, *Le festival des lanternes*, *Les trois étendards* et *La tour du Phénix* .

Un jour, alors qu'il consultait des archives historiques sur la guerre sino-japonaise, il fit une découverte fracassante. Il apprit que les japonais avaient attaqué à l'automne 1943 la province du Shandong avec des armes bactériologiques. Cet épisode tristement connu comme l'attaque d'automne au Choléra a causé la mort de plus de 100 000 chinois. Il fallut attendre une dizaine d'années pour que les autorités et le peuple chinois apprennent la vérité quand à la cause de ces nombreux morts. Ce triste et terrible épisode le fait sérieusement réfléchir sur l'attitude, l'état d'esprit et la mentalité des chinois de l'époque et lui inspire son roman 《le Hutong du général》 dans lequel il essaie justement d'analyser les mœurs historiques et culturels des chinois et pour lequel il obtiendra le prix du bronze et du tournesol du roman de la jeunesse. Ce roman sera aussi considéré comme le 《l'excellent roman de l'année 2015》 et comme le 《projet de publication remarquable de l'année 2015 pour la littérature de jeunesse》. Le premier chapitre du livre intitulé 《Le Mont Dingjun》 recevra par ailleurs le prix national de littérature de jeunesse Chen Bochui. Ainsi Shi Lei deviendra dans les cercles littéraires chinois un écrivain très prolifique, une plume d'une rare qualité disposant d'un style hautement original.

Les œuvres de Shi Lei témoignent de sa conception unique de la littérature pour enfants. D'après l'écrivain la littérature pour enfant se doit d'être beaucoup plus subtile et raffinée que la littérature destinée aux adultes tout comme les objets et la nourriture le sont également. Et C'est la raison pour laquelle la littérature doit être une œuvre d'art à part entière mais une œuvre d'art qui ne soit pas seulement écrite mais également sculptée et polie dans l'exprérience, le vécu, le temps, la souffrance, l'effort et le talent.

Les romans de Shi Lei ne traitent pas seulement de la guerre mais analysent aussi de manière pertinente des questions substentielles telles que transmisson de l'héritage culturel, de l'évolution des us et coutumes, de l'enseignement et des examens des écoliers, de la protection de l'environement etc. Ces romans se basent sur des faits réels et adoptent une vision globale pour évoquer des histoires chinoises tout en y incorporant des émotions et sentiments forts ainsi que de la morale. Ansi ces romans nous parlent de naïveté et de bonté, de courage et de justice, de force mentale et d'optimisme, d'honnêteté et de compassion, de loyauté, et d'amour etc.

Bien que ces œuvres soient grandement appréciées par les critiques littéraires comme par les lecteurs, Shi Lei continue à participer à l'essor de la littérature pour enfants dans un esprit serein, passionné, réflectif, bienveillant et innocent. Il apporte aux enfants des hisoires merveilleuses et contribue à faire connaître et à la société humaine et au monde d'aujourd'hui les qualités remarquables de la culture chinoise.

Pré sentation des œuvres principales

Le Hutong du général

Capitale ancestrale, Pékin a toujours connue la fureur et l'impétuosité, et le peuple a connu bien des boulversements et d'innombrables difficultés.

A l'occasion du soixante-dixième anniversaire de la victoire contre l'envahisseur japonais et contre le fascisme mondial, le roman *Le hutong du général*, décrit la vie familiale du narrateur ainsi que la vie des citadins et des paysans pékinois pendant la guerre sino-japonaise.

Le roman raconte l'histoire d'un noble après la chute de la dynastie des Qing passe son temps à flamber sa fortune dans les plaisirs terrestres jusqu'à l'épuisement total de ses richesses. Ne sachant plus comment subsister à ses besoins et pris par le honte il décide de se prendre en main et de gagner sa vie à la force des ses bras en devenant tireur de pousse-pousse. En réalité ce roman est une allégorie de la Chine éclatée, désagrégée, et qui fut insultée et humiliée devant le monde entier par les puissances coloniales occidentales mais qui contrairement aux idées reçues ne déclina pas pour autant car aussitôt, éclot une nouvelle et vive force interne. En effet l'échec et la défaite de la Chine auront permis aux Chinois de faire leur introspection et de comprendre que les causes profondes à leur trajedie provenaient certainement dans leur attachement au plaisir de la chère, a leur fainéantise et à leur ignorance. Avec les invasions, leur vie paisible et insouciante disparaissait progressivement et les Pékinois se soumettaient et obéissaient à leur invahisseurs mais au fond de leurs cœurs ils étaient animés de rancœur, de mépris et de haine envers leurs agresseurs et croyaient ardemment à la justice et à la victoire. Les enfants avaient savamment trouvé un subterfuge afin d'éviter l'éducation asservissante de l'armée japonaise et le général Tu réussi à touver des prétextes judicieux afin de ne jamais faire de rapport à un certain Monsieur Hengze un vil Japonais. Hors de surveillance des soldant nippons, les Pékinois se réunissaient afin d'exprimer leur vive indignation et se livraient à des annonces patriotiques afin de ne pas oublier leur identité, qu'ils étaient un peuple et qu'ils avaiant une terre à défendre. Derrière leur apparente docilité, ils ne se sont jamais soumis pusillaniment à l'envahisseur, ne se sont jamais agenouillés face à la fatalité mais ont toujours cru en la sagessse du désir de vivre et ont toujour eu foi en la victoire.

Le rite est important car il sert à maintenir l'ordre social mais il intègre aussi une forme d'amour, de bienveillance et de mansuétude par rapport aux autres. Par exemple dans le roman, lorsque le général Tu décide de vendre se meubles familiaux et objets ayant appartenu à ses ancêtres afin de subvenir à ses besoins, un vieillard vient le trouver afin de l'en dissuader en lui faisant comprendre de l'importance de la valeur sentimentale des choses, du respect de la mémoire, ainsi que de la dignité humaine tout en l'aidant financièrement du mieux qu'il peut. C'est ainsi que le général Tu pu sentir l'amour, la chaleur et la sollicitude de ses amis et de la socitété. Et ce sont toutes ces marques d'affection à son encontre qui l'encouragèrent à prendre lui aussi la défense des plus faibles et des plus vulnérables. Les bons rites ne sont aucunement fallacieux comme le montre la grand-mère du narrateur qui invite les amis de son petit fils à venir manger des nouilles au porc à la maison après les cours en les traitant comme de la famille, sans distinction afin que tous les convives se sentent à l'aise. Cependant lorsque quelques temps après les forces barbares étrangères envahirent la Chine, des traîtes chinois à la solde de l'envahisseur japonais parmis lequels certains de ces convives revienrent dans cette même maison en défonçant la porte, en saccageant tout le mobilier, détruisant le peu de fortune de cette famille. Shi Lei veut montrer ici les effets pervers et destructeurs de la guerre sur l'humanité.

Dans ce roman, l'auteur adopte un regard enfantin afin de simplifier la complexité des évènements histoiriques ainsi que les analyses qui y sont faites afin de rendre accessibles aux plus jeunes lecteurs les faits historiques et de les sensibiliser aux horreurs de la guerre et à leur insuffler un patriotisme éclairé. Les œuvres de Shi Lei ont de génie le fait qu'elles suscitent chez les enfants une réflexion précoce sur leur propre histoire et leur propre culture, sur le destin national et la force morale. En même temps, ces ouvrages permettent aussi aux adultes de ressentir les sentiments purs et touchants des enfants dans un contexte historique aussi noir que complexe. Hou Xiaochen, grand expert de la culture populaire pékinoise est formel : les ouvrages de Shi Lei sont des portes d'entrées merveilleuses qui donnent accès à la culture antique pékinoise et ce, sous toutes ses formes : le dialecte, la géographie, l'humour, l'Histoire, les spécialités culinaires, les fêtes, les mœurs, les us et coutumes, les mentalités… Bref, ce roman est un véritable microcosme pékinois.

La tour du Phénix

L'histoire commence sur une compétition peu ordinaire. Des alouettes entraînées par leurs maîtres doivent imiter dans une mélodie parfaite le chant des autres oiseaux. Le grand vainqueur du concours sera alors désigné sous le titre du《 maître des oiseaux》. Lorsque l'alouette du vieux directeur d'école imite à la stupeur générale le hululement de la chouette, oiseau considéré dans la tradition chinoise comme maléfique et de mauvais augure, cela provoque de vives critiques à son encontre. Cependant au lieu d'abandonner cette alouette qui était considérée par le reste de foule comme satanique, le vieux directeur décida de la garder et dans l'entraîner tout naturellement et de s'en occuper comme d'une véritable vedette capable d'imiter les mille oiseaux devant le phénix. Parallèlement à cette histoire, apparaît un autre personnage tout aussi émouvant prénommé Qing Pi qui est un élève timoré et complexé et qui au cours d'un processus d'apprentissage va retrouver confiance en lui. A travers ces mécanismes d'apprentissage, l'auteur veut inculquer aux plus jeunes la noblesse du beau, de la bienveillance, de la bonté du sens de l'effort et du pouvoir extraordinaire que chacun dispose et qui pourrait améliorer la société humaine si ce dernier était exploité à sa juste valeur.

Dans une société où la concurrence est effrénée, les valeurs humaines sont délaissées au profit des intérêts matériels et financiers. Et malheureusment les gens du commun ne pourront devenir des élites que s'ils répondent correctement aux besoins de la chaîne de production et de consommation. Donc les hommes ne pourront être reconnus et jouirent de la société que s'ils s'y soumettent et s'agenouillent devant ses bassesses. Ainsi l'auteur prend la douleur des petites gens qui sont aliénés par le travail et la concurrence sociétale afin d'expliquer l'importance de la valeur réelle et naturelle de l'humanité qui prend sa source dans l'individualité, car c'est dans un environnement libre de toute contrainte que l'individu peut progresser et se surpasser afin d'atteindre le bonheur et la lumière de la vie- c'est ce que l'auteur appelle la tour du phénix, une tour au sommet de laquelle s'étend la félicité supême, susceptible d'être atteinte par chacun.

Le roman décrit dans un style très réaliste à travers l'opposition de deux personnages que sont le vieux directeur d'école Liu Xiuzhi qui est honnête, bienveillant et intègre et un jeune professeur nommé Qin, l'évolution de la société ainsi que ces méthodes d'apprentissage. A travers ces deux personnages ce sont deux mondes, deux idéologies, deux systèmes de valeurs et de principes qui se font face. Pour le premier l'éducation traditionnelle est la meilleure car elle enseigne à tout le monde les mêmes enseignements sans distinction de classe. Personne n'est isolé, marginalisé ou mis sur le banc de touche. Pour le second, l'enseignement est une sorte d'épuration dans laquelle seuls les étudiants les plus brillants ou les plus riches sont sélectionnés.

Ainsi le jeune Qing Pi qui n'a à priori aucune compétence particulière et qui est trop jeune pour comprendre ce qu'est la tour du phénix, va tout naturellemnt adopter une alouette qui ne répète que des injures grossières et qui fut abondonnée par son maître. Malgré l'embarras du jeune, il ne va cesser de l'aimer, de la chérir. Ainsi une relation aussi réelle que charmante va naître entre le jeune garçon et l'oiseau et ce malgré un déluge de critiques. Qing pi parviendra finalement à 《éduquer l'alouette》. Le roman ne se limite pas seulment sur le succès du garçon qui reussit à domestiquer de manière naturelle l'oiseau mais approfondit le thème. En effet à la fin du roman, losque l'alouette parvient à chanter comme une authentique alouette, Qing Pi va ouvrir la cage pour libérer l'oiseau qui va aussitôt prendre son envol afin de rejoindre la forêt sans se retourner. Cette fin permet au lecteur de vraiment percer le sens caché de la tour du Phénix. Le chant de l'alouette est un rayon lumineux qui par sa capacité à imiter le chant des autres oiseaux permet à l'auteur de pénétrer dans le monde de la forêt comme s'il y était vraiment et de savourer les différentes mélodies qui montent et qui descendent alternativement et qui représentent une danse de la vie, de la liberté et de la civilisation.

Malgré l'anologie que l'on peut faire entre l'enfant et l'oiseau, les deux ne sont pas tout à fait similaires. En effet l'oiseau comme tout animal a une manière de survivance tout à fait naturelle et purement instinctive qui répond à des règles animales alors que l'homme ne peu pas simplement se préoccuper de sa personne car il est grégaire, il vit en société dans la quelle il a un rôle à jouer, des devoirs à accomplir et se doit donc de respecter un certain contrat social. Malgré un certain talent, le jeune Qing Pi est très mauvais en maths et la question qui se pose aujourd'hui est de savoir ce que peut devenir et faire dans la vie une personne qui n'a aucune prédisposition pour les sciences ? Si l'on prête partiellement attention à l'importance de la nécessité de l'homme et si l'on considère que partiellement la culture alors cela nous rend inévitablement aveugle à la diversité de la culture et du savoir. Et cela n'est absolument pas bénéfique au progrès de la société. Ainsi il est important pour l'auteur de nous faire prendre conscience de l'importance et de nécessité à la diveristé du savoir et des compétences et que si l'on peut développper chez chacun son potentiel alors cela contribuera au bonheur et au progrès et de l'individu et à l'ensemble de la société et même au monde.

La tour du Phénix est un roman court et écrit avec des mots simples. Cependant cela ne rend pas le roman moins profond bien au contraire. En effet en adoptant un regard d'enfant, Shi Lei purifie les probèmes profonds de la société et les rend émouvant et permet aux adultes de se mettre à la place de l'enfant, d'avoir un regard d'enfant sur le monde et de réapprendre à faire des choix peut être plus judicieux pour leur vie . C'est donc un roman qui convient à la jeunesse comme aux plus âgés. Le contenu est dense et les scènes changent rapidement mais avec un rythme tout naturel donnant dans la compassion mais sans excès, dans l'émotion mais sans abus, faisant ainsi rentrer le lecteur dans une ambiance d'amour et de beauté qui le plonge dans la réflexion et les décisons.

Le festival des lanternes

Dans ce chef-d'œuvre, l'auteur souhaite nous sensibiliser à la disparition progressive de la transmission des traditions et fêtes folkloriques de la province du Shanxi comme la fête des lanternes et la fête de la pagode de feu. Dans ce roman, il nous emmène à la rencontre des artisans du Shanxi qui fabriquent depuis des générations des lanternes aux couleurs chatoyantes et aux formes zoomorphes représentant des têtes de bêtes sauvages et de rapaces qu'ils allument lors de la fête du printemps. Cependant la transmission de cette tradition a toujour été mis à mal au cours de l'histoire par les insurrections, les troubles, les guerres, la révolution culturelle puis au moment de l'ouverture de la chine. Le vieux artisan zhao s'évertue à faire vivre cette tradition ancestrale et chaque année, lors du nouvel an, il choisit minutieusement les matériaux afin de fabriquer sous des formes différentes ces belles lanternes auxquelles il rajoute de délicates calligraphies ainsi que des motifs raffinés afin de les rendre plus vivantes et plus éclatantes. Alors qu'une compétition à lieu, rentre alors en scène le jeune Chen, féru de lanternes et qui attire aussitôt l'attention des spectateurs tout en provoquant leur émerveilement avec ses lanternes représentant des fusées, vaisseaux spatiaux ainsi que des personnages de bandes dessinées. Et c'est ce championnat de Lanternes qui oppose deux génératons qui va justement faire revivre la tradition et lui redonner un second souffle.

L'année suivante lors d'un nouveau championnat, Le petit Qing Pi vient à la rencontre du vieux Zhao pour lui faire part de sa curiosité et de son intérêt pour l'art des lanterne ce qui rend le grand-père très heureux et enthousiate à la fois. Cependant il va s'apercevoir très vite que Qing Pi à l'instar de tous les jeunes préfèrent les formes et les images modernes ce qu'il refuse car très attaché à la tradition. Cependant il finira par accepter et appouver cette nouvelle forme d'esthétisme puisqu'il faut bien vivre avec son temps et que l'important c'est la transmission pérenne de cette tradition ancestrale. Ainsi il va s'efforcer et s'évertuer à transmettre son art aux plus jeunes et promet à tout le village de réhabiliter une autre ancienne tradition disparue depuis longtemps et qui est le fête de la pagode de feu. Cette fête consiste à allumer un grand feu au faîte du pavillon Wenchang, édifice de plus d'une dizaine d'étage afin que la terre via les flammes perforant le ciel nocturne communique avec le divin. Le spectacle est sensationnel, prodigieux et de toute beauté.

Ce roman analyse à travers le personnage du vieux Zhao la place de la tradition dans la modernité. Ce dernier qui vit pour l'art ancestral des lanternes et ayant connu un autre monde, méprise et ne comprend pas le goût et l'esthétisme des jeunes générations. Mais paradoxalement, il souhaite attirer les jeunes afin de leur transmettre son art. Zhao est le représentant symbolique d'une génération d'artisans confrontés et désabusés par la célérité de la modernisation de la Chine. Dans ce changement impétueux, le fossé qui exsite entre les deux générations semble se creuser inéluctablement. Cependant la sagesse du vieux Zhao lui permet de prendre conscience que pour perdurer dans le temps, son art se doit d'attraper le train de la modernté sous peine de disparaître à tout jamais dans les gouffres abyssaux des sables du temps. Cette prise de conscience fait de lui le symbole de la renaissance de la civilisation ancienne. L'auteur veut exprimer par là que l'on peut faire du neuf, être original et être hautement créatif tout en respectant les traditions et l'art des aînés. Ainsi Shi Lei n'ai absolument pas manichéen et pose les qualités et les défauts des deux générations comme lorsqu'il fait la critique de la culture consumériste et fast-foodienne de la jeunesse qu'il rejette. En somme son message et que les deux générations ne sont pas antithétiques mais bien complémentaires et qu'en faisant un travail de dicernement et de raison on peut prendre le meilleur des deux afin de se rapprocher de la perfection. A travers son travail de transmission, on peut voir que l'art du vieux Zhao est à l'épreuve du temps, ce qui signifie que quand les traditions sont belles, poétiques et authentiques elles peuvent aussi être source d'inspiration pour le futur.

Encore une fois ce roamn est un véritable microcosme de la société chinoise contemporaine. En adoptant grâce au personnage du jeune Qing Pi une narration faite dans un langage et une attitude d'enfant, l'œuvre met en lumière l'intelligence et la délicatesse des enfants chinois pris entre deux générations et dont l'écart ne cesse de croître. En même temps Shi Lei révèle que l'esthéthique dans la tradition sera toujour transmise par l'histoire et que la culture chinoise sera transmise de manière naturelle, spontanée et sélective. La nation chinoise est en train de digérer et d'assimiler sa propre essence et c'est un véritable miracle que d'une génération à l'autre, d'une région à l'autre la civilisation chinoise arrive à lier l'antiquité aux temps modernes.

（Traduit par Yi Xiaoqian）

Shi Lei德语版

Shi Lei stammt aus einer Militärfamilie und wurde 1970 während der besonders an- gespannten chinesisch-sowjetischen Beziehungen in der südwestchinesischen Provinz Si- chuan geboren. Aufgrund der beschwerlichen Bedingungen in der Armee, wurde er für die Erziehung zu seinen Großeltern nach Peking geschickt. Seine Großmutter hörte gerne Storytelling. Aus diesem Grund bekam Shi Lei die wunderbaren Storytellings von Shan Tianfang und Yuan Kuocheng und anderen berühmten Storytellers über das Radio zu hören, was dazu führte, dass er schon von klein auf von klassischen Geschichten beeinflusst wurde und der Samen der Literatur in ihm eingepflanzt wurde. Mit sechs Jahren wurde Shi Lei von seinem Vater zurück nach Sichuan geholt. Die Lebensbedingungen haben sich zu der Zeit verbessert. Es wurden nicht wenige kulturelle Einrichtungen, wie Biblio- theken errichtet. Die Bibliothek der Armee ermöglichte es ihm, eine große Anzahl von hochwertigen Literaturzeitschriften wie die berühmte „Gegenwart ", „Oktober " etc. zu lesen. Im Jugendalter wies Shi Lei, obwohl er sich weit von der Hauptstadt entfernt be- fand, dennoch eine Kindlichkeit und Neugier auf und entdeckte für sich viele Lese - und Lernmöglichkeiten. Im Alter von 18 Jahren wurde die Armee nach Peking zurückber- ufen. Shi Lei kehrte auch nach Peking zurück. Er besuchte in Peking die Universität und behielt die Gewohnheit bei, Bücher zu lesen.

Shi Lei ist ein Liebhaber der Geschichte und Kultur. Er wendete acht Jahre auf, um die kulturellen Denkmäler in Peking zu erforschen, sich mit den bekannten Personen der alten Pekinger Kultur anzufreunden und wurde vom Pekinger Volkscharme beeinflusst und geformt. Im Jahr 2008 las er zufällig das Meisterwerk „Grashaus " von Professor Cao Wenxuan, das den internationalen Hans—Christian—Andersen—Preis erhielt, und brach in Tränen aus. Nachdem er von diesem Werk ergriffen worden war, begann er mit dem Verfassen von Kinderliteratur.

Shi Lei stützte sich auf seine eigene innige Liebe und Vertrautheit zum Volk und zur Geschichtskultur und er stützte sich auf seine eigene kindliche Unschuld und starke künstlerische Sensibilität, um in Zeitschriften wie „Kinderliteratur ", „Jugendliteratur ", „Lesefreund " zahlreiche Novellen und Prosawerke zu veröffentlichen. Darunter befinden sich auch berühmte Meisterwerke wie „Dingjun-Gebirge ", „Laternenfest ", „Drei große Fahnen ", „Phönix-Terrasse ".

Einmal beim Lesen der historischen Daten bemerkte Shi Lei, dass die Japaner bereits früh vor der japanischen Invasion in China die Situation Chinas hinsichtlich aller Aspekte detailliert untersucht haben Fie Chinesen jedoch betrugen sich im eigenen und geschlossenen einfachen Leben und verloren Kampfgeist in kleinen Tricks. Als die japanischen Truppen im Herbst 1943 in Luxinan den „18. Herbst Cholera-Krieg " initiierten, führte es zum Tod von hunderttausenden Chinesen. China erfuhr erst mehr als zehn Jahre dan - ach, dass es sich um einen Biowaffenkrieg gehandelt hatte. Shi Lei hat aufgrund dessen die Einstellung und den Verstand der Chinesen auf noch nie dagewesene Weise re - flektiert. Es dauerte drei Jahre, bis er einen historisch, kulturell, emotional ausgeweiteten Roman geschaffen hat - „General-Hutong " - und gewann damit den ersten „ Bronze - Sonnenblumen-Kinderliteraturpreis ", den „Chinesischen Buchpreis 2015 " und das „ Beste Kinderliteratur Publikationsprojekt 2015 ".

EDas Kapitel „Dingjun-Gebirge " aus dem Roman „ General-Hutong " gewann auch den „Chen Bochui Internationalen Kinderliteraturpreis 2015 ". Shi Lei wurde im aktiven literarischen Kreis zu einem niveauvollen Schriftsteller mit einzigartigem Stil.

Diese Werke bestätigen auch die einzigartige Sicht von Shi Leis Kinderliteratur. Im Vergleich mit der Erwachsenenliteratur ist er der Ansicht, dass Kinderliteratur noch feiner sein sollte, wie alle Arten von Lebensmitteln und Dingen für Kinder müssen diese genauso fein hergestellt werden. Deshalb sollte Kinderliteratur ein Kunstwerk sein. Dieses

Kunstwerk wird nicht nur einfach niedergeschrieben, sondern wird unter Erfahrung, Ideen, Talent, Zeit und Mühe sorgfältig poliert und geschnitzt.

Shi Leis Romane setzen sich nicht nur mit dem Krieg auseinander, sondern behandeln auch das kulturelle Erbe und den gegenwärtigen Wandel der Bräuche, kinderorientierte Bildung, Umweltschutz und andere wichtige Themen. Unter der Gemütsstimmung der Unschuld und Güte, Gerechtigkeit und Mut, Stärke und Optimismus, Integrität und Mitgefühl erzählt er die umfassende aus dem wahren Leben stammende, weltgewandte Geschichte Chinas. Obwohl die Werke bereits früh positive Kommentare und den Zuspruch der Leser erhalten hat, blieb Shi Lei weiterhin auf dem Pfad der Liebe, der kindlichen Unschuld und des Bewusstseins. Unter der nüchternen Reflexion machte die chinesische Kinderliteratur eine sprunghafte Entwicklung. Seine hervorragenden Werke im chinesischen Kulturkreis des neuen Jahrhunderts widmen sich den Kindern und der Bevölkerung der Welt.

General Hutong

Die alte Hauptstadt Peking. Stürmische Angelegenheiten ereignen sich hier seit jeher. Menschen sind von einer Stadtmauer umgeben, die schon lange von Eis und Frost durch Regen und Schnee umhüllt ist.

Anlässlich des 70. Jahrestags des Sieges im Widerstandskrieg des chinesischen Volkes gegen die japanische Aggression werden in „General-Hutong " die facettenreichen Bilder des Lebens von der Familie des „Ichs " sowie das von Peking in der Stadt und auf dem Land unter der eisernen Ferse Japans dargestellt: Die Familie von „ Ich " ist eine wohlhabende Familie, die sich um die Tochter eines armen Künstlers von der „ Changqing-Klasse " (einer ehemals berühmten Theatertruppe) namens „ Xiu'er" kümmerte und gemeinsam mit ihr lebte. Der Großvater von „Ich " inspirierte einen alten aus der späten Qing-Zeit stammenden vergnügungssüchtigen und ausweglosen General Tu zu einem selbstständigen Helden. Im Herzen Großvaters brannte der nationalen Geist ununterbrochen und brach schlagartig aus. Daraus wurden chinesische Geschich- ten er-schaffen, die die Menschen tief berührten und zum Nachdenken anregten. Grillen, Tauben, Hutazi-Pfannkuchen, Schnupftabakflaschen, Affenkönig... Diese Dinge zeichne-ten eine einzigartige regionale Kultur aus. Aber was für ein Geist verbirgt sich hinter die-sen Dingen?

Der Roman zeigt das Leben des Adels – General Tu - nach dem Fall der Qing-Dynastie, dessen Überleben sich als schwierig gestaltete. Aber seine innere Scham und sein Verlan-gen zu überleben bewegten ihn dazu, eine Rikscha zu ziehen. Die ist in Wirklichkeit eine Metapher für das moderne China, das durch seinen Abstieg von anderen Ländern drang-saliert wird. Während das alte Volk seinen Verfall erlebt, trägt es aber im Gegenteil eine neue starke Lebenskraft in sich. Die Erzählung spiegelt die Reflexion des chine- sischen Volkes in Zeiten der Not wider, dass das Bewusstsein von der eigenen Freude und das bezaubernde Nichtwissen nun zu einer Tragödie machte. Das Pekinger Volk entschied sich rational dazu, ein gehorsames Volk zu sein, aber von alt bis jung hat man nie auf-gehört die Invasoren zu hassen und war der Ansicht, dass die Gerechtigkeit siegen wird. Die Kinder entgingen geschickt der versklavenden Bildung der japanischen Trup- pen. General Tu nutzte eine Vielzahl an Rhetorik, um sich selbst zu rechtfertigen, um keinen Umgang mit dem Japaner Herrn Yokozawa Rika haben zu müssen. Dort, wo die Feinde es nicht erblickten, haben die Menschen in Peking mit Nachdruck ihrem eigenen Unmut frei- en Lauf gelassen und alles in ihrer Macht stehende an patriotischen Aktivitäten unter-nom- men. Die verdeutlicht, dass die Chinesen nicht feige hinter ihrem Schicksal standen, sondern über die Weisheit zum Überleben und vollstes Vertrauen an den Sieg hatten.

Das Wort „Li " (Etikette) bedeutet, in der sozialen Ordnung zu bewahren. Aber es bein-haltet auch die tiefe und zarte Liebe gegenüber dem Nächsten. Der Großvater riet Gener-al Tu aus der späten Qing-Zeit ab, das Geld auszugeben, um das Leben zu genießen. Er lehnte nur taktvoll den Kauf des Familienbesitzes von General Tu ab und erzielte auf diese Weise den Respekt und die Hilfe gegenüber General Tu. Um das Selbstwertgefühl von General Tu zu be - wahren und ihm in seiner Notlage zu helfen, ließ er ihn die Wärme zwischen den Men- schen und das Verständnis der eigenen Freunde und Gesell-schaft fühlen. Auf diese Weise motivierten ihn die Gefühle, sich darauf zu fokussieren mit kämpferischen Fähigkeiten die Schwachen zu beschützen. Exzellenter Anstand waren keineswegs nicht notwendig. Die Großmutter hatte die Mitschüler aufrichtig zu sich nach Hause eingeladen nach Schul- schluss, Zhajiang-Nudeln zu essen, was sehr fröhlich war und nicht das Kind dazu bewe- gte, dem Dilemma auszuweichen. Es zeigt noch weniger den Verlust der Hoffnung der Menschen und die Distanz der Gäste. Aber wenn die Gegner eindrangen, entstanden klare und deutliche Kontraste: Die sich auf japanische Aggressoren stützenden chinesischen Verräter drangen durch die Türen der Familie Liu und suchten nach Patrioten und zerstörten Eigentum der Familie Liu. Selbst der schönste Goldfisch im Goldfischglas wurde zu Tode getreten. Das unterstreicht, dass der wahnsinnige Krieg die Natur des Menschen verzerrte und auf ihm rumtrampelte.

Der Autor vermag es, die komplexe Sozialgeschichte zu vereinfachen und ohne irgendeine Maske aus dem Blick der Kinder zu betrachten, den Leser in die Perspektive der Kinder zu versetzen, um aus der Perspektive der Kinder zu verstehen und nachzuempfinden sowie kreativ das Brauchtum, die Geschichten und die Kinder untereinander zu verbinden. Jedes Kapitel trägt eine historisch-kulturelle Bezeichnung, getrennte Erzählungen und führt zum ursprünglichen Zustand der Tiefe und des Enthusiasmus der Hutong-Gassen zurück. Den Kindern überströmt er mit den Gedanken und der Reflexion über die Geschichte, Kultur, dem nationalen Schicksal und geistiger Integrität. Mit den erwachsenen Lesern teilt er während des starken Wachstums der komplexen Sozialgeschichte eine wertvolle und seltene berührende Unschuld. Im Roman verfasste sogar ein Pekinger Experte Hou Xiaochen für die Volkskultur Pekings einige hundert Einträge und einige tausend Worte zu „Mingwukao ", welche Dialekt, Essen, Geographie, Bräuche, Geschäfte, darstellende Kunst, historische Aufzeichnungen zu verschiedenen Bereichen beinhalten. Man kann sagen, dass es die alte Pekinger Kultur verdichtet und verfeinert.

Phönix—Terrasse

Die Geschichte beginnt mit einem Wettbewerb der Lerchen — Bei einem Wettbewerb des Adels ahmen die eigens domestizierten Lerchen die Fähigkeit und die Anmut der Laute anderer Vogelarten nach. Der Gewinner wird zum sogenannten „Vogel—Lehrer " ernannt, der für die anderen Lerchen ein Beispiel der Volksgewohnheiten darstellt. Er beschreibt einen Grundschuldirektor, dessen Vögel die unglücklichen Eulenlaute nachahmen und der Direktor sie nicht im Stich lässt. Auf natürliche Art und Weise lässt er seine Lerchen die Anmut der Laute anderer Vogelarten nach. Der Gewinner wird zum sogenannten „Vogel-Lehrer " ernannt, der für die anderen Lerchen ein Beispiel der Volksgewohnheiten darstellt. Der Roman beschreibt einen Grundschuldirektor, dessen Vogel die unglücklichen Eulenlaute nachahmte und der Direktor sie nicht im Stich ließ. Auf natürliche Art und Weise ließ er seine Lerche sogar das Lied „Hundert Vögel erweisen dem Phönix die Ehre" einüben, so dass seine Lerche Starvogel wurde. Indessen wird die Geschichte des Schülers Qing Pi eingefügt, des- sen Minderwertigkeitsgefühl in Selbstvertrauen umwandelte. Er entdeckte dabei ein noch höheres Bildungskonzept, eine noch höhere Schönheit sowie die menschliche Haltung im Umgang miteinander und bot sogar einen Vorschlag für die Verbesserung der Interak- tion in der Gesellschaft an - im gesellschaftlichen Kampf werden die menschlichen Werte verzerrt und zu einer Schraubenmutter in der wirtschaftlichen Produktionslinie. Gewöhnliche Menschen, die die besonderen Charakteren - und Entwicklungseigenschaften der Produktionslinie erfüllen, sind in der Lage zur Elite der Gesellschaft zu werden. Der Autor ergreift die schmerzliche Lage der gewöhnlichen Menschen, die durch Verzerrung verursacht wurde, um den natürlichen und wahren Wert der Menschen gegenüber ihrem eigenen Dasein sowie dem Leben eines jeden Individuums aufzuzeigen, dem die freie Umgebung Freude und Vielfalt bringt - Die wahre Phönix-Terrasse ist das eigene Glück, das sich über die Terrasse erstreckt.

Der Roman schildert mit realistischer Kunstfertigkeit einen wunderbaren Ausblick, wie der weise Grundschulrektor Liu Xiuzhi im Gegensatz zu dem nach schnellem Erfolg suchenden Lehrer Xiao einen beeindruckenden Kontrast bietet – Das Ziel der traditionellen Bildung ist das Ändern von Schülern. Die heutige Bildung kennt jedoch nur noch das aussieben der „fähigen " Schüler, um diese heranzubilden, was auf der Selektion der Schüler beruht. Qing Pi weiß zu jener Zeit nicht genau was es bedeutet und hat noch nicht das Alter erreicht, um ein Verständnis für die Tiefe Bedeutung der Phönix-Terrasse zu entwickeln. Aber erst im Moment der Abkehr von der „Schimpfwörter verwendenden Lerche" konnte er nicht anders als ihn aufzunehmen. Von da an wurden Qin Pi und die „Schimpfwörter verwendende Lerche" zu einem Rollenklischee in dieser klassisch unangenehmen Umgebung des realen und detailreichen Lebens. Der Roman ist nicht nur auf die Darlegung der „natürlichen Unterrichtsmethoden" unter den Lerchen begrenzt, sondern zieht das Ende schrittweise in die Höhe. Es zeigt, dass die Lerche ihren eigenen Ruf besitzt und letztendlich aus dem geöffneten Käfig hinausfliegt und tief in den Wald hineinflattert ohne noch einmal zurückzublicken. Im Rückblick hebt es das Thema auf eine höhere Ebene und der Gedanke der „wahren Phönix-Terrasse" ist für immer tief im Herzen der Leser verwurzelt. Der Ruf der Lerche ist auch ein großer Höhepunkt: Der Au- tor entwickelte eine Vielzahl an onomatopoetischen Lauten, mit denen die Lerche im Wesentlichen die Szene der Gruppe der Vögel wiedergibt, die miteinander wetteifern, was die Menschen an ihre Grenzen bringt, als ob sie sich in einem Bergwald befinden. Einer nach dem anderen, wunderschönen und gemeinsamen Ruf sind der Tanz des Lebens, sind der Tanz der Freiheit, sind der Tanz der Kultur.

Jedoch sind sich Qing Pi und die „Schimpfwörter verwendende Lerche" in einigen Teilen der schulischen Leistung nicht vollständig deckungsgleich - Tiere besitzen eine natürliche Existenz und die Population der Tiere entspricht den natürlichen Regeln. Menschen hingegen werden nicht nur von ihrem Charakter bestimmt, sondern sollten auch ihren gesellschaftlichen Verpflichtungen nachkommen und ihre eigenen gesellschaftlichen Verträge umsetzen. Qing Pi ist ein Schüler mit schlechten Noten in Mathematik. Wie kann jemand, der nicht einmal die grundlegenden mathematischen Fähigkeiten beherrscht in der Gesellschaft leben? Wenn einseitig der persönliche Charakter als unumgänglich und wichtig betont wird, einseitig betrachtet wird wie reich und vielfältig die Kultur ist, ignoriert man die Unterschiede in der Kultur. Es ist nicht förderlich für den sozialen Fortschritt und man sollte sich der Gemeinsamkeit sowie der herausragenden Bedeutung des Konsenses gegenüber der Gesellschaft und des Einzelnen bewusst werden.

Der Romans ist kurz, der Wortschatz nicht komplex und aus der Perspe - ktive eines Kindes werden tiefgreifende Fragen behandelt und es rührt die Menschen. Auf einfache Art und Weise werden die Menschen in die Position der Kinder versetzt, um ihre eigenen

Entscheidungen im Leben zu treffen. Daher eignet es sich für alle Alters- gruppen. Der Inhalt ist verhältnismäßig kurz und knapp. Es gibt einen natürlichen und fröhlichen Szenenwechsel. Es beinhaltet Mitgefühl, jedoch keine Effekthascherei, es rührt die Menschen, ist jedoch keine Begünstigung. Es bewirkt, dass die Leser in der Atmosphäre der Liebe und Schönheit in die tiefen Gedanken und die Wahl gezogen werden...

Laternenfest

Die bedrohte Kunst und das Erbe der großen Laternen und die Feuerkunst des Shanxi—Volkes in China bewegte den Autor zu diesem Meisterwerk. — Die Volkskünstler haben für die 12 Mondmonate sorgfältige Nachbildungen von Vögeln, Tierköpfen, Blumen—und Pflanzenlaternen und die Zeit des Frühlingsfestes angefertigt, nachdem sie wohl platziert worden sind, entzündete sich der darin befindliche Brennstoff und es wurde unmittelbar lebensecht und erfüllt von prächtigen Farben. Obwohl eine Vielzahl an Bewegungen, Kriegswirren, die Kulturrevolution und die Reform und Öffnung das Erbe der traditionellen Künste beschädigte, stellt Zhao Erye als alter Künstler, der an der Tradition festhält, jedes Jahr sorgfältig Feinarbeiten her und verrichtet sorgfältig das Handwerk, was ihm seine Vorfahren vererbt haben: Auswahl aus einer Vielzahl von Materialien, Anfertigung einer Vielzahl von Formen, ergänzt mit den schönen Künsten und Kalligraphie, stellt er unvergleichlich edle Blumenlaternen her. Aber die jüngere Generation der Familie des alten Chen war unter anderem mit der Herstellung von Raketen—, Raumschiff—und Comic—Figuren—Laternen vertraut. Schnell zogen sie ein großes Publikum an. Zwei Generationen „konkurrierten " miteinander, angeregt durch die Wieder- belebung der Laternenkunst, erweckten sie die Beliebtheit der Laternen. Letztendlich ge- wann der älteste der Familie Chen den Titel „Licht-Anführer ". Inmitten der „Konkur- renz " im Folgejahr drückte das Kind Qing Pi (Milchname des Kindes) seine Neugier gegenüber der Blumenlaternen-Kunst aus. Das erfreute Zhao Erye sehr. Dennoch stellte er fest, dass die jüngere Generation die neuen Dinge mochte, was bei Zhao Erye zunächst in der

Gemütslage keinen Zuspruch fand. Es wandelte sich aber allmählich zum Zuspruch und er entwickelte eine akzeptierende Haltung. Zhao Erye beschloss selbst das Handwerk an die nächste Generation zu überliefern. Weil er im darauffolgenden Jahr hart arbeitete, um dem Publikum das zu bieten, was bereits das Feuer vieler Jahre Einhalt geboten hat, sprühten die eindrucksvollen Flammen des Feuers auf dem zehnschichtigen Wenchang Pavillon. Der strahlende Glanz und die Schönheit von Himmel und Erde ergänzten sich gegenseitig, tausende Kanonenschüsse ertönten gleichzeitig, was die Zuschauer beeindruckte. Zum Schluss warf sich die jüngere Generation vor dem ältesten der Familie Chen als ihren Meister nieder. Letzten Endes gelang es ihm diese einzigartigen Fähigkeiten zu retten!

Der Roman erzählt beherzt und dynamisch wie der Charakter Chen Erye, der sich in eine neue Ära der traditionellen Handwerker begibt, dynamisch geformt wird. Auf der einen Seite verfügt er über ein brennendes Interesse über das Kunsthandwerk seiner Vorfahren, ohne Zeitverschwendung intensiv und sorgfältig auszuarbeiten. Daher schaut er auf die Werke der jüngeren Generation herab und interessiert sich nicht dafür. Auf der anderen Seite hofft er, dass sich die jüngere Generation für das Erbe der Handwerkskunst der Vorfahren interessiert. Chen Erye ist nicht nur das Sinnbild des Künstlers einer ganzen Generation, sondern auch das Sinnbild für die schnelle und moderne Transformation der Probleme des eigenen Landes. Inmitten des Umbruchs wird die Kluft zwischen alt und neu immer größer. Die vortreffliche Tradition blickt einer harschen Dekodierung und Umformung entgegen, bis es endlich als frisches Gen im Leben des zukünftigen Körpers existieren kann. Chen Eryes Verstand wurde reanimiert, das Prinzip wurde verwirklicht, das Sinnbild des neuen Lebens einer alten Zivilisation. Obwohl der Autor nicht blind nach neuen Visionen strebte, verwendete er viel Tinte, um die Ehrfurcht der älteren Generation gegenüber der Kunst zu beschreiben. Ältere Menschen leisten beharrlich und sorgfältig einen Beitrag zu einer reichen und kulturellen Darbietung. Mittels der Beschreibung des Ältesten der Familie Chen lobt er auf der einen Seite die Initiative der jungen Menschen, das erneuerte Erbe fortzuführen. Auf der anderen Seite enthüllt er, dass der kulturelle Konsum der jungen Menschen nach Innovation und Schnelligkeit strebt. Glücklicherweise durchlebte am Ende der Lehrzeit der beiden Generationen diese Kunst schließlich die Erprobungszeit, was bedeutet, dass die herausragende Tradition ihre Lektion für die Zukunft, für einen besseren Morgen, gelernt hat.

Als erfolgreiche Miniatur der kulturellen Situation Chinas, ist die Erzählung des Werkes durchwoben von der kindlichen Darstellung und Sprache Qing Pis. Es legt den Unterschied zwischen der Orientierung an der Feinsinnigkeit und spontanen Inspirationen durch chinesische Kinder der jungen und alten Generation an der Kultur dar. Es zeigt auf, dass die Schönheit der Tradition, die von der Geschichte fortgeführt wird, die große Wahrheit darstellt. Zudem drückt es aus, dass das Erbe der chinesischen Kultur derzeit beständig und natürlich zwischen den Generationen übermittelt wird, um spontan und unbewusst die Freiheit der Wahl, was vom Erbe übermittelt wird, zu haben. Die chinesische Nation ist dabei es zu verdauen und seine eigenen Nährstoffe zu integrieren, um die Vergangenheit und die Gegenwart zu durchströmen, damit es überall in ein kulturelles Wunder des Volkes verwandelt wird!

Ши Лэй 俄语版

КРАТКО ОБ АВТОРЕ

Ши Лэй — выходец из семьи военных, родился в 1970 году в провинции Сычуань, в то время когда без пробелов отношения были особенно напряженными. Так как условия в воинской части, где жили его родители, были тяжелыми, маленького Ши Лэя отправили в Пекин на попечение бабушки и дедушки по материнской линии. Бабушка любила слушать пин шу （устные рассказы） по радио, и он тоже слушал эти рассказы в прекрасном исполнении таких мастеров, как Шань Тяньфан, Юань Кочэн и др. Таким образом, он с детства впитал классические истории, в нем заросли первые литературные семена. Когда ему было шесть лет, родители забрали его обратно в Сычуань. В то время условия жизни стали лучше, было построено немало культурных учреждений, например библиотека. Именно в библиотеке воинской части он знакомится с шедеврами мировой классики и перечитывает их по несколько раз, а также читает большое количество литературных периодических изданий, как "Современная эпоха", "Октябрь" и др. В юности Ши Лэй, хотя и жил в отдалении от большого города, оставался простосердечным и любознательным, открыл для себя, что чтение дает возможность учиться. В 18 лет он возвращается в Пекин вместе с воинской частью, отозванной обратно, здесь он поступает в университет, но сохраняет свою привычку много читать.

Ши Лэй поклонник исторической литературы. На протяжении восьми лет он занимается поисками культурных памятников в Пекине, завязывает знакомство с известными людьми в области культуры, испытывает влияние пекинской народной рифмы. В 2008 году неожиданно для себя открывает прекрасное произведение «Соломенный домик», созданное лауреатом Международной премии им. Г. Х. Андерсена профессором Цао Вэньсюань, это произведение стало для него потрясением и вдохновляет его заняться детской литературой.

Благодаря своей любви и знанию национальной культуры и истории, благодаря своему детскому характеру и особенному восприятию искусства Ши Лэй опубликовал большое количество романов и прозаических произведений в таких периодических изданиях, как "Детская литература", "Литература и искусство юношества", "Друг по чтению" и др. Среди которых такие известные работы, как: «Динцзюньшань», «Разукрасить цветные фонари», «Три больших знамени», «Башня фениксов» и др.

Однажды читая исторические материалы, Ши Лэй заметил, что в период войны сопротивления перед своим вторжением в Китай японцы провели тщательное исследование всех сторон положения в стране, а сами китайцы были погружены в заботах повседневной жизни, стали рабами своих увлечений. Осенью 1943 года на юго — западе провинции Шаньдун японская армия провела операцию с использованием бактериологического оружия, что привело к гибели сотни тысяч китайцев, однако сам Китай узнал о том, что это была бактериологическая война только спустя более 10 лет. С этого момента Ши Лэй начинает свою работу по беспрецедентному переосмыслению менталитета китайского народа. В течение 3 лет он пишет роман «Генералы переулков», раскрывающий историю, культуру, нравы и обычаи, за который он был удостоен бронзовой медали высшей степени на 1—ой Премии "Бронзовый подсолнух" в области детской художественной прозы, а также премий "Лучшная книга — 2015" и "Лучший издательский проект в области детской литературы — 2015". А глава "Динцзюаньшань" из романа была отдельно отмечена призом Международной премии им. Чэнь Бочуй в области детской литературы. С тех пор Ши Лэй активно проявляет себя на литературном поприще, становится писателем высокого мастерства, обладающий своим особым стилем.

Эти произведения свидетельствуют об особенном воззрении Ши Лэя на детскую литературу. По его мнению, в отличие от произведений для взрослых, написание сочинений для детей требует большей тонкости, точно также, как приготовление пищи и изготовление изделий для детей требует аккуратности. Поэтому произведения детской литературы являются произведениями искусства, которые не написаны пером, а изваяны с помощью жизненного опыта, образа мыслей, таланта, духа времени и в которые автор вложил свою душу.

В своих романах Ши Лэй пишет не только о войне, в центре его внимания такие важные проблемы, как сохранение культурного наследия, трансформация современных нравов и обычаев, образование с ориентацией только на сдачу экзаменов, защита окружающей среды и др. Его произведениями свойственны чистота и доброта, справедливость и храбрость, твердость и оптимизм, честность и сочувствие, он рассказывает истории, взятые из реальной жизни и с широким взглядом на мир. Несмотря на то, что его творчество завоевало признание критиков и любовь читателей, Ши Лэй будет также, на пути к любви, невинности, совести, после серьезного переосмысления, участвовать в процессе стремительного развития китайской детской литературы. Будет преподносить детям дар сочинения прекрасных историй, который принадлежит им, преподносить народам мира дар лучших качеств китайской культуры крайне важных для человеческого сообщества нового тысячелетия.

ИЗВЕСТНЫЕ ПРОИЗВЕДЕНИЯ

«Генералы переулков»

Древний Пекин, всегда величественный; народ у городской стены, непрерывный дождь со снегом, лед и иней.

В год празднования 70— летия Победы в Войне сопротивления японским захватчикам и Мировой антифашисткой войне писатель пишет роман «Генералы переулков», описывающий различные сцены из жизни одной семьи в Пекине в тяжелых условиях японской оккупации. Это семья среднего достатка, которая приютила дочь бедного артиста из театральной труппы "Чанцин" (когда—то очень известной) по имени Сю Эр. Дедушка главного героя, генерал, спокойно доживающий свои дни в достатке и довольстве, превращается в мужественного человека, живущего своим трудом, его душа воспламенена чувством долга. С этого момента начинается история, цепляющая читателя за душу, трогательная и поучительная. Сверчок, голубь, хутацзы или тыквенный блин, табакерка, "Прекрасный царь обезьян" (одно из имен Сунь Укуна, "Царя обезьян") ... все эти образы начертили своеобразную местную материальную культуру. Однако за этим материальным фоном кроется ли духовный мир?

Роман показывает нам, что бывший аристократ после свержения власти маньчжурской династии, промотавший свое состояние, находится в крайне бедственном положении, но внутренний стыд и чувство самосохранения заставляют его несмотря ни на что идти зарабатывать себе на жизнь перевозкой рикши. В действительности здесь кроется намек на то, что современный Китай идет по пути мирового обмана, но древний народ вовсе не ослаб, а таит внутри себя новые силы. Автор повествует нам о том, что простой народ Китая в тяжелом положении начинает переосмысливать себя, и приходит к осознанию того, что его беззаботность и ограниченность привели к этой трагедии. В то время, когда спокойные и безмятежные дни безвозратно уходили, большинство простых людей Пекина осознанно выбирают участь покоренного народа, но от мала до велика ни на минуту не перестают чувствовать ненависть к завоевателям и веру в справедливость. Дети ловко избегают насаждения рабской идеологии через образование, генерал Ту различными отговорками оправдывает свой отказ от общения с господином Хуан И из Японии. В тех местах, где их не могли видеть враги, пекинцы с удовольствием выплескивали свой гнев, по мере своих сил проявляли свой патриотизм. Это говорит о том, что истинная подоплека стремления к миру китайцев кроется не в их слабоволии или покорения судьбе, а в чувстве самосохранении и твердой вере в победу.

Ритуал заключается в обеспечении общественного порядка, но также содержит в себе глубокое чувство любви к тому, который заботиться о нем. Дедушка уговаривает старого генерала на покое, умеющего лишь за деньги получать удовольствие, деликатно отказывает генералу, распродающему свое личное имущество, осуществляет, посредством уважения и помощи к генералу. Забота о самолюбии генерала и помощь в его тяжелом положении заставляют его почувствовать теплоту между людьми, почувствовать участие своих друзей и общества, это чувство побуждает его защищать слабых посредством военного искусства. Прекрасный ритуал, а вовсе не многочисленные условности, бабушка искренно зовет к себе домой товарищей, отпущенных на каникулы, поесть лапши. Всем очень весело, и никто не увиливает от разговора из — за того, что рядом ребенок, и тем более нет разделения на хозяев и гостей, которое может вызывать лишь отдаление друг от друга. Однако когда к ним врывается грубая сила, происходит очевидная перемена: изменник, полагаясь на грозный вид японских солдат, За Мэнь врывается в дом Лю с целью обнаружить патриотические элементы. В ярости они крушат все в доме, и даже раздавливают красивую золотую рыбку из аквариума. Это ясно показывает на то, как война уродует и подавляет натуру человека.

Писатель, просто и без стереотипов рассказывая сложную историю общества, тем самым вовлекает ее в поле зрения юных читателей. Детская точкая зрения способствовало пониманию и восприятию истории читателями, творчески связывает фольклор, историю и детей. Каждая глава имеет символичное историко — культурное название, в каждой отдельное повествование, автор также восстановил атмосферу затаенности и страсти в переулках. Ши Лэй своих юных читателей заставляет размышлять об истории, культуре, судьбе страны, душе и совести, а зрелых читателей увлекает тем ценным и редким, упрямо вырастающим в сложной истории общества, чувством наивности. Вместе со специалистом по пекинскому фольклору и культуре Хоу Сяочэнем написал приложение к роману, который состоит из сотни словарных статей и более десяти тысяч слов, затрагивающих различные области, такие как диалект, еда, география, обычаи, магазины, театральное искусство малых форм, история Пекина и др. Можно сказать, что это концентрация культуры старого Пекина.

«Башня фениксов»

История начинается с соревнования жаворонков, в которых принимали участие джентри со своими дрессированными жаворонками, чтобы определить их способности к имитации пения других птиц и красоту оперения, победителя называли "наставник птиц". Развертывая картину подражания народным обычаям и нравам других жаворонков, автор рассказывает нам историю о птице старого директора школы, которая по неосторожности сымитировала ухание совы, приносящей несчастье, но старый хозяин от нее не отказался, а посредством естественного метода научил ее воспроизводить пение "Царя птиц", превратив в звезду. Затем в ход повествования вводится персонаж по имени Цин Пи, это ученик младших классов, который учится хорошо только по любимым предметам. В процессе перехода Цин Пина от самоунижения к уверенности в себе, автор обнаруживает более высокую идею образования, более истинную красоту и более нравственное поведение по отношению к другим и к себе, и даже выдвигает предложение по усовершенствованию модели функционирования человеческого общества. В социальной борьбе ценность человека приравнивается к гайке в производственной линии экономики, часто обычный человек может стать элитой общества, если только сможет удовлетворить развитие особенностей, требующиеся производству. Автор описывая муки людей, подвергшихся искривлению, раскрывает важное значение для них самих истинной ценности человека, а также радость и разнообразие, которые приносит развитие жизни индивида в свободном пространстве. Настоящая башня фениксов — это платформа, на котором покоится собственное счастье.

В романе реалистично обрисован образ доброго и мудрого старого директора школы Лю Сючжи, а также в текст вплетены слова учителя Сяо Цинь, который гонится за сиюминутным успехом, таким образом создается очевидное сравнение: традиционное образование распространяет учение, обучает делу по принципу образования для всех, его суть заключается в развитии учеников; а нынешнее образование обучает только тех, которые "смогут добиться успеха", его суть заключается в отборе учеников. Цин Пин среди них ни о чем не разглагольствует, также не достиг возраста, когда можно понять глубокий смысл башни фениксов, но в тот момент, когда "болтливому жаворонку" грозила опасность быть выброшенным, то он невольно берет его к себе. Тем самым жизнь Цин Пина и "болтливого жаворонка" как типичных образов в этом безнравственном типичном окружении описывается правдиво и подробно. Роман не ограничивается демонстрацией необыкновенных умений жаворонка по естественному методу, а в конце постепенно нарастает ритм, показывает нам жаворонка, который выскользнув из открытой клетки, хлопая крыльями и не оглядываясь улетает в глубину леса. Это возвращение отсылает нас к названию, идея "настояшей башни фениксов" глубоко входит в сознание читателей. Крик жаворонка привлекает к себе внимание: писатель создал различные звукоподражательные слова, живо воссоздал сцену подражания жаворонков щебету и чириканью других птиц, читатель чувствует себя как в лесу или горах. То затихая, то усиливаясь слышатся эти прекрасные звуки, это танец жизни, танец свободы, танец культуры.

Однако Цин Пин, который учится хорошо только по любимым предметам и "болтливый жаворонок" не совсем равны друг другу. Жаворонок — птица, подчиняется естественным законам природы, а также соблюдает правила стаи; Цин Пин — человек, не может заботиться только лишь о себе, должен выполнять социальные обязанности, чтобы реализовать свой "социальный контракт". Он ученик младших классов, плохо учится по математике, как могут жить в обществе люди, у которых нет базовых математических умений? Если односторонне подчеркивать необходимость и важность индивида, односторонне ценить разнообразие культуры, то можно пренебречь различием в культуре, это вредит прогрессу общества. Поэтому необходимо осознать огромное значение всеобщности и общего понимания для общества, более того и для индивида.

Объем повести небольшой, словарный состав несложный, детский взгляд на глубокие вопросы делает их более ясными и волнующими, легко способствует тому, что люди будут выбирать свою жизнь с позиции взросления ребенка, поэтому подходит для всех возрастов. Содержание относительно лаконичное, сцены меняются естественно, легко, вызывает сочувствие, но не играет на чувствах, трогает, но без пристрастия, погружает читателей в глубокое раздумье и поиски в атмосфере любви и красоты...

«или Праздник цветных фонарей»

Угроза исчезновения и проблема сохранения народного искусства больших цветных фонарей провинции Шаньси заставили писателя написать этот шедевр. В 12—й месяц по лунному календарю народный умелец старательно создает цветные фонари в форме птицы, головы зверя, цветка. Во время празднования китайского Нового года он развешивает их, и затем зажигает, в тот же момент фонари оживают и переливаются всеми цветами радуги. Однако различные движения, военная смута, Культурная революция и политика реформ и открытости непрерывно разрушают преемственность традиционных искусств. Как старый мастер, неуклонно соблюдающий традиции, Чжао Эрйе каждый год усердно занимается ремеслом, унаследованном от предков: отбирает материал, придумывает различные формы, добавляет рисунки и иероглифы, созданные им цветные фонари очень красивы.

А представитель молодого поколения Чэнь Цзя, создавая цветные фонари в форме ракет, космических кораблей, персонажей мультфильмов, быстро привлекает множество зрителей. "Соперничество" двух поколений способствует возрождению народного искусства цветных фонарей, о нем без пробелов "заговорили", в конечном счете молодой Чэнь Цзя выигрывает "главный кубок". На следующий год "соперничества" по—детски наивный Цин Пи (детское имя) проявляет огромный интерес к искусству цветных фонарей, отчего Чжао Эрйе приходит в восторг. Чжао Эрйе, заметив, что молодое поколение любит все новое, постепенно начинает одобрять и признавать новые формы цветных фонарей. Он твердо решает передать свое ремесло следующему поколению. Поэтому Чжао Эрйе на следующий год старается изо всех сил, чтобы порадовать зрителей, он сооружает конструкцию, которую давным—давно никто не видел. Огромная многоярусная пагода, в которой горит пламень, представляет собой величественное зрелище. Блеск фонарей, треск петард, зрители приходят в восторг. В конце молодой Чэнь Цзя поклоняется ему как учителю, наконец—то это особенное искусство будет спасено!

В небольшой по объему повести образно и живо изображен Чжао Эрйе, народный умелец, который приветствует новый век. С одной стороны, он от всего сердца любит искусство цветных фонарей, унаследованное от предков, и не жалея ни времени ни сил он кропотливо создает каждый фонарь, поэтому он не воспринимает всерьез творений и увлечений молодого поколения. А с другой стороны, Чжао Эрйе надеется, что молодежь полюбит это искусство, будет ценить и передавать из поколения в поколение. Образ Чжао Эрйе не только олицетворяет поколение народных умельцев, но и отражает проблемы древнего государства, находящейся на стадии стремительного современного преобразования: в период резких перемен древность и современность оказываются разделены пропастью, лучшие традиции подвергаются суровой расшифровке и реконструкции, только свежие гены могут выжить в будущем.

Чжао Эрйе осознал в своей голове, постигнул этот принцип, он символизирует регенерацию древней цивилизации. Однако автор вовсе не всегда преклоняется перед новым, немало чернил он потратил, описывая благовейный трепет старшего поколения к искусству, о том, как старый мастер неизменно добросовестно создает произведения искусства. А изображая образ молодого Чэнь Цзя, с одной стороны, писатель воспевает инициативу молодых людей в продолжении и обновлении традиций, но с другой стороны, изоблачает у молодежи погоню за новизной в культуре, интерес к легкому содержанию. К счастью, в конце представители обеих поколений становятся учителем и учеником. Народное искусство цветных фонарей выдержало испытание временем, это значит в будущем лучшие традиции не исчезнут, завтра будет лучше.

Это произведение представляет собой миниатюру нынешнего состояния современной китайской культуры, в которой автор постоянно вставляет образ и речь мальчика Цин Пи. Таким образом, Ши Илэй, показывая разницу в развитии у старшего и младшего поколений, говорит о тонкостях и откровениях культурной ориентации китайских детей, раскрывает великую истину о том, что прекрасные традиции должны сохраняться, а также рассуждает о том, что в процессе преемственности китайской культуры наметилась тендеция перехода от естественного межпоколенческого наследования к свободному, осознанному и выборочному наследованию. Можно сказать, что китайская нация в настоящее время "переваривает и синтезирует свое питание", формирует взаимосвязь древности и современности, демонстрирует всему миру чудо национальной цивилизации!

（Перевод：Кристина Аммосова）

Shi Lei 西班牙语版

Retrato literario

Shi Lei nació en el seno de una familia militar en la provincia Sichuan, la parte suroeste de China. 1970, año de su nacimiento, fue una época de relaciones diplomáticas muy intensas entre Rusia y China. Dado que el ambiente del lugar, donde las tropas se estacionaban, era muy duro, no le quedó otro remedio que ser llevado a Beijing para vivir con sus abuelos. A su abuela le gustaba escuchar Pingshu, (relatos educativos narrados por famosos artistas como Shan Tianfang, Yuan Kuocheng, etc.) basados en historias antiguas, las cuales fueron de gran influencia durante su niñez, plantando la semilla de la literatura. A los 6 años, cuando la situación económica y social había mejorado un poco, y se habían construido más organismos culturales, como la biblioteca pública, Shi Lei regresó a Sichuan. Fue justamente en ella, donde él se pasaba horas leyendo obras clásicas y revistas culturales, entre las que destacan La Época Contemporánea, Octubre, etc. Aunque el adolescente Shi Lei se encontraba alejado de la metrópoli, su inocencia y curiosidad le permitieron seguir leyendo y estudiando. A los 18 años, cuando las tropas volvieron a Beijing, él también lo hizo, para estudiar en la Universidad de Beijing, época en la que mantuvo su hábito de lectura.

Shi Lei es un aficionado a la historia y la cultura, pasó 8 años buscando y visitando monumentos históricos de la capital china y haciéndose amigo de personas prestigiosas de la cultura pekinesa. Esto lo llevó a adquirir un gusto y, hasta cierto punto, a ser mold-eado por las costumbres folclóricas de Beijing. En 2008, por casualidad leyó Choza, obra maestra del ganador del premio Hans Christian Andersen, el profesor Cao Wenxuan; la cual lo conmovió al punto de las lágrimas y lo hizo dedicarse a la escritura de literatura infantil.

El escritor ha hecho publicaciones periódicas en Literatura Infantil, El Arte Adoles-cente, Amigos Lectores, entre otras, valiéndose de su amor por la patria, su conocimiento de la cultura e historia, su carácter conservador y su fuerte sentido del arte. Asimismo, ha publicado un gran número de novelas y ensayos,como: La montaña Dingjun, El pabellón del fénix, Tres banderas, El regocijo de los faroles.

Después de haber leído documentos históricos sobre la Guerra de Resistencia, des-cubrió que el ejercito japonés había averiguado la situación en la que se encontraba Chi-na, antes de invadirla; mientras tanto, los ciudadanos chinos se sumergían en su supuesta paz, debilitando las fortalezas para entregarse a sus placeres. En el otoño de 1943, Japón atacó el suroeste de la provincia de Shandong, teniendo como resultado la muerte de cien millones de chinos; sin embargo, no fue hasta diez años después cuando los chinos supi-eron que aquella guerra había sido bacteriológica. A partir de este hecho, Shi Lei reflex-ionó sobre la mentalidad china de ese tiempo y escribió, durante 3 años, una novela larga bajo las costumbres culturales e históricas de esa época, haciéndole ganar el primer lugar del Premio de Novela Infantil Bronce Girasol, en su primera entrega, además de ser in-cluido por el ranking de Buenos Libros Chinos de 2015, y el Proyecto a la Publicación de la Excelente Literatura Infantil, también en 2015. El capítulo titulado "La montaña Dingjun" de la novela El callejón general ganó el Premio Internacional de Literatura In-fantil Chen Bochui. Desde aquel entonces, Shi Lei fue reconocido como un escritor in-novador y de alto nivel, en el mundo literario.

En estas obras también se refleja su percepción sobre la literatura infantil; para él, la literatura infantil, a comparación de la adulta, debe ser más primorosa; los artículos para niños, al igual que su alimentación, deben ser cocidos y manufacturados minuciosa-mente. En consecuencia, las obras literarias infantiles deben ser una obra artística. El fi-nal no llega cuando el escritor pone el último punto a la obra, sino que se sigue perfeccionando con experiencia, pensamiento, talento, energía y esfuerzo.

Las novelas de Shi Lei no sólo prestan atención a la guerra, sino también investigan otros problemas como la transmisión de la herencia cultural, la transformación de las costumbres folklóricas contemporáneas, la educación infantil orientada a pasar un examen, la protección medioambiental, entre otros. Con su inocencia y amabilidad, su justicia y valentía, su resistencia y optimismo, su honradez y misericordia, nos relata historias reales desde una perspectiva global. Aunque sus obras han obtenido buenas repercusiones y recibimientos calurosos desde hace mucho tiempo por su carácter amoroso, inocente, consciente y de amplia reflexión, el escritor sigue dedicado a marcar un progreso en la literatura infantil china; entregando a los niños cuentos infantiles fantásticos que reflejen la realidad y, asimismo, muestrando las excelentes cualidades de la cultura china a la sociedad mundial, significativas para la humanidad del nuevo siglo.

Introducción a las obras representativas

EL callejón general

La histórica capital Beijing experimentó una profunda reforma social y su pueblo sufrió muchas penalidades por las guerras.

En el 70º Aniversario de la victoria de la Guerra de Resistencia del Pueblo Chino contra la Agresión Japonesa y de la Guerra Antifascista Mundial, El callejón general, desde distintas perspectivas cotidianas, describe la escena de la vida del pueblo pekinés y, en especial, de una familia bajo la agresión japonesa: "mi familia era acomodada y recogió a la hija de un artista pobre, de la compañía teatral Changqing (antiguamente era una famosa compañía teatral), para vivir con nosotros. Mi abuelo inspiró al viejo general Tu excortesano de la época final de la dinastía Qing y sediento de placeres pero sin recursos ni salidas, se convirtió en un hombre capaz de sostenerse a sí mismo; los intereses nacionales seguían ardiendo en su corazón y, gracias a esto, pudo interpretar un cuento chino encantador y emocionante, capaz de hacer reflexionar a sus lectores. El grillo, la paloma, Hutazi (alimento hecho de harina), la botella de rapé, el rey mono, etc., todas esas leyendas contadas a lo largo de la historia son el reflejo del materialismo de una sociedad específica. Sin embargo, detrás de esta, ¿cómo es la civilización espiritual?

La cortesía no sólo consiste en mantenerse en el orden social, sino también transmitir cariño para el bien de los demás. El abuelo solo gastaba dinero para disfrutar de la compañía del general Tu; por eso, cuando este le ofrece comprar su casa, el abuelo amablemente rechaza la oferta, como muestra de respeto y para ayudarlo. Al proteger su dignidad y sacarlo del apuro, el abuelo logró que el general Tu experimentase un fuerte amor por la humanidad; además, lo hizo apreciar la ayuda por parte de sus amigos y la sociedad, alentándolo a proteger a los débiles con sus artes marciales. El hermoso protocolo no es un rito superfluo, por ejemplo, la abuela fue tan franca al pedir a los compañeros de su nieto que comiesen los tallarines tradicionales de China en su casa, que los niños no pudieron rechazar su invitación; de igual manera, al no poner en práctica las reglas de etiqueta de anfitriones e invitados, evitó el distanciamiento entre ellos. Por otra parte, valiéndose del amparo de la milicia japonesa, los chinos traidores irrumpen en la casa de los Liu, en busca de nacionalistas chinos, tumbando la puerta a su paso. Durante la irrupción, destruyen la propiedad por completo, incluso la pecera de peces dorados que había en la casa; esto como una alegoría a la ruina y el quebranto que la guerra ocasionó en la humanidad.

La novela revela el estado de vida de los aristócratas después de la caída de la dinastía Qing, quienes se limitaban a disfrutar la vida sin trabajar, lo que dio como resultado que su supervivencia fuese un gran problema. No obstante, la vergüenza y el deseo de vivir los obligaron a trabajar del Jinrikisha (vehículo ligero de origen oriental tirado por un sirviente) para subsistir. Esto como una alegoría de la salida de la China moderna a la vanguardia internacional y del atropello que varios países intentaron imponer sobre el país asiático; sin embargo, esta antigua nación no se estancó o sucumbió, sino que afianzó su vigor interno para seguir adelante. En su narración, los ciudadanos chinos reflexionan ante esta difícil situación, conscientes de que las diversiones, los placeres, la atracción por la belleza femenina y la ignorancia ocasionaron la tragedia de aquel entonces. En consecuencia, su vida tranquila y confortable desaparecería, poco a poco, por la guerra. La mayoría del pueblo pekinésoptó por convertirse en un ciudadano sumiso, pero la gente nunca dejó de odiar a los invasores y confiar en que la justicia triunfaría. Los niñospudieron esquivar astutamente la educación esclavizada impuesta por la milicia japonesa. El general Tu pudo evadir el contacto con el señor japonés Yokozawa utilizando diversos pretextos. De esa manera, los pekineses hicieron todo lo posible para expresar su odio y realizar actos patrióticos. Esto demuestra que lo que los chinos manifestaron no fue debilidad o resignación para pedir la paz, sino inteligencia por subsistir y firme confianza en el triunfo.

El escritor no pudo incluir la complejidad de la sociedad en una extensión tan corta, por lo que analizó a algunos personajes para ejemplificar la situación de ese entonces, y además, estos personajes no son estereotipos de su carácter. Desde el punto de vista de los niños, promovió la comprensión y la sensación del lector infantil. De una manera creativa, integró las costumbres y la historia de los niños. Cada capítulo cuenta con un signo histórico y cultural que refleja la serenidad y la animación del callejón, desenvolviendo la historia desde distintas planos pero con una misma temporalidad. Esta obra permite que los niños reflexionen sobre la cultura histórica y el destino nacional, influye en su espíritu y dignidad; y a los lectores adultos les muestra lo excepcional de la inocencia infantil y lo complejo que es crecer en la aquella historia. Basandose en temas sobre el dialecto, el alimento, la geografía, las costumbres, las tiendas, el Quyi (formas de narración, diálogos cómicos y cantos propios de la tradición folclórica china), la crónica de Beijing, que aparecen en el libro El callejón General, escribió Hou Xiaochen,profesor de la cultura y de las costumbres folclóricas de Beijing, un libro titulado Mingwukao (estudio sobre productos típicos) con centenares de artículos y más de 10 mil palabras, compone un estudio, o sea una concentración de la cultura de la histórica capital.

El pabellón del fénix

La historia comienza con un torneo de alondras. Un caballero asegura que sus alondras, amaestradas por él, imitan el canto de otros pájaros, e invita al público a comprobarlo y a comparar los cantos para después decidir cuál es el más melodioso. Al final, el triunfador sería elegido maestro de las aves, de quien otras alondras podrían aprender. Durante el torneo, el director de una escuela primaria presenta a su ave, que de manera accidental imita la voz del búho de la mala suerte; en contra de todo pronóstico, el director no la abandona, sino que la entrena desaforadamente hasta que consigue emular el canto de un fénix, convirtiéndose, de esta manera, en la estrella de las aves.

En la narración, surge la historia de un chico llamado Qing Pi, quien tiene algunos problemas de rendimiento escolar; durante el proceso de superación personal, el joven aprende a confiar en sí mismo, encuentra un método superior de enseñanza, una belleza más noble y una actitud más adecuada para él mismo y para la sociedad que lo rodea. Incluso, hace algunas sugerencias sobre cómo mejorar el funcionamiento de la sociedad humana; cree que en la actual competencia social, las personas que tengan un progreso y, finalmente, un perfeccionamiento, dentro de las necesidades y esperanzas sociales, podrán convertirse en la élite de dicha sociedad. Es decir, el color y la alegría de la vida surgen a partir de la contribución real del ser humano y la felicidad que se consigue gracias a esta. El pabellón del fénix simboliza la plataforma de la propia felicidad.

El escritor utiliza técnicas realistas para describir al director honesto y sensato de la escuela primaria, mientras intercala el discurso de Xiao Qin, formado por el deseo de éxitos y beneficios inmediatos. Los dos forman una comparación evidente: la educación tradicional busca enseñar a la mayor cantidad de personas y crear un cambio en los estudiantes. Mientras que la educación actual quiere hacer un filtro y enseñar solo a aquellos estudiantes que puedan tener éxito. Qing Pi no había alcanzado la edad suficiente para comprender el significado del pabellón del fénix cuando se topa con la alondra de pico sórdido (término chino para definir a la alondra que imita voces extrañas de manera malsonante) la cual se ve abandonada, por lo que el joven Qing Pi la adopta, incapaz de restringir sus emociones. Por lo que bajo la pluma del escritor, Qing Pi y la alondra son las típicas representaciones de quienes viven alegremente en un incómodo entorno. La novela no se limita a mostrar la destreza imitativa de la alondra, sino que expone, paso a paso, la voz verdadera del ave, siendo el punto culminante de este progreso el vuelo que emprende al salir de la jaula que la tiene cautiva, y a la que nunca volverá. Por lo tanto, el regreso coloca la temática de la obra en un nivel más alto, así como también impregna la idea del pabellón del fénix verdadero en la mente de los lectores. El canto de la alondra es el clímax de la novela, el autor diseñó todo tipo de términos onomatopéyicos para presentar la discusión que se da entre aquellas aves que la alondra ha imitado, lo que nos transporta a la misma escena, al mismo bosque: las agudas y graves voces eufónicas de los pájaros son la danza de la libertad, de la vida, de la civilización.

Sin embargo, Qing Pi no posee una relación exacta con la alondra del pico sórdido. Un animal tiene su propia manera de existir y una serie de reglas, propias de su especie, que debe seguir; mientras que el ser humano no solo presta atención a su personalidad, sino que también debe cumplir las obligaciones sociales y ejecutar su deber social. Qing Pi como estudiante posee un rendimiento pésimo en matemáticas, si no sabe hacer cuentas ¿cómo podrá subsistir en la sociedad? Desde un punto de vista individual, ponemos mucho énfasis en la inevitabilidad y la importancia de la personalidad, en la diversidad de la cultura, lo cual no es favorable para el progreso social. Además, debemos tener consciencia del importante papel que juega el carácter general y la compresión común para la sociedad, incluso para el individuo.

La extensión de la novela es corta y el vocabulario no es complejo. Los problemas complejos se vuelven más claros y conmovedores gracias a la perspectiva infantil de la historia. Incluso, motiva a los adultos a tomar decisiones en su vida tomando como referente el punto de vista de un niño. Por lo tanto, esta novela es atractiva tanto para niños como para adultos. Posee una estructura bien construida y el cambio de escenas es natural y ágil; la novela nos inspira simpatía, no hay patetismo sino parcialidad. Esto nos sugiere que el amor y la belleza nos sumergen en la meditación y nos permiten hacer elecciones.

La Fiesta de los Faroles

El escritor se inspiró en las espléndidas linternas de la Fiesta de los Faroles, llevada acabo en Shanxi China; también fue inspirado por la extinción y sucesión del arte de la pirotecnia. La historia comienza cuando un artista folclórico, durante el duodécimo mes del calendario lunar, elaboró unas linternas de color en forma de aves, de cabeza de animales y de flores; el día de la Fiesta de la Primavera, las dispuso en el armazón para después encenderlas, dando como resultado un espectáculo brillante y multicolor. No obstante, diversos movimientos sociales, el caos causado por la guerra y la Gran Revolución Cultural influyeron negativamente en la continuidad de dicho arte. El abuelo Zhao, viejo artista tradicional, elaboraba esta artesanía ancestral con mucho esmero y dedicación: seleccionaba minuciosamente los materiales y los confeccionaba en diferentes formas, combinando arte y caligrafía para crear exquisitas linternas. Mientras tanto, el primer hijo de la familia Chen valiéndose de sus linternas novedosas en forma de cohetes, aeronaves, dibujos animados y demás, atrajo un gran número de espectadores. La competencia entre las dos generaciones promovió el desarrollo del arte de las linternas y ayudó a encontrar la alegría de dicha celebración, llevándose el joven Chen el primer premio del torneo de las linternas. Durante la competencia del año siguiente, Qing Pi mostró curiosidad por dicho arte; al enterarse de esto, el abuelo Zhao se entusiasmó, y descubrió que a los jóvenes les interesaba lo novedoso, por lo que su inicial rechazo se transformó en aceptación. Esta fue una de las razones por la que decidió transmitir sus conocimientos a la siguiente generación. Al año siguiente, llevó al público un espectáculo de fuegos artificiales, los cuales llevaban mucho tiempo en el olvido. Finalmente, el primogénito de la familia Chen reconoció al abuelo Zhao como maestro, el salvador del arte de las linternas.

La novela con su lenguaje refinado, penetrante y vívido, plasmó la imagen del artista tradicional Chen caminando hacia la nueva era. Por un lado, se mostraba verdaderamente apasionado por el arte ancestral y no escatimaba esfuerzos para confeccionarlo con esmero y cuidado; eso le impedía aceptar las obras y aficiones de los jóvenes. Por otro, deseaba que estos pudieran apreciar sus obras y heredar este arte ancestral. El abuelo no sólo representa una generación de artistas, sino que también simboliza el problema que enfrenta este país antiguo con la veloz transformación hacia la modernidad. Dentro de este proceso, la antigüedad y lo moderno son separados por un profundo abismo; la tradición se enfrenta a un proceso de decodificación y reconstrucción, para poder subsistir en el futuro como un nuevo gen. El abuelo comprendió este fenómeno y adoptó una nueva figura para que representase la civilización antigua. No obstante, el escritor no presta demasiada atención a la novedad, sino que utiliza su estilo narrativo para exhibir el respeto que poseen los mayores por el arte antiguo, además de su perseverancia y meticulosidad para enriquecer las tradiciones culturales. Mientras que a través de la descripción del primogénito de la familia Chen, alaba a los jóvenes herederos y, al mismo tiempo, renovadores de las tradiciones; asimismo, revela que el consumo acelerado por los productos y servicios nuevos es causado por la importancia que se le da al sentimiento de carencia, no al contenido. Afortunadamente, estas dos generaciones adoptaron el papel de maestro y discípulo, logrando que este arte superase la prueba temporal y dando como resultado la absorción de esta magnifica tradición: el futuro del arte será mejor.

Como una perfecta miniatura de la cultura china actual, el autor intercaló en sus narraciones la imagen y las palabras del pequeño Qing Pi, exhibiendo la misteriosa orientación de la cultura infantil china dentro del marco de diferencias entre la generación vieja y la nueva, y revelando la verdad sobre la historia tradicional, así como la transformación que sufre la cultura china en el camino de la herencia intergeneracional a la liberal, la cual es espontánea y optativa. La nacionalidad china digiere y fusiona su nutrición, creando el milagro de ciudadanía, el cual es un proceso de transición de lo antiguo a lo actual, expandiéndose en todo su territorio.

스레이朝鲜语版

　　스레이（史雷）는 군인 집안 출신으로 중국과 구소련이 긴장관계에 있던 1970
년 중국 서남부 쓰촨（四川）성에서 태어났다. 그의 부모가 몸담고 있던 군부대의
열악한 환경 때문에 어린 시절 베이징으로 보내져 외조부모의 손에 자랐다. 그의 외
할머니는 평서（评书）（장편 고사를 말로 전하는 설창 문예의 일종. 옮긴이）를 좋
아해서 단톈팡（单田芳）, 위안쿼청（袁阔成）등 유명 설창가의 평서가 나오는
라디오를 자주 틀어 스레이에게 들려 주었다. 그 덕분에 어린 스레이는 고전에 스며
들 듯 영향을 받았고, 이것이 그에게 문학의 씨앗이 되었다. 그는 6세가 되던 해에
부모가 있는 쓰촨성으로 돌아왔는데 당시만해도 환경이 많이 개선되어 도서관 같
은 문화 시설이 제법 많았다. 특히 군부대 도서관에서 「당대（当代）」, 「시월
（十月）」등과 같은 수준 높고 유명한 문예지를 많이 접할 수 있었다. 스레이는 유
년기를 대도시에서 멀리 떨어져서 보냈지만 동심과 호기심을 잔뜩 품고 스스로 독
서와 공부의 기회를 찾아냈다. 18살 때 부모의 부대 복귀로 인해 스레이도 베이징으
로 돌아와 대학에 진학했지만 폭넓은 독서 습관은 계속 유지되었다.

　　스레이는 역사문화 애호가다. 그는8년 동안 베이징의 문화 고적을 답사하고 베
이징 토박이인 문화계 명사들과 교류하며 베이징의 민속 문화에 많은 영향을 받았
다. 2008년 우연히 안데르센문학상 수상자인 차오원쉬안（曹文轩）교수의 대표
작 「초가집[草房子]」을 읽고 깊이 감명받은 뒤 아동 문학을 창작하기 시작했다.

　　스레이는 민족과 역사문화에 대한 사랑과 이해, 사라지지 않은 동심과 강렬한
예술적 감각을 바탕으로 「아동문학（儿童文学）」, 「소년문예（少年文艺）」,

「독우（読友）」등의 문예지에 「정군산[定军山]」, 「꽃등놀이[鬧花灯]」, 「삼대기[三大旗]」, 「봉황대[凤凰台]」등 여러 편의 소설과 산문을 발표했다.

스레이는 사료를 읽던 중 항일전쟁 시기에 일본은 중국을 침략하기 전에 중국의 상황을 면밀하게 조사했지만 중국인들은 제 몸 하나 지키고 성공하는 데만 급급해 큰 뜻을 잃어버렸다는 사실을 알게 되었다. 1943년 가을, 일본군은 산둥（山东）성 서남부에서 콜레라 세균전으로 중국인 수십만 명의 목숨을 앗아갔다. 하지만 중국은 10여 년이 지난 뒤에야 그것이 세균전이었음을 알았다. 스레이는 중국인들의 마음가짐과 인식을 과거 어느 때보다 철저하게 반성해야 한다는 사실을 깨닫고 3년에 걸쳐 역사와 문화를 접목시킨 장편소설 「장군 골목[将军胡同]」을 집필했다. 이 작품은 제1회 '청동해바라기 아동소설상' 중 최고상인 청동상을 수상하고 '2015년 중국의 좋은 책'과 '2015년 우수 아동문학 출판 사업'에도 포함되었다. 「장군 골목」의 제1장 「정군산」편은 2015년 '천보추이（陈伯吹）국제아동문학상'을 수상했다. 이로써 스레이는 독특한 작풍을 지닌 수준 높은 작가로서 문단에서 활약하게 되었다.

이 작품들은 스레이의 독특한 아동문학관을 잘 보여주고 있다. 아동문학은 성인문학보다 훨씬 정교하고 섬세해야 한다는 것이 스레이의 지론이다. 아이들의 먹거리와 아이들이 쓰는 물건은 더욱 세심하게 만들어야 하는 것처럼 말이다. 그러므로 아동문학은 예술작품이 되어야 한다. 예술작품은 그저 단순히 글로 쓰는 것에 그치지 않고, 독서 경험, 사상, 재능, 시간, 심혈을 쏟아부어 정성을 다해 새기고 다듬어서 만들어지는 것이다.

스레이의 소설은 전쟁에 주목하기도 했지만, 문화유산의 계승과 당대 민속의 변화, 아동의 입시교육, 환경보호 등과 같은 중요한 문제도 적극적으로 다루고 있다. 그는 천진함과 선량함, 정의와 용기, 강인함과 낙천성, 정직과 연민의 감정으로 온전히 현실 생활에 뿌리를 두고 국제적인 안목을 가진 중국의 이야기를 탄생시켰다. 스레이의 작품은 일찌감치 평론계의 호평과 독자들의 사랑을 받았지만, 그는 여전히 사랑과 동심, 양심의 길에 서서 냉엄한 반성을 통해 중국 아동문학의 발전을 위해 노력하고 있다. 또한 아이들을 위한 훌륭한 이야기는 아이들에게 바치고, 인류 사회의 새로운 세기에 중요한 한자문화권의 우수한 자질로 세계인들을 위해 이바지했다.

「장군골목」

오래된 도시 베이징에는 늘 바람이 일고 구름이 피어 오른다.
성벽과 백성들이 오랫동안 눈비와 얼음 서리를 맞았다.

'항일전쟁 및 세계 반파시즘 전쟁 승리 70주년'에 즈음하여 출간된 「장군 골목」은 일본군의 말발굽 아래에서 '나'의 집과 베이징이 겪었던 여러 생활상을 묘사했다. '나'의 집은 전형적인 중산층 가정으로 '창칭반 (长庆班)'(한때 유명했던 극단)의 가난한 예술가의 딸인 수얼 (秀儿)을 거두어 함께 살고 있다. '나'의 외할아버지는 향락에 빠져 막다른 길에 다다른 청 말기의 유신인 투 (图) 장군을 혼자 힘으로 살아갈 수 있게 깨우쳐준 호걸이다. 그의 마음 속에는 민족의 대의가 끊임없이 불타오르고 폭발하고 있다. 이들을 중심으로 심금을 울리고 감동적이며 깊은 성찰을 이끌어내는 중국의 이야기가 펼쳐진다. 귀뚜라미, 비둘기, 부침개, 코담배, 손오공……. 이 소재들은 지방색이 넘치는 독특한 물질 문명을 그려내고 있다. 그런데 이 물질들 뒤에 어떤 정신이 깃들어 있는 걸까?

이 소설은 몰락한 귀족의 이야기를 다루고 있다. 과거의 귀족이 청나라 멸망 후 가산을 탕진하고 생존조차 어려워지지만 내면의 수치심과 살려는 의지만으로 다른 것은 생각지 않고 인력거를 끌며 살아간다. 사실 이것은 근대 중국이 세계 각국에게 수모를 당했지만 오랜 전통을 지닌 민족으로서 몰락하지 않고 내면에 강렬한 생명력을 품은 채 버텼던 상황을 은유적으로 묘사한 것이다. 소설 속에는 중국 평민들이 곤경 앞에서 자신을 반성하고 자신의 환락과 무지가 현재의 비극을 만들어냈음을 깨닫는 모습이 묘사되어 있다. 베이징 평민들은 조용하고 여유로웠던 생활이 외세의 침략에 짓밟히자 대다수가 이성적인 선택을 한다. 바로 순종적인 백성이 되는 것이다. 하지만 남녀노소 할 것 없이 침략자에 대한 원망과 증오는 한 순간도 멈추지 않았고, 정의는 반드시 승리한다는 신념을 지켰다. 아이들은 교묘한 방법으로 일본군의 노예화 교육을 피했고, 투 장군은 온갖 평계를 내세워 일본인 요코자와 선생과의 왕래를 피했다. 그러면서 베이징 사람들은 적의 눈에 띄지 않는 곳에서는 자신들의 분노를 시원스레 쏟아내고 자신들이 할 수 있는 범위 내에서 다양한 방법으로 애국적인 행동을 했다. 이는 중국인들이 평화를 갈구하는 배후에 있는 것이 운명에 순종하는 나약함이 아닌 활로를 모색하는 지혜와 승리에 대한 확고한 믿음이라는 사실을 보여주는 것이다.

예（礼）는 사회 질서를 유지하기 위한 것이지만, 타인을 향한 깊고 세심한 사랑을 담고 있다. 외할아버지는 돈만 쓸 줄 아는 청 말의 유신 투 장군이 가산을 팔려고 하자 이를 완곡하게 거절하고는 투 장군을 존중하고 도와주는 방법으로 예를 실현했다. 투 장군의 자존심을 지켜주면서도 그의 어려운 처지를 도와주자 투 장군은 세상의 따뜻함과 친구와 사회의 배려를 느꼈다. 이런 감정이 원동력이 되어 투 장군은 무예로 약자들을 보호해주기 시작했다. 아름다운 예의는 번잡한 허례허식이 아니다. 외할머니는 학교를 파한 아이들을 불러 집에서 짜장면을 먹이면서도 시원스럽고 솔직하게 행동했기 때문에 부끄러워서 사양하는 아이들이 없었고, 주인과 손님의 구분도 느끼지 못할 만큼 편안하게 대했다. 하지만 악한이 야만적으로 쳐들어왔을 때는 완전히 달랐다. 일본군을 등에 업은 매국노가 애국주의자를 찾아내겠다며 류（刘）씨 집으로 쳐들어와 집안을 쑥대밭으로 만들고 어항에 있던 예쁜 금붕어까지 밟아 죽였다. 이는 전쟁이 인간의 본성을 어떻게 왜곡하고 유린하는지 보여주는 것이다.

작가는 복잡한 사회 역사를 도식화해서 어린이 독자들의 시야 속으로 밀어 넣은 것이 아니라 간결하게 축약해 아이들의 시각에서 어린이 독자들이 이해하고 직접 느끼도록 했으며, 민족, 역사, 아동을 창조적으로 아울러 작품 속에 담아냈다. 또 작가는 작품의 각 장이 모두 역사와 문화를 상징하는 명칭이 되도록 각각 나누어 서술했으며, 베이징 후통（胡同）（베이징의 옛 시가지를 중심으로 산재한 좁은 골목길을 일컫는 말. 옮긴이）의 고즈넉함과 애틋한 정취를 글로 되살려냈다. 어린이 독자들에게는 역사와 문화, 국가의 운명, 정신적 기개를 저절로 느끼고 생각하게 하고, 성인 독자들에게는 복잡한 사회와 역사 속에서 강인하게 생겨난, 소중하고 감동적인 동심을 전해주었다. 베이징 민속 및 문화 전문가인 허우샤오천（侯晓晨）이 쓴 '명물고（名物考）'는 100여 개 단어에 대한 설명과 함께 1만여 자에 달하는 분량인데, 여기에는 베이징과 관련된 방언, 음식, 지리, 풍속, 점포, 곡예, 역사서 등 다양한 내용이 포함되어 있어 옛 베이징 문화를 농축해낸 자료라고 할 수 있다.

「봉황대」

　　이야기는 종달새 경기에서 시작된다. '종달새 경기'란 지방 세력가들이 한 자리에 모여 자신이 기르는 종달새가 다른 새의 울음소리를 얼마나 아름답게 잘 흉내 내는지 겨루는 경기로 승자는 "선생님 새"가 되어 다른 종달새의 본보기로 삼았던 민속놀이다. 한 초등학교 교장선생님의 새가 불길함을 상징하는 부엉이 울음소리를 흉내 낸다. 하지만 교장선생님은 이 새를 버리지 않고 자연스러운 방법으로 이 새가 '선생님 새'의 아름다운 울음소리를 흉내 내도록 훈련시켜 '스타 새'로 만들어낸다. 여기에 자신이 좋아하는 과목만 잘하고 다른 과목에는 관심이 없는 초등학생 칭피 (青皮) 의 이야기가 등장한다. 칭피는 열등감을 극복하고 자신감을 회복하는 과정을 통해 더 높은 수준의 교육 이념과 더 고상한 아름다움, 타인과 자기 자신을 대하는 훌륭한 태도를 발견하고, 더 나아가 인류 사회의 운행 방식을 개선할 수 있는 제안을 하게 된다. 경쟁 사회에서는 인간의 가치가 생산라인의 나사 하나로 왜곡되고, 보통 사람들은 생산에 필요한 특징이 강화되어야만 사회의 엘리트가 된다고 생각한다. 작가는 보통 사람들이 받고 있는 왜곡된 고통을 발견하고, 인간의 자연스럽고 진실한 가치가 가지는 중요한 의의와 생명을 가진 개체가 자유로운 환경 속에서 발전하면서 느끼는 기쁨과 다채로움을 보여준다. 진정한 봉황대란 바로 스스로 행복을 펼칠 수 있는 무대인 것이다.

　　소설은 현실적인 수법으로 인정 많고 현명한 초등학교 교장 류수즈 (刘修志) 와 눈 앞의 명리에만 급급하는 교사 샤오친 (小秦) 을 등장시켜 선명한 대비를 이루게 했다. 전통 교육은 누구에게나 차별 없이 진리를 가르치고 학업을 전수해 학생들을 변화시키는 반면, 오늘날의 교육은 '될성부른' 학생만을 골라서 교육을 시킨다. 칭피는 이런 교육 환경에서 재능을 발휘하지 못했고, 봉황대의 깊은 뜻을 깨닫기에는 너무 어린 나이였다. 하지만 울음소리를 잘못 배운 종달새가 버려질 처지에 놓이자 자신도 모르게 데려다 기르려고 한다. 칭피와 울음소리를 잘못 배운 종달새는 전형적인 이미지로서 이처럼 힘든 환경에서 진실한 삶을 살아간다. 소설은 '자연훈련법'으로 훈련 받은 종달새가 얼마나 신통한 능력을 발휘하는지 묘사하는 데 그치지 않는다. 뒷부분으로 갈수록 종달새는 스스로 자신의 울음소리를 낼수 있게 되고, 결국 새장 밖으로 나가 날개를 푸드덕거리며 숲 속으로 들어가 다시는 돌아오지 않는다. 바로 여기서 소설의 주제가 한 차원 높아진다. '진정한 봉황대'의 개념이 독자가 지켜보고 있는 가운데 마음속 깊이 파고든다. 종달새의 울음소리 또한 이 소설의 중요한 포인트다. 작가는 다양한 의성어를 만들어내 뭇새들이시새워 지저귀는 장면을 풍부하게 재연해냈다. 소설을 읽는 독자들은 마치 숲 속에있는 듯한 착각이 들 정도다. 여기저기에서 아름답게 지저귀는 새 소리는 생명의 춤이요, 자유의 춤이며, 문명의 춤이다.

하지만 수업 과목간 성적 차이가 큰 칭피와 잘못된 울음소리를 배운 종달새 사이는 완전히 동등한 것은 아니다. 동물은 동물 나름대로의 자연 존재 방식이 있고, 무리에서 지켜야 하는 규칙이 있다. 또 사람은 자기 개성만 주장해서는 안되고 사회적 의무를 져야 하며, 사회에 대한 자신의 약속을 지켜야 한다. 수학 성적이 형편없어 기본적인 셈도 못하는 칭피 같은 초등학생이 어떻게 사회 생활을 할 수 있을까? 개성의 필연성과 중요성만 강조하고 문화의 다양성만 중요하게 생각한다면, 문화에 대한 식별력을 소홀히 하게 되고 이는 사회의 진화에도 불리하게 작용한다. 공통성과 공감대가 사회 전체는 물론 개인에게도 중요한 의미를 가진다는 사실을 알아야 한다.

이 소설은 길이도 짧고 어휘도 단조롭다. 하지만 어린이의 시각으로 심오한 문제를 단순화시키고 감동을 주며, 아동의 성장이라는 관점에서 볼 때 자신의 인생을선택할 수 있도록 해주기 때문에 어른과 아니 모두에게 적합한 책이다. 스토리가 치밀하게 전개되고 장면의 전환이 자연스러우며 공감하지만 선동하지 않고, 사람을감화시키지만 두둔하지 않기 때문에 독자들이 사랑스럽고 온화한 분위기에서 깊은 사색과 선택으로 빠져들 수 있다.

「꽃등놀이」

작가는 중국 산시 (山西) 지방 민간에서 성행했던 꽃등과 받침대를 만드는예술이 사라질 위기에 처한 것을 보고 이의 보존·계승을 도모하기 위해 이 걸작을 썼다. 민간예술가들이 12월에 새와 짐승, 꽃 등을 본떠 정성껏 등을 만든 뒤 춘절 (중국의 설. 옮긴이) 에 잘 설치해놓고 불을 붙이면 오색 찬란한 불빛이 매우 아름 다웠다. 하지만 각종 사회운동과 전쟁, 문화혁명, 개혁개방 등을 거치면서 전통 예 술의 대가 잇따라 끊겼다. 전통 예술을 지키는 늙은 예술가 자오 (赵) 씨 할아버지 는 해마다 공을 들여 조상 대대로 전해 내려오는 꽃등을 만들었다. 여러 가지 재료 를 정성껏 골라 각종 모양을 만들고, 거기에 그림을 그리거나 글씨를 써넣었다. 이 렇게 만든 꽃등은 더할 나위 없이 훌륭하고 아름다웠다. 젊은 세대인 천 씨네 맏이 가 화살, 우주선, 만화 캐릭터 등을 본떠 새롭고 신기한 꽃등을 만들자 그걸 구경하 러 오는 사람들이 많았다. 두 세대간의 '경쟁' 이 꽃등 예술을 활성화시켜 꽃등에 대한 사람들의 관심이 커졌다. 이 대결은 젊은 천 씨네 맏이의 승리로 돌아갔다. 이 듬해 '경쟁' 에서는 앳된 티를 벗지 못한 칭피가 꽃등 예술에 관심을 갖는다. 자 오 씨 할아버지는 어린 칭피가 꽃등에 관심을 보이자 크게 기뻐하며, 젊은 세대는 새롭고 신기한 것을 좋아한다는 사실을 알고 점차 새로운 모양의 꽃등도 점차 받아 들이고 인정하게 된다. 자오 씨 할아버지는 자신의 꽃등 기술을 다음 세대에 전수해 주기로 결심하고 이듬해에는 이미 사라지고 없는 꽃등 받침대를 정성껏 만들어 관 중들에게 보여준다. 10층 높이의 문창각 (文昌阁) 층마다 화려한 불꽃이 뿜어 져 나오며 땅과 하늘이 번갈아 번쩍이고 펑펑 소리가 나는 장관이 연출되었다. 감 탄한 사람들은 벌린 입을 다물지 못했고, 젊은 세대인 천 씨네 맏이는 자오 씨 할 아버지를 스승으로 모시겠다며 절을 올린다. 마침내 사라져 가는 전통 예술을 구 해낸 것이다.

소설은 길지 않지만 정련된 문장으로 새로운 시대로 들어서는 전통 예술인 천 씨네 맏이를 생동감 있게 묘사했다. 천 씨는 조상들이 전해준 전통 예술에 집중하면 서 많은 시간과 노력을 들여 세심하게 꽃등을 만들기 때문에 젊은이들의 작품과 그 들의 취향이 썩 마음에 들지 않는다. 하지만 또 한편으로는 젊은이들의 관심과 사랑 을 갈망하며 전통 예술을 계승한다. 천 씨는 한 세대 예술인을 대표할 뿐 아니라, 오 랜 전통을 가진 나라가 현대에 들어 급변함으로써 나타나는 문제점들을 상징하기 도 한다. 격변의 시기에는 과거와 현재 사이에 커다란 틈이 생기기 마련이다. 우수 한 전통은 자신의 어려운 비밀을 해독하고 재구성해야 한다. 그래야만 새로운 유전 자로서 미래에도 살아남을 수 있다. 천 씨의 생각이 트여 이 이치를 깨닫는 것은 오 래된 문명의 재탄생을 상징한다. 하지만 작가가 무조건적으로 새로움과 다름을 추구한 것은 아니다. 나이든 세대의 예술에 대한 경외심, 전통 예술에 대한 노인들의 변함없는 열정을 묘사하는 데에도 많은 분량을 할애했다. 또한 천 씨네 맏이를 통해 젊은이들이 주체적으로 전통을 계승하고 혁신하는 훈훈한 행동을 그리면서도, 젊은 세대들이 새로운 것만 추구하고 빠르게 문화를 소비하면서 감정에만 치중하고 내용은 경시하는 폐단도 지적했다. 결국 마지막에는 두 세대 예술가들이 서로 사제 지간이 되고 이 예술이 시간의 검증을 받게 되는데, 이는 우수한 전통이 미래에도 받아들여져 더욱 새로워질 것임을 의미하고 있다.

이 작품은 중국 문화의 현주소를 성공적으로 재연해낸 축소판으로 어린 칭피를 수시로 등장시킨다. 칭피를 통해 구세대와 신세대의 차이 속에서 자란 중국 어린이들의 문화적 취향이 미묘하면서도 유연하다는 사실을 보여주는 한편, 미의 전통은 반드시 역사에 의해 계승된다는 위대한 진리를 알려주고 있다. 또한 중국 문화의 계승이 안정적이고 자연스러운 세대간의 계승에서 자발적이고 선택적인 자유로운 계승으로 변화하고 있으며, 중국 민족이 자신의 영양분을 소화시키고 융합시킴으로써 고금을 관통하며 어느 곳에서도 녹아들 수 있는 민족 문명의 기적을 창조하고 있음을 보여준다.

石一枫（1979—　）

文
学
肖
像

　　作为一个生在北京、长在大院儿，出生于二十世纪七十年代尾巴上的作家，石一枫称自己受到了两代京味儿作家的影响，一方面他继承了老舍关怀小人物的传统，另一方面他的语言又像王朔一样幽默辛辣，被称为"京味儿实力派青年作家"和"新一代顽主"。坚守着现实主义传统，石一枫塑造了一个又一个典型人物形象，成为"呈现我们这个时代的文学新人物"。

　　毕业于北京大学中文系，语言受到专业训练的石一枫，依然认为只有用母语、用最贴近自身生活的语言，才能真正把作品写好。1996年发表于《北京文学》的处女作《上学》，已经显示出他对叙述和语言的把控能力。1998年，石一枫又在《北京文学》发表小说《流血事件》，其中的许多元素如小痞子、打架、青春、成长经历、爱情、北京等，屡次出现在他后来的创作之中，由此也构成了"一枫体"。

　　1996年身穿校服的高中生石一枫，在学校的组织下与同学排着队到国防大学礼堂观看了姜文的电影——《阳光灿烂的日子》，这个长达三个小时的电影从此对石一枫的创作产生了深远的影响。这部电影改编自王朔的小说《动物凶猛》，其中所讲述的"大院子弟"的生活、情感和经历，比如父母是军人，没有时间管教孩子，于是他们混成小痞子打架斗殴，崇尚哥们儿义气，搞对象等，都让石一枫产生强烈共鸣，在他们身上他似乎也看到了自己所处的环境与生活，于是对自己有了一种身份认同，并把这种认同感融入到文学创作之中，从而有了新一代"顽主"的形象。"顽主"是老北京的土话，是一种京味儿文化，顽主把玩当作正经事，不务正业，但不一定不学无术。王朔在1987年发表中篇小说《顽主》之后，"顽主"一词迅速流行起来，并成为一种文学现象，影响了不少后一代作家，石一枫正是其中之一。他的小说也是九十年代以来当代文学作品中"顽主"特点最显著的，有人称石一枫为"小王朔"，作为王朔的钦慕者，石一枫对此十分得意。

2009年出版的长篇小说《红旗下的果儿》，讲述了几个主人公十二年的成长过程，形象地展现了北京80后一代的典型生活。他们在孤独、迷茫、颓废中经历了青春、爱情、成长。2011年出版的长篇小说《节节最爱声光电》，展现了80后一代的另一方面，讲述了北京女孩节节在误入歧途之后又回归独立自强的故事。80后一代在社会变化洪流中如何选择而不至于迷失是不容易的，石一枫说："节节在成长过程中体谅了她的父母、朋友、恋人的不容易，我也体谅着节节的不容易。"

2011年和2013年陆续出版的长篇小说《恋恋北京》与《我妹》，石一枫开始改变一贯的创作风格，注意力从青春成长及对顽主的欣赏羡慕转移到大人们的现实处境中来，开始从沿着别人的路子走转变为用独立的意识、独特的方法看待世界和社会，写作目的也变得清晰起来。2014年和2015年出版的中篇小说《世间已无陈金芳》与《地球之眼》，成为石一枫的转型力作。两部作品的主人公陈金芳、安小男，无论是从小了看为自己，还是从大了看为社会，都如石一枫所说"飞蛾扑火般要去改变生活"。他们受尽现实的折磨，仍不屈不挠地按照自己的人生轨迹前行，不管终点是成功还是失败、是生存还是毁灭。收录这两篇小说的中篇小说集《世间已无陈金芳》于2015年荣获百花文学奖和十月文学奖，2018年获得第七届鲁迅文学奖。

如果说早期作品是对过去的回顾，那么近期作品就是对当下的观照和对未来的展望。从青春顽主到扑火飞蛾，石一枫坚持了对现实和小人物的关注，放弃了对轻佻与玩世不恭的艳羡。在这种取舍之中，我们看到了石一枫的进步，一种与时俱进的进步。

《世间已无陈金芳》（2014）

从农村到城市，从土里土气到光鲜亮丽再到失魂落魄，主人公陈金芳经历了短暂的成功和最终的失败。石一枫在《世间已无陈金芳》中讲述了陈金芳个人起起落落的人生，却让我们从中看到了这个时代里一群人跌宕起伏的命运。

从乡村到都市，对于陈金芳来说十分不易。与家人对抗付出了流血的代价，几乎被家人抛弃，与各种流氓混混姘居，她才终于留在了北京。虽然贫困，陈金芳却爱慕虚荣，渴望金钱也向往艺术。因为买钢琴事件与痞子闹翻后，陈金芳失去了生活的依靠，再一次变成"孤魂野鬼"，消失了。

十几年后，陈金芳又出现在大家视野中，此时她已暴富，搞艺术投资工作，在各种交际场合游刃有余。在事业看似如日中天时，陈金芳把目光转向了更大更危险的领域——非法集资，压上全部身家投机以牟取暴利。不久项目失败，陈金芳倾家荡产，负债累累。

文学史上类似于陈金芳的形象并不少见。司汤达《红与黑》中的家庭教师于连、巴尔扎克《高老头》中的穷大学生拉斯蒂涅，都和陈金芳一样，来自社会的底层，却想方设法改变生活，进入上流社会。在这个过程中，他们或者抛弃道德良知，或者无视法律法规，投机钻营直到完全丧失单纯的自我。

在这本书中，石一枫虽然讽刺了陈金芳，却更多地体谅了她。在故事结尾，陈金芳遍体鳞伤地被送入警察局时，她说了一句让人无比心酸的话："我只是想活得有点人样儿。"她所做的一切，所经受的一切，不过是为了摆脱贫困、不平等、受人排挤轻视的人生状态而已。文学评论家陈福民说："陈金芳是明亮的、感伤的、深刻自我怀疑的，是一个了不起的人物。"

有人说陈金芳像是"女版盖茨比"。盖茨比在他那个物欲横流的时代中失败了，陈金芳也在她这个拜金浮夸的时代中失败了。十几年前陈金芳为了留在北京被姐姐打伤，去医院的路上，她的血迹洒在水泥路面上，"那些血滴还算新鲜的时候，被清晨的阳光照耀得颇为灿烂，远看像是开了一串星星点点的花，是迎国庆时大院儿门口摆放的串儿红。没过多久，血就干涸污浊了，被蚂蚁啃掉了，被车轮带走了。"十几年后陈金芳走投无路企图自杀，送往医院时血洒路面的场面重现："在余光里，我看见陈金芳的血不间断地滴到地上，在坚硬的土路上绽开成一串串微小的红花。这么多年过去了，陈金芳仍在用这种方式描绘着城市，然而新的痕迹和旧的一样，转眼之间就会消失。"陈金芳从一无所有到一败涂地的轮回，在偌大的都市中，也不过像那些血滴一样，吸引到路人片刻的注意后，就被残酷地遗忘，像从未发生过一样。

世间已无陈金芳，可这世间分明还有无数的陈金芳存在，也将会有更多的陈金芳出现。

《地球之眼》（2015）

什么是地球之眼？看到书名我们不禁要发问。在这个科学技术迅猛发展的时代，石一枫把目光投向了半空中，给出了他的答案——正是那一个个虽不起眼却无处不在的摄像头。主人公安小男坐在中国一角，却凭借着互联网和监控技术，将美国一隅的任何风吹草动尽收眼底，时刻监视着地球另一端令他深恶痛绝的道德败坏行为。于是，石一枫从数学天才、电脑高手安小男的故事出发，巧妙又生动地给小小的摄像头赋予了俯瞰众生的"地球之眼"的意蕴。

安小男是一个公认的奇才，精通电脑技术，被资深老教授称赞"脑袋里装着半个硅谷"，但他却一直为一个人文问题所困——当下社会，中国人的道德缺失问题。因为执拗于道德问题，他怒斥了无耻的历史学教授，拒绝了缺德的银行行长，生活潦倒不堪。

作为安小男的朋友，"我"把他推荐给了李牧光——"混"得最好的大学同学，加入美国国籍的富二代。安小男的工作就是利用互联网和监控设备在北京为李牧光照看美国的仓库。就在生活越来越好时，安小男却在无意中通过监控发现了李牧光的"道德问题"。发觉安小男正在调查自己，李牧光利用与"我"表妹林琳假结婚的事情要挟"我"制止安小男，同时承认自己正在转移身为国企领导的父亲贪污的巨资。当"我"无奈之下劝安小男收手时，才得知他之所以执着于道德问题，是因为父亲死于一群贪污腐败的领导手下，自杀前留下的最后一句话正是"他们怎么那么没有道德呢?"。

一个月后，李牧光高兴地告知"我"安小男已经收手，"我"也与安小男和李牧光断绝了联系。半年后，安小男失踪，揭发了李牧光家族的犯罪行为，并凭借监控以特殊的方式保护了"我"表妹林琳。

石一枫承认："小说结尾是好莱坞式的。"安小男这个角色有些理想主义。在新技术迅猛发展的时代中，在世风日下的道德危机中，面对物质与精神的考验，固执的安小男坚守了精神，以超乎常人的能力对抗了现实。这种理想主义看起来很幼稚——"但这种幼稚多感人啊，我也一定要写它。"安小男是一个社会底层的小人物，却飞蛾扑火般地想要改造世界。这种人不自量力，但这种人给死气沉沉的社会带来了活力，给乌烟瘴气的世界带来了清洁的空气。十月文学奖授奖词中评论道："《地球之眼》是中国当代文学中久违的仰望星空之作。"生活在最底层的安小男却站在俗世狂欢的高处，打开了俯视物欲横流之社会的道德天眼。

"毫无疑问，在那钢铁洪流一般运转的规则之下，我们都是孱弱无力的蝼蚁，但通过某种阴差阳错的方式，蝼蚁也能钻过现实厚重的铠甲缝隙，在最嫩的肉上狠狠地咬上一口。"

安小男做到了。

（郭聪聪 撰文）

Shi Yifeng 英语版

Shi Yifeng, a native of Beijing, was born in the late 1970s and grew up in an army compound. He claims that he has been inspired and influenced by two important Beijing writers whose works represent the literature of two different generations. On the one hand, he shows concern for the fate of common people in his writings as Lao She did, inheriting the realistic and humanistic tradition. On the other hand, he writes in humorous and sarcastic style like Wang Shuo. Therefore, he has been labeled as "the most promising young writer of Beijing-style literature" and "a new generation of Wanzhu". (The word "Wanzhu" is from Beijing dialect and becomes known to people because of Wang Shuo's novel. Generally speaking, Wanzhu is different from hooligan or gangsters. It refers to a special type of people who seem to be good-for-nothing, but live by their own principles. Wanzhu is usually characterized by their cynical attitude and rebellious behavior.) Holding on to the realistic tradition, Shi has created a gallery of typical characters and become "a new leading figure of showing our times in literature".

As a graduate from the Chinese Department of Beijing University, Shi has been professionally trained in writing. He believes that a good writer should write in his mother tongue and in the "living language". Shi showed his strong narrative gift and mastery of language in his first fiction *Going to School*, which was published in *Beijing Literature* in 1996. Two years later, his another novella *Bloodshed* come out, in which elements such as hooligans, fights, youth, growth, love, Beijing appeared. Those key elements frequently appear in his later works, and contribute to "Yifeng Style".

In 1996, when Shi was at senior high school, he watched *In the Heart Of Sun* with his classmates. The film, directed by Jiangwen, has exerted a profound and lasting influence upon his writing career. Adapted from Wang Shuo's novel, *Fierce Animal*, the movie is mainly about life, sentiments and experiences of children living in the army compounds. Since their parents serve in the army and have no time to teach them, those boys play hooky, fight with rival gangs, believe in buddy loyalty and chase after girls. The film struck a chord with Shi because what happened to the characters reminded him of his own life and surroundings. Thus he found himself identifying with the characters and later integrated the identification into his literary creation, producing a new generation of "Wanzhu" character. After Wang Shuo published his novel *Wanzhu* in 1987, "Wanzhu" became a popular word, and even turned into a literary trend. Many writers of the next generation were influenced by it. Shi Yifeng is one of them. Shi's fictions are written in the most distinctive "Wanzhu" style among contemporary literary works since 1990s, thus Shi is called "Wang Shuo the Second" by some critics. As Wang Shuo's follower, Shi is proud of the title.

His novel *The Pretty Lass under the Five-star Red* Flag published in 2009 tells about the twelve-year life journey of the major characters and vividly describes the typical life of those born in the 1980s in Beijing. They experience youth, love and growth in loneliness, loss and decadency. *Jiejie Longs for Material Life*（2011）describes another dimension of those born in the 1980s and tells about the story of Jiejie, a Beijing girl, who finally grows into an independent woman after going astray. It's hard for those born in the 1980s to choose their own way and not to get lost in the currents of social changes. Shi says: "When Jiejie grows up, she gradually understands her parents, her friends, her lovers, and I also understand Jiejie's dilemma."

Shi Yifeng attempted to write in different style since *Love in Beijing* in 2011 and *My Half-Sister* in 2013. Focus of his works has been shifted from the growth of the youth to the life of adults, from the admiration of Wanzhu to the reflection upon the society. Shi tries to stop following others' path, and intends to observe and understand the world and the society independently and uniquely. He is now clear about what he is writing for.

and his writing purpose becomes more and more specific.

The novellas *There Has Been No Chen Jinfang in the World* in 2014 and *The Eyes of the Earth* in 2015 marked the transition of his writing. Both of the protagonists, Chen Jinfang in *There Has Been No Chen Jinfang in the World* and An Xiaonan in *The Eyes of the Earth*, are "eager to change their life like a moth dashing into the fire" according to Shi. No matter how they have been tortured by the reality, no matter what lies ahead of them, they never yield to fate and live their own life. Shi's anthology of the two novellas There Has Been No Chen Jinfang in the World won Hundred Flowers Award and October Literature Award in 2015. In 2018, the anthology won the seventh Lu Xun Literature Award.

Shi's early works are retrospection of the past, and his recent works are reflection of the present and expectation of the future. From a young Wanzhu to a moth dashing into the fire, Shi keeps his eyes on life of the ordinary folks and gives up his admiration for frivolity and cynicism. His choices show that Shi Yifeng grows as a writer and evolves with the times.

There Has Been No Chen Jinfang in the World （2014）

The novella tells about the ups and downs of Chen Jinfang's life, about her experiences from countryside to metropolis, about the glamour of her temporary success and about her final discomfiture. Chen's story reflects the dramatic fate of a group of people in that generation.

It is very hard for Chen to move from countryside to metropolis. She finally gets the chance to stay in Beijing at the expenses of blood. She has a fierce fighting with her sister and is nearly abandoned by her family. In order to make a living in Beijing, she becomes mistress of some hooligans. Poor as she is, she is a girl of vanity who longs for money as well as art. After she breaks up with a hooligan because of buying a piano, Chen loses her breadwinner, becomes "a homeless ghost", and disappears.

After over ten years, Chen comes back as a parvenu. She invests in art and seems to be a social butterfly. However, when Chen's career seems to be in the full flush of success, she strays into a more beneficial and more dangerous area----illegal fund-raising, for which, she contributes all her fortunes to get excessive profits. But the project fails, and Chen is bankrupt and in heavy debt.

Actually, we are familiar with such kind of characters in the history of literature, for example, the tutor Julien in *The Red and the Black* by Stendhal, the poor college student Rastignac in *Father Goriot* by Balzac. Just like Chen, they are from the lowest ladder of the society but try their best to change their situations and force their way into the upper class. In the process, some abandon their morality; some break the laws and rules, and drive into speculation and finally lose their innocence totally.

Though Shi satirizes Chen in this book, he also understands her. At the end of the story, when Chen is put into prison, black and blue all over, she says a sentence that makes people sad, "I just wanna live a decent life." All that she does, and all that she goes through, are her effort to get out of poverty, inequality and discrimination. Chen Fumin, a literary critic said: "Chen Jinfang is bright, sentimental and self-suspicious, and she is a great person."

Someone says Chen Jinfang is "the female version of Gatsby". While Gatsby fails in that acquisitive age, Chen also fails in this money-oriented society. Over ten years ago, Chen was clubbed by her sister. On the way to the hospital, the road is dotted with her blood— "When the blood is still fresh, it is shiny under the morning sunshine, like bits and pieces of flowers if looked far away, like scarlet sage putting at the doorway of compounds on the National Day. After for a while, it is dry, covered by wheels, and eaten by ants." Ten years later, Chen is doomed and attempted to commit suicide, the same scene on the way to the hospital appeared, "I catch a glimpse of Chen's blood, which constantly drops onto the road, like bits and pieces of flowers. After so many years, Chen still paints this city in the same way. However, the new bloodstain, as the old one, fades away in a moment." Chen Jinfang's story is cruelly forgotten in the enormous metropolis after temporary public attention, like those bloods, as if nothing has happened.

There is no Chen Jinfang in the world, but there are still a lot of "Chen Jinfang" in the world, and there will be more "Chen Jinfang" in the world.

The Eyes of the Earth （2015）

What are the eyes of the earth? We can't help asking when we first catch the title of the book. In the era that science and technology develop very rapidly, Shi Yifeng looks up into the sky and gives us his answer----inconspicuous but omnipresent cameras. Sitting in a corner of China, the protagonist An Xiaonan knows everything happening in a corner of America by the Internet and monitoring devices. He deeply hates those immoral behaviors being monitored. Starting from the story of An Xiaonan, a math talent and computer whiz, Shi compares the small cameras to the almighty eyes of the earth vividly and ingeniously.

An is a well-known IT wizard, praised by a senior professor as "a brain filled with half of the Silicon Valley". But An is annoyed by a social problem----the moral degeneration of modern Chinese. Because of his moral principle, he scolds a barefaced historian and refuses the rotten bank president. Consequently, he lives in poverty.

As An's best friend, "I" recommend him to Li Muguang who lives an affluent life among the former college classmates. Li is a typical rich second-generation with the U.S. citizenship. An works for Li and his duty is to attend to Li's warehouse in the States by monitoring cameras. When An's life is getting better and better, especially financially, he witnesses Li's immorality by chance. When Li is aware of An's investigation on him, he threatens to let out "my" cousin Lin Lin's secret and coerces "me" into stopping An's investigation. Meanwhile he confesses that he is helping his father, the leader of a state-owned enterprise, transfer his embezzled accounts. Being forced, "I" have to persuade An to stop investigation. After a long talk with An, "I" get to know that he hates immorality so much because his father's desth attributes to a group of corrupted officials. The last utterance of An's father is "How wicked they are！" before he committed suicide.

One month later, Li tells "me" happily that An has stopped investigation then "I" am out of touch with An and Li. After half a year, An shows up again, and exposes Li's crime, and protects "my" cousin Lin in a special way.

Shi Yifeng admits that this novella ends in a Hollywood way and the hero An is somewhat idealistic. In an age of economic explosion and in times of serious moral crisis, An resists all the temptations and does not bend. He boats against the current and sticks to his own path by his sheer willpower and persistence. His idealism seems to be naïve. "But how touching it is, I want to write about it." An is a nobody at the bottom of the society, but he is willing to change the world, just like a moth dashing into the fire. People like An tend to fight for things beyond their reach. Their efforts add to the vitality of the lifeless society and bring about fresh air into the polluted world. According to October Literature Award, " The Eyes of the Earth looks up at the starry sky, encouraging people to follow and quest the infinite truth. In this sense, it is a piece of optimistic work which is so precious in Chinese contemporary literature." Coming from the lowest ladder of the society, An is now standing at the peak of the worldly world and overlooking the materialistic society with his divine eyes of morality.

"Undoubtedly, we human beings are feeble and fragile ants under the iron heel of laws and rules, but by some chance ants can also squeeze through the heavy armor and take a violent bite off the tender flesh."

And An makes it.

(Translated by Guo Congcong)

Shi Yifeng 法语版

Portrait de l'auteur

Ecrivain né à Pékin à la fin des années 1970 et ayant grandi dans un quartier militaire de la capitale, Shi Yifeng a été influencé par deux générations d'écrivains d'origine pékinoise. Il est à la fois l'héritier de Lao She lorsqu'il se préoccupe du sort des petites gens de la société et l'héritier de Wang Shuo quand il adopte une écriture humoristique et caustique. Et c'est la raison pour laquelle il est classé parmi les écrivains de 《la jeunesse pékinoise talentueuse》 et dans la 《nouvelle génération des cyniques》. Défenseur de la tradition du réalisme, Shi Yifeng aime à raconter et décrire la vie de gens ordinaires et apparaît comme un nouveau personnage littéraire.

Diplômé du département de chinois de la prestigieuse univeristé de Pékin et ayant eu un enseignement spécialisé en langue chinoise, Shi Yifeng a toujours pensé que c'est par la langue maternelle et les mots les plus courants, c'est-à-dire les plus proches du quotidien que l'on peut véritablement écrire un livre avec justesse. C'est en 1996, qu'il publie dans la revue 《littérature pékinoise》 sa première œuvre intitulée *Aller à l'école* et dans laquelle il fait montre de sa parfaite maîtrise de la langue chinoise et de la narration.

En 1998, il publie toujour dans la même revue son roman *une affaire sanglante* qui décrit la vie telle qu'elle est dans la réalité, en abordant des thèmes comme les bandes de voyous, les combats, la jeunesse, les expériences de vie qui aguerrissent, l'amour ainsi que la ville de Pékin, éléments qui seront très présents dans l'ensemble de ses œuvres et qui constitueront sa marque de fabrique et ce que l'on appellera le 《style Yifeng》.

En 1996, son lycée organise une sortie cinématographique. C'est affublé de son uniforme de lycéen qu'il se rend avec ses camarades à l'assemblée de la défense nationale de l'APL (Armée populaire de Libération) pour visionner le film de Jiang Wen 《Dans la chaleur du soleil》. C'est ce film fleuve d'une durée de trois heures qui va provoquer un déclic chez Yifeng et qui va considérablement l'influencer dans sa création littéraire. Ce film qui est une adaption du roman de Wang Shuo 《Animaux féroces》, raconte les expériences sentimentales de jeunes ayant grandi dans des résidences pour militaires. Ces jeunes dont les parents tous soldats n'ont pas de temps à consacrer à leurs progénitures se retrouvent voués à eux-mêmes. Ainsi, sans éducation, sans repères et livrés à eux-mêmes, ils deviennent des voyous; des bandes rivales se forment et s'affrontent parfois violemment. Mais c'est aussi pour ces jeunes une manière de découvrir des formes de vertu comme l'amitié, la loyauté et l'amour. Ce film a eu une forte répercussion sur Shi Yifeng qui s'est complètement identifié à ces jeunes, lui qui a fait ses classes dans ces mêmes quartiers et grandi dans ce même environnement. Ce sera donc pour lui l'occasion de retranscrire ces sujets dans sa création littéraire et de devenir avec brio un écrivain de la 《Nouvelle génération des cyniques》. Ce terme désigné en chinois par 《Wan Zhu》 trouve son origine dans le vieux pékinois. Ce mot qui trouve donc son essence dans la culture pékinoise même a un sens subversif puisqu'il préconise de mettre l'amusement et la récréation au cœur du sérieux et de négliger les affaires professionnelles et les responsabilités mais sans pour autant se désintéresser de l'étude, de la culture et du talent. Après la publication en 1989 de la célèbre nouvelle de Wang Shuo justement intitulée 《cynique》, ce mot s'est rapidement répandu et popularisé, et est devenu un phénomène littéraire qui a influencé un grand nombre d'écrivains de la génération suivante et en particulier Shi Yifeng. Ce dernier qui est un écrivain contemporain représentatif de ce courant se dit très fier d'être appelé 《l'héritier》 de Wang Shuo.

En 2009, Shi Yifeng publie le roman *Les fruits sous le drapeau rouge* et dont l'histoire qui s'étale sur une vingtaine d'année raconte le processus de développement de personnages lambas de la génération post-80 ayant passé leur jeunesse ainsi que leur expériences sentimantales dans la solitude, la confusion et le chamboulement. Dans son roman *Jiejie adore le bruit, la lumière et l'éclair* publié en 2011, l'auteur expose une autre facette de cette génération post-80 en mettant en scène une jeune fille nommée Jiejie et qui après s'être totalement égarée dans la vie, réussit à retourner dans le droit chemin en devenant une femme forte et indépendante. Dans ce roman, l'auteur décrit la difficulté de la génération post-80 à se construire sans se perdre dans cette période historique qui se transforme radicalement. Shi Yisheng dira: 《tout comme Jiejie qui a compris et éprouvé les difficultés de ses parents, de ses amis et de ses amours, moi aussi je comprends les problèmes de Jiejie.

En 2011 et 2013, Shi Yifeng publie successivement deux romans, S *aimer à Pékin* et *ma petite sœur* qui seront le point de départ d'un changement de style dans son écriture. En effet il délaisse les thèmes du développement de la jeunesse et du cynisme pour reporter son attention sur le réalisme et la vie quotidienne. Il commence alors à suivre et observer les gens déambuler dans les rues afin de décrire dans une grande originalité et dans une totale liberté de conscience la société chinoise et le monde en général. Ainsi son écriture devient plus lisible. Ses deux romans *Il n'y a plus de Chen Jinfang* et *Les yeux de la Terre* publiés respectivement en 2014 et 2015 sont des chefs-d'œuvre représentatifs de son nouveau style d'écriture. Les personnages principaux de ces deux romans Chen Jinfang et An Xiaonan subissent non seulement beaucoup de violence de la part de la société mais en même temps se font eux-même beaucoup de tort. Comme le dira Shi Yifeng: 《à l'instar du papillon de nuit quiest attiré par la lumière périt brûlé par les flammes, ces deux protagonistes vont jusqu'à se brûler les ailes afin d'améliorer leur condition de vie et transformer la société. Bien que brutalisés par la dure réalité de l'existence et torturés par l'injustice de la vie, ces deux personnages poursuivent inlassablement leurs rêves et leurs idéaux sans penser à ce qui adviendra demain et peut importe si au tournant ils se heurteront au succès ou à l'échec, à la survivance ou à la destruction》.

Le roman *Il n'y a plus de Chen Jinfang* a obtenu le prix de littérature Baihua ainsi que le prix de la littérature d'octobre. (Le prix de littérature Baihua, a été créé en 1984 par la revue 《Le mensuel du roman》- revue chinoise la plus ancienne, la plus diffuse et la plus populaire en Chine comme à l'étranger- dans le cadre de la sélection du roman et dont les lecteurs eux-même votent pour leur auteur favori. Quant au prix littéraire d'octobre qui est un prix synthétique, il a été créé dans les années 80 par la revue littéraire 《octobre》 laquelle a eu une influence profonde sur la société chinoise et qui ouvrira pour la Chine comme pour les pays étrangers une large fenêtre sur la littérature chinoise).

Si les premiers ouvrages du jeune Shi Yifeng sont un regard tourné vers le passé, ses récents romans se concentrent désormais sur le présent et l'avenir. De la jeunesse cynique au papillon de nuit, Shi Yifeng porte son attention sur la vie des petites gens et abandonne son attitude frivole et impertinente. Dans ce processus, nous pouvons voir la progression de Shi Yifeng et de son évolution qui se fait au fur et à mesure de l'écoulement du temps.

Pr é sentation des œuvres principales

Il n'y a plus de Chen Jinfang (2014)

De la campagne à la ville, du champêtre au paillettes puis de la réussite à la chute, L'auteur nous raconte à travers la personne de Chen Jinfang - qui après avoir goûté à un succès éphémère se retrouve dans l'échec complet- le destin sans cesse fluctuant des gens de l'époque.

Pour Chen Yifang, l'exode de la province à la ville sera chose compliquée et douleureuse. En effet, bravant la pression familiale qui s'oppose à son projet, elle en paiera le prix du sang car suite à sa désobéissance elle est presque abandonnée par ses parents. Après avoir vécu dans des barraquements sordides qu'elle partageait avec des voyous et de vauriens en tout genre, elle obtient finalement la possibilité de s'établir dans la capitale. Malgré la pauvreté, Chen Yifeng est d'une grande vanité. Avide d'argent, elle aspire aussi à l'art. Mais après l'affaire de l'achat d'un piano et d'une violente dispute avec les fameux voyous, Chen Yifang perd tous ses soutiens et se retrouve à nouveau isolée, totalement confrontée à elle-même et disparaît.

Dix ans plus tard, elle nous réapparaît enrichie, spécialisée dans l'investissement et dans la spéculation sur le marché de l'art et disposant d'un réseau social extrêmement large. A l'apogée de sa carrière, elle décide de se diriger vers des eaux plus troubles. Aveuglée par l'argent, elle investit illégalement tous ses biens et toutes ses richesses dans une collecte de fond pensant pouvoir en gagner de gros bénéfices. Cependant, c'est tout le contraire qui se produit et elle se retrouve totalement ruinée.

Dans l'histoire de la littérature, la figure de Chen Jinfang n'est pas étrangère puisqu'elle nous fait penser au précepteur Julien Sorel, le personnage de Stendhal, dans son roman *Le rouge et le noir* ou encore à l'étudiant en droit Eugène de Rastignac dans l'œuvre de Balzac *Le père Goriot*. En effet ces personnages qui ont en commun le fait d'avoir grandi dans les bas-fonds, d'avoir connu la grande misère, sont prêts à tout pour parvenir à leur fin et ce au mépris de la loi, des convenances, de la moral et de la leur conscience allant jusqu'à perdre leur pureté leur innocence.

Dans ce livre, bien que l'auteur tourne en dérison Chen Jinfang, il fait malgré tout preuve d'une certaine sympathie à son égard. A la fin de l'œuvre lorsque Jinfang est emmenée au commisssariat de police le corps couvert de blessures, elle tient ce propos émouvant: 《Tout ce que je voulais, c'était simplement vivre décemment》. Tout ce qu'elle a subi, vécu, éprouvé et fait n'avait simplement pour but que de conjurer le sort de la pauvreté, de l'injsurice et du méris que la vie lui avait jeté. Le célèbre critique littéraire Chen Fumin dira du personnage: 《Chen Jinfang est lumineuse, mélancolique et qui au fond doute toujours d'elle-même, mais c'est une personne formidable》.

On dit aussi que Chen Jinfang est la version féminine de Gatsby le Magnifique. En effet Jinfang à l'instar du héros de l'écrivan américain Francis Scott Fitzgerald qui s'est perdu dans une époque où la richesse et les biens matériels obscurcissaient la société, elle aussi a succombé au culte de l'argent et à la superficialité.

Dix ans auparavant, parce qu'elle voulait rejoindre Pékin, Jinfang avait été battu par sa sœur aînée. Sur la route de l'hôpital, son sang gouttait sur la chaussée. 《 Encore fraîches, les gouttes de sang brillaient sous les premiers rais lumieux du soleil levant et ressemblaient à ce bouquet de fleurs rouges scintillant que l'on met devant toutes les portes des quartiers militaires pour célébrer la fête nationale. Peu de temps après, le sang qui avait séché était tantôt mangé par les fourmis tantôt entraîné par les roues des voitures》.

Dix ans plus tard, se trouvant dans une impasse, Jinfang avait tenté de se suicider. Sur la route qui la conduisait à l'hôpital, la scène du sang qui coulait refait surface dans l'esprit du narrateur : 《 Du coin des yeux, je voyais le sang de Jinfang qui coulait sans s'arrêter et qui formait sur le robuste chemin de terre, ces fameux bouquets de fleurs d'un rouge éclatant. Des années après, Chen Jinfang, utilisera cette même image du sang pour décrire la ville et pour nous dire que tout comme les anciennes, les récentes traces de sang disparaissent en un clin d'œil 》. En effet, Jinfang est partie de rien, sans la moindre expérience pour rejoindre la ville dans laquelle, telles les gouttes de sang, elle attire l'attention des passants le temps d'un instant qui s'en détournent aussitôt, oubliant sa présence et faisant comme si elle n'avait jamais existé.

《Il n'y a désormais plus de Chen Jinfang 》. Evidemment des Chen Jinfang, il en existe malheureusement encore dans le monde et à l'avenir il y en aura davantage.

Les yeux de la Terre (2015)

Qu'est-ce que les yeux de la Terre ? En regardant le titre on ne peut s'empêcher de se poser la question. Dans une époque où les sciences et les technologies se développent avec célérité, Shi Yifeng jette un regard en plein ciel pour répondre à cette intérrogation : 《 Ce sont ces nombreuses caméras furtives mais omnipotentes 》. Le héros du livre An Xiaonan qui se trouve dans un coin de la Chine, observe grâce à internet et à ses tehniques de contrôle et de surveillance les moindres faits et gestes d'une région des Etats-Unis. Cependant, il lui arrive parfois d'éprouver une certaine aversion pour ce qu'il fait et de rejeter avec dégoût son travail qu'il considère comme immoral. Ainsi à travers son personnage de An Xiaonan qui est mathématicien de génie et expert en informatique, Shi Yifeng nous donne d'une manière expressive et astucieuse la définiton de ce que sont pour lui 《 les yeux de la Terre 》, c'est-à-dire toutes ces caméras qui nous observent et nous épient à chaque instant de notre vie depuis les hauteurs éthérées.

An Xiaonan qui est un génie reconnu et qui maîtrise à la perfection les techniques d'informatiques est nommé par le professeur Zi Shen 《 Celui-qui-a- la- moitié- de-la-silicone-vallée-dans- le-cerveau 》. Cependant, Xiaonan se tracasse pour des questions humaines comme le manque de morale de la société chinoise. Ainsi pour ces questions d'éthiques, Xiaonan va dénoncer avec virulence son impudent professeur d'histoire et s'opposer au directeur malhonnête de sa banque et finit ainsi sa vie dans l'adversité et l'infortune.

En tant qu'ami de Xiaonan, le narrateur le recommande à Li Muguang qui est son meilleur ami de l'université. Ce dernier venant d'une famille fortunée a pris la nationalité améicaine. Le devoir de Xiaonan est donc d'utiliser les programmes informatiques et tous les équipements d'internet afin de suveiller et contrôler depuis Pékin des entrepôts situés au Etats-Unis et ce pour le compte de Li Muguang. Alors que tout va pour le mieux dans sa vie, An Xiaonan découvre par inadvertance à travers ce réseau de surveillance le manque d'éthique de son patron. Ce dernier se sachant désormais espionné par sa recrue, force le narrateur à dissuader le jeune garçon de poursuivre ses investigations sous menace de dénoncer le mariage blanc de sa petite cousine nommée Linlin ; tout en avouant bien sûr avoir transféré des capitaux à la mutinationale de son père, personnage hautement corrompu. N'ayant pas d'autre choix, le narrateur tente de convaincre Xiaonan de renoncer à ces agissements bien qu'il comprenne les causes qui poussent cet As de l'informatique à défendre l'éthique et la morale. En effet il apprend que le père de Xiaonan qui avait travaillé pour un grand groupe aux mains de dirigeants véreux et corrompus s'était suicidé pour des raisons de conscience. Sa dernière parole avant de mettre fin à ses jours fut: 《Pourquoi n'ont-ils tous aucune morale?》.

Un mois après, Li Muguang tout guilleret revient voir le narrateur pour lui dire qu'il est très satisfait. An Xiaonan a enfin cessé toute surveillance à son encontre. Suite à cela, Le narrateur décide de rompre tout contact avec eux. Six mois plus tard, il apprend que Xiaonan a disparu mais qu'il a réussi à dénoncer les actes délictueux de Muguang et de sa famille, tout en protégeant par les moyens spécifiques de la surveillance qu'il connaît si bien la petite cousine de son ami.

Shi Yifeng l'admet : 《 la fin du roman est très hollywoodienne. Le héros du roman An Xiaonan est un idéaliste. Face au progrès toujours plus rapide de la technologe et la dégénérescence morale du monde, face aux épreuves que constituent le monde matériel et le monde spirituel, Le jeune et tenace Xiaonan défend fermement les valeurs traditionnelles, la noblesse d'âme et la vertu morale. Il utlise ses hautes capacités scientifiques et intellectuelles pour s'opposer à cette réalité cruelle et avilissante qu'il dénonce constamment. Cet idéal peut paraître naïf mais 《 c'est une naïveté émouvante, alors je devais absolument l'écrire 》 affirmera Shi Yifeng. An Xiaonan est un personnage qui vient des bas-fonds de la société mais qui cherche désespéremment à transformer le monde, à le sauver, prêt à se sacrifier tel le papillon de nuit qui se jette sur la flamme. Bien qu'il ne connaît pas réellement sa propre force, il appporte beaucoup d'énergie et d'espoir dans une société apathique et moribonde, et insuffle beaucoup de vitalité et d'oxgène à un monde toxique en pleine dégénérescence. *Les yeux de la Terre* est dans la littérature contemporaine chinoise une œuvre qui porte un regard profond sur la société et le monde. An Xiaonan qui a grandi dans la misère, a dépassé tous les usages de la société et a porter un regard divin et éthique sur ce monde qui se laisse sans cesse corrompre et obscurcir par l'ignominie et les richesses matérielles.

Evidemment face à cette société corrompue où des règles absurdes et des lois iniques sont protégées par un 《dome d'acier》, nous faisons tous figure de fourmis chétives et impuissantes. Mais à leur façon, les formicidés peuvent aussi réussir à perforer l'armure et passer à travers afin de morde à vif la chair de cette cruelle réalité et changer le monde. An Xiaonan lui, l'a fait.

（Traduit par Zhang Man）

Shi Yifeng 德语版

Der Schriftsteller Shi Yifeng, der am Ende der siebziger Jahre des 20. Jahrhunderts in Peking geboren worden ist und seine Kindheit dort verbracht hat, behauptet, dass er von zwei Generationen Pekinger Schriftsteller tief beeinflusst wurde. Einerseits führt er die Art und Weise von Lao She fort, den kleinen Figuren Aufmerksamkeit zu schenken, andererseits ist sein Sprachstil humorvoll und scharf wie der von Wang Shuo, einem berühmten Pekinger Schriftsteller. Deswegen wird er als „ein bekannter junger Pekinger Autor " sowie „der Vertreter der Oberchaoten der neuen Generation " bezeichnet. Shi Yifeng wurde als ein neuer Vertreter auf dem Gebiet der Literatur unserer Zeit berühmt, indem er eine Reihe von Figuren mit der traditionellen Art des Realismus porträtiert.

Sinologie an der Peking Universität studiert, ist Shi Yifeng der Meinung, dass man nur ausgezeichnete literarische Werke schaffen kann, wenn man seine Muttersprache aus dem Alltagsleben anwendet. Aus seinem Erstlingswerk „Zur Schule ", das 1996 in der Zeitschrift „Pekinger Literatur " erschien, ist seine gute Fähigkeit zur Lenkung der Erzählung sowie der Sprache klar ersichtlich. Zwei Jahre später hat er in der gleichen Zeitschrift erneut eine Erzählung „ Blutvergießen " veröffentlicht. Viele Elemente davon, wie zum Beispiel der kleine Grobian, Kampf, Jugend, Erwachsenwerden, Liebe, Peking usw. erscheinen in seinen späteren Schöpfungen immer wieder, die auch den „Yifeng-Stil " bilden.

1996 hat Shi Yifeng als Gymnasiast mit seinen Mitschülern einen drei Stunden langen

Film „In The Heat Of The Sun " von Jiang Wen gesehen, der einen tiefen und anhalten-den Einfluss auf seine spätere Schöpfung ausgeübt hat. Es geht in dieser Verfilmung eines Romans von Wang Shuo um das Leben der Pekinger Jugendlichen, deren Eltern als Soldaten tätig sind und kaum Zeit haben, um sich um ihre Kinder zu kümmern. Die Ju-gendlichen versammeln sich, prügeln sich, legen großen Wert auf Freundschaft und Loy-alität und suchen eine Freundin, was bei Shi Yifeng auf eine starke Resonanz stößt. Shi scheint in ihnen sein eigenes Leben gesehen zu haben, er hat seine Identität gefunden und sie in der literarischen Schöpfung angewandt, damit ist das Bild der neuen Genera- tion von Oberchaoten entstanden. Der Ausdruck „Oberchaoten " (Pinyin: „Wan Zhu ") aus dem Pekinger Dialekt ist ein Symbol der Pekinger Kultur und bedeutet soviel wie Personen, die das Vergnügen als das Wichtigste betrachten, die andere Dinge nicht ernst nehmen, aber nicht unbedingt unwissend sind. Nachdem Wang Shuo 1989 die Novelle „ Oberchaoten " veröffentlicht hat, wird dieses Wort immer populärer. Viele Schriftsteller der jüngeren Generation werden von diesem Stil geprägt, dazu gehört auch Shi. Seine ei-genen Romane stellen seit den 90er Jahren des 20. Jahrhunderts die Merkmale der Ober-chaoten am deutlichsten dar. Deswegen nennt man Shi „Junior Wang Shuo ", worauf Shi als Verehrer von Wang Shuo sehr stolz ist. In dem 2009 erschienenen Roman „ Mädchen unter der roten Fahne " handelt es sich um das Erwachsenwerden einiger Hauptfiguren in einem Prozess von 12 Jahren und das typische Leben der Pekinger, die in den 80er Jahren geboren worden sind. Sie haben Jugend, Liebe und das Erwachsenw-erden in Einsamkeit, Verwirrtheit und Dekadenz erlebt, während der 2011 veröffentlichte Roman „Jiejie mag am liebsten Ton, Licht und Strom " die andere Seite dieser Genera-tion zeigt. In diesem Roman geht es darum, dass eine Pekinger Jiejie unabhängig und selbständig wird, nachdem sie gelitten hat. Es ist nicht einfach für diese Generation, mit der gesellschaftlichen Veränderung richtig umzugehen und sich nicht zu verlieren. „ Während des Erwachsenwerdens hat Jiejie mit ihren Eltern, Freunden und ihrem Freund mitgefühlt. Ich habe sie auch gut verstanden ", so Shi.

Seit den zwei Romanen „Liebesgeschichte in Peking"（2011） und „Meine Schwester" （2013） verändert Shi seinen konsequenten Stil. Er schenkt der Jugend und den Erwach-senen Aufmerksamkeit sowie der Schätzung und dem Neid der Oberchaoten gegenüber der Realität der Erwachsenen. Außerdem ahmt er den anderen nicht mehr nach, sondern denkt über die Welt und die Gesellschaft mit seinem eigenen Bewusstsein und seiner eigenen Art nach. Inzwischen wird das Ziel des Schreibens auch deutlicher. Die Novellen „ Chen Jinfang lebt nicht mehr " （2014） und „Die Augen der Erde " （2015） bezeichnen sich als Meisterwerke während dieser Veränderung. Die Hauptfiguren Chen Jinfang und An Xiaonan möchten nicht nur für sich selbst, sondern auch für die Gesellschaft „das Leben ändern wie eine Motte, die sich ins Feuer stürzt ", wie Shi gesagt hat. Obwohl sie große Not leiden, leben sie unbezwingbar, wie sie wollen, egal ob sie erfolgreich werden oder nicht, leben oder sterben. Die Novellensammlung „Chen Jinfang lebt nicht mehr " hat 2015 zwei wichtige Literaturpreise Chinas gewonnen, nämlich den Baihua-Literaturpreis und den Oktober-Literaturpreis.

Während Shi in seinen früheren Werken auf die Vergangenheit zurückblickt, verfolgt er die Gegenwart und Zukunft mit großem Interesse. Von einem Oberchaoten bis zu einer Motte, die sich ins Feuer stürzt, hält Shi an der Aufmerksamkeit der Realität und der kleinen Figuren fest und verzichtet auf den Neid des Zynismus. Daraus kann man einen mit der Zeit gehenden Fortschritt erkennen.

Chen Jinfang lebt nicht mehr （2014）

In diesem Roman beschreibt Shi Yifeng das persönliche Leben von Chen Jinfang, - die vom Land in die Stadt zog und von provinziell über erfolgreich bis unerfolgreich wurde. In dieser Ge- schichte wird das Schicksal einiger Leute in unserer Zeit ersichtlich.

Es fällt der Hauptfigur Chen Jinfang nicht einfach, vom Land in die Stadt zu ziehen. Um dieses Ziel zu erreichen, hat sie gegen ihre Familie gekämpft, wurde verletzt, wurde fast von ihrer Familie im Stich gelassen und hat mit einigen Rabauken zusammengelebt. Dann kann sie sich endlich in Peking niederlassen. Chen ist sehr arm. Trotzdem ist sie eine eitle Persönlichkeit mit starker Sehnsucht nach Geld und Kunst. Nachdem sie mit einem Rabauken, der mit ihr zusammenlebt, heftig darüber gestritten hat, ob sie ein Klavier kaufen sollten, verlor sie die Stütze des Lebens und ist verschwunden.

Zwölf Jahre später kommt Chen als Kunstinvestorin wieder zurück. Sie war reich und gesellig. Als die Frau anscheinend eine große Karriere vor sich hat, wird ihre Aufmerksamkeit auf ein größeres und gefährlicheres Gebiet gelenkt, nämlich illegale Geldbeschaffung. Sie hat das gesamte Kapital angelegt, um großen Gewinn zu erzielen. Jedoch wird das Projekt bald scheitern und Chen geht Konkurs und stürzt sich in Schulden.

Die Figur wie Chen Jinfang gehört zu den am häufigsten auftretenden Figuren in der Literaturgeschichte. Der Hauslehrer Julien im Roman „Rot und Schwarz " von Stendhal, der arme Student Rastignac im Roman „Vater Goriot " von Honor de Balzac kommen wie Chen aus der Unterschicht und bemühen sich darum, ein besseres Leben zu haben und opportunistisch einen gesellschaftlichen Aufstieg zu erzwingen. Inzwischen verlassen sie entweder das moralische Gewissen, oder sie lassen die Gesetze und Vorschriften außer Art, bis sie das reine „Ich " vollständig verlieren.

Obwohl der Autor in diesem Roman die Hauptfigur ironisch kritisiert hat, hat er ihr vielmehr sein Mitgefühl geschenkt. Als Chen Jinfang zum Schluss in die Polizeidienststelle gebracht wurde, hat sie gesagt: „Ich unternehme alles, nur um besser und respektvoll zu leben ". Das Ziel ihres Lebens ist es nur, das arme, unfaire und verachtende Leben los zu werden. „Chen Jinfang ist sentimental und zweifelt stark an sich. Sie ist eine außergewöhnliche Figur. ", so der Literaturkritiker Chen Fumin.

Man vergleicht Chen Jinfang mit Gatsby. Sie beide sind in der materialistischen Gesellschaft gescheitert. Vor Jahrzehnten wurde Chen Jinfang von ihrer Schwester verletzt, weil sie in Peking leben wollte. Als sie ins Krankenhaus gebracht wurde, tropfte ihr Blut auf den Boden. „Als diese Bluttropfen noch frisch waren, wurden sie von der Morgensonne hell bestrahlt. Aus der Ferne gesehen erschienen sie wie Blumen, genauer gesagt, wie Salvia splendens, vor dem Wohnblock des Offiziers zum Nationalfeiertag. Es dauerte nicht lange, bis das Blut trocknete. Es wurde von Ameisen gefressen und von Rädern gepresst. " Als Chen nach Jahrzehnten versuchte, Selbstmord zu begehen, ereignete sich die gleiche Szene erneut. „Ich sah, dass ihr Blut ununterbrochen auf den Boden tropfte. Kleine rote Blumen blühten auf dem Boden. Seit Jahren stellt Chen durch diese Art und Weise die Stadt dar. Aber sowohl neue als auch alte Spuren verschwinden sofort. " Die

Erfahrung von Chen Jinfang, von nichts zu nichts zu gelangen, sich in einer großen Stadt zu befinden, ist wie die Blutstropfen, die die Aufmerksamkeit der Passanten nach einem kurzen Moment erhalten haben und von ihnen vergessen wurden, als ob es nie passiert wäre.

Das Leben von Chen Jinfang ist ein Misserfolg. Sie lebt auch nicht mehr. Aber diese Persönlichkeit lebt noch und die Zahl vermehrt sich bestimmt in der Zukunft.

Die Augen der Erde （2015）

Wenn wir den Titel des Romans sehen, möchten wir fragen, was „Die Augen der Erde " eigentlich bedeutet. In den Zeiten, wo sich die Wissenschaft und Technik rasch entwickeln, schenkt Shi Yifeng dem Himmel die Aufmerksamkeit und gibt seine Lösung: Die unauffällige, aber übliche Überwachungskamera. Die Hauptfigur An Xiaoan, der in China lebt, kann durch das Internet und die Überwachungstechnik wissen, was sich in den USA ereignet und er kann auch das von ihm gehasste unmoralische Verhalten überwachen. Dann gibt Shi Yifeng aufgrund der Ausgangsgeschichte des Mathematik - und Computergenies An Xiaonan klug und lebhaft der Überwachungskamera eine Bedeutung, nämlich „Augen der Erde ", die alle auf der Welt überwachen können.

An Xiaonan ist ein bei allen bekanntes Computergenie und wird von einem Seniorprofessor gelobt, dass er fast alle neusten Techniken in Silicon Valley beherrscht. Trotzdem stört ihn ein Anliegen weiterhin, nämlich das moralische Versagen der Chinesen. Weil er sich an der Moral festhält, hat er den schamlosen Geschichtsprofessor gerügt und den Präsidenten der Bank abgelehnt, der dann unter armen Umständen lebte.

Als Freund von An Xiaonan hat „Ich " ihm Li Muguang bekanntgemacht, den erfolgreichsten und wohlhabenden Studienkollegen mit US-Staatsbürgerschaft. An Xiaonan erhielt eine Arbeit in Peking mithilfe des Internets und der Überwachungstechnik, um für Li Muguang auf das Lager in den USA aufzupassen. Als sich sein Leben verbesserte, hat er das moralische Problem von Li Muguang durch die Überwachung zufällig entdeckt.

Nachdem Li bemerkt hatte, dass An ihn untersuchte, drohte er ihm an, zu sagen, dass er mit der Cousine von „Ich " namens Lin Lin eine Scheinehe geschlossen hat. Außerdem hat Li zugegeben, dass er für seinen Vater als Chef eines staatlichen Unternehmens das kor- rumpierte Geld verlagerte. „Ich " sollte An aufhalten.

Als „Ich " versuchte, An zu überzeugen, habe „Ich " erfahren, dass er sich an der Moral festhält, weil sein Vater wegen einigen korrputen Mitarbeitern Selbstmord beging. Vor dem Tod hat sein Vater gesagt: „Warum sind sie so unmoralisch und schamlos? "

Nach einem Monat hat Li „Ich " fröhlich mitgeteilt, dasser darauf verzichtet hat, „Ich " weiter zu untersuchen. „Ich " habe auch den Kontakt zu den beiden verloren. Ein halbes Jahr später ist An verschwunden, das Verbrechen der Familie Li wurde aufgedeckt und durch die Überwachung von „Ichs " Cousine, hat „Ich " sie zu schätzen gelernt.

Der Autor Shi Yifeng gibt zu, dass der Schluss des Romans dem von Hollywood-Filmen ähnelt. Die Figur An weist Idealismus auf. In den Zeiten, wo sich die neue Technik schnell entwickelt und das moralische Versagen beherrscht, hält An am Geist fest. Dieser Idealismus scheint naiv zu sein. „Aber es ist beeindruckend, deshalb möchte ich es niederschreiben. ", so Shi. An Xiaonan ist eine kleine Person in der Unterschicht, die dennoch starke Sehnsucht in sich trägt, die Welt zu ändern. Solche Leute sind übermütig, aber sie haben der leblosen Gesellschaft Energie gebracht.

Die Laudatio des Oktober-Literaturpreises lautet: „Die Augen der Erde gehört zu den lange nicht gesehenen Werken der chinesischen Gegenwartsliteratur ". Aus der Unterschicht stammend, hält sich An an die höchsten moralischen Aufforderungen und überwacht die Gesellschaft.

Zweifellos leben wir wie kraftlose Ameisen unter den festen Regeln. Trotzdem können die Ameisen durch eine zufällige Weise gegen die Realität kämpfen.

An Xiaonan hat es geschafft.

Ши Ифэн 俄语版

КРАТКО ОБ АВТОРЕ

Писатель родился в конце 70—х гг. в Пекине, детство свое провел в большом дворе. Ши Ифэн говорит, что испытал влияние столичных писателей двух поколений. С одной стороны, унаследовал традицию "маленького человека", бережно хранимую Лао Шэ, а с другой стороны, его язык также остер, как и у Ван Шо. Его стали называть "молодым одаренным писателем со столичным стилем" и "бездельник нового поколения". Оставаясь верным традициям реализма, Ши Ифэн создал один за другим типичные художественные образы, став "литературным деятелем, показывающим нам современную действительность".

убрать пробел между абзацамиокончил факультет китайского языка Пекинского университета, прошел профессиональную языковую подготовку. Но он по — прежнему считает, что только используя родной язык, язык, который неотделим от повседневной жизни, можно по настоящему хорошо написать произведение. В 1996 году он опубликовал свое первое произведение «В школув» в "Пекинском литературном вестнике", в котором уже тогда продемонстрировал свой язык и умение описывать. В 1998 году также в "Пекинском литературном вестнике" издается его роман «Кровавое дело», здесь впервые намечаются такие темы, как хулиганы, драки, молодость, взросление, любовь, Пекин и др., которые неоднократно будут появляться в его последующих произведениях.

В 1996 году Ши Ифэн, старшеклассник в школьной форме, вместе с одноклассниками приходит в актовый зал Академии национальной обороны на показ фильма Цзян Вэня «Озаренные солнцем дни», организованный школой. Этот кинофильм, длящийся целых три часа, оказал огромное влияние на его творчество. В нем, который является киноадаптацией романа Ван Шо «Животная жестокость», описываются жизнь, чувства и переживания "детей большого двора". Например, родители были военными и у них не было времени на воспитание детей, поэтому они вырастали в хулиганов, постоянно дерущихся между собой, и которые уважали братскую верность, искали любовь и т. д. Все это вызвало у Ши Ифэна сильнейший отклик в его душе, в фильме он увидел описание той среды, в которой он сам вырос. Это помогло ему идентифицировать себя, а также он привносит это чувство в свое творчество, таким образом, появляется образ "бездельника" нового поколения. «Бездельник» слово из пекинского диалекта, отражает пекинскую культуру, бездельник игру считает серьезным делом, занимается не своим делом, но при этом необязательно является невежественным. В 1989 году свет увидела повесть Ван Шо «Бездельник», после этого это слово быстро становится популярным, а также становится литературным явлением, которое оказало воздействие на многих последующих авторов. Среди них и Ши Ифэн, в современной литературе, начиная с 90— х гг, наиболее явственно проявляется образ "бездельника" именно в его романах. Некоторые стали называть его "новым Ван Шо", на что он неизменно рад, так как является почитателем творчества Ван Шо.

В изданном в 2009 году романе «Плоды Красного знамени» описывается процесс взросления главных героев в течении 12 лет, образно показывается типичная жизнь поколения 80—х в Пекине. Они переживают молодость, любовь, взросление среди одиночества, неопределенности и упадка. А в опубликованном в 2011 году романе «Цзе Цзе больше всего на свете любит Шэн Гуандянь» перед нами открывается другая сторона поколения 80—х. В нем рассказывается история пекинской девушки Цзе Цзе, которая с губительного для нее пути снова возвращается на путь к независимости. В потоке перемен в обществе поколению 80 —х нелегко выбрать и при этом не сбиться с правильного направления, Ши Ифэн говорит, что: "в процессе своего становления Цзе Цзе было трудно понять своих родителей, друзей, любимого, и я тоже понимаю, что ей было нелегко".

В 2011 и 2013 гг Ши Ифэн опубликовал романы «Любить Пекин» и «Моя сестра», в них намечается изменение стиля автора, внимание переходит от темы взросления молодежи и восхищения бездельниками к теме реальной действительности взрослых людей. В его творчестве начинает формироваться независимое от других писателей художественное сознание, свое особое видение мира и общества, творческие цели также становятся более ясными. В 2014 и 2015 гг. Ши Ифэн печатает повести «Мир уже без Чэнь Цзиньфана» и «Глаза земли», которые являются творениями переходного типа. Главных героев этих произведений зовут Чэнь Цзиньфан и Ань Сяонань, смотрят ли они на себя в детстве, или на общество в взрослом возрасте, они также, как и Ши Ифэн верят, что когда "мотылек летит на огонь, то как будто хочет изменить жизнь". Они испытывают давление действительности, неуклонно идут вперед по пути своей жизни, несмотря на то, что будет ли в конце успех или поражение, жизнь или смерть. Сборник «Мир уже без Чэнь Цзиньфана», включающий вышеназванные повести, в 2015 году получил литературную премию "Сто цветов" и Октябрьскую литературную премию (Учрежденная в 1984 году литературная премия "Сто цветов", ранее известная как специальная премия, которую организовал "Ежемесячный журнал художественной прозы", один из самых ранее издаваемых, тиражных и авторитетных среди как зарубежных, так и отечественных читателей в нашей стране, особенностью которого является отбор голосованием. Октябрьская как премия общего характера была учреждена редакцией журнала "Октябрь" в 80—х гг. 20 века, имеет большое влияние в обществе, одновременно является важным окном для ознакомления с китайской литературой зарубежом).

Если говорить, что ранние произведения это оглядка на прошлое, то поздние это созерцание настоящего и обозрение будущего. От "молодого бездельника" до "мотылька, летящей на огонь", Ши Ифэн сохраняет интерес к действительности и маленькому человеку, отбрасывает завистливое чувство к легкомысленности и пренебрежению. В этом выборе Ши Ифэна мы видим развитие, прогресс, идущий в ногу со временем.

ИЗВЕСТНЫЕ ПРОИЗВЕДЕНИЯ

«Мир уже без Чэнь Цзиньфана»

Приехав из деревни в город, от простой жизни к роскоши и затем к потере духа и нищете, главная героиня повести Чэнь Цзиньфан пережила успех на короткое время и в конце поражение. Ши Ифэн в этом произведении обрисовал жизнь главного героя со взлетами и падениями, тем самым давая нам возможность увидеть изменчивую судьбу группы людей в наше время.

Для Чэнь Цзиньфан переехать из маленькой деревни в большой город было нелегко. Противостояние с родными отняло у нее немало крови, которые почти отказываются от нее, затем поскитавшись с разными проходимцами, она наконец остается жить в Пекине. Несмотря на свою бедность, Чэнь Цзиньфан очень тщеславна, она до страсти жаждет денег и в то же время стремится к искусству. Из —за покупки пианино она ссорится с бродягой, она утратив опору в жизни, снова становится "бесприютной душой", и затем исчезает.

После долгих лет Чэнь Цзиньфан вновь появляется, в этот раз она предстает перед нами внезапно разбогатевшая, работающая в сфере инвестиций в искусство и легко справляющаяся с различными сделками. Несмотря на удачи в делах, она обращает свой взор на еще более широкую и опасную сферу деятельности — незаконные сборы средств, чтобы через давление и спекуляции добиться еще большей прибыли. Но вскоре последовал провал, она оказывается полностью разорена и по уши в долгах.

В истории литературы образ Чэнь Цзиньфан был не новый. В романах «Красное и Черное» Стендаля молодой гувернер Жюльен, «Отец Горио» Бальзака бедный студент Растиньяк также, как и она, вышли со дна общества, но разными способами изменившие свою жизнь, и вошедшие в высшее общество. В ходе этого процесса они либо отвергают всякую нравственность, либо пренебрегают законами, делают карьеру с помощью сильных мира сего, приспосабливаются вплоть до того, что полностью утрачивают свое истинное Я.

В этой книге Ши Ифэн несмотря на то, что сатирически изобразил свою главную героиню, но он все же понимает ее. В конце истории, когда Чэнь Цзиньфан всю избитую приводят в полицейский участок, она произносит фразу, трогающую за сердце: "Я всего лишь хотела жить как люди". Все что она делала, все что она испытала, было всего лишь ради желания избавиться от действительности, окруженной бедностью, неравноправием, презрением. Литературный критик Чэнь Фуминь пишет, что: "Чэнь Цзиньфан является светлой, сентиментальной, глубоко самосомневающейся и необыкновенной личностью".

Некоторые говорят, что Чэнь Цзиньфан это "женский вариант Гэтсби". Он потерпел поражение в эпоху стремления к богатству, а она тоже проиграла в эпоху поклонения деньгам и пустой похвальбы. Много лет назад Чэнь Цзиньфан ради того, чтобы остаться в Пекине, была ранена сестрой. Когда она шла в больницу, капли крови упали на бетонную дорогу, "еще свежие капли крови, озаренные утренними солнечными лучами, издали напоминали мелкие цветочки или красные флажки, разложенные перед дверьми в большом дворе во время празднования национального праздника. Недолго спустя капли крови засохли, стали грязными, и исчезли под муравьями и под колесами машин". Затем опять же много лет спустя, когда Чэнь Цзиньфан, попав в тупик, пыталась покончить жизнь самоубийством, сцена с каплями крови, упавшими на дорогу, на пути к больнице вновь повторяется. "В лучах заката я увидел, что ее кровь непрерывно капала на землю, казалось, что на твердой грунтовой дороге распустились мелкие красные цветы.

Прошло так много лет, но Чэнь Цзиньфан без пробелов изображает город, прибегая к этому методу, однако новые следы, также как и старые, в мгновение ока быстро исчезнут". История ее пути от нищеты к богатству в большом городе, как и те капли крови, привлечет внимание прохожих всего лишь на короткое время, затем будет безжалостно предана забвению, как будто и ее не было.

Мир уже без Чэнь Цзиньфана, но очевидно, что в этом мире существует и будет появляться бессчисленное количество таких, как она.

«Глаза земли» （2015）

Что такое глаза земли? Увидев название книги, мы невольно задаем этот вопрос. В эпоху бурного развития науки и техники Ши Ифэн устремляет свой взор в пространство и дает свой ответ — именно те самые неприметные, но повсеместные камеры наблюдения. Главный герой Ань Сяонань, находясь в Китае, с помощью интернета и технологии контроля может видеть все, что происходит в США. Постоянное наблюдение за дурными поступками и моральным разложением на другом конце света заставляет его чувствовать отвращение до глубины души. Таким образом, автор через историю математического и компьютерного гения Ань Сяонаня тонко и живо придает камерам наблюдения скрытый смысл, который кроется в том, что они "глаза земли", взирающие с высоты на все сущее.

Ань Сяонань — это общепризнанный исключительный талант, прекрасно разбирающийся в компьютерных технологиях, старшие профессоры говорят о нем, что "в его мозгу находится половина Кремниевой долины", но его все время мучает один вопрос — это вопрос о потере нравственности в современном китайском обществе. Из—за того, что упрямо держался в вопросе о морали, он резко осуждает бессовестного профессора истории, отказывает безнравственному директору банка, жить дальше ему становится невыносимее.

Как друг Ань Сяонаня, "я" зарекомендовал его Ли Мугуану, лучшему однокурснику, который может помочь ему стать богачом второго поколения с американским гражданством. Работа Ань Сянаня заключается в том, чтобы с помощью интернета и контрольного оборудования наблюдать из Пекина за складом Ли Мугуана в США. Когда жизнь стала налаживаться, во время работы он нечаянно увидел "нравственную проблему" своего работодателя. Обнаружив, что Ань Сянань следит за ним, Ли Мугуан решает использовать "мою" двоюродную сестру Линь Линь, выдать ее замуж за него, чтобы принудить "меня" остановить его. Одновременно давая согласие о том, что сместит своего отца на посту руководителя государственного предприятия, чтобы завладеть огромными средствами, нажитыми незаконным путем. Когда "я" в отчаянии уговаривал Ань Сянаня прекратить слежку, то узнал причину его упорства в вопросе о морали: его отец умер из—за коррумпированных руководителей. Перед тем как покончить собой, он написал в записке: "Почему у них нет никакой нравственности?"

Через месяц Ли Мугуан радостно известил "меня" о том, что Ань Сянань остановлен, "я" разорвал все связи с ними. Полгода спустя Ань Сянань бесследно исчез, перед тем разоблачив преступные действия семьи Ли Мугуана, а также использовав систему контроля и особые методы защитил "мою" сестру Линь Линь.

Ши Ифэн признается, что: "Конец истории в духе Голливуда". В персонаже Ань Сянаня присутствуют черты идеалиста. В эпоху бурного развития новых технологий, когда нравы становятся с каждым днем хуже и хуже, столкнувшись с материальными и духовными трудностями, упрямый Ань Сянань сохранил свою душу, он выйдя за пределы возможностей обыкновенного человека, смог противостоять действительности. Такой идеализм выглядит немного наивно, "но который так трогает человека, что я бы обязательно также написал". Ань Сянань — это маленький человек, вышедший со дна общества, как и мотылек, летящий на огонь, хочет изменить этот мир. Такие люди часто переоценивают свои силы, но они привносят жизнь в мертвое общество, привносят чистоту в этот грязный мир. Автору дали Октябрьскую премию с формилировкой: « 'Глаза земли' — это произведение, которого долго ждали в современной китайской литературе». Ань Сяонань, находящийся на нижней социальной ступеньке, однако стоит выше над этим безумным миром. Он раскрыл глаза нравственности, взирающих на общество, которое стремится к материальному благополучию.

"Без сомнения, под железной машиной правил мы всего лишь слабые букашки, но прибегнув к различным уловкам, букашки тоже могут пролезть через щель в толстой броне, и безжалостно укусить за самое нежное место".

Ань Сяонань смог сделать это.

（Перевод: Кристина Аммосова）

Shi Yifeng 西班牙语版

Retrato literario

Shi Yifeng, nacido en Beijing a finales de los años setenta y criado en un patio típico militar, debe sus cualidades estilísticas a la influencia de dos escritores pekineses. Por un lado, hereda de la tradición de Lao She su preocupación por las personas que son insignificantes a los ojos de la sociedad; mientras que de Wang Shuo, su lenguaje irónico y satirizante. Esto le hace ganar la fama de joven prometedor, con un marcado estilo literario pekinés, además de ser el escritor wanzhu de la nueva generación. Shi Yifeng ha sido creador de múltiples personajes típicos, defendiendo con firmeza la tradición realista, convirtiéndolo en la nueva figura literaria de la época moderna.

Shi, graduado de la Facultad de Chino de la Universidad de Beijing, recibió una formación académica en idiomas, razón por la que cree que solo su lengua materna le permitirá escribir obras literarias con un carácter más real, y por tanto, más cercanas a su vida. Su primera novela Ir a la escuela, publicada en Literatura de Beijing en el año 1996, ha demostrado su control sobre la narrativa y el lenguaje. El derramamiento de sangre se publicó en la misma publicación periódica en 1998, conelementos narrativos como el criminal, el conflicto, la juventud, la experiencia del crecimiento, el amor y Beijing los cuales son retomados en sus obras posteriores, dando como resultado el estilo literario de Shi Yifeng.

En 1996,, Shi Yifeng, estudiante de secundaria en uniforme escolar, asistía a un evento organizado por la escuela; el futuro escritor se encontraba haciendo cola junto a sus compañeros para ver la película Bajo el calor del sol, del director Jiang Wen, la cual marcaría significativamente el trabajo creativo del escritor. Dicha película era una adaptación de la novela Animales feroces escrita por Wang Shuo; esta muestra las similitudes entre los "hijos del patio" : sus padres son militares que no encuentran el tiempo para disciplinarlos, lo que los lleva al camino de la delincuencia; al mismo tiempo, abogaban por la lealtad y el noviazgo. Esto era como una fuerte resonancia de la propia vida del autor, con la cual forjaría una identidad propia, plasmándola en su creación y construyendo la imagen del wanzhu de la nueva generación. Dentro del dialecto de Beijing, la palabra "wanzhu" tiene implicaciones culturales, para referirse a aquellos que toman al juego como un asunto serio, no tienen trabajo, pero no son ignorantes. Después de que Wang Shuo publicara la novela Wanzhu en 1989, la palabra se hizo popular rápidamente y se convirtió en un fenómeno literario, que influenció a los escritores posteriores, entre ellos está Shi Yifeng. Sus novelas son las obras literarias con mayores rasgos de los años 90. Por esta razón, se le conoce como el pequeño Wang Shuo, de lo que Shi está muy orgulloso porque es gran admirador del escritor.

La novela larga Las chicas bajo la bandera roja, publicada en 2009, cuenta el crecimiento de varios personajes a lo largo de doce años y plasma la vida cotidiana de la generación de los 80 en Beijing; donde la juventud, el amor y el crecimiento, así como la soledad, la confusión y la decadencia serán los elementos claves de la gente de esa época. La novela Jiejie ama el sonido, la luz, y la electricidad, publicada en 2011, presenta el otro lado de la misma generación. Nos cuenta la historia de una chica pekinesa, llamada Jiejie, quien después de andar por el camino equivocado, decide independizarse. No es fácil para la generación de los 80 elegir sin perderse en el gran cambio social. "Jiejie comprende la dificultad que enfrentan sus padres, amigos y novio durante su crecimiento, y al mismo tiempo, yo comprendo lo difícil que es para Jiejie." expresó Shi.

Desde la publicación de la novela larga Mi querida Beijing y Mi prima, en 2011 y 2013, Shi inició a cambiar su estilo literario; por un lado, de la preocupación por la juventud, el crecimiento, y la admiración al wanzhu, a la realidad de los adultos; por el otro, de la imitación a una única forma de entender al mundo y a la sociedad, por lo que su objetivo de escritura se hizo cada día más claro. Las novelas Nunca habrá Chen Jinfang en el mundo y Los ojos de la Tierra se han convertido en obras importantes de transición. Las protagonistas Chen Jinfang y An Xiaonan "quieren cambiar su vida como la mariposa que se precipita al fuego" escribe el escritor, no importa si es para sí mismas, desde un punto de vista individual, o para la sociedad, desde uno más global. Aunque sufren por la cruda realidad, siguen su propio camino, de manera inflexible; ya sea a través del triunfo o del fracaso, incluso, sobreviviendo o destruyéndose. La colección Nunca habrá Chen Jinfang en el mundo que incluye estas dos novelas, recibió el Premio de Literatura Baihua y el Premio de Literatura Octubre en 2015 y el Premio Literario Luxun en 2018.

Si tomamos sus primeras obras como una retrospección, sus últimas obras son la reflexión de la realidad y la previsión del futuro. Desde el joven hacia la mariposa que se precipita al fuego, Shi insiste en la preocupación por la realidad y las personas que no son tomadas en cuenta, abandonando la admiración por lo frívolo y la poca seriedad. Somos los espectadores del progreso del escritor, un progreso al ritmo del tiempo.

Introducción a las obras representativas

Nunca habrá Chen Jinfang en el mundo（2014）

Del campo a la ciudad, de lo rústico a lo brillante y glamuroso, perdiéndose a sí mismo en el trayecto; la protagonista Chen Jinfang experimentó un breve triunfo para después sufrir un fracaso definitivo. Shi cuenta los altibajos de la vida de Chen Jinfang. Y también nos hace ver los contratiempos del destino de las personas que viven en esta época.

No era fácil para Chen trasladarse del campo a la ciudad. Le costó el apoyo de su familia e incluso su abandono. Convivió ilegalmente con delincuentes para lograr quedarse en Beijing. Chen, aunque era pobre, aspiraba a una vida de lujos, dinero y arte. Después de romper relaciones con el criminal con el que vivía, a causa de la compra de un piano, Chen pierde su independencia económica, y convirtiéndose en un fantasma, desaparece.

Doce años después, Chen regresa. En aquel entonces, hace fortuna rápidamente, y se dedica a invertir en el arte, creando buenas relaciones en el transcurso. Aunque parecía que su carrera estaba en pleno desarrollo, dirigió su mirada en un ámbito peligroso: la recaudación ilegal de fondos. Intentó generar grande intereses, arriesgando todo lo que tenía. Muy pronto el proyecto fracasó y Chen se encontró en bancarrota.

En la historia de la literatura, no es desconocida la imagen de Chen Jinfang. Así como Chen, el profesor a domicilio Julien, en la obra Rojo y negro escrita por Stendhal; y el universitario pobre Rastignac, en El Padre Goriot escrita por Balzac, venían del estrato social más bajo, pero hicieron todo lo posible para cambiar su vida y escalar socialmente. Durante este proceso, ellos abandonaron la moralidad y la consciencia, o simplemente ignoraron la ley y sus reglamentos, apostando hasta perderse a sí mismos.

En esta obra, aunque el autor satiriza a Chen, la comprende. En el desenlace de la historia, cuando Chen cubierta de heridas es detenida en la comisaría, declara dolorosamente: "Yo solo quiero vivir como persona". Todo lo que ha hecho, lo que ha sufrido, ha sido con el afán de librarse del estado de pobreza en el que vive, de la desigualdad y el desprecio. El crítico literario Chen Fumin menciona: "Chen Jinfang es una gran figura, resplandeciente, sentimental y admirable".

Algunas personas dicen que Chen Jinfang es la versión femenina de Gatsby, ya que ambos fracasaron durante la época de mayor estabilidad económica. Doce años atrás, Chen fue golpeada por su hermana mayor por querer quedarse en Beijing. En su camino al hospital, su sangre cayó en el pavimento. "Cuando la sangre estaba relativamente fresca, brillaba bajo el sol de la madrugada, como un ramo de flores de manchas pequeñas a lo lejos, flores rojas colocadas a la puerta del patio para celebrar el Día Nacional. Poco después, la sangre se secó y se ensució. Fue roída por las hormigas y llevada por las ruedas". Después de los doce años transcurridos, cuando Chen estaba en un callejón sin salida, pensando en el suicidio, aquella imagen de la sangre derramada en el pavimento de camino al hospital, volvió a su mente. "Veo que la sangre de Chen se esparce en el suelo sin cesar y se convierte en una cadena de florecitas rojas, apartando mi mirada. Años después, Chen sigue describiendo la ciudad de esta manera. Sin embargo, las nuevas huellas desaparecerán en un abrir y cerrar de ojos, como las viejas". En una ciudad tan enorme, los altibajos de Chen, como las gotas de sangre, serán cruelmente olvidados por las personas, después de atraer su atención fugaz, como si nunca hubiesen ocurrido.

Nunca habrá otra Chen Jinfang en el mundo, pero sí hay numerosas personas como ella y seguirán apareciendo más.

Los ojos de la Tierra (2015)

¿Qué son los ojos de la Tierra? Surge la pregunta al ver el título del libro. En esta era de rápido desarrollo tecnológico y científico, Shi Yifeng mira el cielo y nos da su respuesta: son las cámaras humildes pero omnipresentes. Aunque el protagonista An Xiaonan está en China, puede saber todo lo que pasa en Estados Unidos, vigilando la corrupción moral, por la que se siente un profundo odio, desde el otro lado de la Tierra a través del Internet y la vigilancia. El cuento es narrado desde la perspectiva de An, sobresaliente en matemáticas e informática; por lo que Shi convierte a las camaritas en "los ojos de la Tierra", dominando el mundo de una manera ingeniosa y gráfica.

An Xiaonan es un genio de gran renombre, que tiene pleno dominio de la informática. Un viejo catedrático lo elogió diciendo que "su cabeza está llena de medio Valle de Silicio". Sin embargo, sufre por los problemas de la humanidad, con más exactitud, por la falta de moralidad de los chinos contemporáneos. Debido a esta obstinación moralista, acciones como el reproche a un profesor de historia, el rechazo al presidente corrupto de un banco, entre otros, provocan que su vida se vaya derrumbando.

Como amigo de An, el narrador en primera persona, "Yo", lo recomienda a Li Muguang –compañero de la universidad y rico de segunda generación, nacionalizado estadounidense–. An se encargaba de vigilar los almacenes que tenía Li en EE.UU desde Beijing, a través del Internet y las instalaciones de control. Cuando creía que la vida no podía ser mejor, An descubre por casualidad, gracias a las cámaras de vigilancia, la inmoralidad de Li. Al darse cuenta de eso, Li chantajea al "Yo" con el falso matrimonio con su prima, Lin Lin, para que lo ayude a detener a An, reconociendo que estaba trasladando grandes sumas de dinero para su padre corrupto, un líder de empresa estatal. Cuando "Yo" no tiene más remedio que persuadir a An para que deje la investigación, descubre la razón de la aversión de An por lo inmoral: su padre murió por culpa de unos líderes corruptos, la última frase que pronuncia antes de suicidarse es "¿por qué ellos son tan inmorales?".

Un mes después, Li informa a "Yo" que An había dejado la investigación. Y "Yo" rompe relaciones con los dos. Medio años después, An antes de desaparecer, denuncia el delito de la familia Li, y a través de las cámaras encuentra la manera perfecta de proteger a Lin Lin.

El autor reconoció que el desenlace de la novela tiene un matiz hollywoodense. El protagonista An es idealista, en cierta medida. En la era del rápido desarrollo tecnológico y científico, existe una crisis de moralidad, la cual va de mal en peor; frente a la prueba de materia y espíritu, el terco An eligió el espíritu e hizo frente a la realidad de manera extraordinaria. Tal idealismo parece ingenuo, "pero este tipo de ingenuidad es emocionante y voy a escribir sobre ello". An es una persona insignificante que viene de un estrato social muy bajo, pero quiere cambiar el mundo como la mariposa que se precipita al fuego. Tal persona posee un exceso de confianza, pero le inyecta vitalidad a la sociedad inactiva, y es la bocanada de aire fresco en este mundo impuro. De acuerdo con las palabras del Premio de Literatura Octubre: "Los ojos de la Tierra es una obra para echar un vistazo al cielo que ha sido ausente de la literatura contemporánea china." Aunque An vive en las clases ínfimas de la sociedad, abre los ojos morales del cielo que observan desde lo alto a la sociedad material. .

"Sin duda alguna, ante las duras reglas cual hierro y acero, somos hormigas débiles.

Pero a través de muchas flexibilidades, las hormigas pueden dejar un mordedura más tierna, penetrando por la brecha de la armadura de la realidad".

An Xiaonan lo ha conseguido.

스이펑 朝鮮语版

　　1970년대의 끝자락에 베이징 (北京) 에서 태어나 대원 (大院) (직장과 주거가 일체화된 단지를 의미하는데, 주로 군인 간부들이 모여 사는 주거지를 뜻함. 옮긴이) 에서 자란 작가 스이펑 (石一枫) 은 자신이 두 세대에 걸친 베이징 작가들의 영향을 받았다고 말한다. 그는 소시민을 각별한 시선으로 바라본 라오서 (老舍) 의 전통을 계승했지만, 또 한편으로는 왕쉬 (王朔) 처럼 유머러스하면서도 날카로운 언어를 구사해 '베이징의 실력파 청년작가' 또는 '신세대 한량' 이라고 불린다. 스이펑은 리얼리즘의 전통을 지키며 전형적인 인물들의 이미지를 만들어낸 덕분에 "우리 시대의 모습을 그대로 묘사해내는 새로운 작가" 라는 평가를 받고 있다.

　　베이징대학 중문과 (국문과에 해당) 에 진학하여 체계적이고 전문적인 언어 훈련을 받은 스이펑은 지금도 모국어로 그리고 자신의 실제 경험이 녹아든 언어로 글을 써야만 훌륭한 작품을 탄생시킬 수 있다고 믿고 있다. 그는 1996년 「베이징문학」 에 발표한 처녀작 「등교[上学]」 에서 이미 탁월한 스토리 전개 능력과 필력을 보여준 바 있다. 그는 1998년 「베이징문학」 에 발표한 소설 「유혈사건[流血事件]」 에 등장했던 양아치, 폭력, 청춘, 성장, 사랑, 베이징 등 다양한 요소들을 그 후의 작품에도 여러 번 등장시켜 '(스) 이펑체' 라는 자기만의 색깔을 만들어냈다.

　　1996년 교복을 입은 고등학생이었던 스이펑은 궈팡 (国防) 대학 강당에서 장원 (姜文) 감독의 영화 「햇빛 쏟아지던 날들」 을 단체 관람했다. 러닝타임3시간

짜리 이 영화는 훗날 스이펑의 창작 활동에 깊은 영향을 미쳤다. 이 영화는 왕쉬(王朔)의 소설 「동물흉맹[动物凶猛]」을 원작으로 제작된 영화로, '대원자제(대원에서 자란 군인 간부의 자제들을 일컫는 말. 옮긴이)'들의 생활과 사랑, 인생을 그리고 있다. 대원 자제들은 바쁜 군인 부모의 방임 속에서 비뚤게 성장해 툭하면 주먹다짐을 벌이고 친구들간의 의리를 목숨처럼 여겼으며 여자들과의 연애놀음을 일삼았다. 그들의 이런 모습이 스이펑에게 큰 공감을 불러 일으켰다. 스이펑은 그들의 모습에서 자신이 나고 자라온 환경과 생활을 보았던 것이다. 스이펑은 그 영화를 통해 자신의 신분에 대한 정체성을 찾고 이런 정체성을 문학 창작 속에 오롯이 녹여냄으로써 신세대 '한량(顽主)'의 이미지를 만들어냈다. '顽主(한량의 의미)'란 옛날 베이징 사투리로 베이징문화가 깃들어 있는 말이다. 이들은 허구헌 날 허랑방탕하게 놀기만 하지만 그렇다고 모두 학식도 재주도 없는 무능한 이들인 것은 아니다. 왕쉬가 1989년 중편소설 「顽主」를 발표한 후 이 말이 유행하기 시작하면서 문학적인 이미지가 덧붙여졌다. 이후 후배 작가들도 여기에서 큰 영향을 받았는데 스이펑이 그 중 한 명이다. 스이펑의 작품들은 1990년대 이후에 발표된 현대문학작품 중 '顽主'의 특징이 가장 두드러진 작품이기도 하다. 이 때문에 스이펑에게는 '리틀 왕쉬'라는 별명이 붙여졌으며, 왕쉬의 추종자인 그는 이 사실을 매우 자랑스럽게 여기고 있다.

스이펑이 2009년에 발표한 장편소설 「붉은 깃발 아래 젊은 자[红旗下的果儿]」에는 주인공들의 12년에 걸친 성장 과정이 묘사되어 있는데, 그들의 이야기 속에서 1980년대에 베이징에서 태어난 세대의 전형적인 삶을 엿볼 수 있다. 그들은 고독과 방황, 무기력 속에서 청춘, 사랑, 성장을 경험했다. 2011년에 출간된 장편소설 「제제가 가장 사랑하는 소리, 빛, 전기[节节最爱声光电]」에서는 1980년대생 세대의 또 다른 모습을 보여주고 있다. 이 작품은 베이징 여자 제제가 비뚤어진 길로 잘못 들어섰다가 독립적이고 강인한 여자로 다시 거듭나는 이야기를 그리고 있다. 80년대생들이 사회 변혁의 격랑 속에서 길을 잃지 않고 살기란 쉬운 일이 아니었다. 스이펑은 "제제는 성장 과정에서 부모, 친구, 연인의 고충을 이해했다. 나도 제제의 그런 고충을 이해할 수 있다"고 말했다.

스이펑은 2011년과 2013년에 잇따라 출간한 장편소설 「베이징연가[恋恋北京]」와 「나의 여동생[我妹]」에서 그 동안 고수해 오던 작풍에 변화를 꾀하기 시작했다. 청춘의 성장과 한량들에 대한 호의적인 흠모의 시선에서 벗어나 어른들이

직면한 현실로 눈을 돌리고, 다른 사람의 길을 따르던 방식에서 독립적인 의식과 독특한 방식으로 세상과 사회를 바라보기 시작한 것이다. 창작의 목적도 점점 뚜렷해지기 시작했다. 2014년과 2015년에 발표한 중편소설 「천진팡은 이제 세상에 없다 [世间已无陈金芳]」와 「지구의 눈[地球之眼]」은 스이펑에게 있어서 작품의 전환을 완성한 역작이다. 두 작품의 주인공 천진팡과 안샤오난 (安小男) 은 작게는 자기 자신을 위해, 크게는 사회를 위해 삶을 바꾸려고 애쓴다. 스이펑은 이것을 "불길을 향해 달려드는 부나방처럼 삶을 바꾸려고 한다"고 표현했다. 그들은 냉혹한 현실에 수없이 상처 받으면서도 자기 인생의 궤도를 따라 꿋꿋이 앞으로 나아간다. 그 궤도의 끝에 성공이 있든 실패가 있든, 생존이 있든 파멸이 있든 신경 쓰지 않는다. 이 두 편의 소설이 수록된 중편소설집 「천진팡은 이제 세상에 없다」는 2015년 百花문학상과 十月문학상을 수상했다.

　*1984년에 제정된 百花문학상은 독자들의 직접 투표를 통해 수상작을 선정한다는 점이 특이하다. 百花문학상은 그 전신이 문예지 「소설월보（小说月报）」에서 주관하는 소설 작품 시상상으로, 「소설월보（小说月报）」는 중국 최초로 창간되어 최대 발행부수를 자랑하는 문예지로, 국내외 각계 독자들의 사랑을 받았다.

　*1980년대에 제정된 十月문학상은 <十月>잡지사가 주최하는 다양한 문학장르를 아우르는 종합적인 성격의 문학상으로, 사회적으로 큰 영향력을 가지고 있으며 해외 독자들이 중국 문학을 이해하는 중요한 창구이기도 하다.

　스이펑의 초기 작품이 과거에 대한 회고였다면 최근 작품은 현재에 대한 관조와 미래에 대한 전망을 이야기하고 있다. 스이펑은 젊은 한량에서 부나방으로 시선을 옮기면서도 현실과 소시민에 대한 관심은 그대로 유지하는 대신 세상을 향한 경박함과 냉소주의에 대한 동경은 버렸다. 이런 취사선택의 과정에서 우리는 시대의 변화에 발맞춘 스이펑의 성장을 목도할 수 있다.

「천진팡은 이제 세상에 없다」 (2014)

　주인공 천진팡 (陈金芳) 은 농촌에서 도시로, 촌뜨기에서 화려한 졸부로, 그리고 다시 참담한 실패자로 여러 번의 변화를 겪으며 짧은 성공과 최종적인 실패를 경험한다. 이 작품 속에서 스이펑이 묘사한 것은 천진팡의 곡절 많은 인생이지만, 우리가 그 속에서 발견할 수 있는 것은 이 시대 사람들의 부침 많은 운명이다.

농촌 출신의 천진팡은 도시에서 정착하는 과정도 결코 쉽지 않았다. 그녀는 가족들과의 갈등에서 피의 대가를 치르고 가족들에게 거의 버려진 뒤에 여러 건달들과 섞여 동거하면서 가까스로 베이징에서 지낼 수 있게 되었다. 그녀는 가난하지만 허영심이 넘치고 부자가 되기를 갈망하면서도 예술을 동경했다. 피아노를 사려다가 건달과 다툼을 벌이는 바람에 그녀는 의지할 사람을 잃고 또다시 '외롭게 떠도는 영혼'이 되어 자취를 감추었다.

10여 년이 흐른 뒤 천징팡은 다시 사람들에게 모습을 드러냈다. 그녀는 벼락부자가 되어 예술품 투자를 하고 있었고 각종 사교모임에서도 자연스럽게 사람들과 어울렸다. 사업이 한창 전성기를 누리고 있을 때 그녀는 훨씬 더 위험한 곳으로 눈길을 돌린다. 바로 불법 투자금 모집이었다. 그녀는 고수익의 유혹을 뿌리치지 못하고 전 재산을 투자하지만, 결국 얼마 후 투자금을 모두 날리고 빚더미에 앉고 만다.

문학사를 돌이켜 보면 천진팡은 그리 낯선 인물이 아니다. 스탕달의 「적과 흑」에 나오는 가정교사 쥘리앵이나 발자크의 「고리오 영감」에 나오는 가난한 대학생 라스티냐크도 천진팡처럼 사회의 하층민 출신이지만 인생을 바꾸고 상류층으로 올라가기 위해 안간힘을 쓴다. 그리고 이 과정에서 그들은 도덕과 양심을 버리거나 법을 무시하고 투기를 통해 순수한 자아를 완전히 상실해버린다.

스이펑은 이 작품 속에서 천진팡을 풍자했지만 그보다는 그녀를 향한 연민과 이해가 더 두드러진다. 소설의 끝부분에서 만신창이가 된 천진팡이 경찰서로 끌려가면서 남긴 한 마디는 독자들의 가슴을 시리게 하기에 충분하다.

"나는 그저 사람답게 살고 싶었을 뿐이다."

그녀가 했던, 또 그녀가 겪었던 모든 일들은 그저 가난과 불평등, 남들의 멸시를 벗어나기 위한 몸부림이었다. 문학평론가 천푸민(陈福民)은 "천진팡은 눈부시게 빛났으며 슬픔과 심각한 자기 회의에 빠져 있었다. 그녀는 대단한 인물이다"라고 말했다.

어떤 이는 천진팡을 '여자 개츠비'라고 부르기도 했다. 개츠비는 물욕이 모든 것을 압도하는 시대에 실패했고, 천진팡도 배금주의에 물든 시대에 실패했다. 10여 년 전 천진팡은 베이징에서 살기 위해 언니에게 호되게 매를 맞은 뒤 시멘트 길 위에 붉은 피를 뿌리며 병원으로 실려갔다.

"그 핏자국이 검게 변해 말라붙기 전 새벽 햇빛이 붉은 피를 비추었다. 멀리서 보면 드문드문 꽃이 피어 있는 것 같았다. 국경절을 앞두고 마당 입구에 장식해 놓은 샐비어처럼. 하지만 얼마 못 가서 검게 말라붙은 피가 개미들에게 뜯어먹히고 차 바퀴에 붙어 사라져버렸다."

10여 년 뒤 막다른 길에 몰린 천진팡이 자살을 시도했다가 병원으로 실려가면서 또 한 번 길거리에 피를 흘린다.

"석양 아래에서 천진팡의 피가 바닥으로 뚝뚝 떨어지는 것을 보았다. 딱딱한 흙길 위로 작고 붉은 꽃이 줄지어 피어났다. 오랜 세월이 흘렀지만 천진팡은 예전과 똑같은 방식으로 도시를 장식했다. 하지만 새로운 흔적도 예전과 마찬가지로 금세 사라질 것이다."

가난뱅이에서 결국 빈털터리가 된 천진팡의 삶은 거대한 도시에서 그저 몇 방울 핏자국처럼 행인들의 곁눈질 몇 번을 받은 뒤 아무 일도 없었던 것처럼 비정하게 잊혀졌다.

천진팡은 이제 세상에 없다. 하지만 이 세상에는 아직도 수많은 천진팡이 살고 있고 또 앞으로 더 많은 천진팡이 등장할 것이다.

「지구의 눈」 (2015)

지구의 눈이란 무엇일까? 책의 제목을 보면 누구라도 이런 궁금증을 갖게 될 것이다. 과학기술이 비약적으로 발전하고 있는 지금 시대에 스이펑은 시선을 허공에 두고 그 질문에 대한 대답을 내놓았다. 바로 눈에 띄지는 않지만 어디에든 있는 카메라 렌즈다. 주인공 안샤오난은 중국의 어느 구석에 앉아 있지만 인터넷과 CCTV를 통해 미국 어느 곳의 아주 작은 움직임까지 모두 지켜보고 있다. 그는 지구의 반대편에서 자신이 몸서리치게 혐오하는 비윤리적인 일들이 벌어지지 않는지 시시각각 감시하고 있다. 스이펑은 교묘하고 생동감 있는 방식으로 수학 천재이자 컴퓨터 고수인 안샤오난의 이야기에서 출발해 작디 작은 카메라 렌즈에 수많은 인간 군상들을 내려다보는 '지구의 눈'이라는 의의를 부여했다.

안샤오난은 자타공인의 기재 (奇才) 다. 컴퓨터 기술에 능통해 권위 있는 노교수로부터 "머릿속에 실리콘밸리가 절반쯤 들어 있다"는 찬사를 듣기도 했다. 그런데 그런 그가 지극히 인문적인 문제 때문에 심각한 고민에 빠져 있다. 바로 오늘날 중국인들의 도덕성 부재의 문제다. 그는 도덕 문제에 천착한 나머지 파렴치한 역사학 교수에게 독설을 퍼붓고 부도덕한 은행장을 거부하다가 심한 생활고에 빠졌다.

안샤오난의 친구인 '나'는 그를 리무광 (李牧光) 에게 추천해주었다. 리무광은 세상과 가장 잘 '뒤섞여' 살고 있는 대학 동창이자 미국 시민권을 취득한 재벌2세다. 안샤오난이 하는 일은 베이징에서 인터넷과 CCTV를 이용해 미국에 있는 리무광의 창고를 감시하는 것이었다. 생활이 점점 여유로워지던 중 안샤오난은 우연히 CCTV를 통해 리무광의 '도덕적인 문제'를 발견하게 된다. 안샤오난이 자신을 뒷조사하고 있다는 것을 알게 된 리무광은 '나'의 사촌누이 린린 (林琳) 과의 위장결혼을 빌미로 '나'에게 안샤오난을 저지할 것을 종용하고, 자신이 국유기업 사장인 부친이 불법 비자금을 빼돌리는 일을 맡고 있음을 인정한다. '나'는 하는 수 없이 안샤오난에게 리무광의 뒷조사를 그만두라고 권유한다. 그런데 그 과정에서 안샤오난이 도덕 문제에 집착하는 것이 아버지가 부패한 사장에 의해 죽임을 당했기 때문임을 알게 된다. 안샤오난의 아버지가 자살하기 전 마지막으로 남긴 말이 바로 "그들은 어떻게 그렇게 도덕적이지 못할까?"였던 것이다.

한 달 뒤 리무광은 기뻐하며 안샤오난이 자신에 대한 뒷조사를 중단했다는 기쁜 소식을 '나'에게 알려왔고, '나'는 안샤오광과 리무광 두 사람과 인연을 끊는다. 6개월 뒤 자취를 감춘 안샤오난은 리무광 가족의 비리를 만천하에 공개하는 한편, 감시 시스템을 통해 특별한 방법으로 '나'의 사촌누이 린린을 보호한다.

스이펑은 '소설의 결말이 할리우드식' 임을 점을 인정했다. 안샤오난이라는 인물은 이상주의자다. 새로운 기술이 빠르게 발전하고 도덕이 점점 땅에 떨어지고 있는 오늘날 물질과 정신의 시험 앞에서 안샤오난은 고집스럽게 정신을 지키며 비범한 능력으로 현실에 대항했다. 이런 이상주의가 유치해 보일 수도 있지만, 스이펑은 "이런 유치함은 사람을 감동시키는 힘이 있다. 나는 그것을 써야만 했다"고 말했다. 안샤오난은 사회의 밑바닥에 있는 보잘것없는 인물이지만 부나방처럼 세상을 바꾸고자 했다. 이런 사람들은 자기 능력은 생각도 하지 않고 세상과 맞서지만 침울한 세상에 활력을 불어넣고 탁한 매연으로 가득 찬 세상에 맑은 공기를 주입한다.

十月문학상 심사평에서는 이 작품을 이렇게 평가했다. "「지구의 눈」은 넓은 세상과 미래를 내다본 작품이다. 중국 문단은 오랫동안 이런 작품을 기다려 왔다."

최하층민인 안샤오난이 높은 곳에 선 채 환락에 빠진 속세를 내려다보며 물욕이 판치는 사회를 굽어보는 도덕의 눈을 뜨게 했다.

"강철의 물결처럼 움직이는 법칙 앞에서 우리 모두는 작고 힘없는 개미와 같다. 하지만 여러 가지 우연이 겹쳐지면 개미도 현실이라는 두꺼운 갑옷의 틈바구니로 비집고 들어가 가장 연약한 살점을 꽉 깨물 수도 있다."

안샤오난이 그랬던 것처럼 말이다.

李成恩（1983—　　）

文学肖像

　　李成恩，英文名叫Linda（琳达），是位80后年轻的女诗人，长相清秀，看起来文文静静的，人也很随和，然而，从她脸上你很难察觉出她是一个有着丰富经历的人。李成恩从小到大一路求学，四处奔波，离开了一座又一座的城市，她曾在艺术院校学过唱歌、跳舞，也曾在中央电视台担任电视编导，后来成为一名独立纪录片导演，独立拍摄制作有《末代守陵人》《三轮车夫》《汴河，汴河》等"底层人文关怀系列"纪录片。李成恩也曾在大学报刊任主编，她关注女性自身的成长，倡导女性的独立意识以追求女性的解放，她的思想有着"女权主义"的色彩。从2005年起，李成恩就在网络上发表诗歌，后来她的诗歌逐渐受到人们关注，尤其是她的组诗《汴河，汴河》更是受到中国知名诗歌杂志《诗刊》的青睐，从此，李成恩就慢慢地走上了文学创作的正途。

　　代表作品：诗集《汴河，汴河》《春风中有良知》《池塘》《高楼镇》《雨落孤山营》《狐狸偷意象》《酥油灯》《护念》。长篇小说《大学城》。随笔集《文明的孩子——女性主义意味的生活文本》《写作是我灵魂的照相馆——李成恩谈诗录》。另有《李成恩文集》（多媒体版）等十多部。

　　生活及创作经历：

　　童年——乡村

　　李成恩生于安徽宿州灵璧，这里历史悠久、文化深远。历史上的西楚霸王项羽和他的宠妃虞姬在此诀别，给世人留下了一段凄美的爱情故事；这个地方出产的钟馗画名满天下；以及近代以来，胡适、陈独秀、海子，这些安徽文人的不断努力，给这个地方留下了无限丰富的文化宝藏。这些故乡历史里相当突出的人物，构成了她成长的文化背景，也是在这样的文化氛围里，李成恩年幼的时候，便阅读了大量的中国古典名著，如《三国演义》《水浒传》等，这些书籍对她的性格形成产生了一定的影响，使她的性格里具有"侠气"的精神。

李成恩小时候住在外婆家，离外婆家不远处有一条河——汴河，这条河贯穿了她的童年生活，那些临水而居的人们，在那个时代是幸福的。汴河边有玩耍嬉戏的孩子、河里有自由游动的鱼儿，小时候的她，便置身于大自然之中，体味自然万物之美。于是，对她来说，追求简单与质朴便是她的生活美学。

学生——尝试

学生时代的李成恩，就开始正式写诗。那时的她无所畏惧，什么都敢尝试，春夏秋冬，风花雪月，故乡人世，天文地理，她都写过。年少时的写作单纯而美好，坐在课桌旁，倚着窗边，望着小鸟在窗外翱翔，她也曾渴望像鸟儿一样飞向远方。然而被困在教室里的她，只能依靠文字聊以自慰，从那时起，她就开始写诗和写小说。因此，在她看来，写作永远是一个人的事，与别人无关，一个写作者只有不断写，最终留下不朽的作品才是最高的追求。

成年——回望

李成恩为了求学，离开了故乡，一路上去了合肥、北京、珠海、香港、深圳等地，学表演，学跳舞，学做电视编导，学着拍纪录片，辗转多地之后还是留在了北京。在北京这座大城市里，她独自一人闯荡江湖，虽然劳累与疲乏，可她依旧葆有一颗纯净而又坚定的心。在北京的漂泊的日子里，她远离了故乡，远离了亲人，也远离了过去的生活。然而，对家乡的想念却不曾停止，她想念童年陪伴她的汴河，想念外婆的呼唤声，想念父亲拉二胡的声音，想念逝去的童年生活，于是，她就开始了对故乡风土人情的书写，这就成了李成恩的首部诗集《汴河，汴河》（2008年）。此外，她也一直致力于用影像的方式记录这条河流，使得"汴河"成为了一条充满诗意的河流。后来，她又进行了故乡、异乡题材的书写，成为中国当代"地域写作"的代表人物之一。李成恩起手于《汴河，汴河》，继之以《雨落孤山营》，至《高楼镇》《酥油灯》《护念》收束，完成了她咫尺天涯的语言远征。

心灵——探寻

2014年，李成恩带来了她的作品《酥油灯》，这本书是中国作协重点扶持的作品，历时三年完成。机缘之下，李成恩有机会定点深入生活去藏区。在藏区的生活，不同于她的故乡，在那片完全陌生的雪山草地，她一边拍摄纪录片，一边开始关于西域诗歌的写作。这是她坚持了十多年的地域写作的一次新的尝试，她试图进行一次诗歌语言与题材的探索。在这部诗集中，她找到了一种新的语言节奏，像喇嘛念经一样，有了宗教的色彩。这三年定点去藏区生活，对她产生了很大的影响，她找到了心灵的归属，皈依佛教，一位藏区活佛师父给她取了一个藏族名字——噶玛西然措，是智慧海的意思。现在的李成恩，依旧坚持着诗歌创作，希望能在这条路上越走越远。

《汴河，汴河》

《汴河，汴河》创作于2006年，是80后女作家李成恩第一部个人诗集，分为"汴河，汴河""孤山营""苦瓜芳香"三辑。汴河，是她故乡的河，离开故乡之后，无比想念家乡的人和物，而汴河贯穿了她整个的童年生活——在汴河边，父亲拉着二胡，她唱着歌谣；外婆摇着蒲扇给她讲起古代的名人故事；还有一群无忧无虑的孩子，嬉笑玩耍着一切；以及河里飘摇的水草、游动的鱼虾、倒映的蓝天和白云，在水面的涟漪上泛动。这一切的一切，在回想中涌入心田，使在北京生活和工作的她，找到了心灵的慰藉，她便开始了《汴河，汴河》诗集的创作。她慢慢回想着以前，争取不会遗漏每一个跟汴河有关的人、物、景和情，在这部诗集的创作期间，她还抽出时间回到故乡，回到曾生活过的汴河边，捕捉即将遗失的美好。

在第一辑《汴河，汴河》里，李承恩描述了回忆里关于故乡的一切，包括她的亲人：她生命里最年长的女人——呼喊她乳名的外婆；在她八岁那年就离开了这个世界的妈妈；在汴河边温情地演奏着二胡的父亲；年轻时背井离乡、去往南方的姐姐；一生理想是杀富济贫的弟弟。包括历史中的人物：对爱情忠诚的英雄——项羽；为英雄死、为战争死的美人——虞姬；专注于打鬼的专家——钟馗。包括生活在汴河边的人们：汴河孤独的男子——光棍；汴河唯一穿白衣衫的人——叶医生；汴河上的知识分子——小学老师。也包括汴河的动植物：汴河里活蹦乱跳的鱼虾；汴河边飘荡的芦苇丛。李成恩把汴河写成了一条有诗意的河流，因为那是她回不去的童年和现在已经变了模样的故乡。

在第二辑《孤山营》里，李成恩写了这个叫作孤山营的地方，它不同于汴河。如果说"汴河"是南方的、潮湿的，承载了一个诗人永远的记忆；那么，"孤山营"则是北方的、干燥的，是异乡生活中个人的苦苦挣扎。"孤山营，我的清晨与黄昏／孤山营，青春与青年混为一谈／没有爱，只有工作，只有时光的手／一页页翻动书本"（《孤山营，叹息》）。诗人只是孤山营的旁观者，观察着发生在这里的一切，"青春在孤山营，满脸粉刺的少年吹口哨在夜里／青春在孤山营，满脸痞气的少女唱情歌在白天"（《孤山营，动物凶猛》）。

在第三辑《苦瓜芳香》里，李成恩关注自身的内心情感，表达着内心诉求。其一，思念离她而去的妈妈："我莫名地暗暗流下泪，昨夜梦见不在人世的妈妈……那一年我只有八岁，妈妈走了……我孤独地在人世，就像这些翠绿的植物"（《苦瓜芳香》）；其二，表达自身的价值追求："我这样的人只想玩弄山水／只想与山水为伍／我这个年纪就开始讨厌名利／讨厌世俗的幸福（《像徐霞客那样生活》）；其三，对生活的担忧："祖国的房价飞涨，秋天到了／房价还会飞涨吗？我相信会的""祖国啊母亲，我恳求您不要消灭城乡差异／让农村的房子，那些草房子留给我们80后孩子"（《房子诗篇》）。其四，对爱情的感受："写诗的女子，我今天回不了家／因为我的情人还在树上，而我坐在树下守着一篮子紫葡萄"（《紫葡萄》）。

这本诗集是李成恩的首部诗集，体现了她地域写作的特色。

《春风中有良知》

《春风中有良知》是诗人李成恩的第二部诗集。全书分为"春风中有良知""青春。青花瓷""天使的孩子""月亮纪事""雨下在学院操场""电影诗""汴河，汴河"与"胭脂主义"，共八辑，精选了李成恩二百首新作。

《春风中有良知》封面是一辆旧自行车，封底是一把铁锹，象征着这个时代的少数派独立的精神境界与平实的生活状态，她关注在全球经济危机下诗人何为。中国的快速发展，使一些具有传统意味的事物渐渐远去，而诗人却敏锐地捕捉到这一意象。诗人想要留住传统的精神和文化，对传统文化与古老文明，诗人是情有独钟的，这些都体现出诗人的底层文化关怀精神。

李成恩关注现实对人心的污染，关注女性的精神状态，传达了女性的诗意力量。李成恩与其诗人、艺术家朋友共同推动一个新思潮——"胭脂主义"。"胭脂主义"主要是反对男权社会过度的文化消费，主张回到女性的、古典的、传统的诗歌写作中来，主张回到属于女性主义所应有的审美原则上来。"这几年我素面朝天，但胭脂主义是可信的／我的早晨是胭脂主义的，我的日落时分更是胭脂主义的"（《胭脂主义》）。

李成恩的作品大气而细腻，开阔而内敛，且具有女性独立的精神立场。她所提出的"胭脂主义"女性写作观念，体现了她个人化的探索活力，呈现出李成恩的先锋思想与传统情怀；她的写作是这个时代闪烁女性光芒与精神高度的写作。李成恩站到了汉语言前沿，她的诗古朴、清新、自然，且沉着、冷静，是一种全新的汉语言写作。

《酥油灯》

《酥油灯》创作于2010年，完成于2014年，历时四年。这本诗集是中国作家协会2012年度重点作品扶持的对象之一，也是中国作家协会2013年作家定点深入生活项目之一。这一次，李成恩选择一个陌生的地域——西藏，暂时抛弃了她所熟悉的故乡——汴河，也远离了她现在生活的地方——孤山营，去到另一个完全陌生的地域。李成恩选择了青藏高原腹地的玉树藏族自治州，作为她地域诗歌写作的新开始。在这部由"玉树笔记""酥油灯""遇见一座雪山""黑夜传"共四辑组合的诗集里，诗人并没有专注于那些大场面的描写，只是从身边的小事物里发现美，如"寺院""牦牛""野花""小和尚"，画面真实自然，给人以美的震撼与享受。

在第一辑《玉树笔记》里，李成恩带着她的敬意到玉树采诗去了。"农事多神秘，玉树多诗／我置身玉树，做采诗者／我背负纸，手拎一支笔""——我从背上取下纸／记下这爱护土地的诗句"（《到玉树采诗》）。在这高山旷野里，诗人感受着来自无边草原的震撼，望着草原上的牦牛和羊群低头吃草，听着喇嘛的虔诚祷告，不禁陷入深思，开始回想自己这三十多年的人生历程，悲喜交加。来到这里，诗人就是要置身于天地之间，洗清自己的物欲杂念，实现精神解脱："做一棵青草／做青藏高原腹地的一棵青草／比做喧嚣都市里的有钱人／更加挺立／关键是／更像个人"（《在草原我想起你们》）。在这部诗集的第一辑《玉树笔记》里，李成恩写出了新的语言节奏，像喇嘛念经一样。

在第二辑《酥油灯》里，诗人由眼前的高山草原想到了自己的亲人："一千盏酥油灯点亮了来世的路／我下跪的双膝慢慢融化，我是个害怕黑暗的孩子／妈妈呀您在天上看我／我为您点亮了酥油灯"（《酥油灯》）。诗人心胸宽阔，不仅想到了亲人，也担忧着整个的人类："一千盏酥油灯点亮了来世的路／我昼夜不间断地点亮了人世的黑暗"（《酥油灯》），"人类保留草原／就是让肮脏的人／来洗清灵魂"（《草原笔记》）。

在第三辑《遇见一座雪山》里，诗人主要向我们娓娓道来关于这座雪山的故事，以及与雪山有关的人与物："我遇见一座雪山，我在春天念经／我在春天怀抱一堆石头，我想那正是我前世的／骨头，我命中的一座雪山"（《我遇见一座雪山》）。

在第四辑《黑夜传》里，诗人为黑夜、狮子、雪山、反对撒娇、暴雨、虚无、清水、温柔、陌生、七夕、蒲公英、石头等或具体或抽象的事物作传，可谓是别有新意。诗人以丰富的想象力为万物作传，体现了她独有的人文关怀："为黑夜送葬／为黎明打开大门／通过诗歌为黑夜作传／手中的笔滴下一团血"（《黑夜传》）。"我的想象只属于明月高悬，千古草原我只属于你／草原呀与我一同反对大逆不道的撒娇／与我一同狂奔在属于我自己的意象上"（《反对撒娇传》）。

此次，诗人李成恩试图寻找文明的源头，进行一次诗歌精神的"西游记"。她找到了天空与大地的灵魂，也找到了人类在灾难之后的精神力量。

（高苗苗 撰文）

Li Cheng'en 英语版

1. About the Author

Li Cheng'en （Linda）, born after 1980s, is an author, a poet, an independent documentary filmmaker as well as a member of Chinese Writers Association. She has shot a series of humanism documentary concerning China's bottom society, such as *The Last Tomb Guard*, *Ricksha Puller* and *Bianhe River, Bianhe River*. She used to work as a TV director and a chief newspaper editor in a college, now working as a film and television producer.

2. Representative Works

Poetry anthologies: *Bianhe River, Bianhe River, Conscience in the Spring Breeze, The Pond, The Gaolou Town, Rainfall on Lonely Mountain Camp, The Image Stolen by a Fox, A Butter Lamp* and *Blessing*.

Essays: *Children under Civilization——Textualization of Feminist Life, Writing is the Studio of My Soul——Li's View of Poetry* and *Li Cheng'en's Anthology* （multimedia version）, altogether over ten pieces.

3. Life Experience and Writing Career

（1） Influence of Childhood

Li Cheng'en was born in Lingbi, a county with a long history and rich cultural resources in Suzhou, Anhui Province. In history, the overlord of Western Chu, Xiang Yu bid farewell to his concubine Yu Ji right in this place, having left the world a beautiful love story. Besides, Lingbi is famous for the portrayal of Zhong Kui, a god who is good at exorcism in Chinese mythology. In the modern age, due to the ongoing efforts of Anhui literati such as Hu Shi, Chen Duxiu and Hai Zi, cultural treasures here have also been enriched. These outstanding townsmen in history constituted the cultural background for her growing-up. It was also in such cultural atmosphere that she read a large number of classical masterpieces in her childhood, including *Romance of the Three Kingdoms* and *Water Margin*. These classics added heroic spirit to her character.

Li Cheng'en lived with her grandmother when she was little. Not far away from her grandmother's home is Bianhe River, which ran throughout her childhood. In that era, People were fortunate to live nearby rivers. By the Bianhe River were playing kids; in the river were free fish swimming about. Exposed to the nature, she had the chance to appreciate its beauty when still young. In consequence, the pursuit of simplicity is the aesthetics of her life.

（2）Attempts in School-days

Li started writing poems in her school-days. A wide range of subjects were included——season, weather, landscape, hometown, astronomy and geography. All these elements can be appreciated from her works. She could write about anything without concern, for "ignorance can be forgiven". Thus, writing in her youth seemed to be simple and delightful. As a school girl, she once yearned for flying like a bird when sitting at desk, while leaning against the window. However, trapped in the classroom, she could only found relief in writing. From then on, she began to write poems and novels. In Li's view, writing is always a personal business, not related to others. One author's ultimate aim should be leaving the world immortal works by constant writing.

（3）Recalling after Growing Up

For her education purpose, Li Cheng'en departed from her hometown to learn performing, dancing, documentary shooting and TV directing. After having struggled in Hefei, Beijing, Zhuhai, Hong Kong and Shenzhen, she finally stayed in Beijing. In this big city, Li made great efforts to make a living, by learning to keep smiling after being set up; by being independent and assertive; and by struggling to ignore and refuse people. Leading a wandering life in Beijing, she had to bid farewell to her hometown, to her kinsfolk, even to her past. However, Li has never stopped recalling her old time——the Bian-he River accompanied her through the childhood, the calling from her grandmother, the sound from the erhu played by her father and the lost childhood. Therefore, she turned to write about the local customs of her hometown, which contributed to her first poetry anthology *Bianhe River, Bianhe River* （2008）. Besides, she had been working on photographing the Bianhe River. Later on, Li continued writing about her hometown and other places. Starting with *Bianhe River, Bianhe River*, with subsequent works *Rainfall on Butter Camp*, *The Gaolou Town*, *A Butter Lamp* and ending with *Blessing*, Li Cheng' en completed her wonderful exploration in poem writing.

（4） Destination of the Soul

In 2014, Li Cheng' en completed her poetry anthology——*A Butter Lamp* after three years' hard work. It was selected as one of the key-supporting works by Chinese Writers Association. Out of chance, Li got the exclusive opportunity to look into the living of Tibet people. In the setting of unfamiliar grasslands and snowy mountains, life in Tibet was far from that in Lingbi. Therefore, she started to write poems about the Western Regions while shooting documentaries there. It was a brand new attempt in her ten-year's experience of regional writing, with which she aimed to explore new poetic language and subject matters. In this poetry anthology, a new kind of language rhythm with religious sectarianism, which sounds like chanting, has been presented. These three years' life in Tibet exerted great influence on Li Cheng' en. Having clarified the ownership of her soul-Buddhism, she was given a Buddhist name meaning "sea of wisdom", by a Tibetan Living Buddha. Li Cheng' en is still insisting on writing poems now, looking forward to make much more great leaps.

Blessing, which contains 100 four-verse poems, will be published in the second half of 2016 as Li' s latest poetry anthology.

Bianhe River, Bianhe River

Bianhe River, Bianhe River, created in 2006, is the first personal poetry anthology by Li Cheng'en, a female writer of 'generation after the 1980s'. The book is divided into three volumes, namely, 'Bianhe River, Bianhe River', 'The Lonely Mountain Camp' and 'The Fragrance of Bitter Gourd'. Bianhe River, which filled her with unforgettable childhood memory, is located in her hometown. After having left there, Li always misses things and people back at home. By the Bianhe River bank, she sang folk songs with the melody of erhu (a kind of Chinese musical instrument) played by her father. Her grandmother told her ancient anecdotes of eminent people, waving the palm-leaf fan. A group of carefree children were playing games, laughing loudly. In the river, the water plants were swaying slightly, with fish and shrimp swimming freely. On the river were the reflections of sky and clouds, floating with the minor ripples. All these wonderful memories swarmed into her mind from time to time, in which she found some spiritual consolation, even working faraway in Beijing. Thus, she began the creation of her first anthology of poems——*Bianhe River, Bianhe River*. During the creation process, Li recalled her past living experience back in her hometown, trying hard not to leave out each and every person, or object, or a single scene. She even spared time to go back to her hometown, back to Bianhe River. There she collected those bits of memory which were to disappear from her mind.

In the first volume *"Bianhe River, Bianhe River"*, Li describes everything about her hometown from her existing memory, including her family members. Her grandmother——the oldest woman who called her infant name in her life; Her mother who passed away when she was eight; Her father——the man who tenderly played the erhu by Bianhe River; Her elder sister who left the hometown and went to Southern China while young; Her younger brother whose lifetime ideal was to rob the rich and help the poor. Li's memory also consists of some historical figures. Xiang Yu——the hero who was loyal to his love; Yu Ji——the beauty who died for the war and the hero; the exorcist who devoted his life to driving off evil spirits——Zhong Kui. Those common people who lived beside Bianhe River also came to Li's mind. Li recalled the lonely and miserable bachelor Doctor Ye——the only person who wore white shirt in her hometown; the intellectual in the area of Bianhe River——the primary school teacher. Those animals and plants appeared in her memory too. The fish and shrimps were alive and kicking. The reeds beside the river fluttered in the wind. Li has transformed the natural Bianhe River into a poetic one, for she poured her childhood memory and love for her hometown into it.

Li depicted the lonely mountain camp which is different from Bianhe River in the second volume *"The lonely Mountain Camp"*. If Bianhe River belongs to the South China, then the lonely mountain camp must pertain to the North China. The damp Bianhe River carries the permanent memory of the poet, while the camp represents the endless struggle which the poet has experienced as a foreigner. 'The lonely mountain camp, be my dawn and dusk; the lonely mountain camp, the blend of adolescence and youth; without love, but only work, together with the hand of time turning the book page after page.' (selected from *"Sigh"*) The poet is only a spectator of the lonely mountain camp, watching everything that happens around here. "The youth is in the lonely mountain camp; the boy, face dotted with acne, whistles at night. The youth is in the lonely mountain camp; the girl, impish natured, sings love songs by daylight. (selected from *"The Fierce Animals"*)

In the third volume *"The Fragrance of Bitter Gourd"*, Li concentrates on her individual feelings and thus expresses her inner demands. Among those feelings the first is the memory of her mother who has passed away. "Tears suddenly filled my eyes, when I dreamt my departed mother last night.", "My mother passed away, when I was only eight", "I live solely and lonely in the world, just like these green plants." (selected from *"The Fragrance of Bitter Gourd"*) The second is to express her pursuit of value. "People like me are just rapt in landscape, on which we spend time and energy. At my age I began to detest fame and wealth, as well as mundane happiness." (selected from *"Live My Life Like Xu Xiake"*) The third theme is the concern about life. "The housing price is skyrocketing in the homeland. If autumn comes, will the price continue to go high? I think it will."；"My homeland, my mother. How I wish the differences between urban and rural areas will not be eliminated. Let the houses, those straw houses in the countryside be our generation's shelter."（selected from *"The Poems for the House"*）The fourth and last subject is her feelings about love. "The woman who writes poems, I couldn't go back home today. For my lover is still on the tree, I will sit beside a basket of grapes under the tree."（selected from *"Purple Grapes"*）

Bianhe River, Bianhe River is the first anthology of poems by Li Cheng'en, through which her feature of regional writing is fully expressed.

Conscience in the Spring Breeze

Conscience in the Spring Breeze is the second anthology of poems by Li Cheng'en. The book is divided into eight volumes, namely *"Conscience in the Spring Breeze"*, *"Youth, Blue and White Ware"*, *"The Child of Angel"*, *"The Moon Chronicle"*, *"Playground in the Rain"*, *"Film Poem"*, *"Bianhe River, Bianhe River"* and *"Rougeism"*, which handpicks 200 new poems written by Li.

The cover of *Conscience in the Spring Breeze* is an old bicycle, the back cover a shovel, which represents the independent spirit and natural living state of the minority in that age. Thus the book is a precious selection for studying the poets of a new generation.

Li focuses on the reality's contamination towards public feelings, pays close attention to female mental state and conveys female's poetic power. Meanwhile, Li shows particular preference to traditional culture and ancient civilization. She wrote, in the preface, that "What I ardently love for my whole life is that part of Chinese culture, which has experience heavy shocks." *Conscience in the Spring Breeze* is a kind of spiritual orientation and value judgment of Li, in which she concentrates on what traits a true poet requires under the influence of global financial crisis. Through this book, the cultural confidence which is deficient in current society is gaining its limited recovery.

Li's works are powerful but exquisite, expansive but restraining, with the standpoint of women's independent spirit. She puts forward a feminine writing concept——rougeism, which reflects her personal vitality in exploration and presents her pioneering thinking and traditional sentiment. Li's writing is shining with feminist spirit, high in spiritual value. In this respect, Li stands on the frontier of Chinese language and literature. Her poems are quaint, fresh and natural, as well as composing and calming, representing a new way of writing in Chinese language.

A Butter Lamp

A butter lamp, created in 2010 and completed in 2014, is Li's another poem anthology. It is one of the key-supporting works of Chinese Writers Association in 2012, and one of the life-experiencing projects of CWA in 2013. For this time, the author temporarily left her familiar hometown and her current residence behind. Instead, she went to a totally strange region, the West Regions. Li chose the Yu Shu Tibetan autonomous prefecture in Qinghai-Tibet Plateau as a new start for her regional poetry writing.

The anthology includes four volumes, namely, "*Note of Yu Shu*", "*A Butter Lamp*", "*Encountering a Snow Mountain*", and "*A Biography of the Night*". The poet didn't focus on the description of those large scenes. On the contrary, she spotted beauty from small details around her, such as temples, yaks, wild flowers, and little monks. The scenes are true and natural, providing people with amazement and enjoyment.

In the first volume "*Note of Yu Shu*", Li, with her sincere respect, went to Yu Shu for collecting poems. "So many miseries in farming; so many lines in Yu Shu; I'm here in Yu Shu as a poet; Paper on my back; Pencil in my hand. I take down my paper; I write down my lines." (selected from "*Collecting poems in Yu Shu*") In the mountains and wilderness, boundless grassland took Li's breath away. Watching yaks and goats eating grass, hearing lamas' praying, the poet can't help rethinking her past thirty years' life with joy and sorrow. The poet came to Tibet in order to get rid of the materialistic thoughts and fulfill the liberation of her soul. "To be a grass in Qinghai-Tibet Plateau is much happier than to be a wealthy man in the noisy city. The key is that you live more like a real person." (selected from "In the Grassland, I think of You") In the first part of the anthology, Li created a new lingual rhythm, just like a lama praying.

In the second volume "A Butter Lamp", mountains and grassland remind the poet of her families. "A thousand butter lamps light the road of afterlife; my kneels are slowly melting. I am a child afraid of darkness. Mum you are looking at me from the heaven; I light the butter lamp just for you." (selected from "A Butter Lamp") The poet has a broad horizon, for she not only thinks of her families, but also worries about the humankind. "A thousand butter lamps light the road of afterlife. I lighten the darkness of the world day and night." (selected from "A butter Lamp") "The reason why human maintains the grassland is to let filthy people cleanse their soul." (selected from "Note of the Grassland")

In the third volume "Encountering a Snow Mountain", the poet smoothly tells us the stories about the snow mountain and those relative people and things. "I encounter a snow mountain; in the spring, I pray; I hold rocks in my arms. I think those are the bones of my previous life, the snow mountain of my life." (selected from "Encountering a Snow Mountain")

In the fourth volume "A Biography of the Night", the poet writes biographies for the night, the lion, the nothingness, the snow mountain, the heavy rain, the clear water, the affection, the strangeness, the valentine, the rock, and the dandelion, either specific or abstract, full of novelty. The poet created biographies for everything with rich imagination, which showed her special humanistic concern. "Hold a burial ceremony for the night; open the gate for the dawn; create a biography for the night through poetry; a ball of blood dropped from the pen in hand." (selected from "A Biography of the Night") "My imagination only belongs to the hanging bright moon; the eternal grassland, I only belong to you; I'm together with you fighting against the treacherous and spoiled manner; I'm with you running wildly in my own images." (selected from "A

Biography of Opposing Spoiled Manner")

For this time, the poet managed to explore the source of civilization and go on a "Journey to the West" of poetic spirit. Eventually, she found the soul of the sky and ground, as well as the spiritual strength of human after the catastrophe.

(Translated by Gao Miaomiao)

Li Cheng'en 法语版

Portrait de l'auteur

Introduction :

Écrivain, poète et réalisatrice indépendante de documentaires, Li Cheng'en (Linda) est née dans les années 1980. Membre de l'Association des écrivains chinois, elle a réalisé et produit une série de documentaires consacrés au peuple des bas-fonds, dont notamment Les derniers gardiens du mausolée, Les conducteurs de triporteur et Bianhe, Bianhe. Après avoir été scénariste et réalisatrice de télévision et rédactrice en chef d'une revue universitaire, elle est aujourd'hui productrice de télévion et de cinématographie.

Principaux ouvrages :

Li Cheng'en est l'auteur de recueils de poèmes comme *Bianhe, Bianhe, Conscience dans le vent du printemps, Étang, Gaolouzhen, Pluie sur Gushanying, Renard le voleur d'images, Lampe au beurre de yak* et *Être attentif*, de recueils d'essais comme *L'enfant de la civilisation*, écrits du quotidien teintés de féminisme, d'entretiens tel que *L'écriture est le miroir* de mon âme dans lequel Li Cheng'en parle de poésie, et même d'un recueil intitulé *Li Cheng'en qui présente ses œuvres complètes* (édition multimédia), ainsi que d'une dizaine d'autres ouvrages.

Biographie :

Acquis de l'enfance

Li Cheng'en est née à Suzhou dans la province de l'Anhui. Sa ville natale dispose d'une longue histoire et d'un profond enracinement culturel ainsi que des personnages historiques illustres tel de Xiang Yu, prince hégémon des Chu de l'ouest, qui y a fait ses adieux à sa favorite Yu Ji, laissant derrière lui une belle histoire d'amour tragique. Suzhou a aussi donné naissance à Zhong Kui, sorcier légendaire de la Chine. Les efforts inlassables des lettrés modernes et contemporains originaires de l'Anhui, en particulier Hu Shi, Chen Duxiu et Hai Zi, ont encore enrichi son patrimoine culturel, devenu aujourd'hui inestimable. Ces brillants personnages historiques ont ainsi constitué le contexte culturel dans lequel a vécu la petite Cheng'en et participé à la façonner, puisque c'est dans cet environnement qu'elle s'est instruite et qu'elle a lu, dès son jeune âge, un grand nombre de romans classiques chinois tels que *Les Trois Royaumes ou Au bord de l'eau...* Ces œuvres ont contribué à former son caractère, qui présente des traits du chevalier errant.

La petite Cheng'en a grandi chez sa grand-mère, près de la rivière Bian, laquelle a tenu une place importante tout au long de son enfance. À l'époque, les riverains étaient heureux. Sur les rives, les enfants s'amusaient et dans la rivière les poissons nageaient librement. Elle aimait se plonger ainsi en pleine nature et en admirer l'entière beauté. Pour elle, la beauté de la vie réside dans sa simplicité et sa sobriété.

Premiers balbutiements littéraires pendant ses études

Élève, Li Cheng'en s'était déjà mise sérieusement à écrire des poèmes. Elle écrivait sur tout et sans aucune crainte : les quatre saisons, les paysages naturels à différents moments de l'année, sa région natale, les connaissances... Qui ne sait rien, ne craint rien : son écriture était spontanée et sincère. Assise à la table, appuyée contre la fenêtre, elle regardait les oiseaux voler dans le ciel et aspirait à s'envoler au loin comme eux. Pourtant, enfermée dans la salle de classe, elle ne trouvait consolation que dans l'écriture. Elle commençait alors à écrire des poèmes et des romans. Ainsi, pour elle, l'écriture est l'affaire de l'auteur seul, et de personne d'autre. Un écrivain doit exercer sa plume sans relâche, avec pour objectif final la création d'œuvres intemporelles.

Du retour en arrière à l'âge adulte

Afin de poursuivre ses études, Li Cheng'en quitta sa province natale et alla de ville en ville : Hefei, Pékin, Zhuhai, Hong Kong, Shenzhen... Elle apprit les arts du spectacle, la danse, la scénarisation-réalisation de programmes de télévision, la réalisation documentaire avant de s'établir finalement à Pékin. Dans cette mégapole, elle s'efforça de se frayer un chemin dans la société, de garder le sourire après avoir été victime d'un coup monté par un abject individu, de s'affranchir du regard des autres, de les ignorer et de leur résister. Sa vie de déracinée à Pékin l'a éloignée de son Suzhou natal, de ses proches, et de son passé. Elle n'arrête pourtant pas d'y penser ; elle pense à la rivière Bian qui l'a accompagnée durant toute son enfance, aux appels de sa grand-mère, aux airs de Erhu exécutés par son père et à son enfance révolue. Elle se mit ainsi à écrire sur les mœurs de sa province natale, ce qui a donné naissance à son premier recueil de poèmes *Bianhe, Bianhe* (2008). Elle garde également une trace de cette rivière par les images. Cette première tentative est suivie d'autres œuvres sur les thèmes de la terre natale et de la terre étrangère. Commençant par *Bianhe, Bianhe*, terminant par *Gaolouzhen, Lampe au beurre de yak* et *Être attentif*, en passant par *Pluie sur Gushanying*, Li Cheng'en a achevé une sorte de pèlerinage littéraire qui l'a transportée dans des horizons lointains.

Asile de l'âme

En 2014, Li Cheng'en publie *Lampe au beurre de yak*, ouvrage réalisé en trois ans et qui fait l'objet du soutien prioritaire de l'Association des écrivains chinois. Par un heureux hasard, Li Cheng'en a l'occasion de séjourner régulièrement en zone tibétaine pour en découvrir la vie en profondeur. Entourée de montagnes enneigées et de vastes prairies qui lui étaient complètement étrangères, elle réalise alors des documentaires et commence en même temps à écrire des poèmes sur les contrées de l'ouest. C'est une nouvelle tentative de l'écriture régionale à laquelle elle tient depuis une dizaine d'années, une exploration du langage et du thème poétique. Dans ce recueil, elle crée un nouveau rythme langagier, inspiré par la religion et la prière des lamas. Ses séjours réguliers en zone tibétaine au cours des trois dernières années l'ont beaucoup changée. En effet, elle a trouvé en cette terre et en se convertissant au bouddhisme l'asile de son âme. Un tulkou lui a donné un nom tibétain—Karma Sherab Co, ce qui signifie 《mer de la sagesse》. Aujourd'hui, Li Cheng'en n'a toujours pas cessé sa production poétique et espère prolonger l'aventure.

Son dernier recueil de cent quatrains *Être attentif* est sorti pendant la seconde moitié de l'année 2016.

Pré sentation des œuvres principales

Bianhe, Bianhe

Premier recueil personnel de Li Cheng'en, *Bianhe, Bianhe* est écrit en 2006 et se compose de trois volumes : Bianhe, Bianhe, Gushanying et Parfum de la margose. Bianhe est le nom de la rivière qui traverse sa ville natale. Après avoir quitté celle-ci, elle ne cesse d'y penser, notamment à la rivière Bian qui a occupé dans son cœur une place importante pendant toute son enfance. Elle se souvient du temps passé au bord de la rivière avec son père qui jouait du Erhu tandis qu'elle chantait, du temps où sa grand-mère lui racontait la vie héroïque des personnages de l'antiquité, tout en agitant son éventail en feuilles de massette. Elle se souvient également des enfants insouciants qui s'amusaient, des plantes aquatiques qui se balançaient sous l'eau, des poissons et des crevettes qui nageaient, des reflets du ciel et des nuages qui ondulaient au gré des courants. Tout cela lui revient en mémoire et apporte à la délicate poétesse, qui désormais habite et travaille à Pékin, confort et consolation. Elle commence alors à écrire le recueil *Bianhe, Bianhe* et s'efforce de retrouver petit à petit le souvenir du passé, tâchant de ne pas passer à côté d'une seule personne, d'un seul objet, d'un seul paysage ou d'un seul sentiment lié à sa belle rivière. Au cours de sa création littéraire, elle aura pris le temps de retourner dans sa ville natale, de se retrouver au bord de sa rivière et de capter les belles choses qui disparaissent aussitôt.

Le premier volume *Bianhe, Bianhe* décrit à la force de sa mémoire tout ce qui a trait à sa ville natale et à ses proches : sa grand-mère, la plus âgée des femmes qu'elle a connues ; sa mère, qui a quitté ce monde alors qu'elle n'avait que huit ans ; son père, qui jouait du Erhu avec douceur au bord de la rivière Bian ; sa grande sœur, qui, très jeune avait déjà quitté le foyer familial pour se rendre dans le sud du pays, ainsi que son petit frère qui voulait devenir un robin des bois, un redresseur de tort, un justicier chinois en voulant voler aux riches pour redistribuer aux pauvres. Li Cheng'en décrit aussi les personnages historiques et légendaires de sa région : Xiang Yu, l'amant fidèle ; Yu Ji, morte pour son amant héroïque et pour la bataille ; Zhong Kui, spécialiste en exorcisme ou encore les simples riverains. Ainsi on trouve le célibataire et grand solitaire ; le Docteur Ye, seul homme à s'habiller en blanc ; l'instituteur intellectuel, sans oublier la faune et la flore aquatiques comme les poissons et les crevettes qui naigeaient avec vivacité ainsi que les touffes de roseaux qui se courbaient au souffle du vent. Li Cheng'en revêt la rivière Bian d'une dimension poétique et onirique en souvenir de son enfance révolue et de sa ville natale qui a changé et qui n'est malheureusement plus ce qu'elle était.

Le deuxième volume *Gushanying* est consacré à l'endroit éponyme. Si *Bianhe* incarne le sud humide et porte l'éternel souvenir du poète, *Gushanying* symbolise le nord sec et rappelle la souffrance sur une terre étrangère. *Gushanying*, mon matin et mon crépuscule/Gushanying, confusion entre l'adolescence et l'âge adulte/Pas d'amour, que du travail. Il n'y a que la main de l'âge/qui feuillette les livres (*Gushanying*, soupir). La poète n'est qu'une observatrice de Gushanying et de tout ce qui s'y passe, 《L'adolescence à Gushanying, garçons au visage couvert d'acné sifflent la nuit/L'adolescence à Gushanying, filles insolentes chantent des chansons d'amour le jour》 (*Gushanying*, animaux féroces).

Dans le troisième volume *Parfum de la margose*, Li Cheng'en dépeint sa vie intérieure et exprime ses besoins spirituels. On y trouve le souvenir de sa mère disparue. 《Je verse des larmes sans raison, rêvant cette nuit de ma mère disparue》《Je n'avais que huit ans ; ma mère a quitté ce monde》《Dans ce monde, je vis dans la solitude, comme ces plantes verdoyantes》 (*Parfum de la margose*). Vient ensuite l'expression de ses valeurs personnelles. 《Une personne comme moi ne veut que voyager/Contempler divers paysages/À mon âge, je commence à fuir la gloire et la fortune/Le bonheur matériel》 (*Vivre comme Xu Xiake*). Il est également question des soucis de la vie. 《Les prix immobiliers s'envolent, l'automne arrive/Continuent-ils à monter ? Je crois que oui》《Ô ma mère patrie, je vous prie de ne pas éliminer les différences entre la vie en ville et à la campagne/Laissez les logements, les huttes de campagne à nous la génération née dans les années 1980》(Poème sur le logement). Enfin, la poète fait partager sa vision de l'amour. 《Celle qui écrit des poèmes, je ne peux pas rentrer aujourd'hui/Car mon amant est encore dans l'arbre et moi, assise au pied de l'arbre, je veille sur un panier de raisins noirs》(Raisins noirs).

Ce premier recueil de Li Cheng'en dévoile les caractéristiques de son écriture régionale.

Conscience dans le vent du printemps

Conscience dans le vent du printemps est le deuxième recueil de poèmes de Li Cheng'en. Il rassemble une sélection de deux cents nouveaux poèmes en huit volumes : Conscience dans le vent du printemps, Jeunesse. Porcelaine bleu et blanc, L'enfant de l'ange, Chronique de la Lune, Plateau sportif de l'école sous la pluie, Ciné-poème, Bianhe, Bianhe et Fardisme.

Un vieux vélo figure sur la première de couverture de ce recueil et une bêche sur sa quatrième de couverture symbolisant l'esprit indépendant et la vie sobre d'un groupe minoritaire d'aujourd'hui. Ainsi, ce recueil constitue un des rares corpus pour étudier la nouvelle génération des poètes chinois.

Li Cheng'en s'intéresse à la corruption de l'âme par la réalité, à la mentalité des femmes et fait ressortir l'énergie poétique féminine. Elle s'attache particulièrement à la culture traditionnelle et aux civilisations anciennes, comme elle le fait remarquer dans l'auto-préface : 《La passion de ma vie, c'est la culture chinoise primitive ; j'en suis éprise.》

Conscience dans le vent du temps laisse apparaître le penchant intellectuel et le jugement de valeur de l'auteur : elle se préoccupe de la manière dont se comportent les poètes dans un contexte de crise économique mondiale. Grâce à ce recueil, la confiance culturelle défaillante se recouvre en partie.

L'écriture de Li Cheng'en est à la fois ample et délicate, vaste et retenue. Elle reflète sa position pour l'indépendance des femmes et brille par la hauteur spirituelle des femmes d'aujourd'hui. Le concept de l'écriture féminine 《fardisme》 qu'elle avance traduit son unique vigueur d'exploration, ses idées avant-gardistes et son attachement à la tradition. À l'avant-garde de la langue chinoise, les poèmes de Li Cheng'en sont traditionnels, dépouillés, naturels et sereins ; c'est une toute nouvelle écriture en langue chinoise.

Lampe au beurre de yak

Il aura fallu quatre ans à Li Cheng'en pour achever son dernier recueil de poèmes *Lampe au beurre de yak* , dont l'écriture est entreprise en 2010 et achevée en 2014. Ce recueil a été retenu par l'Association des écrivains chinois pour son soutien prioritaire de 2012 et pour son programme de séjour approfondi dans un lieu déterminé de 2013. Cette fois, Li Cheng'en a opté pour un endroit complètement étranger—les contrées de l'ouest, en laissant de côté provisoirement sa chère ville natale—Suzhou et son lieu de vie actuel Gushanying. Elle entreprend donc un nouveau départ dans la poésie régionale à partir de la préfecture autonome tibétaine de Yushu, dans l'arrière-pays du Plateau tibétain. Dans ce recueil en quatre volumes (Notes de Yushu, Lampe au beurre de yak, Rencontre avec une montagne enneigée et Biographie de la nuit), la poète ne se focalise pas sur la description de scènes grandioses ; elle fait ressortir en revanche la beauté d'éléments de la vie quotidienne : 《temples》, 《yaks》, 《fleurs sauvages》, 《jeunes moines》 ... Les images qui en sortent sont naturelles, laissant les lecteurs s'émerveiller devant tant de beauté.

Le premier volume décrit la collecte respectueuse de poèmes populaires de l'écrivain à Yushu. 《Les travaux des champs foisonnent de mystères, Yushu regorge de poèmes/ Je me trouve à Yushu, à collecter des poèmes/Je porte des papiers sur le dos, un stylo à la main》《—Je sors les papiers/Et note les poèmes qui s'attachent à leur sol》(Collecte de poèmes à Yushu). Entourée de hautes montagnes et de vastes prairies qui l'impressionnent, elle regarde paître les yaks et les troupeaux de moutons, écoute les lamas prier d'un cœur sincère ; elle ne peut s'empêcher de se plonger dans la méditation et de remonter le cours de son existence d'une trentaine d'années, envahie par un sentiment à la fois doux et amer, joyeux et mélancolique. Dans un tel environnement, un poète doit se placer entre ciel et terre, se débarrasser des pensées matérialistes et perturbatrices, afin d'obtenir son émancipation morale : 《Être une herbe / Une herbe dans l'arrière-pays du Plateau tibétain/Plus droite/Qu'un riche dans le vacarme de la ville/Plus important encore/Se sentir plus humain》(Je me souviens de vous dans la prairie). Dans ce volume, Li Cheng'en crée un nouveau rythme langagier, qui ressemble à la prière des lamas.

Dans le deuxième volume *Lampe au beurre de yak*, la poète tourne ses pensées vers ses proches. 《Un millier de lampes au beurre de yak éclairent le chemin de l'au-delà/ Mes genoux, à terre, fondent lentement, je suis une enfant qui craint les ténèbres/ Maman, regarde-moi de là-haut/Je vous ai allumé une lampe au beurre de yak》(*Lampe au beurre du yak*). Large d'esprit, elle songe également à l'humanité entière, 《Un millier de lampes au beurre de yak éclairent le chemin de l'au-delà/Jour et nuit, j'allume les ténèbres de l'humanité》(*Lampe au beurre du yak*), 《L'homme conserve les prairies/Ce n'est que pour purifier/Les âmes souillées》(*Notes de prairie*).

Le troisième volume *Rencontre avec une montagne enneigée* porte essentiellement sur les histoires, les personnes et les objets liés à cette montagne.《J'ai rencontré une montagne enneigée, je récite des prières au printemps/J'embrasse un tas de pierres au printemps, croyant qu'ils sont les os de ma vie antérieure, une montagne enneigée de ma vie》(J'ai rencontré une montagne enneigée).

Le dernier volume *Biographie de la nuit* est d'une originalité remarquable, où l'auteur dresse la biographie de la nuit, du lion, de la montagne enneigée, du refus de la coquetterie, du déluge, du néant, de l'eau limpide, de la douceur, de l'étrangeté, de la Saint-Valentin chinoise, du pissenlit, de la pierre et d'autres choses concrètes ou abstraites. De par sa vive imagination, Li Cheng'en rédige la biographie de toutes les choses, montrant l'humanisme à sa façon. 《Faire le deuil de la nuit/Ouvrir la porte sur l'aube/

Écrire la biographie de la nuit par la poésie/Un amas de sang coule du stylo》（Biographie de la nuit）. 《Mon imagination n'appartient qu'à la lune haute dans le ciel, je n'appartiens qu'à la prairie millénaire/Ô prairie, opposons-nous ensemble à la coquetterie répréhensible/Courons à corps perdu sur mes images à moi》（Refus de la coquetterie）.

En quête de la source de la civilisation, Li Cheng' en cherche à effectuer une 《pérégrination vers l'ouest》 de l'esprit poétique. Elle a trouvé l'âme du ciel et de la terre ainsi que la force mentale et spirituelle de l'homme après la catastrophe.

（Traduit par Huang Xintong）

Li Cheng'en 德语版

Kurze Vorstellung

Die Schriftstellerin Li Cheng'en （englischer Name: Linda） gehört zu der 80er-Genera-
tion. Sie ist Dichterin, selbstständige Regisseurin von Dokumentarfilmen und Mitglied
des chinesischen Schriftstellerverbandes. Unter ihren Dokumentarfilmen sind z. B. „Die
letzten Grabwächter", „Dreiradfahrer", „Der Bian-Fluss, der Bian-Fluss" zu nennen, die
eine Serie der „menschlichen Anteilnahme an der Unterschicht" bilden. Sie war als
Fernsehstückeschreiberin und −regisseurin, aber auch als Chefredakteurin einer Univer-
sitätszeitung tätig. Jetzt arbeitet sie als Filmproduzentin.

Hauptwerke

Insgesamt mehr als zehn Werke, darunter Gedichtbände: „Der Bian-Fluss, der Bian-Fluss
", „Gewissen im Frühlingswind", „Der Teich", „Die Gaolou-Gemeinde", „Der Re-
gen fällt in Gushanying", „Der Fuchs stiehlt die Fantasie", „Butter-Lampen", „
Schutz und Liebe"; Essaybände: „Kinder der Zivilisation: Leben aus feministischer Si-
cht", „Schreiben ist das Fotoatelier meiner Seele: Li Cheng'en über das Dichten" und „
Li Cheng'en: Gesammelte Werke" （Multimedia）.

Leben und Schaffensphasen

Erfahrungen in der Kindheit

Li Cheng'en wurde in Suzhou（Lingbi）in der Provinz Anhui geboren, wo eine lange Geschichte die Kultur prägte. Xiang Yu, der große Xichu-König, verabschiedete sich hier von seiner Konkubine Yu Ji und hinterließ eine schöne und traurige Liebesgeschichte. Hier war auch die Domäne von Zhong Kui, der die Geister schlug. Seit der Neuzeit hinterließen viele Persönlichkeiten aus der Provinz Anhui, wie Hu Shi, Chen Duxiu und Haizi, umfangreiches Kulturerbe. Diese Leute in der Geschichte der Heimat bilden den kulturellen Hintergrund beim Aufwachsen von Li und gerade in dieser kulturellen Atmosphäre las sie eine Vielzahl an chinesischen klassischen Werken, wie „Die Geschichte der Drei Reiche " und „Die Räuber vom Liang-Schan-Moor ", als sie noch klein war. Unter dem Einfluss dieser Werke hat sich eine „Ritterlichkeit " in ihren Charakter eingeprägt.

Damals wohnte Li bei ihrer Großmutter. Nicht weit entfernt von dem Haus der Großmutter ist der Bian-Fluss, der ihre Kindheit durchfließt. Die Leute, die an dem Fluss wohnten, waren damals glücklich. An dem Fluss spielten die Kinder und in dem Fluss schwammen die Fische frei. Li lebte in der Natur und empfand die Schönheit der Natur. So sind für sie die Einfachheit und die Schlichtheit das höchste Streben im Leben.

Anfang in der Schulzeit

Li fing in ihrer Schulzeit an, zu dichten. Als Anfängerin verfügte sie über genügend Mut und hat über viele Themen geschrieben: die Jahreszeiten, die Landschaften, die Heimat und die ganze Welt. Das war so einfach und so schön. Als sie am Tisch oder am Fenster im Klassenzimmer den fliegenden Vögeln unter freiem Himmel zuschaute, wollte sie auch in die Ferne fliegen, wie die Vögel. Aber sie war gefesselt im Klassenzimmer und konnte sich nur durch das Schreiben trösten. Von dieser Zeit an schrieb sie Gedichte und Erzählungen. Für sie ist Schreiben ihre persönliche Sache. Es ist nicht von anderen abhängig. Denn ein Schriftsteller soll immer weiter schreiben, bis er unsterbliche Meisterwerke hervorbringt.

Erinnerungen der Erwachsenen

Li verließ ihre Heimat, um in Hefei, Peking, Zhuhai, Hongkong und Shenzhen zu studieren. Inzwischen lernte sie Darstellungskunst und Tanzen. Sie lernte auch, wie man als Fernsehstückeschreiberin und –regisseurin arbeitete und Dokumentarfilme drehte. Nach einem Aufenthalt in verschiedenen Städten ließ sie sich in Peking nieder. In dieser

Großstadt lernte sie, sich durchs Leben zu schlagen: Sie lernte zu lächeln, nachdem sie von niederträchtigen Leuten hinterrücks verletzt worden war; Sie lernte, ihren eigenen Weg zu gehen; Sie lernte, nicht von belanglosen Sachen gestört zu werden; Sie lernte, „ Nein " zu sagen. Das Leben in Peking trennte sie von ihrer Heimat, ihren Verwandten und ihrem früheren Leben. Aber sie sehnte sich immer nach der Heimat, nach dem Bian-Fluss, der wie ein Freund ihre Kindheit durchzog, nach den Rufen der Großmutter, nach den Stimmen der Erhu von ihrem Vater, nach der vergangenen Kindheit. So fing sie anzu schreiben, über Landschaften und Leute in der Heimat, woraus ihr erster Gedichtband „ Der Bian-Fluss, der Bian-Fluss " （2008） entstand. Daneben versuchte sie weiterhin, mittels Video diesen Fluss aufzunehmen. Später schrieb sie weiter über die Heimat und die Fremde. Nach „Der Bian-Fluss, der Bian-Fluss " folgten „Der Regen fällt in Gushanying ", „Die Gaolou-Gemeinde ", „Butter-Lampen " und „Schutz und Liebe ", so ist ihr sprachlicher Feldzug vollendet.

Heimat der Seele

Im Jahr 2014 brachte Li ihr Werk „Butter-Lampen " hervor, das zu den vom chinesischen Schriftstellerverband schwerpunktmäßig unterstützten Werken gehörte und das sie in drei Jahren fertiggestellt hat. Aufgrund von Schicksalsfügung hatte Li die Gelegenheit, nach Tibet zu gehen, um das Leben an einem bestimmten Ort kennenzulernen. Das Leben in Tibet war anders als das in ihrer Heimat, da fand sie ihr ganz fremdes Schneegebirge und Grasland. Während sie einen Dokumentarfilm drehte, fing sie an zu schreiben über die westlichen Regionen. Diesmal probierte sie etwas Neues in ihrem Schreiben über Regionen aus, das schon mehr als zehn Jahre dauerte, und versuchte, neue lyrische Sprachen und Themen zu erschließen. In diesem Gedichtband hat sie einen neuen Rhythmus gefunden, der so klingt, wie Lamas Sutras rezitieren, und der etwas Religiöses mit sich trägt. Das dreijährige Leben an einem bestimmten Ort in Tibet übte einen großen Einfluss auf sie aus. Sie hat die Heimat ihrer Seele gefunden und sich zum Buddhismus bekannt. Ein „lebender Buddha " aus Tibet hat ihr den tibetischen Namen „Karma Sherabtso " gegeben, der „Meer der Weisheit " bedeutet. Li schreibt weiter ihre Gedichte und erwartet von sich bessere Werke.

Der neueste Gedichtband von Li, die Sammlung „Schutz und Liebe " mit 100 Schneiden-Gedichten（eine Kurzform von Gedichten mit höchstens vier Versen）erscheint in der zweiten Hälfte des Jahres 2016.

„Der Bian-Fluss, der Bian-Fluss"

„Der Bian-Fluss, der Bian-Fluss", der erste Gedichtband von Li, wurde im Jahr 2006 geschrieben und enthält drei Teile: „Der Bian-Fluss, der Bian-Fluss", „Gushan-ying" und „Aroma der Balsambirne". Der Bian-Fluss ist ein Fluss in ihrer Heimat. Nachdem sie die Heimat verlassen hatte, sehnte sie sich immer nach den Landschaften und Leuten dort. Der Bian-Fluss durchzog ihre ganze Kindheit: An diesem Fluss spielte ihr Vater Er-hu und sie sang dabei; Die Großmutter fächelte mit einem aus Rohrkolbenblättern ge-flochtenen Fächer und erzählte ihr Geschichten von Persönlichkeiten aus der alten Zeit; Sorgenlose Kinder lachten und spielten; Wasserpflanzen schwankten im Fluss, Fische und Garnelen schwammen, der blaue Himmel und die weißen Wolken spiegelten sich im Fluss und bewegten sich leicht bei sich kräuselnden Wellen. Alles erschien in der Erin-nerung so lebendig vor ihren Augen, dass sie schließlich einen seelischen Trost in Peking fand, wo sie lebte und arbeitete. So fing sie mit dem Schaffen von „Der Bian-Fluss, der Bian-Fluss" an. Sie erinnerte sich langsam an die Vergangenheit und versuchte nichts zu vergessen, was mit dem Bian-Fluss in Verbindung stand, die Leute, die Gegenstände, die Landschaften oder die Gefühle. Als sie diesen Gedichtband schrieb, nahm sie sich auch Zeit, einmal in die Heimat und an den Bian-Fluss zurückzukehren, um die Schönheit zu fassen, die bald verloren gehen würde.

Im ersten Teil des Gedichtbandes wird alles über die Heimat in ihrer Erinnerung bes-chrieben. Da sind ihre Verwandten: Die Großmutter, die älteste Frau in ihrem Leben, die immer ihren Kinderkosenamen gerufen hat; Die Mutter, die schon starb, als sie erst acht Jahre alt war; Der Vater, der am Bian-Fluss zärtlich Erhu spielte; Die größere Schwester, die in ihrer Jugend die Heimat verlassen hat und in den Süden gegangen ist; Der kleinere Bruder, der träumte, die Reichen zu töten und den Armen zu helfen. Da kommen auch

Persönlichkeiten in der Geschichte vor: Der große Held Xiang Yu, der der Liebe treu blieb; Die Schönheit Yu Ji, die im Krieg für ihren Helden gestorben ist; Zhong Kui, der sich damit beschäftigte, Geister zu schlagen. Da fehlen nicht diese, die am Bian-Fluss lebten: Der Junggeselle, der einsam umherwanderte; Der Arzt Herr Ye, der einzige, der in Weiß gekleidet war; Der Intellektuelle am Bian-Fluss, der Lehrer in der Grundschule. Da sind auch die Tiere und Pflanzen im und am Bian-Fluss zu finden: Die Fische und Garnelen sprangen, die Schilfe schwankten. Bei Li wird der Bian-Fluss ein Fluss voller Poesie, weil er ihre Kindheit, in die sie nicht zurückkehren kann, und ihre Heimat, die sich schon verändert hat, verkörpert.

Der zweite Teil des Gedichtbandes handelt von Gushanying, einem Ort, der ganz anders ist als der Bian-Fluss. Wenn sich in dem südlichen und feuchten „Der Bian-Fluss, der Bian-Fluss " die ewige Erinnerung einer Dichterin niedergeschlagen hat, spiegelt sich in dem nördlichen und trockenen „Gushanying " der harte Kampf einer Person in der Fremde wider. „Gushanying, mein Morgen und Abend/ Gushanying, die Jugend und die Jugendlichen in eins/ Keine Liebe, nur die Arbeit, nur die Hand der Zeit/ blättert im Buch, eine Seite nach der anderen " („Gushanying, ein Seufzer "). Als Zuschauerin beobachtet sie, was in Gushanying passiert: „Die Jugend in Gushanying, der Junge mit viel Akne im Gesicht pfiff in der Nacht/ Die Jugend in Gushanying, das Mädchen voller Keckheit im Gesicht singt Liebeslieder am Tag " („Gushanying, wilde Raubtiere "). Im dritten Teil des Gedichtbandes wendet sich Li den eigenen Gefühlen und dem inneren Verlangen zu. Thema 1: Die Sehnsucht nach der verstorbenen Mutter. „Mir kommen ohne Grund die Tränen still, gestern Nacht erschien mir meine verstorbene Mutter im Traum ", „Da war ich erst acht, meine Mutter ist gestorben ", „Ich allein auf der Welt, wie die grünen Pflanzen " („Aroma der Balsambirne "). Thema 2: Das Streben im eigenen Leben. „Ein Mensch wie ich möchte nur mit den Landschaften spielen/ mich nur den Landschaft gesellen/ In meinem Alter sind mir schon der Ruhm und das Geld zuwider/ und auch das irdische Glück " („Leben wie Xu Xiake "). Thema 3: Sorgen um das Leben. „Die Preise der Wohnungen sind drastisch gestiegen in diesem Land, der Herbst kommt/ Würden die Preise noch steigen? Ich glaube ja ", „Mein Vaterland, ich bitte Sie flehentlich, den Unterschied zwischen Stadt und Land nicht abzuschaffen/ Lassen Sie unserer 80er-Generation die Häuser auf dem Land, diese Strohhütten" („Verse über Wohnungen"). Thema 4: Empfindungen der Liebe. „Dir, einer Gedichte schreibenden Frau, dir sage ich, ich gehe heute nicht nach Hause/ Denn mein Geliebter ist noch auf dem Baum, und ich sitze unter dem Baum mit einem Korb purpurner Trauben " („Purpurne Trauben ") .

In diesem ersten Gedichtband von Li hat sich schon die Ortsverbundenheit in ihrem Schaffen ausgeprägt.

„Gewissen im Frühlingswind"

Der zweite Gedichtband von Li enthält acht Teile: „Gewissen im Frühlingswind ", „Jugend. Blau-weiß getöntes Porzellan ", „Kinder des Engels ", „Chronik des Mondes ", „ Der Regen fällt auf den Sportplatz des Instituts ", „ Poesie des Films ", „ Der Bian-Fluss, der Bian-Fluss " und „Rouge-Schreiben ". Darin befanden sich 200 neue von Li ausgewählte Gedichte.

Auf dem Titelblatt des Gedichtbandes ist ein altes Fahrrad und auf der Rückseite ein Spaten zu sehen, was den selbstständigen Geist und das solide Leben einer Minorität in dieser Zeit symbolisiert. Für die Forschung einer neuen Dichtergeneration bietet dieser Gedichtband wertvolle Exemplare.

Li setzt sich mit dem schlechten Einfluss der Realität auf die Menschen und dem geistigen Zustand der Frauen auseinander, wobei eine weibliche poetische Kraft zum Ausdruck kommt. Sie setzt auch auf die chinesische Tradition und Kultur. Im Vorwort des Gedichtbandes hat sie geschrieben: „Das, was ich in meinem Leben liebe, ist die chinesische Kultur, die durch Blitz und Donner gespalten worden ist. An sie habe ich mein Herz gehängt."

In diesem Gedichtband zeigt Li ihre geistige Orientierung und ihre Wertvorstellungen. Sie beschäftigte die Frage, was ein Dichter unternehmen könnte in der globalen Wirtschaftskrise. Gerade durch diesen Gedichtband ist die in der Gegenwart fehlende kulturelle Selbstsicherheit teilweise zurückgewonnen worden.

Lis Werke sind gekennzeichnet durch die Großzügigkeit und Subtilität, die Weitläufigkeit und innere Zurückhaltung, dazu noch die weibliche Selbstständigkeit. In dem von ihr initiierten weiblichen „Rouge-Schreiben" steckt das Potenzial eines persönlichen Schreibens, ein Avantgardismus und Traditionalismus zugleich, was ihre Werke voll weiblichen Glanzes auf eine geistige Höhe bringt. Li steht vorne auf dem Gebiet des chinesischen Schreibens und schreibt klassisch schlicht, frisch, natürlich, besonnen und nüchtern, wobei eine ganz neue Schreibweise auf Chinesisch hervorkommt.

„Butter-Lampen"

Begonnen im Jahr 2010, wurde „Butter-Lampen" 2014 vollendet. Als eines der vom chinesischen Schriftstellerverband schwerpunktmäßig unterstützten Werke des Jahres 2012 gehörte er auch zu einem Projekt des chinesischen Schriftstellerverbandes vom Jahr 2013, das das Ziel verfolgt, dass die Schriftsteller das Leben an einem bestimmten Ort kennenlernen können. Diesmal hat Li das ihr fremde Tibet gewählt und vorläufig ihrer bekannten Heimat den Rücken gekehrt. Sie hat auch ihren damaligen Wohnort Gushanying verlassen und ist an einen ganz fremden Ort gegangen. Li hat den tibetischen autonomen Bezirk Yushu im Hinterland des Hochlandes von Tibet gewählt, um mit ihrem Schreiben über Regionen neu anzufangen. In diesem in „Aufzeichnungen in Yushu", „ Butter-Lampen", „Auf ein Schneegebirge stoßen" und „Biografie der Nacht" gegliederten Gedichtband hat die Dichterin ihre Aufmerksamkeit nicht auf die Beschreibung von großen Szenen gerichtet, sondern sie hat versucht, in den kleinen Dingen die Schönheit zu finden, wie z. B. im „Tempel", im „Jak", in „Feldblumen" und in dem „kleinen Mönch". Diese Bilder sind so wahr und natürlich, dass ihre Schönheit bei den Lesern Erschütterung und Genuss hervorrufen.

In dem ersten Teil „Aufzeichnungen in Yushu" sammelt Li mit Hochachtung in Yushu Gedichte. „In der Landarbeit stecken viele Geheimnisse, in Yushu verbreiten sich viele

Gedichte/ Ich befinde mich in Yushu, als Gedichtesammlerin/ Ich trage einen Stapel Papier auf meinem Rücken, ein Pinsel in der Hand ", „—Ich nehme ein Blatt Papier vom Rücken/ Zeichne die Verse auf, die diese Erde lieben und schützen " („Gedichtesammeln in Yushu "). In diesem weiten Land auf der Hochebene wird die Dichterin von dem endlosen Grasland erschüttert. Wenn sie die Jaks und die Schafherde mit gesenktem Kopf auf dem Grasland grasen sieht und die frommen Lamas andächtig beten hört, versinkt sie unwillkürlich in Gedanken. Sie erinnert sich an ihr Leben in den mehr als 30 Jahren und empfindet Trauer und Freude. Hier möchte sich die Dichterin zwischen den Himmel und die Erde setzen, um den materiellen Gedanken abzuschütteln und den Geist zu befreien. „Als ein Gras/ Ein Gras im Hinterland des Hochlands von Tibet/ steht man aufrechter/ Als ein reicher Mann in der lärmenden Stadt/ Das Wichtigste ist/ Da ist man eher wie ein Mensch " („Auf dem Grasland denke ich an euch "). In diesem Teil verwendet Li einen neuen lyrischen Rhythmus, der so klingt, wie Lamas Sutras rezitieren.

In dem zweiten Teil „Butter-Lampen " erinnert das Grasland auf der Hochebene die Dichterin an ihre Verwandten: „ Tausend Butter-Lampen erleuchten den Weg in das nächste Leben/ Ich falle auf die Knie nieder und sie schmelzen allmählich, ich bin ein Kind, das sich vor dem Dunkel fürchtet/ Meine Mutter, Sie sehen mir zu vom Himmel/ Ich habe Butter-Lampen für Sie angezündet " („Butter-Lampen "). Die Dichterin hat einen weiten Horizont, sie denkt nicht nur an die Verwandten, sondern macht sich auch Sorgen um die ganze Menschheit, „Tausend Butter-Lampen erleuchten den Weg in das nächste Leben/ Ich erleuchte Tag und Nacht ununterbrochen das Dunkel der Welt " („ Butter-Lampen"), „Die Menschheit behält das Grasland/ Damit die Schmutzigen/ Hier ihre Seele reinigen " („Aufzeichnungen auf dem Grasland ").

In dem dritten Teil „Auf ein Schneegebirge stoßen " erzählt die Dichterin gemächlich hauptsächlich Geschichten über das Schneegebirge und daneben auch über Menschen und Dinge, die mit dem Schneegebirge in Verbindung stehen. „Ich bin auf ein Schneegebirge gestoßen, ich rezitiere Sutras im Frühling/ Ich halte Steine in den Armen im Frühling, ich glaube das sind eben im früheren Leben meine/ Knochen, ein Schneegebirge in meinem Schicksal " („Ich bin auf ein Schneegebirge gestoßen ").

In dem vierten Teil „ Biografie der Nacht " schreibt die Dichterin Biografien für

konkrete Gegenstände oder abstrakte Begriffe wie für die Nacht, den Löwen, das Sch-
neegebirge, das Auftreten gegen Koketterie, den Gewitterregen, den Nihilismus, das reine
Wasser, die Sanftheit, die Fremdheit, den Abend des siebten Tages im siebten Monat
nach dem chinesischen Mondkalender, den Löwenzahn und den Stein. Diese Gedichte
klingen ganz neu. Die Dichterin schreibt mit reicher Fantasie Biografien über alle Dinge
in der Welt, was ihre eigenartige menschliche Anteilnahme zeigt. „Der Nacht das letzte
Geleit geben/ Dem Morgengrauen die Tür öffnen/ Mit einem Gedicht eine Biografie für
die Nacht schreiben/ Vom Pinsel in der Hand tropft so viel Blut " („Biografie der
Nacht") . „Meine Vorstellung gehört nur dem hellen Mond hoch am Himmel, dem
jahrtausendelangen Grasland, dir gehöre ich/ Grasland, tritt auf wie ich gegen die frevel-
hafte Koketterie/ Renn mit mir auf der Fantasie, die nur mir gehört " („Biografie des
Auftretens gegen Koketterie") .
Diesmal versucht Li, die Quelle der Zivilisation zu suchen und eine „Reise nach Westen
" im Sinne des lyrischen Geistes zu machen. Sie hat die Seele der Erde und des Himmels
gefunden, und auch die geistige Kraft der Menschen nach einer Katastrophe.

(Übersetzt von Yuan Kexiu)

Ли Чэнэнь 俄语版

КРАТКО ОБ АВТОРЕ

Ли Чэнэнь （английское имя Линда） — писательница поколения 80— х, поэт, режиссер независимых документальных фильмов. Член Союза китайских писателей. Среди ее работ: «Последние дни хранителей гробниц», «Извозчик велорикши», «Река Бянь, река Бянь» и другие документальные фильмы, рассказывающие о культуре нижних слоев общества. Работала сценаристом и режиссером на телевидении, главным редактором университетской газеты, в настоящее время является кино— и телепродюссером.

представительские работы:

Сборники стихов «Река Бянь, река Бянь», «В весеннем ветре имеется совесть», «Пруд», «Городок Гао Лоу», «Дождь падает, одинокая гора оживает», «Лисица стащила образ», «Масляная лампа», «Защищающее памятование», сборники очерков «Образованный ребенок. Версия жизни с феминистким содержанием», «Творчество является фотостудией моей души. Рассуждения Ли Чэнэнь о поэзии», а также «Собраний сочинений Ли Чэнэнь», «Мультимедийная версия» и др.

феминисткким:

Впечатления детского периода:

Ли Чэнэнь родилась в уезде Линби городского округа Сучжоу провинции Аньхой, с богатой историей и культурой. Генерал Сян Юй и его возлюбленная наложница Юй Цзи в этом месте попрощались навсегда, оставив миру прекрасную историю любви; это место также является поднебесной Чжун Куя, заклинателя злых духов в Китае; а также в период новой истории такие известные люди провинции Аньхой, как Ху Ши, Чэнь Дусю, Хай Цзы, своей деятельностью оставили этому месту несметные культурные богаства. Эти выдающиеся личности из истории о родном крае сформировали культурную основу ее становления. В детстве Ли Чэнэнь, выросшая в этой культурной атмосфере, прочитала множество известных классических произведений, как: «Троецарствие», «Речные заводи» и др. Эти книги оказали огромное воздействие на формирование ее характера, способствовали тому, что ее характеру стал свойственен "рыцарский дух".

Ли Чэнэнь, когда была маленькой, жила у бабушки по матери, недалеко от их дома протекала река Бянь, которая стала важной частью ее детства. В то время эти люди, жившие недалеко от реки, были счастливы. На берегу реки играли дети, в реке свободно плавали рыбы. Маленькая Ли Чэнэнь, находясь среди природы, чувствовала ее красоту. Поэтому для нее стремление к простоте и безыскусности стало эстетикой ее жизни.

Проба в школьные годы:

В школьные годы Ли Чэнэнь начала писать стихотворения. Она незнала страха, писала обо всем на свете: о временах года, о ветре, цветах, снеге и луне, о родных местах и жизни людей, об астрономии и географии и т. д., незнающий ничего не боится, раннее творчество отличалось чистотой и красотой. Часто сидя за партой, Ли Чэнэнь, наблюдая за птичками за окном, мечтала также, как и птицы улететь в далекие края. Однако вынужденная сидеть в кабинете, она могла лишь утешать себя словом, с тех пор она начинает писать стихи и романы. Поэтому Лин

Чэнэнь считает, что творчество всегда будет индивидуальным, не имеющим отношения к ней самой, писатель должен непрерывно работать, чтобы оставить бессмертные произведения, это высшая цель.

Вспоминать о прошлом, став взрослым:

Ли Чэнэнь стремясь к знаниям, покинула родные места. Она посетила Хэфэй, Пекин, Чжухай, Гонконг, Шэньчжэнь и др. места, училась играть на сцене и танцевать, училась писать сценарии и режиссуре на телевидении, училась снимать документальные фильмы, затем поменяв множество мест, она, наконец, обосновалась в Пекине. В большом городе она училась зарабатывать себе на жизнь, училась улыбаться несмотря на козни других людей, училась быть независимой во мнениях и поступках, училась не обращать внимания на других людей, училась отказывать. Живя в Пекине, она отдалилась от родных мест и близких, а также отдалилась от своей прежней жизни. Однако Лин Чэнэнь никогда не забывала родной дом, она вспоминала реку Бянь, где играла, о том, как бабушка звала ее домой, о том, как отец играл на арху, и, скучала по своему детству. И тогда она начала писать стихи о своих чувствах, о родном крае, которые затем вошли в ее первый поэтический сборник «Река Бянь, река Бянь» （2008）. Кроме того, она стремилась к образному описанию реки. Позднее Ли Чэнэнь вновь вернулась к тематике родного и чужого края, цикл включает сборники «Река Бянь, река Бянь», «Дождь падает, одинокая гора оживает», «Городок Гао Лоу», «Масляная лампа» и «Защищающее памятование». Таким образом, она завершила свое путешествие к близким, и в то же время далеким родным местам.

Найти духовное определение:

Ли Чэнэнь в 2014 году опубликовала сборник стихов «Масляная лампа», в издании которого большую поддержку оказал Союз китайских писателей. Она писала его три года. Благодаря случаю, Ли Чэнэнь получила возможность поехать в Тибет. Жизнь в Тибете отличалась от жизни на ее родине, незнакомая природа вдохновила ее, она одновременно начала снимать документальный фильм, и писать стихи о западных землях. Этот сборник является новой попыткой на тему местности, по которой она работала более 10 лет, она попыталась исследовать поэтический язык и материал по избранной теме. В этом сборнике Ли Чэнэнь нашла новый ритм языка, подобный тому, как лама читает молитву, в ее поэзии появился религиозный оттенок. Эти три года жизни в Тибете оказали огромное воздействие на нее, она нашла свое духовное определение, приняла буддизм, учитель дал ей тибетское имя — Гамасижаньцо, означающее мудрость. В настоящее время Ли Чэнэнь без пробелов пишет стихи, надеется добиться немалого на этом пути.

Новый поэтический сборник Ли Чэнэнь «Защищающее памятование», состоящее из 100 четверостиший, был издан во второй половине 2016 года.

ИЗВЕСТНЫЕ ПРОИЗВЕДЕНИЯ

«Река Бянь, река Бянь»

Книга «Река Бянь, река Бянь» увидела свет в 2006 году, это первый сборник стихов Ли Чэнэнь, писательницы поколения 80—х. Состоит из трех частей: «Река Бянь, река Бянь», «Гушаньин», «Аромат горькой тыквы». Река Бянь течет недалеко от ее дома, покинув родные места, она часто вспоминала о доме и близких. Река Бянь стала частью ее детства, сидя на берегу, отец играл на эрху, а она пела народные песни; бабушка, обмахиваясь веером, рассказывала ей истории о героях древности; толпа беззаботных ребятишек смеялась и играла на берегу реки; а также в реке можно было наблюдать за колыхающимися водорослями и плавающими рыбами, за отражающимися в воде синим небом и белыми облаками, за мелкой рябью на водной поверхности. Все это наполняло ее сердце воспоминаниями, она, живя и работая в Пекине, нашла в этом утешение. Ли

Чэнэнь начинает работать над сборником «Река Бянь, река Бянь». Она неторопливо вспоминала о прошлом, не пропуская ни одного человека, предмета, явления и настроения, связанных с рекой Бянь. В период работы над этим сборником, выкроив время, она съездила в родные места, вернулась на берег реки, где она когда—то жила, чтобы уловить ускользающую красоту этих мест.

В первой части «Река Бянь, река Бянь» нашли отражение все ее воспоминания о родном крае, которые включают образы ее близких: бабушки, самой старой женщины в ее жизни, и которая звала ее по детскому имени; матери, которая покинула этот мир, когда ей было всего восемь лет; отца, который сидя на берегу реки, с теплотой играл на эрху; старшей сестры, которая в молодости отреклась от дома, и уехала на юг; младшего брата, который всю жизнь мечтал уничтожить богатых, чтобы помочь бедным. А также включают образы исторических персонажей: генерала Сян Юя, преданного своей любви; прекрасной Юй Цзи, погибшей ради героя и войны; Чжун Куя, посвятившего себя заклинанию злых духов. В своих стихотворениях автор также раскрывает не только образы людей, живших на берегу реки: одинокого мужчины по имени Гуан Гунь; доктора, единственного человека, который носил белый халат; учителя начальных классов, местного интеллигента; но и образы животных и растений: рыб, резвящихся в воде; зарослей тростника, развевающихся на ветру. Ли Чэнэнь поэтически изобразила реку Бянь, потому что это часть ее детства, куда она больше не вернется и теперь уже изменившийся родной край.

Во второй части «Гушаньин» Ли Чэнэнь пишет о месте под названием Гушаньин, которое не похоже на реку Бянь. Если говорить, что "Река Бянь" — это юг и влага, часть, наполненная вечными воспоминаниями поэта, то «Гушаньин» — это наоборот север и сухость, часть, полная мучительной борьбы человека, живущего в чужих краях. "Гушаньин, мое утро и сумерки/Гушаньин, молодость и молодежь смешались/Нет любви, только работа, только рука времени/ Страницу за страницей перелистываю книгу" без пробелов. Автор всего лишь сторонний наблюдатель в Гушаньине, который наблюдает за всем, что здесь происходит, "Молодость в Гушаньине, юноша с прыщавым лицом свистит ночью/

Молодость в Гушаньине, девушка с больным лицом поет песни о любви днем"
("Гушаньин, Свирепые животные").

В третьей части «Аромат горькой тыквы» Ли Чэнэнь уделяет внимание собственным переживаниям, выражает внутренние требования. Во—первых, она тоскует по ушедшей матери. "Я без слов украдкой плачу, ночью во сне видела маму, которой нет в этом мире"; "В тот год, когда мне было всего восемь лет, мама ушла"; "Я одинока в этом мире, словно те изумрудно—зеленые растения" («Аромат горькой тыквы»). Во—вторых, выражает собственные ценности, к которым стремится. "Я такой человек, кто хочет только наслаждаться горами и реками/хочу лишь общаться с горами и реками/Мне в этом возрасте уже начали надоедать слава и деньги/Надоело мирское счастье" («Жить так, как Сю Сякэ»). В—третьих, беспокоится о жизни. "В отечестве стоимость жилья стремительно выросла, наступила осень/Вырастет ли еще стоимость жилья? Я уверена, что вырастут"; "Родина—мать, я умоляю тебя, не нужно уничтожать разницу между городом и деревней/Уступи деревенские дома, те тростниковые хижины оставь нам детям поколения 80—х" («Квартирная поэма»). В—четвертых, пишет о любви. "Женщина, которая пишет стихи, сегодня я не смогу вернуться домой/Потому что мой любимый все еще на дереве, а я сидя под деревом, охраняю корзину полную винограда" («Виноград»).

Это книга является первым поэтическим сборником Ли Чэнэнь, в котором отразились особенности ее творчества на тему местности.

«В весеннем ветре имеется совесть»

Это второй сборник стихов поэтессы Ли Чэнэнь. Книга состоит из 8 частей под названиями: «В весеннем ветре имеется совесть», «Молодость. Бело—синий фарфор», «Ребенок ангела», «Хроники луны», «Под дождем на университетской площадке», «Поэзия кино», «Река Бянь, река Бянь», «Теория румян», в нее вошли

200 стихотворений.

На обложке сборника «В весеннем ветре имеется совесть» изображен старый велосипед, а на задней обложке — железная лопата, которые символизируют независимый духовный мир и простые условия жизни меньшинства в наше время. Это уникальная антология, исследующая поэтов нового поколения.

Ли Чэнэнь проявляет интерес к тому, как действительность загрязняет чувства, уделяет внимание к душевному состоянию женщин, а также передает поэтическую силу женщин. Она питает особую страсть к традиционной культуре и древней цивилизации. В предисловии она написала: "Всю жизнь я любила ту часть китайской культуры, расколовшейся в результате вспышек молнии и ударов грома, с искренним сердцем здесь".

В этой книге отразились духовная ориентация и оценочное суждение Ли Чэнэнь, ее волнует вопрос о судьбе поэтов в условиях глобального экономического кризиса. Те, которым недостает уверенности в культуре, прочитав сборник Ли Чэнэнь «В весеннем ветре имеется совесть», могут получить ограниченную поддержку.

Произведения Ли Чэнэнь отличаются широтой и тонкостью, открытостью и сдержанностью, кроме того в них выражена независимая духовная позиция женщины. «Теория румян» — женская концепция творчества, выдвинутая ею, воплощает энергию личных поисков, отражает ее передовое мышление и традиционные чувства. В наше время ее творчество является творчеством, наполненным женским сиянием и высокой духовностью. Ли Чэнэнь стоит в авангарде китайского языка, ее поэзия проста, чиста, естественна, сдержанна и хладнокровна, ее творчество — это совершенно новое явлление в китайском языке.

«Масляная лампа»

Ли Чэнэнь работала над книгой «Масляная лампа» четыре года, начала писать в 2010—м и закончила в 2014—м году, на данный момент это самая последняя работа поэтессы. Этот сборник был включен в перечень объектов программы поддержки "Ключевые произведения 2012 года" Союза китайских писателей, а также является одним из объектов программы по углублению в жизнь писателей в назначенных местах 2013 года Союза китайских писателей. В этот раз Ли Чэнэнь выбрала незнакомую ей область — Тибет, временно оставила знакомый ей родной край — реку Бянь, а также покинула то место, где в настоящее время жила — Гушаньин, чтобы поехать в другой неведомый ей край. Ли Чэнэнь выбрала Юйшу—Тибетский автономный округ в глубине Тибетского нагорья, это стало новым начинанием в ее творчестве на тематику местности. В этом сборнике, состоящем из четырех частей: "Записки из Юйшу", «Масляная лампа», "Увидеть снежную гору" и «Повесть о темной ночи», автор не фокусирует внимание на описании тех грандиозных сцен, а подмечает красоту обыденных вещей, как монастырь, яки, полевые цветы, молодые монахи. Она изображает реальную природу, тем самым потрясает и увлекает читателя.

В первой части "Записки из Юйшу" Ли Чэнэнь прибывает в Юйшу, чтобы с уважением собирать фольклор. "Земледельческие работы так загадочны, Юйшу так поэтичен/Я нахожусь в Юйшу, собираю фольклор/Я несу бумагу, в руках держу карандаш"; "Я достаю из — за спины бумагу/Записываю эти строки, полные любви к земле" («Приехать в Юйшу, чтобы собирать фольклор»). Здесь среди высоких гор и бескрайних степей она испытала потрясение, она видела, как яки и стада овец пасутся на пастбищах, слышала, как монахи читают молитвы, невольно углублялась в размышления, и начинала вспоминать свой жизненный путь длиной более тридцати лет, в котором были и печали, и радости. Ли Чэнэнь приехала сюда, чтобы находясь между небом и землей, очистить свои мысли от стремления к материальному благополучию и достичь духовного освобождения. "Одна травинка/Одна травинка в глубине Тибетского нагорья/По сравнению с богатыми людьми в шумном городе/Стоит еще более прямо/Самое главное/Более похожа на человека" («Я вспоминаю вас в степи»). В первой части этого сборника автор нашла новый речевой ритм, похожий на то, как читают сутру ламы.

Во второй части под названием «Масляная лампа» Ли Чэнэнь от гор и степей, лежащих перед глазами, переходит к мыслям о близких. "Тысячи масляных ламп осветили путь к будущей жизни/Я стою на коленях, которые медленно растворяются, я ребенок, который боится темноты/Мама, ты смотришь с неба на меня/Для тебя я зажгла масляную лампу" («Масляная лампа»); у поэта широкая душа, она не только вспомнила своих близких, но и выражает беспокойство за все человечество, "Тысячи масляных ламп осветили путь к будущей жизни/Я день и ночь, не переставая, освещаю мрак этого мира" («Масляная лампа»), "Человечество сохранило степь/Чтобы грязные люди/ Очистили свои души здесь" («Записки из степи»).

В третьей части под названием "Увидеть снежную гору" Ли Чэнэнь, главным образом, рассказывает нам историю об этой снежной горе, а также о людях и вещах, связанных с ней. "Я увидела снежную гору, весной я читаю молитву/Весной я обнимаю груду камней, я думаю, что это мои из прежней жизни/ Кости, снежная гора в моей судьбе" («Я увидела снежную гору»).

В четвертой части под названием «Повесть о темной ночи» автор повествует о темной ночи, льве, снежной горе, противостоянии капризам, ливне, небытии, чистой воде, нежности, незнакомце, Цисицзе, одуванчике, камне и др. конкретных или абстрактных вещах, придает им новый смысл. Она с помощью богатого воображения повествует о всем сущем, выражает свойственный ей гуманизм. "Ночью устроить похороны/На рассвете открыть двери/Повесть о темной ночи посредством поэзии/С кисти в руках падают капли крови" («Повесть о темной ночи»). "Мое воображение принадлежит лишь яркой луне на небе, вечная степь, я принадлежу лишь тебе/Степь вместе со мной противостоит тяжкому греху — капризам/Вместе со мной бешено мчится в образности, принадлежащей мне самой" («Повесть о противостоянии капризам»).

В этот раз Ли Чэнэнь ведет поиски истоков цивилизации, совершает поэтически — духовное «путешествие на Запад». Она обнаружила душу неба и земли, а также нашла духовные силы человечества после катастрофы.

(Перевод: Кристина Аммосова)

Li Cheng'en 西班牙语版

Retrato literario

Li Cheng' en es una escritora de la década de los 80, además de poeta y directora de documentales independientes, también es miembro de la Asociación de Escritores de China. Sus documentales se distinguen por reflejar la preocupación humana hacia la clase más baja de la sociedad, como Guardia final de mausoleos, Carretero del triciclo, Río Bian, Río Bian, entre otros. Se desempeñó como guionista, directora de televisión, redactora en jefe de periódicos y revistas de una universidad y actualmente es productora de televisión y películas.

Tiene antologías poéticas escritas como Río Bian, río Bian, hay conciencia en el viento de primavera, Estaque, El pueblo de altos edificios, La lluvia cae en el campamento de una montaña dividida, El zorro roba la imaginación, Lámpara de mantequilla, Pensamiento de la protección. Colecciones de ensayos como Hijos de la civilización: texto de vida, significado del feminismo, Escribir es el estudio fotográfico de mi alma: la antología de Li Cheng'en sobre su conversación poética y la colección de obras literarias de Li Cheng'en (edición multimedia) y diez obras más.

Li Cheng'en nació en Lingbi, Suzhou, en la provincia de Anhui, donde se alberga una gran tradición histórica y cultural. Dentro del cuento de Xiang Yu, se relata la historia amorosa y trágica del monarca del Chu del Oeste y su concubina favorita Yuji, Anhui es el lugar donde se desenvuelve toda la trama. Esta provincia también es el mundo de Zhong Kui, experto caza fantasmas chino; y en la época actual, es reconocida por el trabajo literario de escritores como Hu Shi, Chen Duxiu y Haizi, además de sus tesoros ilimitados y su abundante cultura. Estos excelentes personajes se encargan de incrementar los fondos culturales que posee su tierra natal. De igual manera, Li Cheng'en se vio inmersa en este ambiente literario, desde pequeña leía muchas obras clásicas de China, por ejemplo, Romance de los tres reinos, Al margen del agua. Estos libros afectaron, en cierta medida, la formación de su carácter, dejándolo impregnado de caballerismo. Cuando era niña, Li Cheng'en vivió en la casa de su abuela, había un río no muy lejos de ahí, un río llamado Bian. Río que marcaría su infancia. La gente que durante esa época vivía cerca de ahí era feliz; mientras los niños nadaban con alegría a la orilla del río, los peces lo hacían en libertad. Sin duda, al estar inmersa en un mundo natural, experimentando la belleza de la naturaleza, hizo que la estética y su vida se vieran moldeadas por estos factores.

Li Cheng'en comenzó a escribir poemas formalmente en su adolescencia, su estilo literario consistía en no tenerle miedo a nada. Las cuatro estaciones del año, el viento, las flores, la patria, el mundo, la astronomía, la geografía son temas sobre los que escribió. Quien ignora, no tiene miedo; la escritura en la adolescencia es ingenua y bella. Sentada en el pupitre, se recargaba en la ventana y miraba los pájaros volar a través de esta; ella, así como ellos, deseaba alejarse volando. Sin embargo, ella se sentía atrapada en el aula de clase y solo tenía la escritura como consuelo. Desde entonces, ella comenzó a escribir poesía y novelas. La autora tiene la creencia de que la escritura es un acto en solitario, un proceso que no tiene nada que ver con el prójimo, el escritor no tiene más opciones que escribir; su mayor aspiración es dejar obras imperecederas.

Para poder continuar con sus estudios, Li Cheng'en se vio en la necesidad de abandonar su pueblo natal, recorriendo varios lugares como Hefei, Beijing, Zhuhai, Hong Kong, Shenzhen, entre otros. Estudió actuación, danza, producción de documentales, guión y dirección de televisión; vagó por muchos lugares hasta sentarse en Beijing. En esta gran ciudad, aprendió a vivir, a mantener una sonrisa aún ante las adversidades provocadas por personas despreciables; a ser ella misma, a no hacer caso y a decir no.

Llevó una vida errante en Beijing, lejos de su pueblo, de su familia, pero también lejos de su pasado; sin embargo, nunca dejó de tener presente su tierra natal. Echaba de menos el río que la acompañó toda su infancia, el río Bian, la voz de su abuela llamándola, el sonido del erhu (instrumento de cuerdas chino) de su padre. Por esto, comenzó a escribir sobre las condiciones naturales y las costumbres sociales de su lugar de origen, que dio como resultado su primera colección de poemas Río Bian, río Bian (2008), estaba decidida a retratar el río por medio de imágenes. Después se dio a la tarea de escribir sobre su pueblo natal y los lugares del extranjero. Su inicio literario lo marcó Río Bian, río Bian, después siguió La lluvia cae en el campamento de la montaña dividida y terminó con El pueblo de altos edificios y Pensamiento de la protección. Cubrió la descripción del territorio chino, de costa a costa, con su literatura.

En 2014, ella publicó Lámpara de mantequilla. Este libro es resultado del apoyo brindado por la Asociación de Escritores de China lográndolo terminar en 3 años. Tal vez por suerte o casualidad, tuvo la oportunidad de vivir en el Tíbet. La vida en aquel lugar era diferente a la de su tierra natal; las montañas nevadas y la vegetación eran, hasta ese entonces, completamente desconocidas para ella. Mientras filmaba un documental, comenzó a escribir poemas sobre las regiones del oeste. Después de enfocarse, por más de diez años, en la escritura regional, esto supuso un gran cambio literario. Quiso realizar una exploración del lenguaje y de la temática poética. En esta selección de poemas encontró un nuevo ritmo: monjes recitando o cantando tiñeron sus textos de religiosidad y colorido. La experiencia de vivir en el Tíbet por tres años tuvo una enorme influencia en ella; pudo finalmente encontrar el sentido de pertenencia, y se convertiría al budismo. Un maestro buda de aquel lugar le dio un nombre tibetano de "Gegaxirancuo", que significa mar de sabiduría. Actualmente, Li Cheng'en sigue escribiendo poemas y desea recorrer este camino por más tiempo.

Introducción a las obras representativas

Río Bian, río Bian

Escrita en 2006, es la primera colección personal de poemas de Li Cheng' en, escritora de la década de los 80. La obra se divide en tres capítulos: Río Bian, Río Bian; El campamento de la montaña dividida y Aroma amargo. El río de su tierra natal. Después de mudarse, un sentimiento de añoranza la invade, no es por la gente o los lugares, sino por aquel río que recorrió su infancia. A lado del río Bian, se encuentra su padre tocando el erhu, mientras ella lo acompañaba cantando; su abuela le contaba historias sobre personajes famosos de épocas antiguas, mientras movía su abanico de hojas de espadaña; también había niños que reían y jugaban sin preocupación; y las plantas acuáticas danzando en el río; peces y camarones moviéndose, y el cielo azul y las nubes blancas encontrando su reflejo en el agua; mientras que ondas pequeñas se formaban a las orillas del río. Con todo esto en su mente, durante su estancia en Beijing, logró encontrar un pequeño refugio, lo que la llevó a escribir su primera colección de poesía, titulada Río Bian, río Bian. Poco a poco, comenzó a recordar cada detalle, persona, cosa, paisaje, sentimiento sobre el río de su infancia. Durante su proceso creativo, aprovechó para volver a su lugar de origen y visitarlo, tratando de asir la belleza que paulatinamente perdería.

El primer capítulo de Río Bian, río Bian relata las memorias de la escritora sobre su lugar de origen, incluyendo a su familia: su abuela quien además de elegirle el nombre que llevaría toda su vida, era la más anciana de su casa; su madre quien murió cuando ella solo contaba con 8 años: su hermana mayor quien traicionó a su patria para mudarse al este desde muy joven; su hermano menor cuyo sueño consistía en matar ricos para ayudar a los pobres; así como también personajes históricos: Xiangyu, héroe que jura lealtad al amor, Yuji, hermosa mujer que termina luchando y muriendo por el héroe, Zhong Kui dedicado a cazar fantasmas. Además de los habitantes de las orillas de aquel río: el soltero solitario, el médico que era el único que vestía de blanco, el maestro intelectual de la escuela primaria; hasta los animales y plantas que vivían en el río: peces y camarones que nadaban con gran vitalidad, las cañas agitándose por el viento. Li Cheng' en convierte al río Bian en poesía, porque sabe que nunca volverá a su infancia y de esta manera inmortaliza la tan añorada tierra en la literatura.

En el segundo capítulo titulado "El campamento de la montaña dividida", Li Cheng'en describe un lugar del mismo nombre. Si el río Bian es el sur, la humedad, el encargado de llevar por siempre las memorias de la poeta; entonces el campo de la montaña dividida es el norte, la aridez, es la vida exiliada en su lucha personal. "Campamento de la montaña dividida/ mi amanecer y atardecer/ solitario campamento de la montaña dividida/ juventud y juventud confesada/ no amor, solo trabajo/ solo las manos del tiempo/ que hojean los libros página por página/" (el campamento de la montaña dividida, un suspiro)". La poeta es quien observa el campamento de la montaña dividida desde la lejanía, escudriñando todo lo que pasaba ahí "juventud en el campamento de la montaña dividida/ joven con la cara cubierta de acné silba durante la noche/ la juventud en el campo de la montaña dividida/ el semblante rufián de la joven canta canciones de amor durante el día/ (el campamento de la montaña dividida, los animales violentos)".

En el tercer capítulo titulado "Amargo aroma" Li Cheng'en preocupada por sus emociones decidió dedicar este capitulo a la expresión de sus peticiones internas. Una de ellas fue la añoranza por su madre muerta: "no comprendo pero lloro en secreto". Ayer soñé con mi madre que ya no está en este mundo. En aquel momento solo tenía 8 años y mi madre murió. Yo estoy sola en el mundo como esas plantas de color jade. Amargo aroma".

La segunda trata sobre la búsqueda de valores, "La gente como yo solo quiere jugar con montañas y agua/ solo quiere asociarse con ellas / A mi edad comienzan a odiar la fama y el interés/ a odiar la felicidad secular. Vivir como Xu Xiake.

La tercera es la preocupación sobre la vida. "El precio de las casas de mi país sube rápidamente y el otoño ha llegado/¿el precio de las casas va a seguir subiendo? Creo que sí". Mi país, mi madre, pido que no se elimine la discrepancia entre ciudades y pueblos/

deje los edificios pueblerinos, esas cabañas, a nosotros, los hijos de la década de los 80. Poesías de hogar".

La cuarta es sobre los sentimientos amorosos. "La mujer que escribe poesías no puedo volver a casa hoy/ Porque mi amor está en el árbol mientras yo me siento debajo, vigilando un cesto de uvas violetas".

Esta es su primera colección de poemas la cual refleja su predilección por la escritura regional

Primavera en la conciencia

Esta es la segunda colección de poemas de la poeta Li Cheng'en. El libro se divide en ocho capítulos que son "Primavera en la conciencia"; "La juventud, la porcelana"; "Hijos del ángel"; "Crónicas de la luna"; "La lluvia cae en el campo deportivo de la escuela"; "La poesía de las películas"; "Río Bian, río Bian"y "Doctrinas" ,que incluye más de 200 obras nuevas y seleccionadas.

La cubierta de este libro es una bicicleta vieja y la contraportada es una pala que representan el espíritu independiente de la minoría y el estado de vida equilibrado y existente. Se caracteriza por ser una antología apreciada por la investigación poética de las nuevas generaciones.

Esta obra es un llamado a la conciencia sobre temáticas como la realidad de la podredumbre de los corazones humanos, el estado espiritual de la mujer y la transmisión de la fuerza poética femenina. Tiene un interés especial por la cultura tradicional y la civilización antigua, por eso escribe el siguiente prefacio: "lo que me encanta de mi vida es esa atracción que siento por la cultura china, la cual se enciende como si la calcinaran rayos y truenos".

Este libro es la orientación espiritual y el juicio de valor de Li Cheng'en y muestra cómo deberían hacer los poetas que sufren la crisis económica del mundo. La falta de confianza por la cultura se está restaurando gracias a su obra Primavera en la conciencia.

Su obra es grandiosa y abierta, así como minuciosa y reservada; además muestra una postura espiritual femenina e independiente. La conciencia femenina en la escritura doctrinal presenta la búsqueda interna de la vitalidad; además expone sus ideas vanguardistas, así como su tradicionalismo. Su escritura es un destello del espíritu femenino con un alto grado de espiritualidad. Li Cheng'en se erige frente al lenguaje chino y logra componer una poesía sencilla, fresca, natural, serena, tranquila; además de brindar una escritura novedosa en la literatura china.

Lámpara de mantequilla:

Esta obra se comenzó a escribir en 2010 y se publicó en 2014, proceso creativo que duró cuatro años, siendo la última colección de poemas de Li Cheng'en. De igual manera, esta antología no solo fue una de las obras claves respaldadas por la Asociación de Escritores de China en 2012; sino uno de los programas para la investigación literaria, registrado en 2013. Esta vez, eligió el oeste, una región desconocida para ella, alejándose del río Bian y su lugar de origen; del campamento de la montaña, el lugar donde vivió en esa época, y transportándose a una zona desconocida por completo. Eligió la región de Yushu, altiplanicie tibetana, como el comienzo de su escritura poética. Esta colección de poemas consta de cuatro capítulos: "La nota de Yushu", "Lámpara de mantequilla", "Encontrar una montaña nevada" y "La biografía de la oscuridad de la noche"; la poeta no presta atención a la descripción de los grandes escenarios, sino a los pequeños detalles a su alrededor, por ejemplo, el templo, el yak, las flores silvestres y el pequeño monje en donde el escenario es real y natural dando sacudidas de belleza y placer a sus lectores.

En "La nota de Yushu", primer capítulo del libro, Li Cheng'en recoge poemas en Yushu para su homenaje: "Faenas agrícolas son misteriosas y yo puedo escribir muchos poemas en Yushu/ Yo estoy en este lugar como el recolector de poesías/ Cargo papeles y tomo una pluma. Saco papeles de mi espalda/ Apunto los versos de amor a la tierra". En las montañas altas y los campos amplios, ella experimenta conmoción por la pradera sin límites. Cuando mira los yaks y las ovejas pastar en el desierto alpino con las cabezas bajas y oye rezar devotamente a los monjes, ella cae en reflexión y empieza a recordar su propio proceso de vida de los últimos treinta años envuelta en tristeza y alegría, al mismo tiempo. Cuando llega, la poeta se encuentra entre el cielo y la tierra. Debe limpiar sus propios deseos materialistas y liberar su alma. "Ser una hierba/ Ser una hierba en el interior de la meseta tibetana/ estar más erguido/ que un rico de la ciudad bulliciosa/ lo más importante es/ que podamos ser humanos reales (Os recuerdo en la estepa)" . En "La nota de Yushu" , escribe imitando el ritmo de los monjes entonando sus rezos.

En el segundo capítulo "Lámpara de mantequilla" con las montañas altas y las estepas ante sus ojos ella recuerda a su familia: "Mil lámparas de mantequilla iluminan el camino de la próxima vida/ Mis piernas al arrodillarse se derriten poco a poco, soy una hija que tiene miedo a la oscuridad/ Madre tú que estás en el cielo mirándome/ espabilo la lámpara de mantequilla para ti" . La poeta tiene la mentalidad abierta; no solo recuerda a su familia, sino que se preocupa por toda la gente: "Mil lámparas de mantequilla iluminan el camino de la próxima vida/ Espabilo la oscuridad del mundo incesantemente día y noche. La gente reserva la estepa para que los humanos sucios puedan limpiar su alma" .

En el tercer capítulo "Encuentro de una montaña nevada" la poeta nos cuenta historias sobre las personas y los objetos en esta montaña de manera incesante: "Encuentro una montaña nevada y recito las escrituras en la primavera/ Abrazo un montón de piedras, me parece que son mis huesos de la vida pasada/ la montaña nevada de mi vida" .

En el cuarto capítulo "La biografía de la oscuridad" escribe la biografía de lo concreto y abstracto, como la oscuridad de la noche, el león, la montaña nevada, la negación a hacer mimos, la lluvia torrencial, la nihilidad, el agua nítida, la suavidad, el desconocimiento, el Qixi (Festival del doble siete que se celebra el séptimo día del séptimo mes lunar en el calendario chino), el diente de león, las piedras, entre otros, de manera original. Lo hace usando su abundante imaginación, la cual presta absoluto cuidado a lo típicamente humano: "Asisto al funeral de la oscuridad de la noche/ Abro la puerta para el amanecer/ Hago la biografía para la oscuridad de la noche/ La pluma en mi mano deja un montón de sangre. Mi imaginación solo pertenece a la luna suspensa en lo alto, la estepa a través de la larga historia, solo te pertenezco/ La estepa, niega los mimos erróneos conmigo/ Corre en mi imaginación conmigo".

Esta vez Li Cheng'en va en busca del origen de la civilización y experimenta la peregrinación al oeste del espíritu poético. Ella ha encontrado el alma del cielo y la tierra y también la fuerza del espíritu humano después del desastre.

리청언朝鲜语版

[작가 소개]

리청언（李成恩），영문 이름 Linda（린다），1980년대생 여류작가, 시인, 독립다큐멘터리 감독, 중국작가협회 회원. 독립영상물 작품으로 「마지막 서우링인[末代守陵人]」，「삼륜차꾼[三轮车夫]」，「볜허, 볜허[汴河, 汴河]」 등 '하층민을 향한 인문적 시선' 시리즈의 다큐멘터리 등이 있다. TV각색 및 연출, 대학 학보 주편 등을 거쳐 현재는 영상 제작자로 활동하고 있다.

[대표작]

시집, 수필집 등 10여 편이 있다.

▪ 시집 : 「볜허, 볜허」，「봄바람 속 양심[春风中有良知]」，「연못[池塘]」，「가오러우진[高楼镇]」，「빗속의 구산잉[雨落孤山营]」，「여우가 훔친 이미지[狐狸偷意象]」，「수유등[酥油灯]」，「호념[护念]」 등

▪ 수필집 : 「문명의 아이—페미니즘의 생활집[文明的孩子—女性主义意味的生活文本]」，「글쓰기는 내 영혼의 사진관 — 리청언이 시를 말하다[写作是我灵魂的照相馆—李成恩谈诗录]」 등

▪ 기타 : 「리청언 문집[李成恩文集]」（멀티미디어판） 등

[생애 및 창작]

· 유년기 생활의 축적

리청언은 안후이（安徽）성 쑤저우（宿州）시 링비（灵璧）에서 태어났다. 이 지역은 오랜 역사와 문화적 전통을 지닌 곳이다. 오랜 옛날 서초（西楚） 패왕항

우 (项羽) 와 그의 애첩 우희 (虞姬) 가 이곳에서 이별해 슬프고도 아름다운 사랑 이야기를 남겼으며, 민간 전설 속의 귀신 잡는 퇴마사인 종규 (锺馗) 도 바로 이곳에서 활동했다. 근대 이후로는 사상가이자 석학인 후스 (胡适), 사상가이자 혁명가인 천두수 (陈独秀), 시인 하이쯔 (海子) 등이 이곳에서 태어났다. 안후이 지역 문인들의 부단한 노력 덕분에 이곳에 농후한 문화적 분위기가 형성되었다. 이런 고향의 역사와 걸출한 인물들이 리청언의 성장에 문화적 배경이 되었으며, 그녀는 이런 문화적 분위기 속에서 어린 시절 중국의 「삼국연의 (三国演义)」, 「수호전 (水浒传)」 등과 같은 고전을 두루 섭렵했다. 이런 책들이 그녀의 성격 형성에 적잖은 영향을 미쳐 '의협심'은 지금도 그녀의 성격 중 일부로 자리잡고 있다.

리청언은 어린 시절 외가에서 살았다. 외가에서 그리 멀지 않은 곳에 볜허 (汴河) 라는 강이 있었는데, 이 강이 그녀의 유년기를 관통하고 있다. 당시에 이 강을 끼고 사는 사람들은 행복한 이들이었다. 볜허 기슭에서 뛰어노는 아이들, 강물 속에서 자유롭게 헤엄쳐 다니는 물고기들, 어린 시절의 그녀는 대자연의 품 안에 있었다. 자연과 만물의 아름다움을 몸소 느끼며 자란 경험 덕분에 그녀는 단순함과 소박함을 생활의 미학으로 추구하게 되었다.

· 학창 시절의 새로운 시도

리청언은 학생 시절부터 정식으로 시를 쓰기 시작했다. 그녀는 아무 것도 두렵지 않았다. 춘하추동, 바람, 꽃, 눈, 달, 고향의 사람들, 천문, 지리 등 그녀는 무엇이든 다 썼다. 무지한 사람은 두려움이 없다고 했던가. 어린 시절 그녀의 글쓰기는 단순하고 아름다웠다. 책상 앞에 앉아 창가에 기대어 창 밖에서 날아다니는 작은 새들을 구경했다. 새처럼 멀리 날아갈 수 있기를 갈망한 적도 있다. 하지만 교실에 갇혀 있는 그녀를 위로할 수 있는 것은 오직 글쓰기뿐이었다. 그녀는 그때부터 시와 소설을 썼다. 그녀는 글쓰기는 남들과는 동떨어진 채 혼자서 하는 일이라고 생각했다. 또 글을 쓰는 사람은 그저 끝없이 쓰기만 할 뿐이며 불후의 작품을 남기는 것이 가장 큰 목표라고 여겼다.

· 성장한 뒤의 회고

리청언은 학업을 위해 고향을 떠났다. 그녀는 허페이 (合肥), 베이징 (北京), 주하이 (珠海), 홍콩, 선전 (深圳) 등지를 다니며 연기와 무용, TV 각색과 연출, 다큐멘터리 촬영을 배웠다. 여러 곳을 전전한 뒤 그녀가 정착한 곳은 베이징이었다. 베이징이라는 대도시에서 그녀는 자기 힘으로 분투하는 법을 배우고, 소인

배들에게 은밀하게 공격당하고도 미소를 잃지 않는 법, 혼자 묵묵히 제 길을 가는 법, 그들을 상대하지 않는 법, 그들을 거절하는 법도 배웠다. 베이징에서 떠도는 동안 그녀는 고향과 가족에게서 멀어졌고 과거의 생활과도 멀어졌다. 하지만 단 한 순간도 고향을 그리워하지 않은 적이 없었다. 그녀는 유년 시절 자신과 함께 했던 벤허와 자신을 부르는 외할머니의 목소리, 아버지의 얼후 (二胡) 소리, 사라진 유년기의 생활이 그리웠다. 그래서 그녀는 고향에 대한 글을 쓰기 시작했고, 이 글들이 모여서 그녀의 첫 번째 시집인 「벤허, 벤허」 (2008년) 가 되었다. 또 그녀는 영상으로 이 강을 기록했다. 그 후에도 그녀는 고향과 타향을 소재로 한 글을 계속 썼다. 그녀는 「벤허, 벤허」를 시작으로 「빗속의 구산잉」을 거쳐 「가오러우진」, 「수유등」, 「호넘」까지 가까이 있으면서도 가기 힘든 여정을 글로써 완성했다.

· 영혼이 기댈 곳을 찾다

2014년 리청언은 시집 「수유등」을 선보였다. 이 작품은 중국작가협회의 지원을 받아 3년에 걸쳐 완성한 것이다. 이 인연으로 그녀는 티베트의 깊숙한 곳에서 살 수 있는 기회를 얻었다. 티베트는 그녀의 고향과는 완전히 다르게 낯선 설산과 초원이 펼쳐져 있었다. 그녀는 다큐멘터리를 찍으면서 서역 (西域) 의 시가에 관한 글을 쓰기 시작했다. 10여 년 동안 지방색이 뚜렷한 글을 써온 그녀에게 새로운 시도였다. 그녀는 시가의 언어와 소재를 탐색했다. 이 시집에서 그녀는 새로운 언어의 리듬을 찾아냈다. 마치 티베트의 라마승이 염불을 하는 것처럼 종교적 색채를 지닌 시였다. 3년간의 티베트 생활은 그녀에게 커다란 영향을 미쳤으며 그녀는 마침내 영혼이 기댈 수 있는 곳을 찾았다. 그녀는 불교에 귀의했고, 티베트 지역의 린뽀체 (티베트 불교 고승을 의미하는 티베트 말. 옮긴이) 로부터 '가마시란춰' 라는 티베트 이름을 받았다. '가마시란춰' 란 지혜의 바다라는 뜻이다. 현재 리청언은 시가 창작을 계속하고 있으며 오랫동안 이 길을 갈 수 있기를 바라고 있다.

리청언의 최신작 절구 (截句) 100수가 담긴 시집 「호넘」이 2016년 하반기에 출간될 예정이다.

「벤허, 벤허」

「벤허, 벤허」는 2006년에 쓴 작품으로 1980년생 여류작가 리청언의 첫 번째 시집이다. 이 시집은 '벤허, 벤허', '구산잉', '여주 (오이과 채소. 옮긴이) 의 향기' 세 장으로 나누어져 있다. 벤허는 그녀의 고향에 있는 강이다. 고향을 떠난 뒤 그녀는 고향 사람들과 고향 풍경을 그리워했다. 벤허는 그녀의 유년기를 관통하며 흐르는 강이다. 벤허 기슭에서 아버지가 얼후 (중국 현악기. 옮긴이) 를 연주하고 그녀는 노래를 불렀으며, 외할머니는 부들부채를 흔들며 그녀에게 옛날 위인들의 이야기를 들려주었다. 또 걱정 근심 하나 없는 아이들은 뭐든 가지고 놀며 즐거워했고, 강물 속에는 수초가 너울대고 물고기와 새우가 헤엄쳐 다녔으며 푸른 하늘과 흰 구름이 잔잔한 수면 위에 거꾸로 비쳤다. 이 모든 추억이 그녀의 가슴 속에서 일렁였다. 베이징에서 살며 일하고 있던 그녀는 이 추억들 속에서 영혼의 위안을 받고 시집 「벤허, 벤허」를 쓰기 시작했다. 그녀는 천천히 과거를 회상하며 벤허와 관계된 사람, 사물, 풍경, 감정을 하나도 빠짐없이 떠올리려고 애썼다. 이 시집을 쓰는 동안 그녀는 시간을 내서 고향을 찾았으며 유년기를 보냈던 벤허 기슭에서 사라져가는 아름다움을 붙잡았다.

제1장 「벤허, 벤허」에서는 가족을 비롯해 고향에 관한 모든 것을 회상했다. 그녀의 인생에서 가장 나이 든 여인이자 그녀의 어릴 적 아명을 부르는 외할머니, 그녀가 여덟 살이 되던 해에 세상을 떠난 어머니, 벤허 기슭에서 따뜻한 선율로 얼후를 연주하던 아버지, 젊은 시절 고향을 등지고 남부 지방으로 떠난 언니, 못된 부자들을 죽이고 가난한 이들을 도와주겠다는 이상을 품고 있는 남동생…… 역사 속 인물들의 이야기도 있다. 사랑 앞에 충성했던 영웅 항우, 영웅과 전쟁을 위해 죽은 미인 우희, 귀신 잡기에 몰두했던 종규…… 또 벤허 기슭에 살았던 사람들도 회상한다. 벤허 기슭에서 외롭게 살았던 홀아비, 벤허에서 유일하게 흰 셔츠를 입었던 의사 예 (叶) 선생님, 벤허의 지식인인 초등학교 선생님…… 또 강물 속에서 펄쩍펄쩍 뛰어오르던 물고기와 새우, 벤허 기슭에서 바람에 이리저리 흔들리던 갈대 숲 등등 벤허의 동식물까지도 잊지 않았다. 리청언은 벤허를 시적인 정취가 넘치는 강

으로 묘사했다. 그곳이 그녀가 돌아갈 수 없는 유년기와 지금은 변해버린 고향이기 때문이다.

제2장 「구산잉」에서 리청언은 제1장의 벤허와 다른 구산잉이라는 곳을 노래한다. 벤허가 시인의 영원한 기억이 담긴, 습한 남쪽의 강이라면, 구산잉은 타향살이의 힘겨움을 의미하는, 건조한 북쪽의 땅이다. "구산잉, 나의 새벽과 황혼 / 구산잉, 청춘과 청년이 어우러진 이야기 / 사랑은 없고 일만 있다. 세월의 손이 / 책장을 한 페이지씩 넘긴다"(「구산잉, 탄식」). 시인은 구산잉을 옆에서 지켜보며 그곳에서 일어나는 모든 일을 관찰한다. "청춘이 구산잉에 있다. 부스럼투성이 얼굴의 소년이 깊은 밤 휘파람을 분다/청춘이 구산잉에 있다. 당돌한 얼굴의 소녀가 대낮에 사랑 노래를 부른다."(「구산잉, 동물흉맹」)

제3장 「여주의 향기」에서 리청언은 자기 내면의 감정에 주목하고 진정으로 바라는 것들을 표현한다. 첫째, 그녀를 떠난 어머니에 대한 그리움을 노래했다. "알 수 없는 눈물이 소리 없이 흐른다. 세상을 떠난 엄마를 어젯밤 꿈에 보았다." "그 해에 나는 고작 여덟 살. 엄마가 떠났다." "나는 파릇파릇한 식물처럼 외롭게 이 세상에 있다."(「여주의 향기」) 둘째, 그녀가 추구하는 가치를 표현했다. "나는 산과 물에서만 놀고 싶다 / 산과 물만 벗삼고 싶다 / 내 나이에 벌써 세상의 명리가 싫어지고 / 세속의 행복에 염증이 생긴다"(「서하객(徐霞客)(명나라 때 지리학자. 옮긴이) 처럼 사는 삶」) 셋째, 생활에 대한 걱정을 토로했다. "조국의 집값이 폭등하는데 가을이 오네 / 집값이 더 오를까? 그럴 것 같아." "조국이여, 어머니여, 도농 격차를 없애지 말아주세요 / 농촌의 집들, 그 초가집들은 우리 80년대생을 위해 남겨주세요."(「집의 시편」) 넷째, 사랑에 대한 감정을 털어놓았다. "시 쓰는 여자, 나는 오늘 집에 가지 않으리 / 내 연인이 아직 나무 아래에 있고 나는 나무 아래 앉아서 보랏빛 포도 한 광주리를 지키고 있네."(「보랏빛 포도」).

이 작품은 리청언의 첫 시집으로 지방색이 강한 그녀의 특징이 잘 드러난다.

「봄바람 속 양심」

「봄바람 속 양심」는 리청언의 두 번째 시집이다. 이 시집은 "봄바람 속 양심", "청춘, 청화자기", "천사의 아이", "달의 이야기", "빗속의 학교 운동장", "영화시 (诗)", "벤허, 벤허", "연지주의 (胭脂主义) (리청언과 몇몇 예술가 친구들이 함께 주도했던 사조로 페미니즘을 이론적 바탕으로 오늘날의 인문 환경과 시 창작, 시각 예술을 새롭게 구축하고 수정하는 것. 옮긴이)" 등 총 8장으로 이루어져 있으며, 그녀의 새로운 시 200수가 실려 있다.

시집 「봄바람 속 양심」의 앞 표지에는 낡은 자전거 한 대가, 뒷 표지에는 삽한 자루가 그려져 있는데, 이것들은 이 시대 소수파의 독립정신과 소박한 생활방식을 상징한다. 이 시집은 신세대 시인들을 연구할 수 있는 몇 안 되는 작품이기도 하다.

리청언은 인간의 본성을 더럽히는 현실과 여성들의 정신 상태에 주목하고 여성이 가진 시적인 힘을 보여주었다. 전통문화와 오랜 문명에 대해 그녀는 각별한 정을 가지고 있다. 그녀는 이 작품의 서문에서 "이 생애에 내가 열렬히 사랑하는 것은 한 바탕 천둥번개가 친 뒤에 생겨난 이 중국 문화다. 내 마음을 여기에 오롯이 쏟아 부었다"고 말했다.

「봄바람 속 양심」에는 리청언이 정신적으로 추구하는 것과 가치판단이 담겨 있다. 그녀는 글로벌 경제 불황의 위기 속에서 시인이 무엇을 해야 하는지에 주목했다. 리청언은 오늘날의 부족한 문화적 자신감을 「봄바람 속 양심」에서 어느 정도는 회복시켰다.

리청언의 작품에는 대범하면서도 섬세하고, 경쾌하면서도 내성적인, 그리고 여성 특유의 정신이 깃들어 있다. 그녀가 지향하는 '연지주의 (胭脂主义)'라는 여성창작관념은 그녀의 개인화된 탐색의 활력을 보여주고, 선구적인 사상과 전통에 대한 애틋한 정을 표현하고 있다. 그녀의 글쓰기는 이 시대에 반짝이는 여성의 빛이자 정신의 깊이를 보여주는 창작이다. 리청언은 중국어의 선봉에 서 있다. 수수하면서도 고풍스럽고 청신하고 자연스러우며 침착하고 냉정한 그녀의 언어는 완전히 새로운 중국어 창작의 지평을 열었다.

「수유등」

「수유등」은 리청언의 최신 시집으로, 2010년부터 2014년까지 4년에 걸쳐 완성한 작품이다. 이 시집은 중국작가협회의 2012년 주요 지원작품 중 하나이며, 중국작가협회의2013년 작가정착생활 지원사업 중 하나다. 리청언은 익숙한 고향 볜허를 잠시 떠나 낯선 서쪽 (西域) 지역을 선택했다. 그녀는 지금 자신이 살고 있는 구산잉에서 멀리 떠나 완전히 낯선 곳으로 갔다. 리청언은 칭짱 (青藏) 고원의 깊숙한 곳에 자리하고 있는 위수 (玉树) 티베트족자치주를 지방색이 뚜렷한 창작활동의 새로운 출발지로 삼았다. 이 시집은 '위수 필기', '수유등', '설산을 만나다', '검은 밤의 전기' 총 4장으로 이루어져 있다. 시인은 그곳의 광활한 풍경 묘사에 주력하지 않고 '사원', '야크', '들꽃', '동자승' 등과 같은 자기 주변에 있는 소소한 사물들 속에서 아름다움을 찾았다. 그녀가 만들어낸 화면은 진실함과 자연스러움을 통해 아름다움 감동을 안겨준다.

제1장 「위수 필기」에서 리청언은 경의를 품고 위수 (玉树) 에 가서 시를 수집했다. "농사란 얼마나 신비로운지. 위수에는 시가 많다네 / 나는야 위수의 민요 채집자 / 등에는 종이를 메고, 손에는 펜을 들고 다니지." " —— 등에서 종이를 꺼내 / 대지를 사랑하는 시를 적는다네." (「위수에서 시를 채집하다」) . 시인은 고산의 광야에서 끝없는 초원이 주는 울림을 느끼고 초원에서 풀을 뜯고 있는 야크와 양떼들을 바라보며 라마승의 경건한 기도를 들으며 깊은 명상에 빠졌다. 30여년간의 인생을 회상하자 희비가 교차했다. 이곳에서 시인은 자신을 하늘과 땅 사이에 놓고 물욕과 잡념을 말끔히 씻어내는 정신적인 해탈을 실현했다. "푸른 풀 한 포기가 되었다 / 칭짱고원 깊숙한 곳의 푸른 풀 한 포기가 되었다 / 왁자한 도시의 부자가 되는 것보다도 / 더 꼿꼿하게 서 있다 / 제일 중요한 것은 / 더 사람답다는 것이다" (「초원에서 그대들을 떠올리다」) . 이 시집의 제1장 「위수 필기」에 실린 리청언의 시들은 라마승의 염불 같은 새로운 리듬을 보여준다.

제2장 「수유등」에서 시인은 눈앞의 고산과 초원을 보며 가족을 떠올린다.

"천 개의 수유등이 내세의 길을 밝히네 / 꿇어 앉은 나의 두 무릎이 서서히 물러지고, 나는 어둠을 무서워하는 아이 / 엄마, 하늘에서 날 보고 계시겠죠 / 나는 당신을 위해 수유등을 켭니다." (「수유등」) 넓은 가슴을 품은 시인은 가족을 그리워할 뿐 아니라 인류 전체를 걱정한다. "천 개의 수유등이 내세의 길을 밝히네 / 나는 밤낮으로 인간 세상의 어둠을 밝힌다네." (「수유등」) "인간이 초원을 남겨두었다. 더러운 사람들이 와서 영혼을 깨끗이 씻을 수 있도록." (「초원필기」)

제3장 「설산을 만나다」에서 시인은 우리에게 이 설산에 대한 이야기와 설산과 관련된 사람과 사물의 이야기를 자분자분 들려준다. "설산을 만났네. 봄에는 불경을 읽네 / 봄에는 돌무더기를 안고 그것이 내 전생의 / 뼈이자 내 운명 속의 설산이라고 생각하네." (「내가 만난 설산」)

제4장 「검은 밤의 전기」에서 시인은 어두운 밤, 사자, 설산, 어리광에 대한 반감, 폭우, 허무함, 맑은 물, 온유함, 생소함, 칠월 칠석, 민들레, 돌멩이 등 구체적이거나 추상적인 사물의 전기를 쓴다. 그녀의 다른 작품들과는 다른 신선함을 느낄 수 있다. 시인은 풍부한 상상력을 통해 만물의 전기를 쓰고 자기만의 독특한 인문적 정취를 시 속에 담아냈다. "검은 밤을 위해 장례를 치르고 / 여명을 위해 문을 활짝 열었네 / 시를 통해 검은 밤의 전기를 쓰네 / 손에 든 펜에서 피 한 방울이 떨어지네." (「검은 밤의 전기」) "나의 상상은 하늘 높이 걸려 있는 밝은 달의 것이라네 / 천고를 이어온 초원이여, 나는 오직 너의 것이라네 / 초원이여, 나와 함께 죄악의 어리광에 반대하세 / 내게 속한 이미지 위에서 나와 함께 미친 듯이 달리세." (「어리광에 반대하다」)

여기에서 시인 리청언은 문명의 뿌리를 찾고 시의 정신의 '서유기'를 실현하고자 했다. 그녀는 하늘과 대지의 영혼을 찾았으며, 인류가 재난 뒤에 얻는 정신적인 힘도 찾았다.

图书在版编目（CIP）数据

当代中国实力派作家国际名片. 汉文、英文、朝鲜文、法文、德文、俄文、西班牙文 / 李林荣编. -- 北京：作家出版社，2022. 11

ISBN 978-7-5212-2035-3

Ⅰ. ①当… Ⅱ. ①李… Ⅲ. ①作家评论 – 中国 –当代– 汉、英、朝、法、德、俄、西 Ⅳ. ①I206.7

中国版本图书馆CIP数据核字（2022）第189451号

当代中国实力派作家国际名片

主　　编：李林荣
责任编辑：兴　安
封面设计：王一竹
出版发行：作家出版社有限公司
社　　址：北京农展馆南里10号　　　邮　　编：100125
电话传真：86-10-65067186（发行中心及邮购部）
　　　　　86-10-65004079（总编室）

E-mail:zuojia@zuojia.net.cn

http://www.zuojiachubanshe.com

印　　刷：北京华联印刷有限公司
成品尺寸：185×260
字　　数：200千
印　　张：34
版　　次：2022年11月第1版
印　　次：2022年11月第1次印刷
ISBN 978-7-5212-2035-3
定　　价：89.00元